Mario Puzo wurde 1920 in einem der berüchtigsten Viertel Manhattans geboren. Er ist italienischer Abstammung und wuchs als Sohn eines Eisenbahnarbeiters unter sozial wenig erfreulichen Umständen in New York auf. Während seines Militärdienstes war er nach dem Zweiten Weltkrieg längere Zeit in Deutschland stationiert. Mit »Der Pate« gelang ihm einer der anhaltendsten Bestsellererfolge der letzten Jahrzehnte, dem im Jahre 1986 »Der Sizilianer« folgte.

Mario Puzo

Der vierte Kennedy

Roman

Aus dem Amerikanischen
von Gisela Stege

Knaur

Von Mario Puzo ist außerdem erschienen:

Der Sizilianer (Band 3251)

Dieses Buch wurde auf chlor- und säurefreiem Papier gedruckt.

Titel der Originalausgabe »The Fourth K«
Originalverlag Random House Inc.
Umschlaggestaltung Graupner + Partner, München
Umschlagfoto Photo design Mall
Satz Compusatz GmbH, München
Druck und Bindung Elsnerdruck, Berlin
Printed in Germany
ISBN 3-426-60094-3

2 4 5 3 1

Für meine Kinder
Anthony, Dorothy, Eugene,
Joseph, Virginia

Erstes Buch

Karfreitag – Ostersonntag

1. Kapitel

Am Karfreitag trafen in Rom sieben Terroristen letzte Vorbereitungen für ein Attentat auf den Papst der römisch-katholischen Kirche. Die Angehörigen dieser Gruppe, vier Männer und drei Frauen, hielten sich für Befreier der Menschheit. Sie nannten sich Christen der Gewalt.

Anführer dieser Gruppe war ein junger, mit den Methoden des Terrors gründlich vertrauter Italiener. Für diese spezielle Operation hatte er den Codenamen Romeo angenommen – ein Name, der seinem jugendlichen Sinn für Ironie entsprach und mit der ihm innewohnenden Sentimentalität Romeos rein intellektueller Menschenliebe ein wenig mehr Herz verlieh.

Am Spätnachmittag des Karfreitags kam Romeo endlich dazu, sich in einem von den Internationalen Hundert zur Verfügung gestellten, »sicheren« Haus ein wenig auszuruhen. Er lag auf den zerwühlten, mit Zigarettenasche und altem Nachtschweiß verschmutzten Laken und las in einer Taschenbuchausgabe der *Brüder Karamasow.* Seine Beinmuskeln verkrampften sich vor Anspannung, vielleicht auch vor Angst – egal was, es würde, wie immer, bald aufhören. Doch dieser Auftrag war so ganz anders, so komplex und brachte so große Gefahren für Körper und Geist mit sich! Dieser Auftrag würde ihn im wahrsten Sinne des Wortes zu einem Christen der Gewalt machen, ein Name, der so jesuitisch war, daß er immer wieder darüber lachen mußte.

Romeo hieß eigentlich Armando Giangi und war der Sohn reicher Eltern aus der High-Society, die ihm eine wenig aktive, jedoch luxuriöse und sehr religiöse Erziehung hatten angedeihen lassen, eine Kombination, die seiner asketischen Natur so sehr widersprach, daß er sich mit sechzehn Jahren sowohl von allem weltlichen Besitz als auch von der katholischen Kirche lossagte. Daher konnte es nun, mit dreiundzwanzig Jahren, wohl kaum eine wirksamere Rebellion für ihn geben als ein Attentat auf den Papst. Und dennoch regte sich in Romeo noch immer eine gewisse abergläubische Scheu. Als Kind hatte er von einem Kardinal in rotem Hut die heilige Kommunion empfangen. Diesen unheilverkündenden, roten, mitten im Höllenfeuer gefärbten Hut würde Romeo niemals vergessen.

Somit also von Gott in allen Ritualen konfirmiert, machte sich Romeo bereit, ein so furchtbares Verbrechen zu begehen, daß Hunderte Millionen Menschen seinen Namen verfluchen mußten, denn sein wahrer Name würde bekanntwerden. Er würde verhaftet werden. Das gehörte zu ihrem Plan. Alles, was dann geschah, hing von Yabril ab. Inzwischen aber würde er, Romeo, als Held gefeiert werden, der dazu beigetragen hatte, diese grausame Gesellschaftsordnung zu verändern. Was in einem Jahrhundert noch als Grausamkeit betrachtet wurde, galt im nächsten als gottgefällig. Und vice versa, dachte er lächelnd. Der allererste Papst, der vor Jahrhunderten den Namen Innozenz gewählt hatte, hatte mit einer päpstlichen Bulle die Folter sanktioniert und war dafür gefeiert worden, daß er den wahren Glauben verbreitete und die Seelen der Ketzer rettete.

Außerdem sprach es Romeos jugendlichen Sinn für Ironie an, daß die Kirche den Papst, den er umbringen wollte, kanonisieren würde. Er würde also einen neuen Heiligen schaffen. Und wie er sie haßte, all diese Päpste! Diesen Papst Innozenz IV., diesen Papst Pius, diesen Papst Benedikt, o ja, sie sanktionierten viel zuviel, diese Anhäufer von Reichtümern, diese Unterdrücker des wahren Glaubens an die Freiheit der Menschen, diese pompösen Hexenmeister, die die elenden Massen der Erde mit ihrer Magie der Ignoranz, ihren eifernden, die Leichtgläubigkeit ausnutzenden Behauptungen überschütteten.

Er, Romeo, einer der sogenannten Hundert innerhalb der Christen der Gewalt, würde diese krude Magie beseitigen helfen. Die Ersten Hundert, gemeinhin als Terroristen bezeichnet, waren über Japan, Deutschland, Italien, Spanien und sogar die tulpenreichen Niederlande verteilt. Zu bemerken wäre allerdings, daß es in Amerika keine Mitglieder der Ersten Hundert gab. Denn in dieser Demokratie, dieser Geburtsstätte der Freiheit, gab es nur intellektuelle Revolutionäre, die beim Anblick von Blut in Ohnmacht fielen; die ihre Bomben in leeren Gebäuden hochgehen ließen, nachdem sie die Bewohner gewarnt und aufgefordert hatten, das Haus zu verlassen; die öffentlichen Geschlechtsverkehr auf den Treppen von Staatsgebäuden für einen Akt idealistischer Rebellion hielten. Wie verachtenswert sie doch waren! Kein Wunder, daß Amerika keinen einzigen Mann zu den Revolutionären Hundert beigesteuert hatte.

Romeo gebot seinen Tagträumereien Einhalt. Verdammt, er wußte ja noch nicht einmal, ob es überhaupt einhundert waren. Vielleicht waren es fünfzig oder sechzig, die Zahl war rein symbolisch gemeint. Doch solche Symbole mobilisierten die Massen und faszinierten die Medien. Ihm war nur eine einzige Tatsache unwiderleglich bekannt: daß er, Romeo, ebenso einer der Hundert war wie sein Freund Yabril.

In einer der zahlreichen Kirchen Roms läuteten die Glocken. Es war kurz vor sechs, am Abend dieses Karfreitags. In einer Stunde würde Yabril eintreffen, um noch einmal sämtliche Mechanismen dieser komplizierten Operation durchzusprechen. Das Attentat auf den Papst sollte der Eröffnungszug eines brillant konzipierten Schachspiels werden, einer Serie wagemutiger Taten, die Romeos romantische Seele labten.

Yabril war der einzige Mensch, der in Romeo jemals Bewunderung geweckt hatte, körperlich sowohl als geistig. Yabril kannte die Niedertracht der Regierungen, die Scheinheiligkeit der Behörden, den gefährlichen Optimismus der Idealisten, den überraschenden Treuebruch selbst der leidenschaftlichsten Terroristen. Vor allem aber war Yabril ein Genie in revolutionärer Kriegführung. Auf das kleinkarierte Mitleid und das infantile Erbarmen der meisten Menschen blickte er mit Verachtung hinab. Yabril kannte nur ein einziges Ziel: den Menschen der Zukunft die Freiheit zu bringen.

Und Yabril war weit unbarmherziger, als Romeo es je werden könnte. Romeo hatte unschuldige Menschen getötet, Eltern und Freunde verraten, einen Richter, der ihn einmal beschützt hatte, ermordet. Romeo begriff, daß politischer Mord eine Art von Wahnsinn sein konnte, und war bereit, diesen Preis zu bezahlen. Aber als Yabril zu ihm sagte: »Wenn du nicht bereit bist, eine Bombe in einen Kindergarten zu werfen, bist du kein echter Revolutionär«, hatte Romeo ihm erwidert: »So etwas könnte ich niemals tun.« Aber einen Papst konnte er töten.

Dennoch quälten ihn in diesen letzten dunklen römischen Nächten Alpträume, nur winzige Feten von Alpträumen, wie gräßliche kleine Ungeheuer, die bewirkten, daß Romeo am ganzen Körper der Schweiß ausbrach, aus Eis destillierter kalter Schweiß.

Seufzend wälzte sich Romeo aus dem verschmutzten Bett, um sich zu duschen und zu rasieren, bevor Yabril eintraf. Yabril würde es als gutes Zeichen deuten, wenn er sauber und ordentlich aussah, als moralische Aufrüstung für die bevorstehende Mission. Denn Yabril achtete, wie viele Sensualisten, auf eine gewisse Sauberkeit und äußere Form. Während Romeo als echter Asket durchaus im Dreck zu leben vermochte.

Auf dem Weg zu Romeo beachtete Yabril auf den Straßen von Rom die üblichen Vorsichtsmaßregeln. Im Grunde aber stand und fiel das Ganze mit der internen Sicherheit, der Loyalität der Kampfkader, der Integrität der Ersten Hundert. Aber weder sie noch sogar Romeo kannten das wahre Ausmaß dieser Mission.

Yabril war ein Araber, den man ohne weiteres für einen Sizilianer halten konnte, wie viele Leute es ja auch taten. Er hatte das schmale, dunkle Gesicht dieses Menschenschlages, Kinn und Kiefer jedoch waren viel schwerer und grober, fast so, als wären sie mit einer zusätzlichen Knochenschicht bedeckt. In seiner Freizeit ließ er sich, um diese plumpen Linien zu verbergen, einen kurzen, seidigen Bart stehen. Sobald er jedoch an einer Operation teilnahm, erschien er wieder glattrasiert. Als Engel des Todes zeigte er dem Feind sein wahres Gesicht.

Yabrils Augen waren blaßbraun, seine Haare von einzelnen grauen Strähnen durchzogen, und die schwere Form der unteren Gesichtshälfte wiederholte sich in Brust und Schultern. Seine Beine waren im Verhältnis zu dem kurzen Oberkörper lang und kaschierten die physische Kraft, die er entwickeln konnte. Doch nichts vermochte die wache Intelligenz in seinen Augen zu tarnen.

Yabril verabscheute das gesamte Konzept der Ersten Hundert. Er hielt es für einen modischen Public-Relations-Trick und verachtete den damit verbundenen formellen Verzicht auf die Welt des Materiellen. Diese Revolutionäre von der Universität, wie Romeo, waren zu romantisch in ihrem Idealismus, verachteten zu Unrecht jeglichen Kompromiß. Yabril dagegen begriff durchaus, daß der Sauerteig der Revolution ein bißchen Korruption brauchte, um so richtig aufgehen zu können.

Yabril hatte vor langem schon jede moralische Eitelkeit abgelegt. Er besaß das reine Gewissen jener, die glauben und wissen, daß sie sich mit ganzer Kraft für die Verbesserung der Welt einsetzen. Aber noch nie hatte er sich für jene Handlungen geschämt, die seinen eigenen Interessen dienten. Wie etwa seine persönlichen Übereinkünfte mit verschiedenen Ölscheichs für Attentate auf deren politische Rivalen; oder gelegentliche Mordaufträge für diese neuen afrikanischen Staatsoberhäupter, die während ihrer Ausbildung in Oxford gelernt hatten zu delegieren; oder bisweilen ein Terrorangriff im Auftrag gewisser angesehener Politiker. Kurz, für alle Männer auf der Welt, die Macht über alles besitzen, nur nicht über Leben und Tod.

Von diesen Aufträgen war den Ersten Hundert nichts bekannt, und Romeo vertraute er sich erst recht nicht an. Yabril wurde von holländischen, englischen und amerikanischen Ölgesellschaften bezahlt, von moskautreuen Gruppierungen und, zu Beginn seiner Karriere, von der amerikanischen CIA für eine ganz besondere, geheime Hinrichtung. Das alles war jedoch schon lange her.

Jetzt lebte er gut, er war kein Asket, schließlich war er einmal, wenn auch nicht arm geboren, so doch eine Zeitlang arm gewesen. Er schätzte guten Wein und Gourmetküche, bevorzugte Luxushotels, liebte das Glücksspiel und überließ sich oft der Ekstase, die ihm der Körper einer Frau schenkte. Er bezahlte für diese Ekstase jedoch mit Geld, Geschenken und seinem ganz persönlichen Charme, denn vor der romantischen Liebe fürchtete er sich.

Trotz dieser »revolutionären« Schwächen war Yabril in seinen Kreisen für seine Willenskraft berühmt. Er hatte überhaupt keine Angst vor dem Tod, was nicht ganz außergewöhnlich war, vor allem aber fürchtete er sich nicht vor Schmerzen. Und das war möglicherweise der Grund dafür, daß er so furchtbar grausam sein konnte.

Yabril hatte seine Fähigkeiten im Laufe der Jahre unter Beweis gestellt. Er war durch keine Form körperlichen oder psychologischen Drucks zu brechen. Er hatte Gefangenschaft in Griechenland, Frankreich und Rußland sowie zwei Monate währende Verhöre durch den israelischen Sicherheitsdienst überstanden, dessen Geschicklichkeit ihm Bewunderung abnötigte. Er hatte sie besiegt – möglicherweise, weil er den Trick beherrschte, unter Zwang jegliches Gefühl zu verlieren. Und letztlich hatten es alle begriffen: Sobald man ihm Schmerz zufügte, biß man bei Yabril auf Granit.

Wenn jedoch er es war, der Gefangene machte, bezauberte er die Opfer häufig mit seinem Charme. Und daß er sich eines gewissen Wahnsinns in seinem Verhalten bewußt war, gehörte zu diesem Charme und zu der Angst, die er anderen einflößte. Ebenso die Tatsache, daß in seiner Grausamkeit nicht die geringste Niedertracht lag. Alles in allem jedoch hatte er Freude am Leben, war er ein eher sinnenfroher Terrorist. Und so genoß er selbst jetzt, da er mit den Vorbereitungen für die gefährlichste Operation seines Lebens beschäftigt war, die Düfte in den Straßen von Rom und die Abendluft.

Alles war an seinem Platz. Romeos Gruppe war bereits vor Ort; Yabrils eigene Gruppe sollte am folgenden Tag in Rom eintreffen. Die beiden Gruppen würden verschiedene »sichere« Häuser benutzen; ihre einzige Verbindung waren die beiden Führer. Es war ein großer Augenblick, das wußte Yabril. Dieser kommende Ostersonntag und die Tage danach würden sich zu einem glanzvollen Kunstwerk gestalten.

Er, Yabril, würde ganze Nationen zwingen, Wege einzuschlagen, die ihnen zutiefst zuwider waren. All seine zwielichtigen Herren würde er abschütteln; er würde sie zu seinen Schachfiguren machen und ohne Zögern allesamt opfern, sogar den armen Romeo. Nur der Tod konnte seine Pläne durchkreuzen, oder ein Versagen der Nerven. Oder, ehrlich gesagt, einer von hundert möglichen Fehlern beim Timing. Aber die Operation war so großartig, so genial konzipiert, daß es ihn selbst begeisterte. Yabril blieb auf der Straße stehen, um ausgiebig den Anblick der Kirchtürme, die glücklichen Gesichter der Römer zu genießen und seine eigenen melodramatischen Mutmaßungen über die Zukunft anzustellen.

Aber wie alle Menschen, die glauben, durch ihren Willen, ihre Intelligenz, ihre Kraft den Lauf der Geschichte ändern zu können, maß Yabril weder den Zufällen und Fügungen der Geschichte noch der Möglichkeit ausreichend Bedeutung bei, daß es Menschen gab, die noch schlimmer waren als er. Menschen, die in der strikten Ordnung der Gesellschaft erzogen worden waren und die Maske gütiger Gesetzgeber trugen, konnten weit skrupelloser und grausamer sein als er.

Während er die frommen Pilger in den Straßen von Rom beobachtete, die fröhlich und rückhaltlos an einen allmächtigen Gott glaubten, war er von der eigenen Unüberwindlichkeit überzeugt. Von Stolz erfüllt gedachte er über jede Möglichkeit zur Vergebung durch ihren Gott hinauszugehen, denn an der äußersten Grenze des Bösen mußte ja das Gute beginnen!

Inzwischen hatte Yabril die ärmeren Viertel der Stadt erreicht, wo die Menschen leichter einzuschüchtern und zu bestechen waren.

Bei Einbruch der Dunkelheit stand er vor Romeos »sicherem« Haus. Die Wohnungen in diesem uralten, vierstöckigen Gebäude mit seinem großen, halb von einer Steinmauer umgebenen Garten waren alle in der Hand der Untergrundbewegung. Yabril wurde von einer der drei Frauen in Romeos Gruppe eingelassen, einer mageren Person in Jeans und blauem Drillichhemd, das fast bis zur Taille offenstand. Da sie keinen BH trug, war die Rundung der Brüste zu erkennen. Sie hatte schon einmal an einer von Yabrils Operationen teilgenommen. Er mochte sie zwar nicht, bewunderte aber ihre wilde Entschlossenheit. Als sie einmal in Streit gerieten, hatte sie keinen Millimeter nachgegeben.

Die Frau hieß Annee. Das pechschwarze Haar trug sie zu einem Bubikopf geschnitten, der ihren strengen, groben Zügen alles andere als schmeichelte, jedoch die Aufmerksamkeit auf ihre lodernden blauen Augen lenkte, die jeden, sogar Romeo und Yabril, mit zornigem Fanatismus zu mustern schienen. Sie war nicht über den ganzen Umfang des Unternehmens unterrichtet, erkannte aber an Yabrils Auftauchen, daß es von fundamentaler Bedeutung sein mußte. Nachdem Yabril eingetreten war, schloß sie mit einem flüchtigen Lächeln wortlos die Tür.

Voll Abscheu registrierte Yabril, wie schmutzig es in diesem Haus war. Überall im Wohnzimmer standen gebrauchte Teller, Gläser und Essensreste herum, der Fußboden war mit Zeitungsblättern übersät. Romeos Gruppe bestand ausschließlich aus Italienern, vier Männern und drei Frauen. Die Frauen weigerten sich, zu putzen, denn die Übernahme häuslicher Pflichten während einer Operation verstieß so lange gegen ihre revolutionäre Überzeugung, wie die Männer nicht ebenfalls ihren Teil dazu beitrugen. Die Männer, alle noch sehr junge Studenten, glaubten zwar ebenfalls an die Rechte der Frauen, waren jedoch die verzogenen Lieblinge ihrer italienischen Mütter und wußten überdies, daß später, nachdem sie fort waren, eine Spezialgruppe das Haus säubern und alle verräterischen Spuren beseitigen würde. Also hatten sie sich auf den unausgesprochenen Kompromiß geeinigt, den Unrat einfach zu übersehen. Ein Kompromiß, der einzig Yabril ärgerte.

»Ihr seid Schweine«, sagte er zu Annee.

Annee musterte ihn mit kühler Verachtung. »Ich bin keine Haushälterin.«

Und Yabril erkannte sofort wieder, was sie auszeichnete: Sie fürchtete sich weder vor ihm noch vor irgendeinem anderen Menschen. Sie war eine echte Fanatikerin und durchaus bereit, auf dem Scheiterhaufen zu verbrennen. Alle Alarmglocken schrillten in seinem Schädel.

Romeo, so hübsch, so lebenssprühend, daß Annee die Augen niederschlug, kam von der oberen Wohnung die Treppe heruntergelaufen, um Yabril mit aufrichtiger Zuneigung zu umarmen; dann führte er ihn in den Garten hinaus, wo sie sich auf einer kleinen Steinbank niederließen. Die Abendluft war mit dem Duft der Frühlingsblumen erfüllt, und mit dem Duft trug der Wind ein leises Summen herüber, die lauten und leisen Stimmen zahlloser Tausende von Pilgern in den Straßen des österlichen Rom.

Romeo steckte sich eine Zigarette an. »Endlich ist unsere Zeit gekommen, Yabril«, sagte er. »Und was auch geschieht, unsere Namen werden den Menschen auf ewig in Erinnerung bleiben, wir werden berühmt sein.«

Angesichts dieser übertrieben romantischen Vorstellung persönlichen Ruhms lachte Yabril verächtlich. »Berüchtigt, würde ich sagen«, entgegnete er. »Wir konkurrieren mit einer langen Geschichte des Terrors.« Yabril dachte an Romeos Umarmung: seinerseits ein Ausdruck professioneller Zuneigung, durchzogen jedoch vom Entsetzen gemeinsamer Erinnerung, wie bei zwei Brüdern vor dem Leichnam des Vaters, den sie gemeinsam ermordet haben.

Entlang der Gartenmauer brannten matte elektrische Lichter, ihre Gesichter jedoch lagen im Dunkeln. »Nach und nach werden sie alles erfahren«, sagte Romeo. »Aber werden sie unsere Motive erkennen? Oder werden sie uns als Wahnsinnige hinstellen? Aber was soll's, die Dichter der Zukunft werden uns verstehen.«

»Darüber wollen wir uns jetzt nicht den Kopf zerbrechen«, mahnte Yabril. Es war ihm peinlich, wenn Romeo theatralisch wurde, und allmählich begann er an der Verwendbarkeit des anderen zu zweifeln, obwohl der Freund dies schon oft unter Beweis gestellt hatte. Denn Romeo war trotz seiner eleganten Schönheit und seiner etwas wirren Vorstellungen ein überaus gefährlicher Mann. Nur ein grundlegender Unterschied bestand zwischen den beiden Kampfgefährten: Romeo war allzu draufgängerisch, während Yabril möglicherweise allzu ausgebufft war.
Erst ein Jahr zuvor waren sie beide durch die Straßen von Beirut geschlendert. Vor ihnen auf dem Pflaster lag eine braune, scheinbar leere Papiertüte, fettfleckig von den Lebensmitteln, die sie enthalten hatte. Yabril machte einen Bogen um sie. Romeo beförderte die Tüte mit einem kräftigen Tritt in die Gosse. Unterschiedliche Instinkte. Yabril war überzeugt, daß alles auf dieser Erde gefährlich sei. Romeo besaß ein gewisses naives Vertrauen.
Aber es gab noch mehr Unterschiede. Yabril mit seinen kleinen, braun gesprenkelten Augen war häßlich, Romeo dagegen nahezu schön. Yabril war stolz auf seine Häßlichkeit, Romeo schämte sich seiner Schönheit. Yabril hatte schon früh begriffen, daß es, wenn ein naiver Mensch sich ganz der politischen Umwälzung verschreibt, zu Mord führen muß. Romeo hatte das erst spät begriffen, und auch dann nur zögernd. Seine Bekehrung war eine rein intellektuelle gewesen.
Romeo hatte mit seiner zufälligen körperlichen Schönheit sexuelle Eroberungen gemacht, das Geld seiner Familie hatte ihn vor wirtschaftlichen Demütigungen geschützt. Und da er intelligent genug war, um zu erkennen, daß sein glückliches Schicksal moralisch ungerecht war, verabscheute er sein schönes Leben. Er versenkte sich in die Literatur und seine Studien, die ihn in seinen Erkenntnissen bestärkten. So war vorauszusehen gewesen, daß es seinen radikalen Professoren schließlich gelang, ihm einzureden, er müsse helfen, die Welt zu verbessern.
Er wollte nicht wie sein Vater werden, ein Italiener, der mehr Zeit

beim Friseur verbrachte als eine Edelnutte bei ihrem Haarstylisten. Romeo wollte sein Leben nicht mit der Jagd nach schönen Frauen vergeuden. Auf gar keinen Fall aber wollte er Geld ausgeben, an dem der stinkende Schweiß der Armen klebte. Zuerst mußten die Armen befreit und glücklich gemacht werden, dann konnte auch er sein Glück genießen. Also griff er, als eine Art zweiter Kommunion, nach den Schriften von Karl Marx.

Yabrils Bekehrung war eher aus dem Bauch erfolgt. Als Kind hatte er in Palästina wie im Paradies gelebt. Er war ein fröhlicher Junge gewesen, extrem intelligent und seinen Eltern liebevoll ergeben. Vor allem dem Vater, der ihm täglich eine Stunde lang aus dem Koran vorlas.

Die Familie bewohnte mehrere große Villen mit vielen Dienstboten auf weitläufigen Grundstücken, die inmitten der dürren Wüste auf wundersame Weise in üppigem Grün prangten. Eines Tages jedoch, als Yabril fünf Jahre alt war, wurde er aus diesem Paradies vertrieben. Seine geliebten Eltern verschwanden, Villa und Gärten lösten sich in eine Wolke aus purpurrotem Staub auf. Und plötzlich lebte er als Waise in einem kleinen, schmutzigen Dorf am Fuß eines Berges, abhängig von der Wohltätigkeit seiner Verwandten. Sein einziger Schatz war der Koran des Vaters, auf Pergament gedruckt mit kolorierten Figuren aus Gold und wundervoller Schönschrift in leuchtendem Blau. Immer wieder erinnerte das Buch ihn daran, wie der Vater ihm nach Moslembrauch wortgetreu daraus vorgelesen hatte. Alle Befehle Gottes an den Propheten Mohammed, Worte, über die niemand diskutieren oder streiten durfte. Als Erwachsener hatte Yabril einmal zu einem jüdischen Freund gesagt: »Unser Koran ist nicht eure Torah«, und beide hatten darüber gelacht.

Die Wahrheit über seine Vertreibung aus dem Paradies war ihm fast sofort offenbart worden, verstanden hatte er sie jedoch erst einige Jahre später: Sein Vater hatte heimlich für die Befreiung Palästinas aus der Gewalt des Staates Israel gearbeitet, war ein

Führer der Untergrundbewegung gewesen. Der Vater war verraten, bei einer Polizeirazzia niedergeschossen worden, und seine Mutter hatten sie umgebracht, als die Villa und das gesamte Grundstück von den Israelis in die Luft gejagt wurden.

Daher war es selbstverständlich für Yabril, daß er zum Terroristen wurde. Seine Blutsverwandten und die Lehrer seiner Schule lehrten ihn, alle Juden zu hassen, hatten aber nicht hundertprozentigen Erfolg damit. Er haßte seinen Gott dafür, daß er ihn aus dem Kindheitsparadies vertrieben hatte. Als er achtzehn Jahre alt war, verkaufte er den Koran seines Vaters für einen immensen Geldbetrag und immatrikulierte sich an der Universität von Beirut. Dort brachte er den größten Teil seines Vermögens mit käuflichen Damen durch, wurde nach zwei Jahren Mitglied des palästinensischen Untergrunds und mit der Zeit zu einer tödlichen Waffe im Dienste der Organisation. Aber die Freiheit seines Volkes war nicht sein Endziel, denn irgendwie war seine Arbeit auch eine Suche nach innerem Frieden.

Als sie jetzt miteinander im Garten des »sicheren« Hauses saßen, brauchten Romeo und Yabril etwas mehr als zwei Stunden, um noch einmal jede Einzelheit ihres Vorhabens durchzusprechen. Romeo rauchte eine Zigarette nach der anderen, doch seine Nervosität hatte nur einen einzigen Grund. »Bist du sicher, daß die mich rausgeben werden?« erkundigte er sich.

Und Yabril antwortete ruhig: »Wieso denn nicht, bei der Geisel, die ich in meiner Gewalt haben werde? Glaube mir, Romeo, du wirst bei denen sicherer sein als ich in Sherhaben.«

Als sie einander im Dunkeln ein letztes Mal umarmten, ahnten sie nicht, daß sie sich nach dem Ostersonntag nie mehr wiedersehen sollten.

Als Yabril fort war, rauchte Romeo im dunklen Garten eine letzte Zigarette. Hinter der Mauer konnte er die Turmspitzen der großen Kathedralen von Rom erkennen. Dann ging er ins Haus: Es war Zeit, seine Gruppe zur Einsatzbesprechung zusammenzurufen.

Annee, Waffenmeisterin ihrer Gruppe, schloß die große Kiste auf, um Waffen und Munition auszugeben. Einer der Männer breitete ein schmutziges Bettlaken auf dem Wohnzimmerfußboden aus, während Annee Gewehröl und Lappen holte. Bei der Instruktion sollten die Gruppenmitglieder ihre Waffen reinigen. Stundenlang lauschten sie, stellten Fragen, rekapitulierten jeden Schritt. Als Annee die Kleidung für den Einsatz verteilte, rissen sie ihre Witze darüber. Schließlich setzten sie sich alle zu einem Essen hin, das Romeo mit den anderen Männern zubereitet hatte, und stießen mit jungem Frühlingswein auf den Erfolg ihres Unternehmens an. Dann spielten einige von ihnen noch eine Stunde lang Karten, bevor sie sich auf ihre Zimmer zurückzogen. Einen Wachtposten brauchten sie nicht; sie hatten das Haus fest verschlossen und ihre Waffen griffbereit neben dem Bett. Trotzdem vermochten sie kaum zu schlafen.

Es war nach Mitternacht, als Annee, die Waffenmeisterin, an Romeos Tür klopfte. Romeo las noch. Er ließ sie ein. Annee schleuderte seine Ausgabe der *Brüder Karamasow* zu Boden und sagte verächtlich: »Liest du schon wieder diesen Mist?« Lächelnd zuckte Romeo die Achseln. »Es amüsiert mich; die Personen kommen mir vor wie Italiener, die sich verzweifelt bemühen, ernsthaft zu sein.« Hastig, fast verstohlen zogen sie sich aus und legten sich nebeneinander auf die verschmutzten Laken. Ihre Körper waren gespannt, doch nicht von sexueller Erregung, sondern von einer unerklärlichen Angst. Romeo starrte zur Decke empor, während Annee, die links von ihm lag, die Augen schloß und ihn mit der Rechten langsam und behutsam zu masturbieren begann. Ihre Schultern berührten sich ganz leicht, doch ihre Körper lagen getrennt nebeneinander. Als Annee spürte, daß Romeo erigiert war, setzte sie die Bewegungen ihrer Rechten fort, während sie sich gleichzeitig mit der linken Hand selbst befriedigte. Es war ein steter, langsamer Rhythmus, und Romeo streckte nur einmal tastend die Hand aus, um ihre kleine Brust zu berühren, wobei sie wie ein kleines Kind die Augen zukniff und eine angewiderte Grimasse zog. Nun wurden ihre Bewegungen fester und stärker, bis Romeo zum Orgasmus kam. Während sein Sperma sich über Annees Hand ergoß, kam auch sie zum Höhepunkt; sie riß die Augen auf, ihr magerer Körper schien sich aufzubäumen, und sie wandte sich Romeo zu, als wolle sie ihn küssen, zog aber den Kopf zurück und barg ihn statt dessen sekundenlang an seiner Brust, bis ihr Körper erschauernd zur Ruhe kam. Kurz danach richtete sie sich resolut auf und säuberte ihre Hand an dem verschmutzten Bettlaken. Dann nahm sie Romeos Zigaretten und Feuerzeug von der Marmorplatte des Nachttischs und fing an zu rauchen. »Jetzt ist mir wohler«, stellte sie fest.

Romeo ging ins Badezimmer und befeuchtete ein Handtuch. Als er zurückkam, reinigte er ihre Hände und sich selbst. Dann reichte er ihr das Handtuch, und sie säuberte sich zwischen den Beinen.

Dasselbe hatten sie schon bei einem anderen Einsatz getan, daher begriff Romeo, daß dies die einzige Form von Zuneigung war, die sie sich zu gestatten vermochte. Denn aus irgendeinem Grund war sie so fanatisch auf ihre Unabhängigkeit versessen, daß sie es nicht ertragen konnte, wenn ein Mann, den sie nicht liebte, in sie eindrang. Und sowohl Fellatio als auch Cunnilingus, die er ihr vorschlug, waren für sie nur eine andere Form der Unterwerfung. Was sie mit ihm gemacht hatte, war für sie die einzige Möglichkeit, ihr Verlangen zu befriedigen, ohne ihr Ideal der Unabhängigkeit zu verraten.

Romeo beobachtete ihr Gesicht. Jetzt war ihre Miene nicht mehr so streng, ihr Blick nicht mehr ganz so fanatisch. Sie ist noch so jung, dachte er; wie hat sie in einer so kurzen Zeit nur so absolut tödlich werden können? »Möchtest du heute nacht bei mir schlafen – nur um nicht allein zu sein?« fragte er sie.

Annee drückte ihre Zigarette aus. »O Gott, nein!« antwortete sie. »Warum sollte ich? Wir haben doch beide gehabt, was wir brauchen.« Sie begann sich anzukleiden.

»Du könntest mir wenigstens was Liebes sagen, bevor du gehst«, gab Romeo scherzend zurück.

Sekundenlang blieb Annee an der offenen Tür stehen; dann wandte sie sich zu ihm um. Flüchtig glaubte er, sie werde zu ihm ins Bett zurückkehren, denn sie lächelte. Zum erstenmal sah er in ihr das junge Mädchen, das er hätte lieben können. Doch dann schien sie sich auf die Zehenspitzen hochzurecken und entgegnete: »Romeo, o Romeo, warum bist du Romeo?« Damit machte sie ihm eine lange Nase und verschwand.

An der Brigham Young University in Provo, Utah, trafen David Jatney und Cryder Cole, zwei Studenten, ihre Vorbereitungen für die traditionell einmal pro Semester organisierte Mörderjagd, ein Spiel, das mit der Wahl von Francis Xavier Kennedy zum Präsidenten der Vereinigten Staaten wieder in Mode gekommen war. Nach den Spielregeln mußte ein Studententeam innerhalb von vierundzwanzig Stunden das Attentat ausführen, das heißt, die Spielzeugpistolen aus einer Entfernung von höchstens fünf Schritten auf eine Pappfigur des Präsidenten der Vereinigten Staaten abfeuern. Dies zu verhindern suchte das aus über hundert Verbindungsstudenten bestehende Team für die Verteidigung von Law and Order. Mit dem Gewinn der Geldwette wurde nach Beendigung der »Jagd« das Siegesbankett bezahlt.

Obwohl der Lehr- und Verwaltungskörper des von der Mormonenkirche beeinflußten Colleges diese Spiele mißbilligte, waren sie an allen Universitäten der Vereinigten Staaten populär geworden – eines der Ärgernisse einer freien Gesellschaftsform. Diesem Übermut der Jugend lag zum Teil schlechter Geschmack und eine Neigung für die primitiveren Aspekte des Lebens zugrunde. Außerdem war er ein Ventil für das Aufbegehren gegen die Autorität, ein Protest all jener, die noch nichts erreicht hatten, gegen jene, die schon erfolgreich waren. Ein symbolischer Protest und ganz gewiß besser als politische Demonstrationen, spontane Gewalttätigkeiten und Sit-ins. Das Jägerspiel war ein Sicherheitsventil für rebellierende Hormone.

David Jatney und Cryder Cole, die beiden »Jäger«, schlenderten

Arm in Arm über den Campus. Da Jatney der Planer und Cole der Ausführende war, übernahm Cole das Reden, während Jatney nur nickte, als sie auf die Verbindungsstudenten zugingen, von denen die Präsidentenpuppe bewacht wurde. Die Pappfigur von Francis Kennedy wies eine gewisse Ähnlichkeit mit ihm auf, war aber auffallend farbig gekleidet: in einen blauen Anzug mit grüner Krawatte, roten Socken und ohne Schuhe. An der Stelle der Schuhe befand sich die römische Ziffer IV.

Da die Law-and-Order-Gruppe Jatney und Cole mit Spielzeugpistolen bedrohte, schwenkten die beiden »Jäger« ab. Cole ließ eine muntere Schimpfkanonade los, doch Jatney zog eine finstere Miene. Er nahm seinen Auftrag mehr als ernst. Jatney rekapitulierte seinen eigenen Plan und sah bereits jetzt mit grimmiger Genugtuung, daß er mit Sicherheit Erfolg haben würde. Dieser Vormarsch im Angesicht der Feinde diente ausschließlich dazu, den Gegnern zu zeigen, daß sie Skikleidung trugen, das heißt ein bestimmtes Erscheinungsbild zu fixieren und dadurch eine spätere Überraschung vorzubereiten. Und den Eindruck zu erwecken, sie verließen den Campus fürs ganze Wochenende.

Wichtiger Bestandteil bei diesem »Jägerspiel« war es, daß der Terminplan der Präsidentenpuppe bekanntgegeben werden mußte. Am selben Abend sollte sie an dem Siegesbankett teilnehmen, das vor Mitternacht stattfinden würde. Jatney und Cole hatten sich vorgenommen, unmittelbar vor dem Ende um Mitternacht zuzuschlagen.

Alles verlief genau wie geplant. Um sechs Uhr nachmittags trafen sich Jatney und Cole in dem vorgesehenen Restaurant. Der Besitzer hatte keine Ahnung von ihrem Plan. Für ihn waren sie nur zwei junge Studenten, die während der vergangenen vierzehn Tage bei ihm gearbeitet hatten. Sie waren ausgezeichnete Kellner, vor allem Cole, und der Besitzer hatte seine Freude an ihnen.

Um neun Uhr abends, als die Law-and-Order-Wache, einhundert Mann stark, mit der Präsidentenpuppe Einzug hielt, wurden an allen Eingängen des Restaurants Posten aufgestellt. Die Puppe

wurde ins Zentrum eines Kreises aus Tischen gesetzt. Der Besitzer rieb sich die Hände vor Genugtuung über das gute Geschäft, das er machte. Erst als er in die Küche ging und sah, wie seine beiden jungen Kellner Spielzeugpistolen in den Suppenterrinen versteckten, ging ihm ein Licht auf. »O Gott, nein!« stöhnte er. »Das heißt ja, daß ihr beiden heute abend bei mir aufhört!« Cole grinste ihn an, David Jatney dagegen schenkte ihm einen finsteren Blick, als sie, die Suppenterrinen hochgestemmt, damit ihre Gesichter dahinter nicht zu sehen waren, in den Speisesaal marschierten.
Die Wachen tranken bereits auf ihren Sieg, als Jatney und Cole die Terrinen auf den Mitteltisch stellten, die Deckel abnahmen und die Spielzeugpistolen herausholten. Sie richteten ihre Waffen auf die grellbunt gekleidete Puppe und feuerten sie mit kleinen Plop-Geräuschen ab. Cole gab einen Schuß ab und brach in Lachen aus. Jatney feuerte drei sorgfältig gezielte Schüsse und warf seine Pistole zu Boden. Er rührte sich nicht und lächelte auch nicht, bis die Wachmannschaft ihn fluchend beglückwünschte und sie alle zum Dinner Platz nahmen. Jatney beförderte die Puppe mit einem Tritt zu Boden, wo sie nicht mehr zu sehen war.
Das war eine der einfacheren »Jagden« gewesen. An anderen Colleges im ganzen Land verlief das Spiel wesentlich ernsthafter. Nicht nur wurden ausgeklügelte Sicherheitssysteme eingesetzt, sondern auch Puppen, die synthetisches Blut verspritzten. Die Presse vermutete, daß dieser Brauch durch die Wahl Francis Xavier Kennedys zum Präsidenten wieder zum Leben erweckt worden war. An den liberaleren Colleges war die Puppe gelegentlich schwarz.
In Washington D.C. jedoch verfügte Christian Klee, Justizminister der Vereinigten Staaten, über eine eigene Kartei all dieser verspielten Attentäter, wobei das Foto und Memo über Jatney sein besonderes Interesse erregten. Er nahm sich vor, ein Ermittlungsteam auf David Jatneys Vergangenheit anzusetzen.

An diesem selben Karfreitag fuhren zwei weit ernsthaftere junge Männer mit weit idealistischeren Überzeugungen als Jatney und Cole und weit besorgter um die Zukunft ihrer Welt vom Massachusetts Institute of Technology nach New York und deponierten in einem Gepäckschließfach der Hafenbehörde einen kleinen Koffer. Vorsichtig suchten sie sich einen Weg durch die Menge der betrunkenen, obdachlosen Penner, der scharfäugigen Zuhälter, der mit ihrer Arbeit beginnenden Huren in den Hallen. Die beiden waren Wunderkinder: mit zwanzig Jahren bereits Physikprofessoren und Mitarbeiter eines wissenschaftlichen Forschungsprogramms der Universität. Der Koffer enthielt eine winzige Atombombe, die sie aus gestohlenem Labormaterial und dem erforderlichen Plutoniumoxyd zusammengebaut hatten. Zwei Jahre hatten sie gebraucht, um dieses Material Stück für Stück aus den Vorräten ihres Programms zu stehlen, indem sie Berichte und Experimente fälschten, um ihre Diebstähle zu kaschieren.

Sie hießen Adam Gresse und Henry Tibbot und hatten bereits mit zwölf Jahren als kleine Genies gegolten. Von ihren Eltern waren sie dazu erzogen, sich ihrer Verantwortung gegenüber der Menschheit bewußt zu sein. Sie hatten keine Laster, es sei denn, ihr immenses Wissen. Auf Grund ihrer brillanten Intelligenz verachteten sie all jene Verlockungen, die sie als Läuse im Pelz der Menschheit betrachteten: Alkohol, Glücksspiel, Frauen, Völlerei und Drogen.

Der übermächtigen Droge des klaren Denkens jedoch waren sie verfallen. Die beiden besaßen ein soziales Gewissen und erkannten das Ausmaß des Bösen in der Welt. Sie wußten, daß der Bau von Atomwaffen ein Fehler war, daß das Schicksal der Menschheit auf dem Spiel stand, und beschlossen, alles zu tun, was in ihren Kräften stand, um eine endgültige Katastrophe abzuwenden. Deshalb beschlossen sie nach einem Jahr kindlichen Geredes, der Regierung einen Schrecken einzujagen. Sie würden beweisen, wie einfach es für einen blindwütigen Fanatiker war, der Menschheit einen schweren Schaden zuzufügen. Also bauten sie eine winzige

Atombombe, nur eine halbe Kilotonne stark, um sie irgendwo zu deponieren und die Behörden vor ihr zu warnen. Sie hielten sich selbst und ihre Tat für einzigartig, göttergleich. Sie wußten nicht, daß eben diese Situation bereits von den psychologischen Berichten eines hochrangigen, von der Regierung eingerichteten *think tank*, einer Art Strategiekommission, als eine der Möglichkeiten des Atomzeitalters vorausberechnet worden war.

Noch während sie sich in New York aufhielten, gaben Adam Gresse und Henry Tibbot ihr Warnschreiben an die New York Times auf, in dem sie ihre Beweggründe darlegten und baten, den Brief zu veröffentlichen, bevor er an die Behörden weitergesandt wurde. Mit der Formulierung dieses Briefes hatten sie sich sehr große Mühe gegeben – nicht nur, weil er sorgfältig abgefaßt werden mußte, um eindeutig klarzustellen, daß nichts Böses beabsichtigt war, sondern auch, weil sie gedruckte Wörter und Buchstaben aus alten Zeitungen benutzten, die sie ausschnitten und auf leere Papierbogen klebten.

Die Bombe sollte nicht vor dem folgenden Donnerstag losgehen. Bis dahin würde das Schreiben bei den Behörden eingetroffen und die Bombe gefunden worden sein. Als Warnung an die Herren der Welt.

Oliver Ollifant war hundert Jahre alt, sein Verstand aber war noch so scharf wie eine Messerschneide. Zu seinem Unglück.

Es war ein so brillanter und doch subtiler Verstand, daß er Ollifant, obwohl er zahllose moralische Gesetze gebrochen hatte, immer wieder ein reines Gewissen bescherte. Ein so gerissener Verstand, daß Oliver Ollifant kein einziges Mal in die fast unvermeidlichen Fallen des Alltagslebens getappt war: Er hatte niemals geheiratet, niemals für ein politisches Amt kandidiert und niemals einen Freund gehabt, dem er uneingeschränkt vertraute.

Auf seinem riesigen, abgelegenen und schwer bewachten Besitz, nur zehn Meilen vom Weißen Haus, erwartete Oliver Ollifant, der reichste Bürger und vermutlich mächtigste Privatmann von ganz

Amerika, die Ankunft seines Patensohnes Christian Klee, Justizminister der Vereinigten Staaten.

Oliver Ollifants Charme vermochte es durchaus mit seinem brillanten Verstand aufzunehmen, und seine Macht stützte sich auf beide Eigenschaften zugleich. Sogar im fortgeschrittenen Alter von einhundert Jahren baten ihn noch immer zahlreiche große Männer um Rat und verließen sich so sehr auf seine analytischen Fähigkeiten, daß man ihm den Beinamen »das Orakel« verliehen hatte.

Als Berater von Präsidenten hatte das Orakel Wirtschaftskrisen, Wall-Street-Zusammenbrüche, Dollarkursstürze, die Flucht ausländischen Kapitals, die Phantasien von Ölprinzen ebenso vorausgesagt wie die politischen Schachzüge der Sowjetunion und die unerwartete Versöhnung von Rivalen der demokratischen oder republikanischen Partei. Vor allem aber hatte er zehn Milliarden Dollar angehäuft. Daß man den Rat eines so reichen Mannes schätzte, selbst wenn er sich einmal irrte, war verständlich. Das Orakel hatte aber so gut wie immer recht.

Heute, an diesem Karfreitag, beschäftigte sich das Orakel jedoch nur mit einem einzigen Problem: der Geburtstagsparty zur Feier seiner einhundert Erdenjahre. Eine Party, die am Ostersonntag im Rosengarten des Weißen Hauses stattfinden und deren Gastgeber kein anderer sein sollte als der Präsident der Vereinigten Staaten, Francis Xavier Kennedy höchstpersönlich.

Es war eine verständliche Eitelkeit, daß sich das Orakel ganz unmäßig auf dieses spektakuläre Ereignis freute. Einen kurzen Augenblick lang würde die Welt sich wieder seiner erinnern. Es wird, dachte er traurig, mein letzter Auftritt auf dieser Bühne sein.

In Rom schließlich bereitete sich an diesem Karfreitag Theresa Catherine Kennedy, Tochter des Präsidenten der Vereinigten Staaten, auf das Ende ihres europäischen Exils und die Rückkehr ins Weiße Haus vor, wo sie mit ihrem Vater zusammenleben sollte. Ihr Team von Sicherheitsbeamten des Secret Service hatte bereits alle Reisevorbereitungen getroffen. Auf ihre Anweisung hin hat-

ten sie einen Platz für den Flug Rom–New York am Ostersonntag gebucht.
Theresa Kennedy war dreiundzwanzig Jahre alt und hatte in Europa studiert – zuerst an der Sorbonne in Paris und dann in Rom, wo sie zur beiderseitigen Erleichterung soeben eine recht ernsthafte Affäre mit einem radikalen italienischen Studenten beendet hatte.
Sie liebte ihren Vater, fand aber die Tatsache, daß er Präsident war, ausgesprochen unangenehm, weil sie zu loyal war, um ihren eigenen Ansichten öffentlich Ausdruck zu verleihen. Sie glaubte an den Sozialismus, glaubte daran, daß alle Menschen Brüder und alle Frauen Schwestern seien. Sie war Feministin auf amerikanische Art: Da finanzielle Unabhängigkeit für sie die Grundlage der Freiheit war, hatte sie auch kein schlechtes Gewissen hinsichtlich des Treuhandfonds, der ihr diese Freiheit gestattete.
Aus einer merkwürdigen, aber sehr menschlichen Moralauffassung heraus lehnte sie alle Privilegien ab und besuchte ihren Vater nur selten im Weißen Haus. Außerdem gab sie dem Vater – möglicherweise unbewußt – die Schuld am Tod ihrer Mutter, weil er, während sie im Sterben lag, weiter um die politische Macht gekämpft hatte. Später hatte sie versucht, in Europa unterzutauchen, mußte sich aber aus Sicherheitsgründen als enges Mitglied der Präsidentenfamilie vom Secret Service beschützen lassen. Ihr Versuch, sich diesem Schutz offiziell zu entziehen, war ebenfalls gescheitert: Ihr Vater hatte sie gebeten, es nicht zu tun. Wie Francis Kennedy ihr erklärte, würde er es nicht ertragen können, wenn ihr etwas zustoßen sollte.
Und so wurde Theresa Kennedy durch ein zwanzig Mann starkes, über drei Tagesschichten verteiltes Team bewacht. Wann immer sie ein Restaurant besuchte oder mit ihrem Freund ins Kino ging – sie waren dabei. Sie mieteten Wohnungen im selben Haus, operierten von einem Kommandowagen aus und ließen sie niemals allein. Außerdem mußte sie an jedem einzelnen Tag dem Chef des Sicherheitstrupps ihren Terminplan mitteilen.

Ihre Wachen waren janusköpfige Ungeheuer, halb Diener, halb Herren. Mit ihrer modernen elektronischen Ausrüstung vermochten sie sie sogar bei der Liebe zu belauschen, wenn sie einen Freund in ihre Wohnung mitnahm. Und sie wirkten einschüchternd, bewegten sich wie Wölfe, lautlos schleichend, den Kopf aufmerksam schräggelegt, als wollten sie Witterung aufnehmen, während sie in Wirklichkeit auf die Ohrhörer ihrer Funkgeräte lauschten.

Gegen ein absolut lückenloses Sicherheitsnetz, das heißt eine enge Überwachung in der Wohnung, ja sogar im Auto, hatte Theresa Kennedy sich erfolgreich gewehrt. Sie fuhr ihren Wagen selbst und weigerte sich, das Sicherheitsteam in die Nachbarwohnung einziehen oder die Männer auf der Straße neben sich gehen zu lassen. Sie bestand auf einer »peripheren« Sicherheitsüberwachung, bei der die Männer eine Art Mauer um sie errichteten, als bewege sie sich in einem großen Garten. So vermochte sie wenigstens ein gewisses Privatleben zu führen. Aber auch das führte zu peinlichen Momenten. Eines Tages ging sie einkaufen und brauchte Kleingeld für ein Telefongespräch. In der Nähe hatte sie einen ihrer Sicherheitsbeamten entdeckt, der so tat, als kaufe er ebenfalls ein. Sie ging auf ihn zu und fragte ihn: »Könnten Sie mir einen *Gettone* geben?« Der Mann starrte sie völlig entgeistert an, und ihr wurde klar, daß sie einen Fehler gemacht hatte, daß er gar kein Sicherheitsbeamter war. Sie prustete vor Lachen und entschuldigte sich. Der Mann überreichte ihr vergnügt eine Telefonmünze. »Für eine Kennedy – mit Freuden«, erklärte er scherzend.

Wie so viele junge Leute glaubte auch Theresa Kennedy, ohne einen bestimmten Beweis dafür zu haben, daß die Menschen »gut« seien; ebenso wie sie sich selbst für »gut« hielt. Sie marschierte für die Freiheit, sprach sich für das Recht und gegen das Unrecht aus. Sie versuchte, niemals jene kleinen, aber gemeinen Dinge des Alltagslebens zu tun. Als Kind hatte sie ihr Sparschweinchen den amerikanischen Indianern geschenkt.

Für Theresa als Tochter des Präsidenten der Vereinigten Staaten gehörte es sich nicht, für die Abtreibung einzutreten und ihren Namen für radikale oder linksgerichtete Organisationen herzugeben, die Schelte der Medien und die Beleidigungen politischer Gegner ertrug sie jedoch gelassen. In Liebesdingen war sie in ihrer Naivität betont gewissenhaft und fair, glaubte an absolute Offenheit und verabscheute Hinterlist.

Sie hätte aus ein paar nützlichen Lektionen lernen sollen. In Paris versuchte zum Beispiel einmal eine Bande Clochards, die unter einer Brücke lebten, sie zu vergewaltigen, als sie die Stadt auf der Suche nach Lokalkolorit durchstreifte. In Rom versuchten ihr zwei Bettler die Handtasche zu entreißen, als sie ihnen gerade Geld geben wollte, und jedesmal hatten ihre geduldigen, wachsamen Secret-Service-Beschützer sie retten müssen. Das alles aber vermochte ihren Glauben daran, daß der Mensch im Grunde gut sei, daß jeder Mensch den Keim des Guten in sich trage und niemand für die Erlösung verloren sei, nicht im geringsten zu beeinflussen. Als Feministin hatte sie natürlich von der Tyrannei der Männer über die Frauen gehört, konnte sich im Grunde aber keine Vorstellung von der brutalen Gewalt machen, die Männer anwandten, um mit ihrer Umwelt fertig zu werden. Sie begriff nicht, wie es ein Mensch über sich bringen konnte, einen anderen Menschen auf übelste und grausamste Weise zu hintergehen.

Der Chef ihres Bewacherteams, der zu alt war, um wichtigere Regierungsbeamte zu beschützen, war über ihre Naivität entsetzt und versuchte sie aufzuklären, indem er ihr Horrorstorys über die Menschen im allgemeinen erzählte, Storys aus seinen langen Jahren im Geheimdienst, wobei er freimütiger sprach als sonst, denn dies war sein letzter Auftrag vor der Pensionierung.

»Sie sind zu jung, um die Welt zu verstehen«, erklärte er. »Und in Ihrer Position müssen Sie äußerst vorsichtig sein. Sie glauben, weil Sie jemandem etwas Gutes tun, müsse derjenige zu Ihnen auch gut sein.« Erst am Tag zuvor hatte Theresa einen Anhalter mitgenommen, der sich einbildete, das sei eine Aufforderung zum Tanz. Der Sicherheitschef hatte sofort eingegriffen, und die beiden

Begleitwagen drängten Theresas Auto genau in dem Moment an den Straßenrand, als der Anhalter ihr unter den Rock greifen wollte.

»Ich möchte Ihnen eine Geschichte erzählen«, sagte der Chef. »Ich habe früher mal für den klügsten und nettesten Mann des ganzen Regierungsapparates gearbeitet. Abteilung Geheimoperationen. Ein einziges Mal nur wurde er reingelegt, in eine Falle gelockt und war einem dieser schrecklichen Kerle ausgeliefert. Einfach umlegen hätte der ihn können. Aus irgendeinem Grund aber ließ er meinen Boß laufen und sagte: ›Vergiß nicht, daß du mir etwas schuldig bist.‹

Sechs Monate lang haben wir diesen Kerl gejagt und schließlich gestellt. Und mein Boß legte ihn um, ohne ihm eine Chance zur Kapitulation oder zum Überlaufen zu geben. Und wissen Sie, warum? Er hat es mir persönlich erklärt. Dieser Kerl hatte ein einziges Mal die Macht über Leben und Tod in der Hand und war daher zu gefährlich geworden, um ihn am Leben zu lassen. Außerdem war ihm mein Boß keineswegs dankbar, denn die gute Tat dieses Mannes sei nur eine Laune gewesen, und beim nächstenmal könne man nicht mit Launen rechnen.« Eines jedoch verschwieg der Sicherheitschef Theresa Kennedy: daß sein Boß ein Mann namens Christian Klee gewesen war.

All diese Ereignisse liefen an einem einzigen Punkt zusammen: Francis Xavier Kennedy, dem Präsidenten der Vereinigten Staaten von Amerika.

Präsident Francis Xavier Kennedy und sein Wahlerfolg galten als Wunder in der amerikanischen Politik, denn obwohl er vor seiner Wahl zum Präsidenten nur eine einzige Amtsperiode im Senat abgeleistet hatte, war er aufgrund seines magisch wirkenden Namens und seiner außergewöhnlichen physischen und intellektuellen Fähigkeiten in das hohe Amt gewählt worden.

Er war der »Neffe« von John F. Kennedy, genannt Jack, dem Präsidenten, der 1963 ermordet wurde, betätigte sich aber außerhalb des organisierten Kennedy-Clans noch immer aktiv in der amerikanischen Politik. In Wirklichkeit war er ein Cousin, und zwar der einzige in der zahlreichen Familie, der das Charisma seiner beiden berühmten Onkels John und Robert Kennedy geerbt hatte.

Francis Kennedy war ein junges Genie auf dem Gebiet der Jurisprudenz gewesen, mit vierundzwanzig Jahren bereits Professor in Harvard. Später hatte er eine eigene Anwaltskanzlei gegründet, die sich für weitgehende liberale Reformen in der Regierung und auf dem Sektor der Privatwirtschaft einsetzte. Daß seine Anwaltskanzlei nicht sehr viel Geld einbrachte, war für ihn unwichtig, da er beträchtlichen Reichtum geerbt hatte, aber sie machte ihn im ganzen Land bekannt. Er trat für die Rechte von Minderheiten und für das Wohl Erwerbsunfähiger ein und trat als Verteidiger all derer auf, die auf die Hilfe anderer angewiesen waren.

All diese guten Taten hätten ihm politisch jedoch nichts eingebracht, wären da nicht seine übrigen Eigenschaften gewesen. Mit den strahlendblauen Augen seiner beiden ermordeten Onkels, der weißen Haut und dem pechschwarzen Haar sah er überdurchschnittlich gut aus. Er verfügte über einen Verstand, der messerscharf war, zugleich war er aber so humorvoll, daß er seine Gegner ohne auch nur eine Spur kleinkarierter Bosheit tödlich treffen konnte. Er war nie großspurig, nie arrogant. Er war gut bewandert in den Natur- und Geisteswissenschaften und schätzte vor allem menschliche Werte.

Die Hauptsache aber war, daß er im Fernsehen überwältigend gut ankam. Auf dem Bildschirm wirkte er faszinierend. Diese Eigenschaften sowie der Name Kennedy hatten ihm die Präsidentschaft eingebracht. Vier seiner engsten Freunde hatten seine Wahl organisiert: Christian Klee, Arthur Wix, Eugene Dazzy und Oddblood Gray, die er zu seinen persönlichen Beratern ernannte.

Als er zum demokratischen Präsidentschaftskandidaten gewählt wurde, tat Francis Kennedy etwas Merkwürdiges: Statt seinen ererbten Reichtum in Treuhandfonds anzulegen, stiftete er ihn für wohltätige Zwecke. Seine Frau und seine Tochter besaßen Treuhandfonds, die für ihre Bedürfnisse genügten; er selbst war talentiert genug, sich selbst einen luxuriösen Lebensunterhalt zu verdienen. Es sei kein großes Opfer, behauptete er wie einige seiner Gegner, aber er wollte eine Art Beispiel geben. Es gehörte zu seinen festen Überzeugungen, daß kein einzelner Mensch außerordentlichen Reichtum anhäufen dürfe. Nicht etwa, daß er ein Kommunist gewesen wäre – o nein, ein jeder Mann sollte selbst für seine Frau, seine Kinder, seine Familie sorgen dürfen. Warum aber sollte ein einzelner Mensch Milliarden Dollar besitzen? Seine Handlungsweise und seine Worte weckten bei Millionen Bewunderung und bei Tausenden glühenden Haß.

Große Dinge wurden von ihm erwartet, unglücklicherweise jedoch weigerte sich der mit Kennedy zeitgleich gewählte demokratische Kongreß, sein ehrgeiziges Sozialprogramm zu genehmigen. Im Fernsehen hatte Francis Kennedy versprochen, daß jede Familie eine menschenwürdige Unterkunft erhalten werde, er hatte außergewöhnliche Bildungspläne angekündigt, medizinische Versorgung für jeden Bürger zugesagt und erklärt, ein reiches Amerika könne ohne weiteres ein soziales Netz schaffen, das jene Unglücklichen auffangen werde, die auf die unterste Stufe der gesellschaftlichen Leiter absanken. Im Fernsehen wirkten diese Versprechen, zusammen mit seiner einschmeichelnden Stimme und seiner blendenden Erscheinung, begeisternd. Und nachdem er gewählt worden war, versuchte er aufrichtig, sie einzulösen. Der Kongreß aber stimmte gegen ihn.

An diesem Karfreitag traf er sich mit seinem Beraterstab sowie dem Vizepräsidenten, um ihnen allen eine Mitteilung zu machen, die ihnen bestimmt nicht gefallen würde.

Er hatte sie in den Yellow Oval Room des Weißen Hauses bestellt, sein Lieblingszimmer, das größer und bequemer war als das berühmtere Oval Office. Der Yellow Room glich eher einem Wohnzimmer, wo sie es sich bequem machen konnten, während englischer Tee serviert wurde.

Sie erwarteten ihn gemeinsam und erhoben sich, als seine Leibwächter vom Secret Service ihn hereinbegleiteten. Kennedy winkte ihnen, sich wieder zu setzen, während er die Leibwächter bat, draußen auf ihn zu warten. Zwei Dinge ärgerten ihn an dieser kleinen Szene: erstens, daß er die Männer vom Secret Service dem Protokoll entsprechend persönlich hinausbefehlen mußte, und zweitens, daß der Vizepräsident sich respektvoll vor dem Präsidenten zu erheben hatte. Was ihn besonders daran störte, war die Tatsache, daß der Vizepräsident eine Dame war und das politische Protokoll die gesellschaftliche Höflichkeit überwog. Hinzu kam, daß Vizepräsidentin Helen DuPray zehn Jahre älter war als er, immer noch eine schöne Frau war und über eine außergewöhnliche politische und gesellschaftliche Intelligenz verfügte. Das war natürlich auch der Grund, warum er sie als Mitkandidatin erkoren hatte, obwohl die Parteioberen der Demokraten dagegen gewesen waren.

»Verdammt, Helen«, sagte Francis Kennedy, »stehen Sie doch nicht jedesmal auf, wenn ich ein Zimmer betrete! Jetzt muß *ich* allen den Tee einschenken, um zu beweisen, wie bescheiden ich bin.«

»Ich wollte Ihnen meine Dankbarkeit ausdrücken«, erwiderte Helen DuPray. »Wenn die Vizepräsidentin zu Ihrer Stabsbesprechung eingeladen wird, dann meistens nur, um sich vorschreiben zu lassen, wie sie das Geschirr zu spülen hat.« Beide lachten. Die anderen nicht.

Francis Kennedy wartete, bis alle ihren Tee bekommen hatten; dann sagte er: »Ich habe beschlossen, nicht mehr für eine zweite Amtszeit zu kandidieren. Das ist der Grund, warum ich Sie zu dieser Sitzung gebeten habe. Helen«, wandte er sich an die Vizepräsidentin, »ich möchte, daß Sie sich auf die Kandidatur für die Präsidentschaft vorbereiten. Ich sichere Ihnen meine volle Unterstützung zu. Was immer das Ihnen nützen mag.«

Alle Anwesenden waren wie vom Donner gerührt; dann lächelte Helen DuPray dem Präsidenten zu. Die Herren erkannten nicht nur an, daß sie ein bezauberndes Lächeln besaß, sondern auch, daß dieses Lächeln eine ihrer mächtigsten politischen Waffen war. »Ich glaube, Francis«, entgegnete sie, »dieser Entschluß, nicht wieder zu kandidieren, erfordert eine eingehende Diskussion mit Ihrem Stab, und zwar ohne mein Beisein. Bevor ich mich also verabschiede, möchte ich noch folgendes sagen: Ich weiß, wie entmutigt Sie zu diesem speziellen Zeitpunkt durch das Verhalten des Kongresses sind. Für den Fall jedoch, daß ich gewählt werde, könnte ich bestimmt nichts besser machen als Sie. Ich finde, Sie sollten etwas geduldiger sein. In einer zweiten Amtszeit könnten Sie möglicherweise viel mehr erreichen.«

Ungeduldig widersprach Präsident Kennedy: »Sie wissen genausogut wie ich, Helen, daß ein Präsident der Vereinigten Staaten in der ersten Amtszeit weitaus mehr Einfluß hat als in der zweiten.«

»Das trifft zwar in den meisten Fällen zu«, bestätigte Helen DuPray. »Aber vielleicht bekommen wir für Ihre zweite Amtszeit ein anderes Repräsentantenhaus. Und noch etwas in meinem eigenen Interesse: Als Vizepräsidentin für nur eine Amtszeit bin ich in einer schwächeren Position als mit zweien. Außerdem wäre Ihre Unterstützung als Präsident mit zwei Präsidentschaftsperioden wertvoller für mich als die eines Präsidenten, der sich von seinem eigenen demokratischen Kongreß aus dem Amt hat jagen lassen.«

Als sie ihren Memo-Ordner nahm und sich zum Gehen wandte, sagte Francis Kennedy: »Sie können ruhig bleiben.«

Helen DuPray schenkte allen Herren ein liebenswürdiges Lächeln. »Ich bin sicher, daß Ihr Stab weit freier sprechen kann, wenn ich nicht anwesend bin«, erwiderte sie und verließ den Yellow Oval Room.

Die vier Männer um Kennedy schwiegen. Nachdem sich die Tür hinter ihr geschlossen hatte, entstand eine kurze Unruhe, als sie in ihren Memo-Ordnern blätterten oder nach Tee und Sandwiches griffen. Der Stabschef des Präsidenten, Eugene Dazzy, bemerkte beiläufig: »Helen ist so ziemlich die intelligenteste Person in dieser

Regierung.« Dazzy war bekannt dafür, daß er eine Schwäche für schöne Frauen hatte.
Francis Kennedy sah ihn lächelnd an. »Und was meinen Sie, Euge?« erkundigte er sich. »Finden Sie auch, ich sollte geduldiger sein und ein zweites Mal kandidieren?«
Die Herren rutschten unruhig auf ihren Stühlen herum. So intelligent Helen DuPray auch sein mochte – sie kannte Francis Kennedy nicht so gut wie sie. Jeder der vier anwesenden Herren hatte eine weitaus engere Beziehung zum Präsidenten als sie. Alle waren sie entweder seit dem Beginn seiner politischen Laufbahn oder sogar noch länger bei ihm und sie wußten, daß hinter seiner leicht hingeworfenen, fast scherzhaften Bemerkung, er werde Helen DuPray unterstützen, eine praktisch unverrückbare Entscheidung stand. Und ebenfalls wußten sie, daß dies das Ende ihrer eigenen Macht bedeuten würde. Sie kamen recht gut aus mit der Vizepräsidentin, machten sich jedoch keinerlei Illusionen über das, was sie tun würde, sobald sie Präsidentin wurde: ihren eigenen, handverlesenen Beraterstab mitbringen.
Eugene Dazzy, Kennedys Stabschef, war ein fülliger, umgänglicher Mann, dessen Kunst darin bestand, zu vermeiden, daß Menschen, deren wichtige Wünsche und spezielle Anliegen der Präsident ablehnen mußte, zu seinen Feinden wurden. Als Dazzy den nahezu kahlen Kopf über seine Notizen beugte, spannten sich die Nähte des perfekt geschnittenen Jacketts über seinem faßförmigen Oberkörper.
»Warum denn nicht kandidieren?« fragte er beiläufig. »Das wird doch ein richtig schöner Bummeljob. Der Kongreß wird Ihnen vorschreiben, was Sie zu tun haben, und sich weigern zu tun, was Sie von ihm verlangen. Alles wird so bleiben wie bisher. Nur nicht in der Außenpolitik; da können Sie sich ein bißchen Spaß erlauben. Und vielleicht sogar was Gutes tun. Gewiß, die Welt bricht auseinander, und die anderen Länder scheißen sozusagen auf uns, selbst die kleinen Fische tun das, unterstützt, wie wir ja wissen, von den großen amerikanischen Konzernen mit ihren internationalen

Töchtern. Unsere Army liegt zahlenmäßig um fünfzig Prozent unter der Quote; wir haben unsere Kinder so prachtvoll erzogen, daß sie zu schlau sind, um Patrioten zu sein. Na schön, wir haben unsere Technologie, aber wer kauft unsere Produkte? Unsere Zahlungsbilanz sieht hoffnungslos aus. Japan verkauft weit mehr als wir, Israel besitzt eine effektivere Armee. Sie können nur davon profitieren. Ich sage, lassen Sie sich wiederwählen, entspannen Sie sich und genießen Sie die nächsten vier Jahre. Teufel noch mal, das ist doch kein schlechter Job, und das Geld können Sie auch ganz gut gebrauchen.« Lächelnd hob Dazzy die Hand, um zu zeigen, daß er es zumindest halb scherzhaft meinte.

Trotz ihrer scheinbar lässigen Haltung beobachteten die vier Herren den Präsidenten genau. Keiner von ihnen hatte das Gefühl, Dazzy habe sich respektlos verhalten; der etwas lässige Ton seiner Bemerkungen war von der Art, zu der Kennedy sie alle während der letzten drei Jahre ermutigt hatte.

Arthur Wix, der Berater für Nationale Sicherheit, war ein dicker Mann mit Großstadtgesicht, Sohn eines jüdischen Vaters und einer italienischen Mutter; er konnte auf recht bissige Art humorvoll sein, zeigte aber einen gewissen Respekt sowohl vor dem Präsidentenamt als auch vor Kennedy persönlich. Jetzt nahm er sich besonders zusammen. Außerdem fand er, daß seine schwere Verantwortung als Berater für Nationale Sicherheit von ihm einen ernsthafteren Ton verlangte als von den anderen. Also sprach er in einem ruhigen, überzeugenden Tonfall, der noch immer ein wenig den New Yorker verriet. »Euge«, sagte er, auf Dazzy deutend, »mag denken, daß er Witze macht, aber Sie können einen wertvollen Beitrag zur Außenpolitik unseres Landes leisten. Wir haben einen weit größeren Einfluß, als Europa oder Asien glauben. Ich halte es für unabdingbar, daß Sie für eine weitere Amtszeit kandidieren. Denn in der Außenpolitik besitzt der Präsident der Vereinigten Staaten schließlich die Macht eines Monarchen.«

Wieder beobachteten die vier Berater Kennedys Reaktion, der

Präsident wandte sich jedoch ganz einfach an den Mann, der ihm freundschaftlich am nächsten stand, näher noch sogar als Dazzy.

»Was meinst du dazu, Chris?« erkundigte sich Kennedy.

Christian Klee war Justizminister der Vereinigten Staaten und durch einen außergewöhnlichen Schachzug Kennedys darüber hinaus zum Direktor des FBI und Chef des Secret Service ernannt worden, der für die Sicherheit des Präsidenten verantwortlich war. Im wesentlichen kontrollierte er das gesamte interne Sicherheitssystem der Vereinigten Staaten. Politisch hatte Kennedy einen hohen Preis dafür bezahlt: Er hatte dem Kongreß dafür die Ernennung zweier Richter des Obersten Gerichtshofes, dreier Kabinettsposten und das Botschafteramt in England abtreten müssen.

»Du mußt dir über zwei Dinge klarwerden, Francis«, antwortete Christian Klee. »Erstens, willst du wirklich wieder für das Amt des Präsidenten kandidieren? Du könntest allein mit deiner Stimme und deinem Lächeln im Fernsehen gewinnen. Deine Regierung hat einen Scheißdreck für dieses Land getan. Willst du es also wirklich tun? Die zweite Frage lautet: Willst du immer noch etwas für dieses Land tun? Willst du alle seine Feinde, innen und außen, bekämpfen? Willst du dieses Land wirklich auf den richtigen Weg bringen? Denn ich bin der Meinung, daß dieses Land im Sterben liegt, ich halte es für einen Dinosaurier, der ausgelöscht werden wird. Oder willst du dir nur einen vier Jahre langen Urlaub gönnen und das Weiße Haus als deinen privaten Country Club benutzen?« Christian Klee hielt einen Moment inne; dann sagte er lächelnd: »Drei Fragen.«

Christian Klee und Francis Kennedy hatten sich schon im College kennengelernt. Obwohl Christian einer der einflußreichsten jungen Männer in Harvard war, während Kennedy nur seinen eigenen kleinen Kreis von Bewunderern hatte, war Christian einer der Ihren geworden.

Jetzt blickte Präsident Kennedy zu Christian Klee hinüber. Mit einer Andeutung von Ironie erklärte er: »Die Antwort auf alle drei Fragen ist nein.« Dann wandte er sich an seinen politischen Chefberater und Verbindungsmann zum Kongreß, Oddblood Gray, den jüngsten seines Stabes, der erst seit zehn Jahren das College hinter sich hatte.

Oddblood Gray kam via Harvard und Rhodes-Stipendium aus der linken Schwarzenbewegung. Sein jugendlicher Idealismus war möglicherweise von seinem instinktiven politischen Genie korrumpiert worden. Er wußte genau, wie eine Regierung arbeitete, wo Einfluß geltend gemacht werden, wann die brutale Macht der Protektion ausgeübt werden mußte, wann es besser war, auf der Stelle zu treten, und wann man mit Anstand kapitulierte. Kennedy hatte seine Warnung vor dem Versuch ignoriert, seine neuen Programme durch den Kongreß zu bringen. Gray hatte die schwere Niederlage vorausgesehen.

»Was meinen Sie, Otto?« fragte ihn Kennedy.

»Geben Sie auf«, antwortete Oddblood Gray. »Solange Sie noch nur so eben verlieren.« Kennedy lächelte, die anderen Herren lachten. Oddblood Gray fuhr fort: »Der Kongreß scheißt auf Sie, die Presse tritt Sie in den Arsch. Die Lobbyisten und die Großindustrie haben Ihren Programmen die Luft abgedreht. Die Arbeiter sind von Ihnen enttäuscht, die Intellektuellen meinen, daß Sie sie hintergangen haben. Der rechte und der linke Flügel in diesem Land sind sich in einer Hinsicht einig: daß Sie ein Waschlappen sind. Da lenken Sie diesen verdammt großen Cadillac von einem Land, aber das Lenkrad funktioniert nicht. Und darüber hinaus kriegt jeder verdammte Wildgewordene in diesem Land noch einmal vier Jahre Zeit, Sie zu erledigen. Der Hattrick. Laßt uns lieber alle zusammen machen, daß wir hier rauskommen, aus diesem verdammten Weißen Haus.«

»Meinen Sie, ich würde wiedergewählt werden?« erkundigte sich Kennedy lächelnd.

Oddblood Gray spielte den Erstaunten. »Selbstverständlich«, gab er zurück. »In diesem Land werden nutzlose Präsidenten stets

wiedergewählt. Selbst Ihre schlimmsten Feinde wollen, daß Sie wiedergewählt werden.«
Kennedy lächelte. Sie versuchten ihn zu einer zweiten Kandidatur zu überreden, indem sie an seinen Stolz appellierten. Keiner von ihnen wollte dieses Zentrum der Macht, dieses Washington, dieses Weiße Haus wirklich verlassen. Lieber ein zahnloser Löwe sein als überhaupt keiner.
Dann begann Oddblood Gray wieder zu sprechen. »Wir könnten einiges erreichen, wenn wir nur ein bißchen anders arbeiten würden. Wenn Sie wirklich mit dem Herzen dabei sind.«
Und Eugene Dazzy sagte: »Sie sind wirklich unsere einzige Hoffnung, Francis. Die Reichen sind zu reich, die Armen zu arm. Dieses Land wird zum Futterplatz für die Großindustrie, die Wall Street. Die rennen einfach drauflos, ohne einen Gedanken an die Zukunft. Es mag jahrzehntelang gutgehen, doch die Probleme, Riesenprobleme, sind uns gewiß. Und Sie haben die Möglichkeit, diesen Lauf der Dinge in den nächsten vier Jahren zu stoppen.«
Sie warteten auf seine Antwort – mit unterschiedlichen Gefühlen. Es war ungewöhnlich, daß politische Berater ein so enges persönliches Verhältnis zu ihrem Präsidenten hatten, doch diese vier Männer empfanden eine Art liebevoller Ehrfurcht vor ihm.
Francis Kennedy besaß ein überwältigendes Charisma. Nicht nur, daß er körperlich äußerst eindrucksvoll wirkte, ja, über eine Art physische Schönheit verfügte, die an seine beiden berühmten »Onkels« erinnerte; er besaß auch einen brillanten Intellekt, der bei einem Politiker selten, wenn nicht sogar exotisch war. Er war als Anwalt erfolgreich gewesen, als Autor naturwissenschaftlicher Schriften, besaß Kenntnisse in Physik und einen unfehlbaren Geschmack für Literatur. Selbst Wirtschaftstheorien begriff er ohne die Hilfe von Fachberatern. Und er zeigte ein Verständnis für die einfachen Menschen, das ungewöhnlich war bei einem Mann, der reich geboren war und niemals unter finanziellem Mangel zu leiden gehabt hatte.
Eugene Dazzy brach das Schweigen. »Sie sollten es sich noch mal

überlegen, Francis. Helen hat recht.« Ihnen allen war natürlich klar, daß Kennedys Entschluß eisern feststand: Er würde nicht noch einmal kandidieren. Es war das Ende des Weges für sie alle.

Kennedy zuckte die Achseln. »Nach der Osterpause werde ich eine offizielle Bekanntmachung herausgeben. Eugene, Sie setzen Ihre Leute an den Bürokram. Und außerdem möchte ich Ihnen allen raten, nach lukrativen Jobs bei den großen Anwaltsfirmen und in der Rüstungsindustrie zu suchen.«

Die Herren faßten seine Worte als Entlassung auf und gingen hinaus. Bis auf Christian Klee.

Christian fragte beiläufig: »Wird Theresa zu den Feiertagen nach Hause kommen?«

Francis Kennedy zuckte die Achseln. »Sie ist in Rom, mit einem neuen Freund. Sie fliegt ausgerechnet am Ostersonntag. Weil sie Wert darauf legt, religiöse Feiertage zu ignorieren.«

»Ich bin froh, daß sie da endlich rauskommt«, sagte Christian. »In Europa kann ich sie nicht beschützen. Dabei glaubt sie, da drüben den Mund aufreißen zu können, ohne daß es bis hierher durchsikkert.« Einen Augenblick hielt er inne. »Wenn du wieder kandidierst, wirst du deine Tochter auf Abstand halten oder sie verleugnen müssen.«

Kennedy lachte. »Unwichtig. Ich werde nicht wieder kandidieren, Christian. Du mußt deine Pläne ändern.«

»Okay«, antwortete Christian. »Und jetzt zu der Geburtstagsparty für das Orakel. Er freut sich wirklich sehr darauf.«

»Keine Sorge«, beruhigte ihn Kennedy. »Er kriegt seine Party. Mit allem Drum und Dran. Mein Gott, einhundert Jahre alt und freut sich immer noch auf seine Geburtstagsparty!«

»Er war und ist ein großer Mann«, bemerkte Christian.

Kennedy warf ihm einen scharfen Blick zu. »Du warst ihm immer mehr zugetan als ich. Auch er hatte Fehler, auch er konnte sich irren.«

»Natürlich«, gab Christian zurück. »Aber ich kenne keinen Mann, der sein Leben besser im Griff hatte als er. Mit seinem Rat, seiner

Führung hat er mein ganzes Leben verändert.« Christian machte eine kleine Pause. »Ich bin heute zum Abendessen bei ihm. Dann werde ich ihm mitteilen, daß die Party endgültig feststeht.« Kennedy lächelte ironisch. »Das kannst du ihm auf jeden Fall sagen«, entgegnete er.

Am Ende des Tages unterzeichnete Kennedy im Oval Office einige Papiere, dann blieb er an seinem Schreibtisch sitzen und starrte durch die Fenster hinaus. Er sah den obersten Teil des Zaunes, der das Grundstück des Weißen Hauses umgab, schwarzes Eisen mit weißen, unter Strom stehenden Spitzen. Und wie immer empfand er ein gewisses Unbehagen angesichts der großen Nähe der Straßen und der Öffentlichkeit, obwohl er wußte, daß diese scheinbare Schutzlosigkeit einem Angriff gegenüber Einbildung war. Er war außergewöhnlich gut bewacht. Das Weiße Haus war von sieben Schutz-Perimetern umgeben. Im Umkreis von zwei Meilen stand in jedem Gebäude entweder auf dem Dach oder in einer Wohnung ein Sicherheitstrupp bereit. Sämtliche Straßen, die zum Weißen Haus führten, wurden durch verborgene Schnellfeuer- und andere schwere Waffen überwacht. Die Scharen der Touristen, die jeden Vormittag zu Hunderten das Erdgeschoß des Weißen Hauses besichtigten, waren dicht durchsetzt mit Secret-Service-Agenten, die unablässig zirkulierten und aufmerksamen Blickes an den Unterhaltungen teilnahmen. Jeder Zoll des Weißen Hauses, den diese Touristen hinter den Sperrseilen besichtigen durften, wurde durch TV-Monitore und spezielle Abhörgeräte überwacht, die auch das leiseste Flüstern auffingen. An jeder Biegung der Korridore saßen bewaffnete Posten hinter speziellen Computertischen, die auch als Barrikaden Verwendung finden konnten. Und Kennedy befand sich während der Besucherstunden weit oben im neuen, speziell für ihn eingerichteten dritten Stock, den er als Privatwohnung benutzte. Eine Privatwohnung, die durch verstärkte Böden, Wände und Decken geschützt war.

In dem berühmten Oval Office, das er nur selten betrat, und dann auch nur, um bei speziellen Zeremonien offizielle Dokumente zu unterzeichnen, entspannte sich Francis Kennedy nun, um eine der wenigen kurzen Pausen zu genießen, in denen er endlich ganz allein war. Er nahm eine lange, dünne Havanna aus dem Humidor auf dem Schreibtisch und spürte das ölige Deckblatt zwischen den Fingern. Er kupierte sie, setzte sie sorgfältig in Brand, rauchte den ersten, köstlichen Zug und blickte durch das kugelsichere Glas der Fenster in den Garten hinaus.

Er sah sich als Kind über den weiten, grünen Rasen laufen, um Onkel Jack und Onkel Robert zu begrüßen. Wie sehr hatte er die beiden geliebt! Onkel Jack, mit so viel Charme, so kindlich und dennoch so mächtig, vermittelte die Hoffnung, daß ein Kind die Macht über die Welt erringen konnte. Und Onkel Robert, so ernst und gesetzt, und dennoch so liebevoll und verspielt. Und plötzlich dachte Francis Kennedy, nein, wir haben ihn Onkel Bobby genannt, nicht Robert – oder vielleicht doch, gelegentlich? Er wußte es nicht mehr.

Dann erinnerte er sich an einen Tag vor über vierzig Jahren, als er auf diesen selben Rasen zu seinen Onkels hinausgelaufen war, wie sie ihn jeder an einem Arm gepackt und hoch in die Luft geschwungen hatten, während sie mit ihm ins Weiße Haus gingen.

Und nun stand er an ihrem Platz. Die Macht, die ihn als Kind eingeschüchtert hatte, war nun die seine. Wie schade, daß die Erinnerung so viel Schmerz und so viel Schönheit zurückrief! Und so viel Enttäuschung. Alles, wofür die beiden gestorben waren, wollte er nunmehr aufgeben.

An diesem Karfreitag konnte Francis Xavier Kennedy nicht wissen, daß sich die Situation durch die Existenz zweier unbedeutender Revolutionäre in Rom vollkommen verändern sollte.

2. Kapitel

Am Morgen des Ostersonntags verließ Romeo mit seiner Gruppe von vier Männern und drei Frauen in voller Einsatzausrüstung den Kastenwagen. Sie tauchten in den Straßen um den Petersplatz unter und mischten sich unter die festlich herausgeputzte Menge, die Damen in frühlingsfrischen Pastellfarben und operettenhaft eleganten Kirchgangshüten, die schmucken Herren in seidigen, cremefarbenen Anzügen mit gelb gestickten Palmkreuzen auf den Revers. Die Kinder waren sogar noch feiner ausstaffiert, die kleinen Mädchen mit Handschuhen und Rüschenkleidern, die Jungen in marineblauen Kommunionsanzügen und roten Krawatten auf schneeweißen Hemden. Und überall in der Menge erteilten lächelnde Priester den Gläubigen freundlich-herablassend den Segen.

Romeo dagegen wirkte nicht wie ein fröhlicher Pilger, sondern wie ein sehr ernsthafter Zeuge der Auferstehung, die an diesem Ostermorgen gefeiert wurde. Er trug einen stumpfschwarzen Anzug, ein steif gestärktes weißes Hemd und eine reinweiße Krawatte, die sich kaum davon abhob. Seine schwarzen Schuhe hatten Gummisohlen. Jetzt knöpfte er seinen Kamelhaarmantel zu, um das Gewehr zu tarnen, das darunter in einer Spezialschlinge hing. Seit drei Monaten hatte er mit diesem Gewehr trainiert, bis seine Zielsicherheit tödlich war.

Die vier Männer aus seiner Gruppe waren als Kapuzinermönche verkleidet: Sie trugen lange, erdbraune Kutten mit dicken Tuchgürteln. Sie hatten sich eine Tonsur geschnitten, die sie jedoch mit einem Käppchen bedeckten. Unter den weiten Gewändern hatten sie Handgranaten und Faustfeuerwaffen versteckt.

Die drei Frauen, darunter Annee, hatten sich als Nonnen getarnt und trugen ebenfalls Waffen unter dem weiten, schwarzweißen Habit. Während die Menschen ihnen bereitwillig Platz machten, ging Annee mit den beiden anderen Nonnen voran, damit Romeo ihnen problemlos folgen konnte. Hinter Romeo kamen die vier

Mönche der Gruppe, die die Umgebung im Auge behielten und jederzeit zum Eingreifen bereit waren, falls Romeo von der päpstlichen Wache angehalten werden sollte.
So gelangte Romeos Gruppe allmählich zum Petersplatz, ohne in der riesigen Menge, die sich dort sammelte, aufzufallen. Und schließlich blieben sie, dunklen Korken gleich, die auf einem Meer geblümter Seide tanzen, auf der gegenüberliegenden Seite des Platzes so stehen, daß ihnen die Marmorsäulen und Steinmauern im Rücken Schutz boten. Romeo hielt sich ein wenig abseits. Er wartete auf ein Signal von der anderen Platzseite, wo Yabril und seine Gruppe damit beschäftigt waren, kleine Heiligenfiguren an den Mauern zu befestigen.

Yabril und seine Gruppe von drei Männern und drei Frauen waren zwanglos in besonders weite Jacken gekleidet. Die Männer hatten Faustfeuerwaffen am Körper versteckt, die Frauen hantierten mit den Heiligenfiguren. Diese Figuren, kleine Christusstatuen, waren mit Sprengstoff gefüllt, der auf ein Funksignal hin gezündet werden sollte. An der Rückseite waren sie mit einem so starken Klebstoff bestrichen, daß sie sich nicht einmal durch das Gedränge der Menschen zufällig lösen konnten. Außerdem waren die Figuren wunderschön gestaltet: aus recht kostbar wirkender, weißer, bemalter Terrakotta, die um ein Drahtskelett herumgeformt war. Da sie wie Bestandteile der Osterdekorationen wirkten, galten sie als sakrosankt.
Nachdem alles erledigt war, führte Yabril seine Gruppe durch das Gewühl vom Petersplatz herunter zu seinem eigenen wartenden Kastenwagen. Einen der Männer schickte er zu Romeo, um ihm das Funkgerät zum Auslösen der Sprengsätze zu überbringen. Dann stieg Yabril mit seiner Gruppe in den Kastenwagen und machte sich auf den Weg zum römischen Flughafen. Papst Innozenz sollte erst drei Stunden später auf den Balkon hinaustreten. Sie hatten den Zeitplan perfekt eingehalten.

Im Kastenwagen, abgeschnitten von der Welt des österlichen Rom, dachte Yabril daran zurück, wie dieser ganze Plan entstanden war. Vor wenigen Jahren hatte Romeo bei einem gemeinsamen Auftrag erwähnt, der Papst verfüge über die beste Sicherheitstruppe von allen europäischen Herrschern. Yabril hatte nur gelacht und ihm geantwortet: »Wer will schon einen Papst umbringen? Das ist doch, als wollte man eine ungiftige Schlange töten. Eine nutzlose, alte Galionsfigur mit einem Dutzend nutzloser Greise, die darauf warten, seinen Platz einzunehmen. Verlobte Christi, ein Dutzend Marionetten mit roten Hüten. Was würde sich durch den Tod eines Papstes auf der Welt ändern? Ihn entführen – na ja, das könnte ich mir schon vorstellen; schließlich ist er der reichste Mann der Welt. Aber ihn umbringen wäre nicht mehr als eine in der Sonne dösende Eidechse töten.«

Romeo hatte ihm widersprochen, und seine Argumente faszinierten Yabril. Der Papst werde von Hunderten Millionen Katholiken auf der ganzen Welt verehrt. Und zweifellos sei der Papst ein Symbol für den Kapitalismus, von den christlichen Bourgeoisie-Staaten des Westens unterstützt. Der Papst sei einer der ganz großen Autoritäten im Bauwerk dieser Gesellschaft. Daraus folge, daß ein Attentat auf den Papst ein zutiefst erschütternder psychologischer Schlag für die Welt der Feinde sein würde. Ein Mord am Stellvertreter jenes Gottes auf Erden, an den sie nicht glaubten! Die Königsfamilien von Rußland und Frankreich seien ermordet worden, weil auch sie aus gottgegebener Macht regierten, und diese Morde hätten die Menschheit ein großes Stück weitergebracht. Gott sei ein betrügerischer Trick der Reichen, ein Schwindel für die Armen, und der Papst ein irdischer Statthalter dieser teuflischen Macht. Aber auch das war nur die eine Hälfte der Idee. Yabril erweiterte das Konzept. Nun entwickelte das Unternehmen eine Großartigkeit, die Romeo erschauern ließ und Yabril mit staunender Bewunderung für sich selbst erfüllte.

Romeo war allerdings trotz all seines Geredes und seiner großen Opferbereitschaft nicht das, was Yabril unter einem echten Revolutionär verstand. Yabril hatte die Geschichte der italienischen Terroristen gründlich studiert. Sie waren ausgezeichnet darin, Staatsoberhäupter zu ermorden; sie hatten andächtig die Russen studiert, die nach zahlreichen Versuchen ihren Zaren schließlich doch noch ermordeten, ja, sie hatten von den Russen sogar diesen Namen übernommen, den Yabril verabscheute: Christen der Gewalt.

Einmal hatte Yabril Romeos Eltern kennengelernt: Der Vater ein Taugenichts, ein Parasit an der Menschheit. Ausgestattet mit Chauffeur, Kammerdiener und einem riesigen lammähnlichen Hund, den er als Köder benutzte, um die Damen auf den Boulevards anzumachen. Aber ein Mann mit perfekten Manieren. Es war unmöglich, ihn nicht zu mögen, solange man nicht sein Sohn war.

Und die Mutter? Auch bloß so eine Schönheit des kapitalistischen Systems, nach Geld und Juwelen gierend, eine fromme Katholikin. Wunderschön gekleidet, Zofen im Schlepptau, schritt sie jeden Morgen zur Messe. Um nach getaner Buße für den Rest des Tages ausschließlich ihrem Vergnügen nachzugehen. Genau wie ihr Ehemann war sie genußsüchtig, treulos und ihrem einzigen Sohn Romeo ergeben.

Und nun sollte diese glückliche Familie endlich ihre Strafe bekommen. Der Vater ein Malteserritter, die Mutter täglich in Kommunikation mit Christus und ihr Sohn der Mörder eines Papstes. Welch eine Bosheit, dachte Yabril. Armer Romeo, du wirst eine schlimme Woche erleben, wenn ich dich verrate.

Bis auf die allerletzte Wendung, die Yabril hinzugefügt hatte, kannte Romeo den gesamten Plan. »Genau wie Schach«, erklärte Romeo. »Schach dem König, Schach dem König und schachmatt. Hervorragend!«

Yabril sah auf seine Uhr; noch fünfzehn Minuten. Der Kastenwagen fuhr in gemäßigtem Tempo auf der Autostraße in Richtung Flughafen.

Es wurde Zeit. Er sammelte alle Waffen und Granaten der Gruppe ein und packte sie in einen Koffer. Als der Wagen vor dem Flughafengebäude hielt, stieg Yabril als erster aus. Die übrigen Gruppenmitglieder sollten an einem anderen Eingang abgesetzt werden. Langsam schlenderte Yabril mit dem Koffer durch den Terminal und hielt aufmerksam Ausschau nach getarnten Sicherheitspolizisten. Kurz bevor er den Kontrollpunkt erreichte, betrat er einen Souvenir- und Blumenladen. An einem Haken an der Innenseite der Tür hing ein Schild mit der rot-grünen Aufschrift »Geschlossen«. Es war das verabredete Zeichen dafür, daß er ungefährdet eintreten konnte, und hielt potentielle Kunden fern.

Die Verkäuferin im Laden war eine Wasserstoffblondine mit dikkem Make-up und eher gewöhnlichen Zügen, aber mit einer angenehmen, einladenden Stimme und einer üppigen Figur, die durch das schlichte Wollkleid mit dem eng gezogenen Gürtel vorteilhaft betont wurde.

»Tut mir leid«, sagte sie zu Yabril, »aber Sie sehen ja an dem Schild, daß wir geschlossen haben. Heute ist schließlich Ostersonntag.« Aber ihr Ton war freundlich und keineswegs abweisend. Außerdem lächelte sie besonders zuvorkommend.

Yabril antwortete mit seinem Codesatz, der sein Erkennungszeichen war. »Christus ist zwar auferstanden, ich aber muß trotzdem meinen Geschäften nachgehen.«

Sie streckte die Hand aus und nahm ihm der Koffer ab.

»Kommt die Maschine pünktlich?« erkundigte sich Yabril.

»Ja«, sagte die Frau. »Sie haben eine Stunde Zeit. Gibt es irgendwelche Änderungen?«

»Nein«, entgegnete Yabril. »Aber vergessen Sie nicht, daß jetzt alles von Ihnen abhängt.« Damit ging er hinaus. Er hatte die Frau noch nie zuvor gesehen und würde sie auch nie wiedersehen, und sie hatte ausschließlich von dieser einen Phase des Unternehmens Kenntnis. Er warf einen Blick auf die Abflugtafel. Ja, die Maschine würde pünktlich starten.

Die Frau war eines der wenigen weiblichen Mitglieder der Hundert. Sie war vor drei Jahren als Eigentümerin in diesen Laden gesetzt worden und hatte während dieser Zeit voll Umsicht und mit großer Verführungskunst gewisse Kontakte zu Angehörigen des Bodenpersonals von Fluggesellschaften und der Sicherheitspolizei aufgenommen. Ihre Gewohnheit, den Scanner an den Kontrolleingängen zu umgehen, indem sie Fluggästen Pakete in die Maschine nachtrug, hatte sie mit großer Geschicklichkeit eingeführt. Sie tat es oft, aber nicht allzu oft. Im dritten Jahr begann sie ein Verhältnis mit einem der bewaffneten Wachtposten, der sie durch den Eingang ohne Scanner hereinwinkte. Auch an diesem Tag war ihr Liebhaber zur Wache eingeteilt worden; da sie ihm Lunch und eine Siesta im Hinterzimmer ihres Ladens versprochen hatte, hatte er sich freiwillig zum Dienst am Ostersonntag gemeldet.

Nachdem sie den Tisch im Hinterzimmer zum Lunch gedeckt hatte, leerte sie den Koffer und verpackte die Waffen in fröhlich bunte Gucci-Geschenkschachteln. Die Schachteln steckte sie in eine Tragtasche aus violettem Papier und wartete bis zwanzig Minuten vor Abflugzeit. Dann nahm sie die Tragtasche, weil sie so schwer war und sie fürchtete, das Papier könnte zerreißen, in beide Arme und lief schwerfällig damit zu dem Eingang ohne Scanner hinüber. Ihr Liebhaber, der Wachdienst hatte, winkte sie galant durch. Dafür schenkte sie ihm ein strahlend verliebtes und um Entschuldigung bittendes Lächeln. Als sie an Bord der Maschine kam, wurde sie von der Stewardeß erkannt, die sie mit einem lachenden: »Schon wieder mal, Livia?« begrüßte. Livia ging langsam durch die Touristenklasse, bis sie Yabril entdeckte, der mit den drei Männern und drei Frauen seiner Gruppe zusammensaß. Eine der Frauen streckte ihr beide Arme entgegen, um ihr das schwere Paket abzunehmen.

Livia ließ die Tragtasche in die erhobenen Arme gleiten, um die Maschine sofort wieder zu verlassen. In ihren Laden zurückgekehrt, traf sie noch letzte Vorbereitungen für den bevorstehenden Lunch im Hinterzimmer.

Faenzi, der Sicherheitsbeamte, mit dem sie verabredet war, gehörte zu jener prachtvollen Gattung italienischer Männer, die ausschließlich dazu geschaffen scheint, den Frauen möglichst viel Freude zu bereiten. Daß er gut aussah, zählte zu seinen geringsten Vorzügen. Weit wichtiger war, daß er einer von den gutmütigen Männern war, die mit der Anzahl ihrer Talente und der Spannweite ihrer Ambitionen ganz außerordentlich zufrieden sind. Livia hatte ihn fast sofort entdeckt, als er am ersten Arbeitstag seinen Dienst auf dem Flughafen antrat.

Faenzi trug seine Flughafenuniform so stolz wie ein napoleonischer Feldmarschall, sein Schnurrbart war so zierlich und fein wie das Näschen einer Soubrette. Man sah deutlich, daß er von der Bedeutung seines Dienstes, seiner Pflicht gegenüber dem Staat fest überzeugt war. Vorübergehende Frauen betrachtete er mit liebevollen und wohlwollenden Blicken; sie standen unter seinem Schutz. Livia hatte sofort die passende Beute in ihm gewittert. Anfangs behandelte er sie mit betont kindlicher Höflichkeit, der sie jedoch mit ständig wiederholten Schmeicheleien, mit einigen hübschen Geschenken, die auf versteckten Reichtum hinwiesen, und dann sogar kleinen Imbissen am späten Abend in ihrer Boutique ein Ende machte. Inzwischen liebte er sie oder war ihr zumindest so ergeben wie ein Hund seiner nachsichtigen Herrin. Von ihr holte er sich seine Belohnungen.

Und Livia hatte ihre Freude an ihm. Er war ein wundervoller, fröhlicher Liebhaber mit kaum einem ernsthaften Gedanken im hübschen Kopf. Im Bett zog sie ihn bei weitem den finsteren, von Schuldgefühlen und Gewissensbissen geplagten jungen Revolutionären vor, die sie gelegentlich zu sich ins Bett holte, nur weil sie politische Genossen waren.

Er wurde ihr Hätschelkind, das sie liebevoll Zonzi nannte. Als er die Boutique betrat und die Tür hinter sich verschloß, ging sie ihm mit rückhaltloser Zuneigung und offenem Begehren entgegen; dabei hatte sie ein schlechtes Gewissen. Der arme Zonzi! Sobald die Männer der italienischen Anti-Terror-Abteilung sämtlichen erreichbaren Spuren nachgingen, würde ihnen auffallen, daß sie von der Bildfläche verschwunden war. Und Zonzi hatte ganz zweifellos mit seiner Eroberung geprahlt, denn schließlich war sie eine ältere, erfahrene Frau, deren Ehre nicht mehr geschützt werden mußte. Ihr Verhältnis würde ans Licht kommen. Armer Zonzi! Dieser Lunch würde seine letzte glückliche Stunde sein.

Sie liebten sich – rasch und geübt, was sie, froh und begeistert, was ihn betraf. Livia dachte, welch eine Ironie es doch sei, daß dies ein Akt war, den sie aus vollen Zügen genoß und der dennoch ihren Zielen als Revolutionärin diente. Zonzi würde für seinen Stolz und seine Anmaßung, für seine herablassende Liebe zu einer älteren Frau bestraft werden; sie selbst würde einen taktischen und strategischen Sieg erringen. Und dennoch, der arme Zonzi! Wie schön er in seiner Nacktheit war, die olivbraune Haut, die großen Rehaugen und das pechschwarze Haar, der hübsche Schnurrbart, Penis und Hoden so fest wie Bronze. »Ach, Zonzi, Zonzi«, flüsterte sie an seinen Lenden, »vergiß niemals, daß ich dich liebe.« Das war zwar gelogen, würde aber vielleicht sein vernichtetes Ego wieder aufrichten können, wenn er seine Gefängnisstrafe absaß.

Sie verwöhnte ihn mit einer köstlichen Mahlzeit und einer erstklassigen Flasche Wein, dann liebten sie sich abermals. Zonzi kleidete sich an, küßte sie zum Abschied und strahlte, in der festen Überzeugung, so viel Glück durchaus verdient zu haben. Nachdem er fort war, sah sie sich aufmerksam im Laden um. Sie suchte all ihre Habseligkeiten sowie einige zusätzliche Kleidungsstücke zusammen und verstaute sie, ihren Anweisungen entsprechend, in Yabrils Koffer. Nicht die geringste Spur von Yabril sollte zurückbleiben. Zuletzt wischte sie noch alle erkennbaren Fingerabdrücke ab, die sie in der Boutique zurückgelassen hatte, allerdings recht oberflächlich, denn sie würde vermutlich doch nicht alle erwischen. Dann trug sie den Koffer hinaus, verschloß den Laden und verließ den Terminal. Draußen, im hellen Ostersonnenschein, wurde sie von einer Genossin ihrer eigenen Gruppe mit einem Wagen erwartet. Sie stieg ein, gab der Fahrerin einen flüchtigen

Begrüßungskuß und sagte fast bedauernd: »Gott sei Dank, das ist vorbei!« Die andere entgegnete: »Ist gar nicht so schlecht gelaufen. Wir haben Geld mit der Boutique verdient.«

Yabril und seine Leute saßen in der Touristenklasse, weil Theresa Kennedy, Tochter des Präsidenten der Vereinigten Staaten, mit ihrem Sicherheitsteam, bestehend aus sechs Secret-Service-Beamten, in der ersten Klasse reiste. Yabril wollte vermeiden, daß die Männer die Übergabe der Geschenkpakete mit den Waffen beobachteten. Außerdem wußte er, daß Theresa Kennedy erst kurz vor dem Start an Bord der Maschine gehen und die Sicherheitsbeamten die Maschine ebenfalls nicht vorzeitig betreten würden, weil man nie wußte, ob Theresa Kennedy es sich nicht noch anders überlegen würde, und weil sie, wie Yabril vermutete, bequem und nachlässig geworden waren.

Die Maschine, ein Jumbo-Jet, war spärlich besetzt. In Italien reisten nicht viele Leute am Ostersonntag, und Yabril fragte sich, warum ausgerechnet die Tochter des Präsidenten etwas Derartiges tun mußte. Schließlich war sie römisch-katholisch, auch wenn sie sich inzwischen zur neuen Religion der linken Liberalen, dieser verächtlichsten aller politischen Gruppierungen, bekannte. Doch die geringe Zahl der Passagiere paßte in seine Pläne; nur einhundert Geiseln waren leichter unter Kontrolle zu halten.

Eine Stunde später, als die Maschine in der Luft war, rutschte Yabril tief in seinen Sitz, während die Frauen das Gucci-Papier von den Waffen rissen. Die drei Männer der Gruppe dienten als Sichtblenden, indem sie sich über die Rücklehnen beugten und sich mit den Frauen unterhielten. Da in ihrer näheren Umgebung keine weiteren Passagiere saßen, bildeten sie einen kleinen, intimen Kreis. Die Frauen reichten Yabril die in Geschenkpapier gewickelten Granaten, die er sich rasch an den Körper hängte. Die drei Männer bekamen die kleinen Faustfeuerwaffen und versteckten sie in ihren Jacken. Yabril nahm sich ebenfalls einen kleinen Revolver, dann bewaffneten sich auch die Frauen.

Als alle fertig waren, hielt Yabril eine Stewardeß an, die durch den Mittelgang kam. Sie sah die Granaten und den Revolver, noch ehe Yabril ihr seine Befehle zuzischte und sie bei der Hand packte. Der Ausdruck des Entsetzens auf ihrem Gesicht, dann des Staunens und schließlich der Angst war ihm vertraut. Lächelnd hielt er ihre schweißfeuchte Hand. Zwei seiner Männer postierten sich so, daß sie die Touristenklasse beherrschten. Yabril betrat, mit der Stewardeß noch an der Hand, die erste Klasse. Die Secret-Service-Beamten entdeckten ihn sofort, registrierten die Granaten, sahen die Schußwaffen. Yabril lächelte ihnen zu. »Bitte, behalten Sie Platz, Gentlemen«, sagte er. Die Präsidententochter wandte langsam den Kopf und blickte Yabril direkt in die Augen. Ihre Miene wurde gespannt, aber nicht ängstlich. Die hat Courage, dachte Yabril, und sie ist hübsch. Eigentlich schade. Er wartete, bis die drei Frauen der Gruppe ihre Posten in der ersten Klasse eingenommen hatten, und befahl dann der Stewardeß, die Tür zum Cockpit zu öffnen. Dabei hatte er das Gefühl, das Hirn eines riesigen Wals zu betreten und damit den übrigen Körper hilflos zu machen.

Als Theresa Kennedy Yabril sah, verkrampfte sich ihr Körper plötzlich unter dem Übelkeit erregenden Gefühl eines unbewußten Erkennens: Er war der Dämon, vor dem man sie gewarnt hatte. Seine schmalen, dunklen Züge verrieten Grausamkeit, der schwere, brutale Unterkiefer machte das Gesicht zur Fratze aus einem Alptraum. Die Granaten, die er an seiner Jacke befestigt hatte und in der Hand trug, sahen aus wie fette grüne Kröten. Dann erblickte sie die drei in dunkle Hosen und weiße Jacken gekleideten Frauen mit den gedrungenen, stahlblauen Schußwaffen in der Hand.

Nach jener ersten, animalischen Angst war Theresa Kennedys zweite Reaktion das Schuldgefühl eines ungehorsamen Kindes. Verdammt, sie hatte ihren Vater in Schwierigkeiten gebracht, jetzt würde sie ihre Security-Leute nie wieder loswerden! Sie sah, wie Yabril, die Stewardeß an der Hand, auf die Cockpittür zuging. Sie wandte den Kopf, um zum Chef ihrer Schutzmannschaft hin-

überzusehen, aber der ließ den Blick nicht von den bewaffneten Frauen.
In diesem Moment kam einer von Yabrils Männern mit einer Granate in der Hand in die erste Klasse. Eine der Frauen zwang eine weitere Stewardeß, das Intercom-Mikro zu nehmen. Die Stimme, die über die Lautsprecher kam, zitterte nur ganz leicht. »Alle Passagiere bitte die Sitzgurte schließen! Unsere Maschine ist von einer revolutionären Gruppe gekapert worden. Bitte bewahren Sie Ruhe, und warten Sie weitere Instruktionen ab. Stehen Sie nicht auf. Greifen Sie nicht nach Ihrem Handgepäck. Verlassen Sie unter gar keinen Umständen Ihren Platz. Bitte bewahren Sie Ruhe. Bewahren Sie Ruhe!«
Im Cockpit sah der Pilot die Stewardeß hereinkommen und sagte aufgeregt zu ihr: »He, im Radio wurde eben gemeldet, daß jemand auf den Papst geschossen hat.« Dann entdeckte er Yabril, der hinter der Stewardeß hereinkam, und öffnete den Mund zu einem lautlosen, überraschten »O«.
Worte, gefroren wie in einem Cartoon, dachte Yabril, als er die Hand mit der Granate erhob. Doch der Pilot hatte gesagt: »Auf den Papst geschossen.« Hatte Romeo ihn etwa verfehlt? War sein Plan gescheitert? Wie dem auch sei, Yabril hatte keine Wahl. Er gab dem Piloten den Befehl, Kurs auf den arabischen Staat Sherhaben zu nehmen.

Auf dem Petersplatz ließen sich Romeo und seine Gruppe von dem Menschenmeer bis zu einer von Steinmauern begrenzten Ecke treiben, wo sie eine mörderische Insel bildeten. Annee stand mit unter der Nonnentracht gezücktem Revolver unmittelbar vor Romeo. Sie hatte die Aufgabe, ihn zu decken, ihm Zeit für seinen Schuß zu verschaffen. Die anderen Mitglieder der Gruppe, ebenfalls in Ordensgewändern, bildeten einen Kreis um die beiden, eine Umgrenzung, in deren Schutz ihm genügend Bewegungsspielraum blieb. Bis der Papst kam, mußten sie noch drei Stunden warten.

Romeo lehnte sich an die Mauer, schloß die Augen vor der österlichen Morgensonne und rekapitulierte rasch alle Schritte ihres Einsatzes. Sobald der Papst erschien, würde er dem Genossen zu seiner Linken auf die Schulter tippen. Dieser löste sodann das Funksignal aus, durch das die Heiligenfiguren an der gegenüberliegenden Mauer des Platzes gesprengt wurden. Im Augenblick der Explosion würde er das Gewehr hochreißen und abdrücken. Das Timing mußte haargenau stimmen, damit sein Schuß wie ein Widerhall der anderen Entladungen klang. Dann würde er das Gewehr fallen lassen, Mönche und Nonnen würden einen Kreis um ihn bilden, und alle würden mit den anderen Menschen zusammen fliehen. Da die Figurinen zugleich Rauchbomben waren, würde der Petersplatz in dichte Qualmwolken gehüllt sein. In dem Chaos würde es zur Panik kommen, in deren Schutz sie unbemerkt entkommen konnten. Die Zuschauer in ihrer unmittelbaren Nähe konnten zwar gefährlich werden, weil sie womöglich etwas bemerkten, würden jedoch durch die fliehenden Menschenmassen bald von ihnen getrennt werden. Und jene, die töricht genug waren, neugierig zu sein und lästig zu werden, würden sie einfach niederschießen.

Romeo spürte den kalten Schweiß auf seiner Brust. Die Menge der zahllosen, mit Blumen winkenden Menschen wurde zu einem Meer aus Weiß und Purpur, Pink und Rot. Er staunte über diesen Jubel, diesen Glauben an die Auferstehung, diese ekstatische Hoffnung, dem Tode zum Trotz. Als er sich die Hände an der Außenseite seiner Jacke abwischte, spürte er das Gewicht des Gewehrs in der Schlinge. Seine Beine begannen zu schmerzen und taub zu werden. Um die langen Stunden zu überstehen, die er noch warten mußte, bis der Papst auf dem Balkon erschien, versuchte er seinen Geist aus dem Körper hinaus und in die Vergangenheit wandern zu lassen.

Längst vergessene Szenen der Kindheit stiegen vor seinem inneren Auge auf. Von einem romantischen Priester auf die Kommunion vorbereitet, wußte er, daß sich stets ein Kardinal mit rotem

Hut vom Tod des Papstes überzeugte, indem er ihn mit einem Silberhammer auf die Stirn klopfte. Geschah das wirklich noch immer so? Dann würde es diesmal ein sehr blutiger Hammer werden. Aber wie groß war so ein Hammer? Wie ein Spielzeug? Schwer und groß genug, um einen Nagel damit einzuschlagen? Mit Sicherheit aber würde er eine kostbare Antiquität aus der Renaissance sein, juwelenbesetzt, ein echtes Kunstwerk. Wie dem auch sei, vom Kopf des Papstes würde kaum noch genug übrig sein, um mit dem Hammer darauf zu klopfen, denn das Gewehr unter seinem Mantel war mit Explosivgeschossen geladen. Und Romeo war sicher, daß er sein Ziel nicht verfehlen würde. Daß er Linkshänder war, empfand er als Vorteil; als Linkshänder war man überall erfolgreich – im Sport, in der Liebe und nach allen Regeln des Aberglaubens auch beim Morden.

Während des Wartens wunderte sich Romeo darüber, daß er überhaupt nicht das Gefühl hatte, ein Sakrileg zu begehen, denn schließlich war er streng katholisch erzogen worden, noch dazu in einer Stadt, in der jede Straße und jedes Bauwerk an die Anfänge des Christentums erinnerten. Selbst jetzt vermeinte er noch die Kuppeldächer der Gotteshäuser wie Marmorscheiben vor dem Himmel zu sehen, die tiefen, tröstenden und dennoch einschüchternden Glocken der Kirchen zu hören. Auf diesem riesigen, heiligen Platz sah er die Statuen der Märtyrer, atmete er die Luft, die bis zum Ersticken vom Geruch der zahllosen Frühlingsblumen erfüllt war, mit denen jene winkten, die aufrichtig an Christus glaubten.

Der überwältigende Duft der Millionen Blüten, der ihn umfing, erinnerte ihn an seine Eltern und die schweren Parfüms, die sie stets trugen, um den Geruch ihrer verwöhnten und verhätschelten mediterranen Körper zu überdecken.

Und dann begannen die Menschen in ihrem Osterstaat endlich zu rufen: »Papa, Papa, Papa!« Im limonenfarbenen Licht des jungen Frühlings verlangte die Menge unter den Steinengeln unablässig nach dem Segen des Papstes. Nach einer Weile erschienen zwei

Kardinäle in roten Roben und breiteten die Arme zum Segen aus. Und dann stand Papst Innozenz auf seinem Balkon.
Er war ein sehr alter Mann, gekleidet in ein Gewand aus glitzerndem Weiß mit einem Goldkreuz auf der Brust und gestickten Kreuzen auf dem wollenen Pallium. Auf dem Kopf trug er ein weißes Käppchen, an den Füßen die traditionell flachen, offenen roten Schuhe mit gestickten Goldkreuzen auf den Spitzen. Als er die Hände hob, um die Menge zu grüßen, glitzerte am Ringfinger seiner rechten Hand der päpstliche Fischerring von St. Peter.
Die Gläubigen warfen Blumen in die Luft, die Stimmen dröhnten wie ein riesiger Motor der Ekstase, der Balkon waberte in der Sonne, als werde er gleich unter dem Blumenregen zusammenbrechen.
In diesem Moment verspürte Romeo die Ehrfurcht, die diese Symbole ihm in der Jugend stets eingeflößt hatten, und dann war er plötzlich von einer Begeisterung erfüllt, die sein ganzes Ich in pure Seligkeit, übermächtigen Stolz emporhob. Erregt tippte er seinem Genossen auf die Schulter, damit dieser das Signal auslöste.
Als Antwort auf die »Papa«-Rufe der Menge hob der Papst die Arme in den weißen Ärmeln, um die Menschen zu segnen, die Osterzeit, die Auferstehung Christi zu preisen und die Steinengel zu grüßen, die von den Mauern ringsum herabblickten. Romeo riß das Gewehr unter dem Mantel hervor, und die beiden Mönche aus seiner Gruppe, die vor ihm standen, knieten nieder, um ihm freies Schußfeld zu schaffen. Annee postierte sich so vor ihn, daß er den Gewehrlauf auf ihre Schulter stützen konnte. Der Genosse hinter ihm gab das Funksignal, das die mit Sprengstoff gefüllten Figurinen auf der anderen Seite des Platzes in die Luft jagte.
Die Explosionen erschütterten den Platz in seinen Grundfesten; eine hellrote Wolke stieg in die Luft, der Duft der Blumen ging unter im Gestank verbrannten Fleisches. Im selben Moment drückte Romeo ab. Die Explosionen auf der anderen Seite des Platzes verwandelten den Willkommensjubel der Gläubigen in das schrille Kreischen ganzer Schwärme von Möwen.

Auf dem Balkon schien sich der Körper des Papstes vom Boden zu heben, das weiße Käppchen flog hoch empor, drehte sich in den heftigen Wirbeln komprimierter Luft und sank als blutiger Fetzen auf die Menge hinab. Ein markerschütternder Schrei des Entsetzens, des Grauens und animalischer Wut erfüllte den Platz, als der Körper des Papstes über dem Balkongeländer zusammensank. Sein goldenes Kreuz pendelte hin und her, das Pallium war von tiefrotem Blut getränkt.

Staubwolken wälzten sich über den Platz. Marmorsplitter von zerschmetterten Engeln und Heiligen regneten herab. Eine furchtbare Stille brach herein; die Menschen erstarrten vor dem Anblick des ermordeten Papstes. Sie sahen deutlich, daß sein Kopf zerfetzt war. Dann setzte die Panik ein. Die Menschen flohen vom Petersplatz, trampelten die Schweizergardisten, die versuchten, die Ausgänge zu sperren, rücksichtslos nieder. Ihre bunten Renaissance-Uniformen wurden unter den Massen entsetzter Gläubiger begraben.

Romeo ließ das Gewehr fallen. Von seinem Kader bewaffneter Mönche und Nonnen umringt, ließ er sich vom Platz auf die Straße bringen. Er schien das Sehvermögen verloren zu haben, stolperte so blind dahin, daß Annee ihn am Arm packen und in den wartenden Lastwagen stoßen mußte. Um die Schreie nicht zu hören, hielt sich Romeo die Ohren zu; erst zitterte er unter Schock, doch dann ergriff ein Gefühl der Ekstase und des Erstaunens von ihm Besitz, als sei das Attentat nur ein Traum gewesen.

In dem Jumbo-Jet, der ursprünglich von Rom nach New York fliegen sollte, hatte Yabril mit seiner Gruppe das Kommando übernommen und alle Passagiere bis auf Theresa Kennedy aus der ersten Klasse entfernen lassen.

Theresa Kennedy war eher interessiert als verängstigt. Fasziniert beobachtete sie, wie mühelos die Hijacker ihre Secret-Service-Beamten einschüchterten, einfach indem sie ihnen die Sprengsätze zeigten, mit denen sie sich von oben bis unten so behängt hatten, daß ein einziger Schuß die ganze Maschine in die Luft gejagt hätte. Wie sie feststellte, waren die drei männlichen und drei weiblichen Terroristen überschlank, mit Gesichtern, die sich unter der Anspannung von Spitzenathleten verzerrten, während unterschiedliche Gefühle den Ausdruck ihrer Züge ständig veränderten. Ein Hijacker beförderte einen ihrer Beschützer mit einem kräftigen Stoß zur ersten Klasse hinaus und weiter durch den Mittelgang der Touristenklasse. Eine der Terroristinnen hielt sich mit gezücktem Revolver im Hintergrund. Als ein Secret-Service-Agent zögerte, den Platz an Theresa Kennedys Seite zu verlassen, hob die Frau ihre Waffe und setzte ihm den Lauf an den Kopf. In ihrem Blick stand unübersehbar der feste Wille, abzudrücken. Die Augen verengten sich, ihre Züge wurden verzerrt und der enorme Zug der Muskeln rings um den Mund bewirkte, daß ihre Lippen die Zähne entblößten. In diesem Moment stieß Theresa Kennedy ihren Beschützer von sich und schob sich selbst vor die Terroristin, die erleichtert lächelte und sie auf ihren Platz zurückwinkte.

Theresa Kennedy beobachtete, wie Yabril den Einsatz leitete. Er wirkte fast so distanziert wie ein Regisseur, der seinen Schauspielern zusieht, schien niemals einen Befehl zu geben, sondern nur Hinweise, Winke, Vorschläge. Wie sie feststellte, benutzte er seine Gruppe wie eine Schlinge, mit der er den Touristen-»Rumpf« in der Maschine vom Kopf trennte. Mit einem angedeuteten, beruhigenden Lächeln bedeutete er ihr, auf ihrem Platz zu bleiben. Es war eine Bewegung, wie sie ein Mann macht, wenn er sich um einen Menschen kümmert, der seiner Obhut anvertraut ist. Dann ging er ins Cockpit zum Piloten. Einer der Hijacker bewachte den Durchgang von der Touristenklasse zur ersten Klasse. Zwei Terroristinnen standen mit gezogenen Waffen Rücken an Rücken bei ihr in der Kabine. Eine Stewardeß bediente das Intercom-Telefon, um unter der Aufsicht des Hijackers Anweisungen an die Passagiere weiterzugeben. Sie alle wirkten viel zu klein, um einen so furchtbaren Terror zu verbreiten.

Im Cockpit erteilte Yabril dem Piloten die Erlaubnis, die Nachricht durchzugeben, daß seine Maschine gekapert worden sei, und den neuen Flugplan nach Sherhaben zu übermitteln. Die amerikanischen Behörden würden glauben, ihr einziges Problem seien Verhandlungen über die üblichen Forderungen arabischer Terroristen. Yabril blieb noch in der Kabine, um den Funkverkehr mitzuhören.

Solange sich die Maschine in der Luft befand, gab es nun nichts anderes mehr zu tun, als zu warten. Yabril träumte von Palästina, wie er es als Kind erlebt hatte, von seinem Zuhause, der grünen Oase in der Wüste, Vater und Mutter Engelsgestalten, dem wunderschönen Koran, der auf dem Schreibtisch des Vaters lag, stets griffbereit, um immer wieder den Glauben zu erneuern. Und wie alles endete, in toten, grauen Rauchwolken, im Feuer und Schwefel der Bomben, die vom Himmel fielen. Dann kamen die Israelis, und ihm schien, als habe er seine gesamte Kindheit in einem großen Gefangenenlager aus baufälligen Hütten verbracht, einer riesigen Siedlung, die nur von einem Gefühl zusammengehalten wurde: dem Haß auf die Juden. Dieselben Juden, die im Koran gepriesen wurden.

Auch daran erinnerte er sich: daß einige Lehrer an der Universität eine verpatzte Arbeit als Araber-Arbeit bezeichnet hatten. Yabril selbst hatte diesen Ausdruck einem Büchsenmacher gegenüber benutzt, der ihm defekte Waffen geliefert hatte. Oh, aber das Werk des heutigen Tages würde kein Mensch als Araber-Arbeit bezeichnen! Er hatte die Juden immer gehaßt. Nein, nicht die Juden – die Israelis. Er wußte noch, wie israelische Soldaten damals, als er höchstens vier oder fünf Jahre alt war, die Lagersiedlung überfielen, in der er zur Schule ging. Sie hatten die falsche Information – Araber-Arbeit – erhalten, daß sich in der Siedlung Terroristen versteckten. Sämtliche Bewohner hatten mit erhobenen Händen die Häuser verlassen und auf die Straße herauskommen müssen. Auch die Kinder in der langgestreckten, gelb gestrichenen Wellblechbaracke, die ein wenig außerhalb der Siedlung lag und ihnen als Schule diente. Yabril und die anderen kleinen Jungen und

Mädchen seines Alters hatten sich jammernd, die kleinen Ärmchen mit den winzigen Händen hoch in die Luft gereckt, aneinandergedrängt und den Männern laut ihre Unterwerfung entgegengerufen, ihre furchtbare Angst hinausgeschrien. Und niemals würde Yabril vergessen, wie einer der jungen Israeli-Soldaten, dieser ganz neuen Rasse von Juden, blond wie ein Nazi, die Kinder mit einer Art Horror anstarrte, und wie diesem aus der Art geschlagenen Semiten die Tränen über die weiße Haut liefen. Der Israeli senkte die Waffe und schrie den Kindern zu, sie sollten aufhören, sollten die Hände herunternehmen, sie hätten nichts zu befürchten, so kleine Kinder brauchten keine Angst zu haben. Der Israeli sprach fast perfekt arabisch, und als die Kinder weiter mit hoch erhobenen Armen stehenblieben, ging der Soldat zu ihnen hinüber und versuchte, immer noch weinend, ihre Ärmchen herunterzuziehen. Diesen Soldaten vermochte Yabril nicht zu vergessen, und später faßte er den festen Entschluß, niemals im Leben so zu werden wie er, sich niemals von Mitleid besiegen zu lassen.

Jetzt sah er unter dem Flugzeug die arabische Wüste. Bald würden sie ihr Ziel erreicht haben und im Sultanat Sherhaben landen.

Sherhaben gehörte zu den kleinsten Ländern der Welt, besaß aber einen so immensen Ölreichtum, daß sein kamelreitender Sultan Hunderte von Kindern und Kindeskindern zeugte, die Mercedes fuhren und an den besten ausländischen Universitäten studierten. Der erste Sultan, dem riesige Industriekonzerne in Deutschland und den Vereinigten Staaten gehörten, war als reichster Mann der Welt gestorben. Und nur einer von den vielen Enkeln hatte die mörderischen Intrigen seiner Halbbrüder überlebt und sich zum gegenwärtigen Sultan gemacht: Maurobi.

Sultan Maurobi war ein militanter, fanatisch frommer Moslem, daher waren die Bürger von Sherhaben nicht nur reich, sondern mindestens ebenso fromm. Keine Frau durfte sich ohne Schleier blicken lassen, niemand durfte Geld gegen Zinsen verleihen, und in der ganzen durstigen Wüste gab es nicht einen einzigen Tropfen Alkohol, es sei denn in den ausländischen Botschaften.

Vor langer Zeit hatte Yabril dem Sultan geholfen, seine Macht zu etablieren und zu festigen, indem er vier der gefährlicheren Halbbrüder des Sultans umbrachte. Aufgrund dieser Dankesschuld und aus Haß auf die Großmächte hatte Maurobi sich bereit erklärt, Yabril bei seinem Plan zu helfen.

Die Maschine mit Yabril und den Geiseln an Bord landete und rollte langsam auf den kleinen, verglasten, hellgelb in der Wüstensonne schimmernden Terminal zu. Hinter dem Flugfeld erstreckte sich das endlose, mit zahllosen Bohrtürmen besetzte Meer aus Sand. Als die Maschine zum Stehen kam, erkannte Yabril, daß das Flugfeld von mindestens tausend Soldaten des Sultans umzingelt war.

Nunmehr begann der komplizierteste und befriedigendste Teil des Unternehmens – und der gefährlichste. Bis Romeo endgültig an Ort und Stelle war, mußte Yabril äußerst vorsichtig taktieren. Und wie bei einem Vabanquespiel die erhoffte Reaktion des Sultans auf seinen geheimen und letzten Schachzug abwarten. O nein, dies war gewiß keine Araber-Arbeit.

Wegen des Zeitunterschieds erreichte die erste Nachricht über das Attentat auf den Papst Francis Kennedy am Ostersonntag um sechs Uhr früh. Überbracht wurde sie ihm von Pressesekretär Matthew Gladyce, der im Weißen Haus Feiertagswache hatte. Auch Eugene Dazzy und Christian Klee waren bereits informiert und befanden sich im Weißen Haus.

Francis Kennedy kam die Treppe aus seinen Wohnräumen herab und betrat das Oval Office, wo Dazzy und Christian auf ihn warteten. Beide blickten grimmig drein. Von den Straßen Washingtons drang das langgezogene Heulen der vielen Sirenen herüber. Kennedy nahm an seinem Schreibtisch Platz und sah Eugene Dazzy an, dem es als Stabschef oblag, ihm eine Zusammenfassung der Geschehnisse vorzutragen. Zu Kennedys Überraschung war es jedoch Christian, der als erster das Wort ergriff.

»Francis«, begann er, »der Papst ist tot. Aber wir haben eine

Nachricht erhalten, die nicht weniger furchtbar ist. Die Maschine, in der Theresa sitzt, wurde entführt und befindet sich auf dem Flug nach Sherhaben.«

Francis Kennedy spürte, wie eine Woge von Übelkeit in ihm aufstieg. Dann hörte er Eugene Dazzy sagen: »Die Entführer haben alles unter Kontrolle; es hat keine Zwischenfälle in der Maschine gegeben. Sobald sie landet, werden wir verhandeln. Wir werden jede nur mögliche Unterstützung anfordern, es wird alles gut werden. Ich glaube, die wußten nicht mal, daß Theresa in der Maschine saß.«

»Arthur Wix und Otto Gray sind hierher unterwegs«, warf Christian ein. »Ebenso CIA, Verteidigung und Vizepräsident. Sie werden dich in einer halben Stunde im Cabinet Room erwarten.«

»Okay«, antwortete Kennedy und zwang sich zu einem Lächeln. »Gibt es einen Zusammenhang?«

Wie er feststellte, war Christian nicht überrascht, Dazzy jedoch verstand seine Frage nicht. »Zwischen dem Papst und der Flugzeugentführung«, erklärte Kennedy. Und als keiner von beiden antwortete: »Geht ihr nur schon in den Cabinet Room voraus. Ich möchte ein paar Minuten allein sein.« Sie gingen.

Francis Kennedy selbst war für Attentäter fast unerreichbar, wußte aber, daß er seine Tochter nicht hundertprozentig schützen konnte. Dazu war sie zu selbständig; auf gar keinen Fall hätte sie geduldet, daß man ihr Beschränkungen auferlegte. Und es schien nie eine Gefahr zu bestehen. Er vermochte sich nicht zu erinnern, daß jemals die Tochter eines Staatsoberhauptes angegriffen worden war. Das wäre für jede Terroristen- oder Revolutionsgruppe sowohl politisch als auch, was die Public Relations betraf, äußerst heikel gewesen.

Nach der Amtseinsetzung des Vaters war Theresa eigene Wege gegangen. Um sich soweit wie möglich von ihrem Vater abzugrenzen, unterstützte sie radikale und feministische Gruppen. Er hatte sie niemals zu überreden versucht, ihr Verhalten zu ändern, der Öffentlichkeit ein falsches Bild von ihrer Persönlichkeit zu bieten.

Es genügte, daß er sie liebte. Und wenn sie dem Weißen Haus einen kurzen Besuch abstattete, verstanden sie sich immer großartig, diskutierten über Politik und analysierten die zahlreichen Möglichkeiten der Macht.

Die konservative republikanische Presse, die berüchtigten Skandalblätter, hatten natürlich jede Gelegenheit genutzt und hofften, dem Präsidenten damit zu schaden. Theresa wurde fotografiert, wie sie mit Feministinnen marschierte, gegen Atomwaffen demonstrierte und einmal sogar für einen Staat Palästina auf die Straße ging. Dies wiederum würde nunmehr ironische Kolumnen in den Blättern auslösen. Seltsamerweise hatte die amerikanische Öffentlichkeit stets freundlich auf Theresa Kennedy reagiert, selbst als bekannt wurde, daß sie in Rom mit einem italienischen Radikalen zusammenlebte. Es gab Fotos von den beiden, wie sie durch die geschichtsträchtigen Straßen wanderten, sich küßten, Händchen hielten, auf dem Balkon ihrer gemeinsamen Wohnung standen. Der junge Italiener sah gut aus, Theresa Kennedy war hübsch mit ihrem blonden Haar, der milchweißen irischen Haut und den strahlenden Blauaugen der Kennedys. Und ihre fast schlaksige Kennedy-Figur wirkte in der lässigen italienischen Garderobe so attraktiv, daß sie dem Text unter den Fotos das Gift entzog.

Ein Pressefoto von ihr, wie sie ihren jungen italienischen Freund vor den Knüppeln der italienischen Polizei schützte, hatte in älteren Amerikanern atavistische Gefühle geweckt, Erinnerungen an jenen längst vergangenen, schrecklichen Tag in Dallas.

Darüber hinaus war sie auch noch schlagfertig. Während des Wahlkampfes war sie von Fernsehreportern gestellt und gefragt worden: »Sind Sie mit der Politik Ihres Vaters einverstanden?« Hätte sie ja gesagt, man hätte sie als Heuchlerin oder als Kind unter der Fuchtel ihres machtgierigen Vaters bezeichnet. Hätte sie nein gesagt, hätten die Schlagzeilen durchblicken lassen, daß sie ihren Vater bei seinem Kampf um die Präsidentschaft nicht unterstützte. Doch sie bewies die große politische Begabung aller Kennedys. »Gewiß, er ist mein Vater«, antwortete sie und umarmte ihn liebevoll. »Und ich weiß, daß er ein anständiger Mensch ist. Aber wenn er etwas tut, was ich nicht gut finde, werde ich ihm das genauso ins Gesicht schreien, wie ihr Reporter das immer tut.« Es kam auf dem Bildschirm großartig an. Ihr Vater liebte sie dafür. Und nun befand sie sich in Lebensgefahr.

Während er im Oval Office auf und ab ging, wurde Francis Kennedy klar, daß er den Hijackern alles geben würde, was sie verlangten. Das würde er ihnen mitteilen, ganz gleich, was seine Berater sagten. Zum Teufel mit dem politischen Gleichgewicht in der Welt oder den anderen Argumenten. Dies war eine Gelegenheit, da er seine ganze Macht einsetzen würde, koste es, was es wolle. Plötzlich fühlte er sich ein wenig benommen und mußte sich vor banger Furcht auf den Schreibtisch stützen. Schließlich entdeckte er jedoch zu seiner Überraschung, daß das, was er empfand, eindeutig Wut auf seine Tochter war.

Wenn sie nur in seiner Nähe geblieben wäre, wenn sie sich nur wie eine liebende Tochter verhalten und mit ihm im Weißen Haus gelebt hätte, wenn sie nur weniger radikal gewesen wäre – nichts von alledem wäre geschehen. Und warum mußte sie sich einen ausländischen Liebhaber nehmen, einen radikalen Studenten, der den Entführern womöglich die entscheidenden Tips gegeben hatte? Dann mußte er über sich selber lachen. Er verhielt sich genau wie ein erzürnter Vater, der von seinem Kind verlangte, daß es ihm so wenig Sorgen wie möglich machte. Er liebte sie, und er würde sie retten. Dies wenigstens war ein Feind, den er bekämpfen konnte, ganz anders als der lange, qualvolle Tod seiner Frau.

Eugene Dazzy kam herein und berichtete ihm, es sei soweit, er werde im Cabinet Room erwartet.

Als Kennedy eintrat, erhoben sich alle Anwesenden von ihren Plätzen. Er bedeutete ihnen, sich wieder zu setzen, aber sie umringten ihn, wollten ihm ihr Mitgefühl ausdrücken. Kennedy begab sich an die Stirnseite des langen, ovalen Tisches und nahm in dem Sessel in der Nähe des Kamins Platz.

Zwei weiße Kronleuchter hellten das satte Braun der Tischplatte auf, überglänzten das Schwarz der Ledersessel, je sechs auf jeder Seite des Tisches, und der weiteren Sessel entlang der Rückwand. Neben den beiden Fenstern, die auf den Rosengarten hinausgingen, standen zwei Fahnen in ihren Ständern, die gestreifte Flagge der Vereinigten Staaten und die Präsidentenflagge mit hellen Sternen auf tiefblauem Grund.
Die Mitglieder von Kennedys persönlichem Stab nahmen in den Sesseln neben ihm Platz und legten ihre Informationsblätter und Memoranden vor sich auf den Tisch. Weiter unten saßen die Kabinettssekretäre sowie der Chef der CIA, und am anderen Ende des Tisches der Vorsitzende der Stabschefs, ein Army-General in voller Uniform, deren Farben sich bunt von dem Beerdigungs-Schwarz der anderen Herren abhoben. Helen DuPray, Vizepräsidentin und einzige Frau im Raum, saß Kennedy gegenüber am unteren Ende des Tisches. Sie trug ein elegantes dunkelblaues Kostüm mit schneeweißer Seidenbluse. Der Ausdruck in ihrem attraktiven Gesicht war streng. Der Duft des Rosengartens füllte den Raum, drang durch die schweren Gardinen und Vorhänge herein, die vor den Glasscheiben der Türen hingen. Der aquamarinblaue Teppich unter den Vorhängen reflektierte grünes Licht in den Raum.
Theodore Tappey, der CIA-Chef, übernahm die Berichterstattung. Tappey, der weder auffallend wirkte noch politischen Ehrgeiz besaß, war früher FBI-Direktor gewesen. Und hatte die CIA-Regeln niemals mit riskanten, illegalen oder machtbildenden Einfällen strapaziert. Bei Kennedys persönlichem Stab, vor allem aber bei Christian Klee, genoß er großes Ansehen.
»In den wenigen Stunden, die wir bisher hatten, konnten wir einige Fakten erhärten«, begann Tappey. »Das Attentat auf den Papst wurde von einer rein italienischen Gruppe verübt. Theresas Maschine wurde von einem gemischten Team entführt, deren Anführer ein Araber mit Namen Yabril ist. Die Tatsache, daß sich beide Zwischenfälle am selben Tag ereigneten und ihren Ursprung

in derselben Großstadt nahmen, scheint Zufall zu sein. Dem wir natürlich immer mißtrauen.«
»Zu diesem Zeitpunkt ist das Attentat auf den Papst zweitrangig«, entgegnete Kennedy leise. »Unsere Hauptsorge gilt der Flugzeugentführung. Sind inzwischen Forderungen gestellt worden?«
»Nein«, antwortete Tappey rasch und fest. »Und das an sich ist schon bedenklich.«
»Setzen Sie Ihre Vermittler auf die Verhandlungen an und unterrichten Sie mich über jeden Schritt persönlich«, befahl Kennedy. Dann wandte er sich an den Außenminister und erkundigte sich: »Welche Regierungen werden uns helfen?«
»Alle«, antwortete der Minister. »Die anderen arabischen Staaten sind empört; sie finden den Gedanken, daß Ihre Tochter als Geisel genommen wurde, abscheulich. Er verletzt ihr Ehrgefühl, und außerdem denken sie dabei an ihren eigenen Brauch der Blutrache. Ihrer Ansicht nach kann nichts Gutes daraus entstehen. Frankreich unterhält gute Beziehungen zum Sultan und hat sich erboten, für uns Beobachter hinzuschicken. Großbritannien und Israel können nicht helfen, da man ihnen nicht vertraut. Doch bis die Entführer ihre Forderungen stellen, hängen wir sozusagen in der Luft.«
Francis Kennedy wandte sich an Christian. »Was hältst du davon, Chris, daß sie keine Forderungen stellen?«
»Möglicherweise ist es noch zu früh«, gab Christian zurück. »Oder sie haben andere Trümpfe im Ärmel.«
Im Cabinet Room herrschte gespenstisches Schweigen; in dem Dunkel, das durch die vielen schweren Sessel entstand, ließen die weißen Lichtkegel an den Wänden die Gesichter der Menschen im Raum hellgrau erscheinen. Kennedy wartete darauf, daß sie etwas sagten, einer nach dem anderen, und schloß seine Gedanken aus, während sie von Optionen redeten, der Androhung von Sanktionen, der Androhung einer Seeblockade, dem Einfrieren des Sherhaben-Vermögens in den Vereinigten Staaten, von der Vermutung, die Hijacker wollten die Verhandlungen endlos hinauszö-

gern, um möglichst viele Fernseh- und Zeitungsberichte auf der ganzen Welt für sich verbuchen zu können.
Nach einer Weile wandte sich Francis Kennedy an Oddblood Gray und sagte kurz: »Setzen Sie für mich und meinen Stab eine Zusammenkunft mit den führenden Kongreßmitgliedern und den entsprechenden Ausschußvorsitzenden an.« Anschließend wandte er sich an Arthur Wix. »Sie lassen Ihre Nationale Sicherheit Pläne für den Fall ausarbeiten, daß die Sache größere Ausmaße annimmt.« Dann erhob sich Kennedy und sagte zu allen: »Helen, Gentlemen, ich muß Ihnen gestehen, daß ich nicht an Zufall glaube. Ich glaube nicht daran, daß der Papst der römisch-katholischen Kirche rein zufällig am selben Tag und in derselben Stadt ermordet werden kann, an dem und wo die Tochter des Präsidenten der Vereinigten Staaten entführt wird.«

Es wurde ein langer Ostersonntag. Das Weiße Haus füllte sich mit den Angehörigen der verschiedenen von CIA, Army und Navy und dem State Department eingerichteten Aktionsausschüsse. Sie alle erklärten einhellig, der verblüffendste Faktor sei, daß die Terroristen noch keine Forderungen für die Freilassung der Geiseln gestellt hätten.
Draußen auf den Straßen staute sich der Verkehr. Von allen Seiten strömten Presse- und Fernsehreporter nach Washington. Regierungsangestellte waren trotz des Osterfeiertags an ihre Schreibtische beordert worden. Und Christian Klee hatte tausend zusätzliche Männer von Secret Service und FBI angefordert, um das Weiße Haus doppelt und dreifach bewachen zu lassen.
Der Telefonverkehr im Weißen Haus nahm drastisch zu. Überall ging es zu wie in einem Tollhaus, Menschen hasteten hin und her, vom Weißen Haus ins Executive Office Building und zurück. Eugene Dazzy versuchte das Ganze irgendwie in den Griff zu kriegen.
Der Rest dieses Sonntags im Weißen Haus bestand aus Berichten, die Kennedy vom Lageraum erhielt – langen, ernsten Erwägungen

aller Möglichkeiten, die ihnen offenstanden, Telefongesprächen zwischen ausländischen Staatsoberhäuptern und den Kabinettsmitgliedern der Vereinigten Staaten.
Am späten Sonntagabend nahm der Stab mit dem Präsidenten das Dinner ein und bereitete sich auf den folgenden Tag vor. Gemeinsam sahen sie sich die Nachrichten im Fernsehen an, die pausenlos über den Bildschirm liefen.
Endlich entschloß sich Kennedy, schlafen zu gehen. Ein Secret-Service-Beamter stieg vor dem Präsidenten die schmale Treppe zu seinen Privaträumen im dritten Stock des Weißen Hauses empor. Ein weiterer Secret-Service-Beamter folgte ihnen. Beide Männer wußten, daß Kennedy nicht gern die Fahrstühle des Weißen Hauses benutzte.
Die Treppe führte in einen Vorraum mit Telefonzentrale und zwei weiteren Secret-Service-Beamten. Erst wenn Kennedy diesen Vorraum durchquert hatte, befand er sich in seinen Privaträumen, wo nur seine persönlichen Angestellten um ihn waren: eine Haushälterin, ein Butler und ein Kammerdiener, der sich um die umfangreiche Garderobe des Präsidenten kümmerte.
Was Kennedy allerdings nicht wußte, war, daß diese persönlichen Dienstboten ebenfalls zum Secret Service gehörten. Das war von Christian Klee so arrangiert worden und gehörte zu seinem großangelegten Plan, den Präsidenten vor jedem persönlichen Schaden zu bewahren. Es war Bestandteil eines ausgeklügelten Schutzschildes, mit dem Christian Klee ihn unauffällig umgeben hatte.
Als Christian dem Sicherheitssystem diese besondere Nuance hinzufügte, hatte er sich seine Spezialtruppe aus Secret-Service-Männern und -Frauen persönlich vorgenommen. »Sie alle werden die verdammt noch mal besten Dienstboten der Welt werden, so gut, daß Sie anschließend sofort einen Job im Buckingham Palace annehmen könnten. Vergessen Sie niemals, daß Ihre erste Pflicht darin besteht, eventuelle Kugeln abzufangen, die auf den Präsidenten abgefeuert werden. Aber ebenso ist es Ihre Pflicht, das Privatleben des Präsidenten möglichst angenehm zu gestalten.«

Chef der Spezialtruppe war der Kammerdiener, der an diesem Abend Dienst hatte. Nach außen hin war er ein schwarzer Marine-Steward namens Jefferson im Rang eines Stabsbootsmannes. In Wirklichkeit gehörte er zu den obersten Rängen des Secret Service und hatte eine ausgezeichnete Nahkampfausbildung genossen. Er war ein geborener Athlet und auf dem College All-American-Footballer gewesen. Sein IQ betrug 160. Außerdem verfügte er über einen gewissen Humor, der es ihm erlaubte, ein ganz besonderes Vergnügen an der Rolle des perfekten Dieners zu empfinden.
Jetzt half er Kennedy aus dem Jackett, das er anschließend sorgfältig aufhängte. Er reichte ihm einen seidenen Hausmantel, hatte aber lernen müssen, daß sich der Präsident auf gar keinen Fall hineinhelfen lassen mochte. Als Kennedy auf die kleine Bar im Wohnzimmer der Suite zusteuerte, war Jefferson schon vor ihm da und mixte ihm einen Wodka mit Tonic und Eis. Dann sagte Jefferson zu ihm: »Mr. President, Ihr Bad ist eingelassen.«
Kennedy musterte ihn mit einem kleinen Lächeln. Jefferson war ein bißchen *zu* gut, um echt zu sein. »Bitte, stellen Sie alle Telefone ab«, sagte Kennedy. »Wenn ich gebraucht werde, können Sie mich persönlich wecken.«
Fast eine halbe Stunde lang blieb er im heißen Wasser liegen. Die Wanne war mit Jetstrahlen ausgerüstet, die ihm Rücken und Hüften massierten und die Müdigkeit aus seinen Muskeln vertrieben. Das Badewasser verströmte einen angenehm maskulinen Duft, und die Ablage rings um die Wanne war angefüllt mit Seifen, Linimenten und Zeitschriften. Sogar einen Plastikkorb mit einem Stoß Memos gab es darunter.
Als Kennedy aus der Wanne gestiegen war, zog er einen weißen Frotteemantel an, auf den in Rot-Weiß-Blau THE BOSS gestickt war: ein Geschenk von Jefferson persönlich, der überzeugt war, es passe zu seiner Rolle als Kammerdiener, seinem Herrn ein derartiges Geschenk zu machen. Francis Kennedy rieb sich den weißen, nahezu haarlosen Körper mit dem Mantel trocken und fand, er müsse endlich mal in den Süden fahren, um sich eine gesunde

Bräune zuzulegen. Er war stets unzufrieden gewesen mit seiner bleichen Haut und der fehlenden Körperbehaarung.
Im Schlafzimmer hatte Jefferson die Vorhänge geschlossen, die Leselampe eingeschaltet und die Bettdecke zurückgeschlagen. Neben dem Bett stand ein kleiner fahrbarer Tisch mit Marmorplatte und ein bequemer Lehnsessel. Auf dem Tischchen lag eine wunderschöne bestickte hellrosa Decke, auf der ein dunkelblauer Krug mit heißer Schokolade stand. In einer hellblauen Tasse dampfte bereits eingeschenkte Schokolade. Das dazugehörige Silber war so blank poliert, daß es wie schweres Elfenbein wirkte. Außerdem gab es eine weiße Dose mit salzloser Butter und vier verschiedenfarbige Dosen mit unterschiedlichen Marmeladen – Grün für Apfel, Blau mit weißen Tupfen für Himbeer, Gelb für Orangen und Rot für Erdbeer.
»Sieht köstlich aus«, lobte Kennedy, und Jefferson verließ das Zimmer. Aus irgendeinem Grund wirkten diese kleinen Aufmerksamkeiten weit tröstlicher auf Kennedy, als er es für gut hielt. Er setzte sich in den Sessel, trank die Schokolade und versuchte einen Keks zu essen, brachte es aber nicht fertig. Also schob er das Tischchen von sich und stieg ins Bett. Er begab sich daran, einen Stoß Memos zu lesen, war aber zu erschöpft. Schließlich knipste er das Licht aus und versuchte zu schlafen.
Trotz der dämpfenden Vorhänge konnte er ganz schwach einen winzigen Rest des ungeheuren Lärms vernehmen, der draußen vor dem Weißen Haus immer stärker wurde. Die Medien der ganzen Welt versammelten sich hier, um vierundzwanzig Stunden am Tag Wache zu halten. Hunderte von Ü-Wagen, Fernsehkameras und Crews sowie ein Bataillon Marines als zusätzlicher Schutz.
Francis Kennedy wurde von einem Gefühl schlimmer Vorahnungen geplagt, das er bisher nur einmal erlebt hatte. Er ließ die Gedanken uneingeschränkt zu seiner Tochter Theresa wandern, die jetzt, von mordlustigen Männern umgeben, in jener Maschine schlief. Und das war kein unglücklicher Zufall. Das Schicksal hatte ihm zahlreiche Warnungen zukommen lassen. Seine beiden

Onkels waren ermordet worden, als er noch ein Kind war. Und dann war vor drei Jahren seine Frau Catherine an Krebs gestorben.

Seine erste große Niederlage erlebte Francis Kennedy, als Catherine sechs Monate, bevor ihr Mann die Präsidentschaftswahl gewann, den Knoten in ihrer Brust entdeckte. Nachdem der Krebs diagnostiziert worden war, erklärte sich Francis Kennedy spontan bereit, sich aus der Politik zurückzuziehen, aber sie verbot es ihm. Sie wollte unbedingt im Weißen Haus wohnen, erklärte sie ihm. Sie werde gesund werden, behauptete sie, und er glaubte ihr. Anfangs machten sie sich Sorgen darüber, daß sie eine Brust verlieren könne, deswegen erkundigte sich Francis Kennedy bei Krebsspezialisten aus der ganzen Welt, ob man den Knoten nicht operativ entfernen könne, ohne die Brust amputieren zu müssen. Schließlich ging er mit Catherine zu einem der berühmtesten Krebsspezialisten der Vereinigten Staaten. Nachdem der Arzt Catherines Krankengeschichte studiert hatte, riet er zur Entfernung der Brust. Er sagte – und diese Worte sollte Francis Kennedy niemals vergessen: »Es handelt sich um einen sehr aggressiven Krebszellenstamm.«

Im Juli, als er die Wahlen der Demokratischen Partei zum Präsidentschaftskandidaten gewann, hatte Catherine die Chemotherapie beendet, und die Ärzte schickten sie nach Hause. Sie befand sich im Remissionsstadium. Sie nahm zu, und ihre Knochen verschwanden wieder unter dem Fleisch.

Seine Frau ruhte viel und konnte das Haus nicht verlassen, war aber immer da, ihn zu begrüßen, wenn er nach Hause kam. Theresa kehrte in die Schule zurück, Francis Kennedy setzte seine politische Karriere fort und bewarb sich um die Präsidentschaft, richtete seinen Terminplan allerdings so ein, daß er alle paar Tage zu Catherine nach Hause fliegen konnte. Jedesmal, wenn er heimkehrte, schien sie wieder mehr Kraft zurückgewonnen zu haben, und diese Tage waren wunderbar, noch nie hatten sie sich so sehr geliebt. Er brachte ihr Geschenke mit, sie strickte ihm Schals und Handschuhe, und einmal gab sie den Pflegerinnen und Dienstboten den ganzen Tag frei, damit sie mit ihrem Mann allein im Haus war und sie ihm ein einfaches Essen zubereiten konnte. Sie würde wieder gesund werden.

Es war der glücklichste Augenblick seines Lebens, und nichts konnte sich daran messen. Francis Kennedy vergoß Freudentränen, so erleichtert war er darüber, daß sie endlich von Angst und Furcht befreit waren. Am nächsten Morgen ging er mit ihr, den Arm um ihre Taille gelegt, in den grünen Hügeln rings um das Haus spazieren. Wieder zu Hause, machte er ihr das Frühstück, und sie aß herzhaft, mehr als er sie jemals hatte essen sehen. Denn was ihre äußere Erscheinung betraf, so war sie schon immer sehr eitel gewesen, achtete darauf, daß sie in ihre neuen Kleider und Badeanzüge paßte und sich keine Fettpölsterchen bildeten. Nun aber *wollte* sie zunehmen. Wenn sie Arm in Arm spazierengingen, spürte er jeden Knochen in ihrem Körper.

Catherines Remissionsphase schenkte Francis Kennedy die Kraft, sich zum Gipfel der Macht emporzuschwingen und seinen Präsidentschaftswahlkampf fortzusetzen. Er riß alle Menschen mit: Er war geistreich, er war charmant, er war aufrichtig, er stellte den Kontakt mit seinen Wählern her, und die Wahlergebnisse zeigten, daß er meilenweit vorn lag. Er übertrumpfte seine Gegner bei Debatten, vernichtete sie mit seinen Strategien, entschlüpfte geschickt den Fallen der Medien, besiegte seine Fcinde, band seine Verbündeten an sich. Alles war machbar, ließ sich zugunsten seines großen Zieles einsetzen. Sein Körper entwickelte eine enorme Energie, sein Verstand arbeitete mit unerhörter Präzision.

Und dann wurde er bei einem seiner Besuche zu Hause in schwärzeste Verzweiflung gestürzt: Catherine war wieder krank, sie war nicht da, ihn zu begrüßen. Und trotz all seiner Gaben und seiner Kraft vermochte er nichts dagegen zu tun.

Catherine war die perfekte Ehefrau für ihn gewesen. Kein außergewöhnlicher Mensch, aber sie hatte zu jenen Frauen gehört, denen die Kunst der Liebe anscheinend schon in die Wiege gelegt wird. Sie besaß eine offenbar angeborene Warmherzigkeit des Wesens und des Charakters, die außergewöhnlich war. Nie hörte er sie ein schlechtes Wort über einen anderen Menschen äußern, sie verzieh den Menschen ihre Fehler und fühlte sich niemals gekränkt oder ungerecht behandelt. Sie kannte keine Ressentiments.

Sie war in jeder Hinsicht liebenswert. Ihr Körper war geschmeidig, ihre Züge waren von einer ruhigen Schönheit, die in nahezu jedem Menschen Zuneigung weckte. Natürlich hatte sie auch Schwächen: Sie liebte schöne Kleider und war sogar ein wenig eitel. Aber darüber konnte man sich ungestraft ein bißchen lustig machen. Sie war geistreich, ohne verletzend oder bissig zu sein, und sie war nie deprimiert. Sie hatte eine erstklassige Ausbildung genossen und vor der Ehe als Journalistin gearbeitet, aber sie besaß noch andere Fähigkeiten. Sie war eine gute Amateurpianistin und Hobbymalerin. Sie hatte ihre Tochter gut erzogen, und die beiden liebten einander; sie zeigte Verständnis für ihren Mann und neidete ihm seine Erfolge nicht. Sie war eines jener Wesen, die es nur selten gibt: ein zufriedener, glücklicher Mensch. Und daher das Kostbarste in seinem Leben.

Es kam der Tag, da der Arzt Francis Kennedy auf dem Krankenhausflur anhielt und ihm offen und rückhaltlos erklärte, daß seine Frau sterben müsse, daß es in diesem Fall keine Berufung bei einem höheren Gericht, keine Wiederaufnahme des Verfahrens, keine mildernden Umstände gebe. Das Urteil über sie war endgültiger als über jeden Mörder.

Der Arzt erklärte es ihm. Die Knochen in Catherine Kennedys Körper seien porös, ihr Skelett werde einfach in sich zusammenbrechen. Im Gehirn hatten sich Tumoren gebildet, winzig noch, aber irreparabel wachsend. Und ihr Blut produzierte Gifte, die unausweichlich zum Tode führen würden.

Seiner Frau vermochte Francis Kennedy das nicht zu sagen, weil er selbst nicht daran glauben konnte. Er bediente sich all seiner Möglichkeiten, nahm mit all seinen einflußreichen Freunden Kontakt auf und befragte sogar das Orakel. Aber es gab nur eine einzige, winzige Hoffnung. In den Forschungslabors verschiedener medizinischer Zentren in den Vereinigten Staaten existierten Programme zur Erprobung neuer und gefährlicher Drogen, Experimentalprogramme ausschließlich für Menschen, die für unheilbar erklärt worden waren. Da diese neuen Drogen lebensgefährlich toxisch waren, wurden sie nur an Freiwilligen erprobt. Aber es gab so viele zum Tode Verurteilte, daß es für jede Planstelle in den Programmen hundert Freiwillige gab.

Also entschloß sich Francis Kennedy zu einem Schritt, den er normalerweise als unmoralisch verurteilt hätte: Er benutzte seine Macht, um seine Frau in diese Forschungsprogramme zu schleusen, setzte alle Beziehungen ein, damit Catherine diese tödlichen und doch lebensbewahrenden Gifte verabreicht werden konnten. Und er hatte Erfolg. Er verspürte neue Hoffnung. Einige Patienten waren in diesen Forschungszentren geheilt worden, warum also nicht auch seine Frau? Warum sollte er sie nicht retten können? Er hatte sein Leben lang gesiegt und würde auch diesmal wieder obsiegen.

Damit begann eine Zeit der Finsternis. Anfangs war es ein Forschungsprogramm in Houston, wo er sie in ein Krankenhaus brachte und während der Bchandlung bei ihr blieb – ciner Behandlung, die sie so sehr schwächte, daß sie hilflos ans Bett gefesselt war. Sie zwang ihn, sie allein zu lassen, damit er den Wahlkampf weiterführen konnte. Von Houston flog er nach Los Angeles, um seine Wahlreden zu halten – selbstsicher, geistreich, fröhlich. Am späten Abend flog er dann wieder nach Houston, um ein paar Stunden mit seiner Frau zu verbringen. Dann flog er zum nächsten Wahlkampftermin, um dort die Rolle des Gesetzgebers zu spielen. Die Behandlung in Houston schlug nicht an. In Boston schnitten sie ihr einen Tumor aus dem Gehirn, und die Operation verlief erfolgreich, obwohl die Tests ergaben, daß es ein bösartiger Tumor war. Bösartig waren auch die neuen Tumoren in ihrer Lunge. Wie die Röntgenaufnahmen ergaben, waren ihre Knochen noch poröser geworden. In einem anderen Bostoner Krankenhaus bewirkten dann neue Drogen und Versuche ein Wunder: Der neue Tumor im Gehirn hörte auf zu wachsen, die Tumoren in ihrer zweiten Brust schrumpften. Jeden Abend kam Francis Kennedy von seinen Wahlkampfplätzen aus herübergeflogen, um ein paar Stunden mit ihr zu verbringen, ihr vorzulesen, mit ihr zu scherzen. Manchmal kam Theresa Kennedy mit dem Flugzeug aus der Schule in Los Angeles, um die Mutter zu besuchen. Vater und Tochter dinierten zusammen, besuchten anschließend die Patientin in ihrem Krankenzimmer und saßen mit ihr im Dunkeln zusammen. Theresa erzählte lustige Geschichten aus der Schule. Francis Kennedy berichtete von seinen Erlebnissen während des Wahlkampfes um die Präsidentschaft. Catherine Kennedy lachte.

Natürlich erbot sich Francis Kennedy abermals, den Wahlkampf aufzugeben, um bei seiner Frau bleiben zu können. Natürlich wollte Theresa Kennedy die Schule verlassen, um sich ständig um ihre Mutter zu kümmern. Catherine Kennedy lehnte jedoch beide Angebote ab: Sie könne es nicht ertragen, wenn sie das täten; sie werde vermutlich lange krank sein; sie müßten ihr Leben weiterführen; nur das könne ihr Hoffnung geben, nur das ihr die Kraft verleihen, diese Qualen zu ertragen. In diesem Punkt ließ sie nicht mit sich reden. Sie drohte, das Krankenhaus zu verlassen und nach Hause zurückzukehren, wenn sie nicht weitermachten, als sei alles normal.

Während der Nacht, auf den langen Flügen zu seiner Frau, konnte Francis Kennedy über ihr Durchhaltevermögen nur staunen. Catherine Kennedy, deren Körper mit chemischen Giften vollgepumpt war, mit denen die Gifte ihres Körpers bekämpft werden sollten, klammerte sich fanatisch an ihren Glauben, daß sie gesund werden würde, und daß die beiden Menschen, die sie am meisten auf der Welt liebte, nicht mit ihr zusammen untergehen mußten.

Schließlich schien der Alptraum ein Ende zu nehmen. Sie kam wieder in eine Remissionsphase. Francis Kennedy durfte sie nach Hause holen. Sie waren überall in den Vereinigten Staaten gewesen; in sieben verschiedenen Krankenhäusern mit ihren unterschiedlichen experimentellen Therapien hatte sie gelegen, und die Flut der Chemikalien schien ihre Wirkung getan zu haben. Francis Kennedy war überglücklich, weil er wieder einmal Erfolg gehabt zu haben schien. Er holte seine Frau nach Los Angeles zurück, und eines Abends, bevor er den Wahlkampf wiederaufnahm, ging er mit Catherine und Theresa essen. Es war ein zauberhafter Sommerabend, die weiche, laue Luft Kaliforniens streichelte ihre Haut. Dabei kam es jedoch zu einem merkwürdigen Zwischenfall: Als ein Kellner nur einen winzigen Tropfen Sauce auf den Ärmel von Catherine Kennedys neuem Kleid fallen ließ, brach sie in Tränen aus und fragte, als der Kellner fort war: »Warum mußte er mir das antun?« Es war ein völlig uncharakteristisches Verhalten für sie, die früher über so etwas nur gelacht hätte. Und Francis Kennedy beschlich ein seltsames Gefühl böser Vorahnungen. Sie hatte die Qualen so vieler Operationen ertragen, die Entfernung ihrer Brust, die Exzision ihres Gehirntumors, die Schmerzen der wachsenden Tumoren, und hatte weder geweint noch sich beklagt. Doch nun schien dieser Fleck auf ihrem Ärmel ihr beinah das Herz zu brechen. Sie war untröstlich.
Am Tag darauf mußte Francis Kennedy zum Wahlkampf nach New York fliegen. Am Morgen machte ihm Catherine das Frühstück. Sie strahlte und schien jetzt, da der feine Knochenbau ihres Gesichts nur noch von Haut bedeckt war, schöner denn je zu sein. Alle Zeitungen brachten Umfragen, die bewiesen, daß Francis Kennedy mit Abstand führte, daß er die Präsidentschaftswahl gewinnen würde. Catherine Kennedy las sie ihm laut vor. »O Francis«, sagte sie, »wir werden im Weißen Haus wohnen, und ich werde eigene Dienstboten haben. Und Theresa kann ihre Freundinnen übers Wochenende und für die Ferien einladen. Stell dir vor, wie glücklich wir sein werden! Und ich werde niemals wieder

krank werden. Das verspreche ich dir. Du wirst Großes erreichen, Francis, das weiß ich genau.« Sie nahm ihn in die Arme und weinte vor Glück und Liebe. »Ich werde dir dabei helfen«, sagte Catherine. »Wir werden gemeinsam durch die vielen schönen Räume wandern, und ich werde dir helfen, deine Pläne zu schmieden. Du wirst der größte aller Präsidenten werden. Es wird mir gutgehen, Liebling, und ich werde sehr viel zu tun haben. Wir werden ja so glücklich sein! Wir werden gut sein. Wir haben Glück. Haben wir nicht großes Glück?«

Sie starb im Herbst, der Oktoberhimmel wurde ihr Leichentuch. Francis Kennedy stand zwischen den verblassenden grünen Hügeln und weinte. Silbrige Bäume säumten den Horizont, als er in tiefem Schmerz die Augen mit den Händen bedeckte, um die Welt ringsum auszuschließen. In diesem lichtlosen Moment fühlte er, wie ihm das Herz brach.

Und er hatte eine unersetzliche Energiequelle verloren. Zum erstenmal im Leben war seine überragende Intelligenz ohne Bedeutung, war sein Reichtum ohne Bedeutung. Er hatte seine Frau nicht vor dem Tod retten können, und alles andere wurde unwichtig.

Als er die Hände von den Augen nahm, mußte er mit unmenschlicher Willenskraft gegen dieses große Nichts ankämpfen. Er ordnete, was ihm von seiner Welt geblieben war, und sammelte Kraft für den Kampf gegen die Trauer. Es war nur noch ein knapper Monat bis zur Wahl, und so rüstete er sich für eine letzte Kraftprobe.

Ins Weiße Haus hielt er ohne seine Frau Einzug, allein mit seiner Tochter Theresa. Theresa, die sich Mühe gab, glücklich zu wirken, aber die ganze erste Nacht hindurch weinte, weil ihre Mutter nicht bei ihnen sein konnte.

Und nun, drei Jahre nach dem Tod seiner Frau, lag Francis Kennedy, Präsident der Vereinigten Staaten und einer der mächtigsten Männer auf Erden, allein im Bett, bangte um das Leben seiner Tochter und konnte nicht schlafen. Es war der Fluch der

Mächtigen, niemals die Gnade dieser barmherzigen Zuflucht zu finden.

Da ruhiger Schlaf unmöglich war, versuchte er die furchtbare Angst zu verdrängen, die ihn am Schlafen hinderte. Die Entführer werden es nicht wagen, meiner Tochter etwas anzutun, redete er sich ein, Theresa wird heil und gesund nach Hause kommen. In diesem Fall war er nicht machtlos, brauchte er sich nicht auf die schwachen, fehlbaren Götter der Medizin zu verlassen, mußte er nicht die schrecklichen, unüberwindlichen Krebszellen bekämpfen. Nein. Das Leben seiner Tochter vermochte er zu retten. Er konnte die Macht seines Landes ausspielen, sich auf dessen Autorität berufen, sich weigern, den Papstmörder nach Italien zurückzuschicken. Alles lag in seiner Hand, und zum Glück kannte er politisch keine Skrupel. Seine Tochter war der einzige Mensch auf Erden, den er von Herzen liebte. Er *würde* sie retten!

Plötzlich aber drohte ihm vor Angst, einer Woge entsetzlicher Angst, das Herz stehenzubleiben, und er schaltete die Lampe über seinem Kopf ein. Er stand auf und setzte sich in den Sessel, zog das Marmortischchen heran und trank den Rest der kalt gewordenen Schokolade in seiner Tasse.

Er war überzeugt, die Maschine sei entführt worden, weil seine Tochter an Bord war. Die Entführung war gelungen, weil jede etablierte Macht einigen entschlossenen, skrupellosen und möglicherweise idealistischen Terroristen gegenüber hilflos war. Und dahinter stand der Gedanke, daß er, Francis Kennedy, als Präsident der Vereinigten Staaten das prominenteste Symbol einer etablierten Macht war. Durch seinen Wunsch, Präsident der Vereinigten Staaten zu werden, war also er, Francis Kennedy, dafür verantwortlich, daß seine Tochter in Gefahr geraten war.

Wieder hörte er die Worte des Arztes: »Es ist ein äußerst aggressiver Krebszellenstamm«, aber erst jetzt verstand er sie. Alles war gefährlicher, als es schien. Dies war eine Nacht zum Planen. Zum Planen einer Verteidigung. Er war mächtig genug, das Schicksal zu wenden. Und mit Sicherheit würde in dieser Nacht kein Schlaf

in die mit so vielen Minen gespickten Kammern seiner Gedanken einziehen.
Was hatte er sich gewünscht? Den Namen Kennedy erfolgreicher zu machen? Aber er war nur ein Cousin. Wieder erinnerte er sich an Großonkel Joseph Kennedy, den legendären Schürzenjäger und Goldmacher, mit einem Verstand, so wach für den Augenblick, aber so blind für die Zukunft. Seine Erinnerungen an Old Joe waren liebevoll, obwohl der Alte, politisch gesehen, Francis Kennedys rechtsgerichteter Gegner gewesen wäre, hätte er jetzt noch gelebt. Doch Großonkel Joe hatte Francis Kennedy zu seinen Kindergeburtstagen Goldstücke geschenkt und einen Treuhandfonds für ihn eingerichtet, obwohl Francis nur ein armer Verwandter war. Welch ein selbstsüchtiges Leben dieser Mann doch geführt hatte, mit all den Hollywoodstars, die er gebumst, und seinen Söhnen, die er nach oben gehievt hatte! Auch wenn er ein politischer Dinosaurier gewesen war. Und welch ein tragisches Ende für ihn! Ein glückliches Leben bis fast zuletzt. Dann kamen die Attentate auf die beiden Söhne – so jung und schon so hoch gestiegen –, und der Alte war vernichtet. Es war ein letzter Schlag, der sein Gehirn endgültig zerstörte.
Den eigenen Sohn zum Präsidenten machen – durfte ein Vater so hoch greifen? Und hatte der alte König seine Söhne umsonst geopfert? Hatten die Götter ihn weniger für seinen Hochmut als vielmehr für seine Vergnügungen gestraft? Oder war alles nur Zufall? Jack und Robert, seine Söhne, so reich, so gutaussehend, so begabt – ermordet von unbedeutenden Nullen, die sich mit dem Mord an weit überlegenen Männern ins Buch der Geschichte eintrugen. Nein, nein, das *konnte* nicht Bestimmung sein, das war *Zufall*. So oft vermochten Banalitäten das Schicksal zu wenden, Winzigkeiten schwere Tragödien in unbedeutende Schrammen des Schicksals zu verwandeln.
Darum, beschloß Francis Kennedy, werde ich von nun an nichts mehr dem Schicksal überlassen. Mit Hilfe seiner eigenen Auffassung von Terror würde er seine Tochter sicher nach Hause holen.

Er würde den Entführern alles geben, was sie forderten, und das *mußte* sie letztlich zufriedenstellen, obwohl die Vereinigten Staaten in den Augen der Welt gedemütigt würden. Ein geringer Preis für Theresas Leben.

Aber dennoch... Dennoch nagte da dieses seltsame Gefühl des Unheils an ihm. Warum brachte man den Mörder des Papstes mit der Entführung der Präsidententochter in Verbindung? Warum diese Verzögerung, bevor die Entführer ihre Forderungen bekanntgaben? Welche anderen roten Fäden gab es in diesem Labyrinth noch, die ausgelegt werden mußten? Und das alles von einem Mann, von dem er noch nie etwas gehört hatte, einem geheimnisvollen Araber namens Yabril und einem jungen Italiener, über dessen Identität noch nichts bekannt war.

Im Dunkel der Nacht bangte er um den Ausgang der gegebenen Situation, empfand eine vertraute, doch ständig unterdrückte Wut und Furcht. Deutlich erinnerte er sich an jenen schrecklichen Tag, da er als kleiner Junge mit seinen kleinen Cousins auf dem Rasen des Weißen Hauses spielte und zufällig die ersten, geflüsterten Nachrichten mithörte, sein Onkel Jack sei tot. Und an den langgezogenen, furchtbaren Schrei einer schmerzgequälten Frau.

Dann öffneten sich gnädig die Kammern seiner Gedanken, und die Sprengsätze der Erinnerungen entwichen. Er schlief in seinem Lehnsessel ein.

3. Kapitel

Von allen Mitgliedern des Präsidentenstabs war es der Justizminister, der den größten Einfluß auf Kennedy besaß. Christian Klee war als Sohn reicher Eltern geboren – in eine Familie hinein, deren Stammbaum bis auf die ersten Tage der Nation zurückging. Seine Treuhandfonds betrugen jetzt – dank der guten Ratschläge seines

Paten Oliver Ollifant, des Orakels – über einhundert Millionen Dollar. Es hatte ihm nie an etwas gefehlt, und schließlich war sogar eine Zeit gekommen, da er sich auch nichts mehr wünschte. Er war zu intelligent, zu energiegeladen, um zu einem jener reichen Müßiggänger zu werden, die in Filme investieren, Frauen erobern, Drogen- und Alkoholmißbrauch treiben oder in eine religiöse Unduldsamkeit absinken. Zwei Männer, das Orakel und Francis Xavier Kennedy, hatten ihn schließlich in die Politik eingeführt.

Christian hatte Kennedy in Harvard kennengelernt – nicht als Kommilitone, sondern als Dozent. Kennedy war damals der jüngste Professor, der je in Harvard gelehrt hatte. Als Twen war er bereits ein Wunder. Christian erinnerte sich an seine Einführungsvorlesung. Kennedy hatte mit den Worten begonnen: »Jeder Bürger kennt die Erhabenheit des Gesetzes oder hat wenigstens davon gehört. Sie ist die dem Staat gegebene Befugnis, bestehende politische Organisationen zu kontrollieren, durch die die Zivilisation zu existieren vermag. Das ist die Wahrheit. Ohne die Grenzen, die uns das Recht setzt, wären wir allesamt verloren. Aber vergessen Sie bitte nie, daß das Recht auch viel Scheiße beinhaltet.«

Dann lächelte er den lauschenden Studenten zu. »Ich kann jedes Gesetz umgehen, das Sie aufstellen. Das Recht kann so gebeugt werden, daß es auch der übelsten Zivilisation dient. Die Reichen können dem Recht entwischen, und manchmal haben sogar die Armen Glück. Gewisse Anwälte behandeln das Recht wie Zuhälter ihre Huren. Richter verkaufen das Recht, Gerichtshöfe verraten es. All das ist wahr. Aber vergessen Sie nie, daß wir nichts Besseres haben. Es gibt keine andere Möglichkeit, einen Gesellschaftsvertrag mit unseren Mitmenschen zu schließen.«

Als Christian Klee die Harvard Law School abschloß, hatte er nicht die geringste Ahnung, was er mit seinem Leben anfangen sollte. Im Grunde hatte er für nichts Interesse. Er besaß über hundert Millionen Dollar, interessierte sich aber weder für Geld noch eigentlich für Jura. Er war romantisch wie die meisten jungen Männer. Er liebte Frauen, hatte ein paar flüchtige Affären, vermochte aber nicht jenen wahren Glauben an die Liebe aufzubringen, der zu leidenschaftlichen Bindungen führt. Verzweifelt suchte er nach einer Sache, der er sein Leben verschreiben konnte. An Kunst war er durchaus interessiert, besaß aber keine Neigung zur Kreativität, keine Begabung für Malerei, Musik oder Literatur. Sein gesicherter Platz in der Gesellschaft lähmte ihn. Dennoch war er weniger unglücklich als vielmehr verwirrt.

Vorübergehend hatte er natürlich auch Drogen probiert; die waren schließlich ebenso ein integraler Bestandteil der amerikanischen Kultur, wie früher des chinesischen Kaiserreichs. Dabei hatte er zum erstenmal einen verblüffenden Zug an sich entdeckt. Er konnte den Verlust der Selbstkontrolle nicht ertragen, den die Drogen bewirkten. Es störte ihn nicht, unglücklich zu sein, solange er die Kontrolle über seinen Verstand und seinen Körper behielt. Kontrollverlust war der absolute Tiefpunkt der Verzweiflung. Außerdem verschafften ihm die Drogen nicht einmal die Ekstase, die andere Menschen dabei empfanden. Deswegen hatte er mit zweiundzwanzig, als ihm praktisch die ganze Welt offenstand, das Gefühl, daß es für ihn nichts zu tun gab, was der Mühe wert gewesen wäre. Er hatte nicht einmal das Bedürfnis, das wohl ein jeder junge Mensch einmal hegt: den Wunsch, die Welt zu verbessern, in der er lebte.

Er konsultierte seinen Patenonkel, das Orakel, damals ein »junger« Mann von fünfundsiebzig Jahren, der dennoch eine unendliche Lebenslust besaß, der drei Geliebte nicht zur Ruhe kommen ließ, der die Finger in jedem geschäftlichen Unternehmen hatte und mindestens einmal pro Woche mit dem Präsidenten der Vereinigten Staaten konferierte. Das Orakel besaß das Geheimnis des Lebens.

»Such dir das Sinnloseste aus, was du dir vorstellen kannst, und das tust du dann einige Jahre lang. Irgend etwas, woran du nicht mal im Traum denken würdest, was du absolut nicht ausstehen kannst. Dennoch aber etwas, das dich wenigstens körperlich und geistig fördert. Lern einen Teil der Welt kennen, von dem du überzeugt bist, daß du ihn niemals zum Bestandteil deines Lebens machen wirst. Vergeude deine Zeit nicht. Lerne. So bin ich in die Politik gekommen. Und – meine Freunde würde das wirklich überraschen – ich hatte absolut kein Interesse an Geld. Tu etwas, das du verabscheust. In drei bis vier Jahren werden dann mehr Dinge möglich sein, und was möglich ist, wird attraktiver.«

Am folgenden Tag bewarb sich Christian um einen Platz in West Point und verbrachte die nächsten vier Jahre damit, sich zum Offizier der US-Army ausbilden zu lassen. Das Orakel war zuerst überrascht gewesen, zeigte sich dann jedoch erfreut. »Genau das richtige«, sagte er. »Du wirst niemals ein Soldat werden. Aber du wirst Geschmack an der Selbstbeherrschung finden.«

Nach den vier Jahren West Point blieb Christian noch weitere vier Jahre in der Army und unterzog sich einer Ausbildung bei den Special Assault Brigades, wo er sich zum Experten für bewaffneten und unbewaffneten Nahkampf entwickelte. Das Bewußtsein, daß sein Körper allen Anforderungen genügen konnte, die er an ihn stellte, verlieh ihm das Gefühl, unangreifbar zu sein.

Mit dreißig Jahren nahm er den Abschied und wechselte zum Führungsstab der CIA über. Er wurde zum Spezialisten für Geheimaktionen und verbrachte die folgenden vier Jahre im europäischen Raum. Von dort ging er für sechs Jahre in den Mittleren Osten und arbeitete sich weit in der Einsatz-Abteilung der Agency empor, bis ihm eine Bombe den Fuß abriß. Dies war eine weitere Herausforderung für ihn. Er lernte, zuerst mit einer Prothese und dann mit einem künstlichen Fuß so geschickt umzugehen, daß er auch nicht andeutungsweise hinkte. Seine Karriere im aktiven Einsatz aber war damit beendet, er kehrte nach Hause zurück und trat in eine angesehene Anwaltskanzlei ein.

Dann verliebte er sich zum erstenmal und heiratete ein Mädchen, das für ihn die Erfüllung aller Jugendträume war. Sie war intelligent, sie war geistreich, sie war sehr hübsch und überaus leidenschaftlich. Während der folgenden fünf Jahre führte er eine glückliche Ehe, wurde zum stolzen Vater zweier Kinder und war zufrieden in dem politischen Labyrinth, durch das ihn mit sicherer Hand das Orakel führte. Endlich war er, wie er meinte, ein Mann, der seinen Platz im Leben gefunden hatte. Dann aber schlug das Schicksal zu. Seine Frau verliebte sich in einen anderen und reichte die Scheidung ein.

Christian Klee war fassungslos; dann wurde er wütend. Er war doch glücklich, wieso war seine Frau es nicht auch? Was hatte sie so verändert? Er war stets liebevoll und höflich zu ihr gewesen, hatte ihr jeden Wunsch erfüllt. Gewiß, er war vollauf mit seiner Arbeit beschäftigt gewesen, mit dem Aufbau seiner Karriere. Aber er war reich, und es fehlte ihr an nichts. In seiner Wut nahm er sich vor, all ihre Forderungen abzulehnen und um das Sorgerecht für die Kinder zu kämpfen, ihr das Haus zu verweigern, das sie sich so sehnlichst wünschte, und die finanzielle Unterstützung, die einer geschiedenen Frau zusteht, so gering wie nur möglich zu halten. Vor allem schmerzte es ihn, daß sie mit ihrem neuen Ehemann in ihrer beider Haus wohnen wollte. Na schön, es war eine palastartige Villa, aber was war mit jenen geheiligten Erinnerungen, die sie beide mit diesem Haus verbanden? Und *er* war ihr immer ein treuer Ehemann gewesen.

Wieder war er zum Orakel gegangen, um ihm seinen Kummer und seinen Schmerz anzuvertrauen. Zu seinem Erstaunen jedoch zeigte das Orakel nicht das geringste Mitgefühl. »Du warst ihr treu, na schön. Aber wie kommst du darauf, daß deine Frau dir ebenfalls treu sein muß? Warum soll sie das sein, wenn du sie nicht mehr interessierst? Treulosigkeit ist die präventive Maßnahme des vorsichtigen Mannes, der weiß, daß seine Frau ihm ohne jeden moralischen Grund Haus und Kinder wegnehmen kann. Diesen Vertrag hast du mit deiner Eheschließung akzeptiert, nun mußt du ihn auch einhalten.« Dann hatte ihm das Orakel ins Gesicht gelacht. »Deine Frau hatte ganz recht, dich zu verlassen«, erklärte er. »Sie hat dich durchschaut, obwohl ich zugeben muß, daß du eine recht gute schauspielerische Leistung geboten hast. Sie wußte, daß du

nie wirklich glücklich warst. Aber glaube mir, so ist es am besten. Jetzt bist du in der Lage, deine wirkliche Position im Leben einzunehmen. Du hast dir alles aus dem Weg geräumt, Frau und Kinder wären ja doch nur ein Hindernis. Im Grunde deines Wesens bist du ein Mann, der allein leben muß, um große Dinge zu vollbringen. Das weiß ich, weil ich genauso war. Ehefrauen können gefährlich werden für Männer mit echten Ambitionen; Kinder sind der Nährboden von Tragödien. Benutze deinen gesunden Menschenverstand, verwerte deine Ausbildung als Jurist. Gib ihr alles, was sie will, es wird dein Vermögen kaum merklich ankratzen. Deine Kinder sind noch klein; sie werden dich vergessen. Sieh's doch mal so: Jetzt bist du frei und kannst souverän über dein Leben bestimmen.«
Und genauso war es gekommen.

Justizminister Christian Klee verließ also am Ostersonntag das Weiße Haus, um Oliver Ollifant zu besuchen, seinen Rat zu erbitten und ihm mitzuteilen, daß Präsident Kennedy die Feier seines einhundertsten Geburtstags aufgeschoben hatte.
Das Orakel lebte auf einem eingezäunten Besitz, der mit einer teuren Überwachungsanlage ausgerüstet war; sein Sicherheitssystem hatte im vergangenen Jahr fünf vorwitzige Einbrecher erwischt. Zu seinem zahlreichen Dienstpersonal gehörten ein Friseur, ein Kammerdiener, ein Koch und mehrere weibliche Dienstboten. Denn immer noch holten sich viele bedeutende Herren bei ihm Rat, die er mit erstklassigen Essen bewirten und zuweilen auch über Nacht unterbringen mußte.
Christian freute sich auf den Besuch bei seinem Patenonkel. Er genoß die Gesellschaft des alten Mannes, seine Erzählungen von blutigen Kämpfen auf den Schlachtfeldern der Finanz, den Strategien von Männern gegenüber ihren Vätern, Müttern, Ehefrauen und Geliebten, und seine Ratschläge, wie man sich gegen die Regierung verteidigte, deren Macht so gewaltig, deren Justiz so blind, deren Gesetze so trügerisch und deren freie Wahlen so

korrumpierend waren. Nicht etwa, daß das Orakel ein professioneller Zyniker war – er war lediglich mit einem klaren Blick begabt. Und er behauptete, daß man ein glückliches, erfolgreiches Leben führen und dennoch gewisse ethische Werte berücksichtigen konnte, auf denen die wahre Zivilisation beruht. Das Orakel verstand wahrhaftig zu brillieren.

Das Orakel empfing Christian in seiner persönlichen Suite im ersten Stock, die aus einem kleinen Schlafzimmer und einem riesigen, blau gekachelten Badezimmer bestand, mit einem Jacuzzi und einer Dusche samt Marmorbank und in die Wände integrierten Handgriffen. Darüber hinaus gab es ein Herrenzimmer mit eindrucksvollem Kamin, eine Bibliothek und ein gemütliches Wohnzimmer mit fröhlich bunter Sitzgarnitur aus Sofa und Armsesseln.

Das Orakel saß im Wohnzimmer in seinem speziell für ihn konzipierten motorisierten Rollstuhl. Neben ihm stand ein Tischchen, ihm gegenüber ein Sessel und ein zum English Tea gedeckter Tisch. Christian nahm dem Orakel gegenüber im Sessel Platz und bediente sich mit Tee und einem von den winzigen Sandwiches. Wie immer freute sich Christian über die äußere Erscheinung des Orakels, die Intensität in seinem Blick, die bei einem Hundertjährigen so erstaunlich wirkte. Und er fand es durchaus logisch, daß sich das Orakel vom häßlichen Fünfundsechzigjährigen zu einem äußerst beeindruckenden Greis entwickelt hatte. Die Gesichtshaut wirkte ebenso pergamentähnlich wie die über dem kahlen Schädel mit den nikotindunklen Leberflecken. Hände mit Leopardenhaut ragten aus den Ärmeln seines erstklassig geschnittenen Anzugs, denn auch das hohe Alter hatte nichts an seiner eitlen Eleganz ändern können. Der Hals, an dem eine locker gebundene Seidenkrawatte hing, war schuppig und von Falten durchzogen, der Rücken breit, gebogen wie Glas. Der Oberkörper verengte sich zu einer winzigen Brust, die Taille hätte man mit den Fingern umspannen können, die Beine glichen Spinnwebfäden. Doch die Gesichtszüge waren noch nicht vom nahenden Tod gezeichnet.

Während der ersten Minuten sahen sie sich über die Teetassen hinweg lächelnd an; Christian schenkte dem Orakel ein.
Das Orakel sprach als erster: »Ich nehme an, du bist gekommen, um meine Geburtstagsfeier abzusagen. Ich habe mit meinen Sekretären das Fernsehprogramm gesehen und ihnen gleich gesagt, daß die Party verschoben wird.« Seine Stimme war nur noch das dumpfe Schnarren abgenutzter Stimmbänder.
»Ja«, bestätigte Christian. »Aber nur für einen Monat. Meinst du, du könntest so lange durchhalten?« Er lächelte.
»Aber sicher«, antwortete das Orakel. »Dieser Mist kommt über jeden Fernsehkanal. Ich rate dir gut, mein Junge, kauf dir Aktien von Fernsehsendern. Die machen ein Vermögen, mit dieser und sämtlichen folgenden Tragödien. Das sind die Krokodile unserer Gesellschaft.« Er hielt einen Augenblick inne; dann fuhr er etwas ruhiger fort: »Wie erträgt dein geliebter Präsident das alles?«
»Ich bewundere diesen Mann mehr denn je«, erklärte Christian. »Noch nie habe ich einen Menschen in seiner Position gesehen, der eine so furchtbare Tragödie so gefaßt aufnimmt. Seit dem Tod seiner Frau ist er wesentlich stärker geworden.«
»Wenn das Schlimmste, was geschehen kann, dir tatsächlich zustößt, und du erträgst es, bist du der stärkste Mensch auf der Welt«, entgegnete das Orakel ironisch. »Was im Grunde vielleicht gar nicht so gut ist.« Er unterbrach sich einen Moment, um einen Schluck Tee zu trinken; seine farblosen Lippen schlossen sich zu einem bleichen, weißen Strich, der in der nikotinbraunen Gesichtshaut wie ein Kratzer wirkte. Dann sagte er: »Wenn du meinst, daß du dadurch nicht gegen deinen Amtseid oder die Loyalität zum Präsidenten verstößt, könntest du mir vielleicht mitteilen, welche Maßnahmen ergriffen werden.«
Wie Christian nur allzu gut wußte, war es dies, wofür der alte Mann lebte: im Zentrum des engsten Machtkreises zu sein. »Francis macht sich große Sorgen, weil die Entführer noch immer keine Forderungen gestellt haben. Es sind inzwischen zehn Stunden vergangen«, sagte Christian. »Er hält die Lage für kritisch.«

»Das ist sie«, bestätigte das Orakel.

Beide schwiegen eine Weile. Das Leuchten in den Augen des Orakels war erloschen, schien durch die Tränensäcke aus sterbender Haut erstickt worden zu sein.

»Ich bin sehr besorgt um Francis«, fuhr Christian fort. »Viel mehr kann er nicht ertragen. Im Moment würde er alles tun, um seine Tochter zurückzubekommen. Falls ihr jedoch irgend etwas zustoßen sollte... Er wäre fähig, ganz Sherhaben in die Luft zu jagen.«

»Daran werden sie ihn hindern«, sagte das Orakel. »Es wird zu einer äußerst gefährlichen Konfrontation kommen. Ich erinnere mich noch gut, wie Francis Kennedy als kleiner Junge mit seinen Cousins auf dem Grundstück des Weißen Hauses spielte. Selbst damals war ich schon erstaunt, wie er über die anderen Kinder dominierte.«

Das Orakel hielt inne, während Christian ihm heißen Tee nachschenkte, obwohl die Tasse noch mehr als halb voll war. Wie er wußte, konnte der Alte längst nichts mehr schmecken, das nicht glühend heiß oder eiskalt war.

»Wer wird ihn daran hindern?« erkundigte sich Christian.

»Das Kabinett, der Kongreß, sogar einige Mitglieder seines eigenen Stabes«, antwortete das Orakel. »Vielleicht sogar die Stabschefs. Die werden sich alle zusammentun.«

»Wenn der Präsident mir befiehlt, sie zu stoppen«, gab Christian zu bedenken, »werde ich ihm gehorchen.«

Die Augen des Orakels wurden auf einmal wieder sehr glänzend, sehr sichtbar. Nachdenklich sagte er: »Du bist in diesen letzten Jahren ein höchst gefährlicher Mann geworden, Christian. Aber nicht sehr originell. Im gesamten Verlauf der Menschheitsgeschichte hat es Männer gegeben, die man ›groß‹ nannte, die zwischen Gott und Vaterland wählen mußten. Und ein paar überaus fromme Männer haben das Vaterland dem lieben Gott vorgezogen, obwohl sie glaubten, deswegen ins ewige Höllenfeuer verdammt zu werden, aber sie hielten das für nobel. Nur, Christian, wir leben jetzt in einer Zeit, da wir uns entscheiden müssen, ob wir unser

Leben für unser Land hingeben oder der Menschheit helfen wollen, weiterzuexistieren. Wir leben im Atomzeitalter. Das ist das neue, interessante Problem, ein Problem, vor das noch niemals zuvor ein einzelner gestellt wurde. In diesen Kategorien mußt du denken. Würdest du, wenn du zu deinem Präsidenten hältst, die Menschheit gefährden? Die Antwort darauf ist nicht so einfach wie Gott zu verleugnen.«

»Das spielt keine Rolle«, behauptete Christian. »Ich weiß, daß Francis besser ist als der Kongreß, der Socrates Club und die Terroristen.«

Das Orakel entgegnete: »Ich habe mich immer über deine überwältigende Loyalität Francis Kennedy gegenüber gewundert. Es gibt da ein paar widerliche Klatschtanten, die andeuten, daß es sich um eine schwule Beziehung handelt. Von deiner Seite. Nicht von seiner. Und das ist seltsam, denn du hast Frauen, er aber nicht, jedenfalls nicht seit dem Tod seiner Frau vor drei Jahren. Warum nur bringen die Menschen in seiner Umgebung dem Präsidenten eine so außergewöhnliche Verehrung entgegen, obwohl er als politischer Dummkopf gilt? All diese Reform- und Durchführungsgesetze, die er dem Kongreß, diesem Dinosaurier, zu schlucken gibt! Ich hätte dich für klüger gehalten, doch ich vermute, du wurdest überstimmt. Trotzdem ist mir deine übermäßige Zuneigung zu Kennedy ein Rätsel.«

»Er ist der Mann, der ich immer sein wollte«, erklärte Christian. »So einfach ist das.«

»Dann wären wir beide, du und ich, nicht schon seit so vielen Jahren Freunde«, gab das Orakel zurück. »Ich habe nie viel von Francis Kennedy gehalten.«

»Er ist ganz einfach besser als die anderen«, erwiderte Christian. »Ich kenne ihn jetzt seit mehr als zwanzig Jahren, und er ist der einzige Politiker, der seinen Wählern gegenüber ehrlich ist, er belügt sie nicht. Und er ist religiös, im Grunde wohl nicht aus wahrem Glauben, sondern aus einer Art Demut heraus.«

Das Orakel erwiderte ironisch: »Der Mann, den du mir beschreibst, wäre niemals zum Präsidenten der Vereinigten Staaten gewählt worden.« Er schien seinen Insektenkörper aufzublähen, die Hände mit der blank gespannten Haut spielten auf den Hebeln des Rollstuhls. Das Orakel lehnte sich zurück. In Kontrast zu dem dunklen Anzug, dem elfenbeinfarbenen Hemd und der schlichtblauen Krawatte wirkte das glasig-glänzende Gesicht wie aus Mahagoni geschnitzt. »Ich finde nicht, daß er Charme besitzt, aber wir haben uns nie verstanden. Und jetzt muß ich dich warnen, mein Junge. Jeder Mensch macht in seinem Leben Fehler, und zwar immer wieder. Das ist menschlich und nicht zu vermeiden. Der Trick besteht darin, niemals *den* Fehler zu machen, der einen vernichtet. Hüte dich vor deinem Freund Kennedy, der so wunderbar ist; vergiß nicht, daß das Böse oft dem guten Willen entspringt. Die nächsten Tage werden immens gefährlich sein. Also sei vorsichtig.«

»Der Charakter verändert sich nicht«, behauptete Christian zuversichtlich.

Das Orakel bewegte die Arme wie Vogelschwingen. »Tut er doch«, widersprach er Christian. »Der Schmerz verändert den Charakter. Das Leid verändert den Charakter. Liebe und Geld natürlich auch. Und die Zeit zerfrißt den Charakter. Ich möchte dir eine kleine Geschichte erzählen. Als ich fünfzig war, hatte ich eine Geliebte, die dreißig Jahre jünger war als ich. Sie hatte einen Bruder, der zehn Jahre älter war als sie, ungefähr dreißig. Ich war, wie bei allen meinen jüngeren Frauen, ihr Mentor. Mir lag ihr Wohlergehen am Herzen. Ihr Bruder war ein Wall-Street-Wunderkind und ein leichtsinniger Mensch, der später enorme Schwierigkeiten bekam. Da ich niemals eifersüchtig war, ging sie mit jungen Männern aus. An ihrem einundzwanzigsten Geburtstag jedoch gab ihr Bruder eine Party und engagierte als Gag einen männlichen Stripper, der vor ihr und ihren Freunden auftreten sollte. Es war alles absolut in Ordnung, sie machten kein Geheimnis daraus. Ich aber war mir ständig meiner Häßlichkeit bewußt, meines Mangels an körperlicher Anziehungskraft auf Frauen. Also fühlte ich mich gekränkt, und das war meiner nicht würdig. Wir blieben alle gute Freunde. Sie heiratete und machte Karriere; ich wandte mich jüngeren Geliebten zu. Zehn Jahre später geriet ihr Bruder, wie viele von diesen Wall-Street-Typen, in finanzielle Schwierigkeiten. Insider-Tips, krumme Sachen mit ihm anvertrauten Geldern. Sehr ernsthafte Schwierigkeiten, die ihm ein paar Jahre Gefängnis eintrugen und natürlich seine berufliche Karriere ruinierten. Ich war inzwischen sechzig geworden und immer noch mit beiden befreundet. Sie baten mich nicht um Hilfe; sie wußten wirklich nicht, wie groß mein Einfluß war. Ich hätte ihn retten können, rührte aber keinen Finger. Ich ließ ihn den Bach runtergehen. Und zehn Jahre später wurde mir klar, daß ich ihm nicht geholfen habe, weil er mir diesen dummen, kleinen Streich gespielt, weil er seiner Schwester den Körper eines so viel jüngeren Mannes als ich präsentiert hatte. Und es war nicht einmal sexuelle Eifersucht, es war die Beleidigung meiner Macht, oder der Macht, die ich zu besitzen glaubte. Ich habe oft darüber nachgedacht. Es ist eines der wenigen Dinge in meinem Leben, für die ich mich schäme. Mit dreißig oder siebzig hätte ich mich niemals einer so törichten Haltung schuldig gemacht. Warum also mit sechzig? Der Charakter verändert sich. Das ist der Triumph des Menschen – und seine Tragödie.«

Christian ging zu dem Cognac über, den das Orakel für ihn bereitgestellt hatte. Er war köstlich und sehr teuer. Das Orakel bot nur das Beste. Christian genoß den Cognac, obwohl er sich ihn selbst niemals kaufte; als Sohn reicher Eltern hatte er immer das Gefühl, es nicht verdient zu haben, sich so viel leisten zu können.

»Ich kenne dich nun mein Leben lang«, sagte er, »über fünfundvierzig Jahre. Aber du hast dich nie verändert. Nächste Woche wirst du hundert. Und du bist immer noch der große Mann, für den ich dich stets gehalten habe.«

Das Orakel schüttelte den Kopf. »Du kennst mich nur als älteren Menschen, von sechzig bis hundert. Das bedeutet nichts. Bis dahin ist nicht nur das Gift verspritzt, sondern auch die Kraft, es zu verspritzen. Es ist kein Verdienst, im Alter tugendhaft zu sein, wie dieser alte Windhund Tolstoi sagt.« Er hielt inne und stieß einen Seufzer aus. »Was ist denn nun mit dieser großen Geburtstagsfeier für mich? Dein Freund Kennedy hat mich noch nie gemocht, deswegen weiß ich, daß du es warst, der den Vorschlag mit dem Rosengarten des Weißen Hauses und dem großen Medienereignis gemacht hat. Schiebt er nun diese Krisensituation vor, um sich davor zu drücken?«

»Nein, nein«, versicherte Christian, »er schätzt dein Lebenswerk hoch ein, er möchte dich aufrichtig ehren, Oliver. Du warst und bist ein großer Mann. Warte nur noch ein kleines Weilchen. Verdammt, was sind ein paar Monate nach hundert Jahren?« Er hielt inne. »Aber weil du Francis nicht magst, und wenn es dir lieber ist, lassen wir einfach die großen Pläne für deine Geburtstagsfeier fallen, die Massenberichte der Medien, deinen Namen in allen Zeitungen und im Fernsehen. Ich werde dir jetzt gleich eine kleine, private Party ausrichten, dann haben wir's hinter uns.« Mit seinem Lächeln bewies er dem Orakel, daß er einen Scherz machte. Zuweilen nahm ihn der Alte allzu wörtlich.

»Nein, danke«, gab das Orakel zurück. »Ich will etwas haben, worauf ich mich freuen kann: eine Geburtstagsfeier, ausgerichtet vom Präsidenten der Vereinigten Staaten. Aber eines sage ich dir: Dein Kennedy, der ist gerissen. Er weiß, daß mein Name immer noch etwas bedeutet. Die Publicity wird seinem Image förderlich sein. Dein Francis Kennedy ist nicht weniger geschickt als sein Onkel Jack. Bobby dagegen, der hätte mich in seine Karten sehen lassen.«

»Von deinen Zeitgenossen ist keiner mehr übrig«, sagte Christian, »zu deinen Protegés gehören jedoch einige der größten Männer und Frauen im Land, und die freuen sich darauf, dir diese Ehre erweisen zu dürfen. Unter anderem der Präsident. Er hat nicht vergessen, daß du ihm auf die Beine geholfen hast. Er hat sogar deine Kumpels aus dem Socrates Club eingeladen, und die haßt er wirklich. Es wird deine schönste Geburtstagsfeier werden.«

»Und meine letzte«, ergänzte das Orakel. »Ich hänge nur noch an meinen Scheißfingernägeln.«
Christian lachte. Bis er neunzig wurde, hatte das Orakel nie unanständige Ausdrücke gebraucht, doch nun benutzte er sie so unschuldig wie ein Kind.
»Das wäre also erledigt«, stellte das Orakel fest. »Und nun möchte ich dir etwas über große Männer erzählen, Kennedy und mich eingeschlossen. Zum Schluß vernichten die sich nämlich selbst, zusammen mit den Menschen ihrer Umgebung. Nun glaub nur ja nicht, daß ich zugebe, dein Kennedy sei ein großer Mann. Denn was hat er schließlich Bemerkenswertes getan, außer der Tatsache, daß er Präsident der Vereinigten Staaten geworden ist? Und das ist nur der Trick eines Illusionisten. Weißt du übrigens, daß man im Showbusineß den Magier vom künstlerischen Standpunkt aus für eine Niete hält?« Hier legte das Orakel den Kopf schief und ähnelte dabei verblüffend einer Eule.
»Ich gebe zu, daß Kennedy nicht unbedingt ein typischer Politiker ist«, sagte das Orakel. »Er ist ein Idealist, er ist weitaus intelligenter als andere und hat moralische Grundsätze, obwohl ich mich frage, ob sexuelle Enthaltsamkeit gesund sein kann. Aber all diese Tugenden sind ein Handicap für politische Größe. Ein Mann ohne Laster? Ein Segelschiff ohne Segel!«
»Du mißbilligst also seine Entscheidungen«, sagte Christian. »Welchen Kurs sollte er deiner Meinung nach einschlagen?«
»Das ist irrelevant«, entgegnete das Orakel. »Während seiner ganzen drei Jahre hat er seinen Schwanz halb drinnen, halb draußen, und das bringt immer Schwierigkeiten.« Plötzlich trübten sich die Augen des Orakels. »Ich hoffe, das steht meiner Geburtstagsfeier nicht allzulange im Wege. Was für ein Leben habe ich doch gehabt, eh? Wer hätte sich ein besseres wünschen können? Arm geboren, auf daß ich den Reichtum, den ich später erworben habe, um so besser genießen konnte. Ein häßlicher Mann, der gelernt hat, schöne Frauen zu faszinieren und zu genießen. Ein guter Verstand und ein erworbenes Einfühlungsvermö-

gen – um soviel besser als ein angeborenes. Eine enorme Energie, ausreichend, mich auch im Alter nicht im Stich zu lassen. Eine gute Konstitution, ich war kein einziges Mal im Leben ernsthaft krank. Ein großartiges Leben; und ein langes! Aber, und das ist das Problem, möglicherweise ein bißchen zu lang. Ich kann mich heutzutage nicht mehr im Spiegel sehen, aber wie ich schon sagte, ich war ja nie hübsch.« Er hielt einen Moment inne und sagte dann unvermittelt zu Christian: »Verlaß den Regierungsdienst. Distanziere dich von allem, was von jetzt an geschieht.«

»Das kann ich nicht«, widersprach Christian. »Dazu ist es zu spät.« Er musterte den Kopf des Alten, gesprenkelt mit den Chromosomen des Todes, und staunte über seinen Verstand, der noch so lebendig war. Christian starrte in diese alten Augen, verhangen wie ein endloser Nebeltag auf See. Würde er selbst jemals so alt werden, würde sein Körper ebenso schrumpfen – schrumpfen wie ein totes Insekt?

Und das Orakel, das ihn beobachtete, wie Christian ihn ansah, dachte bei sich: Wie leicht durchschaubar sie doch alle sind! Arglos wie kleine Kinder ihren Eltern gegenüber. Das Orakel wußte, daß er mit seinem Rat zu spät gekommen war, daß Christian an sich selbst Verrat üben würde, und das erfüllte ihn irgendwie mit Genugtuung.

Christian trank seinen Cognac aus und erhob sich, um sich zu verabschieden. Er stopfte die Decke um die Knie des Alten fest und klingelte nach der Pflegerin. Dann flüsterte er dem Alten leise ins Ohr: »Sag mir die Wahrheit über Helen DuPray; vor ihrer Heirat hat sie zu deinen Protegés gehört, und ich weiß, daß du ihr den Weg in die Politik geebnet hast. Hast du jemals mit ihr geschlafen, oder warst du zu alt dazu?«

Das Orakel schüttelte den Kopf. »Ich war niemals zu alt, bis ich über neunzig war. Und eines sage ich dir, wenn der eigene Schwanz dich im Stich läßt, dann bist du wahrhaft einsam. Aber um deine Frage zu beantworten: Sie wollte mich nicht, ich war keine Schönheit. Ich muß gestehen, daß ich enttäuscht war, sie war sehr schön und sehr intelligent, meine Lieblingskombination. Intelligente häßliche Frauen habe ich nie lieben können, dazu glichen sie zu sehr mir selbst. Schöne dumme Frauen konnte ich lieben, doch wenn sie intelligent waren, schwebte ich im siebten Himmel. Helen DuPray, ach ja, ich wußte, daß sie es weit bringen würde; sie war sehr stark, besaß eine ungeheure Willenskraft. Jawohl, ich hab's bei ihr versucht, aber niemals mit Erfolg; einer meiner seltenen Mißerfolge, wie ich gestehen muß. Aber wir sind stets gute Freunde geblieben. Das war ihre große Begabung: einen Mann sexuell abzuweisen und dennoch eng mit ihm befreundet zu bleiben. Etwas sehr Seltenes. Daran habe ich gemerkt, daß sie eine ernsthaft ehrgeizige Frau war.«

Christian berührte seine Hand; sie fühlte sich an wie eine Narbe. »Ich werde dich täglich anrufen oder vorbeikommen«, versicherte er. »Ich halte dich auf dem laufenden.«

Nachdem Christian gegangen war, wurde das Orakel äußerst rührig. Er mußte die Informationen, die Klee ihm gegeben hatte, an den Socrates Club weiterleiten, der aus einflußreichen Persönlichkeiten ganz Amerikas bestand. Als Verrat an Christian, den er von Herzen liebte, betrachtete er das nicht. Die Liebe kam immer an zweiter Stelle.

Und getan werden *mußte* etwas; sein Land segelte in gefährlichen Gewässern. Darum war es seine Pflicht, es in den sicheren Hafen lotsen zu helfen. Und was sonst konnte ein Mann in seinem Alter tun, damit das Leben noch lebenswert war? Außerdem hatte er die Kennedy-Legende, ehrlich gesagt, schon immer gehaßt. Nun hatte er die Chance, sie endgültig zu zerstören.

Schließlich ließ sich das Orakel von der Pflegerin für die Nacht vorbereiten. Voll Zuneigung – und jetzt auch ohne das Gefühl der Enttäuschung – erinnerte er sich an Helen DuPray. Sie war sehr jung gewesen, Anfang Zwanzig, und von einer Schönheit, die durch eine ungeheure Vitalität noch verstärkt wurde. Häufig hatte er ihr Vorträge über die Macht, ihren Erwerb und ihre Anwendung gehalten, und, weit wichtiger noch, wann man auf ihren Einsatz verzichten sollte. Und sie hatte mit jener Geduld zugehört, die man braucht, um Macht zu erlangen.

Eines der großen Geheimnisse der Menschheit sei die Frage, warum Menschen gegen ihr eigenes Interesse handelten, erklärte er ihr, warum sie aus purem Stolz das eigene Leben ruinierten, sich von Neid und Selbsttäuschung auf Wege leiten ließen, die ins Nichts führten. Warum war es den Menschen so wichtig, sich das Bild zu erhalten, das sie sich von sich selber machten? Da gab es jene, die niemals kriechen würden, niemals schmeicheln, niemals lügen, niemals nachgeben, niemals betrügen, niemals hintergehen. Da gab es jene, die von Neid und Eifersucht auf das glücklichere Schicksal anderer erfüllt waren…

Das alles war seine ganz persönliche Art von Bitten gewesen, und sie hatte das erkannt. Sie hatte ihn abgewiesen und ohne seine Hilfe weiter versucht, ihren Traum von der Macht zu verwirklichen.

Wenn man im Alter von einhundert Jahren noch immer einen glasklaren Verstand besaß, bestand eines der Probleme darin, daß man genau erkannte, an welchem Punkt der Vergangenheit sich unbewußt eine gewisse Bösartigkeit eingeschlichen hatte, und sie aufstöberte. Er war zutiefst gekränkt gewesen, als Helen DuPray sich weigerte, mit ihm zu schlafen. Er wußte, daß sie andere Liebhaber hatte, daß sie bestimmt nicht prüde war. Aber mit siebzig war er seltsamerweise noch immer eitel gewesen.

Er hatte sich zu einer Verjüngungskur in die Schweiz begeben, wo man ihm die Falten chirurgisch entfernte, die Haut glättete und ihm Frischzellen spritzte. Doch gegen das Schrumpfen des Skeletts, die Versteifung der Gelenke und die ständige Verdünnung des Blutes vermochte nicht mal ein Gott etwas zu tun.

Obwohl es ihm jetzt nichts mehr nützte, glaubte das Orakel verliebte Männer und Frauen zu verstehen. Auch im Alter von über Sechzig vergötterten ihn seine jungen Geliebten. Das ganze Geheimnis war, ihnen niemals Verhaltensvorschriften zu machen, niemals eifersüchtig zu sein und niemals ihre Gefühle zu verletzen. Sie nahmen sich junge Männer als echte Geliebte und behandelten das Orakel mit unbedachter Grausamkeit, aber das spielte keine Rolle. Er überschüttete sie mit Geschenken, wertvollen Gemälden und Schmuck von auserlesenem Geschmack. Er ließ zu, daß sie sich seiner Macht bedienten, um von der Gesellschaft unverdiente Privilegien zu erlangen, und sein Geld in großzügigem, wenn auch nicht verschwenderischem Maße ausgaben. Aber er war ein vorsichtiger Mann und hielt sich immer drei oder vier Geliebte zugleich. Denn sie alle führten ein eigenes Leben. Sie verliebten sich und vernachlässigten ihn, sie unternahmen Reisen, sie arbeiteten angestrengt an ihrer Karriere. Er durfte ihre Zeit nicht im Übermaß beanspruchen. Doch wenn er weibliche Gesellschaft brauchte – nicht nur zum Sex, sondern wegen des süßen Klangs ihrer Stimmen, der naiven Listen ihrer Komplotte –, war immer eine der vier zur Stelle. Und die Tatsache, daß sie bei wichtigen Anlässen an seiner Seite gesehen wurden, verschaffte ihnen natürlich Zutritt zu illustren Kreisen, in die sie allein wohl kaum vorgedrungen wären. Das alles zählte zu den Privilegien der Macht.

Er machte kein Geheimnis daraus; sie alle wußten voneinander. Denn er war überzeugt, daß Frauen im tiefsten Herzen monogame Männer nicht mögen.

Wie grausam, daß er sich an das Schlechte, das er getan hatte, weit häufiger erinnerte als an das Gute! Mit seinem Geld hatte er medizinische Einrichtungen gebaut – auch Kirchen, Altersheime – und vieles mehr für die Wohltätigkeit getan. Doch seine Erinnerungen an sich selbst waren nicht besonders vorteilhaft. Zum Glück jedoch dachte er oft an die Liebe. Auf eine interessante und außergewöhnliche Art war sie das Kommerziellste in seinem Leben gewesen. Dabei hatte er Wall-Street-Firmen, Banken und Airlines besessen.

Solchermaßen mit Geld gesegnet, war er geladen worden, an weltbewegenden Ereignissen teilzunehmen, hatte sich als Berater der Mächtigen betätigt. Er hatte geholfen, die Welt zu formen, in der die Menschen gegenwärtig lebten. Ein faszinierendes, bedeutendes, wertvolles Leben. Und dennoch war in seinem hundertjährigen Gehirn das Management seiner zahllosen Geliebten weit lebendiger. Ah, diese intelligenten, eigensinnigen Schönen, wie bezaubernd sie gewesen waren, und wie wunderbar sie seine Urteilsfähigkeit bestätigt hatten – die meisten jedenfalls. Inzwischen waren sie Richterinnen, Verlagsleiterinnen, Börsenmaklerinnen in der Wall Street, Nachrichtensprecherinnen im Fernsehen. Wie geschickt hatten sie sich verhalten, bei ihren Liebeleien mit ihm, und wie klug hatte er sie überlistet! Und doch auch, ohne sie um ihre rechtmäßigen Ansprüche zu betrügen. Er empfand keine Schuld, nur Bedauern. Hätte eine von ihnen ihn aufrichtig geliebt, er hätte sie in den Himmel gehoben. Doch dann erinnerte ihn sein Verstand daran, daß er es nicht verdiente, so sehr geliebt zu werden. Sie hatten seine Liebe durchschaut: Sie war eine hohle Trommel gewesen, die seinen Körper vibrieren ließ.

Als das Orakel achtzig Jahre alt war, hatte sein Skelett in seinem Mantel aus Fleisch zu schrumpfen begonnen. Das körperliche Verlangen schwand, und sein Gehirn wurde von einem endlosen Meer jugendlicher, verlorener Bilder überschwemmt. Zu dieser Zeit brauchte er junge Frauen, die unschuldig neben ihm im Bett lagen, nur damit er sie betrachten konnte. Ah, diese Perversität, von der Literatur so verächtlich gemacht, von den Jungen, die alt werden mußten, so sehr verspottet! Und dennoch, welch einen Frieden es seinem zerfallenden Körper schenkte, die Schönheit zu betrachten, die er nicht mehr zu verschlingen vermochte. Wie rein sie war! Die rollenden Hügel der Brüste, die seidenweiche, weiße Haut, von ihrer winzigen roten Rosenknospe gekrönt! Die geheimnishütenden Schenkel, deren gerundetes Fleisch golden glühte, das überraschende Dreieck aus Haar, eine Farbenpracht, und dann auf der anderen Seite das herzförmige Gesäß, zwei exquisit geformte Hinterbacken. Soviel Schönheit – für seine körperlichen

Sinne tot und verloren, in den Milliarden seiner Hirnzellen jedoch Funken zündend. Und ihre Gesichter, die geheimnisvollen Muscheln der Ohren, die sich spiralförmig zu einem inneren Meer hinabwanden, die tiefliegenden Augen mit ihren sanften Feuern in Blau und Grau, und Braun und Grün, in die Welt hinausblickend von ihren eigenen Zellen aus, die Ebenen ihrer Gesichter, die sich hinabsenkten zu ungeschützten Lippen, so offen für Genüsse und Wunden! All dies betrachtete er, bevor er sich schlafen legte. Er streckte die Hand aus und berührte das warme Fleisch; die Seide der Schenkel und Hinterbacken, berührte die heiß brennenden Lippen und teilte behutsam das gekräuselte Vulvahaar, um nach dem pochenden Puls darunter zu tasten. Diese Berührung tat ihm so wohl, daß er einschlief und das Pulsieren den Schrecken seiner Träume linderte. In diesen Träumen haßte er die sehr Jungen und wollte sie vernichten. Von Leichen junger Männer träumte er, hochgetürmt in Schützengräben, von Seefahrern, die zu Tausenden viele Faden tief ins Meer hinabsanken, von weiten Himmeln, verdunkelt von Raumanzügen mit den Leichen von Astronauten, die sich endlos in den schwarzen Löchern des Universums drehten.

Im Wachzustand träumte er. Aber in eben diesem Wachzustand erkannte er seine Träume als Zeichen senilen Wahns, des Ekels vor dem eigenen Körper. Er haßte seine Haut, die wie Narbengewebe glänzte, die braunen Altersflecken auf Handrücken und Kopfhaut, diese tödlichen Sommersprossen des Todes, seine nachlassende Sehkraft, die Schwäche seiner Glieder, das rasende Herz, das Böse, das seinen glasklaren Verstand zerfraß wie ein Tumor. Welch ein Jammer, daß Feen nur an die Wiege von Neugeborenen traten, um ihnen drei Zauberwünsche mitzugeben! Die Kinder brauchten so etwas nicht; statt ihrer müßten alte Männer wie er so wohltätige Geschenke erhalten. Vor allem jene, deren Verstand noch immer glasklar war.

Zweites Buch

Die Osterwoche

4. Kapitel

Montag

Romeos Flucht aus Italien war minutiös geplant worden. Vom Petersplatz fuhr seine Gruppe mit dem Lastwagen zu einem sicheren Haus, wo er sich umzog, einen praktisch »wasserdichten« falschen Paß bekam und einen fertig gepackten Koffer abholte, um auf Schleichwegen über die Grenze nach Südfrankreich gebracht zu werden. In Nizza nahm er eine Maschine nach Paris, die nach New York weiterflog. Obwohl er seit dreißig Stunden keinen Schlaf mehr bekommen hatte, blieb Romeo hellwach. Nun kam es auf jede Einzelheit an, denn dies war jener unkomplizierte Teil eines jeden Unternehmens, der manchmal nur wegen eines verrückten Zufalls oder eines Versehens bei der Planung schiefging.

Dinner und Wein waren auf Air-France-Flügen stets exzellent. Allmählich entspannte sich Romeo ein wenig. Er blickte auf den endlosen, hellgrünen Ozean und den Horizont des blau-weißen Himmels hinab. Dann schluckte er zwei starke Schlaftabletten, aber noch immer hielt ihn eine nagende Angst im Herzen wach. Er dachte an den US-Zoll, den er passieren mußte. Konnte da etwas schiefgehen? Aber selbst wenn er dort erwischt wurde, würde das Yabrils Pläne nicht durchkreuzen. Ein trügerischer Überlebensinstinkt hielt ihn wach, denn Romeo machte sich keine Illusionen über das, was ihm bevorstand und was er durchzustehen haben würde. Als Sühne für die Sünden seiner Familie, seiner Gesellschaftsklasse und seines Landes hatte er sich zum Opfergang bereit erklärt; nun aber hielt diese geheimnisvolle nagende Angst seinen ganzen Körper gespannt.

Schließlich wirkten die Tabletten doch, und er schlief ein. In seinen Träumen schoß er noch einmal und floh vom Petersplatz, und dann wurde er, während er noch lief, auf einmal wach. Die Maschine landete gerade auf dem Kennedy Airport von New York. Die Stewardeß reichte ihm seine Jacke, und er holte sein Handgepäck aus dem Fach über seinem Kopf. Als er den Zoll passierte, spielte er seine Rolle tadellos und schritt mit seiner Tasche auf den Hauptvorplatz des Flughafen-Terminals hinaus.

Hier entdeckte er sofort seine Kontaktpersonen. Das Mädchen trug eine grüne Skimütze mit weißen Streifen. Der junge Mann zog eine rote Baseball-Schirmmütze heraus und setzte sie auf, damit der blaue Aufdruck »Yankees« zu sehen war. Romeo selbst trug kein Erkennungszeichen; er hatte sich die Entscheidung vorbehalten. Er bückte sich, hantierte mit seinen Taschen, öffnete die eine und kramte darin herum, während er unentwegt die beiden Kontaktpersonen beobachtete. Er stellte nichts Verdächtiges fest. Obwohl auch das keine Rolle gespielt hätte.

Das Mädchen war eine schlanke Blondine, viel zu knochig für Romeos Geschmack, doch ihre Züge verrieten eine feminine Härte, wie sie sehr ernste Mädchen oft aufweisen, und das gefiel ihm bei einer Frau. Er fragte sich, wie sie im Bett sein mochte, und hoffte, lange genug in Freiheit zu sein, um sie zu verführen. Das dürfte keine allzugroßen Schwierigkeiten bereiten. Er wirkte auf alle Frauen anziehend. In dem Punkt war er besser als Yabril. Sie würde ahnen, daß er etwas mit dem Attentat auf den Papst zu tun hatte, und mit einem solchen Mann das Bett zu teilen, konnte für eine ernsthafte Revolutionärin die Erfüllung all ihrer romantischen Träume sein. Wie er bemerkte, beugte sie sich nicht zu ihrem Begleiter hinüber und berührte ihn auch nicht.

Der junge Mann besaß ein so freundliches, offenes Gesicht und strahlte eine so amerikanische Gutmütigkeit aus, daß Romeo ihn auf Anhieb verabscheute. Amerikaner waren so nutzlose Scheißkerle, hatten ein viel zu bequemes Leben. Man stelle sich vor: In über zweihundert Jahren hatten sie's nicht mal annähernd geschafft, eine revolutionäre Partei zu gründen! Der junge Mann, der ihn in Empfang nehmen sollte, war typisch für diese Schlappschwänze. Romeo nahm seine Taschen und ging direkt auf die beiden zu.

»Entschuldigen Sie«, begann Romeo lächelnd und mit starkem Akzent in seiner englischen Aussprache, »könnten Sie mir sagen, wo der Bus nach Long Island abfährt?«

Das Mädchen wandte sich zu ihm um. Aus der Nähe war sie viel hübscher. Er entdeckte eine winzige Narbe an ihrem Kinn, die sein Begehren weckte. »Wollen Sie zur North Shore oder zur South Shore?« erkundigte sie sich.

»Nach East Hampton«, antwortete Romeo.

Das junge Mädchen lächelte; es war ein freundliches Lächeln, sogar ein bewunderndes. Der junge Mann ergriff eine von Romeos Taschen und sagte: »Komm mit.«

Sie gingen voran, zum Flughafen hinaus. Der Verkehrslärm, die dichte Menschenmenge überwältigten Romeo. In einem Wagen wartete ein Fahrer, der ebenfalls eine rote Baseballkappe trug. Die beiden jungen Männer nahmen vorn im Wagen Platz, während das Mädchen sich mit Romeo in den Fond setzte. Als sich der Wagen in den Verkehr einfädelte, streckte das Mädchen die Hand aus und sagte: »Ich bin Dorothea. Bitte, mach dir keine Sorgen.« Die beiden jungen Männer vorn nannten ebenfalls ihre Namen. Dann sagte das Mädchen: »Du wirst es hier sehr bequem haben und absolut in Sicherheit sein.« In diesem Moment empfand Romeo die Qual eines Judas.

Am Abend gaben sich die beiden jungen Amerikaner große Mühe, Romeo ein köstliches Essen aufzutischen. Er bewohnte ein gemütliches Zimmer mit Blick aufs Meer, wo nur das Bett ein wenig armselig war, aber das machte nichts, denn Romeo würde, falls überhaupt, höchstens eine Nacht darin verbringen. Das Haus war teuer, aber nicht sehr geschmackvoll eingerichtet, eben im modernen, amerikanischen Beach-House-Stil. Zu dritt verbrachten sie den Abend mit ruhigen Gesprächen in einer Mischung aus Italienisch und Englisch.

Dorothea war eine Überraschung. Sie war nicht nur hübsch, sondern auch hochintelligent. Wie sich herausstellte, flirtete sie nicht und zerstörte damit Romeos Hoffnung, seine letzte Nacht in Freiheit mit Sexspielchen verbringen zu können. Richard, der junge Mann, war ebenfalls sehr ernst. Die beiden ahnten zweifellos, daß er in den Mord am Papst verwickelt war, stellten aber keine Fragen, sondern behandelten ihn lediglich mit jenem beängstigenden Respekt, den man einem Menschen entgegenbringt, der langsam an einer tödlichen Krankheit stirbt. Romeo war von ihnen beeindruckt. Sie bewegten sich so geschmeidig! Sie unterhielten sich intelligent, sie hatten Mitgefühl mit den vom Glück Benachteiligten und glaubten fest an ihre Überzeugungen und Fähigkeiten.

An diesem ruhigen Abend mit den beiden jungen Menschen, die so aufrichtig in ihren Überzeugungen, so naiv hinsichtlich der Erfordernisse einer echten Revolution waren, fühlte sich Romeo ein wenig von seinem eigenen Leben angewidert. War es denn nötig, diese beiden ebenfalls zu verraten? Er selbst würde letztlich freigelassen werden; er glaubte fest an Yabrils Plan, er war so simpel, so elegant. Und er hatte sich freiwillig bereit erklärt, den Kopf in die Schlinge zu stecken. Doch dieser junge Mann und diese junge Frau glaubten ebenfalls aufrichtig an ihre Sache, waren auf der Seite der Revolutionäre. Und nun würden sie in Fesseln gelegt werden und die Qualen kennenlernen, die Revolutionären drohten. Sekundenlang erwog er, sie zu warnen. Da die Welt aber unbedingt erfahren sollte, daß Amerikaner an der Verschwörung beteiligt waren, mußten diese beiden als Opferlämmer herhalten. Gleich darauf schalt er sich selbst, er sei viel zu weichherzig. Gewiß, er würde niemals, wie Yabril, eine Bombe in einen Kindergarten werfen, mit Sicherheit jedoch vermochte er ein paar Erwachsene zu opfern! Schließlich hatte er einen Papst getötet.

Und was sollte ihnen schon passieren? Sie würden ein paar Jahre Gefängnis absitzen. Die Amerikaner waren so weich von Kopf bis Fuß, daß man sie vielleicht sogar laufen ließ. Amerika war ein

Land der Anwälte, die so kampfesmutig waren wie die Ritter der Tafelrunde. Die würden jeden freikriegen.

Früh am nächsten Tag, dem Montagmorgen, vierundzwanzig Stunden, nachdem er den Papst ermordet hatte, beschloß Romeo, einen Spaziergang am amerikanischen Atlantik zu machen und eine letzte Nase voll Freiheit zu schnuppern. Im Haus war alles still, als er die Treppe herunterkam; im Wohnzimmer fand er Dorothea und Richard schlafend auf den beiden Couches, als hielten sie für ihn Wache. Das Gift seines Verrats trieb ihn zur Tür hinaus in die salzige Meeresbrise. Schon auf den ersten Blick haßte er diesen fremden Strand, die barbarischen grauen Sträucher, die hohen gelben Wildgräser, das glitzernde Licht auf silbrig-roten Getränkedosen. Selbst der Sonnenschein war wäßrig, der Vorfrühling kälter in diesem unbekannten Land. Aber er war froh, im Freien zu sein, während die Niedertracht ihre Früchte trug. Ein Hubschrauber flog über ihn hinweg und verschwand wieder, auf dem Wasser lagen reglos zwei Boote ohne jedes Lebenszeichen an Bord. Feurigrot wie eine Blutorange erklomm die Sonne den Horizont und verblaßte dann, als sie höher in den Himmel stieg, zu goldenem Gelb. Romeo wanderte lange am Wasser entlang, bis er hinter einer Biegung der Bucht das Haus aus den Augen verlor. Aus irgendeinem Grund löste das Panik in ihm aus, aber vielleicht war es auch der Anblick dieses riesigen Waldes aus dünnen, hohen, graugesprenkelten Gräsern, der fast bis an den Meeressaum hinabreichte. Er kehrte um.

Im selben Moment hörte er die Polizeisirenen. Weit hinten am Strand entdeckte er die blitzenden Lichter und ging raschen Schrittes auf sie zu. Er verspürte keine Angst, keinerlei Zweifel an Yabril, obwohl er immer noch fliehen konnte. Er empfand nur Verachtung für diese amerikanische Gesellschaft, die nicht einmal seine Verhaftung anständig organisieren konnte, so dumm war sie. Dann aber tauchte der Hubschrauber wieder am Himmel auf, und die beiden Boote, die so ruhig und verlassen gewirkt hatten, kamen auf den Strand zugerast. Plötzlich empfand er doch Angst und Panik. Nun, da es keine Chance zur Flucht mehr gab, hätte er am liebsten kehrtgemacht und wäre davongelaufen. Statt dessen aber nahm er Haltung an und ging auf das von Männern und Waffen umzingelte Haus zu. Der Hubschrauber schwebte über dem Dach. Weitere Männer kamen den Strand herauf, den Strand herab. Romeo startete seine Farce der Schuld und der Angst und lief ins Meer, wo plötzlich jedoch Männer mit Masken aus dem Wasser auftauchten. Romeo warf sich herum und rannte wieder auf das Haus zu. Dann sah er Richard und Dorothea.

Sie waren in Ketten gelegt, in Handschellen; eiserne Fesseln hielten ihre Körper am Boden fest. Und sie weinten. Romeo wußte, wie ihnen zumute war; genauso hatte er vor langer Zeit auch dagestanden. Sie weinten vor Scham, vor Demütigung, ihres Machtbewußtseins beraubt, fassungslos über ihre Niederlage. Und weil sie von dem unbeschreiblichen, alptraumhaften Entsetzen absoluter Ohnmacht erfüllt waren. Ihr Schicksal lag nicht mehr in den Händen der launenhaften, aber möglicherweise gnädigen Götter, sondern in denen ihrer unerbittlichen Mitmenschen. Romeo lächelte ihnen in hilflosem Mitgefühl zu. Er wußte, daß er in wenigen Tagen frei sein würde, er wußte, daß er diese wahren Anhänger seines eigenen Glaubens verraten hatte, aber es war aus taktischen Erwägungen heraus geschehen, nicht aus Feindseligkeit oder Bosheit. Dann waren die bewaffneten Männer über ihm und legten ihn in Stahlketten und schwere Handschellen.

Am anderen Ende der Welt, jener Welt, deren Himmelsdach mit Spionagesatelliten übersät war, weit über den Meeren voll amerikanischer Kriegsschiffe, die gen Sherhaben fuhren, weit hinter den mit Raketensilos und Armeen, Blitzableitern des Todes, besetzten Kontinenten nahm Yabril mit dem Sultan von Sherhaben in dessen Palast das Frühstück ein.

Der Sultan von Sherhaben glaubte an die Freiheit der Araber, an das Recht der Palästinenser auf ein eigenes Land. In den Vereinigten Staaten sah er ein Bollwerk Israels, denn ohne Hilfe der

Amerikaner konnte Israel nicht durchhalten. Daher war Amerika der Erzfeind. Und Yabrils Plan zur Destabilisierung der amerikanischen Autorität sprach seinen messerscharfen Verstand an. Die Demütigung einer Großmacht durch das militärisch so hilflose Sherhaben begeisterte ihn.

Der Sultan besaß die absolute Macht in Sherhaben. Er verfügte über riesige Reichtümer, konnte sich alle Freuden des Lebens leisten. Und dennoch war ihm das ganz einfach zu unbefriedigend. Der Sultan hatte keine ausgefallenen Laster, um seinem Leben Würze zu verleihen. Er befolgte die Gesetze des Islam, er führte ein tugendhaftes Leben. Der Lebensstandard in Sherhaben mit seinen unerschöpflichen Ölvorräten gehörte zu den höchsten der Welt, der Sultan baute neue Schulen, neue Krankenhäuser. Denn es war sein Traum, Sherhaben zur Schweiz der arabischen Welt zu machen, und sein einziger exzentrischer Zug war seine besessene Sucht nach Sauberkeit – Sauberkeit für seine Person und für sein Land.

Der Sultan beteiligte sich an dieser Verschwörung, weil ihm das Abenteuer fehlte, das Spiel um höchste Einsätze, das Ringen um höchste Ideale. Deswegen gefiel ihm Yabrils Unternehmen. Außerdem ging er damit nur ein geringes Risiko sowohl für seine Person als auch für sein Land ein, denn er verfügte über einen schützenden Zauberschild: Milliarden von Barrel Öl tief unter seinem Wüstensand.

Ein weiteres sehr starkes Motiv war seine Liebe zu Yabril und die Dankbarkeit, die er ihm schuldete. Als der Sultan noch ein kleiner Fürst war, war es zu einem erbitterten Kampf um die Macht in Sherhaben gekommen, vor allem, nachdem sich die Ölfelder als so reich erwiesen. Die amerikanischen Ölfirmen unterstützten die Gegner des Sultans, die natürlich im Gegenzug die Amerikaner begünstigen würden. Der Sultan, im Ausland erzogen, begriff den wahren Wert der Ölfelder und kämpfte um diesen Wert. Es kam zum Bürgerkrieg. Und da war es der damals noch sehr junge Yabril gewesen, der dem Sultan die Macht erringen half, indem er die

Gegner des Sultans tötete. Denn der Sultan war zwar ein durchaus moralischer Mann, erkannte jedoch, daß ein politischer Kampf eigene Regeln hat.

Nach seiner Machtübernahme gewährte der Sultan Yabril, wann immer nötig, Zuflucht in seinem Land. Tatsächlich hatte Yabril während der letzten zehn Jahre mehr Zeit in Sherhaben verbracht als an irgendeinem anderen Ort. Er schlüpfte dort in eine zweite Identität, mit Haus und Dienern, Ehefrau und Kindern. Darüber hinaus war er, innerhalb dieser Identität, als kleiner Beamter bei der Regierung angestellt. Diese Identität war bisher noch von keinem ausländischen Geheimdienst aufgedeckt worden. Im Lauf der folgenden zehn Jahre wurden er und der Sultan enge Freunde. Sie waren beide Kenner des Koran, von ausländischen Lehrern erzogen und einig in ihrem Haß auf Israel. Und sie machten in diesem Punkt einen entscheidenden Unterschied, denn sie haßten nicht die Juden, weil sie Juden waren, sondern den offiziellen Staat der Juden.

Der Sultan von Sherhaben hatte einen geheimen Traum, und der war so bizarr, daß er ihn keinem Menschen anzuvertrauen wagte, nicht einmal Yabril: daß Israel eines Tages vernichtet und die Juden wieder über die ganze Welt zerstreut werden würden. Dann würde er, der Sultan, jüdische Wissenschaftler und Gelehrte nach Sherhaben holen. Er würde eine große Universität gründen, wo sich die gesamte jüdische Intelligenz versammelte. Denn hatte die Geschichte nicht bewiesen, daß diese Rasse mit Genen begabt war, aus denen große Geister hervorgingen? Einstein und andere jüdische Naturwissenschaftler hatten der Welt die Atombombe geschenkt. Wieso sollten sie nicht noch weitere Rätsel Gottes und der Natur lösen? Und waren sie nicht ebenfalls Semiten? Die Zeit mildert den Haß, und Juden und Araber würden in Frieden zusammenleben können und Sherhaben groß machen. O ja, er würde sie mit Reichtümern und ausgesuchten Artigkeiten locken, würde all ihre kulturellen Eigenheiten respektieren, würde ihnen ein Paradies der Intelligenz schaffen. Wer weiß, was daraus entstehen würde? Sherhaben könnte ein zweites Athen werden. Bei diesem Gedanken mußte der Sultan über die eigene Torheit lächeln, aber was schadete schon ein Traum?

Nur konnte jetzt Yabril zum Alptraum werden. Der Sultan hatte ihn aus dem Flugzeug holen lassen und zu sich in den Palast bestellt, um sicherzugehen, daß Yabrils Grausamkeit unter Kontrolle blieb. Yabril war bekannt für die kleinen Extratouren, die er bei seinen Unternehmungen einlegte.

Der Sultan bestand darauf, daß Yabril gebadet, rasiert und mit einer der bildschönen jungen Tänzerinnen des Palastes versorgt wurde. Dann saßen die beiden Männer in dem verglasten, klimagekühlten Terrassenzimmer zusammen, Yabril außen und innen erfrischt und überdies in der Schuld des Sultans.

Der Sultan glaubte frei sprechen zu können. »Ich muß dir gratulieren«, sagte er zu Yabril. »Dein Timing war perfekt, und ich muß sagen, mit Glück gesegnet. Zweifellos ist Allah dir wohlgesonnen.« Er lächelte Yabril liebevoll zu. Dann fuhr er fort: »Ich habe die Mitteilung erhalten, daß die Vereinigten Staaten jede Forderung erfüllen werden, die du stellst. Gib dich damit zufrieden. Du hast das größte Land der Welt gedemütigt. Du hast den mächtigsten Führer der Welt getötet. Du wirst erreichen, daß dein Papstmörder freigelassen wird, und das ist, als würdest du ihnen ins Gesicht pissen. Aber laß es damit genug sein. Bedenke, was daraus entstehen kann. Du wirst der meistgejagte Mann in der Geschichte dieses Jahrhunderts sein.«

Yabril wußte, was nun kam: das vorsichtige Sondieren, um in Erfahrung zu bringen, wie er die Verhandlungen zu führen gedachte. Sekundenlang fragte er sich, ob der Sultan versuchen würde, die Leitung des Unternehmens an sich zu reißen. »Ich werde hier in Sherhaben in Sicherheit sein«, antwortete Yabril. »Wie immer.«

Der Sultan schüttelte den Kopf. »Du weißt so gut wie ich, daß sie sich, wenn alles vorüber ist, auf Sherhaben konzentrieren werden. Du wirst dir eine andere Zuflucht suchen müssen.«

Yabril lachte. »Ich werde als Bettler nach Jerusalem gehen. Aber du solltest dir über die eigene Lage Gedanken machen. Die werden doch wissen, daß du daran beteiligt warst.«

»Unwahrscheinlich«, gab der Sultan zurück. »Außerdem sitze ich auf dem größten und billigsten Ölmeer der Welt. Und die Amerikaner haben hier fünfzig Milliarden Dollar investiert – für die Ölstadt Dak –, und sogar noch mehr. Dann habe ich noch die russische Armee, die jeden Versuch der Amerikaner, den Golf unter ihre Kontrolle zu bringen, zunichte machen wird. O nein, ich glaube, man wird mir weitaus schneller verzeihen als dir und deinem Romeo. Und, Yabril, mein Freund, ich kenne dich gut, diesmal bist du weit genug gegangen, wirklich eine großartige Sache. Aber bitte verdirb nicht alles durch einen deiner kleinen Schnörkel am Ende des Spiels.« Er hielt einen Augenblick inne. »Wann soll ich deine Forderungen präsentieren?«

»Romeo ist an Ort und Stelle«, antwortete Yabril leise. »Du kannst ihnen das Ultimatum also heute nachmittag überbringen. Bis Dienstag vormittag elf Uhr, Washington-Zeit, müssen sie zugestimmt haben. Verhandelt wird nicht.«

»Sei vorsichtig, Yabril«, warnte der Sultan. »Gib ihnen mehr Zeit.«

Sie umarmten sich, dann wurde Yabril zu der Maschine zurückgebracht, wo inzwischen die drei Männer seiner Gruppe und vier weitere, die in Sherhaben an Bord gekommen waren, Wache gehalten hatten. Die Geiseln wie auch die Crew befanden sich in der Touristenklasse. Die Maschine stand isoliert mitten auf dem Flugfeld, die zahllosen Neugierigen, die Fernsehteams mit ihren Ü-Wagen aus der ganzen Welt waren auf fünfhundert Meter Entfernung von der Maschine zurückgedrängt worden, wo das Militär des Sultans einen Kordon bildete.

Yabril wurde als Mitglied der Besatzung eines Versorgungs-Trucks an Bord zurückgeschmuggelt, der Lebensmittel und Wasser für die Geiseln brachte.

In Washington D.C. war es jetzt sehr früher Montagmorgen. Die letzten Worte, die Yabril zum Sultan von Sherhaben gesagt hatte, lauteten: »Nun werden wir sehen, aus welchem Holz dieser Kennedy geschnitzt ist.«

5. Kapitel

Es ist oft für alle Betroffenen gefährlich, wenn ein Mann vollkommen auf die Freuden dieser Welt verzichtet und sein Leben dem Dienst an seinen Mitmenschen widmet.

Francis Xavier Kennedys besonderer Charakter machte sich erstmals bei seinem Eintritt in Harvard bemerkbar. Dort stellte sich heraus, daß sich die Menschen von ihm angezogen fühlten. Daß er ein guter Sportler war, kam natürlich hinzu, denn körperliche Kraft ist, im Gegensatz zu intellektueller Stärke, eine der wenigen Eigenschaften, die auf der ganzen Welt bewundert werden. Hinzu kam, daß er ein außergewöhnlich guter Student war, und hinzu kam auch, vor allem bei den nicht so weltlich Gesinnten, daß er ein tugendhafter Mensch war.

Die Freundschaften, die er schloß, und die Anhänger, die er gewann, gingen auf das Konto seines Charismas, seines anständigen Charakters. Nie übte er persönliche Kritik, war aber auch nie der ewig gutmütige Tor. Politische Diskussionen führte er engagiert, aber mit Humor. Obwohl vom Temperament her eher ruhig, versprühte der Teil seines Wesens, der irisch war, eine unwiderstehliche Vitalität. Vor allem aber war er ein guter Zuhörer, der sich aufrichtig Mühe gab, alles zu verstehen, was ein anderer zu sagen versuchte, um dann eine sorgfältig überlegte Antwort zu geben. Und ihm war ein fröhlich-geistreicher Witz zu eigen, den er hauptsächlich dazu benutzte, allgemeine Vorurteile auf die Schippe zu nehmen.

Den größten Eindruck machten jedoch seine angeborene Aufrichtigkeit und Ehrlichkeit. Die jungen Menschen mit ihrer scharfen, wenn auch zuweilen unfairen Sensibilität für Heuchelei vermochten bei ihm nichts dergleichen zu finden. Gewiß, er war praktizierender Katholik, aber er sprach nicht über seine Religion. Das sei eine Frage des Glaubens, sagte er nur. Seine einzige Vernunftwidrigkeit.

Kein Mensch kann seine Bösartigkeit längere Zeit verbergen; Shakespeares Jago ist eine Übertreibung. Kein Mensch kann seine Fehler verbergen, aber Fehler sind leicht zu vergeben oder zu erklären. Wahre Tugend kann, vor allem auf junge Leute, so brillant wirken, daß sie den gesunden Menschenverstand blendet. So fiel es kaum auf, daß Francis Kennedy sehr leicht in Depressionen fiel, wenn er bei seinen Bestrebungen keinen Erfolg hatte. Denn so etwas war doch eigentlich nur natürlich. Es fiel kaum auf, daß er ganz außerordentlich eigensinnig sein konnte, nicht direkt skrupellos, aber vielleicht bedenkenlos.

Francis Kennedy war vom Beginn seiner politischen Karriere an von einer einzigen, allzu vereinfachenden Frage besessen, die zur Antriebskraft seiner Arbeit werden sollte: Wie kommt es, fragte er, daß es nach jedem Krieg, der Sachschäden im Wert von Billionen Dollar bewirkt, eine Periode ökonomischen Wachstums gibt? Er verglich diese Situation mit einer Bank, die großer Summen beraubt wird, um dann um so profitabler zu arbeiten.

Was nun aber, wenn diese Billionen Dollar für den Bau von Wohnungen für die Menschen benutzt, was, wenn diese Milliarden und Billionen für ärztliche Versorgung, für Schulen und Ausbildungsstätten aufgewendet würden? Was, wenn diese Gelder verwendet würden, um ganz einfach den Menschen zu helfen? Wie wunderbar würde dann dieses Land sein, und um wieviel besser die ganze Welt!

Als er zum Präsidenten gewählt wurde, hatte Kennedy versprochen, daß seine Administration dem Elend aller Menschen im Land den Krieg erklären werde. Er werde jene Menschen vertreten, die sich keine Lobbyisten und andere Interessenverbände leisten könnten.

Unter normalen Umständen hätte das auf die amerikanischen Wähler viel zu radikal gewirkt – wäre da nicht Kennedys magische Wirkung auf dem Fernsehschirm gewesen. Er sah besser aus als seine beiden berühmten Onkels, und war ein weit besserer Schauspieler. Darüber hinaus besaß er einen besseren Intellekt als seine Onkels und war ihnen, was die Ausbildung betraf, weit überlegen: ein echter Gelehrter. Er vermochte seine Rhetorik mit Zahlen, mit ökonomischen Gesetzen zu untermauern. Er vermochte das Gerüst der Pläne, die von Kapazitäten auf verschiedenen Gebieten erarbeitet wurden, mit blendender Eloquenz darzulegen. Und mit ziemlich bissigem Witz.

»Mit einer guten Ausbildung«, sagte Francis Kennedy, »lernt jeder Einbrecher, Räuber und Dieb, seine Verbrechen zu begehen, ohne jemanden zu verletzen. Sie lernen so zu stehlen, wie es die Wall-Street-Verbrecher tun; sie lernen Steuern hinterziehen wie die ehrbaren Bürger unserer Gesellschaft. Wir werden mehr Wirtschaftsverbrecher heranbilden, aber wenigstens wird niemand körperlichen Schaden nehmen.«

Francis Xavier Kennedy hatte die Wahl zum Präsidenten durch einen Erdrutsch von Stimmen für die Demokraten gewonnen – und mit Hilfe eines demokratisch dominierten Kongresses.

Vom allerersten Tag an jedoch waren der Präsident und die Legislative eingeschworene Feinde. Kennedy verlor den extrem rechten Flügel im Kongreß, weil er für die Abtreibung eintrat. Er verlor den extrem linken Flügel, weil er für die Todesstrafe bei bestimmten Verbrechen eintrat. Das sei nur konsequent, behauptete er. Immer wieder wies er darauf hin, daß die Linken, die für die Abtreibung waren, sich gewöhnlich gegen die Todesstrafe aussprachen. Während die Rechten, die gegen die Abtreibung als Form von Mord waren, sich heftigst für die Todesstrafe aussprachen.

Darüber hinaus machte sich Kennedy Feinde im Kongreß, weil er strenge Beschränkungen für die riesigen Konzerne Amerikas forderte, für die Ölindustrie, die Getreideindustrie, die pharmazeutische Industrie, und außerdem vorschlug, daß Fernsehsender, Zeitungen und Zeitschriften nicht in der Hand eines einzigen Konzerns vereint werden dürften. Dieser letzte Vorschlag wurde als Versuch zur Beschneidung der Pressefreiheit heftigst bekämpft. Man wedelte aufgeregt mit dem First Amendment.

Nun, im letzten Jahr seiner Präsidentschaftsperiode, am Ostermontag um sieben Uhr morgens, versammelten sich die Mitglieder von Präsident Francis Kennedys Stab, sein Kabinett und Vizepräsidentin Helen DuPray im Cabinet Room des Weißen Hauses. Und alle fragten sich an diesem Montagmorgen voll Angst, welche Maßnahmen er ergreifen würde.

Im Cabinet Room wartete CIA-Chef Theodore Tappey ein Zeichen von Kennedy ab, um sodann die Sitzung zu eröffnen. »Lassen Sie sich zunächst versichern, daß es Theresa gutgeht«, erklärte er. »Niemand ist verletzt worden. Bisher wurden noch keine Forderungen gestellt. Aber sie werden noch vor heute abend gestellt werden, und uns wurde gesagt, daß sie sofort und ohne Verhandlungen erfüllt werden müssen. Aber das ist so üblich. Yabril, der Anführer der Hijacker, ist in Terroristenkreisen berühmt und auch in unseren Archiven nicht unbekannt. Er ist ein Einzelgänger und führt seine Operationen gewöhnlich allein durch, ohne Hilfe einer organisierten Terrorgruppe wie die legendären Einhundert.«

»Wieso legendär, Theo?« fiel Klee ihm ins Wort.

»Sie sind nicht so wie Ali Baba und die vierzig Räuber«, antwortete Theodore Tappey. »Sie organisieren nur koordinierte Aktionen zwischen den Terroristen verschiedener Länder.«

»Weiter«, befahl Francis Kennedy knapp.

Theodore Tappey konsultierte seine Notizen. »Daran, daß der Sultan von Sherhaben mit Yabril zusammenarbeitet, besteht kein Zweifel. Seine Armee schirmt das Flugfeld ab, um jeden Befreiungsversuch zu verhindern. Gleichzeitig gibt der Sultan vor, unser Freund zu sein, und bietet seine Vermittlerdienste an. Was er damit erreichen will, ist unerfindlich, aber es dient unseren Interessen. Der Sultan ist ein vernünftiger Mann und durch Druck zu beeinflussen. Yabril dagegen ist unberechenbar.«

Der CIA-Chef zögerte; dann fuhr er auf ein Nicken von Kennedy hin widerwillig fort: »Yabril versucht, Ihrer Tochter eine Gehirnwäsche zu verpassen, Mr. President. Die beiden haben mehrmals lange Gespräche geführt. Er scheint sie für eine potentielle Revolutionärin zu halten und glaubt einen großen Coup zu landen, wenn er sie dazu bringen kann, in irgendeiner Form eine Sympathieerklärung abzugeben. Sie scheint keine Angst vor ihm zu haben.«

Die anderen im Zimmer schwiegen. Sie wußten, daß es sinnlos war, Tappey nach der Quelle seiner Informationen zu fragen.

In der Halle vor dem Cabinet Room war Stimmengewirr zu vernehmen, sie hörten die aufgeregten Rufe der Fernsehreporter, die auf dem Rasen des Weißen Hauses warteten. Dann wurde einer von Eugen Dazzys Assistenten eingelassen und überreichte Dazzy ein handgeschriebenes Memo. Kennedys Stabschef überflog es mit einem kurzen Blick.

»Ist das eindeutig bestätigt?« wollte er wissen.

»Jawohl, Sir«, antwortete der Assistent.

Jetzt sah Dazzy Francis Kennedy offen an. »Mr. President«, sagte er, »ich habe überraschende Nachrichten. Der Papstattentäter ist hier in den Vereinigten Staaten gefaßt worden. Der Verhaftete gibt zu, daß er das Attentat verübt hat und daß sein Codename Romeo ist. Seinen richtigen Namen anzugeben weigert er sich. Der italienische Sicherheitsdienst hat die Informationen bestätigt, und der Verhaftete gibt Einzelheiten an, die seine Schuld beweisen.«

Arthur Wix fuhr hoch, als sei ein ungeladener Gast in eine private Feier eingedrungen. »Was zum Teufel hat der hier zu suchen? Ich glaube es einfach nicht!«

Geduldig erläuterte Eugene Dazzy die Beweise. Die italienische Sicherheit habe schon einige Mitglieder von Romeos Gruppe verhaftet, diese hätten gestanden und Romeo als ihren Anführer identifiziert. Franco Sebbediccio, der Chef der italienischen Sicherheit, sei berühmt für seine Kunst, Geständnisse zu erzielen. Warum aber Romeo nach Amerika geflohen war und so mühelos verhaftet werden konnte, hatte er nicht in Erfahrung bringen können.

Francis Kennedy trat an die hohen Fenstertüren, die auf den Rosengarten hinausgingen. Er beobachtete die Militärpatrouillen auf dem Gelände des Weißen Hauses und in den angrenzenden Straßen von Washington. Ihn überkam ein vertrautes Angstgefühl. Nichts in seinem Leben war Zufall, das Leben war eine tödliche Verschwörung – nicht nur zwischen den Menschen untereinander, sondern zwischen Glauben und Tod. In einem Augenblick paranoider Hellsichtigkeit begriff er den ganzen Plan, den Yabril mit soviel Stolz und so großer List ersonnen hatte. Und Kennedy bangte zum erstenmal ernsthaft um das Leben seiner Tochter.

Der Präsident wandte sich vom Fenster ab und kehrte zum Konferenztisch zurück. Er musterte den Raum, der angefüllt war mit den hochrangigsten Persönlichkeiten des ganzen Landes, den cleversten, den intelligentesten, den Ränkeschmieden, den Plänemachern. Keiner von ihnen ahnte etwas. Beinah scherzhaft sagte er: »Was wollt ihr wetten, Freunde, daß wir heute die Forderungen der Entführer erhalten? Und eine davon wird die Entlassung dieses Papstmörders sein.«

Die anderen starrten Kennedy verblüfft an. »Mr. President«, protestierte Otto Gray, »das ist ziemlich weit hergeholt. Das ist eine ungeheuerliche Forderung und wäre absolut unerfüllbar.«

Theodore Tappey sagte bedächtig: »Die Geheimdienstinformationen ergeben keine Verbindung zwischen den beiden Vorfällen. Und es wäre tatsächlich unvorstellbar, daß eine Terroristengruppe am selben Tag in derselben Stadt zwei so immense Operationen durchführt.« Er hielt einen Moment inne; dann wandte er sich an Christian Klee. »Herr Justizminister«, sagte er, »wie ist dieser Mann gefunden worden?« Und ergänzte mit Abscheu im Ton: »Dieser Romeo.«

»Durch einen Informanten, der seit Jahren für uns arbeitet«, antwortete Christian Klee. »Wir hielten das für unmöglich, doch Peter Cloot, mein Stellvertreter, hat eine umfassende Aktion gestartet, die anscheinend Erfolg gehabt hat. Ich muß gestehen, daß ich erstaunt bin. Es ergibt irgendwie keinen Sinn.«

Francis Kennedy sagte ruhig: »Helen, Gentlemen, wir werden diese Besprechung vertagen, bis die Entführer ihre Forderungen gestellt haben. Vorab aber noch folgendes: Wir werden ihnen geben, was sie verlangen. Der Außen- und der Justizminister werden die Italiener hinhalten, wenn sie Romeos Auslieferung verlangen. Sie, Wix, die Verteidigung und das Außenministerium, machen sich bereit, auf Israel einzuwirken, falls zu den Forderungen auch die Freigabe arabischer Gefangener aus deren Händen gehört. Und Sie, Otto, bereiten den Kongreß und Ihre Freunde dort auf das vor, was unsere Gegner als bedingungslose Kapitulation bezeichnen werden.« Nun wandte sich Kennedy an seinen Stabschef. »Eugen, Sie teilen dem Pressesprecher mit, daß ich keinen persönlichen Kontakt mit den Medien wünsche, bis diese Krise vorüber ist. Und daß jede Presseverlautbarung von mir freigegeben werden muß, nicht von Ihnen.«

»Yes, Sir«, gab Eugene Dazzy zurück.

Beinahe heftig sagte Francis Kennedy dann zu allen Anwesenden: »Es wird keine direkten Kommentare von Ihnen der Presse gegenüber geben. Und hoffentlich auch keine undichten Stellen. Das wäre alles. Bitte halten Sie sich zur Verfügung.«

Yabrils Forderungen kamen am Spätnachmittag des Montags über die Fernmeldestelle des Weißen Hauses, übermittelt über den scheinbar so hilfsbereiten Sultan von Sherhaben. An erster Stelle wurde ein Lösegeld von fünfzig Millionen Dollar für die Maschine gefordert. An zweiter die Freigabe von sechshundert arabischen Häftlingen aus israelischen Gefängnissen. An dritter die Freilassung des jüngst verhafteten Papstattentäters Romeo sowie seine Überstellung nach Sherhaben. Falls diese Forderungen nicht binnen vierundzwanzig Stunden erfüllt sein sollten, werde eine Geisel erschossen.

Der Präsident, sein Stab, sein Kabinett und seine Sonderberater traten sofort wieder zusammen, um Yabrils Forderungen zu diskutieren. Francis Kennedy versuchte, sich in die Terroristen und ihre Gedankengänge hineinzuversetzen – eine Gabe, die ihm schon immer zu eigen gewesen war. Hauptziel der Terrorgruppe war es, die Vereinigten Staaten zu demütigen, ihren Schutzmantel der Macht in den Augen der Welt, ja sogar in den Augen der freundlich gesonnenen Nationen zu zerstören. Kennedy hielt das für ein psychologisches Meisterstück. Wer konnte Amerika je wieder ernst nehmen, wenn es von ein paar Bewaffneten und einem winzigen Öl-Sultanat mit der Nase in den Dreck gestoßen wurde? Aber Kennedy wußte auch, daß er es zulassen mußte, wenn er seine Tochter heil und gesund nach Hause holen wollte. Mit seiner Gabe des Sichhineinversetzens ahnte er, daß das Szenario noch nicht komplett war, daß noch weitere Überraschungen folgen würden. Das jedoch sprach er nicht aus, sondern ließ die anderen im Cabinet Room die Diskussionen fortsetzen.

Der Außenminister überbrachte die Empfehlungen seines Ministerialstabs: den Papstmörder nach Rom zurückzuschicken, damit sich die italienischen Behörden mit ihm befassen konnten. Dann müßten die Entführer ihre Forderung nach Romeos Freilassung an die italienische Regierung richten. Wie alle bemerkten, wandte Francis Kennedy bei diesem Vorschlag schweigend den Kopf ab.

Die Drohung der Entführer, eine der Geiseln hinzurichten, falls ihre Forderungen nicht binnen vierundzwanzig Stunden erfüllt wurden, machte auf die Präsidentenberater keinen Eindruck. Man konnte sie hinhalten, eine derartige Drohung war nichts Neues.

Einer der führenden Congressmen schlug vor, Präsident Kennedy möge sich in dieser Angelegenheit jeglicher Entscheidung enthalten, da seine Tochter betroffen und er emotional möglicherweise nicht in der Lage sei, die effektivste Entscheidung zu treffen.

Der Congressman, der diesen Vorschlag machte, war Alfred Jintz, ein Republikaner-Veteran, der zwanzig Dienstjahre auf dem Bukkel hatte und sich in den drei Jahren der Kennedy-Administration als einer der erfolgreichsten Blockierer aller vom Weißen Haus eingebrachten Gesetzesvorschläge für Sozialhilfen hervorgetan hatte. Wie fast alle Congressmen, die die ersten Amtsperioden überstanden hatten und alles taten, was den großen Industriekonzernen nützte, wurde Jintz jedesmal automatisch wiedergewählt.
Kennedy verbarg seine Abneigung gegen den Vorschlag und den Congressman nicht. In diesen drei Jahren als Präsident hatte Francis Kennedy eine ausgesprochene Verachtung für die Legislative der Regierung entwickelt. Beide Organe, das Repräsentantenhaus und der Senat, pflanzten sich automatisch selber fort. Im Repräsentantenhaus gewannen sie, obwohl die Congressmen alle zwei Jahre kandidieren mußten, durch den Einfluß ihrer Positionen, vor allem als Ausschußvorsitzende, lebenslangen Anspruch auf ihren Sitz. Sobald ein Congressman klargestellt hatte, daß er von der Nützlichkeit und Bedeutung des Big Business überzeugt war, flossen Millionen von Dollars in seine Wahlkassen, Millionen, mit denen er TV-Zeit kaufen konnte, um seine Wiederwahl zu gewährleisten. Und von den 435 Abgeordneten war kein einziger ein Arbeiter. Was hingegen den Senat mit seinen sechsjährigen Amtsperioden betraf, so hätte ein Senator wohl äußerst dumm oder äußerst idealistisch sein müssen, um nicht zwei- oder dreimal wiedergewählt zu werden. In Kennedys Augen war das Verrat an der Demokratie.
In diesem Augenblick tobte in Francis Kennedy eine eiskalte Wut auf Jintz wie auch auf sämtliche Mitglieder des Repräsentantenhauses und des Senats.
Als Alfred Jintz den Vorschlag machte, daß Kennedy sich aus den Verhandlungen zurückziehen solle, geschah das mit größter Höflichkeit und äußerstem Takt. Thomas Lambertino, der New Yorker Senator, erklärte, daß auch der Senat der Ansicht sei, der Präsident solle sich heraushalten.

Kennedy erhob sich und wandte sich an die Anwesenden. »Ich danke Ihnen allen für Ihre Hilfe und Vorschläge. Meine Mitarbeiter und ich werden uns später zusammensetzen und Sie von allen Entscheidungen sofort unterrichten. Vor allem danke ich Congressman Jintz und Senator Lambertino für ihre Vorschläge, über die ich nachdenken werde. Vorerst aber muß ich Ihnen mitteilen, daß alle Instruktionen und Anordnungen ausschließlich von mir persönlich ausgehen werden. In dieser Angelegenheit werde ich keine Entscheidung delegieren. Das wäre alles. Bitte halten Sie sich zur Verfügung.«
Vizepräsidentin Helen DuPray hatte das alles schweigend beobachtet. Sie wußte, daß dies nicht der richtige Zeitpunkt war, sich dem Präsidenten entgegenzustellen, nicht einmal unter vier Augen.

Francis Kennedy dinierte mit seinem persönlichen Beraterstab im großen Nordwestspeisezimmer im ersten Stock des Weißen Hauses. Der antike Tisch war für Otto Gray, Arthur Wix, Eugene Dazzy und Christian Klee gedeckt. Kennedys Platz am Kopfende des Tisches war so arrangiert, daß ihm mehr Raum zur Verfügung stand als den anderen Herren.
Kennedy blieb stehen, bis alle anderen Platz genommen hatten. Grimmig lächelte er ihnen zu. »Vergessen wir heute den Unsinn, den wir gehört haben. Dazzy, Sie teilen dem Sultan mit, daß wir alle Forderungen der Hijacker noch vor Ablauf der Vierundzwanzig-Stunden-Frist erfüllen werden. Den Papstkiller werden wir nicht nach Italien zurückschicken, sondern nach Sherhaben. Und Sie, Wix, üben Druck auf Israel aus. Die sollen ihre Gefangenen freilassen, oder sie werden, solange ich im Amt bin, keine einzige amerikanische Waffe mehr sehen. Sagen Sie das dem Außenminister; kein diplomatisches Herumgerede, einfach die Fakten auf den Tisch.«
Schließlich setzte er sich und winkte den Stewards, ihm vorzulegen. Dann ergriff er abermals das Wort. »Ich möchte hier ein für

allemal klarstellen, daß es für mich, ganz gleich, was ich auf all diesen Sitzungen sagen muß, nur eine einzige Priorität geben kann: Theresa heil und sicher nach Hause zu holen. Ohne den Terroristen einen Vorwand für ein weiteres Verbrechen zu liefern.«

Arthur Wix ließ seine Hände auf dem Schoß liegen, als wolle er das Essen verweigern. »Sie geben sich da eine empfindliche Blöße«, sagte er. »Wir sollten lieber doch verhandeln; das ist unabdingbar bei Geiselnahmen. Sie müssen wenigstens einige Regeln beachten, bevor Sie tun, was die von Ihnen wollen. Dann können wir alles rechtfertigen.«

»Das ist mir klar«, antwortete Kennedy. »Ich möchte nur kein Risiko eingehen. Außerdem habe ich nur noch ein Amtsjahr vor mir, und Sie wissen, daß ich nicht noch einmal kandidieren werde. Wie also könnten sie mir schaden? Otto, Sie beknien die Kongreßführer. Verschwenden Sie keine Zeit auf Jintz. Dieser Scheißkerl ist in den letzten drei Jahren in jeder Frage gegen mich gewesen.«

Die Herren begannen schweigend zu essen; alle fanden sie, daß Kennedy die Regierung in eine schwierige Situation manövriere.

Als sie beim Kaffee angekommen waren, wurde der Offizier vom Dienst hereingeführt und händigte Christian Klee eine Nachricht aus. Christian las sie. Dann sagte er zu Kennedy: »Francis, ich muß sofort in mein Büro. Diese Nachricht unterliegt strengster Geheimhaltung; ich kann nicht telefonisch darüber verhandeln. Sobald ich mehr weiß, bin ich zurück. Anscheinend gibt es da etwas, das meine unmittelbare Aufmerksamkeit erfordert.«

Ungehalten fragte ihn Kennedy: »Warum zum Teufel kommen die dann nicht her und unterrichten uns beide?«

Christian lächelte ihm freundlich zu. »Das weiß ich nicht, aber es gibt bestimmt einen Grund dafür. Vielleicht wollten sie dich nicht damit belästigen, bevor ich mein Okay gebe.« Er log. Er hatte sein System so aufgebaut, daß der Präsident niemals informiert werden konnte, bevor Christian selbst informiert worden war. Eines wußte Christian jedoch genau: daß dies die erste Nachricht aus seinem

Büro war, die den Ultra-Geheim-Code trug. Es mußte eine erschreckende Nachricht sein.
Mit einer ungeduldigen Geste winkte Francis Kennedy ab. Er wußte, daß mit Christians Antwort etwas nicht in Ordnung war, daß er irgendwie hintergangen wurde, aber er achtete stets darauf, niemals seine Mitarbeiter zu kritisieren, nicht einmal seine Freunde. Denn wie er wußte, verlieh die Macht des hohen Amtes seinen Worten und Taten so viel Gewicht, daß er seinen kleinen Verärgerungen nicht nachgehen durfte.
Kurz nach seiner Wahl zum Präsidenten hatte er zum Beispiel eine seiner gewohnt freundschaftlichen politischen Meinungsverschiedenheiten mit seiner Tochter Theresa. Es machte ihm Spaß, ihre Argumente mit seiner überlegenen Erfahrung abzuschmettern, um anschließend einen blitzschnellen Ausfall gegen ihre radikalen Freunde anzubringen. Zu seiner Überraschung brach sie jedoch in Tränen aus und floh. Erst da wurde ihm klar, daß er sich diese ganz natürlichen, verbalen Waffengänge mit engen Freunden und Verwandten auf Grund des öffentlichen Gewichts seines Amtes nicht leisten konnte. Sogar Christian gegenüber mußte er vorsichtig sein. In früheren Zeiten hätte er Christian erklärt, das sei doch Unsinn, und die Wahrheit von ihm verlangt.
Oddblood Gray unterbrach seine Überlegungen. »Mr. President«, sagte er, »warum versuchen Sie nicht ein bißchen zu schlafen? Wir werden für Sie Wache halten und Sie wecken, sobald es etwas gibt, das Ihre Aufmerksamkeit erfordert.«
Kennedy sah die besorgten Mienen seiner Berater. Während des Dinners hatten sie alles getan, ihn hinsichtlich der Sicherheit seiner Tochter zu beruhigen, ihm zu erklären, ihr drohe keine echte Gefahr. Und sie waren ihm gegenüber förmlicher gewesen als sonst – so, wie eben Menschen in Zeiten schwerer Gefahren oder Tragödien gewöhnlich miteinander umzugehen pflegen.
»Das werde ich tun, Otto«, versprach Kennedy. »Ich danke Ihnen allen.«
Mit diesen Worten ging er hinaus.

Nachdem Christian Klee das Weiße Haus verlassen hatte, begab er sich direkt in die FBI-Zentrale. Protokollgerecht fuhren zwei Sicherheitsfahrzeuge vor ihm her, während ein drittes seinem Wagen folgte.
In seinem Büro erwartete ihn sein Stellvertreter, der Mann, der das FBI de facto leitete.
Peter Cloot war ein Mann, den Christian verstand, den zu mögen er sich aber nie so recht durchringen konnte. Cloot war Teil jener Abmachung, die Kennedy mit dem Kongreß ausgehandelt hatte, als Christian Klee zum Justizminister, FBI-Chef und Leiter des Secret Service zugleich gemacht wurde. Cloot war der Mann, den der Kongreß dazu bestimmt hatte, Christian Klee im Auge zu behalten.
Cloot war so hager, daß sein Körper einem flachen Brett aus Muskeln glich. Er trug einen dünnen Schnurrbart, der die Härte seiner knochigen Züge aber auch nicht zu mildern vermochte. Als stellvertretender Leiter des FBI hatte Cloot durchaus seine Fehler. Er war zu unbeugsam bei der Erfüllung seiner Verpflichtungen, zu verbissen bei der Ausführung seiner Aufgaben, und zu versessen auf interne Sicherheit. Er trat für strengere Gesetze ein, forderte drakonische Strafen für Drogenhändler und Spione. Wann immer er konnte, umging er die Bürgerrechtsparagraphen der Verfassung, bewies aber stets ein ausgezeichnetes Urteilsvermögen. Und er hatte bisher niemals umsonst Alarm geschlagen. In den ganzen drei Jahren, in denen er bei der Leitung des FBI mit Christian zusammenarbeitete, hatte er ihm niemals eine derart gekennzeichnete Nachricht zukommen lassen.
Als Christian vor über drei Jahren jemanden für den Posten des stellvertretenden Leiters für das FBI suchte, hatte der Kongreß ihm drei Kandidaten angeboten, darunter Peter Cloot. Daß es Cloot einen Dreck kümmerte, ob er den Job bekam oder nicht, war vom ersten Moment an nicht zu übersehen. Er war ganz außerordentlich offen gewesen.
»Für die Linken bin ich ein Reaktionär, für die Rechten ein

Terrorist«, erklärte Cloot. »Wenn ein Mensch eine sogenannte kriminelle Handlung begeht, sehe ich das als Sünde an. Die Anwendung der Gesetze ist meine Theologie. Ein Mensch, der eine kriminelle Handlung begeht, übt die Macht Gottes über einen anderen Menschen aus. Damit fällt dem Opfer die Entscheidung darüber zu, ob es diesen anderen Gott in seinem Leben akzeptieren will. Wenn das Opfer und die Gesellschaft die kriminelle Handlung auf irgendeine Weise akzeptieren, zerstören wir den Überlebenswillen unserer Gesellschaft.« Und weiter: »Weder die Gesellschaft noch der einzelne haben das Recht, zu vergeben oder die Strafe zu mildern. Warum die Tyrannei des Kriminellen über eine gesetzestreue Bevölkerung akzeptieren, die sich an den Gesellschaftsvertrag hält? Durch grauenhafte Fälle von Mord, Raubüberfall und Vergewaltigung proklamiert der Kriminelle seine Göttlichkeit.«

Christian entgegnete lächelnd: »Sollen wir sie alle ins Gefängnis stecken?«

»Dazu haben wir nicht genug Gefängnisse«, sagte Peter Cloot grimmig.

Christian hatte ihm den jüngsten computerisierten Statistikbericht über Verbrechen in Amerika gegeben. Cloot studierte ihn minutenlang.

Dann sagte er: »Es hat sich nichts verändert.« Und fing an zu wettern. Anfangs hatte Christian ihn für verrückt gehalten. Cloot sagte so manches Verrückte...

»Wenn den Leuten nur die Verbrechensstatistik bekannt wäre«, sagte er. »Wenn die Leute nur wüßten, wie viele Verbrechen gar nicht erst in die Statistik kommen. Einbrecher, sogar mit Vorstrafen, kommen so gut wie nie ins Gefängnis. Das Heim, in das die Regierung nicht eindringen darf, dieser kostbare Freiraum, geheiligt durch den Gesellschaftsvertrag, dieses geheiligte Heim also wird routinemäßig von bewaffneten Mitbürgern verletzt, die auf Diebstahl, Mord und Vergewaltigung aus sind.«

Hier zitierte Cloot jenen beliebten Satz aus dem englischen Recht: »›Der Regen darf eindringen, der Wind darf eindringen, aber der

König darf nicht eindringen.‹ Was für ein Scheiß!« erklärte Cloot. Und fuhr fort: »In Kalifornien allein gibt es sechsmal soviel Morde pro Jahr wie in ganz England. In Amerika sitzen die Mörder weniger als fünf Jahre im Kittchen. Vorausgesetzt natürlich, ein Wunder geschieht, und man kann sie tatsächlich verurteilen.«
So dozierte Cloot mit seiner rauhen, tonlosen Stimme weiter. Christian langweilte sich unendlich...
Über den Supreme Court mit seiner majestätischen Unkenntnis des Alltagslebens schimpfte Cloot, über die niederen Gerichte mit ihrer Bestechlichkeit, über das Heer der geldgierigen Anwälte, zur Schlacht gerüstet wie Samurai, die für so bösartige Verbrecher stritten, daß sie Grimms Märchen entstiegen sein könnten.
Und über die Sozialwissenschaftler, die Psychiater, die Pandits der Ethik, die all diese Verbrecher mit dem wärmenden Mantel der angeblichen Umwelteinflüsse schützten, und die allgemeine Bevölkerung, die Geschworene stellte, die zu feige waren, einen Verbrecher zu verurteilen.
»Die Menschen in Amerika werden von wenigen Millionen Verrückten terrorisiert«, behauptete Cloot. »Sie haben Angst, am Abend auf die Straße zu gehen. Sie schützen ihre Häuser durch private Sicherheitseinrichtungen, die dreißig Milliarden Dollar pro Jahr kosten.«
Cloot schimpfte über die Weißen, die sich vor den Schwarzen fürchteten, die Schwarzen, die sich vor den Weißen fürchteten, und die Reichen, die sich vor den Armen fürchteten. Über Senioren, die Revolver in ihren Einkaufstaschen mitführten, weil sie sich vor den Jugendlichen fürchteten. Über Frauen, die sich vor Vergewaltigung fürchteten und den schwarzen Gürtel zu erringen versuchten, während andere, Millionen von ihnen, mit Waffen in der Tasche herumliefen.
»Unsere beschissene Bill of Rights«, schimpfte Cloot. »Wir haben die höchste Verbrechensrate der gesamten zivilisierten Welt.«
Vor allem aber einen Aspekt haßte Cloot: »Wissen Sie, daß 98% aller Verbrechen ungeahndet bleiben? Nietzsche hat das vor lan-

ger Zeit einmal so erklärt: ›Wenn eine Gesellschaft zu weich und sanft wird, stellt sie sich auf die Seite jener, die ihr Schaden zufügen.‹ Die religiösen Organisationen mit all ihrem Gnadengewinsel vergeben den Verbrechern. Aber sie haben nicht das Recht, den Verbrechern zu vergeben, diesen Schweinen! Das schlimmste, was ich jemals gesehen habe, war eine Mutter im Fernsehen, deren Tochter auf ganz furchtbare Weise vergewaltigt und ermordet worden war, und die tatsächlich sagte: ›Ich verzeihe ihnen.‹ Welches verdammte Recht hatte die, diesen Ungeheuern zu vergeben?«

Und dann attackierte Cloot zu Christians leicht versnobtem Erstaunen die Literatur. »Orwell hat alles verdreht, in *1984*«, erklärte er. »Der einzelne ist das Ungeheuer, und das hat Huxley in *Brave New World* als schlecht herausgestellt. Aber ich hätte nichts dagegen, in einer *Brave New World* zu leben, die wäre jedenfalls besser als unsere. Der einzelne ist der Tyrann, nicht die Regierung.« Aber es war noch nicht vorüber.

Besonders die Anwälte haßte Cloot, obwohl er selbst Jura studiert hatte. Den Obersten Gerichtshof hielt er für einen Witz. Nach seiner Auffassung kamen die Kriminellen in der amerikanischen Gesellschaft am besten weg, und er scheute sich auch nicht, sämtliche innerhalb seiner Kompetenz liegenden Gesetzeslücken zu benutzen, um Behinderungen durch Dienstvorschriften zu durchkreuzen. Dabei achtete er streng darauf, nichts Gesetzwidriges zu tun, etwa Beweise unterzuschieben oder zu offensichtlich zu verdrehen, scheute sich aber nicht, Beweise zu unterdrücken, die er nicht verwendet sehen wollte.

Christian hegte Zweifel an Cloot – bis zu ihrem letzten Einstellungsgespräch. Da hatte er Peter Cloot den dicken Statistikbericht ausgehändigt und ihn um Kommentare dazu gebeten.

Cloot tippte auf die Computerausdrucke. »Alles altbekannt«, erklärte er. »Wollen Sie wirklich darüber reden?«

Christian antwortete ernsthaft und ein wenig naiv: »Ich staune über die Zahlen. Die Bevölkerung des Landes wird eindeutig

terrorisiert. Nun gut, vielleicht ein zu harter Ausdruck. Aber wurde dies denn während Ihrer Amtsperiode von unserem ehemaligen Präsidenten niemals angesprochen?«
Cloot paffte an seiner Zigarre. »Wir haben's versucht. Aber der Kongreß hat die erforderlichen Gesetze nie verabschiedet. Die Presse und andere Medien schreien Zeter und Mordio über die Bill of Rights, unsere geheiligte Verfassung. Und die Bürgerrechtsorganisationen sind uns ständig auf den Fersen. Ganz zu schweigen von den Schwarzen-Lobbys, für die Law and Order Schimpfworte sind. Und gewissen Gruppen von Liberalen. Und diesen Weibern, so ganz bestimmten Typen, die auf Verbrecher hinter Gittern scharf sind und Gesuche für ihre Begnadigung einreichen. Also hätte der Kongreß niemals gewinnen können.«
Christian schob einen riesigen Aschenbecher über die rote Glasplatte, und Cloot streifte seine Zigarre darin ab. Dann griff Christian zu seiner Kopie des Berichts und erkundigte sich: »War es früher auch schon so schlimm?«
»Schlimmer«, gab Cloot zurück. Der Zigarrenrauch krönte seinen Kopf wie ein Heiligenschein, durch den hindurch er ironisch grinste. Er verdaute gerade einen ausgezeichneten Lunch, genoß seine Zigarre und war daher in der richtigen, entspannten Stimmung für weitere Ausführungen. »Ich werde Ihnen ein paar kleine Einblicke geben, ob Sie mir glauben oder nicht. Das wirklich Erstaunliche ist, daß ich diese Situation schon mit den Mächtigsten des Landes durchdiskutiert habe, den Männern mit viel Geld. Ich habe vor dem Socrates Club gesprochen. Ich dachte, die würden sich Sorgen machen. Aber von wegen! Die hätten die Macht, den Kongreß zu beeinflussen, aber sie weigerten sich rundweg. Und Sie würden im Leben nicht erraten, warum. Ich jedenfalls konnte es nicht.« Er hielt inne, als erwarte er, daß Christian zu raten begann.
Sein Gesicht verzog sich zu einem Ausdruck, der ein Lächeln oder auch eine verächtliche Grimasse sein konnte. »Die Reichen und Mächtigen dieses Landes verstehen es, sich selbst zu schützen. Die brauchen weder Polizei noch Regierungsorganisationen. Die um-

geben sich mit teuren Sicherheitssystemen. Die haben private Leibwächter. Die sind vor den Verbrechern hundertprozentig geschützt. Und die Vorsichtigen hüten sich auch davor, Kontakt zu wilden Drogenkreisen zu haben. Die können bei Nacht beruhigt hinter ihren elektrisch gesicherten Mauern schlafen.«

Cloot machte eine Pause. Christian rutschte voll Unbehagen hin und her und trank einen kleinen Schluck Brandy, während Cloot ein halbes Glas kippte. Dann sprach Cloot weiter.

»Da dies ein Gespräch unter vier Augen ist, kann ich offen sein. In der Politik darf man nicht aussprechen, daß die Schwarzen prozentual weit mehr Verbrechen begehen, als ihr Bevölkerungsanteil ausmacht. Wir beide kennen natürlich die Gründe, sie sind finanzieller und kultureller Natur, und dieses Land hat eine lange, skandalöse Geschichte der Unterdrückung von Schwarzen zu verzeichnen. Die Tatsache selbst aber bleibt bestehen.«

Cloot griff wieder zu seiner Zigarre. »Die Weißen sind übrigens die gefährlicheren Verbrecher. Ich habe noch nie einen schwarzen Serienkiller erlebt, noch nie einen Schwarzen, der soviel Geld gestohlen hat wie ein Wall-Street-Betrüger. Und noch nie einen schwarzen politischen Attentäter.«

»Sie schleichen wie die Katze um den heißen Brei«, warf Christian ein.

Cloot lachte. »Okay«, sagte er. »Der springende Punkt ist folgender: Nehmen wir an, wir verabschieden Gesetze zur Verbrechensbekämpfung. Dann bestrafen wir die schwarzen Kriminellen weit häufiger als alle anderen. Und wo sollen diese unbegabten, ungebildeten, hilflosen Menschen hin? Welche anderen Möglichkeiten haben sie außer unserer Gesellschaft? Wenn sie kein Ventil im Verbrechen haben, werden sie politisch aktiv, werden sie Radikale. Und werden das politische Gleichgewicht dieses Landes stören, bis wir vielleicht keine kapitalistische Demokratie mehr haben.«

»Glauben Sie wirklich an diesen Quatsch?« erkundigte sich Christian.

Cloot seufzte. »Mann Gottes, wer weiß das schon? Aber die Menschen, die unser Land regieren, glauben daran. Die sagen sich, laßt die Schakale sich an den Hilflosen sattfressen. Was können die schon stehlen – ein paar Milliarden Dollar? Ein kleiner Preis! Tausende werden vergewaltigt, beraubt, ermordet, überfallen – spielt keine Rolle, sind ja nur kleine Leute. Besser ein so geringer Schaden als ein echter politischer Umsturz.«

»Ich glaube, jetzt gehen Sie zu weit«, meinte Christian.

»Kann schon sein«, räumte Cloot ein.

»Und wenn es zu weit geht«, sagte Christian, »wird es alle möglichen Bürgerwehr- und Spitzelgruppen geben, Faschismus im amerikanischen Gewand.«

»Aber das ist die Art politischer Aktivität, die unter Kontrolle gebracht werden kann«, behauptete Cloot. »Das wird den Leuten helfen, die unsere Gesellschaft in der Hand haben.«

Beide schwiegen; dann fuhr Cloot fort: »Sie zeigen mir hier diesen beschissenen Computerbericht. Soll ich deswegen in Ohnmacht fallen? Als junger Staatsanwalt habe ich diese Statistiken in Blut geschrieben gesehen. Wir hatten unsere Piepser vierundzwanzig Stunden am Tag bei uns, und ich wurde oft genug mitten in der Nacht aus dem Bett geholt. Ehemänner, die ihre Frauen mit der Axt ermordeten und dann nur fünf Jahre im Gefängnis saßen. Junge, gedopte Punks, die alte Frauen wegen ihrer kleinen Rente umbrachten, neunzig verdammte Dollar. Und dann kommen die Mörder ungestraft davon, weil irgendwo ihre Bürgerrechte mißachtet worden waren. Einbrecher, Banditen, Bankräuber – es war wie der Gewinn einer Goldmedaille. Ein einziger, beschissener Witz. Und die Zeitungen zitierten *1984* und diesen beschissenen George Orwell. Hören Sie, ich hab gesehen, wie die Eltern von ermordeten Mädchen weinten, weil ihr Leben für immer ruiniert war, und die Killer kriegten nur einen Klaps auf die Hand, weil sie einen hochklassigen Verteidiger, stupide Geschworene und irgendeinen schwulen Kirchenmogul hatten, der sich für sie einsetzte. Und was kriegten sie, diese Mörder, falls sie überhaupt verurteilt wurden? Drei Jahre, fünf Jahre. Das Strafsystem in diesem

Land ist ein einziger Witz. Die Leute, die dieses Land regieren, die Reichen, die Kirche, die Politiker, meine Anwaltskollegen, sie alle *wollen*, daß es so ist. Keine radikalen politischen Bewegungen, dicke Honorare, fette Schmiergelder. Na, was schon, wenn ein paar hunderttausend kleine Leute ermordet werden? Wen kümmert's, daß Millionen überfallen, erschlagen und vergewaltigt werden?« Cloot hielt inne, um sich das schweißnasse Gesicht mit der Serviette zu trocknen, und ergänzte müde: »Es war immer alles so sinnlos.«

Dann lächelte er Christian zu und griff nach dem Computerbericht. »Den würde ich gern behalten«, sagte er. »Nicht, um mir den Hintern damit zu wischen, wie ich es eigentlich tun sollte. Nein, um ihn mir einrahmen zu lassen und an die Wand meines Arbeitszimmers zu hängen. Denn da wird er sicher sein. Ich habe mein Haus mit einer Sicherheitsanlage für fünfzigtausend Dollar geschützt.«

Aber Cloot hatte sich als enorm tüchtiger Vizechef des FBI erwiesen und begrüßte Christian an diesem Abend mit grimmiger Miene sowie einer Handvoll Memos und einem dreiseitigen Schreiben, das er Christian getrennt von den anderen überreichte.

Es war ein aus Zeitungsausschnitten zusammengesetzter Text. Christian las. Wieder eine von diesen irrwitzigen Drohungen, daß eine hausgemachte Atombombe in New York City hochgehen werde. »Und dafür haben Sie mich aus dem Büro des Präsidenten geholt?« erkundigte sich Christian ärgerlich.

»Ich habe abgewartet, bis wir sämtliche Testverfahren ausgeführt hatten«, erklärte Peter Cloot. »Diese Drohung könnte möglicherweise echt sein.«

»O Gott!« stöhnte Christian. »Nicht jetzt!« Er las das Schreiben abermals, und diesmal genauer. Die verschiedenen Schrifttypen verwirrten ihn. Der Brief wirkte wie ein bizarres avantgardistisches Gemälde. Er setzte sich an seinen Schreibtisch und studierte ihn langsam, Wort für Wort. Das Schreiben war an die New York

Times adressiert. Zunächst las er die Abschnitte, die dick mit grünem Filzstift markiert waren, um den Kern der Informationen hervorzuheben.
Die markierten Briefteile lauteten:
»Wir haben eine Atombombe mit einer Minimum-Sprengkraft von einer halben Kilotonne und einer Maximum-Sprengkraft von zwei Kilotonnen in New York City deponiert. Dieser Brief geht an Ihre Zeitung, damit Sie ihn veröffentlichen, die Bewohner der City gewarnt werden und die City verlassen können.
Der Sprengkörper ist so eingestellt, daß er sieben Tage nach dem obengenannten Datum explodiert. Daher werden Sie einsehen, wie wichtig es ist, diese Mitteilung umgehend zu veröffentlichen.«
Klee sah nach dem Datum; die Explosion sollte am Donnerstag erfolgen. Dann las er weiter. »Wir tun dies, um der Bevölkerung der Vereinigten Staaten zu beweisen, daß sich die Regierung mit dem Rest der Welt auf der Basis gleichwertiger Partnerschaft zusammentun muß, um die Kernenergie unter Kontrolle zu bringen. Sonst ist unser Planet verloren.
Wir lassen uns unter keinen Umständen durch Geld oder andere Zugeständnisse kaufen. Indem Sie dieses Schreiben veröffentlichen und damit die Evakuierung von New York City erzwingen, werden Sie Tausende von Menschenleben retten.
Zum Beweis dafür, daß dies eine ernstgemeinte Warnung ist, lassen Sie das Kuvert und das Papier von regierungseigenen Labors untersuchen. Sie werden Spuren von Plutoniumoxyd finden.
Veröffentlichen Sie dieses Schreiben sofort!«
Der Rest des Schreibens bestand aus einem Vortrag über politische Moral und der leidenschaftlichen Forderung an die Vereinigten Staaten, die Produktion von Kernwaffen einzustellen.
»Haben Sie das Ding untersuchen lassen?« erkundigte sich Christian bei Peter Cloot.
»Allerdings«, antwortete der andere. »Es gibt tatsächlich Spuren. Die einzelnen Buchstaben sind aus Zeitungen und Zeitschriften

ausgeschnitten, geben aber keinen einzigen Hinweis. Der oder die Schreiber waren so klug, Zeitungen aus allen Teilen des Landes zu benutzen. Aber es besteht ein winziges Übergewicht von Bostoner Blättern. Ich habe fünfzig Mann zusätzlich hinübergeschickt, um dem dortigen FBI-Chef zu helfen.«

Christian seufzte. »Wir haben eine lange Nacht vor uns. Am besten spielen wir die Sache möglichst herunter. Und kein Wort zu den Medien. Zentrale Befehlsstelle wird mein Büro, sämtliche Papiere werden mir zugeleitet. Der Präsident hat genug Probleme; lassen wir dieses Ding einfach verschwinden. Es ist genauso ein Mist wie alle anderen Idiotenbriefe.«

»Na schön«, gab Peter Cloot nach. »Aber eines Tages, wissen Sie, wird eins von ›diesen Dingern‹ wirklich echt sein.«

Es wurde eine lange Nacht. Die Berichte strömten nur so herein. Der Chef der Kernforschungsbehörde mußte informiert werden, damit er seine Suchtrupps alarmieren konnte. Diese Teams bestanden aus Spezialisten mit hochentwickelten Detektorgeräten, mit denen sie versteckte Atombomben aufzuspüren vermochten.

Christian ließ für sich und Cloot etwas zu essen kommen und studierte die Berichte. Die New York Times hatte das Schreiben natürlich nicht veröffentlicht, sondern routinemäßig dem FBI zugeleitet. Christian rief den Chefredakteur der Times an und bat ihn, die Meldung zurückzuhalten, bis die Untersuchungen abgeschlossen seien. Das war ebenfalls Routine, denn die Zeitungen hatten im Laufe der Jahre Tausende von ähnlichen Briefen erhalten. Doch auf Grund genau dieser Gewöhnung war das Schreiben erst am Montag statt am Samstag an den Adressaten gelangt.

Kurz vor Mitternacht kehrte Peter Cloot in sein eigenes Büro zurück, um seine Mitarbeiter zu instruieren, die Hunderte von Anrufen von Außendienstagenten, zumeist aus Boston, erhielten.

Christian fuhr fort, die eingehenden Berichte zu lesen. Vor allem wollte er verhindern, daß dieses Problem die Last, die auf den Schultern des Präsidenten ruhte, noch vergrößerte. Minutenlang dachte er daran, daß dies möglicherweise ein weiterer Trick im Plan der Entführer sei, aber selbst die würden es wohl nicht wagen, mit so hohen Einsätzen zu pokern. Hier mußte es sich vielmehr um einen der vielen seltsamen Auswüchse der Gesellschaft handeln. Atombombendrohungen hatte es zuvor schon gegeben: Fanatiker, die behaupteten, hausgemachte Atombomben gelegt zu haben, und Lösegelder von zehn bis hundert Millionen Dollar forderten. Einmal hatte ein Briefschreiber ein ganzes Paket von Wall-Street-Aktien gefordert, Anteile an IBM, General Motors, Sears, Texaco und einigen der Gentechnologie-Firmen. Als dieser Brief für die Erstellung eines Psycho-Profils der Energiebehörde vorgelegt wurde, hatte deren Antwort gelautet, das Schreiben enthalte keine Bombendrohung, der Terrorist jedoch sei hervorragend bewandert im Börsenhandel. Woraufhin ein kleiner Wall-Street-Broker verhaftet wurde, der Gelder seiner Klienten veruntreut hatte und nach einem Ausweg suchte.

Dies *muß* einfach wieder so ein Idiotenschreiben sein, dachte Christian, vorerst aber verursachte es Probleme. Hunderte Millionen Dollar mußten ausgegeben werden. Zum Glück würden die Medien das Schreiben diesmal zurückhalten. Denn einige Dinge gab es noch immer, mit denen diese eiskalten Schweine nicht herumzuspielen wagten. Sie wußten genau, daß es im Rahmen der Gesetze über Atombombenkontrolle streng geheime Anweisungen gab, die, wenn sie befolgt wurden, selbst den von der Bill of Rights sanktionierten Freiheiten ein Loch in den Pelz brennen konnten.

Die nächsten Stunden verbrachte er damit, im stillen zu beten, daß dies alles nicht wahr sei und daß er am folgenden Morgen nicht zum Präsidenten gehen und ihm diesen Haufen Mist auf den Schreibtisch legen mußte.

6. Kapitel

Im Sultanat von Sherhaben stand Yabril in der Türöffnung der entführten Maschine und bereitete sich auf den nächsten Akt des Dramas vor, den er inszenieren mußte. Vorübergehend ließ seine sonst hundertprozentige Konzentration ein wenig nach, und er betrachtete die umliegende Wüstenlandschaft. Der Sultan hatte Raketen und Radar auffahren lassen. Eine Panzerdivision hatte im Kreis Aufstellung genommen, damit die Ü-Wagen der Fernsehstationen nicht näher als einhundert Meter an die Maschine herankommen konnten. Dahinter hatte sich eine immense Menschenmenge angesammelt. Morgen, dachte Yabril, werde ich den Befehl geben müssen, daß die Ü-Wagen und die Neugierigen weit, weit näher herangelassen werden. Die Gefahr eines Überraschungsangriffs war ausgeschlossen, denn die Maschine war überall mit Sprengladungen bestückt, und Yabril konnte alles so gründlich in die Luft jagen, daß nur noch Fragmente von Fleisch und Metall übrig blieben und die Reste der Knochen aus dem Wüstensand gesiebt werden müßten.

Schließlich wandte er sich von der Türöffnung ab und setzte sich neben Theresa Kennedy. Sie waren allein in der ersten Klasse. Die Geiseln in der Touristenklasse wurden ebenso von Terroristen bewacht wie die Crew im Cockpit.

Gewiß, das war nicht sehr bequem für die Geiseln, aber für Theresa und Yabril selbst natürlich auch nicht. Mit ironisch verzogener Miene sagte er: »Es liegt in meinem eigenen Interesse, daß Ihnen nichts zustößt, das wissen Sie.«

Theresa Kennedy glaubte ihm. Denn trotz allem fand sie dieses dunkle, kantige Gesicht sympathisch und konnte ihn, obwohl sie wußte, daß er gefährlich war, nicht wirklich verabscheuen. In ihrer Naivität war sie überzeugt, durch ihren hohen Status unverletzlich zu sein.

Beinahe flehend fuhr Yabril fort: »Sie könnten uns helfen, könnten

Ihren Mitgeiseln helfen. Unsere Sache ist gerecht, das haben Sie vor ein paar Jahren selbst gesagt. Aber das jüdische Establishment in Amerika war zu mächtig und hat Sie zum Schweigen gebracht.«
Theresa Kennedy schüttelte den Kopf. »Ich bin sicher, daß Sie Rechtfertigungen vorbringen können. Das kann jeder. Aber die unschuldigen Menschen in dieser Maschine haben Ihnen nichts getan und auch Ihrer Sache nicht geschadet. Es sind ganz einfach Menschen, genauso wie Sie und Ihre Freunde. Sie dürfen sie nicht für die Sünden Ihrer Feinde büßen lassen.«
Es bereitete Yabril ein eigentümliches Vergnügen, daß sie so mutig und intelligent war. Auch ihr Gesicht gefiel ihm; es war auf typisch amerikanische Art so freundlich und hübsch wie das einer amerikanischen Puppe.
Wieder staunte er darüber, daß sie keine Angst vor ihm zu haben, sich nicht davor zu fürchten schien, was möglicherweise mit ihr geschehen würde. Wieder diese Blindheit der Hochgeborenen vor dem Schicksal, die Hybris der Reichen und Mächtigen! Und außerdem lag es natürlich in der Familie.
»Miss Kennedy«, sagte er betont höflich, weil er sie dazu bringen wollte, ihm wenigstens zuzuhören, »es ist uns wohlbekannt, daß Sie nicht zu den verwöhnten, überheblichen Amerikanerinnen gehören, daß den Armen und Unterdrückten der Welt Ihr Mitgefühl gilt. Sie zweifeln sogar an Israels Recht, Menschen aus ihrem angestammten Land zu vertreiben, nur um einen eigenen, kriegerischen Staat zu gründen. Vielleicht könnten wir ein Videoband aufnehmen, auf dem Sie eine entsprechende Erklärung abgeben. Das könnte auf der ganzen Welt gehört werden.«
Theresa Kennedy musterte Yabril. Seine braunen Augen strahlten freundlich, sein Lächeln ließ das dunkle, magere Gesicht fast jungenhaft erscheinen. Sie war dazu erzogen worden, der Welt zu vertrauen, anderen Menschen zu vertrauen, ihrer eigenen Intelligenz und ihren eigenen Überzeugungen zu vertrauen. Wie sie erkannte, glaubte dieser Mann aufrichtig an das, was er tat. Auf eine ganz sonderbare Art nötigte er ihr Respekt ab.

Sie kleidete ihre Ablehnung in höfliche Worte. »Was Sie da sagen, mag durchaus zutreffen. Aber ich würde niemals etwas tun, womit ich meinem Vater schade.« Sie hielt einen Moment lang inne; dann fuhr sie fort: »Und ich halte Ihre Methoden für nicht sehr intelligent. Ich finde, daß man mit Mord und Terror überhaupt nichts erreicht.«

Bei dieser Bemerkung stieg in Yabril eine Woge von Verachtung auf. Dennoch erwiderte er ruhig: »Israel wurde mit Hilfe von Terror und amerikanischem Geld gegründet. Hat man Ihnen *das* etwa an Ihrem amerikanischen College erklärt? Wir haben von den Israelis gelernt, aber ohne deren Heuchelei. Unsere arabischen Ölscheichs haben uns mit ihrem Geld niemals so großzügig geholfen wie Ihre jüdischen Menschenfreunde dem Staat Israel.«

»Ich glaube an den israelischen Staat«, entgegnete Theresa Kennedy. »Und ich glaube daran, daß das palästinensische Volk ein Heimatland haben sollte. Ich besitze keinen Einfluß auf meinen Vater, wir diskutieren ständig. Aber das, was Sie hier tun, ist durch nichts zu rechtfertigen.«

Yabril wurde ungeduldig. »Sie dürfen nicht vergessen, daß Sie mein Haupttrumpf sind«, warnte er. »Ich habe meine Forderungen gestellt. Nach Ablauf der Frist wird stündlich eine Geisel erschossen. Und Sie werden die erste sein.«

Zu Yabrils Erstaunen war noch immer keine Angst auf ihrem Gesicht zu erkennen. War sie so dumm? Konnte eine derart wohlbehütete Frau so tapfer sein? Es wäre interessant, das herauszufinden. Bisher war sie noch gut behandelt, in der ersten Klasse isoliert und von den Wachen mit äußerstem Respekt behandelt worden. Sie wirkte sehr zornig, wahrte aber die Beherrschung, indem sie einen Schluck von dem Tee trank, den man ihr serviert hatte.

Dann blickte sie zu ihm auf. Er sah, wie streng ihr hellblondes Haar die zarten Züge umrahmte. Unter ihren Augen lagen Schatten der Müdigkeit, die Lippen waren ungeschminkt, fahlrosa.

Mit tonloser, beherrschter Stimme sagte Theresa Kennedy: »Zwei meiner Großonkels wurden von Menschen wie Ihnen ermordet. Meine Familie ist mit dem Tod aufgewachsen. Und mein Vater war besorgt um mich, als er Präsident wurde. Er warnte mich, daß es Männer wie Sie auf der Welt gebe, aber ich wollte ihm nicht glauben. Jetzt bin ich neugierig. Warum spielen Sie den wilden Mann? Glauben Sie, die ganze Welt einschüchtern zu können, indem Sie ein junges Mädchen töten?«

Möglicherweise nicht, dachte Yabril, aber ich habe mitgeholfen, einen Papst zu ermorden. Das wußte sie nicht – bis jetzt noch nicht. Sekundenlang war er versucht, es ihr zu erklären. Den ganzen großartigen Plan. Das Unterminieren der Autorität, vor der sich alle Menschen fürchten, das Aushöhlen der Macht großer Nationen und großer Kirchen. Und wie die Furcht der Menschen vor der Macht durch einzelne Terrortaten untergraben werden konnte.

Aber er streckte nur die Hand aus, um sie beruhigend zu tätscheln. »Von mir haben Sie nichts Schlimmes zu erwarten«, versicherte er. »Sie werden verhandeln. Das ganze Leben ist Verhandeln. Wir beide hier verhandeln, weil wir miteinander sprechen. Jede schreckliche Tat, jede Beleidigung, jedes Lob ist Verhandlung. Nehmen Sie meine Worte nicht zu ernst.«

Sie lachte.

Es freute ihn, daß sie ihn geistreich fand. Sie erinnerte ihn an Romeo; sie besaß dieselbe instinktive Begeisterung für die kleinen Freuden des Lebens, und sei es nur ein winziges Wortspiel. Einmal hatte Yabril zu Romeo gesagt: »Gott ist der höchste aller Terroristen«, und Romeo hatte begeistert in die Hände geklatscht.

Nun aber tat Yabrils Herz weh, ihn überspülte eine Woge von Schwindel. Er schämte sich dafür, daß er versucht hatte, Theresa Kennedy zu beeindrucken. Er hatte geglaubt, an einem Punkt in seinem Leben angelangt zu sein, da er derartige Schwächen überwunden hatte. Wenn er sie nur überreden könnte, dieses Videoband zu machen, brauchte er sie nicht zu töten.

7. Kapitel

Dienstag

Am Dienstagmorgen nach dem Ostersonntag der Flugzeugentführung und des Papstattentats betrat Präsident Francis Kennedy den Filmvorführraum des Weißen Hauses, um sich einen CIA-Film anzusehen, der aus Sherhaben herausgeschmuggelt worden war. Der Vorführraum des Weißen Hauses war ein Schandfleck, mit schäbig-abgewetzten grünen Sesseln für die paar Privilegierten und Metallklappstühlen für jeden unterhalb des Kabinettsniveaus. Das Publikum bestand aus CIA-Personal, dem Außen- und dem Verteidigungsminister mit ihrem Stab sowie dem Führungsstab des Weißen Hauses.

Als der Präsident eintrat, erhoben sich die Herren. Kennedy wählte einen grünen Sessel, Theodore Tappey, der CIA-Chef stellte sich neben die Leinwand, um die Bilder zu kommentieren.

Der Film begann. Er zeigte einen Versorgungs-Lkw, der hinter der entführten Maschine hielt. Die Arbeiter, die den Wagen entluden, trugen breitrandige Hüte zum Schutz gegen die Sonne, braune Drillichhosen und kurzärmelige braune Baumwollhemden. Der Film zeigte, wie die Arbeiter die Maschine verließen, und verweilte dann auf einem der Männer. Unter dem weichen Hutrand waren Yabrils Züge zu erkennen, das dunkle, kantige Gesicht mit den glühenden Augen und dem leichten Lächeln auf den Lippen. Zusammen mit den anderen Arbeitern bestieg Yabril den Versorgungs-Truck.

Der Film stoppte, und Tappey sagte: »Dieser Lastwagen fuhr zum Grundstück des Sultans von Sherhaben. Nach unseren Informationen gab es dort ein reichhaltiges Bankett mit Tänzerinnen. Anschließend kehrte Yabril auf dieselbe Art in die Maschine zurück. Der Sultan von Sherhaben ist also eindeutig ein Mitverschwörer bei diesen Terroranschlägen.«

Die Stimme des Außenministers dröhnte durch die Dunkelheit: »Eindeutig nur für uns. Der Geheimdienst ist immer argwöhnisch. Und selbst wenn wir es beweisen könnten – veröffentlichen könnten wir es auf keinen Fall. Es würde das gesamte politische Gleichgewicht im Persischen Golf stören. Wir wären gezwungen, Vergeltungsmaßnahmen zu ergreifen, und das widerspräche unseren eigenen Interessen.«

»Gott im Himmel!« murmelte Otto Gray.

Christian Klee lachte laut auf.

Alle Mitglieder des Präsidentenstabes haßten den Außenminister, dessen Aufgabe hauptsächlich darin bestand, ausländische Regierungen zu beschwichtigen.

Eugene Dazzy, der im Dunkeln schreiben konnte – ein sicheres Zeichen administrativen Genies, wie er immer wieder behauptete –, machte sich auf einem Block Notizen.

Kennedy sagte ironisch: »*Wir* wissen es. Und das genügt. Vielen Dank, Theodore. Bitte, fahren Sie fort.«

Der CIA-Chef sagte: »Unsere Informationen laufen auf folgendes hinaus; die detaillierten Memos werden Sie später erhalten: Es scheint sich hier um einen von jener internationalen Terroristengruppe finanzierten Operationkader zu handeln, die die Hundert oder manchmal Christen der Gewalt genannt werden. Um noch einmal zu wiederholen, was ich auf unserer letzten Sitzung sagte: Es handelt sich hier im Grunde um eine Verbindungseinheit zwischen den revolutionären Gruppen aus verschiedenen Ländern, die ›sichere‹ Häuser und Material zur Verfügung stellt. Sie beschränkt ihre Tätigkeit außerdem hauptsächlich auf Deutschland, Italien, Frankreich und Japan und, sehr vage, Irland und England. Unseren Informationen zufolge wußten jedoch nicht mal die Hundert genau, was hier vorging. Sie dachten, das Unternehmen sei mit dem Tod des Papstes beendet. Woraus folgt, daß nur dieser eine Mann, Yabril, zusammen mit dem Sultan von Sherhaben die Verschwörung leitet.«

Wieder lief der Film weiter. Er zeigte die auf dem Rollfeld isolierte Maschine, den Ring der Soldaten und Flak-Geschütze, die jeden Zugang zu dem Flugzeug verhinderten. Er zeigte die Menschenmassen, die auf hundert Meter zurückgehalten wurden.

Die Stimme des CIA-Chefs kommentierte die Bilder: »Dieser Film und andere Quellen lassen darauf schließen, daß es keine Möglichkeit für eine Rettungsaktion gibt. Es sei denn, wir würden den ganzen Staat Sherhaben überfallen. Und das würden natürlich weder Rußland noch vermutlich die anderen arabischen Staaten dulden. Außerdem sind über fünfzig Milliarden Dollar amerikanischen Geldes in den Bau ihrer Stadt Dak geflossen, die ebenfalls eine Art Geisel in ihrer Hand darstellt – wir werden doch nicht fünfzig Milliarden Dollar aus den Investitionsgeldern unserer US-Bürger in die Luft jagen! Ganz abgesehen von der Tatsache, daß die Raketenbasen zum größten Teil mit amerikanischen Söldnern besetzt sind, aber an diesem Punkt stoßen wir auf etwas weit Seltsameres.«

Auf der Leinwand erschien eine wacklige Aufnahme des Innenraums der entführten Maschine. Die Kamera, offenbar mit der Hand gehalten, bewegte sich den Mittelgang der Touristenklasse entlang und zeigte deutlich die verängstigten Gesichter der in ihren Sitzen angeschnallten Passagiere. Dann bewegte sich die Kamera rückwärts bis in die erste Klasse und richtete sich auf einen Passagier, der dort saß. Gleich darauf kam Yabril ins Bild. Er trug eine hellbraune Baumwollhose und ein braunes, kurzärmeliges Hemd von der Farbe der Wüste draußen vor dem Flugzeug. Ein Schnitt zeigte Yabril, der neben dem einzigen Passagier in der Kabine saß: Theresa Kennedy. Yabril schien sich mit Theresa angeregt und freundschaftlich zu unterhalten.

Theresa Kennedy zeigte ein leichtes, belustigtes Lächeln, bei dessen Anblick ihr Vater, der aufmerksam die Leinwand betrachtete, beinah den Kopf abwenden mußte. Es war ein Lächeln, an das er sich aus seiner eigenen Kindheit erinnerte, das Lächeln der Menschen in den Zentralen der Macht, die nicht im Traum daran denken, daß sie von der abgrundtiefen Bosheit ihrer Mitmenschen berührt werden könnten. Dieses Lächeln hatte Francis Kennedy immer wieder bei seinen ermordeten Onkels gesehen.

Francis Kennedy fragte den CIA-Chef: »Wie alt ist dieser Film, und wie haben Sie ihn bekommen?«

»Er ist zwölf Stunden alt«, antwortete Theodore Tappey. »Wir haben ihn unter großen Unkosten erworben, offenbar von jemandem, der den Terroristen nahesteht. Die Einzelheiten kann ich Ihnen nach dieser Sitzung unter vier Augen geben, Mr. President.«
Kennedy winkte ab. Die Einzelheiten interessierten ihn nicht.
Theodore Tappey fuhr fort: »Weitere Informationen. Kein Passagier ist mißhandelt worden. Und ebenso merkwürdig: Die weiblichen Mitglieder der Entführergruppe sind ausgetauscht worden, vermutlich mit Zustimmung des Sultans. Ich persönlich halte diese Entwicklung für ziemlich bedenklich.«
»In welcher Hinsicht?« erkundigte sich Kennedy scharf.
»Die Terroristen in der Maschine sind alles Männer«, erklärte Tappey. »Es sind jetzt mehr, mindestens zehn. Und sie sind alle schwer bewaffnet. Es könnte sein, daß sie entschlossen sind, ihre Geiseln zu töten, falls ein Angriff erfolgen sollte. Sie könnten der Meinung sein, die weiblichen Wachen wären nicht in der Lage, ein solches Massaker durchzuführen. Nach unserer letzten Einschätzung verbietet sich eine Rettungsaktion unter Anwendung von Gewalt.«
Christian Klee sagte in scharfem Ton: »Vielleicht benutzen sie nur anderes Personal, weil es sich hier um eine andere Phase des Planes handelt. Oder Yabril fühlte sich in Gegenwart von Männern wohler. Er ist schließlich Araber.«
Tappey lächelte. »Chris«, sagte er, »Sie wissen genausogut wie ich, daß dieser Austausch etwas Ungewöhnliches ist. So etwas ist, glaube ich, bisher nur ein einziges Mal vorgekommen. Aus eigenen Erfahrungen bei Geheimoperationen wissen Sie verdammt genau, daß dies einen direkten Angriff zur Rettung der Geiseln ausschließt.«
Christian schwieg.
Sie sahen sich den kurzen Rest des Filmes an. Yabril und Theresa unterhielten sich lebhaft, schienen sich immer mehr anzufreunden. Schließlich tätschelte Yabril ihr sogar die Schulter. Es war ganz eindeutig, daß er sie beruhigte und ihr eine positive Auskunft

gab, denn Theresa lachte erfreut. Dann machte Yabril eine fast formvollendete Verbeugung – eine Geste zum Zeichen dafür, daß sie unter seinem Schutz stehe und ihr nichts Böses zustoßen werde.
»Ich habe Angst vor diesem Kerl«, sagte Francis Kennedy. »Wir wollen Theresa endlich da rausholen.«

Eugene Dazzy saß in seinem Büro und ging sämtliche Möglichkeiten durch, wie Präsident Kennedy zu helfen war. Zunächst rief er seine Geliebte an, um ihr zu sagen, daß er sie nicht besuchen könne, bis diese Krise vorüber sei. Dann rief er seine Ehefrau an, um sich nach ihrem gemeinsamen Terminkalender für gesellschaftliche Ereignisse zu erkundigen und alle Termine abzusagen. Schließlich rief er nach langem Überlegen Bert Audick an, der in den vergangenen drei Jahren zu den erbittertsten Feinden der Kennedy-Administration gezählt hatte.
»Sie müssen uns helfen, Bert«, sagte er. »Dafür bin ich Ihnen dann auch einen dicken Gefallen schuldig.«
»Hören Sie, Eugene«, antwortete Audick, »in dieser Krise halten wir Amerikaner selbstverständlich zusammen.«

Bert Audick war zeit seines Lebens ein Mann des Öls gewesen. Empfangen in Öl, gewachsen in Öl, gereift in Öl. Als Sohn wohlhabender Eltern hatte er diesen Reichtum hundertfach vergrößert. Seine private Firma war zwanzig Milliarden Dollar wert, und er besaß einundfünfzig Prozent davon. Jetzt, mit siebzig, wußte er mehr über Öl als jeder andere in Amerika. Er kannte jeden Fleck auf dem Globus, wo es unter der Erdoberfläche lag.
In seiner Firmenzentrale in Houston zeigten Computerbildschirme eine riesige Weltkarte mit den zahllosen Tankern auf See, ihren Heimathäfen und Bestimmungsorten. Wer der Besitzer war, zu welchem Preis sie gekauft worden waren, wie viele Tonnen sie geladen hatten. Er vermochte jedem Land eine Milliarde Barrel Öl so beiläufig zukommen zu lassen wie ein stadtbekannter Gourmet einem Oberkellner einen Fünfzig-Dollar-Schein.

Einen Teil seines riesigen Vermögens hatte er während der Ölkrise der siebziger Jahre verdient, als die OPEC die ganze Welt an der Gurgel gepackt zu haben schien. Aber es war einzig und allein Bert Audick, der diesen Druck ausübte. Er hatte Milliarden Dollar an einer Verknappung verdient, von der er genau wußte, daß sie nur vorgetäuscht war.
Er hatte das allerdings nicht aus reiner Geldgier getan. Er liebte das Öl und war empört, daß dieser elementare Stoff so billig zu erwerben war. Also half er mit dem romantischen Eifer eines sehr jungen Mannes, der gegen die Ungerechtigkeiten der menschlichen Gesellschaft aufbegehrt, den Ölpreis zu manipulieren. Und seinen Gewinn verteilte er anschließend zum größten Teil an wohltätige Einrichtungen.
Er hatte gemeinnützige Krankenhäuser gebaut, kostenlose Altenheime, Kunstmuseen. Er hatte ohne Ansehen von Rasse oder Glaubensrichtung Tausende von College-Stipendien für die Unterprivilegierten eingerichtet. Natürlich hatte er auch seine Familienmitglieder und Freunde versorgt und entfernte Verwandte reich gemacht. Er liebte sein Land und seine amerikanischen Landsleute und spendete niemals Geld für irgendeine Sache außerhalb der Vereinigten Staaten. Von den erforderlichen Schmiergeldern für ausländische Beamte natürlich abgesehen.
Diese Liebe galt jedoch keinesfalls den politischen Führern seines Landes oder seiner erdrückenden Regierungsmaschinerie. Die waren mit ihren regulativen Gesetzen, ihren Anti-Trust-Prozessen, ihrem Eingreifen in seine Privatsphäre nur allzu oft seine Feinde. Bert Audick hielt seinem Land verbissen die Treue, aber es war nun mal sein Geschäft, sein demokratisches Recht, die Mitbürger zu schröpfen, sie für das Öl bezahlen zu lassen, das er anbetete.
Audick hielt es für richtig, das Öl so lange wie möglich im Boden zu lassen. Immer wieder dachte er liebevoll an diese Milliarden über Milliarden Dollar, die in großen Seen unter dem Wüstensand von Sherhaben und an anderen Stellen der Erde so sicher waren, wie sie nur sein konnten. Dieses riesige goldene Meer wollte er so lange

wie möglich erhalten. Er würde anderer Leute Öl kaufen, andere Ölfirmen erwerben. Er würde in den Meeren bohren, sich in Englands Nordküste einkaufen, sich ein Stück von Venezuela sichern. Und dann Alaska. Nur er kannte das Ausmaß des gigantischen Vermögens, das dort unter dem Eis verborgen lag.

Bert Audick hatte bereits zwei amerikanische Ölriesen geschluckt, sie sozusagen verschlungen wie der Frosch die Fliegen, behaupteten seine Feinde. Denn er sah tatsächlich aus wie ein Frosch, mit seinem großen Maul in dem breiten Gesicht, den Hängebacken und Glupschaugen. Dennoch wirkte er als Mann sehr eindrucksvoll, denn er war hochgewachsen, mit einem mächtigen Bauch und einem schweren Schädel, dessen Kiefer so kraftvoll waren wie seine Öltürme. Bei seinen Geschäftsverhandlungen war er jedoch so geschmeidig wie ein Ballettänzer. Er verfügte über einen ausgebufften Informationsapparat, der ihn mit einer weit präziseren Einschätzung der sowjetischen Ölreserven versorgte als die CIA. Erkenntnisse, die er nicht mit der Regierung der Vereinigten Staaten teilte, denn warum sollte er auch, da er doch einen riesigen Geldbetrag bezahlte, um sie zu erhalten, und der größte Wert dieser Informationen für ihn in ihrer Exklusivität bestand.

Und wie viele Amerikaner glaubte er daran, ja, erklärte es zur Crux einer demokratischen Gesellschaft, daß ein freier Bürger in einem freien Land das Recht habe, seine persönlichen Interessen über die Ziele gewählter Regierungsbeamter zu stellen. Denn wenn ein jeder Bürger für sein eigenes Wohlergehen sorgte – wie sollte das Land dann *nicht* gedeihen?

Auf Dazzys Empfehlung erklärte sich Francis Kennedy bereit, diesen Mann zu empfangen. Audick gehörte zu den einflußreichsten Persönlichkeiten der Vereinigten Staaten. Nicht in der Öffentlichkeit; für die war er eine nebulöse Gestalt, in Tageszeitungen und im *Fortune*-Magazin als Comic-Ölzar dargestellt. Bei den gewählten Vertretern von Kongreß und Abgeordnetenhaus erfreute er sich jedoch eines enormen Einflusses. Darüber hinaus hatte er viele

Freunde und Bekannte unter den paar tausend Männern, die die wichtigsten Industriezweige der Vereinigten Staaten beherrschten – dem Socrates Club. Die Mitglieder dieses Clubs kontrollierten die Druckmedien, das Fernsehen, sie leiteten Firmen, die den Kauf und Transport von Getreide beherrschten, sie überwachten die Wall-Street-Riesen, die Kolosse der Elektronik- und Autobranche, die Templer der Finanzen, denen die Banken untertan waren. Vor allem aber war Audick ein persönlicher Freund des Sultans von Sherhaben.

Bert Audick wurde in den Cabinet Room geführt, wo ihn Francis Kennedy mit seinem Stab und den zuständigen Kabinettsmitgliedern erwartete. Allen war klar, daß er nicht nur gekommen war, um dem Präsidenten zu helfen, sondern auch, um ihn zu warnen. Schließlich war es Audicks Ölfirma, die fünfzig Milliarden Dollar in die Ölfelder von Sherhaben und die Hauptstadt Dak investiert hatte.

Audick besaß eine Stimme mit magischer Wirkung, freundlich, überzeugend und so sicher all dessen, was er sagte, daß es schien, als läute am Ende eines jeden Satzes eine Kirchenglocke. Er wäre ein hervorragender Politiker geworden; allerdings hatte er es in seinem ganzen Leben nicht fertiggebracht, die Menschen seines Landes in politischen Fragen zu belügen, und in seiner Weltanschauung stand er so weit rechts, daß er nicht einmal in den konservativsten Regionen des Landes eine Chance gehabt hätte, gewählt zu werden.

Er begann damit, daß er Kennedy sein tiefstes Mitgefühl ausdrückte, und zwar mit so großer Aufrichtigkeit, daß niemand ernsthaft bezweifeln konnte, der Hauptgrund für sein Hilfsangebot sei Theresa Kennedys Rettung.

»Mr. President«, sagte er zu Kennedy, »ich habe mich mit allen Leuten in Verbindung gesetzt, die mir in den arabischen Ländern bekannt sind. Sie distanzieren sich von dieser schrecklichen Affäre und werden uns auf jede nur mögliche Art und Weise behilflich sein. Ich bin ein persönlicher Freund des Sultans von Sherhaben und werden meinen ganzen Einfluß bei ihm geltend machen. Wie ich hörte, gibt es gewisse Beweise für die Beteiligung des Sultans an der Entführung und dem Attentat auf den Papst. Aber ich kann Ihnen versichern, daß der Sultan, ganz gleich, wie diese Beweise aussehen mögen, eindeutig auf unserer Seite steht.«

Das ließ Francis Kennedy aufhorchen. Woher wußte Audick von den Beweisen gegen den Sultan? Nur die Kabinettsmitglieder und sein eigener Stab besaßen diese Information, die überdies unter die höchste Sicherheitsstufe fiel. Könnte es sei, daß Audick die Freikarte für die Absolution des Sultans sein sollte, nachdem diese Angelegenheit vorüber war? Daß es ein Szenario gab, in dem der Sultan und Audick als die Retter seiner Tochter dastanden?

Dann fuhr Audick fort: »Mr. President, wie ich hörte, sind Sie bereit, die Forderungen der Entführer zu erfüllen. Ich halte das für klug. Gewiß, es wird ein Schlag für Amerikas Prestige sein, für seine Autorität in der Welt, aber das läßt sich später reparieren. Ich möchte Ihnen jedoch in der Frage, die Ihnen am meisten am Herzen liegt, eine persönliche Zusicherung geben. Ihrer Tochter wird kein Leid geschehen.« Die Kirchenglocke seiner Stimme dröhnte beruhigend.

Es war die allzu große Selbstsicherheit in seinen Worten, die Kennedy zweifeln ließ. Denn Kennedy wußte aus seinen eigenen Erfahrungen in politischer Kriegführung, daß hundertprozentige Selbstsicherheit bei jeder Art von Führerpersönlichkeit gerade die Eigenschaft ist, der man den größten Argwohn entgegenbringen sollte.

»Sind Sie der Ansicht, daß wir ihnen den Mann ausliefern sollen, der den Papst getötet hat?« erkundigte sich Kennedy. Die Antwort war unwichtig, er hatte Befehl erteilt, alle Forderungen zu erfüllen, die Yabril gestellt hatte, aber er wollte, daß der Mann weitersprach.

Audick mißdeutete die Situation. »Mr. President, ich weiß, Sie sind Katholik. Aber vergessen Sie nicht, daß dieses Land zum größten

Teil protestantisch ist. Wie haben es einfach nicht nötig, nur aus außenpolitischen Erwägungen das Attentat auf einen Papst zu einem unserer größten Probleme zu machen. Für die Zukunft unseres Lebens ist es vor allem wesentlich, daß wir uns die lebenswichtigen Öllieferungen sichern. Wir brauchen Sherhaben. Wir müssen vorsichtig taktieren: mit dem Kopf, nicht mit dem Herzen. Und ich wiederhole noch einmal meine Versicherung, daß Ihrer Tochter keinerlei Gefahr droht.«

Er meinte es ganz zweifellos ernst und wirkte dabei äußerst eindrucksvoll. Kennedy bedankte sich bei ihm; dann begleitete er ihn zur Tür. Als Audick gegangen war, wandte sich Kennedy an Dazzy und fragte ihn: »Was zum Teufel hat der Kerl eigentlich gesagt?«

»Er möchte bei Ihnen Punkte sammeln«, antwortete Dazzy. »Und vielleicht möchte er verhindern, daß Sie auf die Idee kommen, diese Fünfzig-Milliarden-Ölstadt Dak als Joker zu benutzen.« Einen Augenblick hielt er inne; dann sagte er: »Ich glaube, er kann uns helfen.«

Kennedy war in Gedanken versunken.

Christian nutzte die Gesprächspause und sagte: »Francis, ich muß dich unter vier Augen sprechen.«

Kennedy entschuldigte sich bei den anderen und ging mit Christian ins Oval Office, obwohl Kennedy es haßte, dieses kleine Zimmer benutzen zu müssen. Aber die anderen Räume des Weißen Hauses waren mit Beratern und Stabsplanern besetzt, die auf endgültige Instruktionen warteten.

Christian dagegen liebte das Oval Office. Das Licht, das zu den drei hohen, kugelsicheren Fenstern hereinfiel, die beiden Flaggen, die fröhliche rot-weiß-blaue Landesfahne rechts des kleinen Schreibtischs, links davon die etwas gedecktere Präsidentenfahne in dunklerem Blau. Kennedy winkte Christian, sich zu setzen. Christian fragte sich, wie dieser großartige Mann es schaffte, so gelassen zu wirken. Obwohl sie seit so vielen Jahren so eng befreundet waren, entdeckte er nicht das geringste Zeichen von Emotion.

»Eine ganze Stunde sinnloser Diskussion«, begann Kennedy. »Ich habe von vornherein keinen Zweifel daran gelassen, daß wir alle Forderungen erfüllen werden. Und trotzdem hören sie nicht auf.«
»Wir haben noch mehr Probleme«, entgegnete Christian. »Und zwar unmittelbar hier bei uns. Ich belaste dich nicht gern damit, aber es ist leider nicht anders möglich.«
Er informierte Kennedy über die Atombombendrohung. »Das Ganze ist vermutlich ein schlechter Scherz«, sagte Christian. »Die Chance, daß es so eine Bombe gibt, ist eins zu einer Million. Aber wenn es eine gibt, könnte sie zehn Häuserblocks völlig zerstören und Tausende von Menschen töten. Ganz davon abgesehen, daß der radioaktive Fallout den Bereich für wer weiß wie lange unbewohnbar macht. Deswegen müssen wir diese eine Möglichkeit gegenüber Millionen anderen ernst nehmen.«
Francis Kennedy seufzte. »Ich bete zu Gott, daß du mir jetzt nicht erzählen wirst, das Ganze habe mit der Entführung zu tun!«
»Wer weiß«, antwortete Christian nachdenklich.
»Dann haltet dies bitte geheim und bereinigt die Sache ohne Aufsehen«, ordnete Kennedy an. »Stellt es unter das Atomgeheimhaltungsgesetz.« Kennedy schaltete die Sprechanlage zu Eugene Dazzys Büro ein. »Euge«, sagte er, »besorgen Sie mir Kopien dieses geheimen Gesetzesakts sowie sämtliche medizinische Akten über Gehirnforschung. Und setzen Sie eine Besprechung mit Dr. Annacone an. Sofort, nachdem diese Geiselkrise vorüber ist.«
Kennedy schaltete die Sprechanlage aus. Er erhob sich und blickte zu den Fenstern des Oval Office hinaus. Zerstreut strich er mit der Hand über das schlaff hängende Tuch der amerikanischen Flagge. So blieb er lange nachdenklich stehen.
Christian staunte über die Fähigkeit des Präsidenten, dieses Problem von den vielen anderen zu trennen. »Ich glaube, hier handelt es sich um ein innenpolitisches Problem«, meinte er. »Irgendein psychologischer Fallout, den die Studien der Strategie-Kommissionen seit Jahren voraussagen. Wir sind schon einigen Verdächtigen auf der Spur.«

Wieder blieb Kennedy lange am Fenster stehen. Dann sagte er leise: »Dies darf auf keinen Fall an die anderen Regierungsstellen durchsickern, Chris. Es muß unter uns beiden bleiben. Nicht einmal Dazzy oder die anderen Mitglieder meines persönlichen Stabes dürfen davon erfahren. Es wäre einfach zu viel, bei all den anderen Problemen.«

»Ich verstehe«, gab Christian zurück.

Eugene Dazzy kam herein. »Nun raten Sie mal«, verlangte er. »Sebbediccio, der italienische Sicherheitschef, war hocherfreut, als er hörte, daß wir den Papstmörder an diesen Kerl in Sherhaben ausliefern. Nun kann er ihn aufspüren und das Schwein umlegen, sagte er.«

Die City von Washington brodelte über vom Strom der Medienvertreter aus der ganzen Welt. Es lag ein Summen in der Luft wie in einem überfüllten Stadion, und in den Straßen wimmelte es von Menschen, die sich vor dem Weißen Haus versammelten, als wollten sie das Leid ihres Präsidenten teilen. Der Himmel war voller Transportmaschinen, speziell gecharterten Langstreckenflugzeugen. Regierungsberater mit ihrem Stab flogen in ferne Länder, um über die Krise zu konferieren. Sonderbotschafter kamen vom Ausland hereingeflogen. Eine zusätzliche Division der Army wurde herantransportiert, um in den Straßen der City zu patrouillieren und die Zugänge zum Weißen Haus zu bewachen. Die riesigen Menschenmengen schienen sich darauf vorzubereiten, die ganze Nacht hindurch zu wachen, als wollten sie Francis Xavier Kennedy beweisen, daß er in seiner Not nicht allein sei. Der Lärm dieser Massen lastete drückend auf dem Weißen Haus und seiner Umgebung.

Im Fernsehen wurden die meisten der gewohnten Sendungen zugunsten von Berichten über das Geiseldrama und Spekulationen über das Schicksal Theresa Kennedys gestrichen. Wie inzwischen durchgesickert war, sei der Präsident bereit, den Papstmörder gegen Rettung der Geiseln und seiner Tochter freizugeben. Die von den Sendern rekrutierten politischen Experten waren geteilter Meinung darüber, ob ein derartiger Schritt empfehlenswert sei, einig waren sie sich aber darin, daß Präsident Kennedy zu vorschnell gehandelt habe, daß man, wie bei zahlreichen anderen Geiselnahmen der vergangenen Jahre, mit Sicherheit über die ersten Forderungen hätte verhandeln können. Mehr oder weniger waren sie alle der Meinung, der Präsident sei angesichts der Lebensgefahr, in der seine Tochter schwebte, in Panik geraten. Auf einigen Kanälen beteten religiöse Gruppen für Theresa Kennedys Leben und baten ihre Zuhörer, alle Haßgefühle gegen Mitmenschen zu unterdrücken, und seien diese Menschen auch noch so böse. Ein paar TV-Stationen – mit einer zum Glück sehr geringen Zuschauerzahl – brachten Satiren, in denen Francis Kennedy und die ganzen Vereinigten Staaten als rückgratloser Wurm porträtiert wurde, der angesichts der grausamen Drohung den Halt verliert. Und dann gab es Whitney Cheever III., den bekannten Anwalt linker Couleur, der seine Einstellung kristallklar formulierte: Die Terroristen seien Freiheitskämpfer, das sei eindeutig, und hätten lediglich das getan, was jeder andere Revolutionär im Kampf gegen die weltweite Tyrannei der Vereinigten Staaten ebenfalls tun würde. Cheevers Hauptpunkt war jedoch, daß Kennedy ein immenses Lösegeld aus den Schatztruhen der US-Regierung zahle, um seine Tochter freizukaufen. Ob denn irgendjemand glaube, fragte Cheever seine Zuhörer, daß der Präsident genauso schnell klein beigegeben hätte, wenn die Geiseln nicht mit ihm verwandt oder wenn sie schwarz gewesen wären? Und was die Freigabe des Papstmörders betreffe, so halte er, Cheever, zwar nichts von Mord, aber das Attentat sei ein Problem der italienischen Regierung und keineswegs der Vereinigten Staaten mit ihrer Trennung von Kirche und Staat. Dann jedoch schloß Cheever damit, daß er den Deal, den Kennedy zur Befreiung der Geiseln abgeschlossen hatte, billige. Er könne zu einer neuen Periode der Verhandlungen und des gegenseitigen Verstehens mit den revolutionären Kräften in der Welt von heute führen. Und er beweise,

daß die Autorität des Staates die Rechte des einzelnen nicht einfach niederbügeln könne.
All diese Sendungen wurden von den überwachenden Regierungsorganisationen aufgezeichnet und der Film von Cheevers Vortrag einer Sonderakte zu Händen des Justizministers Christian Klee beigefügt.
Und während sich das alles abspielte, wuchsen im Laufe der Nacht die Menschenmassen vor dem Weißen Haus immer mehr an. Die Straßen von Washington waren von Fahrzeugen und Fußgängern verstopft, die alle dem symbolischen Herzen des Landes zustrebten. Viele von ihnen brachten Essen und Trinken für die lange Nachtwache mit. Sie wollten die Nacht in der Nähe ihres Präsidenten Francis Xavier Kennedy verbringen.

Als Francis Kennedy am Dienstagabend zu Bett ging, war er fast sicher, daß die Geiseln am nächsten Tag freigelassen werden würden. Alles war bereit, Yabril würde gewinnen. Romeo wurde bereits auf den Flug nach Sherhaben und in die Freiheit vorbereitet. Auf Kennedys Nachttisch stapelten sich die von der CIA, dem Nationalen Sicherheitsrat, dem Außenminister und dem Verteidigungsminister ausgearbeiteten Papiere sowie die Memos seines eigenen Stabes. Nachdem Jefferson, sein Butler, heiße Schokolade und Gebäck gebracht hatte, machte es sich der Präsident bequem, um sich in die Unterlagen zu vertiefen.
Der Grundtenor war bei allen gleich: Seine bedingungslose Kapitulation bedeute einen enormen Prestigeverlust für die Vereinigten Staaten. Es sei nicht zu leugnen, daß das mächtigste Land der Welt von einer Handvoll entschlossener Männer besiegt und gedemütigt worden sei.
Kennedy nahm kaum wahr, daß Jefferson hereinkam, das Tischchen hinausrollte, sich erkundigte, ob er noch mehr heiße Schokolade wolle, und anschließend sagte: »Gute Nacht, Mr. President.«
Der Präsident las, und er las zwischen den Zeilen. Er verglich die scheinbar divergierenden Standpunkte der verschiedenen Ämter.

Er versuchte sich in die Rolle einer rivalisierenden Weltmacht zu versetzen, wenn sie diese Berichte studierte.
Sie würde erkennen, daß Amerika ein Land im letzten, dekadenten Lebensabschnitt war, ein saturierter, arthritischer Gigant, den boshafte Zwerge in die Nase zwickten. Innerhalb des Landes selbst begann der Riese langsam auszubluten. Die Reichen wurden reicher, die Armen sanken immer tiefer. Die Mittelklasse kämpfte verzweifelt um ihren Platz im guten Leben.
Die Welt hegte Verachtung für den Giganten, diese Geldmacht Amerika, und wartete nur darauf, daß er über den eigenen, fetten Wohlstand stolperte. Vielleicht nicht in einem Jahrzehnt, vielleicht nicht in zwei, vielleicht auch nicht in drei Jahrzehnten, auf einmal jedoch würde es nur noch einen gigantischen Kadaver geben, der von all diesen Krebsgeschwüren zerfressen wurde.
Francis Kennedy wurde klar, daß es sich bei diesen letzten Krisen – der Ermordung des Papstes, der Entführung der Maschine, der Entführung seiner Tochter, den demütigenden Forderungen, denen er nachgegeben hatte – um einen gezielten, wohlvorbereiteten Schlag gegen die moralische Autorität der Vereinigten Staaten handelte.
Doch dann war auf einmal dieser Angriff aus dem Inland gekommen, diese Atombombendrohung, wenn es denn eine gab. Ein inneres Krebsgeschwür. Da die psychologischen Prognosen vorausgesagt hatten, daß so etwas geschehen könne, waren Vorsichtsmaßnahmen getroffen worden. Nur nicht genug. Und das Ganze mußte von innerhalb des Landes kommen, denn für Terroristen war das ein viel zu gefährliches Komplott: Den fetten Riesen zu kitzeln war einfach unvorsichtig. Eine Trumpfkarte, die die Terroristen, so dreist sie auch sein mochten, niemals auszuspielen wagen würden. Denn möglicherweise öffneten sie damit Pandoras Büchse der Repressionen. Und außerdem war ihnen klar, daß die Regierungen, vor allem die der Vereinigten Staaten, sobald sie die Bürgerrechtsgesetze außer Kraft setzten, mühelos jede terroristische Organisation vernichten konnten.

Francis Kennedy studierte die Berichte über die bekannten Terroristengruppen und die Nationen, von denen sie Unterstützung erhielten. Verwundert sah er, daß China den arabischen Terrorgruppen mehr finanzielle Hilfe leistete als Rußland. Doch das war verständlich. Die russisch-arabische Achse saß in einer Falle. Die Russen mußten die Araber gegen Israel unterstützen, weil Israel der Repräsentant Amerikas in Nahost war. Die arabischen Feudalherrscher mußten befürchten, daß die Sowjetunion ihrem Staatsapparat den Kommunismus aufoktroyieren wollte. Aber es gab bestimmte Organisationen, die momentan nichts mit Yabrils Operation zu tun zu haben schienen, weil er zu exzentrisch war und im Hinblick auf die damit verbundenen Kosten und die negativen Aspekte keinen definitiven Vorteil brachte. Die Russen waren nie für freies Unternehmertum im Terrorismus gewesen. Aber es gab da arabische Splittergruppen, die Arabische Befreiungsfront, die Saiqa, die PFLP-GC und eine Unmenge andere, die nur unter ihren Initialen bekannt waren. Hinzu kamen die Roten Brigaden in Italien und Japan sowie die deutsche Rote-Armee-Fraktion, die sämtliche deutschen Splittergruppen in einem mörderischen Vernichtungskrieg geschluckt hatte. Und es gab die berühmten Hundert, von denen die CIA behauptete, sie existierten nicht, sondern seien nichts weiter als eine lockere internationale Verbindung. Yabril und Romeo waren als Teil der Gruppe identifiziert worden, die sich Christen der Gewalt nannte. Über diese berüchtigten Hundert waren sogar China und Rußland entsetzt.
Merkwürdig aber war, daß nicht einmal die Hundert Yabril unter Kontrolle zu haben schienen. Yabril hatte dieses Unternehmen ganz allein geplant und durchgeführt. Gewiß, er hatte Kader und Material von den Roten Brigaden rekrutiert, aber das hatte er über Romeo getan. Romeo war eindeutig seine rechte Hand, doch davon abgesehen war nichts bekannt, außer der überraschenden Verbindung mit dem Sultan von Sherhaben.
Schließlich wurde Kennedy das alles zuviel. Am folgenden Tag, am Mittwoch morgen, sollten die Verhandlungen abgeschlossen, die

Geiseln freigelassen werden. Nun konnte er nichts weiter tun als warten. Das Ganze würde natürlich mehr Zeit in Anspruch nehmen als die gesetzten vierundzwanzig Stunden, darüber war man sich einig. Aber die Terroristen würden zweifellos Geduld beweisen.

Vor dem Einschlafen dachte er noch an seine Tochter Theresa und ihr strahlendes, selbstsicheres Lächeln, als sie sich mit Yabril unterhielt, das wiedergeborene Lächeln seiner ermordeten Onkels. Dann fiel er in einen unruhigen Schlaf, träumte qualvoll, stöhnte laut und rief um Hilfe. Als Jefferson ins Zimmer gestürzt kam, starrte er auf das schmerzverzerrte Gesicht des Präsidenten, wartete einen Moment und weckte ihn dann aus seinen Alpträumen. Anschließend brachte er ihm noch eine Tasse heiße Schokolade und eine von den Schlaftabletten, die ihm der Arzt verschrieben hatte.

Mittwoch morgen – Sherhaben

Während Francis Kennedy schlief, stand Yabril auf. Yabril liebte die frühen Morgenstunden in der Wüste, wenn die Kühle vor dem Feuer der Sonne floh und der Himmel durchsichtig rot wurde. In diesen Momenten dachte er immer an den mohammedanischen Luzifer, Azazel genannt.

Der Engel Azazel hatte sich, vor Gott stehend, geweigert, die Erschaffung des Menschen zu bewundern, und Gott hatte Azazel daraufhin aus dem Paradies verstoßen, auf daß er den Wüstensand zum Höllenfeuer entbrenne. Oh, wäre ich doch Azazel, dachte Yabril. Als er noch jung und romantisch war, hatte er Azazel als ersten Decknamen benutzt.

An diesem Morgen wurde ihm unter der flammendheißen Sonne schwindelig. Obwohl er an der schattigen Tür der klimatisierten Maschine stand, taumelte er vor dem schrecklichen Ansturm glühender Luft zurück. Ihm wurde übel, und er fragte sich, ob das von dem Wissen um das Vorhaben komme, das er heute in die

Realität umsetzen mußte. Denn heute würde er die letzte, unwiderrufliche Tat ausführen, den einen, letzten Zug in seinem Schachspiel des Terrors, von dem er niemandem etwas gesagt hatte, nicht Romeo, nicht dem Sultan von Sherhaben und nicht den Hilfskadern der Roten Brigaden. Ein allerletztes Sakrileg.
Weit hinten, vor dem Terminal, sah er den Sperrkreis der Truppen des Sultans, die Tausende von Presse-, Magazin- und Fernsehreportern in Schach hielten. Die Aufmerksamkeit der ganzen Welt war auf ihn gerichtet: Er hatte die Tochter des Präsidenten der Vereinigten Staaten in der Hand. In diesem Moment besaß er ein größeres Publikum als jeder Herrscher, jeder Papst, jeder Prophet es jemals gehabt hatte. Mit seinen Händen vermochte er dem Lauf der Geschichte eine andere Richtung zu geben. Yabril wandte sich von der offenen Tür in den Innenraum der Maschine zurück.
Vier Männer seiner neuen Gruppe frühstückten in der ersten Klasse. Seit dem Ultimatum waren vierundzwanzig Stunden vergangen. Die Zeit war um. Er mahnte sie zur Eile; dann erteilte er ihnen Aufträge. Einer von ihnen ging zum Sicherheitschef hinter dem Absperrkordon; er brachte ihm Yabrils handgeschriebenen Befehl, die Fernsehteams dicht an die Maschine herankommen zu lassen. Ein zweiter erhielt einen Stoß gedruckter Flugblätter, auf denen verkündet wurde, daß nunmehr, da Yabrils Forderungen nicht innerhalb der Vierundzwanzig-Stunden-Frist erfüllt worden seien, eine der Geiseln getötet werde.
Zwei Männer der Gruppe erhielten Befehl, die Tochter des Präsidenten von der vorderen Sitzreihe der Touristenklasse zu Yabril in die erste Klasse zu holen.
Als Theresa Kennedy den Raum betrat und Yabril sah, der sie erwartete, entspannte sich ihre Miene zu einem erleichterten Lächeln. Yabril fragte sich, wie sie es schaffte, nach diesen Tagen in der engen, heißen Maschine noch immer so bezaubernd auszusehen. Es ist ihre Haut, dachte er, sie hat kein Fett in der Haut, das den Schmutz festhält. Er erwiderte ihr Lächeln und sagte in freundlichem, halb scherzendem Ton: »Sie sehen wunderbar aus,

aber ein bißchen derangiert. Machen Sie sich frisch, legen Sie Make-up auf, richten Sie sich die Haare. Die Fernsehkameras erwarten uns. Die ganze Welt wird zusehen, und ich möchte nicht, daß jemand denkt, ich hätte Sie schlecht behandelt.«

Er begleitete sie zur Toilette der Maschine und wartete vor der Tür. Sie brauchte fast zwanzig Minuten. Als er sie die Spülung ziehen hörte und sich vorstellte, daß sie da saß wie ein kleines Mädchen, verspürte er einen nadelfeinen Stich im Herzen und betete, Azazel, Azazel, hilf mir *jetzt*! Dann vernahm er das donnernde Gebrüll der Menge draußen in der glühenden Wüstensonne; sie hatten die Flugblätter gelesen. Gleich darauf hörte er die Motoren der Fernsehübertragungswagen, die sich der Maschine näherten.

Theresa Kennedy erschien. Yabril bemerkte einen Anflug von Trauer auf ihrem Gesicht. Aber auch Trotz. Sie hatte beschlossen, nicht zu sprechen, sich nicht von ihm zu diesem Videoband zwingen zu lassen. Sie war sauber gewaschen, hübsch, erfüllt vom Glauben an ihre Kraft. Aber sie hatte etwas von der Unschuld ihres Herzens verloren. Jetzt sah sie Yabril lächelnd an und wiederholte: »Ich werde nicht sprechen.«

Yabril ergriff ihre Hand. »Ich möchte nur, daß die Menschen Sie sehen«, versicherte er ihr und führte sie an die offene Tür der Maschine, wo sie beide auf der Schwelle stehenblieben. Die rote Hitze der Wüstensonne übergoß ihre Körper mit flüssigem Feuer. Sechs mobile Fernsehwagen schienen die Maschine wie prähistorische Ungeheuer zu belagern, blockierten fast völlig die immense Menschenmenge hinter dem Absperrkordon. »Lächeln Sie ihnen einfach zu«, fordert Yabril. »Ihr Vater soll sehen, daß Sie in Sicherheit sind.«

Im selben Augenblick strich er ihr über den Hinterkopf, spürte das seidige Haar und hob es an, um den Nacken freizulegen, die weiße Elfenbeinhaut, so erschreckend bleich, mit nur einem winzigen schwarzen Muttermal, das zu ihrer Schulter hinablief.

Sie zuckte bei seiner Berührung zusammen und drehte den Kopf,

um zu sehen, was er tat. Sein Griff wurde fester und zwang ihren Kopf wieder nach vorn, damit die Fernsehkameras ihr schönes Gesicht einfangen konnten. Die Wüstensonne umrahmte sie golden, Yabrils Körper fügte sich an den ihren wie ein Schatten.
Yabril hob eine Hand und stemmte sie gegen die Oberkante der Tür, um Halt zu haben. Gleichzeitig preßte er seinen Körper so fest an ihren Rücken, daß sie beide ins Schwanken zu geraten drohten: eine nahezu zärtliche Berührung. Mit der Rechten zog er die Pistole und setzte sie an ihren freiliegenden Nacken. Und dann, bevor sie die Berührung des Metalls interpretieren konnte, drückte er ab und ließ ihren Körper los.
Zuerst schien sie in die Luft emporzuschweben, der Sonne entgegen und mitten in den Sprühregen des eigenen Blutes. Dann stürzte ihr Körper ab, ihre Beine wiesen gen Himmel, und sie drehte sich abermals, bevor sie auf dem Beton des Flugfeldes aufschlug, wo sie dalag, zerschmettert, der zertrümmerte Kopf von der gleißenden Sonne von Licht- und Schattenflecken zerklüftet.
Anfangs war das einzige Geräusch das Surren der Fernsehkameras und Ü-Wagen, das Knirschen des Sandes; dann drang über die Wüste das Klagen Tausender von Menschen herüber, ein endloser Schrei tiefsten Entsetzens.
Dieser Urlaut, ganz ohne den erwarteten Jubel, überraschte Yabril. Er trat von der Tür ins Innere der Maschine zurück. Seine Männer starrten ihn voll Horror an, voll Ekel, mit fast animalischem Entsetzen. »Gepriesen sei Allah!« sagte er, aber sie antworteten ihm nicht. Er wartete eine Weile, dann erklärte er ihnen kurz: »Jetzt weiß die Welt, wie ernst wir es meinen. Jetzt werden sie uns geben, was wir verlangen.« Insgeheim aber stellte er fest, daß das Gebrüll der Menge nicht von der Ekstase kündete, auf die er gewartet hatte, und die Reaktion seiner eigenen Männer wirkte bedrohlich. Mit dem Mord an der Tochter des Präsidenten der Vereinigten Staaten, dem Auslöschen eines privilegierten Symbols der Autorität, hatte er ein Tabu verletzt, das er nicht in Betracht gezogen hatte. Nun gut, so sei es.

Sekundenlang dachte er an Theresa Kennedy, das süße Gesicht, den Veilchenduft ihres weißen Halses, dachte an ihren Körper, umrahmt vom roten Schleier des Staubes. Und er dachte: Soll sie sich also Azazel zugesellen – gestürzt aus dem goldenen Rahmen des Himmels bis in den roten Wüstensand. Auf immer und ewig. Seine Erinnerung bewahrte ein letztes Bild von ihrem Körper, von der Art, wie der weiche Stoff ihrer weiten weißen Hose an den Unterschenkeln emporgerutscht war, so daß die Füße mit den Sandalen zu sehen waren. Das Feuer der Sonne schoß durch die Maschine. Yabril war schweißgebadet. Ich bin Azazel, dachte er.

Washington

Am Mittwoch morgen vor Sonnenaufgang, noch tief in seinen Alpträumen gefangen, in denen er das verzweifelte Gebrüll einer riesigen Menschenmenge gehört hatte, wurde Präsident Kennedy von Jefferson wachgerüttelt. Und seltsam: Obwohl er schon wach war, vernahm er noch immer das schwere Grollen donnernder Stimmen, das durch die Mauern des Weißen Hauses zu ihm hereindrang.

Irgend etwas war anders an Jefferson: Er wirkte nicht mehr wie ein Zubereiter heißer Schokolade, ein Reiniger von Kleidern, ein höflicher Diener, sondern wie ein Mann, dessen Körper und Antlitz krampfhaft angespannt sind, weil er einen schweren Schlag erwartet. Immer wieder sagte er: »Wachen Sie auf, Mr. President, wachen Sie auf!«

Aber Kennedy war schon wach. »Was zum Teufel ist das für ein Lärm?« wollte er wissen.

Das ganze Schlafzimmer war hell erleuchtet, der Kronleuchter voll eingeschaltet, und hinter Jefferson stand eine Gruppe Männer. Kennedy erkannte den Marineoffizier, der als Hausarzt des Weißen Hauses fungierte, außerdem Eugene Dazzy, Arthur Wix und Christian Klee. Er spürte, daß Jefferson ihn fast aus dem Bett hob und auf die Füße stellte, um ihm sodann mit einer einzigen, geschickten Bewegung den Bademantel überzustreifen. Aus irgendeinem Grund versagten ihm die Knie; Jefferson fing ihn auf. Alle Anwesenden wirkten bedrückt, ihre Gesichtszüge waren verzerrt, geisterhaft weiß, die Augen unnatürlich weit geöffnet, keine Lider zu sehen. Kennedy betrachtete sie verwundert, dann jedoch mit schlagartig aufsteigender Angst. Sekundenlang verlor er alle Sinne, lähmte die Angst jede Funktion seines Seins. Der Marineoffizier öffnete die Arzttasche und nahm eine schon vorbereitete Spritze heraus. Kennedy sagte: »Nein!« Er musterte die anderen Herren, einen nach dem anderen, aber keiner sagte ein Wort. Zögernd versicherte er: »Es ist okay, Chris, ich wußte, daß er es tun würde. Er hat Theresa getötet, nicht wahr?« Dann wartete er darauf, daß Christian nein sagte, es sei etwas anderes, es habe eine Naturkatastrophe gegeben, ein Kernkraftwerk sei in die Luft gejagt worden, ein großer Staatenlenker sei gestorben, ein Schlachtschiff im Persischen Golf gesunken, es habe ein verheerendes Erdbeben gegeben, eine Überschwemmung, Feuer, Pestilenz. Irgend etwas. Aber Christian antwortete mit schneeweißem Gesicht: »Ja.«

Und Kennedy hatte das Gefühl, als breche eine lange verborgene Krankheit, irgendein heimtückisches Fieber, plötzlich in ihm aus. Er fühlte, wie sich sein Körper krümmte; dann merkte er, daß Christian an seiner Seite war, als wolle er ihn vor den anderen Menschen im Zimmer abschirmen, weil ihm die Tränen übers Gesicht strömten und er um Atem ringen mußte. Dann schienen alle Menschen, die im Zimmer waren, auf einmal auf ihn zuzudrängen, der Doktor gab ihm eine Spritze, Jefferson und Christian betteten ihn behutsam in die Kissen.

Sie warteten, bis Francis Kennedy sich von dem Schock erholt hatte. Schließlich erteilte er ihnen Instruktionen: alle notwendigen Stabsbesprechungen einzuleiten, Verbindung mit den führenden Kongreßpolitikern aufzunehmen, die Menschenmenge aus den Straßen der Innenstadt und der Umgebung des Weißen Hauses zu entfernen. Und alle Medien auszusperren. Um sieben Uhr morgens werde er sich mit ihnen treffen.

Kurz vor Tagesanbruch bat Francis Kennedy alle, ihn allein zu lassen. Dann brachte Jefferson ihm ein Tablett mit heißer Schokolade und Gebäck. »Ich bleibe draußen, vor Ihrer Tür«, erklärte Jefferson. »Alle halbe Stunde werde ich nachsehen, ob mit Ihnen alles okay ist, Mr. President.« Als Kennedy nickte, ging Jefferson hinaus.

Kennedy löschte alle Lampen. Der anbrechende Tag erfüllte das Zimmer mit grauem Licht. Er zwang sich, klar zu überlegen. Seine Trauer war Ergebnis eines wohlberechneten Angriffs von seiten des Feindes, also versuchte er seine Trauer zurückzudrängen. Er starrte auf die hohen, ovalen Fenster, dachte daran, wie er es immer tat, daß sie aus Spezialglas waren, daß er zwar hinaus-, aber niemand hereinsehen konnte, und daß sie kugelsicher waren. Darüber hinaus war das Panorama, das sich vor ihm ausbreitete – die Gärten des Weißen Hauses sowie die dahinter angrenzenden Gebäude – mit Personal des Secret Service besetzt, während der Park durch spezielle Lichtschranken und Hundepatrouillen geschützt war. Er persönlich war immer in Sicherheit, genau wie Christian es ihm versprochen hatte. Aber es hatte keine Möglichkeit gegeben, Theresa zu schützen.

Es war vorbei; sie war tot. Und plötzlich, nach der anfänglichen überwältigenden Woge des Schmerzes, staunte er, wie ruhig er war. Kam das daher, daß sie darauf bestanden hatte, nach dem Tod ihrer Mutter ein eigenes Leben zu führen? Daß sie sich geweigert hatte, mit ihm im Weißen Haus zu leben, weil sie weit links von den beiden großen Parteien stand und daher seine politische Gegnerin war? Konnte es von einem Mangel an Liebe zu seiner Tochter kommen?

Aber er sprach sich frei von Schuld. Er liebte Theresa, und sie war tot. Es war einfach so, daß er sich in diesen letzten Tagen innerlich auf ihren Tod vorbereitet hatte. Seine unbewußte, fast paranoide Feinfühligkeit, verwurzelt in der Geschichte der Kennedys, hatte ihm die Warnsignale gesendet.

Da war das zeitliche Zusammentreffen des Papstmordes mit der

Entführung der Maschine, in der die Tochter des Präsidenten der mächtigsten Nation auf Erden saß. Da war die Verzögerung der Forderungen, bis der Attentäter an Ort und Stelle und in den Vereinigten Staaten verhaftet worden war. Und dann die kalkulierte Arroganz der Forderung, den Mörder des Papstes freizulassen.

Durch seine schier übermenschliche Willenskraft gelang es Francis Kennedy, alle persönlichen Gefühle auszuschalten. Er versuchte einen logischen Gedankengang zu verfolgen. Eigentlich war ja alles ganz einfach!

Oberflächlich betrachtet, hatten ein Papst und ein junges Mädchen ihr Leben verloren. Im Grunde nicht besonders wichtig, was das Gleichgewicht der Weltmächte betraf. Religiöse Führer können heiliggesprochen, junge Mädchen mit bittersüßem Kummer betrauert werden. Aber da war noch etwas anderes: Die Menschen auf der ganzen Welt würden für die Vereinigten Staaten und ihre politischen Führer Verachtung empfinden. Es würde zu weiteren Attacken kommen, deren Form und Ausmaß nicht vorauszusehen waren. Eine Macht, auf die gespuckt wurde, vermag die Ordnung nicht aufrechtzuerhalten. Eine Macht, die verspottet und besiegt wird, kann sich nicht anmaßen, Kontrolle über die Strukturen ihrer speziellen Zivilisation auszuüben. Wie also konnte er sich wehren?

Die Tür des Schlafzimmers ging auf; vom Korridor flutete Licht herein, das jedoch vor der aufgehenden Sonne, die den Raum zum Glühen brachte, verblaßte. Jefferson, in frischem Hemd und frischer Jacke, rollte den Frühstückstisch herein und deckte ihn für Kennedy. Er warf dem Präsidenten einen forschenden Blick zu, als wolle er fragen, ob er bleiben solle, und ging schließlich hinaus.

Kennedy, der die Tränen auf seinen Wangen spürte, erkannte erschrocken, daß es Tränen der Hilflosigkeit waren. Und er mußte verwundert feststellen, daß er keine Trauer mehr verspürte, daß sein Verstand die Wogen von Blut besiegte, die einen furchtbaren Zorn herantrugen, einen Zorn, wie er ihn noch niemals erlebt und

wie er ihn sein Leben lang bei anderen verachtet hatte. Er versuchte sich dagegen zu wehren.
Er rief sich ins Gedächtnis zurück, wie die Mitglieder seines Stabes versucht hatten, ihn zu trösten.
Christian hatte ihm seine persönliche Zuneigung gezeigt, die schon seit vielen Jahren bestand, hatte ihn in die Arme genommen und zu Bett gebracht. Oddblood Gray, sonst immer so kühl und unpersönlich, hatte ihn bei den Schultern gepackt und geflüstert: »Es tut mir leid, es tut mir ja so gottverdammt leid!«
Arthur Wix und Eugene Dazzy hatten sich etwas reservierter verhalten. Beide hatten ihn flüchtig berührt und etwas gemurmelt, das nicht zu verstehen war. Und es war Kennedy nicht entgangen, daß Eugene Dazzy als Chef seines Stabes einer der ersten gewesen war, der das Schlafzimmer verließ, um die Lage im Weißen Haus zu organisieren. Als Chef des Nationalen Sicherheitsrates standen ihm dringende Aufgaben bevor, und möglicherweise fürchtete er, von einem als Vater gramgebeugten Mann irreale Vergeltungsbefehle zu erhalten.
In der kurzen Zeit, bis Jefferson mit dem Frühstück zurückkam, erkannte Francis Kennedy, daß sein Leben von nun an in völlig anderen Bahnen verlaufen, vielleicht sogar seiner Kontrolle entzogen werden würde. Bewußt versuchte er, den Zorn aus seinen logischen Überlegungen herauszuhalten.
Er dachte an Strategiebesprechungen, bei denen ähnliche Situationen diskutiert worden waren. Da hatte Arthur Wix stets harte Maßnahmen befürwortet. Einmal brachte er den Expräsidenten Jimmy Carter ins Gespräch.
»Als der Iran unsere Geiseln in seiner Gewalt hatte, hätte Carter ohne Rücksicht auf die Folgen harte Maßnahmen ergreifen müssen«, argumentierte Wix. »Als er sich um die Wiederwahl bewarb, haben die Wähler ihn abgelehnt, weil sie ihm die Monate der Demütigung nicht verzeihen konnten, dieses Gefühl, daß sie, die mächtigste Nation der Welt, die Scheiße fressen mußten, mit der ein kleines Land sie überhäufte.«

Otto Gray entgegnete: »Das wußte Carter; er war ein sehr anständiger Mensch. Die Geiseln nach Hause zu bringen war ihm wichtiger als die Wiederwahl.«

»Nun gut, Carter war anständig«, gab Wix verächtlich zurück. »Na und? Das war nicht sein Job. Dem amerikanischen Volk war es egal, ob die Geiseln lebend rauskamen. Nicht zu dem Preis, den wir bezahlen mußten.«

»Alles ging gut«, entgegnete Dazzy. »Keine einzige Geisel wurde getötet. Sie kamen alle heil und gesund zu ihren Familien zurück.«

»Sie verstehen nicht, was ich sagen will«, widersprach Wix. »Carter hat die Wahl verloren. Dabei hätte er nur einen militärischen Überfall inszenieren und einen Haufen Iraner töten lassen müssen, selbst wenn die Geiseln dabei draufgingen. Dann wäre er mit überwältigender Mehrheit wiedergewählt worden.«

Nachdenklich argumentierte Eugene Dazzy: »Sie wissen genau, daß es möglicherweise anders gekommen wäre. Carter hätte auf Zeit spielen können, und die Geiseln wären trotzdem getötet worden. Dann wäre Carter trotz seines guten Gewissens aus dem Amt gejagt worden.«

»Geteert und gefedert«, ergänzte Wix, und sein Ton ließ seine Verachtung für alle Versager erkennen. »Und mit abgeschnittenen Eiern.«

Francis Kennedy erinnerte sich nicht mehr, was er selbst bei jener Diskussion gesagt hatte. Doch seine Gedanken wanderten fast vierzig Jahre zurück. Damals hatte er als siebenjähriger Junge auf dem Rasen vor dem Weißen Haus gespielt, war zwischen den Marmorsäulen herumgestreunt, zwischen Blumen und auf weiten Grasflächen mit den Kindern von Onkel John und Onkel Bobby herumgetobt. Und die beiden Onkels, so hochgewachsen, schlank und blond, hatten ein paar Minuten lang mit ihnen gespielt, bevor sie wie Götter in ihrem wartenden Hubschrauber entschwebten. Als kleiner Junge hatte er seinen Onkel John immer am liebsten gehabt, weil er all seine Geheimnisse kannte. Einmal hatte er gesehen, wie Onkel John eine Frau küßte und sie danach in sein

Schlafzimmer mitnahm. Und auch, wie die beiden eine Stunde später wieder herauskamen. Niemals hatte er den Ausdruck auf Onkel Johns Gesicht vergessen, einen so glücklichen Ausdruck, als hätte er ein unermeßlich kostbares, unvergeßliches Geschenk erhalten. Den kleinen Jungen, der sich hinter einem der Tische im Korridor versteckte, hatten die beiden nicht bemerkt. Zu jener Zeit der Arglosigkeit hielten sich die Beamten des Secret Service noch nicht in so großer Nähe zum Präsidenten auf.

Dann tauchten andere Szenen aus seiner Kindheit auf, eindrucksvolle Bilder der Macht: Seine beiden Onkels, die von weit älteren Herren und Damen wie Könige behandelt wurden. Die Musik, die einsetzte, als Onkel John auf den Rasen heraustrat und sich ihm alle Gesichter zuwandten; die erwartungsvolle Stille, bevor er sprach. Die beiden Onkels, die sich die Macht teilten und sie so wunderbar ausübten. Wie selbstsicher hatten sie darauf gewartet, daß der Hubschrauber vom Himmel herabschwebte, wie selbstsicher hatten sie gewirkt, inmitten der starken Männer, die sie vor allem Übel beschützten, bis sie in den Himmel hinaufgetragen wurden, und wie majestätisch waren sie wieder herabgekommen...

Ihr Lächeln brachte Licht, aus ihren Augen blitzte Wissen und Sicherheit; wo immer sie waren, wirkte ihre Anziehungskraft. Und trotzdem hatten sie sich die Zeit genommen, mit den kleinen Jungen und Mädchen zu spielen, die ihre Söhne und Töchter waren, ihre Neffen und Nichten, ernsthaft und konzentriert mit ihnen zu spielen – Götter, die sich zu winzigen Sterblichen herabließen, die ihnen anvertraut waren. Und dann. Und dann...

...dann wurde Präsident John Fitzgerald Kennedy, reich geboren, verheiratet mit einer schönen Frau, Führer der mächtigsten Nation der Welt, von einem unbedeutenden, kleinen Mann mit einem billigen Eisenrohr getötet. Von einem kleinen Mann ohne Hintermänner, nur mit genügend Geld, um sich ein Gewehr zu kaufen. Das, nur das, war der Grund, warum ein kleiner Junge namens Francis Xavier Kennedy aus dem Märchenland der Macht und des Glücks verbannt wurde, von dem er glaubte, es währe ewig.

Nun, vierzig Jahre später, erinnerte sich Francis Kennedy an jenen grauenvollen Tag. Er hatte mit den anderen Kindern gespielt, sich aber von ihnen getrennt, weil ihn der Rosengarten lockte, wo er rote, seidige Blüten zerzupfte. Auf einmal war er dann von einer Horde hysterisch heulender Frauen ins Weiße Haus gezerrt worden. In den Red Room, wie er sich erinnerte, angefüllt mit weinenden Menschen, bis seine Mutter kam und ihn da herausholte. Von da an hatte er seine kleinen Freunde nie wiedergesehen, nie wieder auf jenem Rasen oder zwischen den Säulen und auf den Böden aus braungoldenem Marmor gespielt.
Mit seiner weinenden Mutter zusammen hatte er jedoch die Fernsehsendungen gesehen, die Beisetzung von Onkel John, die Lafette, das reiterlose Pferd, die Millionen trauernder Menschen und einen seiner kleinen Spielkameraden als Akteur auf einer weltweiten Bühne. Und Onkel Bobby mit Tante Jackie. Irgendwann nahm seine Mutter ihn in die Arme und flehte: »Nicht hinsehen, nicht hinsehen!« Und ihre langen Haare und ihre Wangen mit den klebrigen Tränen verhinderten, daß er etwas sah.
Dann, einige Jahre später, wurde Onkel Bobby ebenfalls umgebracht, und die Mutter war mit ihm zu einer Jagdhütte in der Sierra gefahren, wo es kein Fernsehen gab. Erst als Erwachsener hatte er die Aufzeichnungen jenes Mordes gesehen. Und wieder war es ein kleiner Mann mit einem billigen Eisenrohr, der das zerstörte, was von der Welt seiner Mutter noch übrig war.

Nun durchschnitt der helle Lichtstreifen von der offenen Tür seine Erinnerungen, und er sah Jefferson, der wieder einmal einen Tisch hereinrollte. Leise sagte Francis Kennedy: »Bringen Sie das hinaus und lassen Sie mir eine Stunde Zeit. Vorher möchte ich nicht gestört werden.« Da er bis dahin kaum jemals so barsch und streng mit ihm gesprochen hatte, sah Jefferson ihn forschend an. Dann sagte er: »Jawohl, Mr. President«, rollte den Tisch hinaus und schloß die Tür.
Die Sonne war inzwischen so hell, daß sie das Schlafzimmer in

Licht tauchte, doch ohne Wärme zu verbreiten. Nur der Lärm auf den Straßen Washingtons drang herein. Die Ü-Wagen des Fernsehens verstopften die Straßen vor den Toren, und unzählige Automotoren summten wie ein Hornissenschwarm. Die Maschinen, die das Weiße Haus immer wieder überflogen, waren Militärflugzeuge, denn der Luftraum war für Zivilverkehr gesperrt.

Präsident Francis Kennedy versuchte gegen den übermächtigen Zorn, die Verbitterung anzukämpfen, die in ihm aufstiegen. Das, was der größte Triumph seines Lebens werden sollte, war zu seiner schlimmsten Niederlage geworden. Er war zum Präsidenten gewählt worden, aber bevor er sein Amt antreten konnte, war seine Frau gestorben. Seine ehrgeizigen Programme für ein Amerika der Zukunft waren vom Kongreß in Grund und Boden gestampft worden, und er war nicht stark genug gewesen, diese Niederlage mit Hilfe seiner Willenskraft, seiner Energie und seiner Intelligenz zu überstehen. Und nun hatte seine Tochter den Preis für seine Ambitionen und Träume bezahlen müssen. Gallebitterer Speichel stieg in seiner Kehle auf, rann ihm über Zunge und Lippen. Sein Körper schien sich mit einem Gift zu füllen, das all seine Glieder lähmte, und nur die Wut schien ihn davon heilen zu können. In diesem Moment jedoch geschah etwas in seinem Hirn, explodierte eine elektrische Ladung, die gegen die Krankheit seiner Körperzellen kämpfte. Eine so ungeheure Energie durchströmte seinen Körper, daß er mit geballten Fäusten die Arme ausbreitete und sich dem sonnendurchfluteten Fenster zuwandte. Er besaß Macht! Und er würde diese Macht einsetzen! Er war mächtig genug, seine Feinde erzittern, mächtig genug, den Speichel in ihrem Mund zu Galle werden zu lassen. Er war mächtig genug, all jene kleinen Männer mit ihren billigen Eisenrohren wegzufegen, all jene, die ihm und seiner Familie so unendliches Leid zugefügt hatten.

Auf einmal fühlte er sich wie ein Mann, der lange krank und schwach gewesen, nun aber von seiner Krankheit genesen war, der eines Morgens erwacht und feststellt, daß seine Kräfte zurückgekehrt sind. Er empfand ein Glücksgefühl, ja fast einen inneren Frieden, wie er es seit dem Tod seiner Frau nicht mehr gekannt hatte. Er setzte sich aufs Bett und versuchte, seine Gefühle unter Kontrolle zu bringen, seine Gedanken endlich wieder von Vorsicht und Logik bestimmen zu lassen. Ein wenig ruhiger geworden, rekapitulierte er alle Möglichkeiten mitsamt ihren Gefahren und wußte nun, was er zu tun und welchen Gefahren er zu begegnen hatte. Einen Moment lang noch empfand er abgrundtiefen Schmerz darüber, daß seine Tochter nicht mehr am Leben war. Dann öffnete er die Tür und rief nach Jefferson.

Drittes Buch

8. Kapitel

Mittwoch – Washington

Nur vier Stunden nach dem Mord an seiner Tochter traf sich Francis Kennedy mit seinem Stab. Sie frühstückten im privaten Speisezimmer des Weißen Hauses mit dem kleinen Kamin und den gelb-weißen Wänden und Teppichen. Es handelte sich um eine Vorbesprechung für die größere Sitzung, an der auch die Vizepräsidentin, das Kabinett sowie die Vertreter von Senat und Kongreß teilnehmen sollten.

Als Chef des Präsidentenstabes hatte Eugene Dazzy ein Memo all jener Empfehlungen zusammengestellt, die der Stab in den Stunden seit der Ermordung Theresa Kennedys erarbeitet hatte. Otto Gray hatte die führenden Kongreßabgeordneten telefonisch benachrichtigt, Wix die Mitglieder des Nationalen Sicherheitsrates, den Chef der CIA und den Chef der Stabschefs. Christian Klee hatte mit niemandem gesprochen. Dem bisherigen Vorgehen fehlte jegliche juristische Grundlage.

Während Kennedy Dazzys Memo las, beschäftigten sich die anderen Herren mit ihrem Frühstück. Wix nahm nur Milch und Toast; Oddblood Gray versuchte Eier mit Speck und ein kleines Steak zu essen, gab aber jeweils nach dem ersten Bissen auf. Dazzy und Klee taten gar nicht erst so, als äßen sie, sondern beobachteten Kennedy beim Lesen des Memos.

Kennedy legte die sechs Seiten auf Dazzys Aktenkoffer. Keine einzige der Empfehlungen entsprach auch nur annähernd den Schritten, zu denen er sich entschlossen hatte. Aber er mußte behutsam vorgehen.

»Ich danke Ihnen«, sagte er. »Diese Vorlagen umfassen sämtliche Alternativen, die ins Auge zu fassen Ihnen möglich war. Aber ich habe einen anderen Plan.« Um ihnen zu zeigen, daß er Herr seiner Gefühle sei, lächelte er ihnen zu, ohne zu ahnen, wie gespenstisch das Lächeln auf seinem blutleeren Gesicht wirkte.

»Mr. President«, sagte Eugene Dazzy, »würden Sie bitte das Memo abzeichnen, damit man erkennt, daß Sie es gelesen haben?« Kennedy, dem Dazzys betont förmliche Ausdrucksweise nicht entgangen war, wußte recht gut, daß sie der Unsicherheit angesichts des schrecklichen Geschehens an diesem Morgen entsprang. Mit Riesenbuchstaben schrieb Kennedy ein NO auf das Memo und zeichnete es mit vollem Namen.

Dann musterte er nacheinander jeden einzelnen durchdringend, bevor er endlich zu sprechen begann. Er wollte ihnen beweisen, wie gefaßt er war, sie spüren lassen, daß er nicht aus zorniger Trauer heraus handelte, daß er vernünftig zu denken vermochte, daß das, was er jetzt sagen wollte, der Logik entsprang und nicht von persönlichen Gefühlen beeinflußt war. Er sprach nachdrücklich und langsam. »Ich möchte Ihnen jetzt schon mitteilen, was ich später auf der Sitzung allen anderen sagen werde. Diese Zusammenkunft ist keine Beratung, sondern eine Bitte um Ihre Unterstützung. Ich möchte, daß wir in dieser Situation zusammenarbeiten. Und ich möchte, daß jeder, der überzeugt ist, nicht mitmachen zu können, jetzt, auf der Stelle, freiwillig zurücktritt, bevor wir zu dieser Sitzung aufbrechen.«

Anschließend umriß ihnen Kennedy kurz und präzise seine Analyse der Situation und seinen persönlichen Lösungsvorschlag. Wie er feststellte, waren sie allesamt sprachlos, selbst Christian. Und zwar nicht wegen der Analyse, sondern wegen der vorgeschlagenen Lösung. Und auch wegen des kalten Tones, den er anschlug. Normalerweise war er bei Stabsbesprechungen nie sehr formell. Seine Aufforderung an sie, zurückzutreten, war völlig uncharakteristisch für ihn. Er hatte ihnen überdeutlich klargemacht: Entweder sie machten ohne Diskussion mit, oder sie mußten zurücktreten.

Diese Forderung, die Präsident Francis Kennedy an die vier Mitglieder seines Stabes stellte, kam einer Kränkung der engsten Familienmitglieder gleich. Der Präsident hatte seinen Stab persönlich zusammengestellt. Sie alle waren ausschließlich ihm selbst verantwortlich. Er konnte sie ernennen, er konnte sie entlassen. Der Präsident glich einem Zyklopen mit einem Gehirn und vier Armen. Der Stab, das waren seine vier Arme. Daß sie Francis Kennedys Entscheidung akzeptierten, verstand sich von selbst. Aber es war eine Beleidigung, daß er ihnen verbot, sie zu analysieren und zu diskutieren. Schließlich waren sie keine Kabinettsmitglieder, die vom Kongreß bestätigt werden mußten. Der Stab des Präsidenten stand und fiel mit dem Präsidenten persönlich.

Von den offiziellen Unterschieden abgesehen, stand der Stab dem Präsidenten weitaus näher als irgendein Kabinetts- oder Kongreßmitglied. Der Stab hatte es inzwischen sogar in der Hand, die verschiedenen Kabinettsminister spürbar zu schwächen. Für Kennedy waren diese vier Männer die besten persönlichen Freunde. Und seit dem Tod seiner Frau die einzige Familie, die er besaß. Francis Kennedy wußte, daß er sie gekränkt hatte, und beobachtete ihre Reaktionen genau.

Christian Klee, das erkannte Kennedy, ließ das Ganze vollkommen kalt. Christian war sein liebster und bester Freund von den vieren. Derjenige, der ihn von Anfang an verehrt hatte. Was Kennedy immer wieder überraschte, weil ihm bekannt war, daß Christian körperliche Tapferkeit über alles schätzte und genau wußte, wie sehr sich Kennedy vor einem Attentat fürchtete. Es war Christian gewesen, der Francis bat, sich um das Präsidentenamt zu bewerben, und der für seine persönliche Sicherheit zu garantieren versprach, wenn man ihn nicht nur zum Justizminister machte, sondern auch noch zum Direktor des FBI und des Secret Service. An Kennedys politische Theorien glaubte Christian allerdings mehr als Patriot denn als linksgerichteter Idealist. Kennedy wußte, daß Christian auf seiner Seite stand.

Arthur Wix dagegen war der Mann, dessen Reaktion er am meisten fürchtete. Wix war der Meinung, man müsse jede Situation eingehend analysieren. Francis Kennedy hatte Wix zehn Jahre zuvor kennengelernt, als er zum erstenmal für den Senat kandidierte. Wix war ein Liberaler von der Ostküste, Professor für Ethik und politische Wissenschaften an der Columbia University. Darüber hinaus war er ein sehr reicher Mann, der für Geld nichts als Verachtung empfand. Ihre Bekanntschaft war auf Grund ihrer intellektuellen Begabungen zu einer Art Freundschaft geworden. Kennedy hielt Arthur Wix für den intelligentesten Menschen, dem er jemals begegnet war. Wix hielt Kennedy für den moralischsten Menschen in der gesamten Politik. Dies war zwar keine Basis für eine wirklich herzliche Freundschaft, konnte es auch gar nicht sein, immerhin aber die Basis für ein Vertrauensverhältnis. Kennedy sah, daß Wix sich zusammennehmen mußte, um einen Protest gegen das Ultimatum zu unterdrücken. Aber er unterdrückte ihn und würde auf Grund seines Vertrauens zu ihm zustimmen.

Im Hinblick auf Eugene Dazzy, den dritten Mann und Chef seines persönlichen Stabes, war sich Kennedy wegen der mit dem Fall zusammenhängenden politischen Realitäten sicher. Eugene Dazzy war zehn Jahre zuvor, als Francis Kennedy in die Politik ging, Chef einer großen Computerfirma gewesen. Er hatte sich als sogenannter *cruncher* einen Namen gemacht, ein Mann, der Konkurrenzunternehmen einfach schluckte, kam aber ursprünglich aus einer armen Familie und hatte sich das Gefühl für Gerechtigkeit eher aus einem Sinn fürs Praktische als aus romantischem Idealismus bewahrt. Er war zu der Überzeugung gelangt, daß das Kapital in Amerika viel zuviel Macht besaß, und daß auf lange Sicht dadurch die wahre Demokratie zerstört werden würde. Als daher Francis Kennedy unter dem Banner einer wahren sozialen Demokratie die politische Bühne betrat, organisierte Eugene Dazzy die finanzielle Unterstützung, mit deren Hilfe Kennedy die Präsidentschaft errang.

Während dieser Zeit hatte sich eine seltsame Freundschaft entwikkelt. Dazzy war ein Exzentriker. Ein einflußreicher Geschäftsmann, der sich einen Dreck um seine äußere Erscheinung kümmerte. Ein voluminöser, zerknautschter Mann, der billige Anzüge und Krawatten trug, im Büro aber auch ständig einen Walkman über den Kopf gestülpt hatte, um bei der Arbeit Musik zu hören. Er liebte Musik, er liebte junge Frauen und war dennoch seit dreißig Jahren glücklich verheiratet. Seine Frau behauptete oft, er trage den Walkman nicht, um Musik zu hören, sondern um nicht mit Gesprächen belästigt zu werden. Von seinen Frauengeschichten sprach sie nie.

Am meisten hatte Francis Kennedy jedoch verwundert und fasziniert, daß Eugene Dazzy als Person ein solches Paradoxon war. Eine seltene Kombination von realistischem Geschäftsmann und begeistertem Kenner der Literatur, mit einer leidenschaftlichen Liebe zur Lyrik, besonders Yeats. Dazzy war in den Stab gewählt worden, weil er ein Meister des »halben Ja« war und sich dennoch auf die Kunst des kategorischen »Nein« verstand, ohne sich einen unversöhnlichen Feind zu schaffen. Er war es, der den Präsidenten vor Kabinett und Kongreß abschirmte. Bevor sie zum Präsidenten vordrangen, mußten sich Innenminister wie Parlamentssprecher Dazzys forschenden Fragen stellen.

In moralischer Hinsicht hatten Kennedy und Dazzy jedoch über das Recht zur Begnadigung von Verbrechern zueinandergefunden. Dazzy forschte das Begnadigungskomitee des Präsidenten nach außergewöhnlichen Fällen aus, in denen ein Bürger von Justizsystem oder Bürokratie niedergemacht worden war, und überredete dann den Präsidenten, von seinem Begnadigungsrecht Gebrauch zu machen. »Sehen Sie es doch mal so«, sagte Eugene Dazzy zu Francis Kennedy. »Der Präsident der Vereinigten Staaten hat das Recht, einfach jeden zu begnadigen. Weder der Kongreß noch die Gerichte können etwas dagegen machen. Stellen Sie sich vor, wie sauer das denen aufstößt. Und aus eben diesem Grund müssen Sie sooft wie möglich von diesem Recht Gebrauch machen.«

Francis Kennedy hatte nicht Jura studiert und praktiziert, ohne mit den gerissensten Tricks konfrontiert worden zu sein; also hatte er Dazzys Begnadigungspraxis anfangs aufmerksam beobachtet. Doch jeder Fall, den Dazzy ihm unterbreitete, hatte seine poetischen Meriten, und nur selten waren sie nicht einer Meinung. Diese speziellen Gnadenerweise ihren Mitmenschen gegenüber waren es, die ein besonderes Band zwischen Kennedy und Dazzy entstehen ließen.

Daher erkannte Kennedy, daß Dazzy einverstanden sein und nicht auf einer Diskussion bestehen werde. Blieb nur noch Oddblood Gray.

Oddblood Grays Verbindung mit Francis Kennedy bestand länger als die mit Wix und Dazzy. Als sie sich kennenlernten, war Gray Scharfmacher im linken Flügel der politischen Schwarzen-Bewegung gewesen. Ein hochgewachsener, imposanter Mann, ein brillanter Gelehrter und während der Collegezeit ein erstklassiger Redner. In diesem Scharfmacher hatte Kennedy einen mit angeborener Höflichkeit und Diplomatie begabten Mann erkannt, der es verstand, zu überzeugen, ohne zu drohen. Und dann hatte Kennedy in einer Situation in New York, bei der gewalttätige Auseinandersetzungen drohten, Oddbloods Bewunderung und Vertrauen errungen. Kennedy hatte damals seine überragende juristische Begabung, seine außergewöhnliche Intelligenz, seinen überwältigenden Charme und seinen absoluten Mangel an Rassenvorurteilen eingesetzt, um die Situation zu entschärfen und eine Einigung herbeizuführen, und dadurch die Bewunderung beider Seiten errungen.

Später hatte Oddblood Gray ihn gefragt: »Wie zum Teufel haben Sie das geschafft?«

Kennedy hatte grinsend geantwortet: »Ganz einfach. Ich habe sie davon überzeugt, daß für mich dabei nichts zu holen war.«

Von da an war Oddblood Gray vom linken Flügel der Bewegung allmählich zum rechten abgedriftet, was seinen Einfluß in der Bewegung verringerte, ihn aber ins Zentrum der nationalen Macht katapultierte. Er hatte Kennedy bei seiner politischen

Karriere unterstützt und ihn gedrängt, für die Präsidentschaft zu kandidieren. Kennedy hatte Oddblood Gray als Verbindungsmann zum Kongreß in seinen Stab geholt, als Mann, der die Gesetzesvorlagen des Präsidenten durchdrückte.

Mittlerweile stellte Oddblood Gray sein Vertrauen über sein Urteilsvermögen.

Stärker als das alles jedoch, stärker sogar als die Bewunderung, die alle vier für Kennedy hegten, für seinen integren Charakter, seine Intelligenz, seinen Charme, die endlose Reihe seiner Erfolge – stärker als all das war ihre Hochachtung vor seiner Tapferkeit und Größe, als er seine erste Niederlage einstecken mußte, den Tod seiner geliebten Frau Catherine, und vor der Tatsache, daß er den Wahlkampf um die Präsidentschaft fortsetzte, weiterhin seine Ziele der politischen und sozialen Reform anstrebte. Ihre Zuneigung zu ihm hatte sich noch vertieft, als er sie alle vier auf der Suche nach persönlicher Stabilität zu seiner eigenen Familie erklärte.

Jeden Abend nahm mindestens einer von ihnen mit Kennedy das Dinner im Weißen Haus ein. Nicht selten dinierten sie alle zusammen als gute Freunde, schmiedeten begeistert Pläne zum Wohle des Landes, diskutierten die Einzelheiten bestimmter Gesetzesvorlagen für den Kongreß und umrissen Strategien für den Umgang mit anderen Ländern. Häufig genug gerieten sie ebensosehr in Begeisterung wie damals als junge Collegestudenten, wenn sie eine Verschwörung gegen die Oligarchie der Reichen ausheckten, und litten noch immer unter der Anarchie der Armen. Nach dem Dinner kehrten sie alle nach Hause zurück, um von einem neuen, besseren Amerika zu träumen, das sie gemeinsam erschaffen würden.

Aber sie waren vom Kongreß und vom Socrates Club besiegt worden. Nicht nur Präsident Francis Xavier Kennedy, sondern sie alle.

Darum nickten sie, als Kennedy am Frühstückstisch umherblickte, alle zustimmend mit dem Kopf und bereiteten sich auf die große

Sitzung im Cabinet Room vor. Es war Mittwoch, elf Uhr vormittags, in Washington.

Im Cabinet Room hatten sich die wichtigsten Regierungsmitglieder versammelt, um zu entscheiden, wie das Land reagieren solle. Anwesend waren Vizepräsidentin Helen DuPray, die Kabinettsmitglieder, der CIA-Chef und der Vorsitzende der Stabschefs. Sie alle nahmen normalerweise nicht an solchen Sitzungen teil, waren von Eugene Dazzy auf Bitten des Präsidenten jedoch dazu aufgefordert worden. Als Kennedy den Raum betrat, erhoben sie sich. Kennedy winkte ihnen, sich wieder zu setzen.

Nur der Außenminister blieb stehen. »Mr. President«, sagte er, »wir alle hier möchten unserer Trauer über Ihren großen Verlust Ausdruck verleihen. Wir sprechen Ihnen unser herzlichstes Beileid aus und versichern Sie unserer Liebe sowie unserer absoluten Loyalität und Ergebenheit angesichts Ihrer persönlichen Krise und der Krise unserer Nation. Wir sind gekommen, um Ihnen mehr als nur professionelle Ratschläge zu geben. Wir sind gekommen, um Ihnen unsere Ergebenheit zu beweisen.« Der Außenminister hatte Tränen in den Augen. Dabei war er für seine kühle Reserviertheit bekannt.

Kennedy senkte einen Moment den Kopf. Er war der einzige im Raum, der keinerlei Zeichen von Bewegtheit erkennen ließ, es sei denn, durch sein schneeweißes Gesicht. Er sah sie alle lange an, als nehme er jeden einzelnen persönlich zur Kenntnis, als wollte er ihnen seine Dankbarkeit für ihre Zuneigung ausdrücken – in dem Bewußtsein, daß er diese positiven Gefühle zerstören mußte. »Ich danke Ihnen allen«, entgegnete er, »ich bin Ihnen dankbar und verlasse mich auf Sie. Aber jetzt bitte ich Sie, mein persönliches Schicksal aus dieser Sitzung herauszulassen. Wir sind hier, um zu entscheiden, was für das Wohl unseres Landes am besten ist. Das ist unsere heilige Pflicht und Schuldigkeit. Die Entscheidungen, die ich treffen mußte, haben nichts mit meinem persönlichen Schicksal zu tun.« Er hielt einen Moment inne, um die schockierende Erkenntnis einwirken zu lassen, daß er allein die Kontrolle übernehmen werde.

O Gott, er wird es tun! dachte Helen DuPray.

»Auf dieser Sitzung werden wir uns mit den Optionen befassen, die uns offenstehen. Zwar möchte ich bezweifeln, daß ich irgendeinen Ihrer Vorschläge berücksichtigen kann, aber ich muß Ihnen die Möglichkeit geben, darüber zu diskutieren. Zunächst aber möchte ich Ihnen mein Szenario vortragen. Und dazu erklären, daß ich die volle Unterstützung meines persönlichen Stabes besitze.« Wieder legte er eine Pause ein, um seine persönliche Ausstrahlung wirken zu lassen.

Dann erhob er sich und begann: »Erstens: die Analyse. Die jüngsten tragischen Ereignisse sind allesamt Teile eines dreist entworfenen und skrupellos ausgeführten Gesamtplans. Das Attentat auf den Papst am Ostersonntag, die Flugzeugentführung am selben Tag, die beabsichtigte logistische Unmöglichkeit, die Forderungen für die Entlassung der Geiseln zu erfüllen, und schließlich, obwohl ich zugesagt habe, auf alle Forderungen einzugehen, der unnötige Mord an meiner Tochter heute früh. Und selbst die Verhaftung des Papstmörders hier in unserem Land, ein Ereignis, das jede Möglichkeit, es könnte sich um einen Zufall handeln, ausschließt – auch das ein Teil des Gesamtplanes, damit sie die Freilassung des Mörders verlangen konnten. Die Beweise, die diese Analyse bestätigen, sind überwältigend.«

Er sah das ungläubige Staunen auf ihren Gesichtern. Nach einer kurzen Pause fuhr er fort:

»Was aber könnte der Zweck eines so furchtbaren und komplizierten Szenarios sein? Es herrscht heutzutage auf der Welt eine tiefe Verachtung für jegliche Autorität, für die Autorität des Staates, vor allem aber für die moralische Autorität der Vereinigten Staaten. Das geht weit über die gewohnte, historische Verachtung hinaus, wie sie die Jugend oft für die Autorität empfindet und die häufig sogar ein Positivum sein kann. Zweck dieses terroristischen Planes ist es, die Vereinigten Staaten als Autoritätsmacht zu diskreditieren. Nicht nur in den Augen von Milliarden einfacher Menschen, sondern in den Augen aller Regierungen dieser Welt. Irgendwann müssen wir die Herausforderung annehmen, und dieser Zeitpunkt ist jetzt gekommen.

Für das Protokoll: Rußland ist an dieser Verschwörung nicht beteiligt. Die arabischen Staaten sind nicht beteiligt – bis auf Sherhaben. Der weltweite terroristische Untergrund, auch als die Hundert bekannt, hat mit Sicherheit logistische und persönliche Hilfe geleistet. Doch alle Beweise deuten darauf hin, daß nur ein einziger Mann die Kontrolle ausübt. Und wie es scheint, akzeptiert er keinerlei Einmischung, es sei denn vielleicht durch den Sultan von Sherhaben.«

Wieder hielt Kennedy kurze Zeit inne. Er staunte selbst darüber, wie ruhig er war. Dann fuhr er fort: »Inzwischen steht fest, daß der Sultan ein Komplize dieses Mannes ist. Seine Truppen sind so postiert, daß sie die Maschine gegen Angriffe von außen schützen, nicht jedoch, um uns bei der Befreiung der Geiseln zu helfen. Der Sultan behauptet, in unserem Interesse zu handeln, in Wirklichkeit ist er jedoch in diese Aktionen verwickelt. Es gibt allerdings, das muß man ihm zugestehen, Beweise dafür, daß er von Yabrils Absicht, meine Tochter zu ermorden, keine Kenntnis besaß.«

Kennedy machte eine Pause, doch nur eine kurze, die keine Unterbrechung seines Vortrags duldete. Wieder ließ er den Blick um den Tisch wandern, um sie mit seiner Ruhe zu beeindrucken. Dann fuhr er fort: »Zweitens: die Prognose. Wir haben es diesmal nicht mit der üblichen Geiselsituation zu tun, sondern mit einem cleveren Plan, um die Vereinigten Staaten aufs tiefste zu demütigen. Damit die Vereinigten Staaten, nachdem wir eine Reihe von Demütigungen haben hinnehmen müssen, die uns machtlos erscheinen lassen, um die Rückkehr der Geiseln betteln. Es ist eine Situation, die wochenlang von den Medien der ganzen Welt breitgetreten werden wird. Und es gibt keinerlei Garantie, daß alle übrigen Geiseln unversehrt heimkehren werden. Unter diesen Umständen wird meiner Ansicht nach anschließend nur eines

herrschen: Chaos. Unser eigenes Volk wird den Glauben an uns und unser Land verlieren.«
Abermals eine Pause. Nun erkannte Kennedy, daß seine Worte Wirkung zeigten und Helen sowie die Herren im Raum begriffen, daß er nicht ganz unrecht hatte. Er sprach weiter: »Gegenmaßnahmen: Ich habe das Memo über die uns zur Verfügung stehenden Möglichkeiten studiert. Und bin der Meinung, daß sie nichts anderes sind als die üblichen Maßnahmen aus der Vergangenheit. Wirtschaftssanktionen, bewaffnete Befreiungsversuche, politischer Druck, heimliche Konzessionen, während wir öffentlich behaupten, niemals mit Terroristen verhandeln zu wollen. Dazu kommt die Sorge, die Sowjetunion werde nicht dulden, daß wir eine militärische Aktion großen Stils im Persischen Golf starten. All das führt zu dem Schluß, daß wir uns beugen und unsere tiefe Demütigung in den Augen der Welt hinnehmen müssen. Dabei besteht meiner Ansicht nach durchaus die Möglichkeit, daß wir noch mehr Geiseln verlieren.«
Der Außenminister unterbrach den Vortrag des Präsidenten. »Mein Ministerium hat soeben die definitive Zusage des Sultans von Sherhaben erhalten, sämtliche Geiseln freizulassen, sobald die Forderungen der Terroristen erfüllt sind. Er ist empört über Yabrils Tat und versichert, er sei bereit, die Maschine stürmen zu lassen. Er hat sich von Yabril in die Hand versprechen lassen, sofort fünfzig Geiseln freizulassen, um seinen guten Willen zu beweisen.«
Kennedy starrte ihn sekundenlang an. Die himmelblaue Iris seiner Augen schien mit winzigen schwarzen Punkten gesprenkelt zu sein. Dann antwortete er mit einer Stimme, die vor gezwungener Höflichkeit eiskalt und so beherrscht war, daß seine Worte metallisch klangen: »Mr. Secretary of State, sobald ich fertig bin, wird jeder von Ihnen ausreichend Zeit zum Sprechen bekommen. Bis dahin unterbrechen Sie mich bitte nicht. Dieses Angebot wird strengstens geheimgehalten; es wird auf gar keinen Fall den Medien bekanntgegeben werden.«

Der Außenminister war deutlich überrascht. Noch nie hatte der Präsident in so hartem Ton mit ihm gesprochen, noch nie ihm so plakativ seine Macht gezeigt. Der Außenminister senkte den Kopf und schien seine Kopie des Memos zu studieren; nur seine Wangen röteten sich ein wenig.

Kennedy fuhr fort: »Die Lösung: Hiermit erteile ich dem Stabschef Anweisung, einen Luftangriff auf die Ölfelder von Sherhaben sowie die Industrie- und Ölstadt Dak vorzubereiten und zu planen. Aufgabe des Angriffs ist die Zerstörung sämtlicher Ölgewinnungsanlagen, Bohrtürme, Pipelines etc. Die Stadt selbst wird ebenfalls vernichtet werden. Vier Stunden vor dem Angriff werden Flugblätter über der Stadt abgeworfen, um die Bevölkerung zur Evakuierung aufzufordern. Der Angriff wird in genau sechsunddreißig Stunden stattfinden. Das heißt, am Donnerstag um elf Uhr abends Washingtoner Zeit.«

Es herrschte Totenstille in dem Sitzungssaal, in dem über dreißig Personen versammelt waren, die alle in Amerika an den Hebeln der Macht saßen. Kennedy fuhr fort:

»Der Außenminister wird sich mit den entsprechenden Ländern wegen der Überflugerlaubnis in Verbindung setzen. Er wird ihnen erklären, daß eine Verweigerung die Einstellung sämtlicher Wirtschafts- und Militärverbindungen mit unserem Land nach sich ziehen würde. Und daß die Folgen einer solchen Verweigerung hart sein werden.«

Der Außenminister schien sich erheben zu wollen, um zu protestieren, bremste sich aber noch rechtzeitig. Durch die Reihen der Anwesenden lief ein überraschtes, ja sogar schockiertes Gemurmel.

Kennedy hob beide Hände – eine fast zornige Geste –, aber er lächelte ihnen zu, und sein Lächeln wirkte beruhigend. Es schien, als habe er beschlossen, seinen Befehlston abzulegen; beinah leutselig lächelte er dem Außenminister zu und richtete seine Worte direkt an ihn: »Der Außenminister wird auf der Stelle den Botschafter des Sultans von Sherhaben zu mir bringen lassen. Und ich werde dem Botschafter folgendes mitteilen: Der Sultan wird uns die Geiseln bis morgen nachmittag überstellen. Außerdem wird er uns den Terroristen Yabril ausliefern, und zwar so, daß er sich nicht das Leben nehmen kann. Sollte sich der Sultan weigern, wird das gesamte Land Sherhaben aufhören zu existieren.« Kennedy wartete einen Moment; die Stille im Raum war absolut. »Diese Sitzung unterliegt der höchsten Geheimhaltungsstufe. Es darf keine undichten Stellen geben. Falls es doch dazu kommen sollte, werden die von den Gesetzen vorgesehenen strengsten Maßnahmen ergriffen werden. Und nun dürfen Sie sich alle äußern.«

Wie er feststellte, saß die Runde wie erstarrt da. Alle Mitglieder seinen Stabes senkten den Blick, um den anderen nicht in die Augen sehen zu müssen.

Kennedy nahm Platz, machte es sich in seinem schwarzen Ledersessel bequem und streckte die Beine neben dem Tisch aus. Während die Sitzung ihren Fortlauf nahm, löste er den Blick nicht von dem Rosengarten draußen.

»Mr. President«, hörte er den Außenminister sagen, »ich muß Ihre Entscheidung abermals zurückweisen. Sie würde sich katastrophal auswirken für die Vereinigten Staaten. Amerika würde zum Paria unter den Nationen werden, wenn wir unsere ganze Macht einsetzen, um ein so kleines Land zu vernichten.« So tönte die Stimme immer weiter, aber die Worte drangen nicht zu Kennedy durch.

Dann vernahm er die Stimme des Innenministers – eine Stimme, die fast tonlos klang und dennoch Aufmerksamkeit heischte: »Wenn wir Dak zerstören, Mr. President, zerstören wir damit fünfzig Milliarden amerikanische Dollar, und dabei handelt es sich um Geld von amerikanischen Ölgesellschaften, Geld, das die amerikanische Mittelklasse für Anteile an den Ölgesellschaften bezahlt hat. Außerdem verringern wir dadurch unseren Ölimport. Der Benzinpreis, den die Verbraucher unseres Landes bezahlen müssen, wird sich verdoppeln.«

Nun folgte ein konfuses Stimmengewirr mit allen möglichen ande-

ren Argumenten. Warum Dak zerstört werden müsse, bevor Wiedergutmachung geleistet worden sei? Es gebe noch zahlreiche andere Mittel und Wege, die erwogen werden müßten. Die größte Gefahr liege in voreiligen Aktionen. Kennedy sah auf die Uhr. Das ging nun schon seit einer Stunde so. Unvermittelt erhob er sich.
»Ich danke Ihnen allen für Ihre Ratschläge«, sagte er. »Natürlich könnte der Sultan von Sherhaben die Stadt Dak retten, indem er meine Forderungen sofort erfüllt. Aber das wird er nicht tun. Dak muß zerstört werden, weil man unsere Drohungen sonst ignoriert. Die Folge wäre, daß wir ein Land regieren müßten, das von jedem x-beliebigen mit ein bißchen Courage und kleinen Waffen jederzeit gedemütigt werden kann. Dann könnten wir auch gleich Navy und Army verschrotten und unser Geld sparen. Ich sehe unseren Kurs daher deutlich vor mir, und werde ihm folgen.
Und nun zu dem Verlust von fünfzig Milliarden Dollar, der die amerikanischen Aktionäre treffen wird. Bert Audick leitet das Konsortium, dem diese Gesellschaft gehört. Er hat damit bis jetzt schon fünfzig Milliarden Dollar und mehr gescheffelt. Wir werden uns natürlich größte Mühe geben, ihm zu helfen. Ich werde Mr. Audick Gelegenheit geben, seine Investitionen auf andere Art zu retten. Ich werde ein Flugzeug nach Sherhaben schicken, das die Geiseln abholt, und eine Militärmaschine, die die Terroristen hierher zu uns bringen wird, damit sie hier vor Gericht gestellt werden. Der Außenminister wird Mr. Audick bitten, mit einer dieser beiden Maschinen ebenfalls nach Sherhaben zu fliegen. Seine Aufgabe wird es sein, den Sultan zur Annahme meiner Bedingungen zu überreden, ihn davon zu überzeugen, daß die Stadt Dak, das Land Sherhaben und das amerikanische Öl in jenem Land nur zu retten sind, wenn meine Bedingungen erfüllt werden. So lautet mein Lösungsvorschlag.«
Der Verteidigungsminister entgegnete: »Wenn der Sultan aber nicht zustimmt, werden wir zwei weitere Maschinen, Mr. Audick und sämtliche Geiseln verlieren.«
Kennedy sagte: »Höchstwahrscheinlich. Sehen wir mal, ob Audick

genug Mut hat. Aber er ist gerissen. Er wird genausogut wissen wie ich, daß der Sultan zustimmen muß. Dessen bin ich so sicher, daß ich auch Mr. Wix mitschicken werde, meinen Berater für Nationale Sicherheit.«

»Mr. President«, wandte der CIA-Chef ein, »Sie wissen doch sicher, daß die Flak-Geschütze rings um Dak mit Amerikanern unter Privatvertrag mit der Regierung von Sherhaben und den amerikanischen Ölgesellschaften bemannt sind, mit amerikanischen Spezialisten, die die Raketenstellungen bedienen. Die könnten sich verteidigen wollen.«

Kennedy lächelte. »Audick wird ihnen befehlen, die Stellungen zu räumen. Sollten sie aber doch gegen uns zu kämpfen versuchen, werden sie, da sie Amerikaner sind, als Verräter angesehen, und die Amerikaner, von denen sie sich bezahlen lassen, werden ebenfalls als Verräter vor Gericht gestellt werden.«

Der Präsident hielt inne, um seinen Worten Gewicht zu verleihen: Audick würde angeklagt werden. Dann wandte er sich an Christian. »Chris, du kannst dich schon mal um die juristische Seite kümmern.«

Unter den Anwesenden waren auch zwei Mitglieder der Legislative: Thomas Lambertino, der Mehrheitsführer im Senat, und Alfred Jintz, der Parlamentssprecher. Der Senator meldete sich als erster zu Wort: »Ich halte diese Maßnahme für zu drastisch, um ohne ausführliche Diskussion in beiden Häusern des Kongresses durchgeführt zu werden.«

Kennedy antwortete ihm höflich: »Bei allem Respekt, soviel Zeit haben wir nicht. Außerdem liegt es in meiner Macht als Chef der Exekutive, diese Maßnahme durchführen zu lassen. Später kann die Legislative selbstverständlich darüber debattieren und alle Maßnahmen ergreifen, die sie für richtig hält. Ich hoffe jedoch, daß der Kongreß mich und das Land in dieser Notlage unterstützt.«

Fast bekümmert entgegnete Senator Lambertino: »Es ist entsetzlich, die Folgen werden furchtbar sein. Ich flehe Sie an, Mr. President, nicht übereilt zu handeln.«

Zum erstenmal gab sich Francis Kennedy weniger höflich. »In den ganzen drei Jahren meiner Administration habe ich keinen einzigen Kampf im Kongreß gewonnen«, sagte er. »Wir können sämtliche komplizierten Möglichkeiten durchdiskutieren, bis die Geiseln ermordet und die Vereinigten Staaten vor aller Welt bis ins kleinste Dorf lächerlich gemacht worden sind. Ich behaupte auf Grund meiner Analyse, daß meine Entscheidung innerhalb meines Machtbereichs als Chef der Exekutive fällt. Sobald die Krise behoben ist, werde ich vor das Volk treten und öffentlich Rechenschaft ablegen. Bis dahin – daran möchte ich Sie noch einmal erinnern – unterliegt diese Diskussion der höchsten Geheimhaltungsstufe. Und nun haben Sie alle viel Arbeit vor sich. Halten Sie meinen Stabschef über Ihre Maßnahmen auf dem laufenden.«

Alfred Jintz, der Parlamentssprecher, meldete sich zu Wort. »Mr. President, ich hatte gehofft, das folgende nicht sagen zu müssen. Aber der Kongreß muß nunmehr darauf bestehen, daß Sie sich aus diesen Verhandlungen zurückziehen. Deswegen muß ich Ihnen mitteilen, daß der Kongreß und der Senat von heute an alles tun werden, um diese Maßnahmen zu verhindern, weil Ihr tragisches Geschick Sie inkompetent macht.«

Kennedy stand vor ihnen, sein Gesicht mit den schön geformten Zügen zu einer Maske erstarrt. Die blauen Augen blickten so blind wie die einer Statue. »Das«, gab er zurück, »tun Sie auf Ihre eigene Gefahr. Und die Amerikas.« Damit ging er hinaus.

Alle anderen erhoben sich und blieben stehen, bis sich die Tür hinter ihm und seinen beiden Leibwächtern vom Secret Service geschlossen hatte.

Im Cabinet Room entstand plötzlich Bewegung; Stimmengewirr. Oddblood Gray, Senator Lambertino und Congressman Jintz steckten die Köpfe zusammen. Ihre Mienen waren grimmig, ihre Stimmen eiskalt. »Wir können nicht zulassen, daß dies geschieht«, sagte der Congressman. »Meiner Meinung nach hat sich der Präsidentenstab sträflich verhalten, als er ihm diesen Plan nicht ausredete.«

»Er hat mich überzeugt, daß er nicht aus persönlichem Zorn handelt«, widersprach Oddblood Gray, »und daß es die wirksamste Lösung dieses Problems ist. Gewiß, es ist hart, aber so sind die Zeiten nun einmal. Wir dürfen nicht zulassen, daß sich die gegenwärtige Lage noch länger hinzieht. Das könnte sich katastrophal auswirken.«
»Ich habe bisher noch nie erlebt, daß Francis Kennedy sich so überheblich verhält«, sagte Senator Lambertino. »Er war der Legislative gegenüber sonst immer ein äußerst höflicher Präsident. Er hätte wenigstens so tun können, als hätten wir am Entscheidungsprozeß teilgenommen.«
Oddblood Gray verteidigte Kennedy: »Er steht unter einem enormen Streß. Es wäre gut, wenn der Kongreß diesen Streß nicht noch verstärken würde.« Keine Chance, dachte er, noch während er es sagte.
Jintz meinte besorgt: »Streß könnte hier überhaupt der springende Punkt sein.« Scheiße, dachte Oddblood Gray, verabschiedete sich hastig, aber freundlich, und eilte in sein Büro zurück, um Hunderte von Telefongesprächen mit Kongreßmitgliedern zu führen.
Arthur Wix, der Berater für Nationale Sicherheit, versuchte, die Position des Verteidigungsministers auszuloten und sicherzustellen, daß sofort eine Sitzung mit den Stabschefs stattfinden würde. Doch der Verteidigungsminister schien von den Ereignissen so überwältigt zu sein, daß er nur flüchtig eine zustimmende Antwort murmelte, aber nicht mit Informationen herausrückte.
Eugene Dazzy hatte dieselben Schwierigkeiten mit diesen Leuten wie Oddblood Gray. Es würde große Probleme geben. Suchend sah er sich nach Christian Klee um. Aber Klee war nirgends zu entdecken, was Dazzy verwunderte, denn es sah ihm gar nicht ähnlich, in einer kritischen Situation wie dieser einfach zu verschwinden.
Dazzy wandte sich an Helen DuPray. »Was meinen Sie?« erkundigte er sich.
Sie musterte ihn kühl. Eine sehr schöne Frau, dachte Dazzy; die

muß ich mal zum Dinner einladen. Schließlich antwortete sie: »Ich meine, daß Sie und die anderen vom Präsidentenstab den Mann im Stich gelassen haben. Seine Reaktion auf diese Krise ist viel zu drastisch.«

Dazzy war verärgert. »Seine Position entbehrt nicht einer gewissen Logik, und auch wenn wir nicht damit einverstanden wären, müßten wir ihn unterstützen.« Von dem Ultimatum, das Kennedy dem Stab gestellt hatte, erwähnte er nichts.

»Es ist die Art, wie Francis den Plan präsentiert hat«, gab Helen DuPray zurück. »Natürlich wird der Kongreß versuchen, ihm die Verhandlungen aus der Hand zu nehmen. Mit Sicherheit werden sie versuchen, ihn seines Amtes zu entheben.«

»Nur über die Leichen seines Stabes«, erklärte Dazzy.

»Seien Sie lieber vorsichtig«, sagte Helen DuPray leise zu ihm. »Unser Land befindet sich in großer Gefahr.«

In seinem Amtszimmer setzte Dazzy seine Sekretärinnen an die Arbeit, während seine Assistenten dem übrigen Stab mitteilten, was nun zu tun sei. Seine eigene Aufgabe war es, die Lage für den Präsidenten zu koordinieren. Als die direkte Telefonleitung zum Büro des Präsidenten klingelte, meldete er sich so hastig, daß ihm die Papiere aus der Hand fielen und zu Boden segelten. »Jawohl, Mr. President«, sagte er. Und er hörte die ruhige Stimme von Francis Kennedy die Worte aussprechen, vor denen er sich gefürchtet hatte.

»Euge?« sagte Kennedy fragenden, freundlichen Tones. »Ich möchte meinen persönlichen Stab bei mir im Yellow Oval Room sehen. Sorgen Sie dafür, daß uns der Film aus dem TV-Bericht über den Tod meiner Tochter vorgeführt werden kann.«

»Aber, Sir«, gab Eugene Dazzy zurück, »es wäre vielleicht besser, wenn Sie ihn sich erst einmal allein ansehen, ohne weitere Anwesende.«

»Nein«, sagte der Präsident bestimmt, »ich wünsche, daß wir ihn alle zusammen sehen.«

»Jawohl, Sir«, antwortete Eugene Dazzy. Er verschwieg, daß der Stab den Film von dem Mord an Theresa Kennedy bereits gesehen hatte.

9. Kapitel

An diesem Mittwoch nachmittag war Peter Cloot mit Sicherheit der einzige Beamte in Washington, der dem Bericht von der Ermordung der Präsidententochter so gut wie keine Beachtung schenkte. Denn er widmete seine gesamte Energie ausschließlich der Atombombendrohung.

Als stellvertretender Leiter des FBI trug er die Verantwortung für diesen Dienst praktisch allein. Christian Klee war zwar der nominelle Chef, aber nur, damit er die Zügel der Macht in Händen halten und das FBI wirkungsvoller der Aufsicht des Justizministers unterstellen konnte, dessen Posten Christian Klee ebenfalls übertragen worden war. Diese Ämterkombination hatte Peter Cloot von Anfang an gestört. Ebensosehr störte es ihn, daß Klee auch der Secret Service unterstellt worden war. Das war für Cloots Geschmack ein bißchen viel an Machtkonzentration. Überdies wußte er, daß im Organisationsplan des FBI eine separate Eliteeinheit existierte, die von Klee direkt geleitet wurde, und daß diese Spezialsicherheitsabteilung sich aus Christian Klees ehemaligen CIA-Kollegen zusammensetzte. Diese Tatsache verletzte ihn.

Die jüngste Atombombendrohung jedoch war allein Peter Cloots Angelegenheit. Diese Show würde er persönlich leiten. Zum Glück gab es bestimmte Anweisungen, an die er sich halten konnte, und außerdem hatte er an Seminaren der Strategiekommission teilgenommen, die sich unmittelbar mit dem Problem inländischer Kernwaffendrohungen befaßten. Wenn also irgend jemand ein Experte für diese Situation war, dann Peter Cloot. Und an Arbeits-

kräften herrschte kein Mangel: Unter Christian Klee hatte sich die Zahl des FBI-Personals verdreifacht.
Als er den Drohbrief mit den beiliegenden Diagrammen sah, hatte Cloot alle Sofortmaßnahmen ergriffen, die in den Dienstvorschriften festgelegt waren. Und ein leichtes Kribbeln der Angst verspürt. Bis zu diesem Zeitpunkt hatte es bereits Hunderte von ähnlichen Drohungen gegeben, von denen nur sehr wenige glaubwürdig waren, aber keine hatte so überzeugend gewirkt wie diese. Sämtliche Drohungen waren, den Vorschriften entsprechend, geheimgehalten worden.
Über die ausschließlich für diesen Zweck eingerichteten Sonderkommunikationsmittel leitete Cloot das Schreiben umgehend an die Befehlszentrale des Energieministeriums in Maryland weiter. Außerdem benachrichtigte er die Suchteams des Energieministeriums in Las Vegas, NEST genannt. NEST hatte bereits die von ihm zusammengestellten Werkzeuge und Detektoren auf dem Luftweg nach New York verfrachtet. Andere Maschinen brachten Spezialisten in die Stadt, wo sie in getarnten, mit den neuesten Suchinstrumenten bestückten Lastwagen durch New Yorks Straßen patrouillieren sollten. Hubschrauber würden eingesetzt werden, Agenten mit Geigerzähler-Aktenkoffern zu Fuß in die Stadt ausschwärmen. Aber all das bereitete Cloot keine Kopfschmerzen, denn er brauchte den NEST-Suchern nur den nötigen bewaffneten FBI-Schutz zur Verfügung zu stellen. Nein, Cloots Aufgabe war es, die Verbrecher aufzuspüren.
Die Leute vom Energieministerium in Maryland hatten das Schreiben untersucht und ihm ein psychologisches Profil des Absenders geschickt. Diese Burschen sind wirklich erstaunlich, dachte Cloot; er wußte nicht, wie die das schafften. Einer der eindeutigsten Hinweise war natürlich die Tatsache, daß die Briefschreiber kein Geld verlangten. Und das deutete zugleich auf eine gewisse politische Einstellung hin. Sobald Cloot das Profil in Händen hielt, hatte er eintausend Mann auf die Ermittlungen angesetzt.
In dem Profil hieß es, der Briefschreiber sei vermutlich jung und

hochgebildet, höchstwahrscheinlich Physikstudent an einer erstklassigen Universität. Und nachdem Cloot allein aufgrund dieser Information innerhalb weniger Stunden bereits zwei perfekte Verdächtige hatte, war alles andere erstaunlich leicht. Er hatte die ganze Nacht gearbeitet und die Leitung seiner Feldteams persönlich übernommen. Als er von Theresa Kennedys Ermordung erfuhr, hatte er sie energisch aus seinen Gedanken verdrängt – bis auf eine kurze Überlegung, ob dies alles irgendwie miteinander zu tun haben könnte. Heute abend war es jedoch seine Aufgabe, den Absender der Atombombendrohung zu finden. Zum Glück war der Täter ein Idealist und dadurch leichter aufzuspüren. Wäre es einer von Tausenden habgierigen Scheißkerlen gewesen, die so etwas taten, weil sie Geld wollten, hätte es mehr Schwierigkeiten bereitet, ihn zu finden.

Während er auf die Information wartete, ließ er die Unterlagen über sämtliche früheren Atombombendrohungen durch den Computer laufen. Kein einziges Mal war eine Atombombe gefunden worden, und die Erpresser, die beim Kassieren des Geldes geschnappt worden waren, hatten gestanden, daß es auch keine gegeben hatte. Einige von ihnen hatten gewisse naturwissenschaftliche Kenntnisse besessen, andere entsprechende Informationen einer linken Zeitschrift entnommen, die in einem Artikel beschrieb, wie man eine Atombombe herstellt. Man hatte Druck auf die Zeitschrift ausgeübt, damit der Artikel nicht veröffentlicht wurde, aber der Fall war vor den Obersten Gerichtshof gekommen, und der hatte entschieden, die Nichtveröffentlichung stelle eine Verletzung der Pressefreiheit dar. Schon der Gedanke an diesen Fall ließ Peter Cloot jetzt vor Rage zittern. Dieses verdammte Land würde sich noch selbst zerstören. Eine Feststellung erweckte jedoch sein Interesse: An keinem der über zweihundert Fälle war eine Frau, ein Schwarzer oder ein ausländischer Terrorist beteiligt gewesen. Es waren allesamt waschechte, geldgierige amerikanische Männer.

Als er mit der Durchsicht der Computerunterlagen fertig war, dachte er eine Weile über seinen Chef Christian Klee nach. Die Art, wie Klee die Dinge anpackte, gefiel ihm nicht. Klee meinte, die einzige Aufgabe des FBI sei es, den Präsidenten der Vereinigten Staaten zu schützen. Klee benutzte nicht nur den Secret Service, sondern verfügte auch in jeder FBI-Filiale im ganzen Land über Spezialeinheiten, deren Hauptaufgabe es war, potentielle Gefahren für das Büro des Präsidenten aufzuspüren. Dafür zog Klee einen beträchtlichen Teil der Agenten von anderen FBI-Aktionen ab.

Cloot betrachtete Christian Klees immense Macht und seine Spezialabteilung aus Ex-CIA-Agenten mit Mißtrauen. Was zum Teufel taten die eigentlich? Peter Cloot wußte es nicht, obwohl es sein gutes Recht war, darüber informiert zu werden. Diese Abteilung erstattete nur Klee persönlich Bericht, und das war äußerst bedenklich in einer Regierungsbehörde, die der Kritik der öffentlichen Meinung so ausgesetzt war wie das FBI. Bisher war allerdings noch nichts passiert. Peter Cloot verbrachte viel Zeit damit, sich selbst den Rücken zu decken und dafür zu sorgen, daß er nicht ins Kreuzfeuer geriet, wenn diese Spezialabteilung irgendwelchen Mist baute, der ihnen den Kongreß mit seinen Untersuchungssonderausschüssen auf den Hals hetzte.

Um ein Uhr nachts kam Cloots Stellvertreter, um zu berichten, die beiden Verdächtigen würden observiert und es gebe Anhaltspunkte, die das psychologische Profil bestätigten, sowie weitere Indizienbeweise. Nun brauche man nur noch einen Haftbefehl.

»Vorher muß ich aber noch Klee informieren«, antwortete Cloot seinem Stellvertreter. »Warten Sie einen Moment; ich rufe ihn an.«

Wie Cloot wußte, hielt sich Klee entweder im Büro von Kennedys Stabschef auf, oder die allwissenden Telefonvermittler des Weißen Hauses würden ihn irgendwo aufstöbern. Er erreichte Klee schon beim ersten Versuch.

»Wir haben unseren Spezialfall gelöst«, informierte ihn Cloot. »Aber ich dachte, ich unterrichte Sie lieber, bevor wir die beiden verhaften. Können Sie rüberkommen?«

Klees Stimme klang überanstrengt. »Nein, unmöglich. Ich muß beim Präsidenten bleiben. Dafür haben Sie doch sicher Verständnis.«

»Soll ich einfach weitermachen und Ihnen später Bericht erstatten?« erkundigte sich Cloot.

Am anderen Ende blieb es lange still. Dann sagte Klee: »Die Angelegenheit ist, glaube ich, nicht so eilig, daß Sie nicht noch kurz hierherkommen könnten. Sollte ich nicht zu erreichen sein, warten Sie. Aber Sie müssen sich beeilen.«

»Bin schon unterwegs«, versicherte Cloot.

Keiner von beiden wäre auf die Idee gekommen, den Bericht telefonisch durchzugeben, denn man mußte darauf gefaßt sein, daß Telefongespräche abgehört wurden.

Als Peter Cloot im Weißen Haus eintraf, wurde er in ein kleines Konferenzzimmer geführt. Christian Klee, der ihn dort erwartete, hatte seine Prothese abgenommen und massierte sich den Stumpf durch die darübergezogene Socke.

»Ich habe nur ein paar Minuten Zeit«, erklärte Klee. »Große Konferenz mit dem Präsidenten.«

»O mein Gott, das Ganze tut mir ja so leid!« erwiderte Cloot. »Wie trägt er es denn?«

Klee schüttelte den Kopf. »Das kann man bei Francis nie so recht sagen. Er wirkt okay.« Wieder schüttelte er bekümmert den Kopf; dann sagte er energisch: »Okay, schießen Sie los.« Er musterte Cloot mit angewiderter Miene. Immer wieder ärgerte er sich über die äußere Erscheinung dieses Mannes.

Cloot wirkte nie müde; außerdem gehörte er zu jenen Männern, deren Hemd und Anzug nie das geringste Knitterfältchen aufweisen. Er trug stets Strickkrawatten aus Wolle mit dicken Knoten, gewöhnlich in einer hellgrauen Schattierung, zuweilen in einer Art blutdunklem Schwarz.

»Wir haben sie gefunden«, berichtete Cloot. »Zwei junge Burschen, zwanzig Jahre, vom MIT-Kernkraftlabor. Jugendliche Genies, IQ über 160, beide aus wohlhabenden Familien, politisch links, Teilnehmer von Anti-Atomkraft-Demos. Beide haben Zugang zu Geheimunterlagen. Die Profile der Strategie-Kommission passen auf sie wie maßgeschneidert. Die sitzen da in ihrem Labor oben in Boston und arbeiten an irgendeinem Regierungs- bzw. Universitätsprojekt. Vor etwa zwei Monaten kamen sie nach New York, ein Kumpel hat dafür gesorgt, daß sie Mädchen ins Bett kriegten, und sie haben sich großartig amüsiert. Der Mann war sicher, daß es für beide das erste Mal war. Eine tödliche Kombination, Idealismus und die wildgewordenen Hormone der Jugend. Im Moment haben wir sie festgenagelt.«

»Haben Sie sichere Beweise?« wollte Christian wissen. »Irgend etwas Konkretes?«

»Wir wollen sie weder vor Gericht stellen noch überhaupt anklagen«, entgegnete Cloot. »Es handelt sich lediglich um eine Präventivarrestierung, wie sie nach dem Atombombengesetz möglich ist. Sobald wir sie haben, werden sie gestehen und uns verraten, wo das verdammte Ding steckt – falls es überhaupt existiert. Ich persönlich glaube, es existiert gar nicht. Ich halte diesen Teil der Drohung für Unsinn. Aber den Brief haben sie mit Sicherheit geschrieben. Die Profile passen, das Datum des Schreibens ebenfalls: Es ist der Tag, an dem sie sich im New Yorker Hilton eingetragen haben. Das ist der entscheidende Punkt.«

Christian staunte immer wieder über die vielen Möglichkeiten der Regierungsbehörden mit ihren Computern und hochentwickelten elektronischen Apparaten. Es war phantastisch, die konnten einfach jeden belauschen, er mochte noch so viele Vorsichtsmaßnahmen treffen! Sämtliche Hotelregister der ganzen Stadt konnten sie mit ihren Computern in weniger als einer Stunde überprüfen, und noch viele hochkomplizierte, schwerwiegende Dinge mehr. Was natürlich mit immensen Kosten verbunden war.

»Okay, wir greifen sie uns«, entschied Christian. »Aber ob Sie ihnen ein Geständnis abluchsen können, möchte ich doch bezweifeln. Das sind äußerst clevere Burschen.«

Cloot sah Christian offen in die Augen. »Okay, Chris, sie gestehen also nicht, und wir sind ein zivilisiertes Land. Wir lassen die Bombe einfach explodieren und Zehntausende von Menschen sterben.« Einen Moment grinste er fast bösartig. »Oder Sie gehen zum Präsidenten und bitten ihn um die Genehmigung zu einer medizinischen Befragung. Paragraph IX des Atomwaffenkontrollgesetzes.«

Auf diesen Punkt hatte Cloot die ganze Zeit hinausgewollt.

Christian hatte denselben Gedanken dagegen den ganzen Abend lang von sich gewiesen. Er war schon immer schockiert darüber gewesen, daß ein Land wie die Vereinigten Staaten ein derartiges Geheimgesetz verabschiedet hatte. Die Presse hätte es mühelos aufdecken können, aber da gab es wiederum dieses Abkommen zwischen den Eigentümern der Medien und den Gouverneuren des Landes. Aus diesem Grund war die Öffentlichkeit von diesem Gesetz ebensowenig informiert wie über viele andere Gesetze im Zusammenhang mit der Atomforschung.

Christian Klee dagegen war über den Paragraphen IX sehr wohl unterrichtet. Als Anwalt hatte er sich darüber gewundert. Er stellte eine Grausamkeit innerhalb der Gesetzgebung dar, die ihn schon immer abgestoßen hatte.

Im wesentlichen wurde dem Präsidenten durch den Paragraphen IX das Recht verliehen, einen chemischen Gehirn-Scan anzuordnen, der entwickelt worden war, um jeden Menschen zur Wahrheit zu zwingen: ein Lügendetektor unmittelbar im Gehirn selbst. Dieses Gesetz, speziell erlassen, um Informationen über Verstecke von Kernsprengsätzen zu erhalten, paßte haargenau auf diesen Fall. Es gab keine Folter, das Opfer litt keine körperlichen Schmerzen. Nur die Neuronen des Gehirns wurden gemessen, damit es unzweifelhaft die Wahrheit sagte, sobald ihm Fragen gestellt wurden. Es war eine humane Methode; der einzige Haken war, daß niemand so recht wußte, was nach der Operation mit dem Gehirn geschah. Experimente ließen darauf schließen, daß es in seltenen Fällen zu einem geringen Gedächtnisverlust, einem leichten Verlust der Funktionsfähigkeit kommen konnte. Das

Opfer würde nicht geistig behindert sein, das wäre gewissenlos, doch, wie man so schön sagte, die Luft war raus. Nur leider bestand auch eine zehnprozentige Chance, daß es zu einem vollständigen Gedächtnisverlust kam, zu einer vollständigen, langfristigen Amnesie. Die gesamte Vergangenheit des Opfers war dann wie ausradiert.

»Ein Schuß ins Blaue vielleicht«, sagte Christian, »aber könnte dieser Fall etwas mit der Flugzeugentführung und dem Papstmord zu tun haben? Sogar die Sache mit dem Mann, der auf Long Island verhaftet wurde, wirkt auf mich wie ein Trick. Könnte das alles zusammenhängen, eine Art Vernebelung sein, eine Falle?«

Cloot musterte ihn aufmerksam, als überlege er, was er darauf antworten solle. Doch als er sprach, ließ er an seinen Worten keinen Zweifel. »Unmöglich«, sagte Cloot. »Hier haben wir es mit einem der berühmten Zufälle der Geschichte zu tun.«

»Die stets zu einer Tragödie führen«, ergänzte Christian ironisch.

»Diese beiden Burschen sind auf ihre ganz persönliche, geniale Art verrückt«, fuhr Cloot fort. »Sie sind politisch motiviert. Besessen von der nuklearen Gefahr für die ganze Welt. Sie interessieren sich nicht für aktuelle politische Streitereien. Sie pfeifen auf Araber und Israelis, auf Reiche und Arme in Amerika. Auf Demokraten und Republikaner. Sie wollen nur, daß sich der Globus um seine Achse dreht. Sie wissen schon.« Er lächelte verächtlich. »Die glauben alle, sie sind der liebe Gott. Nichts könnte ihnen etwas anhaben.«

In einer Hinsicht aber war Christian beruhigt: Wenn Cloot keine Verbindung zwischen diesem irrwitzigen Atombombenfall und den Entführern vermutete, bestand auch keine. Cloot verdächtigte jeden jeglicher Tat. Doch dann tauchte ein anderer Gedanke auf. Im Augenblick flogen einem auf Grund dieser beiden Probleme die politischen Granatsplitter nur so um die Ohren. Moment, nicht zu schnell, dachte er. Francis befand sich gegenwärtig in furchtbarer Gefahr. Er *mußte* geschützt werden. Vielleicht konnten sie das eine gegen das andere ausspielen.

Also sagte Klee zu seinem Stellvertreter: »Hören Sie, Peter, ich wünsche, daß diese Aktion höchste Geheimhaltungsstufe bekommt. Sperren Sie sämtliche Informationen. Ich wünsche, daß diese beiden Burschen verhaftet und ins Gefängnislazarett hier in Washington verbracht werden. Nur Sie und ich und die Agenten von der Spezialabteilung, die wir benutzen. Stoßen Sie die Agenten mit der Nase auf das Atomsicherheitsgesetz; hundertprozentige Abschottung. Niemand darf die beiden besuchen, niemand darf mit ihnen sprechen – außer mir. Ich werde die Vernehmung persönlich leiten.«

Cloot warf ihm einen sonderbaren Blick zu. Es behagte ihm nicht, die Operation an Klees Spezialabteilung übergeben zu müssen. »Das Medizinerteam wird einen Präsidentenbefehl sehen wollen, bevor sie den Jungs Chemikalien ins Gehirn spritzen.«

»Ich werden den Präsidenten persönlich fragen«, erklärte Christian.

Peter Cloot fuhr unbeirrt fort: »Die Zeit ist ein wesentlicher Faktor in diesem Fall, und Sie sagten, niemand darf die beiden vernehmen außer Ihnen persönlich. Gilt das auch für mich? Was ist, wenn Sie beim Präsidenten beschäftigt sind?«

Christian Klee gab lächelnd zurück: »Nur keine Bange, ich werde da sein. Niemand außer mir, Peter. Und jetzt geben Sie mir die Einzelheiten.« Er hatte andere Dinge im Kopf. In Kürze würde er sich mit den Chefs seiner FBI-Spezial-Abteilung treffen und sie anweisen, die wichtigsten Mitglieder von Kongreß und Socrates Club unter elektronische und Computer-Überwachung zu stellen.

Die Befehlszentrale des Energieministeriums in Maryland, offiziell bekannt als Emergency Action Coordination Team, saß über den von der Strategiekommission erarbeiteten Profilen potentieller Atombombenterroristen. Es besaß Profile von Psychosekranken und wußte, wie sie sich genügend Kenntnisse aneignen konnten, um eine ernstzunehmende Bedrohung zu schaffen. Es besaß Profile von Idealisten, die versuchen könnten, eine Nuklearwaffe zu zünden. Es besaß Profile von Glücksrittern, die Geld verlangten, von Agenten ausländischer Terroristenorganisationen, die zu einer so furchtbaren Tat fähig waren. Es besaß Profile, die fast perfekt auf den Fall Adam Gresse und Henry Tibbot paßten. Das machte es Peter Cloot und seinen dreitausend Agenten leicht.

Adam Gresse und Henry Tibbot waren mit zwölf Jahren bereits anerkannte Wunderkinder der Naturwissenschaft gewesen und erhielten die beste Ausbildung, die ihnen eine finanziell saturierte und unterstützungswillige US-Regierung bieten konnte. Sie wurden in Geisteswissenschaften unterrichtet, in Kunst, Jura und in Geschichte, genauer, dem unsterblichen Kampf der großen Aufsteiger der Menschheit, Antigone, Baudelaire, Sacco und Vanzetti, Martin Luther King. Schließlich waren sie so perfekt ausgebildet, wie nur eine zivilisierte Gesellschaft sie auszubilden vermochte.

Aber sie waren jung, und ihre ungebändigten Hormone lagen im Kampf mit ihren Gefühlen. Die Vulgaritäten des Lebens, politischer und intellektueller Art, weckten in ihnen das, was man nur als Verachtung für eine real existierende Welt bezeichnen konnte, die unbedingt verbessert werden mußte.

Sogar sich selbst mußten sie eingestehen, daß die Erregung beim Stehlen des Materials aus den offiziellen Programmen, die Genugtuung bei der Lösung der technischen Probleme, das Glücksgefühl, schließlich eine funktionsfähige und explodierbare Zwei-Kilotonnen-Atombombe hergestellt zu haben, ihnen ein einmaliges Gefühl der Macht verlieh, das ihren endgültigen Entschluß, sie zu benutzen, nachhaltig beeinflußte. Doch keine Sekunde dachten sie daran, sie zur Explosion zu bringen.

Sie würden die Bombe legen. Sie würden einen Brief an die New York Times schreiben, in dem sie ihre Absicht darlegten: daß dies eine Warnung sei, daß jeder Mensch, wenn die Nationen fortfuhren, Kernwaffen zu produzieren, um ihre eigenen, bornierten Interessen durchzusetzen, das Recht hatte, ebenfalls Kernwaffen zu entwikkeln, um zu verhindern, daß die Diktatoren der Welt das ganze Universum in Schutt und Asche legten. Von den ausgeklügelten, streng geheimen Maßnahmen der Regierungsbehörden, die genau solche Drohungen durchkreuzen sollten, hatten sie keine Ahnung. Ebensowenig Ahnung hatten sie davon, wie die Welt wirklich funktionierte. Sie machten sich keine Vorstellung von der Unterwelt des täglichen Lebens, in der eine scheinbar belanglose Achtlosigkeit schlimmste Folgen zeitigen kann. Es überstieg ihr Begriffsvermögen, daß ein Postverteiler der New York Times den Sack mit der eingehenden Post erst zwei Tage später bekommen und daher ihr Warnschreiben verzögern würde. Noch war ihnen jemals klar, daß der Brief umgehend dem FBI ausgehändigt werden würde.

Und so hatten sie ihre winzige Atombombe gelegt, eine Bombe, die sie mit viel Mühe und Erfindungsgabe konstruiert hatten. Möglicherweise waren sie auch so stolz auf ihr Produkt, daß sie der Versuchung, cs für einen derart hochherzigen Zweck einzusetzen, nicht widerstehen konnten.

Immer wieder kontrollierten Adam Gresse und Henry Tibbot die Zeitungen, aber ihr Brief erschien nicht auf der Titelseite der New York Times. Keine einzige Meldung wurde gebracht. Man gab ihnen keine Gelegenheit, die Behörden zu der Bombe zu führen, sobald ihre Forderung erfüllt würde. Man ignorierte sie. Das erschreckte sie und machte sie zornig. Nun würde die Bombe explodieren und Tausende von Todesopfern fordern. Aber vielleicht war das ja ganz gut so. Wie anders konnte man die Welt auf die Gefahr aufmerksam machen, die der Einsatz von Atomenergie bedeutete? Wie anders konnte man die Männer an der Macht dazu bringen, entsprechende Sicherheitsmaßnahmen anzuordnen? Wie sie berechnet hatten, würde die Bombe mindestens vier bis sechs Häuserblocks von New York City zerstören. Das bedauerten sie; es würde eine gewisse Anzahl von Menschenleben kosten. Aber es war ein kleiner Preis, den die Menschheit zahlen mußte, um einzusehen, daß sie auf dem falschen Weg war. Unüberwindliche Sicherungen mußten eingebaut, die Produktion von Atombomben mußte von allen Nationen der Welt geächtet werden.

Am Mittwoch arbeiteten Gresse und Tibbot noch im Labor, bis alle anderen das Institut verlassen hatten; dann überlegten sie, ob sie die Behörden telefonisch benachrichtigen sollten. Anfangs hatte es nicht in ihrer Absicht gelegen, die Bombe tatsächlich hochgehen zu lassen, hatten sie nichts weiter gewollt, als ihren Warnbrief von der New York Times veröffentlichen zu lassen; anschließend hatten sie dann sofort nach New York fahren und ihre Bombe entschärfen wollen. Nun aber schien sich ein Duell der Willenskraft zu entwickeln. Sollten sie dulden, daß man sie wie Kinder behandelte, mit einem Hohnlächeln abtat, während sie doch so viel für die Menschheit zu tun vermochten? Oder würde man ihnen zuhören? Ihrer wissenschaftlichen Arbeit konnten sie jedenfalls nicht mehr mit gutem Gewissen nachgehen, wenn sie vom politischen Establishment mißbraucht werden sollte.

New York City als Ort hatten sie gewählt, weil sie bei ihren Besuchen dort entsetzt waren über die Atmosphäre des Bösen, das überall auf den Straßen zu lauern schien. Die bedrohlichen Bettler, die unverschämten Fahrer am Steuer der Autos, die brüske Art der Verkäufer in den Geschäften, die zahllosen Einbrüche, Überfälle und Morde. Besonders abgestoßen hatten sie sich vom Times Square gefühlt, diesem Viertel so voller Menschen, daß es ihnen vorkam wie ein riesiger Abfluß voll Kakerlaken. Auf dem Times Square wirkten die Zuhälter, die Drogendealer, die Huren so bedrohlich auf Gresse und Tibbot, daß sie verängstigt in ihr Hotelzimmer zurückflohen. Daher hatten sie, von gerechtem Zorn erfüllt, beschlossen, die Bombe in der Nähe des Times Square zu legen. Sie wären entsetzt und gekränkt gewesen, hätte man sie darauf hingewiesen, daß die meisten Gesichter, die sie auf dem Times Square gesehen hatten, schwarz waren.

Als der Mord an Theresa Kennedy im Fernsehen gezeigt wurde, waren Adam Gresse und Henry Tibbot ebenso fassungslos wie alle anderen Amerikaner. Aber sie ärgerten sich auch ein bißchen darüber, daß die Tat die allgemeine Aufmerksamkeit von ihrer eigenen Aktion ablenkte, die für das Schicksal der Menschheit doch von so viel größerer Bedeutung war.

Aber sie waren nervös geworden. Adam hörte seltsame Klickgeräusche in seinem Telefon, entdeckte, daß sein Wagen verfolgt wurde, stellte elektrische Störungen fest, wenn bestimmte Männer ihn auf der Straße überholten. Er berichtete Tibbot von seinen Erkenntnissen.

Henry Tibbot war sehr groß und sehr dünn. Er schien von Kopf bis Fuß aus Draht zu bestehen, der durch ein bißchen Fleisch und durchscheinende Haut zusammengehalten wurde. Er besaß einen schärferen naturwissenschaftlichen Verstand als Adam, aber auch wesentlich stärkere Nerven. »Du reagierst wie alle Verbrecher«, erklärte er Adam. »Das ist normal. Jedesmal, wenn jemand an die Tür klopft, denke ich, es sind die vom FBI.«

»Und wenn sie's einmal wirklich sind?« erkundigte sich Gresse.

»Hältst du den Mund, bis der Anwalt da ist«, antwortete Henry Tibbot. »Das ist das wichtigste. Wir kriegen fünfundzwanzig Jahre, nur für den Brief. Wenn die Bombe also hochgeht, werden es höchstens ein paar Jährchen mehr sein.«

»Glaubst du wirklich, die könnten uns aufspüren?« fragte Adam.

»Völlig unmöglich«, versicherte Henry Tibbot. »Wir haben alles beseitigt, was als Beweis dienen könnte. Mein Gott, wir sind schließlich intelligenter als sie – oder?«

Adam war beruhigt, aber noch immer ein wenig unsicher. »Vielleicht sollten wir anrufen und ihnen mitteilen, wo sie ist«, meinte er.

»Nein«, widersprach Henry Tibbot energisch. »Die sind inzwischen ja gewarnt. Also werden sie unseren Anruf sofort zurückverfolgen. Das wäre die einzige Möglichkeit, uns zu erwischen. Also vergiß nicht: Wenn irgendwas schiefgeht, hältst du den Mund! Und jetzt an die Arbeit.«

Im Grunde machten Adam Gresse und Henry Tibbot an diesem Abend nur Überstunden im Labor, weil sie zusammensein wollten. Sie wollten über das reden, was sie getan hatten, über die Möglichkeiten, die ihnen blieben. Sie waren beide willensstark, zeit ihres Lebens dazu erzogen, ihre Überzeugungen mutig zu vertreten und jede Autorität zu hassen, die sich weigerte, vernünftige Argumente anzuerkennen. Obwohl sie eine mathematische Formel entwickelt hatten, die möglicherweise das Schicksal der Menschheit verändern konnte, hatten sie keine Ahnung von den komplizierten Verzahnungen der Zivilisation. Als triumphierende Erfolgsmenschen hatten sie noch keine Gelegenheit gehabt, in die Menschheit hineinzuwachsen.

Eben, als sie das Labor verlassen wollten, klingelte das Telefon. Es war Henry Tibbots Vater. »Mein Sohn«, sagte er zu Henry, »hör mir jetzt aufmerksam zu. Ihr könnt jeden Moment vom FBI verhaftet werden. Sagt bitte kein Wort, bevor sie euch mit eurem Anwalt sprechen lassen. Sagt einfach gar nichts. Ich weiß…«

In diesem Augenblick ging die Tür auf, und eine Schar Männer stürmte herein.

10. Kapitel

In Amerika gibt es zweifellos mehr sozial gesinnte Reiche als in jedem anderen Land der Welt. Das trifft vor allem auf die extrem Reichen zu, die riesige Konzerne besitzen und leiten, in der Politik wirtschaftliche Macht ausüben, jegliche Form von Kultur fördern. Und all das traf vor allem auf die Mitglieder des Socrates Club zu. Der Socratic Country Golf and Tennis Club of Southern California war vor nahezu siebzig Jahren von Immobilien-, Medien-, Film- und Agrar-Magnaten als eine politisch liberale Organisation für Sport und Entspannung gegründet worden. Er war ein höchst exklusiver Erholungsort, der nur superreiche Mitglieder aufnahm. Genaugenommen konnte sich jeder, schwarz oder weiß, Jude oder Katholik, Mann oder Frau, Künstler oder Konzernchef, um die Mitgliedschaft bewerben. In Wirklichkeit aber gab es nur sehr wenige Schwarze im Club und nicht eine einzige Frau.

Letzten Endes entwickelte sich der Socrates Country Club zu einem Club für die besonders aufgeklärten und verantwortungsbewußten Reichen. Vorsichtshalber hatten sie einen ehemaligen stellvertretenden Leiter der CIA als Überwacher ihres Sicherheitssystems angestellt, und die elektronischen Zäune waren die höchsten von ganz Amerika.

Viermal im Jahr diente der Club als Treffpunkt für fünfzig bis hundert Mitglieder, denen so gut wie ganz Amerika gehörte. Während ihres einwöchigen Aufenthalts wurde der übliche Service auf ein Minimum reduziert. Die Herren machten ihre Betten selbst, holten sich ihre Drinks persönlich und grillten sich zuweilen sogar am Abend ein Steak. Natürlich gab es einige Kellner, Köche und Zimmermädchen, außerdem auch die unvermeidlichen Assistenten all dieser so einflußreichen Männer; die amerikanische Welt des Big Business und der Politik konnte schließlich nicht zum Stillstand gebracht werden, nur weil diese Männer ihre geistigen Batterien aufladen mußten.

Während ihres einwöchigen Aufenthalts trafen sich die Herren in kleinen Gruppen und verbrachten viel Zeit mit privaten Diskussionen. Sie besuchten Seminare angesehener Professoren der berühmtesten Universitäten – Vorlesungen über Ethik, Philosophie, die Verantwortung der Privilegierten gegenüber den weniger vom Glück gesegneten Mitgliedern der Gesellschaft. Sie hörten Vorträge berühmter Naturwissenschaftler über die Vor- und Nachteile von Kernwaffen, über Hirnforschung, Raumforschung und Volkswirtschaft.

Aber sie spielten auch Tennis, schwammen im Pool, veranstalteten Backgammon- und Bridge-Turniere und diskutierten bis tief in die Nacht hinein über Tugend und Laster, Frauen und Liebe, Ehe und Abenteuer. Sie waren verantwortungsbewußte Männer, die verantwortungsbewußtesten Männer der amerikanischen Gesellschaft. Und sie bemühten sich um zweierlei: Sie versuchten bessere Menschen zu werden, während sie zugleich ihre Jugend wiederzufinden trachteten, und sie versuchten gemeinsam eine bessere

Gesellschaft zu schaffen – so wie sie sich eine bessere Gesellschaft vorstellten.

Nach einer gemeinsam verbrachten Woche kehrten sie in ihr normales Leben zurück: erfüllt von neuer Hoffnung, dem Wunsch, der Menschheit zu helfen, einem geschärften Blick dafür, wie ihre Aktivitäten miteinander zu verflechten waren, um die Struktur ihrer Gesellschaft zu erhalten, und möglicherweise mit näheren persönlichen Bekanntschaften, die ihnen geschäftlich zugute kommen mochten.

In diesem Quartal hatte die Woche am Montag nach Ostersonntag begonnen. Wegen der innenpolitischen Krise infolge des Papstmordes und der Entführung der Maschine mit der Präsidententochter samt ihren Mördern an Bord war die Zahl der Teilnehmer auf weniger als zwanzig zusammengeschmolzen.

George Greenwell war der älteste von ihnen. Mit achtzig vermochte er noch immer ein Tennisdoppel zu spielen, drängte sich jedoch in seiner sorgfältig anerzogenen Höflichkeit niemals den jüngeren Männern auf, die dadurch gezwungen gewesen wären, einen nachsichtigen Stil zu spielen. Immerhin, bei den langen Backgammon-Sitzungen kämpfte er nach wie vor wie ein Tiger.

Greenwell war der Meinung, die nationale Krise gehe ihn nichts an, solange sie nicht irgend etwas mit Getreide zu tun habe. Denn seine Firma war ein Privatunternehmen, das den größten Teil des Weizenmarkts von Amerika beherrschte. Seine Sternstunde hatte er vor dreißig Jahren gehabt, als die Vereinigten Staaten aus politischen Gründen ein Getreide-Embargo über Rußland verhängten, um die Sowjetunion während des kalten Krieges unter Druck zu setzen.

George Greenwell war zwar Patriot, aber kein Dummkopf. Er wußte, daß Rußland einem derartigen Druck nicht nachgeben konnte. Und wußte ebenfalls, daß das von Washington angeordnete Embargo die amerikanischen Farmer ruinieren würde. Also hatte er dem Präsidenten der Vereinigten Staaten die Stirn geboten und das verbotene Getreide verschifft, indem er es über ausländische Firmen laufen ließ, die es nach Rußland weiterbeförderten. Damit hatte er sich den Zorn der amerikanischen Exekutive zugezogen. Dem Kongreß waren Gesetzesvorschläge präsentiert worden, durch die die Macht seines Familienkonzerns beschnitten, die Firma vergesellschaftet und einer Art regulativen Kontrolle unterstellt werden sollte. Aber das Geld, das die Greenwells den Congressmen und Senatoren zukommen ließen, machte diesem Unsinn ein Ende.

Greenwell liebte den Socrates Country Club, weil er zwar luxuriös war, aber nicht luxuriös genug, um den Neid der weniger Privilegierten auf sich zu ziehen; weil seine Mitglieder, obwohl die Medien nichts von seiner Existenz wußten, den größten Teil aller Fernsehsender, Zeitungen und Magazine besaßen; und weil der Club es ihm ermöglichte, sich wieder jung zu fühlen und am Gesellschaftsleben jüngerer Männer teilzunehmen, die ihm an Macht nahezu gleichkamen.

Während des Getreide-Embargos hatte er Riesensummen zusätzlich verdient, indem er den empörten amerikanischen Farmern Weizen und Mais billig abkaufte, um ihn sodann für teures Geld an das verzweifelte Rußland zu verkaufen. Gleichzeitig aber hatte er dafür gesorgt, daß dieses zusätzlich verdiente Geld der Bevölkerung der Vereinigten Staaten zugute kam. Dieses Verhalten entsprang einer bestimmten Überzeugung: daß nämlich seine Intelligenz jener der Regierungsfunktionäre haushoch überlegen sei. Das verbleibende Geld, Hunderte von Millionen Dollar, war in Museen, Bildungsstiftungen und TV-Kulturprogramme geflossen, vor allem aber in Musiksendungen, denn die Musik war Greenwells Leidenschaft.

Greenwells Stolz darauf, ein kultivierter Mensch zu sein, gründete sich auf die Tatsache, daß er die besten Schulen besucht hatte, wo man ihn das soziale Verhalten eines verantwortungsbewußten Reichen und ein zivilisiertes Gefühl der Zuneigung für seine Mitmenschen beibrachte. Seine dennoch skrupellosen Geschäftsmethoden waren seine ganz persönliche Kunstform: Die Mathematik von Millionen Tonnen Getreide klang in seinem Kopf nicht weniger klar und rein als wunderbarste Kammermusik.

Eine der seltenen Situationen, bei denen er in würdelose Wut ausbrach, war eingetreten, als ein sehr junger Musikprofessor auf einem von seinem Stipendium eingerichteten Lehrstuhl einen Essay veröffentlichte, in dem er Jazz und Rock-and-Roll-Musik höher einstufte als Brahms und Schubert und es wagte, klassische Musik als »Trauermusik« zu bezeichnen. Da hatte George Greenwell sich geschworen, diesen Professor von seinem Lehrstuhl entfernen zu lassen, doch seine tief verwurzelte Höflichkeit hatte gesiegt. Als dieser selbe junge Professor dann freilich einen weiteren Essay veröffentlichte, in dem der unglückselige Satz vorkam: »Wer kümmert sich einen Dreck um Beethoven?«, führte er damit selber sein Ende herbei. Der junge Professor wußte gar nicht, wie ihm geschah, doch ein Jahr später gab er in San Francisco Klavierstunden.

Der Socrates Country Club verfügte über eine Extravaganz: ein ausgeklügeltes Kommunikationssystem. An jenem Vormittag, an dem Präsident Francis Kennedy die Runde seiner Berater auf der Geheimsitzung von dem Ultimatum in Kenntnis setzte, das er dem Sultan von Sherhaben zu stellen gedachte, waren alle zwanzig Mitglieder des Socrates Country Club innerhalb einer Stunde davon informiert. Nur Greenwell wußte, daß die Information von Oliver Ollifant kam, dem Orakel.

Es war ein Grundsatz, daß diese regelmäßigen Zusammenkünfte einflußreicher Männer niemals benutzt wurden, um Pläne zu schmieden oder Verschwörungen anzuzetteln, sondern lediglich die Möglichkeit boten, allgemeine Ziele zu vergleichen, über allgemeine Interessen zu informieren, Irrtümer im Hinblick auf die allgemeine Funktion einer komplizierten Gesellschaft zu beseitigen. In diesem Sinne bat George Greenwell am Dienstag drei der anderen wichtigen Männer in einen der heiter gestalteten Pavillons unmittelbar neben den Tennisplätzen zum Lunch.

Lawrence Salentine, dem jüngsten dieser Geladenen, gehörten

eine der großen Fernsehanstalten, einige Kabelgesellschaften, Zeitungen in drei Großstädten, fünf Zeitschriften und eines der größten Filmstudios. Mittels Tochtergesellschaften war er Besitzer eines großen Buchverlags. Außerdem gehörten ihm zwölf lokale Fernsehsender in verschiedenen Großstädten. Und das alles nur in den Vereinigten Staaten. Darüber hinaus war er auch in den Medien ausländischer Staaten ein Machtfaktor. Salentine, erst fünfundvierzig Jahre alt, war ein schlanker, gutaussehender Mann mit einem silbergrauen Lockenkopf im Stil römischer Imperatoren, zur Zeit en vogue bei Intellektuellen, Künstlern und Hollywood-Berühmtheiten. Seine Erscheinung war ebenso beeindruckend wie seine Intelligenz, und er zählte zu den mächtigsten Männern der amerikanischen Politik. Es gab keinen Congressman oder Senator, keinen Angehörigen des Kabinetts, der seine Anrufe nicht erwidert hätte. Nur mit Präsident Kennedy hatte er keine Freundschaft schließen können, denn dieser schien die feindselige Einstellung der Medien gegenüber den neuen, von der Kennedy-Administration ausgearbeiteten Sozialprogrammen persönlich zu nehmen.

Der zweite Mann war Louis Inch, dem mehr der wichtigsten Immobilien in den Großstädten von Amerika gehörten als irgendeiner anderen Gesellschaft oder Einzelperson. Schon als sehr junger Mann – selbst jetzt war er erst vierzig – hatte er begriffen, wie wichtig es war, bis zu einem fast unmöglichen Maße senkrecht in die Höhe zu bauen. Er hatte Rechte an zahlreichen bereits bestehenden Gebäuden gekauft und darüber jene riesigen Wolkenkratzer errichtet, die den Wert der Gebäude um das Zehnfache steigerten. Er hatte mehr als jeder andere sogar die Lichtverhältnisse der Städte verändert und endlose finstere Schluchten zwischen kommerziellen Bauwerken geschaffen, die sich als dringender notwendig erwiesen, als es je irgend jemand vermutet hatte. Er hatte die Mieten in New York, Chicago und Los Angeles auf eine für normale Familien so unerreichbare Höhe getrieben, daß in diesen Städten nur die Reichen oder sehr Wohlhabenden angenehm zu leben vermochten. Durch gutes Zureden und Bestechungen hatte er

Kommunalbeamte dazu gebracht, ihm Steuernachlässe zu gewähren und die Mietpreisbindung so weit zu reduzieren, daß er sich damit brüsten konnte, seine Mietpreise pro Quadratmeter würden eines Tages ebenso hoch steigen wie die in Tokio.

Trotz seiner vielen Ambitionen war sein politischer Einfluß jedoch geringer als der jedes anderen Anwesenden im Pavillon. Er verfügte über einen persönlichen Reichtum von mehr als fünf Milliarden Dollar, sein Reichtum aber blieb ebenso immobil wie sein Grundbesitz. Seine wahre Stärke war weitaus bedrohlicher. Sein Ziel bestand darin, Reichtum und Macht anzuhäufen, ohne jedoch eine entsprechende Verantwortung gegenüber der Gesellschaft, in der er lebte, zu übernehmen. Er hatte Beamte und Baugewerkschaften mit hohen Summen bestochen. Er besaß Casino-Hotels in Atlantic City und Las Vegas und verdrängte damit die halbseidenen Bosse von Hotelketten aus diesen Städten. Seltsamerweise sicherte er sich dadurch jedoch die Unterstützung sekundärer Elemente in den Verbrecher-Imperien. Sämtliche Serviceabteilungen seiner zahlreichen Hotels hatten Verträge mit Firmen, die sie mit Tafelgeschirr, Waschservice, Dienstpersonal, Alkohol und Lebensmitteln versorgten. Durch seine Untergebenen hielt Inch Kontakt zu dieser Unterwelt. Selbstverständlich war er nicht so dumm, diese Verbindung stärker werden zu lassen als einen mikroskopisch dünnen Faden. Der Name Louis Inch war bisher nicht einmal durch eine Andeutung von Skandal befleckt, allerdings nicht, weil er selbst so vorsichtig war, sondern weil er auch nicht einen Funken persönlichen Charme besaß.

Aus all diesen Gründen wurde er von den Mitgliedern des Socrates Country Club in persönlicher Hinsicht durchweg verachtet. Toleriert wurde er nur, weil eine seiner Gesellschaften mit Hilfe seiner speziellen Art von Magie Eigentümer des gesamten Geländes in der Umgebung des Clubs geworden war und man insgeheim ständig befürchtete, er werde billige Mietskasernen für fünfzigtausend Familien hochziehen und die Umgebung des Clubs mit Latinos und Schwarzen überschwemmen.

Martin Mutford, der dritte Mann, trug Slacks, ein schneeweißes, am Hals offenes Hemd und einen blauen Blazer. Er war sechzig Jahre alt und wohl der mächtigste der vier, denn er saß in vielen verschiedenen Branchen am finanziellen Hebel. Als junger Mann hatte er zu den Protegés des Orakels gehört und seine Lektionen offenbar gut gelernt. Und so erzählte er zum Ergötzen seiner Zuhörer im Socrates Club ständig bewundernde Histörchen über ihn.

Martin Mutford hatte seine Karriere auf Investitionsgeschäften aufgebaut und anfangs – wie er behauptete, durch den Einfluß des Orakels – auf sehr wackligen Füßen gestanden. Als junger Mann war er sexuell sehr aktiv gewesen, wie er es formulierte. Zu seinem Erstaunen kamen die Ehemänner der jungen Frauen, die er verführte, jedoch nicht etwa zu ihm, um Rache an ihm zu nehmen, sondern um einen Bankkredit zu fordern. Sie trugen ein fröhliches Lächeln zur Schau und zeigten sich überaus gutgelaunt. Und so gewährte er ihnen instinktiv persönliche Kredite, von denen er wußte, daß sie niemals zurückgezahlt werden würden. Damals wußte er noch nicht, daß die Kreditsachbearbeiter der Banken Geschenke und Bestechungsgelder annahmen, um kleineren Firmen unsichere Kredite zu gewähren. Die Verwaltungsformalitäten waren leicht zu umgehen; die Leute, die die Banken führten, wollten Geld verleihen, das war ihr Geschäft, damit erzielten sie ihren Profit, und daher hatten sie ihre Vorschriften absichtlich so formuliert, daß ihre Kreditsachbearbeiter keine Probleme hatten. Natürlich mußte ein Stapel Papiere fabriziert werden, Memos von Unterredungen etc. Martin Mutford jedoch kostete die Bank ein paar hunderttausend Dollar, bevor er in eine andere Abteilung und eine andere Stadt versetzt wurde – durch einen glücklichen Zufall, wie er meinte, der sich jedoch, wie er später erkannte, ganz einfach als Nachsichtigkeit seiner Vorgesetzten entpuppte.

Nachdem die Torheiten der Jugend, vergeben und vergessen, hinter ihm lagen und wertvolle Lektionen gelernt worden waren, hatte Martin Mutford den Aufstieg in seiner Welt begonnen.

Dreißig Jahre später saß Mutford als der mächtigste Finanzmann im Pavillon des Socrates Country Club. Er war Präsident einer großen Bank, besaß beträchtliche Anteile an verschiedenen Fernsehgesellschaften, kontrollierte mit seinen Freunden zusammen die gigantische Autoindustrie und war in die Luftfahrtindustrie eingestiegen. Und selbst auf jenen Sektoren, die er nicht kontrollierte, gab es noch spinnwebfeine lose Enden, die davon kündeten, daß er es wenigstens versucht hatte. Außerdem war er Vorsitzender von Investmentfirmen in der Wall Street, die sich zusammengetan hatten, um riesige Konzerne zu übernehmen und sie an andere riesige Konzerne anzugliedern. Sobald diese Übernahmekämpfe einen Höhepunkt erreichten, erschien Martin Mutford unweigerlich mit einer Flut von Geld, so mächtig wie der Ozean, um das Problem endgültig zu lösen. Genau wie die anderen drei Herren »besaß« er bestimmte Kongreß- und Senatsmitglieder.

Die vier Herren saßen an dem runden Tisch des Pavillons neben den Tennisplätzen, umgeben von kalifornischen Blumen und Grünpflanzen, die an New England erinnerten. »Was halten Sie von der Entscheidung des Präsidenten?« erkundigte sich George Greenwell.

»Es ist eine Schande, was die seiner Tochter angetan haben!« erklärte Martin Mutford. »Aber Immobilien im Wert von fünfzig Milliarden Dollar zu zerstören übersteigt jede vernünftige Proportion.«

Einer der Kellner, ein Latino in weißer Hose und weißem, seidigem Hemd mit kurzen Ärmeln und Clubabzeichen, nahm ihre Getränkebestellungen entgegen.

»Wenn es gutgeht, werden die Amerikaner Kennedy für einen Helden halten«, gab Lawrence Salentine nachdenklich zurück. »Und ihn mit überwältigender Mehrheit wiederwählen.«

»Aber es ist eine viel zu drastische Reaktion«, widersprach Greenwell, »das wissen wir alle. Unsere Auslandsbeziehungen werden auf Jahre hinaus darunter leiden.«

»Es funktioniert alles großartig hier im Land«, sagte Martin

Mutford. »Endlich hat die Legislative die Exekutive mehr oder weniger unter Kontrolle. Wird ein Machtwechsel in die entgegengesetzte Richtung dem Land nützen?«
»Was zum Teufel könnte Kennedy unternehmen, selbst wenn er wiedergewählt würde?« fragte Louis Inch. »Der Kongreß hat die Kontrolle, und wir haben ein gewichtiges Wort mitzureden. Es gibt höchstens fünfzig Abgeordnete, die ohne unser Geld gewählt werden. Und im Senat gibt es nicht einen Mann, der nicht Millionär ist. Nein, wegen des Präsidenten brauchen wir uns keine Sorgen zu machen.«
George Greenwell blickte über die Tennisanlagen hinweg auf den herrlich blauen Pazifik hinaus, der so ruhig und majestätisch dalag, auf jenen Ozean, dessen Wogen in diesem Moment von Schiffen im Wert von Milliarden durchpflügt wurden, um Greenwells Getreide in alle Welt hinauszubringen. Greenwell fühlte sich ein wenig schuldbewußt, weil er es in der Hand hatte, die Welt hungern oder sich satt essen zu lassen.
Er wollte etwas sagen, aber der Kellner kam gerade mit ihren Drinks. Greenwell war im Alter vorsichtig geworden und hatte Mineralwasser bestellt; er trank einen Schluck, und erst als der Kellner sich wieder entfernt hatte, begann er in sorgfältig moduliertem Ton zu sprechen. Er verhielt sich stets ausgesucht höflich, mit jener Höflichkeit, die ein Mann erwirbt, der im Leben leider Gottes brutale Entscheidungen treffen mußte. »Wir dürfen niemals vergessen«, sagte er jetzt, »daß das Amt des Präsidenten der Vereinigten Staaten den demokratischen Prozeß sehr stark gefährden kann.«
»Unsinn!« gab Salentine energisch zurück. »Die anderen Regierungsbeamten werden ihn daran hindern, eine persönlich bestimmte Entscheidung zu treffen. Das würde das Militär, so dämlich die auch sind, niemals zulassen, es sei denn, es gäbe einen vernünftigen Grund. Das wissen Sie, George.«
George Greenwell erwiderte: »Das stimmt natürlich. Normalerweise. Aber denken Sie doch mal an Lincoln; der hat während des

Bürgerkriegs tatsächlich das Habeas Corpus und die Bürgerrechte außer Kraft gesetzt. Denken Sie an Franklin Roosevelt; der hat uns in den Zweiten Weltkrieg gehetzt. Denken Sie an die persönliche Macht des Präsidenten. Er hat das Recht, absolut jeden Verbrecher zu begnadigen. Das ist tatsächlich die Macht eines Monarchen. Wissen Sie, was man mit einer so großen Macht erreichen kann? Wieviel Loyalität man sich damit sichern kann? Wenn der Kongreß nicht stark genug wäre, um ihn zu zügeln, besäße er eine schier unermeßliche Macht. Zum Glück ist unser Kongreß stark genug. Aber wir müssen vorausdenken, müssen sicherstellen, daß die Exekutive den rechtmäßig durch das Volk gewählten Repräsentanten untergeordnet bleibt.«

»Aufgrund der Machtstellung von Fernsehen und anderen Medien würde sich Kennedy keinen Tag halten, wenn er versuchen sollte, sich als Diktator aufzuspielen«, warf Salentine ein. »Diese Möglichkeit ist ihm verschlossen. Der stärkste Glaube im Amerika von heute ist der Glaube an die Freiheit des einzelnen.« Er hielt einen Moment inne; dann sagte er: »Wie Sie sehr gut wissen, George, Sie haben selbst gegen dieses berüchtigte Embargo gekämpft.«

»Sie verstehen nicht, was ich sagen will«, sagte Greenwell. »Ein unerschrockener Präsident könnte diese Hindernisse überwinden. Und Kennedy verhält sich in dieser Krise sehr unerschrocken.«

»Wollen Sie sagen, wir sollten eine geschlossene Front gegen Kennedys Ultimatum an Sherhaben bilden?« fragte Louis Inch ungeduldig. »Ich persönlich finde es großartig, daß er hart reagiert. Zwang wirkt immer, Druck wirkt immer – bei Regierungen wie auch bei Menschen.«

Am Anfang seiner Karriere hatte Louis Inch derartige Druckmethoden bei Mietern von Sozialwohnungen angewandt, wenn er die Häuser »entmieten« wollte. Er hatte Heizung und Wasser abgestellt, Instandhaltung verboten, Tausenden von Menschen das Leben vergällt. Gewisse Vorortbezirke hatte er »gekippt«, das heißt, sie mit Schwarzen überschwemmt, um die weißen Bewohner zu vertreiben, er hatte städtische und staatliche Regierungen bestochen und die Bundesaufsichtsbehörde reich gemacht. Er wußte, wovon er redete. Erfolge ließen sich nur erzielen, wenn man genügend Druck ausübte.

»Sie verstehen mich wieder nicht«, gab Greenwell zurück. »In einer Stunde haben wir eine Bildschirmkonferenzschaltung mit Bert Audick. Bitte entschuldigen Sie, daß ich ihm das versprochen habe, ohne Sie vorher zu fragen; ich hielt es für zu wichtig, um länger zu warten, die Ereignisse überstürzen sich. Aber es ist Bert Audick, der fünfzig Milliarden Dollar verlieren wird, und er macht sich sehr große Sorgen. Außerdem halte ich es für wichtig, einen Blick in die Zukunft zu werfen. Wenn der Präsident Audick dies antun kann, dann kann er es uns ebensogut antun.«

»Kennedy ist unzurechnungsfähig«, warf Martin Mutford nachdenklich ein.

»Ich glaube, wir sollten noch vor der Konferenzschaltung mit Audick zu einer Übereinstimmung kommen«, meinte Salentine.

»Der Mann denkt doch einzig und allein daran, wie man das Öl retten kann«, stellte Inch fest, der immer das Gefühl hatte, daß Öl sich irgendwie nicht mit den Interessen des Immobiliengeschäfts vertrug.

»Wir sind es Bert Audick schuldig, ihm gegenüber größte Rücksicht walten zu lassen«, erklärte Greenwell.

Als die vier Herren im Kommunikationszentrum des Socrates Country Club versammelt waren, erschien Bert Audicks Bild auf dem Fernsehschirm. Er begrüßte sie mit freundlichem Lächeln, doch das Gesicht auf dem Bildschirm zeigte ein unnatürliches Rot, das auf einer falschen Farbeinstellung, genauso aber auf unterdrückter Wut beruhen konnte. Audicks Stimme klang gelassen.

»Ich fliege nach Sherhaben«, erklärte er. »Möglicherweise für einen letzten Blick auf meine fünfzig Milliarden Dollar.«

Die Männer im Raum konnten sich mit dem Bild unterhalten, als sei Audick persönlich anwesend. Auf einem Monitor sahen sie außerdem ihr eigenes Bild – das gleiche, das Audick auch in seinem Büro empfing. Also mußten sie nicht nur auf ihren Ton achten, sondern darüber hinaus ihre Mimik im Zaum halten.

»Wollen Sie das wirklich tun?« erkundigte sich Louis Inch.

»O ja«, antwortete Audick. »Der Sultan ist mein Freund, und dies ist eine sehr kritische Situation. Wenn ich persönlich anwesend bin, kann ich vermutlich viel Gutes für unser Land bewirken.«

»Meinen Medien-Korrespondenten zufolge versuchen Kongreß und Senat der Entscheidung des Präsidenten die Zustimmung zu verweigern«, sagte Lawrence Salentine. »Ist das möglich?«

Wieder lächelte Audicks Bild. »Nicht nur möglich, sondern so gut wie sicher. Ich habe mit Kabinettsmitgliedern gesprochen. Sie schlagen vor, den Präsidenten vorübergehend aus dem Amt zu entfernen – aufgrund seiner persönlichen Vendetta, die auf eine vorübergehende Gemütsstörung schließen läßt. Das ist nach einem Amendment der Verfassung durchaus legal. Wir brauchen nur die Unterschriften des Kabinetts und des Vizepräsidenten auf einem Antrag, der vom Kongreß ratifiziert werden muß. Selbst wenn das Impeachment nur auf dreißig Tage angesetzt wird, können wir die Vernichtung der Stadt Dak aufhalten. Und ich garantiere Ihnen, daß die Geiseln freigelassen werden, noch während ich in Sherhaben bin. Aber ich denke, Sie alle sollten dem Kongreß Ihre Unterstützung bei der Suspendierung des Präsidenten anbieten. Das sind Sie der amerikanischen Demokratie schuldig, wie ich es meinen Aktionären schuldig bin. Wir alle wissen eines verdammt gut: Wenn irgendein anderer als seine Tochter umgebracht worden wäre, hätte er niemals diesen Weg eingeschlagen.«

»Bert«, meldete sich George Greenwell zu Wort, »wir vier hier haben uns darüber unterhalten und sind uns einig darin, Sie und den Kongreß zu unterstützen; das ist unsere verdammte Pflicht und Schuldigkeit. Wir werden die erforderlichen Anrufe tätigen und unsere Bemühungen koordinieren. Lawrence Salentine hat jedoch ein paar sinnvolle Beobachtungen gemacht, die er Ihnen gern unterbreiten möchte.«

Audicks Miene auf dem Bildschirm verriet Verärgerung und Empörung. »Dies ist nicht der richtige Zeitpunkt für Ihre Medien, sich als Zuschauer auf dem Zaun niederzulassen, Larry, glauben Sie mir. Wenn Kennedy mich dort fünfzig Milliarden Dollar kosten kann, könnte die Zeit kommen, da all Ihre Fernsehsender auf einmal ohne Bundeslizenz dastehen und Sie sich den Arsch damit abwischen können. Ich würde keinen Finger für Sie rühren.«
Bei dieser vulgären und direkten Antwort zuckte George Greenwell unangenehm berührt zusammen. Louis Inch und Martin Mutford lächelten. Lawrence Salentine zeigte nicht die geringste Emotion, sondern antwortete gelassen und in beruhigendem Ton: »Ich stehe ganz auf Ihrer Seite, Bert, das können Sie mir glauben. Ich bin wie Sie der Ansicht, daß ein Mann, der sich bewußt für die Zerstörung von fünfzig Milliarden Dollar entscheidet, nur um einer Drohung Nachdruck zu verleihen, zweifellos unzurechnungsfähig und nicht in der Lage ist, der Regierung der Vereinigten Staaten vorzustehen. Ich versichere Ihnen, daß ich auf Ihrer Seite bin. Die Fernsehmedien werden ihre Programme mit Bulletins unterbrechen, in denen verkündet wird, daß Präsident Kennedy psychiatrisch begutachtet wird, weil das Trauma der Ermordung seiner Tochter vorübergehend seinen Verstand getrübt hat. Das sollte den Boden für den Kongreß ebnen helfen. Aber das Ganze grenzt an ein Gebiet, auf dem ich ein bißchen besser bewandert bin als die meisten anderen. Die Entscheidung des Präsidenten wird vom amerikanischen Volk begeistert aufgenommen werden – die natürliche Reaktion des Mobs auf alle Maßnahmen nationaler Machtpolitik. Wenn der Präsident mit seiner Aktion Erfolg hat und die Geiseln heimholt, werden ihm Loyalitäten und beträchtliche Stimmen zufallen. Kennedy verfügt über Intelligenz und Energie; wenn er nur einen Fuß in die Tür kriegt, kann er den ganzen Kongreß hinwegfegen.«
Salentine hielt einen Moment inne, versuchte seine Worte sorgfältig zu wählen. »Aber wenn diese Drohung mißlingt, wenn die Geiseln getötet werden und das Problem ungelöst bleibt, ist Kennedy als politischer Machtfaktor erledigt.«

Bert Audicks Bild auf dem Monitor zuckte. In sehr ruhigem, ernstem Ton entgegnete er: »Das ist keine Alternative. Wenn es tatsächlich soweit kommt, *müssen* die Geiseln gerettet werden, *muß* unser Land gewinnen. Außerdem werden die fünfzig Milliarden Dollar dann bereits verloren sein. Kein echter Amerikaner wünscht, daß Kennedy mit seiner Mission Schiffbruch erleidet. Mag sein, daß sie sich nicht unbedingt eine Mission mit derart drastischen Maßnahmen wünschen, aber sobald sie angelaufen ist, müssen wir dafür sorgen, daß sie Erfolg hat.«

»Ganz meine Meinung«, erklärte Salentine, obwohl das nicht stimmte. »Absolut meine Meinung. Aber ich habe noch einen anderen Punkt. Sobald der Präsident die Gefahr wittert, die ihm vom Kongreß droht, wird er sofort eine Ansprache an die Nation halten wollen. Wie viele Fehler Kennedy auch haben mag, im Fernsehen ist er ein Magier. Wenn er seinen Fall auf dem Bildschirm darlegen kann, wird der Kongreß in diesem Land eine Menge Ärger kriegen. Und was, wenn der Kongreß Kennedy wirklich für dreißig Tage suspendiert? Dann besteht die Möglichkeit, daß der Präsident mit seiner Diagnose recht hat, daß die Kidnapper das Ganze zu einer endlosen Affäre hinziehen, bei der Kennedy nur eine Randfigur und aus der eigentlichen Schußlinie ist.« Wieder hielt Salentine inne, um zu überlegen, bevor er sprach. »Dann wird Kennedy ein noch größerer Held sein. Nein, nein, unser bestes Szenario ist es, ihn einfach ganz allein gewinnen oder verlieren zu lassen. Auf die Art entsteht keine langfristige Gefahr für die politische Struktur unseres Landes. Möglicherweise wäre es so wirklich am besten.«

»Und ich verliere auf diese Art fünfzig Milliarden Dollar, he?« gab Bert Audick empört zurück. Sein Gesicht rötete sich zusehends; also war die Farbeinstellung doch in Ordnung.

»Das ist zwar eine beträchtliche Summe, aber noch nicht das Ende der Welt«, wandte Mutford ein.

Bert Audicks Gesicht auf dem Bildschirm nahm eine verblüffend blutrote Färbung an. Salentine überlegte, ob es nicht doch an der

Farbeinstellung liegen könnte; kein Mensch konnte eine so grelle Farbe annehmen und trotzdem am Leben bleiben. Dieser beschissene Ölfuzzi war schließlich kein farbenfroher Herbstwald! Dann jedoch dröhnte Bert Audicks Stimme durch den Raum.

»*Fuck you*, Martin, *fuck you*! Und es sind mehr als fünfzig Milliarden. Was ist mit dem Ertragsverlust, während wir Dak wiederaufbauen? Werden Ihre Banken mir dann ein zinsloses Darlehen gewähren? Sie haben mehr Cash in Ihrem Arschloch als das US-Schatzamt, aber würden Sie mir die fünfzig Milliarden geben? Einen Scheißdreck würden Sie!«

»Bert, Bert«, mischte sich George Greenwell hastig ein, »wir sind ja Ihrer Meinung! Salentine wollte nur auf ein paar Möglichkeiten hinweisen, die Sie unter dem Druck der Ereignisse vielleicht übersehen haben. Auf jeden Fall könnten wir ein Eingreifen des Kongresses nicht verhindern, selbst wenn wir es wollten. Der Kongreß wird nicht dulden, daß die Exekutive in einem solchen Fall dominiert. Nun gut, wir haben alle viel zu tun, also schlage ich vor, diese Konferenz zu beenden.«

Salentine ergänzte lächelnd: »Diese Bulletins über den Geisteszustand des Präsidenten, Bert, werden in drei Stunden über den Bildschirm laufen. Die anderen Networks werden unserem Beispiel folgen. Rufen Sie mich an und sagen Sie mir, was Sie davon halten, möglicherweise haben Sie ja ein paar Ideen. Und noch eins: Wenn der Kongreß für ein Impeachment des Präsidenten stimmt, bevor er Redezeit im Fernsehen erbittet, können ihm die Networks diese Zeit mit der Begründung verweigern, daß er für geistig inkompetent erklärt worden und nicht länger Präsident ist.«

»Tun Sie das«, entgegnete Audick, dessen Gesicht jetzt wieder eine normale Färbung angenommen hatte. So endete die Konferenzschaltung mit höflichen Abschiedsworten.

»Gentlemen«, sagte Lawrence Salentine, »ich schlage vor, wir fliegen alle mit meiner Maschine nach Washington. Ich glaube, wir sollten unserem alten Freund Oliver Ollifant einen Besuch abstatten.«

Martin Mutford lächelte. »Das Orakel, mein alter Mentor. Der wird uns einige Antworten geben können.«
Innerhalb einer Stunde waren sie alle unterwegs nach Washington.

Sharif Waleeb, Botschafter von Sherhaben und zu Präsident Kennedy befohlen, wurden geheime CIA-Videobänder von Yabril gezeigt, wie er im Sultanspalast mit dem Sultan dinierte. Der Botschafter von Sherhaben war aufrichtig entsetzt. Wie konnte sich sein Sultan nur auf ein so gefährliches Abenteuer einlassen? Sherhaben war ein winziges Land, ein gewaltloses, friedliebendes Land, wie es sich für eine militärisch so schwache Macht gehörte.
Die Besprechung sollte im Oval Office im Beisein von Bert Audick stattfinden. Der Präsident wurde von zwei Stabsangehörigen begleitet: von Arnold Wix, dem Berater für Nationale Sicherheit, und Eugene Dazzy, dem Stabschef.
Nachdem er offiziell vorgestellt worden war, sagte der Botschafter zu Kennedy: »Mein lieber Mr. President, Sie dürfen mir glauben, daß ich davon keine Kenntnis hatte. Ich versichere Sie meines persönlichen, ticfsten, von ganzem Herzen kommenden Bedauerns.« Er drohte fast in Tränen auszubrechen. »Aber eines muß ich doch betonen – etwas, wovon ich felsenfest überzeugt bin: Der Sultan hätte niemals zugelassen, daß Ihrer Tochter Schaden zugefügt wird.«
Francis Kennedy gab ernst zurück: »Das will ich hoffen, denn wenn das zutrifft, wird er meinem Vorschlag zustimmen.«
Der Botschafter hörte ihm zu, erfüllt von einer Besorgnis, die allerdings eher persönlichen als politischen Ursprungs war. Er hatte an einer amerikanischen Universität studiert und liebte die amerikanische Lebensart. Er liebte das amerikanische Essen, den amerikanischen Alkohol und die amerikanischen Frauen mit ihrem Aufbegehren gegen das Joch der Männer. Er liebte amerikanische Musik und amerikanische Filme. Er hatte allen wichtigen Politikern Geld gespendet und viele Bürokraten im amerikani-

schen Außenministerium reich gemacht. Er war Experte für Öl und Bert Audicks Freund.

Nun bangte er zwar um sein persönliches Schicksal, machte sich um Sherhaben und den Sultan jedoch keine ernsthaften Gedanken. Das Schlimmste, was passieren konnte, waren wirtschaftliche Sanktionen. Die amerikanische CIA würde verdeckte Aktionen arrangieren, um den Sultan zu reizen, aber das könnte sich zu seinem eigenen Vorteil auswirken.

Daher war er zutiefst entsetzt über Kennedys sorgfältig artikulierte Worte. »Hören Sie bitte aufmerksam zu«, begann Francis Kennedy. »In drei Stunden werden Sie nach Sherhaben fliegen, um Ihrem Sultan persönlich meine Nachricht zu überbringen. Begleiten werden Sie Mr. Bert Audick, den Sie ja kennen, sowie mein Nationaler Sicherheitsberater, Arnold Wix. Meine Nachricht lautet folgendermaßen: Innerhalb von vierundzwanzig Stunden wird Ihre Stadt Dak vernichtet werden.«

Der Botschafter war so erschrocken, daß seine Kehle wie zugeschnürt war und er kein Wort herausbringen konnte.

»Die Geiseln müssen freigelassen, der Terrorist Yabril muß uns übergeben werden«, fuhr Kennedy fort. »Lebend. Sollte der Sultan diese Forderungen nicht erfüllen, wird der gesamte Staat Sherhaben aufhören zu existieren.«

Der Botschafter wirkte so niedergeschmettert, daß Kennedy dachte, er habe vielleicht Schwierigkeiten, ihn zu verstehen. Der Präsident hielt einen Moment lang inne; dann ergänzte er, wie zur Beruhigung: »Dies alles werden die Papiere zum Inhalt haben, die ich Ihnen zur Vorlage beim Sultan mitgeben werde.«

Benommen gab Botschafter Waleeb zurück: »Verzeihung, Mr. President. Sagten Sie, daß Dak zerstört werden soll?«

»Ganz recht«, antwortete Kennedy. »Ihr Sultan wird meine Drohungen so lange nicht ernst nehmen, bis er Dak in Trümmern liegen sieht. Ich wiederhole: Die Geiseln müssen freigelassen, Yabril muß verhaftet und so gesichert werden, daß er sich nicht das Leben nehmen kann. Weitere Verhandlungen werden nicht stattfinden.«

Ungläubig entgegnete der Botschafter: »Aber Sie können doch nicht drohen, ein freies Land zu zerstören, auch wenn es noch so winzig ist! Und wenn Sie Dak vernichten, vernichten Sie damit amerikanische Investitionen im Wert von fünfzig Milliarden Dollar.«

»Das mag zutreffen«, erwiderte Kennedy. »Wir werden sehen. Machen Sie Ihrem Sultan klar, daß ich in diesem Punkt absolut unnachgiebig bin, das ist Ihre Aufgabe. Sie, Mr. Audick und Mr. Wix werden mit einer meiner Privatmaschinen fliegen. Zwei weitere Flugzeuge werden Sie begleiten. Das eine, um die Geiseln und den Leichnam meiner Tochter heimzubringen. Das andere, um Yabril hierherzutransportieren.«

Der Botschafter war sprachlos; er vermochte keinen klaren Gedanken zu fassen. Dies mußte ein Alptraum sein! Der Präsident war wahnsinnig geworden!

Als er mit Bert Audick allein war, sagte Audick grimmig zu ihm: »Dieser Mistkerl meint es ernst, aber wir haben noch ein As im Ärmel. Näheres werde ich Ihnen während des Fluges erklären.«

Im Oval Office machte sich Eugene Dazzy Notizen.

Francis Kennedy fragte ihn: »Haben Sie angeordnet, daß die Papiere in die Botschaft und ins Flugzeug gebracht werden?«

»Wir haben ein bißchen daran herumgefeilt«, antwortete Dazzy. »Dak dem Erdboden gleichzumachen ist schlimm genug, aber wir können nicht schwarz auf weiß erklären, daß wir ganz Sherhaben vernichten wollen. Ihre Botschaft läßt jedoch an Deutlichkeit nichts zu wünschen übrig. Warum wollen Sie Wix mitfliegen lassen?«

Lächelnd antwortete Kennedy: »Wenn ich ihm meinen Sicherheitsberater schicke, weiß der Sultan, daß ich es tatsächlich ernst meine. Und Arthur wird ihm meine Botschaft mündlich übermitteln.«

»Glauben Sie wirklich, daß es klappt?« fragte Dazzy.

»Er wird abwarten, bis Dak untergeht«, erwiderte Kennedy. »Und wenn er nicht völlig wahnsinnig ist, wird es anschließend klappen, verdammt sicher sogar.« Er hielt inne; dann bat er Dazzy: »Sagen Sie Christian, daß ich mit ihm zu Abend essen möchte, bevor wir uns nachher alle den Film ansehen.«

11. Kapitel

Den Präsidenten der Vereinigten Staaten innerhalb von vierundzwanzig Stunden von seinem Amt zu suspendieren, erschien praktisch unmöglich. Doch vier Stunden nach Kennedys Ultimatum an Sherhaben war für Kongreß und Socrates Club dieser Sieg bereits in greifbare Nähe gerückt.

Nachdem Christian Klee die Sitzung verlassen hatte, lieferte ihm die Computer-Überwachungs-Sektion seiner Spezialabteilung im FBI einen vollständigen Bericht über die Aktivitäten der führenden Kongreßmitglieder und der Mitglieder des Socrates Club. Dreitausend Telefonate waren verzeichnet. Diagramme und Unterlagen sämtlicher Sitzungen waren ebenfalls Teil des Berichts. Die Beweise waren klar und eindeutig. Innerhalb der nächsten vierundzwanzig Stunden würden Kongreß und Senat der Vereinigten Staaten ein Impeachment des Präsidenten durchzuboxen versuchen.

Bebend vor Wut stopfte Christian die Berichte in seinen Aktenkoffer und eilte ins Weiße Haus hinüber. Vorher befahl er Peter Cloot jedoch, zehntausend Agenten von ihren normalen Posten abzuziehen und nach Washington zu schicken.

Zur selben Zeit am späten Mittwochnachmittag traf sich Senator Thomas Lambertino, der starke Mann des Senats, mit seiner Assistentin Elizabeth Stone und Congressman Alfred Jintz, dem demokratischen Sprecher des Repräsentantenhauses, in Lambertinos Büro. Patsy Troyca, Chefassistent von Congressman Jintz, war ebenfalls anwesend, um seinem Boss, einem echten *idiot manqué*, wie er oft sagte, den Rücken zu decken. Daß Patsy Troyca gerissen war, konnte wirklich kein Mensch bezweifeln, weder er selbst noch irgend jemand auf dem Capitol Hill.

In diesem Bau voll karnickeleifrig tätiger Legislatoren war Patsy Troyca darüber hinaus der Champion aller Schürzenjäger und eloquenter Verfechter lockerer Verhältnisse zwischen den Geschlechtern. Daß die Chefassistentin des Senators, Elizabeth Stone, eine Schönheit war, hatte Troyca bereits festgestellt, nun mußte er nur noch herausfinden, wie treu ergeben sie ihm war. Vorerst jedoch hatte er sich mit dem gegenwärtig anstehenden Problem zu befassen.

Troyca las die entsprechenden Sätze des 25. Amendments (Zusatzartikels) der Verfassung der Vereinigten Staaten laut durch, ließ dabei jedoch die überflüssigen Formulierungen und Wörter aus. Er las langsam und deutlich, mit einer perfekt beherrschten Tenorstimme.

»Falls der Vizepräsident und die Mehrheit entweder der führenden Amtsträger der Exekutivministerien...«, begann Troyca und flüsterte Jintz zu: »Das ist das Kabinett.« Dann fuhr er mit besonderer Betonung fort: »...oder EINER ANDEREN KÖRPERSCHAFT, DIE DER KONGRESS LEGAL ERNENNT, dem Senat und dem Abgeordnetenhaus eine schriftliche Erklärung vorlegen, daß der Präsident nicht in der Lage ist, die Befugnisse und Pflichten seines Amtes auszuüben, soll der Vizepräsident unverzüglich die Befugnisse und Pflichten des Amtes als Geschäftsführender Präsident übernehmen.«

»Blödsinn!« brüllte Congressman Jintz. »So einfach kann man doch einen Präsidenten nicht suspendieren!«

»So einfach ist es auch nicht«, versuchte Senator Lambertino ihn zu beruhigen. »Lesen Sie weiter, Patsy.«

Patsy Troyca dachte verbittert, wie charakteristisch es doch sei, daß sein Boss nicht einmal die Verfassung kannte, die angeblich doch so heilig war. Er gab auf. Scheiß auf die Verfassung, Jintz würde ja doch nichts davon verstehen. Also würde er sie in einfachere Worte fassen. »Kurz gesagt«, fuhr er fort, »müssen der Vizepräsident und das Kabinett eine Inkompetenz-Erklärung unterzeichnen, um Kennedy zu suspendieren. Damit wird der Vizepräsident Präsident. Wenn Kennedy dann eine Sekunde später eine Gegenerklärung abgibt und behauptet, er sei okay, ist er wieder Präsident. Danach muß der Kongreß entscheiden. Während dieses Aufschubs kann Kennedy tun, was er will.«

»Und Dak ist hin«, warf Congressman Jintz ein.

»Die meisten Kabinettsmitglieder werden die Erklärung unterzeichnen«, behauptete Senator Lambertino. »Wir müssen jedoch auf die Vizepräsidentin warten; ohne ihre Unterschrift können wir nichts unternehmen. Der Kongreß muß bis spätestens Donnerstag zehn Uhr abends zusammentreten, wenn er die Frage rechtzeitig entscheiden will, um Daks Vernichtung zu verhindern. Und wenn wir gewinnen wollen, müssen wir je eine Zweidrittelmehrheit von Abgeordnetenhaus und Senat zusammenbringen. Für den Senat kann ich garantieren. Werden die Abgeordneten mitmachen?«

»Aber sicher«, erklärte Congressman Jintz. »Ich habe einen Anruf vom Socrates Country Club gekriegt; die werden jeden Abgeordneten unter Druck setzen.«

Patsy Troyca entgegnete respektvoll: »In der Verfassung heißt es: jede andere Körperschaft, die der Kongreß legal ernennt. Könnte man nicht diese ganze Unterzeichnerei von Abgeordneten und Senatoren umgehen und den Kongreß selbst zu dieser Körperschaft ernennen? Dann könnten die von da an allein entscheiden.«

Congressman Jintz erwiderte geduldig: »Das wird nicht funktionieren, Patsy. Es darf nicht wie eine Vendetta aussehen. Die Wähler würden sofort auf seiner Seite sein, und wir müßten später dafür bezahlen. Vergessen Sie nicht, daß Kennedy beim Volk beliebt ist; das ist ein Vorteil, den ein Demagoge gegenüber den verantwortlichen Legislatoren hat.«

Senator Lambertino erklärte: »Es dürfte uns keine Schwierigkeiten bereiten, uns an das Procedere zu halten. Das Ultimatum des

Präsidenten an Sherhaben ist viel zu extrem und ein Beweis dafür, daß sein Verstand vorübergehend durch sein persönliches tragisches Schicksal getrübt ist. Für das ich tiefes Mitleid und Mitgefühl empfinde. Wie ja wohl wir alle.«

»Meine Leute im Abgeordnetenhaus müssen sich alle zwei Jahre zur Wahl stellen«, sagte Congressman Jintz. »Kennedy könnte eine ganze Reihe von ihnen kippen, wenn er nach dreißig Tagen wieder für kompetent erklärt wird. Wir müssen ihn draußen *halten*!«

Senator Lambertino nickte. Er wußte, daß sich die Mitglieder des Abgeordnetenhauses schon immer über die sechsjährige Amtsperiode des Senats geärgert hatten. »Richtig«, stimmte er zu, »aber vergessen Sie eines nicht: Es wird festgestellt werden, daß er ernste psychologische Probleme hat, und das wiederum könnte verwendet werden, um ihn vom Präsidentenamt fernzuhalten, indem die demokratische Partei ihm einfach die Nominierung verweigert.«

Eines war Patsy Troyca aufgefallen: Elizabeth Stone, Chefassistentin des Senators, hatte während der ganzen Sitzung kein Wort geäußert. Aber sie war klug genug; sie brauchte Lambertino nicht vor seiner eigenen Dummheit zu bewahren.

Troyca sagte: »Wenn ich also zusammenfassen darf: Sollten der Vizepräsident und die Mehrheit des Kabinetts für ein Impeachment des Präsidenten stimmen, werden sie noch heute nachmittag die entsprechende Erklärung unterzeichnen. Der persönliche Stab des Präsidenten wird die Unterschrift verweigern. Würden sie unterschreiben, wäre es eine große Hilfe, aber das werden sie bestimmt nicht tun. Dem Procedere der Verfassung entsprechend ist die Unterschrift des Vizepräsidenten ausschlaggebend. Traditionsgemäß vertritt der Vizepräsident voll und ganz die Politik des Präsidenten. Sind wir aber nun absolut sicher, daß Helen DuPray unterzeichnen wird? Und daß sie nicht zu verzögern sucht? Die Zeit drängt.«

Jintz jedoch gab lachend zurück: »Welcher Vizepräsident wäre wohl nicht gern Präsident. Seit drei Jahren wartet sie darauf, daß er einen Herzanfall kriegt.«

Jetzt meldete sich zum erstenmal Elizabeth Stone zu Wort. »Ein derartiger Gedanke liegt der Vizepräsidentin fern. Sie ist dem Präsidenten treu ergeben«, erklärte sie kühl. »Es trifft zwar zu, daß sie die Erklärung fast mit Sicherheit unterzeichnen wird, aber ausschließlich aus den richtigen Gründen.«

Congressman Jintz musterte sie mit einem Ausdruck geduldiger Resignation und machte eine beruhigende Geste. Lambertino krauste die Stirn. Troycas Miene blieb unbewegt, innerlich aber war er begeistert.

Patsy Troyca sagte: »Ich bin immer noch dafür, das alles einfach zu umgehen. Der Kongreß sollte direkt zum Zug kommen.«

Congressman Jintz erhob sich aus seinem bequemen Sessel. »Keine Sorge, Patsy, die Vizepräsidentin kann's offenbar gar nicht erwarten, bis sie Kennedy aushebeln kann. Sie wird unterzeichnen. Sie will nur nicht wie ein Usurpator dastehen.« Usurpator war ein Ausdruck, der im Abgeordnetenhaus recht häufig im Zusammenhang mit Präsident Kennedy gebraucht wurde.

Senator Lambertino musterte Troyca mit angewidertem Blick. Er haßte diese gewisse Vertraulichkeit, die der Mann an den Tag legte, diese Impertinenz, Pläne seiner Vorgesetzten in Frage zu stellen. »Der Schritt, den Präsidenten zu suspendieren, ist zwar ohne Präzedenzfall, aber durchaus legal«, sagte er. »Das 25. Amendment der Verfassung verlangt nicht ausdrücklich ärztliche Beweise. Doch sein Entschluß, Dak zu zerstören, ist schließlich Beweis genug.«

Patsy Troyca konnte sich nicht zurückhalten. »Wenn Sie dies durchziehen, wird ein Präzedenzfall daraus werden. Der Kongreß kann mit Zweidrittelmehrheit den Präsidenten suspendieren. Theoretisch jedenfalls.« Voller Genugtuung stellte er fest, daß er endlich Elizabeth Stones Aufmerksamkeit auf sich gelenkt hatte. Also fuhr er fort: »Wir würden zu einer umgekehrten Bananenrepublik werden, in der die Legislative der Diktator ist.«

»Das kann per definitionem nicht zutreffen. Die Legislative wird direkt vom Volk gewählt, sie kann nicht so diktieren, wie es ein einzelner tun könnte.«

Es sei denn, der Socrates Country Club macht dir Beine, dachte Patsy Troyca verächtlich. Dann wurde ihm plötzlich klar, worüber sich der Senator ärgerte. Der Senator war der Ansicht, er selbst sei aus dem Holz geschnitzt, aus dem man Präsidenten macht, und so paßte es ihm gar nicht, wenn jemand behauptete, der Kongreß könne sich des Präsidenten entledigen, wann immer er wolle.

»Machen wir lieber für heute Schluß«, schlug Senator Jintz vor. »Wir haben alle viel zu tun. Dies ist wahrhaftig ein Schritt auf dem Weg zu einer besseren Demokratie.«

Patsy Troyca hatte sich noch nicht an die offene Zielstrebigkeit bedeutender Männer wie des Senators und der Sprecher gewöhnt, die unverhohlen und ausschließlich auf ihre eigenen Interessen hinarbeiteten. Er entdeckte einen gewissen Ausdruck auf Elizabeth Stones Gesicht, der ihn erkennen ließ, daß sie dasselbe dachte wie er. O ja, er würde sie schon noch rumkriegen, koste es, was es wolle. Aber mit seiner aalglatten Aufrichtigkeit sagte er bescheiden: »Steht denn nicht zu befürchten, daß der Präsident erklärt, der Kongreß verstoße gegen eine Durchführungsverordnung, die ihm nicht in den Kram passe, und dann die Abstimmung des Kongresses anficht? Könnte er sich nicht am Abend vor der Kongreßsitzung im Fernsehen an die Nation wenden? Und würde es der Öffentlichkeit nicht plausibel erscheinen, daß Kennedy okay ist, da doch sein eigener Stab die Erklärung nicht unterzeichnen will? Das könnte eine Menge Schwierigkeiten bereiten. Vor allem, wenn die Geiseln getötet werden, nachdem Kennedy suspendiert worden ist. Und zu unabsehbaren Folgen für den Kongreß führen.«

Weder der Senator noch der Congressman schienen von dieser Analyse beeindruckt zu sein. Jintz tätschelte ihm herablassend die Schulter. »Wir haben alles fest im Griff, Patsy. Sehen Sie nur zu, daß Sie Ihren Papierkram erledigen.«

In diesem Augenblick läutete das Telefon. Elizabeth Stone nahm den Hörer ab. Sie lauschte einen Moment; dann sagte sie: »Die Vizepräsidentin für Sie, Senator.«

Vizepräsidentin Helen DuPray beschloß, erst einmal ihr tägliches Laufpensum zu erledigen, bevor sie ihre Entscheidung traf.
Die erste Vizepräsidentin der Vereinigten Staaten war fünfundfünfzig Jahre alt und, welchen Maßstab man auch immer anlegen wollte, eine überdurchschnittlich intelligente Frau. Und sie war noch immer schön – möglicherweise, weil sie als junge Staatsanwältin, während ihrer Schwangerschaft, ein Fan von gesunder Ernährung geworden war. Außerdem war sie bereits vor ihrer Ehe begeisterte Läuferin gewesen. Ein früher Liebhaber hatte sie auf seine Runden mitgenommen, fünf Meilen pro Tag, und es war nicht einfach bloß Joggen gewesen! Immer wieder hatte er sehr frei auf Latein zitiert: *»In corpus santis, mentos santis«*, und es ihr anschließend auch noch übersetzt: »Ist der Körper gesund, ist auch der Geist gesund.« Wegen der Arroganz, die in dieser natürlich überflüssigen Übersetzung – noch dazu eines falschen Zitats – zum Ausdruck kam, und weil er das Zitat allzu wörtlich nahm (Wie viele gesunde Geister sind von einem allzu gesunden Körper zu Grabe getragen worden!), hatte sie ihn als Liebhaber gefeuert.
Genauso wichtig aber war ihr ihre Diät, die alle Gifte im Organismus auflöste und einen hohen Energiespiegel erzeugte, und das sogar mit dem Extra-Bonus einer erstklassigen Figur. Ihre politischen Gegner scherzten, sie besitze keine Geschmacksknospen, aber das traf nicht zu. Sie vermochte durchaus einen rosigen Pfirsich genießen, eine mildsüße Birne, den würzigen Geschmack frischer Gemüse, und an den finsteren Tagen ihrer Seele, denen wohl kein Mensch entgeht, eine Riesenpackung Schokoladenkekse zu verschlingen.
Zur Gesundheitsfanatikerin war sie durch Zufall geworden. Während ihrer ersten Zeit als Staatsanwältin hatte sie einen Diätbuchautoren angeklagt, betrügerische und gesundheitsschädigende Versprechungen zu machen. Um sich auf diesen Fall vorzuberei-

ten, hatte sie Recherchen zu dem Thema angestellt und alles gelesen, was es über Ernährung zu lesen gab, weil sie sich sagte, wenn man das Falsche aufdecken wolle, müsse man wissen, was richtig ist. Sie hatte den Verfasser überführt und ihm eine hohe Geldstrafe auferlegt, fühlte sich aber heute noch in seiner Schuld.

Selbst als Vizepräsidentin der Vereinigten Staaten aß Helen DuPray mit Maßen und lief mindestens fünf Meilen pro Tag, an den Wochenenden sogar zehn. Deshalb wollte sie an diesem Tag, der sehr wohl der wichtigste in ihrem Leben werden konnte, denn die für das Impeachment des Präsidenten erforderliche Erklärung wartete auf ihre Unterschrift, zu einem langen Lauf aufbrechen, weil sie einen klaren Kopf brauchte.

Ihre Secret-Service-Leibwächter mußten dafür büßen. Anfangs hatte der Chef ihres Sicherheitsteams geglaubt, ihr Morgenlauf sei kein Problem, denn schließlich waren seine Leute alle in bester körperlicher Verfassung. Doch Vizepräsidentin DuPray lief nicht nur am frühen Morgen durch dichte Wälder, in denen ihr die Wachen nicht folgen konnten, sondern sie ließ auf ihrem allwöchentlichen Zehn-Meilen-Lauf die Sicherheitsbeamten weit hinter sich zurück. Der Chef der Truppe staunte, daß diese Frau, die über fünfzig war, noch immer so schnell laufen konnte. Und so lange.

Die Vizepräsidentin wollte sich beim Laufen nicht stören lassen; es war ein sakrosankter Teil ihres Lebens. Und hatte die Stelle des »Vergnügens« eingenommen, das heißt des Vergnügens an Essen, Alkohol und Sex, an all der Wärme und Zärtlichkeit, die nach dem Tod ihres Ehemanns vor sechs Jahren aus ihrem Leben verschwunden war.

Also hatte sie ihre Läufe ausgedehnt und jeden Gedanken an eine Wiederheirat verworfen, denn sie stand bereits zu hoch auf der politischen Leiter, um sich mit einem Mann einzulassen, der sich möglicherweise als Zeitbombe mit heimlichen Leichen im Keller erweisen und sie mit sich in den Abgrund ziehen würde. Ihre beiden Töchter sowie ein aktives Gesellschaftsleben genügten ihr; außerdem hatte sie zahlreiche Freunde, männliche wie weibliche.

Die Unterstützung der Feministinnengruppen im Land hatte sie nicht mit den üblichen hohlen politischen Phrasen gewonnen, sondern mit kalter Intelligenz und einer standhaften Integrität. Sie hatte eine unbarmherzige Attacke gegen die Abtreibungsgegner geritten und in Debatten all jenen männlichen Chauvinisten den Garaus gemacht, die ohne eigenes Risiko danach trachteten, den Frauen vorzuschreiben, was sie mit ihrem Körper tun sollten. Helen hatte diesen Kampf gewonnen und war dadurch auf der politischen Leiter bis ganz nach oben geklettert. Aufgrund lebenslanger Erfahrungen hatte sie für die Theorie, daß man Männer und Frauen einander angleichen solle, nicht viel übrig, sondern pries vielmehr den Unterschied zwischen den Geschlechtern. Der Unterschied sei in moralischem Sinne ebenso wertvoll wie in der Musik eine Variation. O ja, es gab durchaus einen Unterschied. Aus ihrem politischen Leben, aus ihren Jahren als Staatsanwältin, hatte sie gelernt, daß Frauen in den wichtigsten Dingen des Lebens besser waren als Männer. Und sie vermochte das mit Statistiken zu belegen. Männer begingen mehr Morde, raubten mehr Banken aus, leisteten mehr Meineide, hintergingen ihre Freunde und Angehörigen häufiger. Als Staatsbeamte waren sie weitaus korrupter, als Gottgläubige weit grausamer, als Liebhaber weit selbstsüchtiger und auf allen Gebieten übten sie Macht weit skrupelloser aus als Frauen. Es war sehr viel wahrscheinlicher, daß die Männer die Welt durch Krieg zerstörten, weil sie den Tod so sehr viel mehr fürchteten als die Frauen. Aber von all dem abgesehen hatte Helen DuPray nichts gegen die Männer.

An diesem Donnerstag begann Helen DuPray den Lauf von ihrem chauffeurgesteuerten Wagen aus. Sie lief durch die Wälder der Außenbezirke von Washington, um dem schicksalhaften Dokument auf ihrem Schreibtisch zu entfliehen. Die Secret-Service-Agenten verteilten sich: Einer lief vor ihr her, ein anderer folgte ihr, zwei deckten die Flanken, und alle hielten mindestens zwanzig Schritt Abstand. Es hatte eine Zeit gegeben, da hatte es ihr Spaß gemacht, sie so richtig ins Schwitzen zu bringen. Schließlich waren sie voll bekleidet, während Helen einen leichten Sportanzug trug, und mußten überdies Waffen, Munition und Funksprechgeräte mitschleppen. So hatten sie es ziemlich schwer, bis der Chef des Sicherheitsteams die Geduld verlor und Langlauf-Champions von kleinen Colleges rekrutierte. Das hatte Helen DuPray ein wenig die Luft aus den Segeln genommen.

Je höher Helen DuPray auf der politischen Leiter stieg, desto früher am Morgen stand sie zum Laufen auf. Die größte Freude war für sie, wenn eine ihrer Töchter sie begleitete. Das gab auch großartige Schnappschüsse für die Medien. Jedes kleine bißchen zählte.

Vizepräsidentin Helen DuPray hatte zahlreiche Handikaps überwinden müssen, um dieses hohe Amt zu erreichen. Das erste war natürlich die Tatsache, daß sie eine Frau war; das nächste, nicht ganz so natürlich, daß sie schön war. Wegen ihrer unverkennbaren Macht weckte Schönheit oft bei beiden Geschlechtern Feindseligkeit. Diese Feindseligkeit überwand sie mit ihrer Intelligenz, ihrer Bescheidenheit und einem tief in ihr verwurzelten Moralgefühl. Darüber hinaus besaß sie ein gehöriges Maß an Gerissenheit. Es war eine Binsenweisheit, daß der Wähler in der amerikanischen Politik als Kandidaten für ein Amt gutaussehende Männer und häßliche Frauen bevorzugte. Also hatte sich Helen DuPray von einer verführerischen Schönheit in eine strenge, gutaussehende Jungfrau von Orléans verwandelt. Sie trug das silberblonde Haar kurz geschnitten, hielt ihren Körper schlank und knabenhaft, versteckte ihren Busen unter Schneiderkostümen. Als Brustwehr trug sie eine Perlenkette, an den Händen nur ihren goldenen Ehering. Ein Halstuch, eine rüschenbesetzte Bluse und zuweilen Handschuhe waren die einzigen femininen Attribute an ihr. So bot sie ein Urbild gestrenger Weiblichkeit – bis sie lachte; dann strahlte ihre Sexualität so hell und leuchtend auf wie ein Blitz. Sie war feminin, ohne kokett zu sein; sie war stark, ohne die geringste Andeutung von Maskulinität. Kurz gesagt, sie war das Idealbild einer ersten Präsidentin der Vereinigten Staaten. Und die würde sie werden, wenn sie die Erklärung auf ihrem Schreibtisch unterzeichnete.

Im Moment befand sie sich auf der letzten Etappe ihrer Laufroute und kam aus dem Wald auf die Straße hinaus, wo ein weiterer Wagen wartete. Ihr Team von Secret-Service-Beamten verengte den Ring um sie, und gleich darauf befand sie sich auf dem Weg zur Villa des Vizepräsidenten. Nach dem Duschen stieg sie in ein streng geschnittenes Kostüm, ihre »Arbeitskleidung«, und begab sich ins Büro. Die Erklärung wartete auf sie.

Es ist merkwürdig, dachte sie. Ihr ganzes Leben lang hatte sie gekämpft, um der Falle eines eingleisigen Lebens zu entgehen. Sie war eine brillante Anwältin gewesen, obwohl sie zwei Kinder aufziehen mußte, sie hatte an ihrer politischen Karriere gearbeitet, obwohl sie glücklich und treu verheiratet war. Sie war Teilhaberin einer einflußreichen Anwaltskanzlei gewesen, dann Congresswoman, dann Senatorin, ohne jemals ihre Mutterpflichten zu vernachlässigen. Sie hatte ihr Leben tadellos gemanagt – nur um letztlich eine andere, glorifizierte Form von Hausfrau zu werden: Vizepräsidentin der Vereinigten Staaten.

Als Vizepräsidentin hatte sie hinter ihrem politischen Ehemann, dem Präsidenten, herzuräumen und die untergeordneten Aufgaben für ihn zu übernehmen. Sie empfing Oberhäupter kleiner Länder, saß in machtlosen Ausschüssen mit bombastischen Titeln, ließ gönnerhafte Informationssitzungen über sich ergehen, erteilte Ratschläge, die zwar höflich akzeptiert, jedoch nie wirklich in Betracht gezogen wurden. Sie war verpflichtet, die Meinung ihres politischen Gatten nachzuplappern und seine Politik zu unterstützen.

Sie bewunderte Präsident Francis Xavier Kennedy und war dankbar dafür, daß er sie auserwählt hatte, mit ihm gemeinsam als Vizepräsidentin zu kandidieren, aber sie war in vielen Fragen anderer Meinung als er. Zuweilen belustigte sie der Gedanke, daß es ihr in ihrer Ehe gelungen war, nicht als der unterlegene Partner dazustehen, in dem höchsten politischen Amt jedoch, das eine

Amerikanerin jemals erreicht hatte, durch die Gesetze der Politik zur gehorsamen Dienerin ihres politischen Ehemanns degradiert wurde.
Heute nun sollte sie zur politischen Witwe werden und konnte sich wahrhaftig nicht über ihren Versicherungsbonus beklagen – die Präsidentschaft der Vereinigten Staaten von Amerika. Die Verbindung hatte sich letztlich zu einer unglücklichen Ehe entwikkelt. Francis Kennedy hatte zu hastig und zu aggressiv gehandelt. Und wie viele unglücklich verheiratete Frauen malte sich auch Helen DuPray aus, wie es wohl sein würde, wenn er tot wäre.
Indem sie diese Erklärung unterzeichnete, konnte sie jedoch zur politischen Geschiedenen werden und die gesamte Beute kassieren, das heißt seinen Platz einnehmen. Für eine weniger großartige Frau wäre das ein diebisches Vergnügen gewesen.
Daß es unmöglich war, die Alleingänge des Gehirns in den Griff zu kriegen, war ihr klar; daher machte sie sich wegen ihrer Phantasievorstellungen auch keine Vorwürfe. Half sie jedoch, eine Realität zu schaffen, würde sie mit Sicherheit ein schlechtes Gewissen haben. Als die Gerüchteküche meldete, daß Kennedy nicht für eine zweite Amtszeit zu kandidieren beabsichtigte, hatte sie ihre politische Hausmacht alarmiert. Dann hatte Kennedy seinen Segen gegeben. Das alles war nun anders geworden.
Nun mußte sie einen klaren Kopf behalten. Die Erklärung, das heißt die Petition, war bereits von den meisten Kabinettsmitgliedern unterzeichnet worden, dem Außenminister, dem Verteidigungsminister, dem Finanzminister und anderen. Nicht jedoch von der CIA, von diesem cleveren, skrupellosen Schwein Tappey. Und natürlich nicht von Christian Klee, einem Mann, den sie zutiefst verabscheute. Aber sie mußte sich entscheiden, sich ausschließlich von ihrem Urteilsvermögen und ihrem Gewissen leiten lassen. Sie mußte zum Besten der Öffentlichkeit entscheiden, und nicht, um ihren Ehrgeiz zu befriedigen.
War es möglich, daß sie unterzeichnete, also einen persönlichen Treuebruch beging, und dennoch ihre Selbstachtung behielt? Aber

alles Persönliche war unwesentlich. Hier zählten einzig die Tatsachen. Genau wie Christian Klee und viele andere hatte sie die Veränderung bemerkt, die mit Kennedy vorgegangen war, als seine Frau unmittelbar vor seiner Wahl zum Präsidenten starb. Das Nachlassen seiner Energie, das Nachlassen seines politischen Verstandes. Helen DuPray wußte sehr gut, was jedermann wußte: daß man das Präsidentenamt nur effizient ausüben konnte, wenn man auf eine Verständigung mit der Legislative hinarbeitete. Man mußte hofieren, schmeicheln und möglicherweise ein paar Tritte austeilen. Man mußte die Bürokratie ausmanövrieren, infiltrieren und verführen. Man mußte das Kabinett in der Hand haben und über einen persönlichen Stab verfügen, der nicht nur einer Horde von Attilas Hunnen glich, sondern ebensosehr einer Schar von Weisen wie Salomon. Man mußte schachern, man mußte belohnen, man mußte hie und da wie der Blitz dreinfahren. Und irgendwie mußte man erreichen, daß alle sich sagten: »Ja, für das Wohl des Landes und mein eigenes Wohl!«

Dies alles nicht zu tun war Kennedys Fehler als Präsident gewesen, und ein weiterer war die Tatsache, daß er seiner Zeit zu weit voraus war. Sein Stab hätte es besser wissen müssen. Ein so intelligenter Mann wie Kennedy hätte es besser wissen müssen. Und dennoch ahnte Helen in Kennedys unglückseligen Maßnahmen eine Art moralischer Verzweiflung, ein uneingeschränktes Vertrauen auf den Sieg des Guten über das Böse.

Nach seinen Niederlagen hatte sich Kennedy jedoch in sein Amt verkrochen wie ein schmollendes Kind, und wie ein Kind hatte er die Parole ausgegeben, daß er sich nicht zur Wiederwahl stellen werde. Sie glaubte – und hoffte, mit diesem Glauben nicht in eine überholte weibliche Sentimentalität zurückzufallen –, daß nur der Tod seiner Frau dem Mißerfolg von Kennedys Administration zugrunde lag. Aber zerbrachen außergewöhnliche Männer wie Kennedy an einem tragischen Schicksalsschlag? Die Antwort darauf lautete ja. Vielleicht aber war ihm ja auch die Last der Präsidentschaft zu schwer geworden. Sie selbst war in die Politik

hineingeboren, aber sie hatte immer gedacht, daß Kennedy selbst nicht so veranlagt sei. Er war eher ein Gelehrter, Wissenschaftler, Lehrer. Sein Idealismus war viel zu groß, er war im besten Sinne des Wortes naiv. Das heißt, vertrauensselig.
Eine Tatsache aber war signifikant. Der Kongreß, und zwar beide Häuser, hatte einen brutalen Kampf gegen die Exekutive geführt und den Kampf gewonnen. Nun gut, ihr sollte das nicht passieren. Sie nahm die Erklärung von der Schreibtischplatte und begann sie zu analysieren. Es wurde behauptet, Francis Xavier Kennedy sei gegenwärtig nicht in der Lage, sein Amt als Präsident auszuüben. Grund dafür sei eine vorübergehende geistige Störung, ausgelöst durch den Mord an seiner Tochter, die nunmehr sein Urteilsvermögen beeinträchtige. Daher sei sein Entschluß, die Stadt Dak zu vernichten, und seine Drohung, einen souveränen Staat zu zerstören, als irrational anzusehen, als eine Maßnahme, die alle Proportionen des Falles weit übersteige, als gefährlicher Präzedenzfall, der die Welt gegen die Vereinigten Staaten aufbringen werde.
Doch andererseits waren da Kennedys Argumente, die er bei der Konferenz mit Stab und Kabinett vorgetragen hatte.
Sein Hauptargument war, daß es sich um eine internationale Verschwörung handle, aufgrund derer der Papst der katholischen Kirche umgebracht und die Tochter des Präsidenten der Vereinigten Staaten ermordet worden sei. Eine Anzahl Geiseln würden noch festgehalten, und die Verschwörer seien in der Lage, die bestehende Situation wochen-, ja monatelang hinauszuziehen. Außerdem müßten die Vereinigten Staaten den Papstmörder freilassen. Welch ein enormer Autoritätsverlust für die mächtigste Nation der Welt, den Vorreiter der Demokratie und natürlich den demokratischen Kapitalismus!
Wer wollte also entscheiden, ob die drakonischen Maßnahmen des Präsidenten nicht doch die richtige Lösung waren? Wenn Kennedy nicht bluffte, würden seine Maßnahmen Erfolg haben, würde der Sultan von Sherhaben in die Knie gezwungen werden. Wo lagen hier die wirklichen Werte?

Punkt eins: Der angerichtete Schaden. Kennedy hatte seinen Entschluß ohne Diskussion mit seinem Kabinett, seinem Stab, den Kongreßführern gefaßt. Das war schwerwiegend. Das konnte gefährlich werden. Ein Bandenchef, der eine Vendetta befahl.

Aber: Er hatte gewußt, daß alle gegen ihn sein würden. Er war fest davon überzeugt, recht zu haben. Die Zeit drängte. Hier bewies Francis Kennedy dieselbe Entscheidungsfreudigkeit wie in den Jahren vor seiner Präsidentschaft.

Punkt zwei: Er hatte innerhalb der Kompetenzen eines Exekutivchefs gehandelt. Seine Entscheidung war legal. Der Antrag auf Impeachment des Präsidenten war von keinem Mitglied seines persönlichen Stabs unterzeichnet worden, den Menschen also, die ihm am nächsten standen. Daher war der Vorwurf der Unfähigkeit und geistigen Instabilität reine Ansichtssache, beruhend auf der Entscheidung, die er getroffen hatte. Und somit war dieser Antrag auf Impeachment ein illegaler Versuch zur Umgehung der Macht, die in den Händen des Exekutivzweigs der Regierung lag. Der Kongreß war mit der Entscheidung des Präsidenten nicht einverstanden, deswegen versuchte er seine Entscheidung aufzuheben, indem er ihn aus dem Amt entfernte. Eindeutig ein Verfassungsbruch.

Das waren die moralischen und rechtlichen Punkte. Nun mußte Helen DuPray entscheiden, wie sie ihren eigenen Interessen am besten diente. Das war bei einem Politiker nicht unbillig.

Sie wußte, wie so etwas funktionierte. Das Kabinett hatte bereits unterzeichnet; wenn nun also auch sie den Antrag unterzeichnete, wurde sie Präsidentin der Vereinigten Staaten. Dann unterzeichnete Kennedy seinen Antrag, und sie war wieder Vizepräsidentin. Dann trat der Kongreß zusammen, suspendierte Kennedy mit Zweidrittelmehrheit, und sie war auf mindestens dreißig Tage Präsidentin, bis die Krise vorüber war.

Das Plus: Sie würde die erste Präsidentin der Vereinigten Staaten sein – wenigstens für eine kurze Zeit. Möglicherweise bis zum Ende von Kennedys Amtsperiode, die im folgenden Januar auslief.

Aber nur keine Illusionen! Wenn die Amtsperiode vorüber war, würde sie mit Sicherheit nicht nominiert werden.
Sie würde die Präsidentschaft durch einen Schritt erringen, den manche als Verrat betrachteten. Und sie war eine Frau. Es reichte schon, daß die Frauen in der Literatur der zivilisierten Welt stets als diejenigen dargestellt wurden, die den Sturz großer Männer verursachten, um der Legende zur Unsterblichkeit zu verhelfen, kein Mann könne einer Frau vertrauen. Man würde es als Treulosigkeit werten, als jene große Sünde der Frauen, welche die Männer niemals verziehen. Und sie würde Verrat an der großen nationalen Kennedy-Legende üben, ein zweiter Modred werden.
Und dann erkannte sie ihre gegenwärtige Lage: Sie befand sich in einer Situation, in der sie gar nicht verlieren konnte. Einfach, indem sie sich weigerte, den Antrag zu unterzeichnen.
Der Kongreß würde sich nicht zurückhalten lassen.
Der Kongreß würde Kennedy, möglicherweise ohne ihre Unterschrift, unrechtmäßig suspendieren, und die Verfassung schrieb vor, daß sie zur Präsidentschaft aufrückte. Sie aber hatte ihre »Treue« bewiesen und würde daher, wenn Francis Kennedy nach dreißig Tagen wiedereingesetzt wurde, noch immer seine Unterstützung genießen und für ihre eigene Nominierung die Machtgruppe Kennedy hinter sich haben. Was nun den Kongreß betraf, so war der ohnehin ihr Feind, ganz gleich, was sie tat. Warum also dessen politische Jezabel spielen? Dessen Delila?
Das Ganze wurde ihr immer klarer. Wenn sie den Antrag unterzeichnete, würden die Wähler ihr das niemals verzeihen, und die Politiker sie verachten. Und wenn und falls sie dann Präsidentin wurde, würden sie höchstwahrscheinlich versuchen, ihre Macht genauso zu beschneiden. Bestimmt werden sie es, dachte sie, auf meine Periode oder ähnliche weibliche Unpäßlichkeiten zurückführen, und diese grausame männliche Behauptung wird im ganzen Land zu Karikaturen verarbeitet.
So traf sie also ihre Entscheidung: Sie würde den Antrag *nicht*

unterzeichnen. Das würde allen beweisen, daß sie nicht machtgierig und ehrgeizig, sondern treu und immer loyal gewesen war. Sie begann eine entsprechende Erklärung aufzusetzen, um sie ihrem Assistenten zur Ausfertigung zu übergeben. Darin teilte sie mit, sie könne ein Dokument, das sie in eine so hohe Machtposition erhebe, nicht guten Gewissens unterschreiben. Sie werde in diesem Kampf Neutralität wahren. Aber selbst das konnte gefährlich werden. Sie zerriß das Blatt. Sie würde sich einfach weigern zu unterzeichnen, dann würde der Kongreß schon die Initiative übernehmen. Sie ließ sich mit Senator Lambertino verbinden. Anschließend würde sie noch andere Legislatoren anrufen und ihnen ihre Situation erläutern. Aber nichts Schriftliches.

Die Weigerung der Vizepräsidentin, den Antrag zu unterzeichnen, war ein Schock für Congressman Jintz und Senator Lambertino. Nur eine Frau konnte so widerspenstig, so blind für politische Erfordernisse sein, zu begriffsstutzig, um diese Chance, Präsidentin der Vereinigten Staaten zu werden, nicht zu ergreifen. Aber sie mußten ohne sie auskommen. Sie rekapitulierten ihre Möglichkeiten, denn irgendwie mußte der Plan ausgeführt werden. Patsy Troyca war auf dem richtigen Weg gewesen: Alle Präliminarien mußten umgangen werden, der Kongreß sich selbst von Anfang an als zur Entscheidung berufenes Gremium instituieren. Lambertino und Jintz suchten allerdings noch immer nach einer Möglichkeit, den Kongreß als unparteiisch hinzustellen. Dabei übersahen sie, daß Patsy Troyca sich zu diesem Zeitpunkt schon in Elizabeth Stone verliebt hatte.

»Bums niemals eine Frau über dreißig«, hatte Patsy Troycas Motto bis dahin gelautet. Nun dachte er zum erstenmal, daß er bei Senator Lambertinos Assistentin wohl eine Ausnahme machen könnte. Sie war hochgewachsen und gertenschlank, mit großen grauen Augen und einem Gesicht, das vor allem in der Ruhe bezaubernd war. Ganz eindeutig war sie intelligent, verstand aber durchaus den Mund zu halten. Richtig verliebt hatte er sich jedoch

erst, als sie von der Weigerung der Vizepräsidentin erfuhren, den Antrag zu unterzeichnen, und sie Patsy ein Lächeln schenkte, durch das sie ihn als Propheten bestätigte, denn nur er hatte die richtige Lösung vorgeschlagen.
Für Troyca gab es mehrere gute Gründe für seine Einstellung. Erstens bumsten Frauen im Grunde gar nicht so gern wie Männer, und zweitens trugen sie in mancherlei Hinsicht das größere Risiko. Doch unter dreißig verfügten sie über mehr Saft und weniger Hirn. Über dreißig wurden ihre Augen verkniffen, waren sie zu erfahren, bildeten sie sich ein, die Männer hätten es viel zu gut und seien sowohl von der Natur als auch von der Gesellschaft bevorzugt worden. Man wußte nie, ob man eine schnelle Nummer abziehen konnte oder bereits eine Art Wechsel auf die Zukunft unterschrieb. Aber Elizabeth Stone wirkte auf jene geschmeidige, jungfräuliche Art, die manchen Frauen eigen ist, zurückhaltend und dennoch sexy. Außerdem besaß sie mehr Macht als er. Also brauchte er nicht zu befürchten, daß sie nur ihren Vorteil suchte. Daß sie an die Vierzig sein mußte, spielte dabei keine Rolle.
Senator Lambertino, der mit Congressman Jintz zusammen Strategiepläne ausheckte, bemerkte, daß Troyca sich für seine Assistentin interessierte, aber das störte ihn nicht weiter. Lambertino gehörte zu den im Grunde tugendhaften Männern im Kongreß. Sexuell war er integer, seit dreißig Jahren verheiratet, und hatte vier erwachsene Kinder. Politisch war er so sauber, wie ein Politiker in Amerika sauber sein kann, darüber hinaus interessierte er sich jedoch aufrichtig für das Volk und für sein Land. Seine Tugend bewahrte ihn aber nicht vor den Machenschaften der Welt. Die Weigerung der Vizepräsidentin, den Antrag zu unterzeichnen, hatte zwar Congressman Jintz verwundert, Senator Lambertino dagegen war nicht so leicht zu überraschen. Er hatte die Vizepräsidentin schon immer für eine äußerst clevere Frau gehalten. Lambertino wünschte ihr alles Gute, vor allem, da er überzeugt war, daß keine Frau die nötigen politischen Verbindungen und Geldgeber hatte, um die Präsidentschaftswahl zu gewinnen. Bei einem

Kampf um die bevorstehende Nominierung würde sie eine sehr verletzliche Gegnerin sein.

»Wir müssen schnell handeln«, erklärte Senator Lambertino. »Der Kongreß muß ein Gremium oder sich selbst ernennen, um den Präsidenten für regierungsunfähig zu erklären.«

»Wie wär's mit zehn Senatoren in einem hochdotierten Ausschuß?« fragte Congressman Jintz mit verschlagenem Grinsen.

Etwas verärgert entgegnete Senator Lambertino: »Wie wär's mit einem Ausschuß von fünfzig Abgeordneten, die einander in den Arsch kriechen?«

»Ich habe eine angenehme Überraschung für Sie, Senator«, sagte Jintz beruhigend. »Ich glaube, ich kann ein Mitglied des Präsidentenstabs überreden, den Impeachment-Antrag zu unterzeichnen.«

Das würde reichen, dachte Troyca. Doch welches Mitglied? Auf gar keinen Fall Klee, und Dazzy auch nicht. Es mußte entweder Oddblood Gray sein, oder dieser NSA-Bursche Wix. Nein, dachte er jedoch sofort, Wix ist ja in Sherhaben.

»Wir haben heute eine sehr schmerzliche Pflicht zu erfüllen«, sagte Jintz energisch. »Eine historische Pflicht. Also sollten wir endlich anfangen.«

Troyca wunderte sich, daß Lambertino nicht nach dem Namen des Stabsmitglieds fragte. Dann wurde ihm klar, daß der Senator ihn gar nicht wissen wollte.

»Darauf haben Sie meine Hand«, erklärte Jintz und streckte den Arm zu jenem Händedruck aus, der so sicher war wie ein unverbrüchliches Versprechen.

Albert Jintz hatte sich den Ruf eines hervorragenden Sprechers des Repräsentantenhauses erworben, weil er ein Mann von Wort war. Die Zeitungen berichteten häufig in diesem Sinne über ihn. Ein Händedruck von Jintz war verläßlicher als jedes Knebeldokument. Obwohl er aussah wie die Karikatur eines Alkoholikers und Bankbetrügers, kurz und dick, mit kirschroter Nase und einem Kopf voll weißer Haare wie ein Weihnachtsmann im Schneesturm, galt er politisch als der ehrenwerteste Mann im ganzen Kongreß. Wenn er ein Extra aus dem bodenlosen Faß seines Budgets versprach, wurde dieses Extra auch wirklich geliefert. Wenn ein Kollege im Kongreß einen Antrag blockiert sehen wollte und Jintz ihm einen politischen Gefallen schuldete, wurde dieser Antrag blockiert. Wenn ein Congressman eine persönliche Rechnung quid pro quo bezahlt haben wollte, war die Sache abgemacht. Gewiß, Jintz ließ immer wieder einmal Geheiminformationen an die Presse durchsickern, aber das war eben der Grund, warum so viele Artikel über seinen ehrlichen Händedruck veröffentlicht wurden. Und nun, an diesem Nachmittag, mußte Jintz die Dreckarbeit übernehmen und dafür sorgen, daß das Repräsentantenhaus für ein Impeachment Präsident Kennedys stimmte. Er würde Hunderte von Anrufen tätigen, Tausende von Versprechen abgeben, damit nur ja die Zweidrittelmehrheit gesichert war. Es war nicht etwa so, daß der Kongreß sich dagegen wehrte, doch ein gewisser Preis mußte bezahlt werden. Und das alles hatte innerhalb weniger als vierundzwanzig Stunden zu geschehen.

Während Patsy Troyca durch seine Bürosuite schritt, rekapitulierte er in Gedanken sämtliche Anrufe, die er erledigen, sämtliche Dokumente, die er vorbereiten mußte. Er wußte, daß er an einem großen Augenblick der Geschichte mitwirkte, und wußte ebenfalls, daß seine Karriere, falls es irgendwie zu einem Umschwung kam, dem Untergang geweiht war. Es erstaunte ihn, daß Männer wie Jintz und Lambertino, für die er eine gewisse Verachtung hegte, so mutig waren, sich in die vorderste Kampflinie zu wagen. Es war ein sehr gefährlicher Schritt, den sie da taten. Auf Grund einer recht zweifelhaften Interpretation der Verfassung waren sie bereit, aus dem Kongreß ein Gremium zu machen, das den Präsidenten der Vereinigten Staaten zu suspendieren vermochte.

Er schritt am geisterhaft-grünen Licht eines Dutzends von Computern vorbei, an denen Angestellte saßen. Dem Himmel sei Dank für die Computer! Wie zum Teufel hatten sie es eigentlich früher geschafft, alle Aufgaben zu erledigen? Einer der Angestellten am Computer tippte er mit einer kameradschaftlichen Geste, die auf keinen Fall als sexuelle Belästigung ausgelegt werden konnte, auf die Schulter und sagte: »Treffen Sie für heute abend lieber keine Verabredung. Wir werden bis morgen früh hier bleiben müssen.«

Das Magazin der New York Times hatte vor kurzem einen Artikel über die Sexualriten des Capitol Hill gebracht, jenes Gebäudes, das sowohl den Senat als auch die Abgeordneten mitsamt ihren Mitarbeitern beherbergte. In dem Bericht hieß es, auf 100 gewählte Senatoren und 435 Congressmen kämen mehrere tausend Mitarbeiter, von denen über die Hälfte weiblich seien.

Der Artikel hatte angedeutet, daß es zwischen diesen freien Bürgern zu jeder Menge sexueller Betätigung komme. Es hieß, auf Grund der langen Arbeitszeit und der Nervenbelastung infolge politischer Termine gebe es kaum ein Gesellschaftsleben für die Mitarbeiter, die sich daher zwangsläufig im Büro ein wenig Abwechslung suchen müßten. Wie festgestellt wurde, waren die Büros im Kongreß sowie die Suiten der Senatoren durchweg mit Couches ausgestattet. Weiterhin wurde in dem Bericht erklärt, daß es in den Regierungsgebäuden Spezialkliniken und Ärzte gebe, deren Aufgabe die diskrete Behandlung venerischer Krankheiten sei. Die Unterlagen waren natürlich vertraulich, aber der Autor behauptete, er habe Einblick nehmen können und festgestellt, daß der Prozentsatz der Infektionen höher sei als im Landesdurchschnitt. Dies führte der Autor nicht so sehr auf die Promiskuität zurück als vielmehr auf die inzestuöse gesellschaftliche Umwelt. Abschließend fragte sich der Autor, ob die häufige Hurerei die Qualität der Gesetzgebung auf dem Capitol Hill – von ihm als »Karnickelbau« bezeichnet – beeinträchtige.

Patsy Troyca hatte den Bericht persönlich genommen. Er kam auf einen Tagesdurchschnitt von sechzehn Stunden sechs Tage pro Woche und hatte am Sonntag noch Bereitschaft. Hatte er denn etwa kein Recht auf ein normales Sexualleben wie jeder andere Staatsbürger? Verdammt, er hatte keine Zeit, zu Partys zu gehen,

Frauen zu umwerben, sich auf eine engere Beziehung einzulassen. Es mußte alles hier geschehen, in den zahllosen Suiten und Korridoren, beim rauchig-grünen Licht der Computer und dem militärischen Schnarren der Telefone. Alles mußte man in ein paar Minuten Flirterei, ein vielsagendes Lächeln, ein Gespräch über komplizierte Arbeitsstrategien hineinzwängen. Dieser verdammte Times-Schreiberling besuchte sämtliche Verlegerpartys, lud die Leute zu ausgedehnten Lunches ein, plauderte geruhsam mit Journalistenkollegen und konnte Prostituierte besuchen, ohne daß die Presse die schäbigen Details breittrat.
In seinem persönlichen Büro ging Troyca ins Bad und ließ sich, den Kugelschreiber in der Hand, mit erleichtertem Seufzer auf der Toilette nieder. Hastig notierte er alles, was er noch zu erledigen hatte. Block und Schreiber mit dem Kongreß-Logo in Gold auf dem Schoß balancierend, wusch er sich die Hände und trat, nachdem er sich erheblich wohler fühlte (die Nervenanspannung im Zusammenhang mit dem Impeachment des Präsidenten war ihm auf den Magen geschlagen), an den kleinen Barwagen, wo er sich Eis aus dem winzigen Kühlschrank nahm, um sich einen Gin Tonic zu mixen. Er dachte an Elizabeth Stone. Er war überzeugt, daß zwischen ihr und ihrem Chef, dem Senator, nichts ablief. Und sie war klug, klüger als er, denn sie hatte den Mund gehalten.
Die Tür zu seinem Büro ging auf. Das Mädchen, dem er auf die Schulter getippt hatte, kam herein und brachte einen Armvoll Computerausdrucke mit. Patsy Troyca setzte sich an den Schreibtisch, um sie durchzusehen. Das junge Mädchen blieb neben ihm stehen. Er spürte die Hitze, die ihr Körper ausstrahlte – eine Hitze, aufgespeichert während der langen Stunden, die sie an diesem Tag schon vor dem Computer verbracht hatte.
Patsy Troyca hatte das Einstellungsgespräch mit diesem jungen Mädchen geführt. Immer wieder sagte er, wenn die Mädchen, die in seinem Büro arbeiteten, auch später noch so gut aussähen wie am Tag des Einstellungsgesprächs, könne er sie alle beim Playboy unterbringen. Und wenn sie auch später noch so bescheiden und

liebenswürdig blieben, würde er sie heiraten. Dieses Mädchen – eine echte Schönheit – hieß Janet Wyngale. Als er sie am ersten Tag sah, war ihm eine Zeile von Dante durch den Kopf geschossen: »Hier ist die Göttin, die mich bezwingen wird.« Ein solches Mißgeschick durfte er natürlich nicht zulassen, aber so schön war sie eben damals gewesen, am ersten Tag. Und später leider nie wieder. Ihr Haar war noch blond, aber nicht mehr golden, ihre Augen waren noch immer so wunderbar blau, aber sie trug eine Brille und wirkte ohne das damals perfekte Make-up sogar ein bißchen häßlich. Auch ihre Lippen waren nicht mehr so herrlich kirschrot, ihr Körper wirkte nicht mehr so sinnlich, was allerdings verständlich war, denn sie arbeitete sehr fleißig und trug, um ihre Effektivität zu steigern, im Büro eher bequeme Kleidung. Alles in allem hatte er eine gute Wahl getroffen, und ihre Augen waren noch nicht verkniffen.

Janet Wyngale – was für ein schöner Name! Sie beugte sich über seine Schulter, um ihn auf etliche Textstellen des Computerausdrucks aufmerksam zu machen. Er spürte genau, wie sie das Standbein wechselte, damit sie eher neben als hinter ihm stand. Ihr goldblondes Haar streifte seine Wange; es war seidig-warm und duftete nach zermahlenen Blüten.

»Ihr Parfüm ist wunderbar«, sagte Patsy Troyca und erschauerte ein wenig, als die Glut ihres Körpers über ihn hinwogte. Sie regte sich nicht, sagte kein Wort. Aber ihr Haar registrierte wie ein Geigerzähler an seiner Wange die Strahlung der Lust in seinem Körper. Es war eine freundliche Lust, zwei Kumpels zusammen in der Klemme. Sie würden die ganze Nacht hindurch Computerausdrucke kontrollieren, einen Hexenkessel von Telefonanrufen beantworten, Krisensitzungen zusammentrommeln. Sie würden Seite an Seite kämpfen.

Die Computerausdrucke in der Linken, ließ Patsy Troyca die rechte unter ihren Rock gleiten und berührte die Rückseite ihres Schenkels. Janet rührte sich nicht. Er ließ die Hand vollkommen still liegen, heiß auf der seidenweichen Haut, die sein Skrotum

unter Strom setzte. Er merkte nicht, daß die Computerausdrucke auf die Schreibtischplatte gefallen waren. Das Gesicht unter ihrem blütenduftenden Haar verborgen, drehte er sich mit dem Sessel ein wenig um, bis seine beiden Hände unter ihrem Rock steckten und wie winzige Füße über das seidenweiche Fleisch unter dem Nylon ihres Höschens krabbelten. Und über das Schamhaar darunter, bis in die feuchte, aufregende Süße des Fleisches noch tiefer. Patsy Troyca hatte das Gefühl, reglos über seinem Sessel in der Luft zu schweben; sein Körper bildete einen übernatürlichen Adlerhorst, in dem sich Janet Wyngale mit einem Flattern der Flügel auf seinem Schoß niederließ. Auf wunderbare Weise landete sie direkt auf seinem Penis, der sich unversehens aufgerichtet hatte, und sie küßten sich leidenschaftlich; er ertrank in blonden Blüten, stöhnte vor Lust, und Janet Wyngale wiederholte immer wieder leidenschaftliche Liebesworte, die er endlich doch noch verstand. »Schließ die Tür ab«, verlangte sie, und Patsy Troyca löste seine nasse Linke von ihr, um sie über die elektronischen Knöpfe wandern zu lassen, von denen sie in diesem perfekten, kurzen Augenblick der Ekstase umgeben waren. Beide sanken sie mit einer graziösen, flugähnlichen Bewegung zu Boden, sie hatte die langen Beine um seinen Hals geschlungen, er sah die langen, milchweißen Schenkel, und während sie beide in perfekter Übereinstimmung zusammen kamen, flüsterte Patsy Troyca hingerissen: »Ahhh, der Himmel, der Himmel!«
Plötzlich standen sie beide wieder senkrecht, mit rosigen Wangen und glücklich blitzenden Augen, erfrischt, jubilierend, bereit, sich den harten, endlosen Stunden gemeinsamer Arbeit zu stellen. Galant reichte Patsy ihr den Gin Tonic mit den fröhlich klingelnden Eiswürfeln. Dankbar und anmutig befeuchtete sie sich die ausgetrockneten Lippen. Dankbar und aufrichtig sagte Patsy Troyca: »Das war wunderbar!« Dann tätschelte sie ihm zärtlich den Hals und küßte ihn. »Es war großartig!«
Gleich darauf saßen sie wieder am Schreibtisch und begannen, völlig auf Sprache und Zahlen konzentriert, die Computeraus-

drucke zu studieren. Janet war eine wunderbare Lektorin. Patsy Troyca, von unendlicher Dankbarkeit erfüllt, sagte leise, aber mit aufrichtig gemeinter Höflichkeit: »Janet, ich bin wirklich verrückt nach dir. Sobald diese Krise vorüber ist, werden wir uns verabreden, okay?«

»Hmmm«, gab Janet zurück und schenkte ihm ein liebevolles Lächeln. Ein freundliches Lächeln. »Es ist wunderbar, mit dir zusammenzuarbeiten«, erklärte sie.

12. Kapitel

Es war eine phantastische Woche für das Fernsehen. Am Sonntag war der Film vom Attentat auf den Papst Dutzende von Malen in allen Programmen, den Kabelkanälen, den PBS-Sonderberichten wiederholt worden. Am Dienstag wurde der Mord an Theresa Kennedy sogar noch häufiger wiederholt, gingen die Bilder von ihrem Tod rund um die Welt. Millionen von Beileidsbekundungen trafen im Weißen Haus ein. In allen Großstädten Amerikas trugen die Menschen Trauerflore am Arm. Und als die Fernsehsender am späten Mittwoch abend als Höhepunkt die Nachricht von Präsident Francis Kennedys Ultimatum an den Sultan von Sherhaben brachten, versammelten sich überall in den Vereinigten Staaten Pöbelhaufen zu einer fanatisch-wilden Jubelfeier. Daß sie Präsident Kennedys Entscheidung begrüßten, war nicht zu übersehen. Ja, die Fernsehkorrespondenten, die auf der Straße Bürger befragten, erschraken über die Grausamkeit der Antworten, die sie bekamen. Der allgemeine Wutschrei lautete: *»Nuke the bastards!«* – »Schmeißt Atombomben auf die Schweine!« Schließlich ordneten die Nachrichtenchefs der Sendeanstalten an, die Übertragung von Straßenszenen einzustellen und keine Publikuminterviews mehr zu senden. Diese Anordnung kam von Lawrence Salentine, der mit den Eigentümern der Medien in aller Eile einen Kriegsrat gebildet hatte.

Im Weißen Haus blieb Präsident Francis Kennedy kaum eine Minute Zeit, seine Tochter zu betrauern. Er hing am Heißen Draht in die Sowjetunion, um zu erklären, daß im Fernen Osten keine Annexion von Territorien beabsichtigt sei. Er telefonierte mit den anderen Staatschefs, um sie um Kooperation zu bitten und ihnen klarzumachen, daß seine Entscheidung unwiderruflich sei, daß der Präsident der Vereinigten Staaten nicht bluffte: Die Stadt Dak werde zerstört, und wenn man sein Ultimatum nicht akzeptiere, das ganze Sultanat Sherhaben.

Arthur Wix und Bert Audick waren in einem schnellen Passagierjet, der für die zivile Luftfahrt noch nicht zu haben war, bereits nach Sherhaben unterwegs. Oddblood Gray versuchte verzweifelt, den Kongreß auf die Seite des Präsidenten zu ziehen, und mußte am Ende des Tages einsehen, daß es ihm nicht gelungen war. Den Walkman fest auf den Ohren, um alle überflüssigen Gesprächsversuche seiner Mitarbeiter zu unterbinden, bearbeitete Eugene Dazzy die zahllosen Memoranden von Kabinettsmitgliedern und Verteidigungsministerium. Christian Klee kam und ging mit geheimnisvollen Botschaften.

Senator Thomas Lambertino und Congressman Alfred Jintz hielten den ganzen Mittwoch hindurch Sitzungen mit Kollegen aus Repräsentantenhaus und Senat über die notwendigen Schritte zur Suspendierung Kennedys. Der Socrates Club rief all seine Beobachter zurück. Gewiß, die Auslegung der Verfassung, nach der sich der Kongreß selbst als Entscheidungsgremium einsetzen könne, war etwas zweifelhaft, jedoch erforderte die Situation einen drastischen Schritt: Kennedys Ultimatum an Sherhaben beruhte ganz eindeutig auf persönlichen Emotionen statt auf Staatsräson.

Am späten Mittwoch hatte sich die Koalition formiert. Beide Häuser würden sich, mit einer knappen Zweidrittelmehrheit, am Donnerstag abend versammeln, wenige Stunden vor Ablauf der Frist, die Kennedy für die Zerstörung der Stadt Dak gesetzt hatte.

Lambertino und Jintz hielten Oddblood Gray auf dem laufenden, weil sie hofften, er könne Francis Kennedy doch noch überreden, sein Ultimatum an Sherhaben zu widerrufen. Oddblood Gray erklärte ihnen jedoch, das würde der Präsident niemals tun. Anschließend informierte er Francis Kennedy.

Francis Kennedy entgegnete: »Ich glaube, Otto, Sie, Chris und Dazzy sollten heute am späten Abend mit mir zusammen essen. Sagen wir doch, um elf. Und erwarten Sie nicht, daß Sie anschließend sofort wieder nach Hause gehen können.«

Der Präsident aß mit seinem Stab im Yellow Room, Kennedys Lieblingszimmer, obwohl das eine Menge Mehrarbeit für Küche und Kellner bedeutete. Wie üblich gab es eine sehr einfache Mahlzeit für Kennedy, ein kleines, gegrilltes Steak, eine Schüssel dünn geschnittener Tomaten und danach Kaffee mit einer Auswahl von Obsttorten mit Sahne. Christian und die anderen konnten sich auch für Fisch entscheiden. Keiner von ihnen aß mehr als ein paar Bissen. Kennedy schien sich absolut wohl zu fühlen, während den anderen unbehaglich zumute war. Sie alle trugen, genau wie Kennedy, Trauerflore am Jackettärmel. Daß ebensolche Trauerflore von allen Mitarbeitern im Weißen Haus getragen wurden, sogar von den Dienstboten, hielt Christian für ziemlich archaisch. Wie er wußte, hatte Eugen Dazzy eine entsprechende Anordnung herausgegeben. »Christian«, sagte er, »ich glaube, es wird Zeit, daß wir unser Problem mit den anderen teilen. Aber weiter darf es auf gar keinen Fall gehen. Kein Memorandum.«

»Es ist sehr ernst«, begann Christian und berichtete von der Atombombendrohung. Außerdem teilte er der Runde mit, daß die beiden jungen Männer auf Anraten ihrer Anwälte jede Aussage verweigert hatten.

»Eine Kernwaffe in New York City? Das gibt's doch nicht!« sagte Oddblood Gray ungläubig. »Soviel Scheiße *kann* doch unmöglich auf einmal passieren.«

»Sind Sie sicher, daß die beiden tatsächlich eine Atombombe gelegt haben?« erkundigte sich Eugene Dazzy.

»Nach meiner Meinung besteht nur eine zehnprozentige Wahrscheinlichkeit«, antwortete Christian. Tatsächlich hielt er diese Wahrscheinlichkeit für neunzigprozentig, beabsichtigte aber nicht, das auszusprechen.

»Und was unternehmen Sie dagegen?« fragte Dazzy.

»Wir haben die Kernwaffensuchteams losgeschickt«, erwiderte Christian. »Aber es gibt da ein Zeitproblem.« Jetzt wandte er sich direkt an Kennedy. »Ich brauche immer noch deine Unterschrift, um das Medizinische Befragungsteam für den PVT-Test zu aktivieren.« Er erläuterte die geheime Vorschrift des Atomsicherheitsgesetzes.

»Nein«, antwortete Francis Kennedy kurz und bündig.

Die anderen waren verblüfft über die kategorische Weigerung des Präsidenten.

»Wir dürfen nichts riskieren«, erklärte Dazzy. »Unterschreiben Sie die Anordnung.«

Kennedy lächelte. »Das Eindringen in fremde Gehirne durch Regierungsbeamte ist eine gefährliche Angelegenheit.« Er hielt einen Moment inne, dann fuhr er fort: »Wir können die Persönlichkeitsrechte eines Bürgers nicht auf bloßen Verdacht hin opfern. Vor allem nicht so potentiell wertvoller Bürger, wie diese beiden jungen Männer es sind. Wenn du weitere Beweise hast, Chris, kannst du mich ja noch einmal fragen.« Dann sagte Kennedy zu Oddblood Gray: »Otto, unterrichten Sie Christian und Dazzy über den Kongreß.«

»Folgendes ist geplant«, sagte Gray. »Sie wissen jetzt, daß die Vizepräsidentin den Impeachment-Antrag gemäß dem 25. Amendment nicht unterzeichnen wird. Es haben jedoch genügend Kabinettsmitglieder unterschrieben, um tätig zu werden. Sie werden den Kongreß zum zweiten Gremium zur Feststellung Ihrer Entscheidungsfähigkeit ernennen. Am Donnerstag abend werden sie zusammentreten und das Impeachment beschließen – nur um Sie von den Verhandlungen über die Freilassung der Geiseln auszuschließen. Es wird behauptet, daß Sie wegen des Todes Ihrer Tochter unter zu großem Streß stehen.

Sobald Sie aus dem Weg geräumt sind, wird der Verteidigungsminister Ihren Befehl, Dak zu bombardieren, widerrufen. Man verläßt sich darauf, daß Bert Audick den Sultan überreden kann, die Geiseln während dieser Dreißig-Tage-Periode freizulassen. Und der Sultan wird das mit an Sicherheit grenzender Wahrscheinlichkeit auch tun.«

Kennedy wandte sich an Dazzy. »Geben Sie eine Direktive heraus: Kein Mitglied dieser Regierung darf Kontakt mit Sherhaben aufnehmen. Ein solcher Schritt würde als Hochverrat betrachtet werden.«

Eugene Dazzy entgegnete leise: »Da Sie den größten Teil des Kabinetts gegen sich haben, besteht keinerlei Möglichkeit, Ihren Befehl durchzusetzen. In diesem Augenblick ist Ihnen jede Macht genommen.«

Kennedy wandte sich an Christian Klee. »Chris«, sagte er, »sie brauchen doch eine Zweidrittelmehrheit, um mich aus dem Amt zu entfernen, nicht wahr?«

»Ja«, antwortete Christian, »aber auch ohne die Unterschrift des Vizepräsidenten wäre es im Grunde illegal.«

Kennedy sah ihm in die Augen. »Gibt es gar nichts, was du tun könntest?«

In diesem Moment überschlugen sich Christian Klees Gedanken. Francis glaubte, daß er etwas tun könne, aber was? Vorsichtig entgegnete Christian: »Wir können uns an den Obersten Gerichtshof wenden und erklären, daß der Kongreß gegen die Vorschriften der Verfassung handelt. Der Text des 25. Amendments ist vage. Oder wir können vorbringen, der Kongreß handle gegen den Geist des Amendments, indem er sich selbst als die treibende Kraft einsetzt, nachdem die Vizepräsidentin ihre Unterschrift verweigert. Ich könnte Kontakt mit dem Gerichtshof aufnehmen, damit sie unmittelbar nach der Kongreßabstimmung entscheiden können.«

Er sah die Enttäuschung in Kennedys Blick und zermarterte sich das Gehirn auf der Suche nach einer anderen Lösung. Irgend etwas schien ihm entgangen zu sein.

Oddblood Gray sagte besorgt: »Der Kongreß wird Ihre geistige Gesundheit anzweifeln. Die kommen immer wieder mit der Woche, in der Sie von der Bildfläche verschwunden waren. Unmittelbar vor Ihrer Amtseinsetzung.«

»Das geht niemanden etwas an«, gab Kennedy kurz zurück.

Wie Christian feststellte, warteten die anderen darauf, daß er etwas sagte. Sie wußten, daß er während jener geheimnisvollen Woche mit dem Präsidenten zusammengewesen war. »Was in jener Woche geschehen ist, wird uns nicht schaden.«

»Euge, bereiten Sie die notwendigen Unterlagen vor, um das gesamte Kabinett zu entlassen, mit Ausnahme von Theodore Tappey«, verlangte Francis Kennedy. »So schnell wie möglich, ich werde sie dann sofort unterzeichnen. Lassen Sie sie durch den Pressesekretär an die Medien weitergeben, bevor der Kongreß zusammentritt.«

Dazzy machte sich Notizen; dann erkundigte er sich: »Was ist mit dem Chef der Stabschefs? Soll der ebenfalls entlassen werden?«

»Nein«, antwortete Kennedy. »Der ist im Grunde auf unserer Seite, die anderen haben ihn überstimmt. Ohne diese Scheißkerle vom Socrates Country Club wäre das dem Kongreß niemals gelungen.«

»Übrigens habe ich die Verhöre der beiden jungen Männer persönlich geleitet«, warf Christian ein. »Sie ziehen es vor, den Mund zu halten. Und wenn es nach ihrem Anwalt geht, werden sie morgen gegen Kaution entlassen.«

»Es gibt einen Paragraphen im Atomsicherheitsgesetz, der es Ihnen gestattet, sie festzuhalten. Dadurch werden Habeas Corpus und die Bürgerrechte ausgesetzt. Das müßte Ihnen doch bekannt sein, Christian.«

»Erstens«, entgegnete Christian, »wozu sie festhalten, wenn Francis sich weigert, die Anweisung zur medizinischen Vernehmung zu unterzeichnen? Wenn der Anwalt Kaution beantragt und wir sie verweigern, brauchen wir in diesem Fall trotzdem die Unterschrift des Präsidenten, um Habeas Corpus auszusetzen. Bist du bereit,

Francis, die Anordnung zur Aussetzung von Habeas Corpus zu unterzeichnen?«

Kennedy sah ihn lächelnd an. »Nein. Das würde der Kongreß nur gegen mich verwenden.«

Jetzt war sich Christian endlich sicher, was da vorging. Dennoch wurde ihm vorübergehend ein wenig übel, und bittere Galle stieg in ihm auf. Aber das war sofort wieder vorbei. Endlich wußte er, was Kennedy wollte, wußte er, was er zu tun hatte.

Kennedy trank einen Schluck Kaffee. Sie hatten ihre Mahlzeit beendet. »Sprechen wir lieber über die echte Krise. Werde ich in achtundvierzig Stunden noch Präsident sein?«

»Widerrufen Sie den Befehl zur Bombardierung von Dak«, entgegnete Oddblood Gray, »überlassen Sie die Verhandlungen einem Team von Spezialisten, und der Kongreß wird keine Schritte zu Ihrer Suspendierung unternehmen.«

»Wer hat Ihnen das angeboten?« wollte Kennedy wissen.

»Senator Lambertino und Congressman Jintz«, antwortete Otto Gray. »Lambertino ist ein wirklich anständiger Kerl, und Jintz ist in einer politischen Frage wie dieser verantwortlich. Die beiden würden uns bestimmt nicht hintergehen.«

»Okay, das ist eine weitere Möglichkeit«, stellte Kennedy fest. »Das und der Oberste Gerichtshof. Was sonst noch?«

»Zeigen Sie sich morgen im Fernsehen, bevor der Kongreß zusammentritt, und wenden Sie sich an die Nation«, schlug Eugene Dazzy vor. »Die Wähler werden auf Ihrer Seite sein, und das könnte dem Kongreß zu denken geben.«

»Okay«, stimmte Kennedy zu. »Euge, Sie klären das mit den Fernsehleuten, damit ich über alle Kanäle komme. Fünfzehn Minuten, mehr brauchen wir nicht.«

»Das ist ein sehr schwerwiegender Schritt, Francis«, gab Eugene Dazzy leise zu bedenken. »Der Präsident und der Kongreß in einer so offenen Konfrontation, und dann der Aufruf an die Massen, aktiv zu werden? So etwas könnte viel Schmutz aufwirbeln.«

»Ich halte die Entscheidung des Präsidenten für richtig«, erklärte

Oddblood Gray. »Dieser Yabril wird uns noch wochenlang hinhalten und damit erreichen, daß unser Land dasteht wie ein Haufen Scheiße.«

»Wie ich hörte«, warf Christian ein, »soll einer der Anwesenden hier im Zimmer oder aber Arthur Wix den Antrag zur Suspendierung des Präsidenten unterschreiben wollen. Wer immer es ist, er sollte sich jetzt melden.«

»Dieses Gerücht ist reiner Unsinn«, sagte Kennedy ungehalten. »Wenn einer von euch das tun wollte, wäre er vorher zurückgetreten. Ich kenne euch alle viel zu gut; von euch wird keiner mich verraten.«

Nach dem Dinner begaben sie sich vom Yellow Room in das kleine Kino auf der anderen Seite des Weißen Hauses. Francis Kennedy hatte Dazzy erklärt, er wünsche das gesamte TV-Filmmaterial über den Mord an seiner Tochter zu sehen.

Als es dunkel war, sagte Eugene Dazzys nervöse Stimme: »Die TV-Aufnahme beginnt jetzt.« Wenige Sekunden lang war die Filmleinwand von schwarzen Streifen durchzogen, die von oben nach unten zu wandern schienen.

Dann leuchteten kräftige Farben auf, und man sah die riesige Maschine wie eine Art Horrorinsekt auf dem Sand der gelben Wüste hocken. Gleich darauf konzentrierten sich die Kameras in Großaufnahme auf Yabril, der an der Flugzeugtür Theresa Kennedy vorführte. Wie Kennedy sah, lächelte seine Tochter ein wenig, dann winkte sie in die Kamera. Es war ein seltsames Winken, beruhigend, aber zugleich auch schicksalsergeben. Yabril stand zunächst neben, dann dicht hinter ihr. Dann kam die Bewegung des rechten Arms, ohne daß die Waffe zu sehen war, dann der lautlose Knall des Schusses, das Aufstieben der gräßlich rosaroten Wolke und der Sturz von Theresa Kennedys leblosem Körper. Kennedy hörte das Aufstöhnen der Menge und erkannte es richtig als Ausdruck der Trauer, nicht als Triumph. Dann erschien Yabril in der Türöffnung. Er hob die Waffe hoch empor, ein ölig glänzen-

des Rohr aus schwarzem Metall. Er hielt sie wie ein Gladiator sein Schwert, aber es gab keinen Jubel. Der Film endete. Eugene Dazzy hatte ihn stark zusammengeschnitten.
Als das Licht anging, blieb Francis Kennedy still sitzen. Erstaunt spürte er, daß sein Körper völlig kraftlos geworden war. Er konnte weder Beine noch Torso bewegen. Seine Gedanken waren jedoch ganz klar; in seinem Kopf gab es weder eine Schockreaktion noch herrschte Chaos. Er empfand keineswegs die Hilflosigkeit des Opfers einer Tragödie. Er brauchte sich nicht gegen das Schicksal oder Gott aufzulehnen. Er brauchte nur seine Feinde auf dieser Welt zu bekämpfen, und er würde sie besiegen.
Er würde sich von keinem Sterblichen unterkriegen lassen. Als seine Frau starb, hatte er keine Möglichkeit gehabt, sich gegen die Hand Gottes, die Fehler der Natur zu wehren. Er hatte sich ganz und gar dem Schicksal gebeugt. Aber den heimtückischen Tod seiner Tochter durch Menschenhand – o ja, den konnte er rächen und bestrafen. Das lag innerhalb seiner Macht auf dieser Welt. Dieses Mal würde er nicht ergeben den Kopf neigen. Wehe dieser Welt, wehe seinen Feinden, wehe dem Bösen auf dieser Welt!
Als es ihm schließlich gelang, sich aus dem Sessel hochzustemmen, lächelte er den Männern um ihn herum beruhigend zu. Er hatte sein Ziel erreicht: Er hatte seine engsten und mächtigsten Freunde gezwungen, mit ihm zu leiden. Nun würden sie nicht so leicht gegen die Maßnahmen opponieren, die er ergreifen mußte.

Christian dachte an jenen Tag vor mehr als drei Jahren, Anfang Dezember, als Francis Kennedy, designierter Präsident der Vereinigten Staaten, der im Januar auf sein Amt vereidigt werden würde, vor dem Kloster in Vermont auf ihn wartete. Denn das war das große Geheimnis, auf das die Presse und seine politischen Gegner immer wieder anspielten: daß Kennedy eine ganze Woche lang spurlos verschwunden war. Es hatte Spekulationen gegeben, er habe sich in psychiatrische Behandlung begeben, einen Nervenzusammenbruch gehabt, oder eine heimliche Liebesaffäre. Nur zwei Personen kannten die Wahrheit: der Abt des Klosters und Christian Klee.

Eine Woche nach der Wahl hatte Christian Francis Kennedy zu dem katholischen Kloster bei White River Junction in Vermont gebracht. Dort wurden sie vom Abt in Empfang genommen, der als einziger Kennedys Identität kannte.

Die Mönche lebten von der Welt abgeschnitten, von allen Medien abgeschnitten und sogar von der Stadt selbst. Sie kommunizierten nur mit Gott und der Erde, die sie für ihren Lebensunterhalt beackerten. Sie hatten alle ein Schweigegelübde abgelegt, sprachen ausschließlich beim Gebet und stießen höchstens Schmerzenslaute aus, wenn sie krank waren oder sich bei einem Unfall im Haus verletzt hatten.

Nur der Abt verfügte über einen Fernseher und hatte Zugang zu Zeitungen. Die Fernsehnachrichten waren für ihn eine ständige Quelle der Belustigung. Vor allem gefiel ihm das Konzept des Anchor Man, eines Studioredakteurs der Abendnachrichten, und er betrachtete sich oft voll Ironie als einen Anchor Man Gottes. Mit dieser Vorstellung pflegte er sich an die notwendige Demut zu erinnern.

Als der Wagen vorfuhr, wartete der Abt, flankiert von zwei Mönchen in zerlumpten braunen Kutten und Sandalen, am Klosterportal. Christian holte Kennedys Gepäck aus dem Kofferraum und sah zu, wie der Abt dem designierten Präsidenten die Hand reichte. Der Abt wirkte eher wie ein Herbergsvater als wie ein gleichsam heiliger Mann. Er begrüßte sie mit jovialem Grinsen und sagte, als Christian ihm vorgestellt wurde, scherzhaft: »Warum bleiben Sie nicht auch? Eine Woche Schweigen würde Ihnen bestimmt nicht schaden. Ich habe Sie im Fernsehen gesehen; Sie müssen diese ewige Rederei doch manchmal satt haben!«

Christian hatte dankend gelächelt, aber keine Antwort gegeben. Er beobachtete Francis Kennedy, als die beiden sich die Hand reichten. Das schöne Gesicht wirkte sehr ruhig, der Händedruck nicht gefühlsbetont; Kennedy war kein demonstrativer Mensch.

Er schien den Tod seiner Frau nicht zu betrauern, sondern wirkte eher wie ein in Gedanken versunkener Mann, der sich zu einer kleineren Operation ins Krankenhaus begeben muß.
»Hoffen wir, daß wir dies geheimhalten können«, hatte Christian gesagt. »Die Menschen mögen religiöse Exerzitien nicht. Sie könnten denken, du hast durchgedreht.«
Francis Kennedys Gesicht verzog sich zu einem kleinen Lächeln, einem kontrollierten, aber sehr natürlichen Höflichkeitslächeln. »Sie werden es nicht erfahren«, versicherte er. »Und ich weiß, daß du mich deckst. In einer Woche kannst du mich wieder abholen. Dieser Zeitraum sollte für mich genügen.«
Was wird mit Francis in diesen acht Tagen geschehen? fragte sich Christian. Er war den Tränen nahe. Er packte Francis bei den Schultern und fragte ihn: »Möchtest du, daß ich bei dir bleibe?«
Kennedy schüttelte den Kopf und verschwand durch das Portal im Innern des Klosters. An jenem Tag hatte Christian den Eindruck, daß mit ihm alles in Ordnung sei.
Der Tag nach Weihnachten war so klar und hell, so gereinigt von der Kälte, daß es schien, als sei die ganze Welt mit einem Glas eingeschlossen, der Himmel ein Spiegel, die Erde brauner Stahl. Und als Christian am Klosterportal vorfuhr, wartete Francis Kennedy allein, ohne Gepäck, die Hände hoch über den Kopf gereckt, den Körper gespannt und aufwärtsstrebend. Er schien jubelnd die Freiheit zu genießen.
Als Christian aus dem Wagen stieg, um ihn zu begrüßen, umarmte Kennedy ihn herzlich und stieß einen fröhlichen Willkommensruf aus. Der Klosteraufenthalt schien ihn verjüngt zu haben. Er lächelte Christian zu, und diesmal war es ein strahlendes Lächeln, eines wie das, mit dem er die Menschen bezauberte. Ein Lächeln, das der Welt versicherte, daß man das Glück erringen könne, daß der Mensch gut sei, daß die Welt fortschreiten werde zu immer besseren Zeiten. Ein Lächeln, bei dem man ihn einfach lieben mußte, weil es von der Freude sprach, die er beim Wiedersehen empfand. Christian war unendlich erleichtert, als er dieses Lä-

cheln sah. Francis würde wieder ins Lot kommen. Er würde so stark sein, wie er es immer gewesen war. Er würde die Hoffnung der Welt sein, der starke Hüter seines Landes und seiner Mitmenschen. Nun konnten sie gemeinsam Gutes bewirken.
Dann aber ergriff ihn Kennedy mit demselben strahlenden Lächeln beim Arm, sah ihm in die Augen und sagte, schlicht und dennoch voller Belustigung, als habe es in Wirklichkeit keine Bedeutung, als handle es sich um eine unwichtige Information: »Gott hat nicht geholfen.«
Und in der eisigen, blankgescheuerten Welt jenes Wintermorgens erkannte Christian, daß letztlich doch etwas in Kennedy zerbrochen war. Daß er nie wieder der alte sein würde, daß ein Teil seines Wesens amputiert worden war. Er würde zwar fast wieder der alte sein, aber nun gab es da einen winzigen Knoten Falschheit, den es vorher nicht gegeben hatte. Christian erkannte, daß Kennedy selbst nichts davon wußte, und daß auch sonst niemand es erkennen würde. Und daß er, Christian, es nur erkannte, weil er der einzige war, der in diesem Augenblick da war, das strahlende Lächeln sah und die scherzhaften Worte vernahm: »Gott hat nicht geholfen.«
»Zum Teufel«, entgegnete Christian, »du hast ihm ja auch nur sieben Tage gegeben.«
Kennedy lachte. »Und er ist ein sehr beschäftigter Mann«, ergänzte er.
Sie waren in den Wagen gestiegen und hatten einen wundervollen Tag verlebt. Nie war Kennedy so witzig, nie war er so fröhlich gewesen. Er steckte voller Pläne, konnte es kaum erwarten, seine Administration zusammenzustellen und in den vor ihm liegenden vier Jahren Wunderdinge zu vollbringen. Er wirkte wie ein Mann, der sich mit seinem Unglück abgefunden und neue Energien gewonnen hatte. Und fast hätte er Christian überzeugt.

Am späten Donnerstag abend stahl sich Christian Klee für ein paar Stunden aus dem Hexenkessel des Weißen Hauses, um seine Gedanken zu ordnen. Vor allem mußte er mit Eugene Dazzy sprechen, dann mit einer gewissen Jeralyn Albanese, dann mit dem Orakel und schließlich mit dem berühmten Dr. Zed Annaccone.

Dazzy erwischte er ganz kurz im Büro des Stabschefs, und diese Unterredung war eine Kleinigkeit. Sein nächster Stop war Dr. Annaccone im Gebäude des National Science Institute, und diesen Besuch wollte er möglichst schnell hinter sich bringen. Er mußte unbedingt wieder im Weißen Haus zurück sein, wenn Kennedy vor der Abstimmung im Kongreß eine letzte Strategiebesprechung zusammenrief. Klee war wild entschlossen, an diesem Nachmittag wenigstens ein paar der vielen Probleme zu lösen, die aus dem Weg zu räumen waren, wenn Francis Kennedy eine reelle Chance in seinem Kampf haben sollte. Dann jedoch spielte ihm sein Gedächtnis einen seltsamen Streich: Irgendwann an diesem Nachmittag mußte er heimlich Adam Gresse und Henry Tibbot vernehmen, doch sein Gedächtnis weigerte sich, die beiden jungen Wissenschaftler in seinen Terminplan aufzunehmen. Er mußte es tun, aber er wollte nicht daran denken; er wollte diese Aufgabe so lange nicht zum Teil seines Terminplans machen, bis sie ihm unmittelbar bevorstand.

Dr. Zed Annaccone war ein kleiner, magerer Mann mit mächtigem Brustkasten. Sein Gesicht war außergewöhnlich wach, und seine Miene nicht etwa hochnäsig, sondern Ausdruck der Selbstsicherheit eines Mannes, der mehr über die wichtigen Dinge dieser Erde wußte als irgendein anderer. Und das traf in gewisser Weise sogar zu.

Dr. Annaccone war der medizinisch-wissenschaftliche Berater des Präsidenten der Vereinigten Staaten. Darüber hinaus war er Direktor des Nationalen Hirnforschungs-Instituts und Verwaltungsdirektor des Medizinischen Beraterkomitees der Atomaufsichtsbe-

hörde. Einmal, bei einer Dinner Party im Weißen Haus, hatte Klee ihn sagen hören, das Gehirn sei ein so hochentwickeltes Organ, daß es jede Chemikalie produzieren könne, die der Körper brauchte. Und Klee hatte daraufhin nur gedacht: Na und?
Der Doktor, der seine Gedanken erriet, hatte ihm die Schulter getätschelt und gesagt: »Diese Tatsache ist wichtiger für die Zivilisation als alles, was ihr Burschen hier im Weißen Haus tun könnt. Und wir brauchen nur eine Milliarde Dollar, um sie zu beweisen. Wieviel zum Teufel ist das schon – ein Flugzeugträger?« Gleich darauf hatte er Klee angelächelt, um ihm zu zeigen, daß er es nicht böse meinte.
Als Klee nun sein Büro betrat, lächelte er abermals.
»Aha«, begrüßte ihn Dr. Annaccone, »nun kommen schließlich sogar die Juristen zu mir. Ist Ihnen klar, daß unsere Weltanschauungen diametral entgegengesetzt sind?«
Klee wußte, daß Dr. Annaccone gleich einen Witz über den Anwaltsberuf reißen würde, und war leicht verärgert. Warum mußten die Leute bloß immer klugscheißerische Bemerkungen über die Juristen machen?
»Die Wahrheit«, sagte Dr. Annaccone. »Die Juristen versuchen sie ständig zu verschleiern, während wir Wissenschaftler sie zu entdecken trachten.« Abermals lächelte er.
»Nein, nein«, widersprach Klee und lächelte seinerseits, um zu beweisen, daß er Humor besaß, »ich bin gekommen, um mir Informationen zu holen. Wir stehen vor einer Situation, auf die Ihre PVT-Sonderstudie unter dem Atomsicherheitsgesetz anzuwenden wäre.«
»Wie Sie wissen, ist dafür die Unterschrift des Präsidenten erforderlich«, gab Dr. Annaccone zurück. »Ich persönlich würde dieses Verfahren auf viele andere Situationen anwenden, aber dann würden mir die Vertreter der Bürgerrechtsbewegung den Hosenboden strammziehen.«
»Ich weiß«, bestätigte Christian. Er schilderte die Situation hinsichtlich der Atombombe und der Verhaftung von Gresse und

Tibbot. »Kein Mensch glaubt, daß es wirklich eine Bombe gibt, aber falls doch, ist der Zeitfaktor von entscheidender Bedeutung. Leider weigert sich der Präsident, die Anordnung zu unterzeichnen.«

»Und warum?« erkundigte sich Dr. Annaccone.

»Wegen des eventuellen Hirnschadens, der dabei entstehen könnte«, antwortete Klee.

Das schien Annaccone zu überraschen. Er überlegte einen Moment. »Die Möglichkeit eines spürbaren Hirnschadens ist äußerst gering«, sagte er. »Höchstens zehn Prozent vielleicht. Die größere Gefahr besteht in einem – sehr seltenen – Herzstillstand und der noch selteneren Nebenwirkung eines nachprozeduralen vollständigen Gedächtnisverlusts. Totale Amnesie. Aber selbst das dürfte ihn in diesem Fall nicht hindern. Ich habe dem Präsidenten Unterlagen darüber geschickt und hoffe nur, daß er sie liest.«

»Er liest alles«, erklärte Christian. »Aber ich fürchte, er wird seine Meinung nicht ändern.«

»Zu schade, daß wir nicht mehr Zeit haben«, sagte Annaccone. »Wir sind gerade damit beschäftigt, Tests zu komplettieren, die zu einem unfehlbaren Lügendetektor führen, basierend auf Computermessungen der chemischen Veränderungen im Gehirn. Der neue Test ähnelt dem PVT, aber ohne das zehnprozentige Schadensrisiko. Er wird absolut sicher sein. Nur können wir ihn jetzt noch nicht verwenden; bis wir weitere Daten zusammengetragen haben, würden zu viele Unsicherheitsfaktoren bestehen bleiben, um die juristischen Bedingungen zu erfüllen.«

Christian spürte einen Schauder der Erregung. »Einen sicheren, unfehlbaren Lügendetektortest, der vor Gericht zugelassen werden würde?« erkundigte er sich.

»Vor Gericht weiß ich nicht«, entgegnete Dr. Annaccone. »Aus wissenschaftlicher Sicht wird der neue Lügendetektortest, wenn unsere Versuche gründlich analysiert und von den Computern kompiliert worden sind, so unfehlbar sein wie DNA und Fingerabdrücke. Das ist eines. Ihn aber im Gesetz zu verankern ist etwas ganz anderes. Die Bürgerrechtsgruppen werden ihn bis zum Tod bekämpfen. Sie sind überzeugt, daß kein Mensch gezwungen werden darf, gegen sich selbst auszusagen. Und wie würde den Herrschaften im Kongreß die Vorstellung gefallen, daß sie durch das Strafrecht gezwungen werden könnten, sich selbst einem solchen Test zu unterziehen?«

»Ich würde mich dem nicht gern unterziehen«, gestand Klee.

Annaccone lachte. »Damit würde der Kongreß sein eigenes politisches Todesurteil unterschreiben. Und doch – wo steckt da die wahre Logik? Unsere Gesetze sind gemacht worden, um zu verhindern, daß Geständnisse durch schmutzige Methoden erpreßt werden. Hier jedoch haben wir's mit der Wissenschaft zu tun.« Er hielt einen Moment inne. »Was ist mit den Industriekapitänen oder auch nur untreuen Ehemännern und Ehefrauen?«

»Klingt ziemlich unheimlich«, mußte Klee zugeben.

»Fallen Ihnen da nicht die ganzen alten Sprüche ein?« fragte Dr. Annaconne. »Zum Beispiel: ›Die Wahrheit wird euch befreien.‹ Oder: ›Die Wahrheit ist die größte aller Tugenden.‹ Oder: ›Die Wahrheit ist der Kern des Lebens.‹ Und daß das Trachten des Menschen nach Wahrheit sein größtes Ideal sei?« Dr. Annaccone lachte. »Wenn unsere Tests sich bestätigen – ich wette, dann ist es aus mit dem Budget für mein Institut.«

»Das fällt in meine Kompetenz«, gab Christian zurück. »Wir werden das Gesetz ergänzen. Wir werden stipulieren, daß Ihr Test ausschließlich bei wichtigen Kriminalfällen angewendet werden darf. Wir beschränken die Anwendungsgenehmigung auf die Regierung. Ungefähr wie streng überwachte Narkotika oder Rüstungsproduktion. Wenn Sie also wissenschaftlich beweisen können, daß der Test funktioniert, kann ich die erforderlichen Gesetze durchboxen.« Dann erkundigte er sich: »Wie genau funktioniert das eigentlich?«

»Der neue Test?« fragte Dr. Annaccone zurück. »Ganz einfach. Er ist physisch nicht aggressiv. Kein Chirurg mit Skalpell in der Hand. Keine sichtbaren Narben. Nur die Injektion einer chemischen Substanz über die Blutbahn ins Gehirn. Chemische Selbstsabotage mit Hilfe von Psychopharmaka.«

»Das ist Voodoo für mich«, gestand Christian. »Sie sollten im Gefängnis sitzen, mit diesen beiden Physikgenies zusammen.«

Dr. Annaccone lachte. »Kein Vergleich«, protestierte er. »Diese Burschen wollen die Welt in die Luft jagen. Ich arbeite, um an die inneren Wahrheiten zu gelangen. Wie der Mensch wirklich denkt, was er wirklich empfindet.«

Dr. Zed Annaccone hatte Präsident Kennedy mehr politischen Ärger bereitet als jedes andere Mitglied der Administration. Und das nur, weil er seine Arbeit zu gut gemacht hatte. Sein Institut hatte ein wahres Trommelfeuer politischer Artillerie ausgelöst, weil es lebenswichtige Organe toter Babys als Transplantate benutzte. Dr. Annaccone hatte Geldmittel für genetische Experimente an menschlichen – freiwilligen – Versuchspersonen benutzt. Genetische Transplantate für Menschen, die für Krebs empfänglich waren, für die Alzheimersche Krankheit, für alle möglichen immer noch geheimnisvollen Krankheiten der Nieren, Leber, Augen. Er hatte ein Programm genetischer Experimente zum Vorschlag gebracht, das den größten Teil der verschiedenen Kirchenorganisationen, die allgemeine Öffentlichkeit und die politischen Machthaber in Rage brachte. Dabei konnte Dr. Annaccone gar nicht verstehen, warum ein solches Theater darum gemacht wurde. Er hegte Verachtung für seine Gegner und ließ es sie spüren. Aber selbst er wußte, daß ein Lügendetektortest am Gehirn juristischen Ärger brachte. »Dies ist vielleicht die wichtigste Entdeckung in der Geschichte der heutigen Medizin«, erklärte Dr. Annaccone. »Stellen Sie sich mal vor, wir könnten Gedanken lesen. All Ihre Anwälte wären auf einmal arbeitslos.«

»Halten Sie es wirklich für möglich, die Funktionen des Gehirns zu erforschen?« erkundigte sich Christian.

Dr. Annaccone zuckte die Achseln. »Nein«, antwortete er. »Wenn das Gehirn so simpel angelegt wäre, wären wir zu simpel, es zu erforschen.« Wieder grinste er Christian zu. »Catch 22. Unser

Gehirn wird niemals das Gehirn begreifen. Und deswegen wird der Mensch, was auch geschieht, niemals mehr sein können als die höhere Entwicklungsform eines Tieres.« Diese Tatsache schien ihn glücklich zu machen.

Sekundenlang sinnierte er vor sich hin. »Wissen Sie, es gibt da einen ›Geist in der Maschine‹ – Koesters Formulierung. Im Grunde hat der Mensch zwei Gehirne: das primitive, und das darüberliegende zivilisierte Gehirn. Haben Sie nicht auch schon gemerkt, daß den menschlichen Wesen eine gewisse unerklärliche Bösartigkeit eigen ist? Eine sinnlose Bösartigkeit?«

»Rufen Sie den Präsidenten an, wegen des Tests«, sagte Christian. »Versuchen Sie ihn zu überzeugen.«

»Das werde ich«, versicherte Dr. Annaccone. »Er ist wirklich viel zu zaghaft. Das Verfahren wird diesen Burschen kein bißchen schaden.«

Gleich anschließend beabsichtigte Christian Klee Jeralyn Albanese einen Besuch abzustatten; ihr gehörte das berühmteste Restaurant von Washington D.C., natürlich mit dem Namen »Jera's«. Es verfügte über drei riesige Speisesäle, die durch eine äußerst luxuriöse Lounge Bar voneinander getrennt waren. Die Republikaner zog es in den einen Speisesaal, die Demokraten in den anderen, und im dritten speisten die Mitglieder der Exekutive und des Weißen Hauses. Das einzige, worin alle Parteien übereinstimmten, war die Tatsache, daß die Küche exquisit war, der Service erstklassig und die Gastgeberin eine der bezauberndsten Frauen der Welt.

Zwanzig Jahre zuvor war Jeralyn, damals dreißig Jahre alt, bei einem Lobbyisten des Bankgewerbes angestellt gewesen. Durch diesen lernte sie Martin Mutford kennen, der sich damals noch nicht den Spitznamen »Private« verdient hatte, aber bereits im Aufsteigen begriffen war. Martin Mutford war von ihrer Intelligenz, ihrer Forschheit und ihrer Abenteuerlust bezaubert. Fünf Jahre lang hatten die beiden ein Verhältnis, das jedoch ihr jeweiliges Privatleben nicht weiter berührte. Jeralyn Albanese verfolgte ihre Karriere als Lobbyistin, eine weitaus kompliziertere und raffiniertere Karriere als allgemein angenommen, die eine sehr große Fertigkeit im Recherchieren und zudem verwaltungstechnisches Genie erfordert. Seltsamerweise war einer ihrer wichtigsten Pluspunkte die Tatsache, daß sie im College einmal Tennis-Champion gewesen war.

Als Assistentin des Chef-Lobbyisten der Bankenbranche war sie den größten Teil der Woche damit beschäftigt, Finanzdaten zu sammeln, um die Experten des Kongreß-Finanzkomitees von der Notwendigkeit einer bankenfreundlichen Gesetzgebung zu überzeugen. Dann arrangierte sie Geschäftsessen mit Congressmen und Senatoren, bei denen sie die Gastgeberin spielte. Staunend sah sie, wie sexbesessen diese so ruhigen Juristen und Gesetzgeber in ihrer Freizcit waren. Sie lärmten wie Goldgräber, tranken im Übermaß, sangen aus voller Brust und griffen ihr im Geiste altamerikanischer Geselligkeit an den Hintern. Sie war verblüfft und erfreut von dieser Vergnügungssucht. Und so ergab es sich ganz natürlich, daß sie – stets unter dem Vorwand von Konferenzen – mit den jüngeren und ansehnlicheren Congressmen auf die Bahamas oder nach Las Vegas fuhr, und einmal sogar nach London zu einem Kongreß von Wirtschaftsberatern aus der ganzen Welt. Das tat sie nicht etwa, um die Abstimmung über eine Gesetzesvorlage zu beeinflussen, und auch nicht, um sich an einer Gaunerei zu beteiligen; doch wenn die Abstimmung über eine Gesetzesvorlage auf der Kippe stand und ein so hübsches Mädchen wie Jeralyn Albanese den üblichen meterhohen Stapel von Expertisen eminenter Wirtschaftswissenschaftler präsentierte, bestand eine sehr gute Chance, diese knappe Abstimmung auf die richtige Seite zu bringen. Wie Martin Mutford sagte: »Bei den knappen Abstimmungen fällt es jedem Mann schwer, gegen eine Frau zu stimmen, die ihm in der Nacht zuvor den Schwanz gelutscht hat.«

Es war Mutford, der sie ein luxuriöses Leben zu schätzen gelehrt hatte. Es besuchte mit ihr die Museen von New York, er nahm sie in die Hamptons mit, Badeorte, in denen sie mit den Reichen und

den Künstlern zusammentraf, dem alten und dem neuen Geld, den berühmten Journalisten und TV-Anchor-Men, den Schriftstellern, die ernstzunehmende Romane verfaßten, und den Autoren der bedeutenden Drehbücher großer Filme. Ein hübsches Gesicht mehr fiel dort natürlich nicht groß auf, doch daß sie eine erstklassige Tennisspielerin war, verschaffte ihr einen gewissen Vorteil.
In Jeralyn verliebten sich mehr Männer wegen ihres Tennisspiels als wegen ihrer Schönheit, denn beim Tennis offenbarte sich die natürliche Grazie ihrer weiblichen Formen weitaus deutlicher. Außerdem war es ein Sport, den Männer, die reine »Hacker« waren – wie es bei Politikern und Künstlern gewöhnlich der Fall war –, am liebsten mit hübschen Frauen ausübten. Beim gemischten Doppel verstand es Jeralyn, sich auf sportlicher Ebene mit ihren Partnern zu vereinigen, sich mit ihrer goldbraunen Haut und den herrlich geformten Gliedmaßen dem Partner im Kampf um den Sieg vollkommen anzupassen.
Aber dann kam eine Zeit, da Jeralyn an ihre Zukunft denken mußte. Sie war nicht verheiratet, und da sie inzwischen vierzig war, gehörten die Congressmen, auf die sie Einfluß zu nehmen hatte, mittlerweile zu der eher unattraktiven Altersgruppe der Sechziger und Siebziger.
Martin Mutford hätte sie mit Freuden in die höheren Weihen des Banking eingeführt, nach dem aufregenden Leben in Washington fand sie das Bankgeschäft jedoch recht langweilig. Die amerikanischen Legislatoren waren ja so faszinierend, mit ihrer unverschämten Verlogenheit in öffentlichen Angelegenheiten, mit ihrer bezaubernden Naivität in sexuellen Beziehungen! Und wieder war es Martin Mutford, der eine ausgezeichnete Lösung fand. Auch er wollte Jeralyn nicht in einem Wust von Computerausdrucken untergehen sehen. Und da er in ihrer wunderschön eingerichteten Wohnung in Washington Entspannung von seiner schweren Verantwortung suchte und fand, kam Martin Mutford auf die Idee, sie könne sich doch ein Restaurant zulegen und es möglicherweise zu einem politischen Mittelpunkt entwickeln.

Das Kapital wurde in Form eines Fünf-Millionen-Dollar-Darlehens von den American Sterling Trustees zur Verfügung gestellt, einer Lobbyistengruppe, die Bankinteressen vertrat. Das Restaurant ließ Jeralyn nach ihren Vorstellungen einrichten. Es sollte ein exklusiver Club werden, ein zweites Heim für die Politiker von Washington. Zahlreiche Congressmen lebten während der Sitzungsperiode von ihren Familien getrennt; für sie war das »Jera's« eine Zuflucht, wo sie ihre einsamen Abende verbringen konnten. Außer den drei Speiseräumen sowie der Lounge und der Bar gab es ein Fernsehzimmer und einen Leseraum, in dem Exemplare aller größeren in den Vereinigten Staaten und England herausgegebenen Zeitschriften auslagen. Ein weiteres Zimmer war für Schach-, Dame- und Kartenspiele reserviert. Die größte Attraktion allerdings waren die Wohnungen über dem Restaurant.

Dabei handelte es sich um drei Etagen mit insgesamt zwanzig Einzelapartments. Diese Apartments wurden von den Lobbyisten gemietet, die sie wiederum an Congressmen und wichtige Bürokraten für ihre heimlichen Liaisons verliehen. Das »Jera's« war für seine Diskretion in derartigen Dingen berühmt. Die Schlüssel verwahrte Jeralyn.

Es verblüffte Jeralyn immer wieder, daß diese wirklich hart arbeitenden Männer noch Zeit für solche Vergnügungen hatten. Sie waren wirklich unermüdlich. Und die älteren, mit etablierten Familien, einige sogar schon mit Enkelkindern, waren dabei am aktivsten. Es machte Jeralyn riesigen Spaß, dieselben Congressmen und Senatoren so würdevoll und distinguiert auf dem Bildschirm zu sehen, wie sie über Moral dozierten, Drogen und lockeren Lebenswandel verurteilten und die Bedeutung althergebrachter Werte betonten. Das Gefühl, daß sie im Grunde scheinheilig waren, hatten sie dabei nicht.

Schließlich hatten es diese Männer, die ihrem Land einen so großen Teil ihres Lebens, ihrer Zeit und ihrer Energie widmeten, ehrlich verdient, ein wenig umhegt und verwöhnt zu werden.

Die Arroganz, die schmierige, selbstsichere Überheblichkeit der jüngeren Congressmen gefiel ihr nicht, aber sie liebte die alten Kämpfer wie etwa den grimmigen Senator mit der gestrengen Miene, der in der Öffentlichkeit niemals lächelte, sich privat aber mindestens zweimal die Woche splitternackt mit jungen »Models« vergnügte, oder den alten Congressman Jintz mit einem Körper wie ein verkohlter Zeppelin und einem so häßlichen Gesicht, daß die gesamte Nation ihn für ehrlich hielt. Sie alle sahen privat, wenn sie die Kleider abgelegt hatten, grauenhaft aus, aber sie fesselten durch ihren Charme. Warum hörten Männer niemals auf, an diesen Dingen Spaß zu haben?

Weibliche Kongreßmitglieder kamen nur selten ins Restaurant, und die Apartments benutzten sie nie. So weit war der Feminismus noch nicht gediehen. Zum Ausgleich dafür gab Jeralyn im Restaurant kleine Luncheons für einige ihrer Freundinnen aus der Welt der Kunst, hübsche Schauspielerinnen, Sängerinnen und Tänzerinnen.

Falls diese hübschen jungen Frauen Freundschaft mit den hohen Dienern des Staates schlossen, ging sie das nichts an. Erstaunt war sie dann allerdings, als Eugene Dazzy, der gewichtige, ungepflegt wirkende Stabschef des Präsidenten der Vereinigten Staaten, mit einer vielversprechenden jungen Tänzerin anbandelte und Jeralyn bat, ihm den Schlüssel zu einem der Apartments über dem Restaurant zu geben. Und noch mehr staunte sie, als diese Liaison sich zum festen Verhältnis entwickelte. Nicht etwa, daß Dazzy besonders viel Zeit zur Verfügung gehabt hätte; in dem Apartment verbrachte er höchstens einige Stunden nach dem Lunch. Und darüber, was der die Miete zahlende Lobbyist sich davon versprach, machte sich Jeralyn keinerlei Illusion. Dazzy ließ sich in seinen Entscheidungen niemals beeinflussen, aber wenigstens würde er – und das war sehr selten – die Anrufe des Lobbyisten im Weißen Haus entgegennehmen, so daß der Mann seine Klienten damit beeindrucken konnte.

All diese Informationen gab Jeralyn natürlich an Martin Mutford weiter, wenn sie gemütlich zusammensaßen und tratschten. Es verstand sich von selbst, daß diese Informationen niemals auf irgendeine Art verwendet wurden, und ganz gewiß nicht für eine Erpressung. Das hätte katastrophale Folgen gehabt und den Hauptzweck des Restaurants ad absurdum geführt, der darin bestand, die Atmosphäre angenehmer Kollegialität zu fördern und wohlwollende Ansprechpartner für die Lobbyisten zu gewinnen, die ja schließlich die Rechnung zahlten. Hinzu kam, daß das Restaurant Jeralyns Haupteinnahmequelle war, die sie auf gar keinen Fall verlieren wollte.

Jeralyn war sehr überrascht, als Christian Klee sie zwischen Lunch und Dinner aufsuchte, zu einer Zeit, in der das Restaurant so gut wie leer war. Sie empfing ihn in ihrem Büro. Sie mochte Klee, obwohl er nur selten bei »Jera's« aß und niemals eines der oberen Apartments benutzte. Aber sie hegte keine Befürchtungen; sie wußte, daß er ihr in keiner Hinsicht Vorwürfe machen konnte. Falls sich ein Skandal zusammenbraute, stand sie sauber da, ganz gleich, worauf die Reporter aus waren oder was eins von den jungen Mädchen sagte.

Sie äußerte ein paar mitfühlende Worte über die schwere Zeit, die er wohl jetzt gerade durchmachte, mit diesen Mördern und der Entführung, achtete aber genau darauf, daß es nicht klang, als angele sie nach Insider-Informationen. Klee bedankte sich höflich bei ihr.

Dann sagte er: »Jeralyn, wir kennen uns nun schon ziemlich lange, deswegen möchte ich Sie warnen, zu Ihrem eigenen Schutz. Was ich jetzt sagen werde, wird Sie mit Sicherheit ebensosehr schockieren wie mich.«

Oh, Scheiße, dachte Jeralyn. Irgend jemand will mir Scherereien machen.

Christian Klee fuhr fort: »Ein Lobbyist für Finanzinteressen, ein guter Freund von Eugene Dazzy, hat versucht, ihn mit Dreck zu bewerfen. Er hat Dazzy gedrängt, ein Dokument zu unterzeichnen, das Präsident Kennedy sehr schaden könnte. Er hat Dazzy gewarnt, die Tatsache, daß er Gebrauch von Ihren Apartments macht, könne an die Öffentlichkeit dringen, seine Karriere und seine Ehe ruinieren.« Klee lachte. »Himmel, wer hätte je gedacht, daß Eugene zu so was fähig ist! Aber zum Teufel, wir sind schließlich doch alle nur Menschen.«

Jeralyn ließ sich von Christians Fröhlichkeit nicht irreführen. Sie wußte, daß sie jetzt sehr vorsichtig sein mußte, sonst wäre ihr ganzes Leben ruiniert. Klee war Justizminister der Vereinigten Staaten. Und er stand in dem Ruf eines äußerst gefährlichen Mannes. Er konnte ihr mehr Ärger machen, als sie zu bewältigen vermochte, obwohl sie durch Martin Mutford noch einen Trumpf in der Hinterhand hatte. »Damit hatte ich nichts zu tun«, erwiderte sie. »Na schön, ich habe Dazzy den Schlüssel zu einem der Apartments oben gegeben. Aber verdammt, das war ganz einfach ein Kompliment des Hauses. Es gibt keinerlei Unterlagen. Niemand kann mir oder Dazzy etwas anhängen.«

»Aber sicher, das weiß ich doch«, erwiderte Christian. »Doch verstehen Sie mich richtig: Dieser Lobbyist würde es niemals wagen, soviel Dreck allein aufzuwühlen. Irgend jemand weiter oben muß ihm gesagt haben, was er tun soll.«

»Christian«, gab Jeralyn unsicher zurück, »ich schwöre Ihnen, ich habe niemals, zu keinem Menschen, ein Wort gesagt. Ich würde doch mein Restaurant nicht in Gefahr bringen! So dumm bin ich nun wirklich nicht.«

»Ich weiß, ich weiß«, sagte Christian beschwichtigend. »Aber Sie und Martin sind seit sehr langer Zeit sehr eng befreundet. Möglich, daß Sie's ihm erzählt haben, einfach nur so aus Vergnügen am Klatsch.«

Jetzt bekam Jeralyn wirklich Angst. Unversehens war sie zwischen zwei mächtige Männer geraten, die gegeneinander zum Kampf antraten. Aus dieser Arena wollte sie sich unter allen Umständen heraushalten. Aber sie wußte auch, daß eine Lüge jetzt das Schlimmste wäre.

»Etwas so Törichtes würde Martin niemals tun«, versicherte sie. »Nicht eine so furchtbare dumme Erpressung.« Durch diese For-

mulierung gab sie zwar zu, daß sie Martin davon Mitteilung gemacht hatte, konnte aber jederzeit abstreiten, dies ausdrücklich gestanden zu haben.
Christian blieb bei seinem eher beruhigenden Ton. Er merkte, daß sie den wahren Zweck seines Besuches noch nicht erkannt hatte. Also sagte er: »Eugene Dazzy hat dem Lobbyisten gesagt, er soll sich verziehen. Dann hat er mir die ganze Geschichte erzählt, und ich habe ihm versprochen, mich darum zu kümmern. Nun weiß ich natürlich, daß sie Dazzy nicht einfach bloßstellen können. Ich könnte zum Beispiel so schnell über Sie und dieses Etablissement herfallen, daß Sie glauben, von einem Panzer überrollt zu werden. Ich könnte Sie zwingen, alle Kongreßmitglieder zu identifizieren, die diese Apartments benutzt haben. Es würde einen Riesenskandal geben. Ihr Freund hatte einfach gehofft, Dazzy würde die Nerven verlieren. Aber Eugene ließ sich nicht hinters Licht führen.«
Jeralyn war noch immer ungläubig. »Martin würde niemals etwas so Gefährliches tun. Er ist Banker.« Sie lächelte Christian an, der seufzend entschied, es sei an der Zeit, eine härtere Gangart einzuschlagen.
»Hören Sie, Jeralyn«, sagte er, »der alte ›Private‹ Martin ist nicht der übliche nette, zuverlässige und konservative Banker. Es gibt ein paar dunkle Punkte in seinem Leben. Und er hat seine Milliarden nicht gemacht, indem er auf Nummer Sicher ging. Er hat schon öfter ziemlich hart an der Kippe gepokert.« Er hielt einen Moment inne. »Und nun hat er die Finger in einer Sache, die für Sie und für ihn äußerst gefährlich werden könnte.«
Jeralyn winkte verächtlich ab. »Sie haben selbst gesagt, Sie wüßten genau, daß ich mit seinen Plänen nichts zu tun habe.«
»Stimmt«, antwortete Christian. »Das weiß ich. Aber Martin ist ein Mann, den ich im Auge behalten muß. Und ich möchte, daß Sie mir dabei helfen.«
Jeralyn blieb unerschütterlich. »Den Teufel werd' ich«, erklärte sie. »Martin hat mich immer anständig behandelt. Er ist ein echter Freund für mich.«

»Ich will ja nicht, daß Sie für mich spionieren«, wehrte Christian sofort ab. »Ich will weder Informationen über seine Geschäfte noch über sein Privatleben. Ich bitte Sie nur, daß Sie mich rechtzeitig warnen, wenn Sie etwas wissen oder von irgendwelchen Schritten erfahren, die er gegen den Präsidenten unternimmt.«
»Gehn Sie zum Teufel!« schimpfte Jeralyn. »Verschwinden Sie, ich muß Vorbereitungen für die Abendgäste treffen.«
»Aber ja«, sagte Christian freundschaftlich. »Ich gehe schon. Aber vergessen Sie nicht, daß ich der *Justizminister* der Vereinigten Staaten bin. Wir leben in schwierigen Zeiten, und da kann es nicht schaden, mich zum Freund zu haben. Benutzen Sie also Ihren Verstand und entscheiden Sie selbst, wann der Zeitpunkt gekommen ist. Wenn Sie mir nur eine winzige Warnung zukommen lassen, wird niemand etwas davon erfahren.«
Er ging. Er hatte sein Ziel erreicht. Möglich, daß Jeralyn Martin Mutford von diesem Gespräch erzählte, aber das war in Ordnung, denn daraufhin würde Mutford vorsichtiger werden. Vielleicht aber erzählte sie ihm nichts davon, sondern verpfiff ihn, wenn es soweit war. So oder so – er jedenfalls, Christian Klee, konnte dabei nicht verlieren.

Christian Klee hatte nicht mehr als eine halbe Stunde bei Jeralyn Albanese verbracht. Trotzdem befahl er dem Fahrer in seinem Dienstwagen, die Sirene einzuschalten: Er mußte so schnell wie möglich zum Weißen Haus zurück, Kennedy würde ihn schon erwarten. Zunächst aber mußte er noch einen weiteren Besuch machen. Das Orakel hatte ihm eine Nachricht gesandt: mit der – äußerst dringlich formulierten – Bitte, ihn in seiner Villa aufzusuchen.
Während der Wagen sich mit heulender Sirene durch den Verkehr schlängelte, betrachtete Christian die Gebäude und Monumente, an denen sie vorüber kamen: das Haus aus Marmor mit den kannelierten Säulen, die vornehmen Kuppelbauten der Botschaften mit den flatternden Fahnen, die ganze ewige Architektur,

durch die die etablierte Autorität von ihrer Existenz und Übermacht kündete. Wie nichtig wirkten sie alle jetzt: Als warteten sie nur darauf, von fremden Barbarenhorden dem Erdboden gleichgemacht zu werden – wenn nicht physisch, so doch psychisch.
Er rekapitulierte sein Treffen mit Eugene Dazzy. Das Gerücht, daß jemand aus dem Stab des Weißen Hauses den Antrag zur Suspendierung Kennedys vom Präsidentenamt unterschreiben werde, hatte Alarmglocken bei ihm ausgelöst. Nach der Besprechung war er Dazzy ins Büro des Stabschefs zurückgefolgt.
Eugene Dazzy saß an seinem Schreibtisch, umgeben von drei Sekretärinnen, die sich notierten, welche Aufgaben sein persönlicher Stab übernehmen sollte. Er trug seinen Walkman auf den Ohren, hatte den Ton aber abgestellt. Seine sonst so freundliche Miene war grimmig. Als er aufblickte, sagte er: »Sie haben sich die ungünstigste Zeit zum Rumschnüffeln ausgesucht, Chris.«
»Reden Sie keinen Unsinn, Eugene!« gab Christian zurück. »Kein Mensch scheint sich dafür zu interessieren, wer der angebliche Verräter im Stab ist. Und das heißt, daß alle es wissen – außer mir. Dabei bin ich es, der es eigentlich wissen müßte.«
Dazzy entließ seine Sekretärinnen. Als sie allein im Büro zurückblieben, sah Dazzy Christian lächelnd an. »Ich wäre nie auf die Idee gekommen, daß Sie es nicht wüßten. Sie mit Ihrem FBI und Secret Service, Ihren heimlichen Überraschungs- und Lauschaktionen haben doch immer alles im Auge. Tausende von Agenten stehen auf Ihrer Gehaltsliste, von denen der Kongreß nichts weiß. Wieso wissen Sie diesmal von nichts?«
»Ich weiß, daß Sie zweimal die Woche in den Apartments über Jeralyns Restaurant eine Tänzerin bumsen«, antwortete Christian eiskalt.
Dazzy seufzte. »Das ist es also! Dieser Lobbyist, der mir das Apartment überläßt, kam zu mir und bat mich, den Antrag auf die Suspendierung des Präsidenten zu unterzeichnen. Er war nicht gerade grobschlächtig, es gab keine direkten Drohungen, aber die Absicht war eindeutig. Unterzeichne, oder deine kleinen Sünden

werden überall in Presse und Fernsehen verbreitet.« Dazzy lachte. »Es war nicht zu fassen. Wie konnten Sie so dämlich sein?«

»Wie also lautet Ihre Anwort auf meine Frage?« erkundigte sich Christian.

Dazzy lächelte. »Ich habe seinen Namen von der Liste meiner Freunde gestrichen, jede Verbindung von ihm hierher gekappt. Und ihm gesagt, daß ich ihn meinem alten Kumpel Christian Klee als Gefahr für die Sicherheit des Präsidenten melden werde. Anschließend habe ich Francis informiert. Ich soll das Ganze einfach vergessen, hat er gesagt.«

»Wer hat den Mann zu Ihnen geschickt?« fragte Christian.

»Der einzige, der das wagen würde, ist Mitglied im Socrates Club«, antwortete Dazzy. »Und das ist unser alter Freund Martin ›Private‹ Mutford.«

»Aber der kann doch bestimmt nicht so dumm sein«, meinte Christian.

»Ist er auch nicht«, bestätigte Dazzy grimmig. »Keiner ist so dumm, bis ihn die Verzweiflung packt. Als die VP sich weigerte, den Impeachment-Antrag zu unterzeichnen, wurden diese Burschen von der Verzweiflung gepackt. Außerdem kann man nie wissen, wann jemand weich wird.«

Christian war noch nicht recht zufrieden. »Aber die Leute kennen Sie. Sie wissen, daß Sie unter all dem Fett ein ziemlich harter Bursche sind. Ich habe Sie in Aktion erlebt. Sie haben einen der größten Konzerne der Vereinigten Staaten geleitet, Sie haben erst vor fünf Jahren IBM zur Schnecke gemacht. Wieso dachten die, Sie würden weich?«

Dazzy zuckte die Achseln. »Alle halten sich immer für härter als die anderen.« Er hielt inne. »Das tun Sie doch auch, obwohl Sie's nicht an die große Glocke hängen. Ich tu's jedenfalls. Genauso wie Wix und Gray. Francis tut's nicht. Der ist es einfach. Und mit Francis müssen wir vorsichtig sein. Wir müssen aufpassen, daß er nicht zu hart wird.«

Als sie durchs Tor auf das Grundstück des Orakels fuhren, stellte der Fahrer die Sirenen ab. Wie Christian feststellte, parkten drei Limousinen in der kreisrunden Einfahrt. Seltsam war jedoch, daß die Fahrer auf ihrem Platz am Lenkrad saßen, statt im Freien eine Zigarette zu rauchen. Neben jedem Wagen wartete ein hochgewachsener und gutgekleideter Mann. Christian identifizierte sie sofort als Leibwächter. Das Orakel hatte also hohen Besuch.

Christian wurde vom Butler begrüßt, der ihn in ein für eine Konferenz eingerichtetes Wohnzimmer führte. Das Orakel saß wartend im Rollstuhl. Am Tisch saßen fünf Mitglieder des Socrates Club. Das überraschte Christian; seinen jüngsten Informationen zufolge befanden sich alle fünf in Kalifornien.

Das Orakel steuerte seinen Rollstuhl zum Kopfende des Tisches.

»Du mußt mir diese kleine Irreführung verzeihen, Christian«, begann er. »Ich hatte das Gefühl, es sei dringend notwendig, daß du zu diesem kritischen Zeitpunkt mit meinen Freunden zusammenkommst. Sie möchten mit dir sprechen.«

Bedienstete hatten Kaffee und Sandwiches auf den Konferenztisch gestellt. Außerdem wurden Drinks serviert, sobald das Orakel die Diener mit einem Klingelknopf unter dem Tisch hereinbefahl. Die fünf Mitglieder des Socrates Club waren bereits mit Erfrischungen versorgt. Martin Mutford steckte sich eine dicke Zigarre an, knöpfte sich den Kragen auf und lockerte seine Krawatte. Er wirkte ein wenig grimmig, aber Christian wußte, daß diese grimmige Miene oft auf ein Zusammenziehen der Muskeln zurückzuführen war, das eine gewisse Angst verbergen sollte.

»Martin«, sagte er, »Eugene Dazzy hat mir erzählt, daß einer Ihrer Lobbyisten ihm heute einen sehr schlechten Rat gegeben hat. Ich hoffe, Sie hatten nichts damit zu tun.«

»Dazzy kann gut und böse unterscheiden«, entgegnete Mutford. »Sonst wäre er nicht Stabschef des Präsidenten.«

»Gewiß kann er das«, bestätigte Christian. »Und er braucht sich von mir nicht erklären zu lassen, wie man jemandem die Eier abreißt. Aber ich könnte ihm dabei zur Hand gehen.«

Christian bemerkte, daß das Orakel und George Greenwell nicht wußten, wovon er sprach. Lawrence Salentine und Louis Inch jedoch zeigten ein kleines Lächeln.
Louis Inch sagte ungeduldig: »Ist doch unwichtig! Das hat nichts mit unserer Besprechung zu tun.«
»Und was hat damit zu tun?« erkundigte sich Christian.
Es war Lawrence Salentine, der ihm in jenem beruhigenden Ton antwortete, mit dem er Konfrontationen zu verhindern pflegte: »Die Zeiten sind im Augenblick ziemlich kritisch. Meiner Meinung nach sogar gefährlich. Deshalb müssen alle verantwortungsbewußten Menschen gemeinsam nach einer Lösung suchen. Alle Anwesenden hier haben sich dafür ausgesprochen, Präsident Kennedy für einen Zeitraum von dreißig Tagen zu suspendieren. Der Kongreß wird morgen abend bei einer Sondersitzung darüber abstimmen. Die Weigerung der Vizepräsidentin DuPray, den Antrag zu unterschreiben, macht die Sache schwieriger, aber nicht unmöglich. Äußerst hilfreich wäre es, wenn Sie als Mitglied von Kennedys persönlichem Stab das Papier unterzeichnen würden. Darum möchten wir Sie alle bitten.«
Christian war so verblüfft, daß er keine Worte fand. »Ich bin derselben Meinung«, mischte sich das Orakel ein. »Es wäre besser für Kennedy, wenn er dieses spezielle Problem nicht selber zu lösen versucht. Sein Handeln heute war absolut irrational und entspringt dem Wunsch nach Rache. Es könnte furchtbare Folgen heraufbeschwören. Christian, ich flehe dich an, höre auf diese Männer!«
Christian Klee antwortete betont langsam: »Keine Chance, und wenn die Hölle zufriert.« Dann wandte er sich direkt an das Orakel: »Wie konntest du dich an so was beteiligen? Wie kannst du dich – ausgerechnet du! – auf einmal gegen mich stellen?«
Das Orakel schüttelte den Kopf. »Ich bin nicht gegen dich«, behauptete er.
»Er kann doch nicht fünfzig Milliarden Dollar vernichten, nur weil er einen persönlichen und tragischen Verlust erlitten hat«, warf Lawrence Salentine ein. »So funktioniert die Demokratie nicht.«

Christian hatte die Selbstbeherrschung zurückgewonnen und sagte in ruhigem Ton: »Das ist nicht wahr. Francis Kennedy hat sich das alles gründlich überlegt. Er will nicht, daß die Entführer uns wochenlang an der Nase herumführen und Fernsehzeit in Ihren Sendern herausschlagen, Mr. Salentine, während die Vereinigten Staaten der Lächerlichkeit preisgegeben werden. Verdammt noch mal, sie haben den Papst der katholischen Kirche umgebracht; sie haben die Tochter des Präsidenten der Vereinigten Staaten umgebracht. Und Sie wollen jetzt mit ihnen verhandeln? Sie wollen den Papstmörder freilassen? Sie bezeichnen sich als Patrioten? Sie behaupten, sich Sorgen um das Wohl dieses Landes zu machen? Nichts weiter als eine Bande von Heuchlern sind Sie!«

Zum erstenmal meldete sich George Greenwell zu Wort: »Was ist mit den anderen Geiseln? Sind Sie bereit, die zu opfern?«

Und ohne nachzudenken schoß Christian zurück: »Jawohl!« Er hielt kurz inne, dann fuhr er fort: »Ich glaube, die Taktik des Präsidenten bietet uns die bestmögliche Chance, sie alle lebend da rauszukriegen.«

George Greenwell entgegnete: »Inzwischen ist, wie Sie ja wohl wissen, Bert Audick in Sherhaben eingetroffen. Er hat uns versichert, daß er die Entführer und den Sultan überreden kann, die restlichen Geiseln freizulassen.«

»Ich habe gehört, wie er dem Präsidenten der Vereinigten Staaten versichert hat, daß Theresa Kennedy kein Leid geschehen werde«, gab Christian verächtlich zurück. »Und nun ist sie tot.«

»Mr. Klee«, wandte Lawrence Salentine ein, »wir könnten bis in alle Ewigkeit über diese unbedeutenderen Punkte diskutieren. Aber wir haben keine Zeit dazu. Wir haben gehofft, Sie würden sich uns anschließen und alles ein wenig leichter machen. Was getan werden muß, wird getan werden, ob Sie uns zustimmen oder nicht. Das versichere ich Ihnen. Warum aber dieser Streit um unsere Bemühungen? Warum helfen Sie dem Präsidenten nicht, indem Sie mit uns zusammenarbeiten?«

Christian Klee musterte ihn mit kaltem Blick. »Machen Sie mir doch nichts vor! Eines möchte ich Ihnen sagen: Mir ist klar, daß Sie eine Menge Einfluß besitzen in diesem Land, Einfluß, der verfassungswidrig ist. Aber sobald diese Krise bewältigt ist, wird mein Amt Sie alle gründlichst unter die Lupe nehmen. Darauf können Sie sich verlassen!«

George Greenwell stieß einen Seufzer aus. Der heftige und sinnlose Zorn junger Männer langweilte einen Mann seiner Erfahrung und seines Alters. »Mr. Klee«, sagte er zu Christian, »wir danken Ihnen, daß Sie gekommen sind. Und ich hoffe, daß keine persönliche Feindseligkeit zwischen uns herrscht. Wir tun nur, was in unseren Kräften steht, um unserem Land zu helfen.«

»Sie tun alles, um Audicks fünfzig Milliarden Dollar zu retten«, entgegnete Christian. Auf einmal begann er zu begreifen. Diese Männer *wollten* ihn gar nicht für sich gewinnen. Das Ganze war nur als Einschüchterungsversuch gedacht. Damit er sich möglichst neutral verhielt. Und dann spürte er plötzlich ihre Angst. Sie fürchteten ihn. Weil er die Macht und, noch wichtiger, den Willen besaß. Und der einzige, der sie vor ihm gewarnt haben konnte, war das Orakel.

Alle schwiegen. Dann sagte das Orakel: »Du kannst gehen, ich weiß, du mußt zurück. Ruf mich an und laß mich wissen, was los ist. Halt mich auf dem laufenden.«

Zutiefst verletzt vom Verrat des Orakels, antwortete Christian: »Du hättest mich warnen können.«

Das Orakel schüttelte den Kopf. »Dann wärst du nicht gekommen. Und ich hätte meine Freunde nicht davon überzeugen können, daß du nicht unterzeichnen wirst. Ich mußte ihnen eine Chance geben.« Einen Augenblick hielt er inne. »Ich werde dich hinausbegleiten«, teilte er Christian mit und lenkte seinen Rollstuhl zur Tür hinaus. Christian folgte ihm.

Doch ehe Christian den Raum verließ, wandte er sich noch einmal zum Socrates Club um: »Gentlemen«, sagte er, »ich flehe Sie an, lassen Sie nicht zu, daß der Kongreß so etwas tut.« Dabei strahlte er eine so finstere Drohung aus, daß niemand ein Wort erwiderte.

Als Christian mit dem Orakel am oberen Ende der Rampe allein war, die ins Entrée führte, bremste der Alte seinen Rollstuhl. Er hob den kahlen Kopf mit den braunen Altersflecken und sagte zu Christian: »Du bist mein Patenkind, und du bist mein Erbe. Nichts von dem, was hier geschieht, kann etwas an meiner liebevollen Zuneigung zu dir ändern. Aber ich muß dich warnen. Ich liebe mein Land und sehe in deinem Freund Francis Kennedy eine große Gefahr.«

Zum erstenmal empfand Christian Klee eine gewisse Bitterkeit gegen diesen alten Mann, den er bisher rückhaltlos geliebt hatte. »Du und dein Socrates Club, ihr habt Francis bei den Eiern«, entgegnete er. »Ihr seid es, die eine Gefahr für unser Land sind.«

Das Orakel musterte ihn aufmerksam. »Aber du scheinst dir nicht allzu große Sorgen zu machen. Ich bitte dich, Christian, handle nicht überstürzt. Unternimm nichts Unwiderrufliches. Ich weiß, daß du sehr viel Macht besitzt – und, was noch wichtiger ist, eine überragende Intelligenz. Du bist begabt, das weiß ich genau. Aber versuch nicht, die Geschichte zu bezwingen.«

»Ich weiß nicht, wovon du sprichst«, behauptete Christian.

Inzwischen hatte er es ziemlich eilig, denn er mußte noch eine letzte Station machen, bevor er ins Weiße Haus zurückkehrte. Er mußte Gresse und Tibbot vernehmen.

Das Orakel seufzte. »Was immer geschieht, meine Liebe wirst du niemals verlieren, vergiß das nicht. Du bist der einzige lebende Mensch, dem ich aufrichtig zugetan bin. Und solange es in meiner Macht liegt, werde ich nicht zulassen, daß dir etwas geschieht. Ruf mich an, halt mich auf dem laufenden.«

Nun verspürte Christian wieder die alte Zuneigung zum Orakel. Er drückte ihm liebevoll die Schulter und sagte: »Zum Teufel noch mal, es ist ja nur eine politische Meinungsverschiedenheit, die haben wir doch schon oft gehabt. Keine Sorge, ich werde anrufen.«

Das Orakel verzog den Mund zu einem schiefen Lächeln. »Und vergiß meine Geburtstagsfeier nicht. Wenn dies alles vorüber ist – falls wir beide dann immer noch leben.«

Zu seiner Verwunderung sah Christian, daß Tränen über das alte, verwitterte Runzelgesicht liefen. Und er beugte sich nieder, um die Wange zu küssen, so pergamenten und trocken, daß sie kühl wie Glas war.

Als Christian Klee ins Weiße Haus zurückkehrte, begab er sich geradewegs in Oddblood Grays Büro, wo er von der Sekretärin erfuhr, daß Gray eine Besprechung mit Congressman Jintz und Senator Lambertino hatte. Die Sekretärin wirkte verängstigt. Sie hatte gerüchteweise gehört, daß der Kongreß Präsident Kennedy aus dem Amt entfernen wolle.

»Rufen Sie ihn an«, bat Christian, »sagen Sie ihm, daß es dringend sei, und gestatten Sie mir, Ihren Schreibtisch und Ihr Telefon zu benutzen. Gehen Sie solange in den Waschraum.«

»Otto«, meldete sich Christian, »hier Chris. Hören Sie zu, ich wurde gerade von ein paar Mitgliedern des Socrates Club aufgefordert, den Impeachment-Antrag zu unterschreiben. Dazzy wurde ebenfalls zur Unterschrift aufgefordert; sie wollten ihn mit seinem Verhältnis mit der Tänzerin erpressen. Wix ist unterwegs nach Sherhaben, deswegen kann er den Antrag nicht unterzeichnen. Werden Sie ihn unterschreiben?«

Oddblood Grays Stimme klang aalglatt. »Komisch, ich wurde soeben hier in meinem Büro von zwei Herren um meine Unterschrift gebeten. Und ich habe ihnen bereits erklärt, daß ich sie nicht leisten werde. Außerdem habe ich ihnen gesagt, daß auch kein anderes Mitglied des Präsidentenstabes unterzeichnen wird. Sie, Christian, brauchte ich nicht erst zu fragen.« In seinem Ton schwang Sarkasmus mit.

»Ich wußte, daß Sie nicht unterschreiben würden, Otto«, gab Christian ungeduldig zurück. »Aber hören Sie, teilen Sie ein paar ordentliche Hiebe aus. Sagen Sie diesen Burschen, daß ich als Justizminister eine Untersuchung des Erpressungsversuches an Dazzy einleiten werde. Und daß ich gegen einige von diesen Congressmen und Senatoren eine Menge in der Hand habe, das sich in

der Presse nicht besonders positiv ausnehmen würde, und daß ich es veröffentlichen werde. Vor allem über ihre Geschäftsverbindungen zu den Mitgliedern des Socrates Club. Dies ist nicht der richtige Zeitpunkt für Ihren britischen Oxford-Unsinn.«
Oddblood Gray entgegnete gelassen: »Danke für den guten Rat, alter Kumpel. Aber kümmern Sie sich doch bitte um Ihren Stab, dann werde ich mich um den meinen kümmern. Und verlangen Sie nicht von anderen, mit Ihrem Schwert zu drohen, sondern schwingen Sie es gefälligst selbst.«
Zwischen Oddblood Gray und Christian Klee hatte immer eine gewisse Feindseligkeit geherrscht. Persönlich mochten und respektierten sie einander. Beide wirkten körperlich eindrucksvoll. Gray war gesellschaftlich unerschrocken, hatte aber alles allein erreicht. Christian Klee war reich geboren, hatte sich jedoch geweigert, das Leben eines reichen Mannes zu führen. Er war ein tapferer Offizier gewesen und hatte anschließend als Field Director der CIA persönlich an Geheimoperationen teilgenommen. Sie waren beide in der Welt hochgeachtet. Sie waren beide Francis Kennedy ergeben. Sie waren beide erfahrene Juristen.
Und sie waren beide auf der Hut voreinander. Oddblood Gray hatte absolutes Vertrauen in den Fortschritt der Gesellschaft durch das Gesetz; deswegen war er für Präsident Kennedy ja auch so wertvoll als Verbindungsmann zum Kongreß. Und er mißtraute der Konzentration von Macht, die Klee sich gesichert hatte. Es war einfach zuviel, daß in einem Land wie den Vereinigten Staaten ein einziger Mann FBI-Direktor, Chef des Secret Service und Justizminister war. Gewiß, Francis Kennedy hatte seine Gründe für diese Machtkonzentration dargelegt: Sie sollte den Präsidenten persönlich vor der Gefahr eines Attentats schützen. Aber Gray behagte sie trotzdem nicht.
Christian Klee hatte auf Grays gewissenhaftes Festhalten an der Legalität immer etwas gereizt reagiert. Gray konnte es sich leisten, ein pedantischer Staatsmann zu sein. Er hatte mit Politikern und politischen Problemen zu tun. Christian Klee jedoch hatte das

Gefühl, all den mörderischen Unrat des Alltagslebens beseitigen zu müssen. Francis Kennedys Wahl zum Präsidenten hatte sämtliche Kakerlaken im Gefüge Amerikas aufgestört. Einzig und allein Klee wußte von den Tausenden von Morddrohungen, die der Präsident erhalten hatte. Nur Klee vermochte diese Kakerlaken zu zertreten. Und wenn er diese Aufgabe erfüllen wollte, konnte er nicht immer die feineren Rechtsfragen berücksichtigen. Jedenfalls war er davon überzeugt.

Zum Beispiel in diesem Fall. Klee wollte seine Macht spielen lassen, Gray lieber in Samthandschuhen arbeiten.

»Okay«, sagte Christian, »ich werde tun, was ich tun muß.«

»Gut«, antwortete Oddblood Gray. »Dann können wir beide ja jetzt gemeinsam zum Präsidenten gehen. Er möchte uns im Cabinet Room sprechen, sobald ich hier fertig bin.«

Oddblood Gray war bei seinem Telefonat mit Christian Klee bewußt indiskret gewesen. Jetzt wandte er sich zu Congressman Jintz und Senator Lambertino um und bedachte sie mit einem bedauernden Lächeln. »Tut mir leid, daß Sie das mit anhören mußten«, sagte er. »Christian gefällt diese Sache mit dem Impeachment nicht, aber er nimmt alles höchstpersönlich, was sich um das Wohl des Landes dreht.«

»Ich habe davon abgeraten, an Klee heranzutreten«, bemerkte Senator Lambertino. »Aber bei Ihnen, Otto, hatte ich geglaubt, eine Chance zu haben. Als der Präsident Sie zum Verbindungsmann zum Kongreß ernannte, hielt ich das angesichts all Ihrer Südstaatenkollegen, die noch nicht voll reorganisiert sind, für ziemlich töricht. Aber ich muß zugeben, daß es Ihnen in den vergangenen drei Jahren gelungen ist, sie zu gewinnen. Wenn der Präsident auf Sie gehört hätte, wären seine Pläne vom Kongreß genehmigt worden.«

Oddblood Grays Miene blieb undurchdringlich. Mit seiner seidenweichen Stimme entgegnete er: »Es freut mich, daß Sie zu mir gekommen sind. Nach meiner Meinung begeht der Kongreß jedoch einen großen Fehler mit diesem Impeachment-Verfahren. Die

Vizepräsidentin hat nicht unterzeichnet. Gewiß, Sie haben fast das gesamte Kabinett in der Tasche, aber niemanden aus dem Präsidentenstab. Also wird der Kongreß beschließen müssen, sich selbst zum Impeachment-Gremium zu ernennen. Und das ist ein verdammt schwerwiegender Schritt. Das wird bedeuten, daß der Kongreß sich über den ausdrücklichen Willen unseres Volkes hinwegsetzen kann.«

Oddblood Gray erhob sich und begann auf und ab zu gehen. Das tat er gewöhnlich nicht, wenn er eine Besprechung hatte. Er wußte, was das für einen Eindruck machte: Da er körperlich zu überlegen wirkte, würde es aussehen wie eine aggressive Geste der Einschüchterung. Er war über ein Meter neunzig groß, seine Figur die eines Olympioniken. Dazu eine erstklassig geschnittene Garderobe, eine Andeutung von britischem Akzent und er wirkte haargenau wie diese mächtigen Manager in der Fernsehwerbung, nur daß seine Haut statt weiß kaffeebraun war.

»Ich habe Sie beide im Kongreß immer bewundert«, sagte er nun. »Wir haben einander immer verstanden. Wie Sie wissen, habe ich Präsident Kennedy geraten, mit seinen Sozialprogrammen zu warten, bis er über eine solidere Grundlage verfügte. Uns dreien ist eines klar: daß es keine bessere Chance für Tragödien gibt als eine törichte Ausübung der Macht. Sie ist einer der häufigsten Fehler in der Politik. Aber ganz genau diesen Fehler wird der Kongreß begehen, wenn er den Präsidenten vom Amt suspendiert. Wenn Ihnen das gelingt, schaffen Sie einen äußerst gefährlichen Präzedenzfall in unserer Regierung, der verhängnisvolle Auswirkungen haben kann, wenn in der Zukunft ein Präsident zu große Macht erringt und es möglicherweise zu seinem Hauptziel macht, den Kongreß zu entmachten. Und was gewinnen Sie kurzfristig? Sie verhindern die Zerstörung von Dak und von Bert Audicks investierten fünfzig Milliarden Dollar. Aber die Menschen in diesem Land werden Sie verabscheuen, denn täuschen Sie sich nur ja nicht, meine Herren, das Volk unterstützt die Pläne des Präsidenten. Möglicherweise aus den falschen Gründen; wir alle wissen, daß die Wähler sich allzu leicht von durchsichtigen Gefühlen beeinflussen lassen, Gefühlen, die wir als Herrschende kontrollieren und umlenken müssen. Kennedy kann in diesem Moment befehlen, Atombomben auf Sherhaben zu werfen, und das Volk in diesem Land wird ihm applaudieren. Dumm, nicht wahr? Aber so empfinden die Massen nun mal. Das wissen Sie. Also wäre der Kongreß gut beraten, sich zurückzuhalten und abzuwarten, ob Kennedy mit seiner Taktik die Geiseln heimholen und die Entführer in unsere Gefängnisse liefern wird. Dann werden alle glücklich sein. Schlägt seine Taktik jedoch fehl und bringen die Entführer die Geiseln um, können Sie den Präsidenten beseitigen und als große Helden dastehen.«

Oddblood hatte sein ganzes Pulver verschossen, ahnte aber, daß es sinnlos war. Aus langer Erfahrung wußte er, daß selbst der klügste Mensch immer das tun wird, was er unbedingt tun will, und daß ihn keine Überredungskunst von seinem Vorhaben abbringen kann. Sie würden das tun, was sie tun wollten – ganz einfach nur, weil es eben ihr Wille war.

Congressman Jintz enttäuschte ihn nicht. »Sie argumentieren gegen den Willen des Kongresses, Otto.«

Und Senator Lambertino sagte: »Wirklich, Otto, Sie kämpfen auf verlorenem Posten. Ich weiß, wie treu Sie dem Präsidenten ergeben sind. Ich weiß, daß der Präsident Sie, wenn alles gutgegangen wäre, zum Kabinettsmitglied gemacht hätte. Und eines muß ich Ihnen sagen: Der Senat hätte zugestimmt. Das kann übrigens immer noch geschehen, auf gar keinen Fall aber unter Kennedy.«

Oddblood Gray nickte dankend. »Das weiß ich zu schätzen, Senator. Aber ich kann Ihrer Bitte nicht Folge leisten. Nach meiner Meinung ist die Handlungsweise des Präsidenten gerechtfertigt. Nach meiner Meinung wird die Aktion Erfolg haben. Nach meiner Meinung werden die Geiseln freigelassen und die Verbrecher uns übergeben werden.«

»Das ist doch alles irrelevant«, entgegnete Jintz unhöflich und barsch. »Wir können nicht zulassen, daß Dak zerstört wird.«

Senator Lambertino ergänzte gewandt: »Es geht doch nicht nur um das Geld; vielmehr würde eine so unmenschliche Tat unserem Verhältnis zu allen Ländern der Welt schaden. Das müssen Sie einsehen, Otto.«

»Um auswärtige Angelegenheiten brauche ich mir nicht den Kopf zu zerbrechen«, erwiderte Oddblood Gray. »Ich stelle lediglich die Verbindung des Präsidenten zum Kongreß dar. Und wie ich sehe, sind Sie beide nicht meiner Meinung. Deswegen möchte ich Ihnen folgendes sagen: Wenn der Kongreß seine morgige Sitzung nicht absagt, wenn er nicht seinen Impeachment-Antrag zurückzieht, wird sich der Präsident im Fernsehen direkt an die Bevölkerung der Vereinigten Staaten wenden. Und Sie wissen, wie gut der Präsident auf dem Bildschirm ist. Massakrieren wird er den Kongreß. Und wer weiß, was dann passiert. Vor allem, wenn Ihre Pläne fehlschlagen und die Geiseln dennoch umgebracht werden. Bitte unterbreiten Sie das Ihren Kollegen.« Am liebsten hätte er hinzugefügt: »Und dem Socrates Club«, verkniff es sich aber doch lieber. Unter den üblichen Beteuerungen guten Willens und größter Hochachtung, die seit dem Mord an Julius Cäsar bei allen Politikern als wohlerzogen gelten, verabschiedeten sie sich. Anschließend holte Oddblood Gray Christian Klee zu der Besprechung mit Präsident Kennedy ab.

Doch seine letzten Sätze hatten Congressman Jintz tief erschüttert. Jintz hatte im Laufe seiner langen Amtszeit im Kongreß große Reichtümer angehäuft. Seine Frau war Teilhaberin und Aktionärin von Kabelfernsehgesellschaften in seinem Heimatstaat, die Anwaltskanzlei seines Sohnes zählte zu den größten im gesamten Süden. Materielle Sorgen kannte er nicht. Aber er liebte sein Leben als Congressman, weil es ihm Freuden ermöglichte, die nicht mit Geld allein zu kaufen waren. Das Wunderbare am Dasein als erfolgreicher Politiker war, daß das Alter ebenso glücklich verlaufen konnte wie die Jugend. Sogar als tatteriger alter Mann, wenn das Gehirn zu einem Brei seniler Zellen zerschmolz, wurde man von allen geachtet, wurde man überall angehört, krochen einem alle in den Arsch. Man saß in Kongreßausschüssen und Unterausschüssen, man lebte wie die Made im Speck. Man trug immer noch dazu bei, den Kurs des größten Landes der Welt zu steuern, und obwohl der eigene Körper alt und schwach war, sah man junge, kräftige Männer vor einem zittern. Irgendwann einmal würde seine Lust auf Essen, Trinken und Frauen nachlassen, das wußte Jintz; die eigene Macht genießen würde er jedoch, solange noch auch nur eine einzige Zelle in seinem Gehirn funktionierte. Und wie kann man Angst vor dem Nahen des Todes empfinden, solange die Mitmenschen vor einem kuschen?

So kam es, daß Jintz beunruhigt war. Konnte es sein, daß er seinen Sitz im Kongreß durch irgendeine Katastrophe verlor? Dann war es aus. Sein ganzes Leben hing davon ab, daß Francis Kennedy aus dem Amt entfernt wurde. Er sagte zu Senator Lambertino: »Wir dürfen auf gar keinen Fall zulassen, daß der Präsident morgen im Fernsehen spricht.«

13. Kapitel

Donnerstag – Washington

Matthew Gladyce, Pressesekretär des Präsidenten, wußte genau, daß er innerhalb der nächsten vierundzwanzig Stunden die wichtigste Entscheidung seines Berufslebens treffen mußte. Es war seine Aufgabe, die Reaktion der Medien auf die tragischen, welterschütternden Ereignisse der letzten drei Tage unter Kontrolle zu halten. Es würde seine Aufgabe sein, die Bevölkerung der Vereinigten Staaten darüber zu informieren, was genau ihr Präsident unternahm, um diese Ereignisse zu bewältigen und seine Maßnahmen zu rechtfertigen. Gladyce mußte verdammt vorsichtig sein.

Heute, am Donnerstag vormittag nach Ostern, mitten in dieser heißen Krise, unterbrach Matthew Gladyce jeglichen direkten Kontakt mit den Medien. Seine Assistenten kümmerten sich um die Konferenzen im Presseraum des Weißen Hauses, beschränkten sich jedoch weisungsgemäß darauf, sorgfältig zusammengestellte Presseverlautbarungen zu verteilen und zugerufenen Fragen auszuweichen.

Matthew selbst nahm keines der ständig in seinem Büro schrillenden Telefone ab, sondern ließ die Anrufe von seinen Sekretärinnen beantworten; sie wehrten auch hartnäckige Reporter und die schier allmächtigen Fernsehkommentatoren ab, selbst wenn sie versuchten, Gefälligkeiten einzufordern, die er ihnen schuldete. Nein, seine Aufgabe war es jetzt, den Präsidenten der Vereinigten Staaten zu beschützen.

Aus langer journalistischer Erfahrung wußte Matthew Gladyce, daß in Amerika kein Ritual geheiligter war als die traditionelle Impertinenz der Druck- und Fernsehmedien gegenüber einflußreichen Mitgliedern des Establishments. Anmaßende Star-Moderatoren schrien im Fernsehen leutselige Kabinettsmitglieder nieder, stutzten sogar dem Präsidenten die Flügel und nahmen Kandidaten für hohe Ämter mit dem Fanatismus von Strafverfolgern in die Mangel. Die Zeitungen veröffentlichten im Namen der Pressefreiheit verleumderische Artikel. Früher einmal hatte auch Gladyce dazugehört und das alles sogar bewundert. Er hatte den unvermeidlichen Haß genossen, den jeder Staatsbeamte den Vertretern der Medien entgegenbringt. Aber drei Jahre Arbeit als Pressesekretär hatten das gründlich geändert. Genau wie die übrigen Mitglieder der Administration, ja sogar wie alle Regierungsangehörigen der Geschichte, hatte er gelernt, jenem großartigen demokratischen Grundrecht namens Redefreiheit zu mißtrauen und ihr keinen Wert beizumessen. Genau wie alle Autoritätspersonen betrachtete er sie inzwischen als tätliche Beleidigung. Die Medien waren sanktionierte Verbrecher, die Institutionen und Privatpersonen ihres guten Namens beraubten. Und das nur, um dreihundert Millionen Menschen ihre Druckerzeugnisse und Werbespots zu verkaufen.

Und heute beabsichtigte er diesen Schweinen nicht einen einzigen Zollbreit nachzugeben. Heute wollt er es ihnen zeigen!

Er dachte an die vergangenen vier Tage zurück und an all die Fragen, denen ihn die Medien ausgesetzt hatten. Da der Präsident jede direkte Kommunikation verweigert hatte, mußte Matthew Gladyce einspringen. Am Montag hatte es geheißen: »Warum haben die Entführer keine Forderungen gestellt? Hat die Entführung der Präsidententochter etwas mit dem Attentat auf den Papst zu tun?« Zum Glück hatten sich diese Fragen schließlich von selbst beantwortet. Inzwischen stand fest: Sie hatten etwas miteinander zu tun. Die Entführer hatten ihre Forderungen gestellt.

Gladyce hatte die Presseverlautbarung unter der persönlichen Mitarbeit des Präsidenten herausgegeben; danach bedeuteten die Ereignisse einen konzertierten Angriff auf das Prestige und die weltweite Autorität der Vereinigten Staaten. Als der Mord an der Präsidententochter zur Sprache kam, wurden die üblichen idiotischen Fragen gestellt, so zum Beispiel: »Wie hat der Präsident reagiert, als er von dem Mord hörte?« Da hatte Gladyce die Beherrschung verloren. »Was zum Teufel glauben Sie wohl, was er empfunden hat, Sie Schwein?« hatte er dem Anchor Man geantwortet. Gleich darauf schon wieder eine dämliche Frage: »Rufen diese Ereignisse die Erinnerung an die Attentate auf die Onkels des Präsidenten wach?« In diesem Moment hatte Gladyce beschlossen, die Pressekonferenzen seinen jungen Assistenten zu überlassen.

Nun jedoch mußte er persönlich die Bühne betreten, mußte das Ultimatum verteidigen, das der Präsident dem Sultan von Sherhaben gestellt hatte. Er würde die Drohung, das Sultanat von Sherhaben zu vernichten, unterschlagen und statt dessen erklären, daß die Stadt Dak nicht zerstört werde, wenn die Geiseln freigelassen worden seien und Yabril in Haft sitze. Eine Formulierung, die ihm ein Schlupfloch bot, falls Dak doch noch zerstört werden sollte. Vor allem aber mußte er sagen, daß der Präsident der Vereinigten Staaten sich am Nachmittag im Fernsehen mit einer Ansprache an die Nation wenden würde.

Gladyce warf einen Blick zum Bürofenster hinaus. Das Weiße Haus war von Ü-Wagen des Fernsehens und Medienkorrespondenten aus der ganzen Welt umringt. Zum Teufel mit ihnen allen, dachte Gladyce. Die würden ausschließlich das erfahren, was er ihnen mitzuteilen bereit war.

Donnerstag – Sherhaben

Die Bevollmächtigten der Vereinigten Staaten trafen in Sherhaben ein. Ihre Maschine landete auf einer Rollbahn, die parallel, aber in weiter Entfernung zu jener verlief, auf der die noch immer von Sherhaben-Truppen umzingelte Geiselmaschine unter Yabrils Kommando stand. Hinter diesen Truppen drängten sich Pulks von Fernseh-Ü-Wagen, Medienkorrespondenten aus aller Welt und eine riesige Menge von Zuschauern, die aus Dak hierhergekommen waren. Sharif Walecb, der Botschafter von Sherhaben, hatte Tabletten genommen und den größten Teil des Fluges verschlafen. Bert Audick und Arthur Wix hatten sich unterhalten, das heißt, Audick hatte Wix zu überreden versucht, die Forderungen des Präsidenten zu modifizieren, damit sie die Entlassung der Geiseln ohne drastische Maßnahmen erreichen konnten.

Schließlich sagte Wix zu Audick: »Ich habe keinen Verhandlungsspielraum. Ich habe strikte Anordnung vom Präsidenten. Die haben ihren Spaß gehabt, und jetzt werden sie dafür bezahlen.«

»Sie sind der Nationale Sicherheitsberater«, antwortete Audick grimmig, »also *beraten* Sie um Gottes willen endlich!«

»Es gibt nichts zu beraten«, entgegnete Wix mit steinerner Miene. »Der Präsident hat seine Entscheidung getroffen.«

Nach ihrem Eintreffen im Sultanspalast wurden Wix und Audick von bewaffneten Posten zu ihren fürstlich-luxuriösen Suiten geleitet. Der ganze Palast schien von militärischen Einheiten zu wimmeln. Botschafter Waleeb wurde vor den Sultan geführt, dem er offiziell das schriftliche Ultimatum überreichte.

Beide umarmten sich in diesem prachtvoll ausgestatteten Konferenzsaal, doch da sie beide westlich gekleidet waren, fühlten sie sich ein wenig gehemmt.

»Was ich den Telegrammen und dem Telefongespräch mit Ihnen entnehme, kann ich einfach nicht glauben, mein lieber Waleeb«, begann der Sultan. »Das ist mit Sicherheit ein Bluff. Es entspricht nicht dem Charakter der Amerikaner. Sie werden damit ihren weltweiten Ruf der Integrität zerstören, und es läuft ihrer angeborenen Geldgier zuwider. Wenn sie Dak zerstören, verlieren sie fünfzig Milliarden Dollar. Und was soll diese Drohung mit härtesten Konsequenzen?«

Waleeb, ein winziger Mann, adrett und proper wie eine Puppe, war so verängstigt, daß der Sultan ihm die Hand drückte, um ihn zu einer Antwort zu ermuntern.

»Hoheit«, sagte Sharif Waleeb, »ich bitte Sie, alles sorgfältig zu erwägen. Die Amerikaner besitzen einen Film, der eindeutig beweist, daß Sie Yabril unterstützen. Daran kann nicht der geringste Zweifel bestehen. Und Präsident Kennedy blufft auch nicht. Dak wird zerstört werden. Und was die harten Folgen betrifft, von denen in seinem Memorandum die Rede ist und die seinem Kongreß und dem Regierungsstab bekannt sind – das ist noch viel schlimmer, als Sie es sich vorstellen können. Er hat mir befohlen, Ihnen folgende Nachricht persönlich zu übermitteln, eine Nachricht, die er klugerweise nicht offiziell machen will: Er schwört, wenn Sie seine Forderungen nach Freilassung der Geiseln und Übergabe des Täters Yabril nicht erfüllen, wird der Staat Sherhaben aufhören zu existieren.«

Der Sultan glaubte nicht an diese Drohung; Waleeb, dieser Winzling, ließ sich wirklich von jedem einschüchtern. »Und als Kennedy Ihnen das aufgetragen hat – wie wirkte er da?« erkundigte er sich. »Ist er ein Mensch, der solche wüsten Drohungen ausstößt, nur um andere einzuschüchtern? Würde seine Regierung eine derartige Maßnahme überhaupt unterstützen? Er würde seine ganze politische Karriere auf diesen einen Wurf setzen. Ist es nicht doch nur ein Verhandlungstrick?«

Waleeb erhob sich aus dem Goldbrokatsessel, in dem er geruht hatte. Auf einmal wirkte seine winzige Puppengestalt tatsächlich eindrucksvoll. Er hat eine gute Stimme, stellte der Sultan fest. »Hoheit«, sagte Waleeb, »Kennedy wußte genau, was Sie dazu sagen würden, Wort für Wort. Wenn Sie seine Forderungen nicht innerhalb von vierundzwanzig Stunden erfüllen, wird ganz Sherhaben vernichtet werden. Deswegen ist Dak nicht zu retten. Weil das die einzige Möglichkeit ist, Sie von der Ernsthaftigkeit seiner Absichten zu überzeugen. Außerdem sagte er noch, daß Sie erst nach Daks Zerstörung seinen Forderungen zustimmen werden, vorher nicht. Dabei war er ganz ruhig, er lächelte sogar. Er ist nicht mehr der Mann, der er einmal war. Er ist Azazel.«

Später wurden die beiden Abgesandten des Präsidenten der Vereinigten Staaten in einen kostbar eingerichteten Empfangssaal geführt, an den sich klimagekühlte Terrassen sowie ein Swimmingpool anschlossen. Diener in arabischer Kleidung brachten ihnen Speisen und nichtalkoholische Getränke. Der Sultan begrüßte sie im Kreis seiner Berater und Leibwächter.

Botschafter Waleeb übernahm das Vorstellen. Bert Audick war dem Sultan bekannt. Sie hatten schon früher bei Ölgeschäften eng zusammengearbeitet. Und Audick war bei seinen verschiedenen Amerikabesuchen der Gastgeber des Sultans gewesen – ein sehr diskreter und zuvorkommender Gastgeber. Der Sultan begrüßte Audick herzlich.

Die Anwesenheit des zweiten Mannes war eine Überraschung, und darin, daß sich auf einmal sein Herz verkrampfte, spürte der Sultan die drohende Gefahr, begann er an die Realität von Kennedys Drohung zu glauben. Denn der zweite Tribun – wie der Sultan sie im stillen bezeichnete – war niemand anders als Arthur Wix, Nationaler Sicherheitsberater des Präsidenten und Jude. Es hieß, daß er der mächtigste Militär der Vereinigten Staaten sei, und Erzfeind der arabischen Staaten bei ihrem Kampf gegen Israel. Wie der Sultan bemerkte, bot ihm Arthur Wix nicht die Hand, sondern verneigte sich nur höflich-zurückhaltend.

Der nächste Gedanke des Sultans galt der Frage, warum der

Präsident, wenn er seine Drohung ernst meinte, einen so hohen Funktionär einer so großen Gefahr aussetzte. Was, wenn er diese Tribune als Geiseln nahm – würden sie nicht bei einem Angriff auf Sherhaben mit untergehen? Und würde Bert Audick herkommen und seinen eventuellen Tod riskieren? Nach allem, was er über Audick wußte, mit Sicherheit nicht. Das bedeutete, daß es doch Raum für Verhandlungen gab und daß Kennedys Drohung reiner Bluff war. Oder Kennedy war ganz einfach verrückt, es war ihm gleichgültig, was aus seinen Abgesandten wurde, und er würde trotz allem seine Drohung wahrmachen. Der Sultan blickte sich in seinem Empfangssaal um, der ihm auch als Thronsaal diente. Er war weit luxuriöser als das Weiße Haus. Die Wände waren mit Gold verkleidet, die Teppiche die teuersten der Welt mit exquisiten Mustern, die nicht kopiert werden konnten, der Marmor rein und kunstvoll bearbeitet. Wie konnte es sein, daß all das zerstört werden sollte?

Mit ruhiger Miene erklärte der Sultan: »Mein Botschafter hat mir die Nachricht Ihres Präsidenten übermittelt. Es fällt mir schwer, daran zu glauben, daß der Führer der freien Welt eine derartige Drohung auszustoßen, geschweige denn auszuführen wagt. Und ich verstehe nicht recht: Welchen Einfluß könnte ich auf diesen Banditen Yabril haben? Ist Ihr Präsident ein zweiter Hunnenkönig Attila? Glaubt er, im antiken Rom zu regieren statt im modernen Amerika?«

Audick antwortete als erster: »Sultan Maurobi«, sagte er, »ich bin als Ihr Freund hierhergekommen, um Ihnen und Ihrem Land zu helfen. Der Präsident beabsichtigt seine Drohung wahrzumachen. Wie es scheint, bleibt Ihnen keine andere Wahl, Sie müssen uns diesen Yabril ausliefern.«

Der Sultan schwieg lange; dann wandte er sich an Arthur Wix und sagte ironisch: »Und was wollen Sie hier? Kann Amerika einen so wichtigen Mann wie Sie entbehren, wenn ich mich weigere, die Forderungen Ihres Präsidenten zu erfüllen?«

»Die Tatsache, daß Sie uns als Geiseln festhalten werden, wenn Sie diese Forderungen nicht zu erfüllen beabsichtigen, wurde eingehend diskutiert«, antwortete Arthur Wix scheinbar gelassen. Er zeigte weder die Wut noch den Haß, die er für den Sultan empfand. »Als Herrscher eines unabhängigen Landes haben Sie eindeutig das Recht, Zorn zu verspüren und Gegendrohungen zu formulieren. Aber genau das ist der Grund, weshalb ich hier bin. Um Ihnen zu versichern, daß die entsprechenden Befehle dem Militär bereits erteilt wurden. Als Oberbefehlshaber aller amerikanischen Truppen besitzt der Präsident die Macht dazu. Binnen kurzem wird es die Stadt Dak nicht mehr geben. Wenn Sie die Forderungen nicht binnen vierundzwanzig Stunden erfüllt haben, wird das Land Sherhaben ebenfalls zerstört werden. All das hier –«, er machte eine Geste, die den ganzen Saal umfing –, »wird nicht mehr existieren. Und Sie werden auf die Barmherzigkeit der Herrscher Ihrer Nachbarländer angewiesen sein. Sie werden zwar noch immer Sultan sein, aber ein Sultan ohne Land.«

Der Sultan verbarg seine Empörung und wandte sich dem anderen Amerikaner zu. »Haben Sie dem etwas hinzuzufügen?« fragte er.

Bert Audick antwortete mit sorgfältig gewählten Worten: »Daß Präsident Kennedy seine Drohung wahrmachen wird, steht außer Frage. Aber es gibt Leute in unserer Regierung, die nicht damit einverstanden sind. Mit dieser Maßnahme könnte er sein Schicksal als Präsident besiegeln.« Und fast entschuldigend sagte er zu Arthur Wix: »Ich glaube, wir sollten dies wirklich aussprechen.«

Wix musterte ihn grimmig. Vor dieser Möglichkeit hatte er sich gefürchtet. Strategisch bestand immer die Chance, daß Audick einen letzten Haken zu schlagen versuchte. Dieser Bastard wollte die Verhandlungen unterminieren – nur um seine beschissenen fünfzig Milliarden zu retten!

Arthur Wix warf Audick einen giftigen Blick zu und erklärte dem Sultan: »Es gibt keinen Spielraum mehr für Verhandlungen.«

Audick erwiderte den Blick trotzig und wandte sich dann seinerseits an den Sultan: »Auf Grund unserer langen Bekanntschaft halte ich es nur für fair, Ihnen zu sagen, daß es noch eine Hoffnung gibt. Und ich bin der Meinung, daß ich das jetzt tun muß, in Gegenwart meiner Landsleute, statt im Rahmen einer Privataudienz bei Ihnen, wie es mir ohne weiteres möglich wäre. Der Kongreß der Vereinigten Staaten tritt zu einer Sondersitzung zusammen, um Präsident Kennedy seines Amtes zu entheben. Wenn wir bekanntgeben können, daß Sie die Geiseln freigeben, kann ich Ihnen garantieren, daß Dak nicht zerstört werden wird.«

»Und ich werde Ihnen Yabril nicht ausliefern müssen?« wollte der Sultan wissen.

»Nein«, versicherte ihm Audick. »Aber Sie dürfen nicht auf der Freilassung des Papstmörders bestehen.«

Bei aller wohlerzogenen Zurückhaltung vermochte der Sultan einen gewissen Unterton hämischer Genugtuung nicht zu unterdrücken, als er sich erkundigte: »Halten Sie dies nicht für die vernünftigere Lösung, Mr. Wix?«

»Impeachment für meinen Präsidenten, weil ein Terrorist seine Tochter ermordet? Und der Mörder kommt ungeschoren davon?« entgegnete Wix. »Auf gar keinen Fall!«

»Wir könnten uns diesen Kerl doch später schnappen«, wandte Bert Audick ein.

Wix schenkte ihm einen so verächtlichen und haßerfüllten Blick, daß Audick wußte, er hatte sich diesen Mann auf Lebenszeit zum Feind gemacht.

»In zwei Stunden«, sagte der Sultan, »werden wir uns alle mit meinem Freund Yabril treffen. Wir werden gemeinsam essen und zu einer Übereinkunft kommen. Ich werde ihn überzeugen – entweder mit Worten oder mit Gewalt. Aber die Geiseln werden frei sein, sobald wir erfahren, daß der Stadt Dak keine Gefahr mehr droht. Darauf haben Sie mein Wort, Gentlemen, als Moslem und als Herrscher von Sherhaben.«

Anschließend erteilte der Sultan seinem Kommunikationszentrum Befehl, ihn sofort zu benachrichtigen, wenn bekannt war, wie die Abstimmung im Kongreß ausgegangen war. Dann ließ er die amerikanischen Bevollmächtigten in ihre Gemächer bringen, damit sie baden und sich umkleiden konnten.

Der Sultan hatte befohlen, Yabril aus der Maschine zu schmuggeln und in seinen Palast zu bringen. Yabril, der in der riesigen Eingangshalle warten mußte, bemerkte, daß es überall von uniformierten Sicherheitswachen des Sultans wimmelte. Nachdem er auch an anderen Zeichen erkannte, daß der Palast sich im Alarmzustand befand, spürte er, daß ihm Gefahr drohte, vermochte aber nichts dagegen zu tun.

Im Empfangssaal des Sultans war Yabril erleichtert, als der Sultan ihn umarmte. Dann informierte ihn der Sultan hinsichtlich der amerikanischen Unterhändler. Der Sultan erklärte: »Ich habe Ihnen versprochen, daß du die Geiseln ohne weitere Verhandlungen freilassen wirst. Jetzt warten wir auf die Entscheidung im amerikanischen Kongreß.«

»Aber das würde bedeuten, daß ich meinen Freund Romeo im Stich lassen muß«, entgegnete Yabril. »Das schädigt meinen guten Ruf.«

Lächelnd gab der Sultan zurück: »Wenn sie ihn wegen des Papstattentats vor Gericht stellen, wird deine Sache dadurch noch populärer werden. Und die Tatsache, daß du nach deinem Handstreich und dem Mord an der Tochter des Präsidenten der Vereinigten Staaten ungestraft davonkommst – nun also, *das* nenne ich Ruhm! Aber diese widerliche, kleine Überraschung, die du mir zum Schluß bereitet hast – eiskalt ein so junges Mädchen zu töten –, das hat mir überhaupt nicht behagt. Und war außerdem alles andere als klug.«

»Ich habe etwas bewiesen«, behauptete Yabril.

»Dann mußt du jetzt zufrieden sein«, sagte der Sultan. »Du hast tatsächlich den Präsidenten der Vereinigten Staaten aus dem Amt gehebelt. Und das übertrifft deine wildesten Träume.«

Der Sultan wandte sich an einen Mann aus seinem Gefolge. »Hol mir den Amerikaner Audick aus seiner Suite, und bring ihn zu mir.«

Als Bert Audick den Raum betrat, machte er keine Anstalten, Yabril die Hand zu reichen oder ihn irgendwie zu begrüßen. Er starrte ihn nur an. Yabril neigte lächelnd den Kopf. Er kannte diesen Typ, diese Blutsauger, die Verträge mit Sultanen und Königen machten, um Amerika und andere fremde Staaten zu bereichern.

»Mr. Audick«, sagte der Sultan sodann, »erklären Sie meinem Freund bitte die Methode, durch die Ihr Kongreß sich Ihres Präsidenten entledigen wird.«

Audick gehorchte. Er wirkte überzeugend; Yabril glaubte ihm. Dennoch fragte er ihn: »Und wenn etwas schiefgeht und Sie keine Zweidrittelmehrheit bekommen?«

»Dann«, gab Bert Audick grimmig zurück, »haben Sie, ich und der Sultan ganz verdammtes Pech gehabt.«

Präsident Kennedy überflog die Papiere, die Matthew Gladyce ihm vorlegte, und zeichnete sie ab. Der Ausdruck der Genugtuung auf dem Gesicht des Mannes entging ihm nicht, und er wußte genau, was er bedeutete: daß sie die amerikanische Öffentlichkeit gemeinsam reinlegten. Zu einem anderen Zeitpunkt, unter anderen Umständen, hätte er dafür gesorgt, daß dieser selbstzufriedene Ausdruck verschwand, doch Francis Kennedy erkannte, daß dies der gefährlichste Moment seiner gesamten politischen Laufbahn war und daß er jede verfügbare Waffe einsetzen mußte.

An diesem Abend würde der Kongreß versuchen, ihn zu suspendieren, würden sie die unpräzise Formulierung des 25. Amendments der Verfassung benutzen, ihr Ziel zu erreichen. Vielleicht vermochte er den Kampf auf lange Sicht zu gewinnen, aber dann war es vermutlich zu spät. Bert Audick würde dafür sorgen, daß die Geiseln freikamen, und Yabril gegen Übergabe der restlichen Geiseln laufen lassen. Der Tod seiner Tochter würde ungerächt bleiben, der Papstmörder ungestraft davonkommen. Aber Kennedy rechnete damit, daß seine Wirkung im Fernsehen bei der Bevölkerung eine so riesige Woge von Protesttelegrammen auslöste, daß der Kongreß verunsichert wurde. Er wußte, daß die US-Bürger seine Handlungsweise gutheißen würden; sie waren zutiefst empört über die Morde am Papst und an seiner Tochter. Sie fühlten mit ihm. Sie waren seine Verbündeten gegen den korrupten Kongreß, gegen pragmatische und herzlose Geschäftsleute wie Bert Audick.

Wie schon sein ganzes Leben lang empfand er Mitgefühl mit dem tragischen Schicksal der vom Glück nicht Begünstigten, der Masse der Menschen, die sich mühselig durchs Leben quälten. Sehr früh in seiner Karriere hatte er sich damals geschworen, daß er sich niemals von jener Liebe zum Geld korrumpieren lassen würde, die sämtliche Errungenschaften begabter Menschen hervorzubringen schien. Er lernte die Macht der Reichen verabscheuen, Geld wie ein Schwert zu benutzen. Aber er hatte, das war ihm jetzt klar, immer gespürt, daß er eine Art Held zu sein schien, der unverletzlich war und über dem Elend seiner Mitmenschen stand. Obwohl er für die Armen kämpfte, hatte er sich immer als den Reichen zugehörig gefühlt. Niemals zuvor hatte er begriffen, welchen Haß die Menschen der Unterschicht empfinden mußten. Jetzt jedoch begriff er ihn. Jetzt, da die Reichen und Mächtigen ihn niederzuringen drohten, jetzt mußte er um seiner selbst willen siegen. Und jetzt verspürte er diesen Haß.

Aber er weigerte sich, ihm nachzugeben. In der bevorstehenden Krise mußte er einen kühlen Kopf bewahren. Wenn man ihn wirklich suspendierte, mußte er sicherstellen, daß er an die Macht zurückkehren würde. Und dann würde er weitreichende Pläne schmieden. Der Kongreß und die Reichen mochten diese Schlacht gewinnen, aber den Krieg würden sie verlieren, das wußte er. Die Bevölkerung der Vereinigten Staaten würde die Demütigung nur zähneknirschend hinnehmen. Im November würde wieder eine Wahl stattfinden, dann würde diese Krise sich, selbst wenn er sie verlor, zu seinen Gunsten auswirken, sein tragisches Schicksal für ihn eine Waffe sein. Aber er mußte vorsichtig vorgehen und diese langfristigen Pläne sogar vor seinem Stab geheimhalten.

Kennedy war sich bewußt, daß er der absoluten Macht entgegenging. Es gab keine andere Möglichkeit, wenn er sich nicht in die Niederlage mit all ihren Schmerzen fügen wollte, denn das würde er niemals überstehen.

Am Donnerstag nachmittag, neun Stunden bevor der Kongreß auf seiner Sondersitzung den Präsidenten der Vereinigten Staaten des Amtes entheben wollte, setzte sich Francis Kennedy mit seinen Beratern, seinem Stab und Vizepräsidentin Helen DuPray zusammen.

Es sollte ihre letzte Strategiesitzung vor der Kongreßabstimmung sein, und ihnen allen war klar, daß der Gegner über die notwendige Zweidrittelmehrheit verfügte. Wie Francis Kennedy augenblicklich spürte, zeugte die Stimmung im Raum von Niedergeschlagenheit und Resignation.

Also bedachte er sie alle mit einem fröhlichen Lächeln und eröffnete die Sitzung, indem er Theodore Tappey, dem CIA-Chef, dafür dankte, daß er den Impeachment-Antrag nicht unterzeichnet hatte. Dann wandte er sich Vizepräsidentin Helen DuPray zu und lachte mit aufrichtiger Herzlichkeit.

»Helen«, rief er gutgelaunt, »ich möchte um alles in der Welt nicht in Ihrer Haut stecken. Ist Ihnen klar, wie viele Feinde Sie sich gemacht haben, als Sie sich weigerten, den Impeachment-Antrag zu unterschreiben? Sie hätten die erste Präsidentin der Vereinigten Staaten sein können. Der Kongreß haßt Sie, weil er ohne Ihre Unterschrift damit nicht durchkommen wird. Die Männer werden Sie hassen, weil Sie so großherzig sind. Die Feministinnen werden Sie für eine Verräterin halten. Großer Gott, wie konnte ein ausgepichter Profi wie Sie sich in eine derartige Zwickmühle hineinmanövrieren? Ach, übrigens – ich möchte mich für Ihre Loyalität bedanken.«

»Sie alle sind im Unrecht, Mr. President«, entgegnete Helen DuPray. »Und jetzt ist es unrecht von ihnen, dieses Ziel zu verfolgen. Gibt es eine Chance für Verhandlungen mit dem Kongreß?«

»Ich kann nicht«, antwortete Francis Kennedy, »und die anderen wollen nicht.« Dann sagte Kennedy zu Dazzy: »Sind meine Befehle befolgt worden, ist die Marine-Luftflotte unterwegs nach Dak?«

»Jawohl, Sir«, meldete Dazzy, der unbehaglich auf seinem Sessel herumrutschte. »Aber die Stabschefs haben noch nicht das endgültige Signal gegeben. Das wollen sie bis nach der Abstimmung im Kongreß heute abend zurückhalten. Falls das Impeachment durchkommt, wollen sie die Maschinen nach Hause zurückbefehlen.« Einen Augenblick hielt er inne. »Sie haben Ihre Befehle nicht verweigert, sondern befolgt. Sie sagen sich nur, falls Sie heute abend verlieren sollten, könnten sie das Ganze noch abblasen.«

Kennedy wandte sich an Helen DuPray. Seine Miene war ernst. »Falls der Impeachment-Antrag durchkommt, werden Sie Präsidentin«, sagte er. »Sie könnten den Stabschefs dann befehlen, die Zerstörung von Dak durchzuführen. Werden Sie das tun?«

»Nein«, antwortete Helen DuPray prompt. Im Zimmer machte sich ein langes, unbehagliches Schweigen breit. Helen DuPray blieb nach außen vollkommen gelassen, dann wandte sie sich direkt an Kennedy: »Ich habe Ihnen meine Loyalität bewiesen. Als Ihre Vizepräsidentin habe ich Ihre Entscheidung hinsichtlich Dak unterstützt, wie es meine Pflicht war. Ich habe der Aufforderung, die Impeachment-Papiere zu unterzeichnen, nicht Folge geleistet. Doch wenn ich Präsidentin werde – und ich hoffe von ganzem Herzen, daß ich es nicht werde –, muß ich meinem eigenen Gewissen folgen und meine eigenen Entscheidungen treffen.«

Francis Kennedy nickte und lächelte ihr zu – mit einem sanften Lächeln, das ihr das Herz brach. »Sie haben vollkommen recht«, sagte er freundlich. »Ich habe Ihnen diese Frage nur zu meiner Information gestellt, nicht um Sie zu überreden.« Dann wandte er sich an die anderen. »Vor allem müssen wir jetzt ein Konzept für meine Fernsehansprache zusammenstellen. Haben Sie das mit den TV-Anstalten abgeklärt, Eugene? Ist von Ihnen gemeldet worden, daß ich heute abend sprechen werde?«

»Um diesen Punkt mit Ihnen zu klären, ist Lawrence Salentine hier«, antwortete Eugene Dazzy vorsichtig. »Das Ganze kommt mir faul vor. Soll ich ihn hereinschicken lassen? Er wartet in meinem Büro.«

»Das würden die nicht wagen!« gab Francis Kennedy leise zurück. »Sie würden es nicht wagen, so deutlich ihre Macht spielen zu lassen.« Eine Weile dachte er nach. Dann entschied er: »Lassen Sie ihn herkommen.«

Während sie warteten, diskutierten sie über die Länge der Ansprache. »Höchstens eine halbe Stunde«, meinte Kennedy. »Damit müßte die Sache entschieden sein.«

Alle wußten, was er meinte. Im Fernsehen vermochte Francis Kennedy jedes Publikum zu überzeugen – nur nicht im Kongreß. Es lag an seinem schönen Gesicht, den leuchtendblauen Augen, der beherrschten Energie seines Körpers. Es lag an der zwingenden Stimme, in der man die lyrische Melodik großer irischer Poeten zu hören glaubte. Und daß sein Verstand, seine Logik stets glasklar funktionierten, war natürlich auch von Vorteil. Der Kongreß mitsamt dem Socrates Club würden als Bösewichte von Amerika dastehen. Und das alles eingedenk des magisch wirkenden Mythos sciner beiden Märtyrer-Onkel.

Als Lawrence Salentine hereingelassen wurde, sprach ihn Kennedy direkt und ohne Begrüßungsfloskeln an. »Ich hoffe, Sie werden nicht sagen, was ich vermute!«

Salentine entgegnete kühl: »Ich kann nicht ahnen, was Sie vermuten. Die anderen Sendeanstalten haben mich gewählt, um Ihnen mitzuteilen, daß wir Ihnen heute abend keine Sendezeit gewähren werden. Wenn wir das täten, würden wir dadurch in den Impeachment-Prozeß eingreifen.«

Kennedy lächelte. »Mr. Salentine«, entgegnete er, »dieses Impeachment, selbst wenn es erfolgreich sein sollte, wird höchstens dreißig Tage dauern. Und dann?«

Drohungen waren nicht Francis Kennedys Stil. Auf einmal hatte Salentine das Gefühl, daß er und die Leiter der anderen Sendeanstalten sich auf ein äußerst gefährliches Spiel eingelassen haben könnten. Das gesetzlich verankerte Recht der Bundesregierung, Lizenzen für Fernsehsender auszustellen und zu widerrufen, war in der Praxis zwar überholt, ein starker Präsident vermochte ihm jedoch neue Lebenskraft einzuhauchen. Salentine merkte, daß er von nun an jeden seiner Schritte sorgfältig erwägen mußte.

»Mr. President«, gab er zurück, »nur weil wir uns so sehr der Tragweite unserer Verantwortung bewußt sind, müssen wir Ihnen heute die Sendezeit verweigern. Sie stehen – sehr zu meinem Bedauern und zum Kummer aller Amerikaner – kurz vor dem Impeachment. Das ist eine echte Tragödie, und Sie haben mein vollstes Mitgefühl. Aber die Sendeanstalten sind sich einig darin, daß es nicht im Interesse der Nation und unserer demokratischen Einstellung liegt, Sie heute abend sprechen zu lassen.« Einen Augenblick hielt er inne. »Nach der Abstimmung im Kongreß jedoch, ob Sie verlieren oder nicht, werden wir Ihnen jedwede Sendezeit gewähren.«

Francis Kennedy lachte verärgert auf. »Sie können gehen«, sagte er brüsk.

Lawrence Salentine wurde von einem der Secret-Service-Posten hinausbegleitet.

Dann sagte Kennedy zu seinem Stab: »Gentlemen, glauben Sie mir bitte, wenn ich Ihnen jetzt folgendes sage.« Seine Miene war ernst, das Himmelblau seiner Augen schien sich zu einem düsteren Schieferblau zu verfärben. »Der Kongreß ist über das Ziel hinausgeschossen. Er hat den Geist der Verfassung verraten.«

Meilenweit um das Weiße Haus war der Verkehr zum Stehen gekommen und hatte nur schmale Gassen für offizielle Fahrzeuge freigelassen. Die ganze Gegend wurde von Fernsehkameras mit ihren Ü-Wagen beherrscht. Congressmen wurden auf ihrem Weg zum Capitol Hill kurzerhand von Fernsehjournalisten am Revers gepackt und über die Sondersitzung im Kongreß ausgefragt. Schließlich strahlten die Fernsehsender eine offizielle Bekanntmachung des Inhalts aus, daß der Kongreß um elf Uhr abends

zusammentreten und über den Antrag, Präsident Kennedy von seinem Amt zu suspendieren, abstimmen werde.
Im Weißen Haus selbst hatten Kennedy und sein Stab inzwischen alles getan, was in ihren Kräften stand, um diesen Angriff abzuwehren. Oddblood Gray hatte Senatoren und Congressmen angerufen und eindringlich auf sie eingeredet. Eugene Dazzy hatte zahllose Anrufe mit den verschiedenen Mitgliedern des Socrates Club getätigt, um sich der Unterstützung wenigstens einiger Teile des Big Business zu versichern. Christian Klee hatte an alle Kongreßführer juristische Memoranden verschickt, in denen er betonte, daß die Suspendierung des Präsidenten ohne die Unterschrift der Vizepräsidentin verfassungswidrig sei. Der Kongreß hatte das bestritten.
Kurz vor elf Uhr traf sich Kennedy mit seinem Stab im Yellow Room vor dem riesigen Fernsehschirm, der speziell zu diesem Zweck hereingerollt wurde. Denn die Kongreßsitzung wurde zwar nicht über die kommerziellen Fernsehanstalten ausgestrahlt, aber für spätere Verwendung aufgezeichnet und über ein spezielles Kabel ins Weiße Haus übertragen.
Congressman Jintz und Senator Lambertino hatten ihre Arbeit gut gemacht. Alles war perfekt synchronisiert. Patsy Troyca und Elizabeth Stone hatten Hand in Hand gearbeitet, um die verwaltungstechnischen Details zu erledigen. Alle erforderlichen Papiere waren für die Regierungsübergabe vorbereitet worden.
Im Yellow Room beobachteten Francis Kennedy und sein persönlicher Stab die Vorgänge auf dem Bildschirm. Es würde einige Zeit dauern, bis der Kongreß sämtliche Formalitäten, sämtliche Ansprachen und Stimmenaufrufe hinter sich gebracht hatte. Doch wie das Ergebnis aussehen würde, daran bestand kein Zweifel. Kongreß und Socrates Club hatten gemeinsam für alle Eventualitäten vorgesorgt. »Sie haben getan, was Sie konnten, Otto«, sagte Kennedy zu Oddblood Gray.
In diesem Moment kam einer der diensthabenden Beamten des Weißen Hauses herein und reichte Dazzy ein Memo-Blatt. Dazzy

warf einen Blick darauf; dann las er es aufmerksam. Der Schock war ihm am Gesicht abzulesen. Er überreichte Kennedy das Blatt. Auf dem Bildschirm hatte der Kongreß soeben dafür gestimmt, Francis Xavier Kennedy seines Amtes als Präsident zu entheben.

Sherhaben – Freitag, sechs Uhr morgens

In Washington war es Donnerstag, elf Uhr abends, in Sherhaben dagegen sechs Uhr morgens, als der Sultan alle Gäste zu einem zeitigen Frühstück in seinen Empfangssaal mit den klimatisierten Terrassen bat. Bert Audick und Arthur Wix, die Amerikaner, erschienen prompt. Yabril wurde vom Sultan hereinbegleitet. Ein riesiger Tisch war mit Unmengen von Obst sowie heißen und kalten Getränken beladen.

Sultan Maurobi lächelte breit. Er unterließ es, Yabril den Amerikanern vorzustellen, und niemand täuschte Höflichkeit vor.

»Ich freue mich, Ihnen mitteilen zu können«, begann der Sultan, »nein, mehr noch, mein Herz fließt über vor Freude, daß mein Freund Yabril sich einverstanden erklärt hat, Ihre Geiseln freizugeben. Er wird keine weiteren Forderungen stellen, und ich hoffe, daß auch Ihr Land keine weiteren Forderungen stellen wird.«

Arthur Wix, dessen Gesicht in Schweiß gebadet war, erklärte: »Ich bin nicht befugt, über die Forderungen meines Präsidenten zu verhandeln oder sie auf irgendeine Weise zu modifizieren. Sie müssen uns diesen Mörder ausliefern.«

Der Sultan entgegnete lächelnd: »Aber er ist nicht mehr Ihr Präsident. Der amerikanische Kongreß hat beschlossen, ihn zu suspendieren. Nach meinen Informationen ist der Bombenangriff auf Dak bereits widerrufen worden. Die Geiseln werden freigelassen; Sie haben Ihren Sieg. Mehr können Sie nicht verlangen.«

Yabril, der Wix starr in die Augen sah, erkannte den abgrundtiefen Haß darin. Dies war der höchstrangige Offizier der mächtigsten Armee der Welt, und er, Yabril, hatte ihn geschlagen! Eine ungeheure Woge der Energie stieg in Yabrils Körper auf: Er hatte erreicht, daß der Präsident der Vereinigten Staaten seines Amtes enthoben wurde! Sekundenlang tauchte vor seinen Augen das Bild auf, wie er die Pistole gegen Theresa Kennedys seidenweiches Haar drückte, und er erinnerte sich an das Gefühl des Verlustes, des Bedauerns, als er die Waffe abdrückte, den winzigen schmerzhaften Stich, als ihr Körper auf dem Wüstensand aufschlug. Er neigte den Kopf vor Wix und den anderen Herren im Raum.

Sultan Maurobi winkte den Dienern, die Gäste mit Obst und Getränken zu versorgen. Arthur Wix stellte sein Glas ab und sagte: »Sind Sie sicher, daß Ihre Information über das Impeachment Präsident Kennedys hundertprozentig richtig ist?«

»Ich werde veranlassen, daß Sie direkt mit Ihrem Büro in den Vereinigten Staaten sprechen können«, sagte der Sultan. Dann machte er eine kleine Pause. »Aber zunächst muß ich meinen Gastgeberpflichten nachkommen.«

Der Sultan ordnete an, daß sie gemeinsam eine große Abschiedsmahlzeit einnehmen müßten, und bestand darauf, bei diesem Essen die letzten Anordnungen für die Freilassung der Geiseln zu treffen. Yabril nahm den Platz zur Rechten des Sultans ein, Arthur Wix den zu seiner Linken.

Sie ruhten auf Diwanen um einen niedrigen Tisch, als der Premierminister des Sultans hereingeeilt kam und den Sultan auf ein paar Minuten ins angrenzende Zimmer hinüberbat. Der Sultan zeigte sich ungeduldig, bis ihm der Premierminister schließlich etwas ins Ohr flüsterte. Der Sultan zog überrascht die Brauen empor, dann wandte er sich an seine Gäste. »Es ist etwas völlig Unvorhergesehenes geschehen. Sämtliche Verbindungen zu den Vereinigten Staaten sind abgebrochen, nicht nur hier, sondern auf der ganzen Welt. Bitte frühstücken Sie ruhig weiter; ich muß mit meinem Stab konferieren.«

Nachdem der Sultan den Raum verlassen hatte, schwiegen die Männer rings um den Tisch. Nur Yabril nahm sich noch einmal von den dampfend heißen Gerichten und dem Obst.

Die Amerikaner zogen sich allmählich vom Speisetisch zurück und versammelten sich auf der Terrasse. Die Diener brachten ihnen kalte Getränke. Nur Yabril aß weiter.

Auf der Terrasse sagte Bert Audick zu Wix: »Ich hoffe, Kennedy hat keine Dummheit gemacht. Ich hoffe, er macht nicht den Versuch, einen Verfassungsbruch zu begehen.«

»Großer Gott«, sagte Wix, »zuerst seine Tochter, und nun verliert er auch noch sein Land. Und alles wegen diesem kleinen Schwein da drinnen, das wie ein beschissener Bettler frißt.«

»Es ist furchtbar«, stimmte Bert Audick ihm zu. »Alles.« Dann ging Audick zum Tisch hinein und sagte zu Yabril: »Iß nur zu. Ich hoffe, du findest während der nächsten Jahre ein sicheres Versteck, denn es werden eine Menge Leute nach dir suchen.«

Yabril lachte. Er hatte seine Mahlzeit beendet und steckte sich eine Zigarette an. »Aber ja doch«, witzelte er, »ich gehe als Bettler nach Jerusalem.«

In diesem Moment kehrte Sultan Maurobi zurück. Gefolgt von mindestens fünfzig Bewaffneten, die sich so postierten, daß sie den ganzen Raum beherrschten. Vier von ihnen bauten sich hinter Yabril auf. Vier andere hinter den Amerikanern auf der Terrasse. Die Miene des Sultans verriet Überraschung und Schock. Seine Haut wirkte fahl, seine Augen waren weit aufgerissen, die Lider fast nicht mehr zu sehen. »Gentlemen«, sagte er zögernd, »meine Herren, Sie werden dies vermutlich genauso unglaublich finden wie ich, aber der Kongreß hat seine Abstimmung für ein Impeachment Präsident Kennedys annulliert, und er hat das Kriegsrecht erklärt.« Er hielt inne, um Yabril die Hand auf die Schulter zu legen. »Und, Gentlemen, in diesem Augenblick wird meine Stadt Dak von Maschinen der Sechsten Flotte der Vereinigten Staaten bombardiert.«

Arthur Wix erkundigte sich fast triumphierend: »Die Stadt Dak wird bombardiert?«

»Jawohl«, bestätigte der Sultan. »Ein Akt der Barbarei, aber durchaus überzeugend.«

Plötzlich richteten sich alle Augen auf Yabril, dem die vier Bewaff-

neten inzwischen sehr nahegerückt waren. Yabril steckte sich eine Zigarette an und sagte nachdenklich: »Endlich werde ich Amerika sehen; das ist schon immer mein Traum gewesen.« Er sah die Amerikaner an, wandte sich mit seinen Worten aber an den Sultan. »Ich glaube, ich hätte großen Erfolg gehabt in Amerika.«
»Zweifellos«, gab der Sultan zurück. »Die Forderungen verlangen, daß ich dich lebend ausliefere. Deswegen muß ich leider die entsprechenden Befehle geben, damit du dir nicht selbst etwas antust.«
»Amerika ist ein zivilisiertes Land«, sagte Yabril. »Man wird mir einen Prozeß machen, der sich endlos hinziehen wird, denn ich werde die besten Anwälte haben. Warum sollte ich mir etwas antun? Es wird eine neue Erfahrung für mich sein, und wer kann wissen, was passiert? Die Welt ändert sich ständig. Amerika ist zu zivilisiert für die Folter, und außerdem habe ich die Folterungen der Israelis überstanden, also kann mich nichts mehr überraschen.« Lächelnd sah er Arthur Wix an.
Dieser entgegnete gelassen: »Wie Sie ganz richtig bemerkten, die Welt ändert sich. Sie haben keinen Erfolg gehabt. Nun werden Sie kein großer Held.«
Yabril lachte erheitert. Triumphierend hob er die Arme. »Aber natürlich habe ich Erfolg gehabt!« rief er aus. »Ich habe eure Welt aus den Angeln gehoben! Glaubt ihr etwa, man wird euch euren glattzüngigen Idealismus abnehmen, nachdem eure Flugzeuge Dak zerstört haben? Wann wird die Welt je meinen Namen vergessen? Und glaubt ihr etwa, ich werde jetzt von der Bühne abtreten – jetzt, da das Beste erst noch kommt?«
Der Sultan klatschte in die Hände und rief den Soldaten einen Befehl zu. Sie packten Yabril, legten ihm Handschellen an und knoteten ihm einen Strick um den Hals. »Vorsicht, Vorsicht!« warnte der Sultan. Als Yabril gesichert war, berührte der Sultan sanft seine Stirn. »Ich bitte dich um Verzeihung«, sagte er, »aber mir bleibt keine Wahl. Ich muß Öl verkaufen und eine Stadt wiederaufbauen. Ich wünsche dir alles Gute, mein alter Freund. Und viel Glück in Amerika.«

Donnerstag abend – New York City

Während der Kongreß Präsident Francis Xavier Kennedy – möglicherweise gesetzeswidrig – seines Amtes enthob, während die Welt auf die Beilegung der Terroristenkrise wartete, gab es in New York viele Hunderttausende von Menschen, die sich einen Dreck darum scherten. Sie hatten ihr eigenes Leben und ihre eigenen Probleme zu bewältigen. An diesem Donnerstag abend befanden sich viele von diesen Tausenden in New York in der Umgebung des Times Square, der früher einmal das Herz der größten Stadt der Welt gewesen war, der Stadt, in der der Broadway, *The Great White Way*, vom Central Park bis zum Times Square führte.

Diese Menschen verfolgten die verschiedensten Interessen. Lüsterne, sexgierige Männer der Mittelschicht aus den Vororten durchwühlten die Pornoläden nach entsprechender Literatur. »Cineasten« betrachteten Meilen um Meilen von Filmen mit nackten Männern oder nackten Frauen, die sich mit den verschiedensten Tieren in der Rolle des »besten Freundes« tummelten. Jugendbanden mit tödlichen, aber legal zu erwerbenden Schraubenziehern in der Tasche zogen tapfer wie alte Ritter aus, um den Drachen der Wohlhabenden zu erschlagen und sich mit der unzerstörbaren Lebenslust der Jugend daran zu freuen. Zuhälter, Prostituierte, Diebe, Mörder machten sich nach Einbruch der Dunkelheit an die Arbeit, ohne Gebühren für die bunte Neonbeleuchtung dessen zu bezahlen, was einmal der *Great White Way* gewesen war. Touristen-Lämmer drängten blökend herbei, um den Times Square zu sehen, wo in der Silvesternacht die große Silberkugel herabfiel und den Anfang eines neuen, fröhlichen Jahres verkündete. An den meisten Gebäuden dieser Gegend und den Slumstraßen, die dorthin führten, hingen Plakate mit einem riesigen, blutroten Herzen, und in diesen blutroten Herzen stand I LOVE NEW YORK geschrieben. Schönen Gruß von Louis Inch.

Am selben Donnerstag gegen Mitternacht trieb sich Blade Booker auf der Suche nach einem Kunden in der Times Square Cinema

Bar herum. Blade Booker war ein junger Schwarzer, bekannt wegen seiner Begabung für Geschäftemacherei. Er konnte Koks besorgen, Heroin oder eine Riesenauswahl von Pillen. Er konnte sogar Waffen besorgen, aber nichts Großes. Pistolen, Revolver, kleine 2.2er, aber nachdem er sich selbst eine besorgt hatte, kümmerte er sich kaum noch darum. Er war kein Zuhälter, aber er hatte ein Händchen für Damen. Er verstand es wirklich, ihnen nach dem Mund zu reden, und er war ein guter Zuhörer. So manche Nacht verbrachte er mit einem Mädchen und hörte sich ihre Träume an. Denn selbst die mieseste kleine Nutte, die mit Männern Dinge trieb, die ihm den Atem verschlugen, hatte Träume. Blade Booker hörte zu, es machte ihm Spaß zuzuhören, es war ein gutes Gefühl für ihn, wenn die Damen ihm von ihren Träumen erzählten. Er liebte ihre Phantastereien. O ja, bestimmt, sie würden in der Lotterie gewinnen, ihr Horoskop zeige deutlich, daß sie im kommenden Jahr einen Mann finden würden, der sie liebe, sie würden ein Baby bekommen, ihre Kinder würden mal Ärzte werden, Anwälte, College-Professoren, beim Fernsehen landen; ihre Kinder würden singen oder tanzen oder Schauspieler werden, oder so gute Komödianten wie Richard Pryor, vielleicht sogar ein zweiter Eddie Murphy.

Blade Booker wartete darauf, daß sich der Swedish Cinema Palace nach einem nicht jugendfreien Film leerte. Viele Kinofreunde pflegten anschließend auf einen Drink und einen Hamburger reinzukommen – in der Hoffnung, ein Mädchen aufreißen zu können. Reinkommen würden sie alle allein, doch man erkannte sie an dem geistesabwesenden Blick in den Augen, als wälzten sie im Kopf unlösbare wissenschaftliche Probleme. Sie fühlten sich einsam.

Im Club wimmelte es von Nutten, aber Blade Booker hatte sein Mädchen in einer strategischen Ecke placiert. Die Männer an der Bar konnten sie beobachten, wie sie an einem winzigen Tischchen saß, das fast ganz von ihrer riesigen roten Tasche bedeckt war. Es war eine Blondine aus Duluth, Minnesota, grobknochig, die blauen

Augen glasig von Heroin. Blade Booker hatte sie vor einem Schicksal gerettet, das schlimmer war als der Tod: dem Leben auf einer Farm, wo ihre Titten im eisigen Winter so hart und steif froren wie Steine. Aber er ging sehr vorsichtig mit ihr um. Sie hatte einen gewissen Ruf, und er war einer der wenigen, die es wagten, mit ihr zu arbeiten.

Sie hieß Kimberley Ansley und hatte vor sechs Jahren ihren Zuhälter im Schlaf mit einer Axt erschlagen. Vorsicht vor Mädchen, die Kimberley oder Tiffany heißen, pflegte Booker zu sagen. Sie war verhaftet, angeklagt, schuldig gesprochen und verurteilt worden, aber nur wegen Totschlags, weil die Verteidigung beweisen konnte, daß ihr Körper zahllose Prellungen und Quetschungen aufwies und sie wegen ihrer Heroinabhängigkeit »nicht zurechnungsfähig« gewesen sei. Sie war in eine Entzugsanstalt gebracht, geheilt, für gesund erklärt und auf die Straßen von New York entlassen worden. Dort hatte sie sich in den Slums um Greenwich Village niedergelassen, wo man ihr in einem von der Stadt errichteten Wohnkomplex ein Apartment zugewiesen hatte, aus dem sogar die Ärmsten flohen.

Blade Booker und Kimberley waren Partner. Er war halb Zuhälter, halb *roller*, das heißt eine Art moderner Räuber; auf diese Differenzierung war er stolz. Kimberley suchte sich in der Times Square Bar einen der Cineasten und ging mit ihrem Kunden dann auf ein Quickie in den Hausflur einer finsteren Mietskaserne. Dann kam Blade aus dem dunklen Schatten hervor und zog dem Kunden einen Gummiknüppel der New Yorker Polizei über den Kopf. Das Geld in der Brieftasche des Opfers teilten sie sich, aber Blade bekam die Kreditkarten und den Schmuck. Nicht aus Habgier, sondern weil er Kimberleys Urteilsvermögen nicht traute.

Das Schöne daran war, daß es sich bei dem Opfer zumeist um einen fremdgehenden Ehemann handelte, der den Zwischenfall kaum der Polizei melden würde, weil er dann unweigerlich erklären mußte, was er in einem finsteren Hausflur in der Ninth Avenue zu suchen hatte, während seine Frau ihn in Merrick, Long Island, oder in Trenton, New Jersey, erwartete. Anschließend pflegten Blade und Kim beide die Times Square Cinema Bar vorsichtshalber für eine Woche zu meiden. Und die Ninth Avenue. Stattdessen zogen sie zur Second Avenue um. In einer Großstadt wie New York war das, als begebe man sich auf einen anderen Stern im Weltraum. Deswegen liebte Blade Booker New York City. Hier war er unsichtbar wie *The Shadow*, der Mann mit den tausend Gesichtern, und glich diesen Insekten und Vögeln, die er manchmal im Fernsehen sah. Sie wechselten ihre Farbe, um sich der Umgebung anzupassen, oder gruben sich in die Erde, um den Raubtieren zu entgehen. Kurz gesagt, im Gegensatz zu den meisten Einwohnern fühlte sich Blade Booker in New York sicher.

Am Donnerstagabend war die Auswahl meist mager. Aber Kimberley wirkte wunderschön in dieser Beleuchtung: Ihr blondes Haar glänzte wie eine Aureole, ihre weißgepuderten Brüste stiegen mondbleich und alles andere als zurückhaltend aus dem tiefen Ausschnitt ihres grünen Kleides empor. Ein Gentleman mit verschmitztem, gutmütigem Charme und nur einer Andeutung von Sexgier kam mit seinem Drink an ihren Tisch und fragte sie höflich, ob er Platz nehmen dürfe. Blade, der die beiden beobachtete, staunte über die Ironie des Schicksals. Hier saß dieser gutgekleidete Mann, zweifellos irgendeine große Nummer wie Anwalt oder Professor oder sogar, wer weiß, ein kleiner Politiker, ein Stadtrat oder Staatssenator, am selben Tisch mit einer Axtmörderin, und würde zum Dessert einen Schlag auf die Nuß serviert kriegen. Und alles nur wegen seinem Schwanz. Das war das Problem. Fast jeder Mann ging mit nur einem halben Hirn durchs Leben – nur wegen dem Schwanz. Ein Jammer. Vielleicht würde er den Kerl, bevor er ihm den Scheitel zog, noch sein Ding in Kimberley reinstecken und sich entladen lassen, und dann erst zuschlagen. Er sah aus wie ein netter Mensch, war auch wohl ein echter Gentleman, so, wie er Kimberley Feuer gab, einen Drink für sie bestellte und sie nicht bedrängte, obwohl er es eindeutig eilig hatte, endlich mit ihr abzuziehen.

Als Kimberley ihm das Zeichen gab, trank Blade schnell sein Glas aus. Wie er sah, erhob sich Kimberley und hantierte mit ihrer roten Tasche, suchte anscheinend Gott weiß was. Blade verließ die Bar und trat auf die Straße hinaus. Es war eine klare Vorfrühlingsnacht, und der Geruch von Hot dogs und Hamburgern mit Zwiebeln auf den Grills der Straßenrestaurants machte ihn hungrig, aber das hatte Zeit bis nach der Arbeit. Er schritt die 42nd Street entlang. Obwohl es inzwischen Mitternacht war, trieben sich noch Mengen vcn Menschen auf der Straße herum – mit Gesichtern, die sich von den zahllosen Neonreklamen der Kinos, der Straßenrestaurants, der gigantischen Anzeigetafeln, den kegelförmigen Strahlen von Hotelscheinwerfern bunt färbten. Er liebte es, von der Seventh Avenue zur Ninth hinüberzuschlendern. Er betrat den Hauseingang und postierte sich unter der Treppe. Sobald Kim ihren Kunden umarmte, würde er herauskommen. Er steckte sich eine Zigarette an und zog den Gummiknüppel aus dem Futteral unter seiner Jacke.

Er hörte sie das Haus betreten, hörte die Tür zufallen, hörte Kims Handtasche klappern. Und dann hörte er Kims Stimme, die ihm das Stichwort gab. »Nur eine Treppe hoch.« Er wartete noch etwa zwei Minuten, bevor er unter der Treppe hervortrat, und zögerte, weil sich ihm ein so hübscher Anblick bot. Da stand Kim auf der untersten Stufe, mit breit gespreizten Beinen, die hübschen, festen weißen Schenkel entblößt, und der nette, gutgekleidete Mann hatte seinen Pimmel rausgeholt und schob ihn in sie hinein. Sekundenlang schien Kim sich in die Luft zu heben, und dann sah Blade zu seinem Entsetzen, daß sie immer weiter emporstieg, und die Treppe stieg mit ihr empor, und dann sah er über ihrem Kopf den klaren Himmel, als wäre das ganze Hausdach weggefegt worden. Er versuchte ein Erdloch zu finden, versuchte die Farbe zu wechseln, um sich den Steinen anzupassen, die durch das Loch herunterfielen, durch das der Himmel hereinblickte. Er hob den

Gummiknüppel, um zu flehen, um Zeugnis abzulegen, auf daß sein Leben noch nicht vorbei sein möge. Das alles geschah im Bruchteil einer Sekunde.

Cecil Clarkson und Isabel Domaine kamen aus einem Broadway-Theater, wo sie sich ein bezauberndes Musical angesehen hatten, und schlenderten zur 42nd Street und zum Times Square hinunter. Sie waren beide – wie die Mehrheit der Menschen auf den Straßen hier – schwarz, ähnelten Blade Booker jedoch ganz und gar nicht. Cecil Clarkson war neunzehn Jahre alt und hatte an der New School for Social Research einen Kurs für literarisches Schreiben belegt. Isabel war achtzehn und ging zu jedem Broadway- und Off-Broadway-Stück, weil sie das Theater liebte und später Schauspielerin werden wollte. Die beiden waren verliebt, wie es nur Teenager sein können, und fest davon überzeugt, die einzigen Menschen auf der Welt zu sein. Während sie von der Seventh zur Eighth Avenue spazierten, übergossen die blendend grellen Neonreklamen sie mit einem so sanften Licht, daß ihre Schönheit einen magischen Kreis um sie schuf, der die Vino-Bettler, die halb irren Drogensüchtigen, die Geschäftemacher, die Zuhälter und die potentiell Gewalttätigen von ihnen fernhielt. Und außerdem war Cecil groß und muskulös, eindeutig ein kräftiger junger Mann, der aussah, als würde er jeden umbringen, der es wagte, Isabel auch nur zu berühren.

An einem Straßengrill machten sie auf einen Hamburger halt, den sie gleich draußen an der Theke verzehrten; hineingehen wollten sie lieber nicht, weil dort der Fußboden verdreckt und mit weggeworfenen Papierservietten und Papptellern übersät war. Cecil trank ein Bier, Isabel eine Pepsi zu ihren Hot dogs und Hamburgern. Sie beobachteten die wimmelnden Menschenmassen, die selbst zu dieser späten Stunde noch die Gehsteige bevölkerten. Mit zufriedenem Gleichmut musterten sie die Woge menschlichen Treibguts, die an ihnen vorüberrollte, und wären nie auf die Idee gekommen, daß ihnen irgendeine Gefahr drohe. Nur Mitleid empfanden sie für diese Leute, die nicht ihre wunderbaren Aussichten hatten, ihre Zukunft, ihre Gegenwart und ihre ewige Seligkeit. Als die Woge nachließ, kehrten sie auf die Straße zurück, um von der Seventh Avenue zur Eighth zurückzuschlendern. Über der farbigen Decke aus Neonlichtern glänzte ein hellerer Himmel, an dem mattere Lichter funkelten. Isabel spürte die Frühlingsluft auf ihren Wangen und barg das Gesicht an Cecils Schulter, während sie ihm die eine Hand auf die Brust legte und mit der anderen den Hals liebkoste. Cecil empfand eine überwältigende Zärtlichkeit. Sie schwebten beide im siebten Himmel, junge Liebende, die wie Milliarden über Milliarden anderer Menschen vor ihnen einen der perfekten Augenblicke in ihrem Dasein erlebten. Dann verloschen zu Cecils Erstaunen auf einmal all diese grellbunten roten und grünen Lichter, und er sah nur noch das hohe Himmelszelt mit seinen mattglänzenden Sternen, und gleich darauf hatten sich beide in ihrer absoluten Seligkeit in nichts aufgelöst.

Eine Gruppe von acht Touristen, die ihren einwöchigen Osterurlaub in New York City verbrachten, kam von der St. Patrick's Cathedral die Fifth Avenue herunter, bog in die 42nd Street ein und schlenderte dorthin, wo ein Wald blinkender Neonlichter lockte. Als sie den Times Square erreichten, waren sie tief enttäuscht. Sie hatten ihn am Silvesterabend im Fernsehen gesehen, als Hunderttausende sich hier versammelten, um auf den Fernsehbildschirmen zu erscheinen und das neue Jahr zu begrüßen.

Es war so schmutzig, und die Straßen waren von einer dicken Schicht Müll bedeckt. Die Menschenmassen wirkten bedrohlich, betrunken, bekifft oder von den riesigen Stahltürmen, zwischen denen sie sich bewegen mußten, zum Wahnsinn getrieben. Die Frauen waren schrill gekleidet; sie paßten zu den Frauen auf den Fotos vor den Pornokinos. Sie alle schienen sich durch verschiedene Ebenen der Hölle zu bewegen, der Himmel ohne Sterne glich einer großen Leere, die Straßenlaternen einem gelblichen Eiterfluß.

Die Touristen, vier Ehepaare aus einer Kleinstadt in Ohio mit erwachsenen Kindern, hatten diese Reise nach New York geplant, um etwas zu feiern: die Tatsache, daß sie gewisse Pflichten in ihrem Leben, eine notwendige Bestimmung erfüllt hatten. Sie hatten geheiratet, Kinder großgezogen und eine relativ erfolgreiche Karriere bewältigt. Nun wollten sie einen neuen Anfang machen, ein ganz neues Leben beginnen. Die größte Schlacht war inzwischen geschlagen.

Die Pornokinos interessierten sie nicht; davon gab es genug in Ohio. Was sie am Times Square interessierte und einschüchterte, war die Erkenntnis, daß er so häßlich war, und daß die Menschen auf den Straßen in dem Neonlicht, das die Nacht färbte, so bösartig wirkten. Die Touristen trugen alle große, rote Buttons mit der Aufschrift I LOVE NEW YORK, die sie am ersten Tag gekauft hatten. Jetzt riß sich eine der Frauen den Button ab und warf ihn in die Gosse.

»Kommt, nichts wie weg hier«, sagte sie.

Die Gruppe machte kehrt und marschierte zur Sixth Avenue zurück, weg von diesem riesigen Korridor aus Neon. Sie waren schon fast um die Ecke gebogen, als sie ein fernes »Buuummm« vernahmen, das leichte Säuseln von Wind, und dann kam alle Avenues entlang, von der Ninth bis zur Sixth, ein Tornado von Luft getobt, gefüllt mit Metall, Sodadosen, Müllkörben und ein paar Autos, die zu fliegen schienen. Instinktiv rannten die Touristen um die Ecke der Sixth Avenue, hinaus aus dem Pfad des heranbrausenden Windes, wurden aber dennoch von riesigen Luftwirbeln zu Boden gerissen. Weit, weit entfernt hörten sie das Krachen einstürzender Häuser, die Schreie Tausender von sterbenden Menschen. Tief geduckt verharrten sie im Schutz der Ecke, ohne zu wissen, was passiert war.

Sie hatten um Haaresbreite den Radius der Zerstörung verlassen, die von der Explosion der Atombombe ausging. Acht Überlebende des größten Unglücks, das die Vereinigten Staaten jemals in Friedenszeiten getroffen hatte.

Einer der Männer rappelte sich auf und half dann den anderen.

»Scheiß New York«, schimpfte er. »Ich hoffe nur, daß alle Taxifahrer draufgegangen sind.«

In dem Streifenwagen der Polizei, der sich langsam durch den Verkehr zwischen Seventh und Eighth Avenue bewegte, saßen zwei junge Cops, ein Italiener und ein Schwarzer. Es machte ihnen nichts aus, im Verkehr steckenzubleiben; es war der sicherste Platz im ganzen Revier. Sie wußten genau, daß sie in den dunkleren Nebenstraßen Diebe aufstöbern konnten, die Autos aufbrachen und Radios stahlen, kleine Zuhälter und Gewalttäter, die friedliche Fußgänger bedrohten, aber mit solchen Verbrechen wollten sie sich nicht befassen. Außerdem gehörte es jetzt zur Taktik der New Yorker Polizei, kleine Verbrechen zu dulden. Denn in New York hatte sich in letzter Zeit eine Haltung verbreitet, die hinnahm, daß die Unterprivilegierten sich bei den erfolgreichen, gesetzestreuen Bürgern der Stadt bedienten. Denn war es etwa gerecht, daß es Männer und Frauen gab, die sich fünfzigtausend Dollar teure Autos mit Radios und Musiksystemen für tausend Dollar leisten konnten, während Tausende von Obdachlosen nicht einmal Geld für eine einzige Mahlzeit hatten oder sich keine gesunde, sterile Nadel für einen Fix leisten konnten? War es gerecht, daß diese wohlhabenden, geistig saturierten, behäbigen, gut genährten Bürger, die die Stirn hatten, sich ohne Schußwaffe oder wenigstens einen tödlichen Schraubenzieher in der Tasche auf die Straßen von New York zu wagen, die berühmten Sehenswürdigkeiten der größten Stadt der Welt besichtigten, ohne einen gewissen Preis dafür zu bezahlen? Schließlich glühte in Amerika noch immer ein Funken jenes alten, revolutionären Geistes, der einer solchen Versuchung nicht zu widerstehen vermochte. Und die Gerichte, die höheren Ränge der Polizei, die Leitartikler der angesehensten Zeitungen billigten voll Schläue den republikanischen Geist, der Diebstählen, Überfällen, Einbrüchen, Vergewaltigungen und sogar Mord auf den Straßen von New York zugrunde lag. Die Armen der Stadt hatten keine andere Möglichkeit; ihr Leben war durch Armut, die Farce eines

Familienlebens, ja selbst durch die Architektur der Stadt vorbestimmt. Ein Kolumnist hatte sogar behauptet, daß für all diese Verbrechen Louis Inch verantwortlich gemacht werden müsse, der Immobilienhai, der die Stadt New York durch meilenhohe Eigentums-Wolkenkratzer umstrukturierte, die jeden Sonnenstrahl und jeden sternenübersäten Himmel mit ihren Stahlplatten aussperrten.

Die beiden Polizisten sahen, wie Blade Booker die Times Square Cinema Bar verließ; er war ein guter Bekannter von ihnen. Der eine Beamte fragte seinen Kollegen: »Wollen wir ihm folgen?« Und der andere antwortete: »Reine Zeitverschwendung. Wir könnten ihn in flagranti erwischen, und er würde trotzdem ungestraft davonkommen.« Sie sahen die große Blondine mit ihrem Kunden herauskommen und denselben Weg Richtung Ninth Avenue einschlagen. »Der Ärmste«, sagte einer der beiden Polizisten. »Der glaubt, er kriegt was geboten fürs Geld, dabei wird er nur ausgenommen.« Und der andere gab zurück: »Geboten kriegt der 'ne Beule am Kopf, so groß wie 'n Ständer.« Beide lachten.

Während ihr Wagen im Schrittempo weiterrollte, beobachteten die Polizisten das Geschehen auf der Straße. Es war Mitternacht; ihre Schicht war bald vorbei, deshalb wollten sie sich auf nichts einlassen, was sie länger aufhalten würde. Sie beobachteten die zahllosen Prostituierten, die sich den Passanten in den Weg stellten, die schwarzen Drogendealer, die ihre Ware so dreist anboten wie die Werbefritzen im Fernsehen, die Räuber und Taschendiebe, die potentielle Opfer anrempelten und Touristen in Gespräche zu verwickeln suchten. Sie saßen in ihrem dunklen Streifenwagen, blickten auf die von der Neonsonne beleuchteten Straßen hinaus und sahen zu, wie der letzte Abschaum von New York, wie jeder einzelne von ihnen seiner persönlichen Hölle entgegenschlurfte.

Die beiden Cops waren ständig auf der Hut, ständig darauf gefaßt, daß ein Verrückter eine Kanone durchs Autofenster hereinsteckte und abdrückte. Sie sahen zwei Drogendealer rechts und links von einem gutgekleideten Mann Tritt fassen, der davoneilen wollte, aber von vier Händen zurückgehalten wurde. Der Fahrer des Streifenwagens trat aufs Gaspedal und fuhr neben ihnen her. Als die Drogendealer die Hände von ihm nahmen, lächelte der Gutgekleidete erleichtert. Im selben Augenblick brachen beide Wände der Straße ein und begruben die 42nd Street von der Ninth bis zur Seventh Avenue unter sich.

Sämtliche Neonlichter des *Great White Way*, des weltberühmten Broadway, erloschen. Die Dunkelheit wurde von Flammen erhellt, brennenden Gebäuden, brennenden Gestalten. Brennende Autos bewegten sich wie armlose Fackeln durch die Nacht. Und dann ertönte das ohrenbetäubende Glockengebimmel und Sirenengeheul zahlloser Feuerwehrfahrzeuge, Ambulanzen und Polizeiwagen, die alle dem zerstörten Herzen von New York zurasten.

Dies waren nur ein paar der etwa zehntausend Menschen, die starben, und der zwanzigtausend, die verletzt wurden, als die von Gresse und Tibbot gelegte Atombombe im Port Authority Building an der Kreuzung Ninth Avenue und 42nd Street explodierte.

Die Explosion selbst wurde als donnernder Knall registriert, gefolgt von heulendem Wind und gleich darauf vom Kreischen zerreißenden Betons und Stahls. Die Zerstörung durch die Detonation erfolgte mit mathematischer Präzision. Der Bereich von der Seventh Avenue bis zum Hudson River und von der 42nd Street bis zur 45th Street wurde vollkommen dem Erdboden gleichgemacht. Außerhalb dieses Bereichs war der Schaden vergleichsweise minimal. Die Strahlung wirkte nur innerhalb dieses Bereichs tödlich. Die wertvollsten Immobilien gleich nach Tokio waren völlig wertlos geworden.

Siebzig Prozent der Toten waren schwarz oder Latinos, die übrigen dreißig Prozent weiß oder ausländische Touristen. Auf der Ninth und der Tenth Avenue, die zum Campingplatz der Obdachlosen geworden waren, sowie im Port Authority Building selbst, in dem sich viele Reisende zum Schlafen gelegt hatten, waren die Leichen zu schwarzen Klumpen verkohlt.

Über den Radius restloser Zerstörung hinaus waren in ganz Manhattan die Fenster geborsten und die Autos auf den Straßen von herabfallenden Trümmern zerschmettert worden. Und innerhalb einer Stunde nach der Explosion waren sämtliche Brücken von Manhattan mit Fahrzeugen verstopft, die nach New Jersey und Long Island zu fliehen versuchten.

Viertes Buch

14. Kapitel

Im Kommunikationszentrum des Weißen Hauses traf die Nachricht von der Atombombenexplosion in New York City genau um sechs Minuten nach Mitternacht ein und wurde umgehend an den Präsidenten weitergeleitet.

Francis Kennedy wandte sich an Christian Klee. »Du erteilst Befehl, den Kongreß zu isolieren. Jedwede Kommunikation wird unterbunden. Sie alle werden mich jetzt sofort zum Capitol Hill begleiten. Eugene, Sie geben dem Kommunikationsbüro Anweisung, die Meldung herauszubringen, daß von mir das Kriegsrecht erklärt worden ist.«

Zwanzig Minuten später erschien er vor den versammelten Mitgliedern von Abgeordnetenhaus und Senat, die soeben per Abstimmung sein Impeachment beschlossen hatten. Sie hatten die Meldung von dem Atombombenangriff auf New York bereits erhalten und befanden sich im Schockzustand. Präsident Francis Kennedy begab sich ans Rednerpult, um zum Kongreß zu sprechen. Begleitet wurde er von Vizepräsidentin Helen DuPray, Oddblood Gray und Christian Klee. Eugene Dazzy war im Weißen Haus geblieben, um sich um die enorme Menge anfallender Arbeit zu kümmern.

Kennedy war tiefernst. Dies war nicht der richtige Zeitpunkt für irgend etwas anderes als einfache und aufrichtige Worte. Er sprach zu den Abgeordneten ohne eine Spur von Zorn oder Drohung. »Ich komme heute abend zu Ihnen, weil ich weiß, daß wir, so viele Differenzen es zwischen uns auch immer gegeben hat, in der Sorge um unser Land vereint sind.

In New York City ist es zu einer Atombombenexplosion gekommen, die Tausende von Menschenleben gekostet hat. Zwei Verdächtige wurden verhaftet und befinden sich in Gewahrsam. Diese beiden Verdächtigen deuten an, daß Yabril, der Terrorist, damit zu tun hat. Wir müssen also zu dem Schluß gelangen, daß es eine ungeheure Verschwörung gegen die Vereinigten Staaten gibt, möglicherweise die größte Gefahr, die dieses Land jemals bedroht hat. Deswegen habe ich das Kriegsrecht erklärt. Diese Entscheidung steht im Widerspruch zu Ihrer Entscheidung, mich des Amtes zu entheben. Dazu möchte ich bemerken, daß dieses ehrwürdige Gremium vor jedem Angriff sicher ist. Sie, meine Damen und Herren, werden durch sechs Abteilungen des Secret Service und einer speziellen Einheit der Army beschützt, die soeben Stellung bezogen haben.«

Als die Senatoren und Congressmen von dieser ihrer Gefangensetzung hörten, rutschten sie unruhig auf ihren Plätzen herum. Leises Gemurmel erhob sich im Saal, während Kennedy fortfuhr: »In einer Situation wie dieser sollten Präsident und Kongreß nicht im Streit miteinander liegen. In einer Situation wie dieser müssen wir uns gegen den Feind vereinen. Daher bitte ich Sie, Ihren Beschluß, mich aus dem Amt zu entfernen, aufzuheben.«

Francis Kennedy hielt inne und lächelte. Diese Menschen, die meisten von ihnen jedenfalls, waren seit drei Jahren seine erbitterten Feinde; nun waren sie ihm auf Gnade und Ungnade ausgeliefert. Ruhig fuhr er fort: »Ich weiß, daß Sie alle Ihrem Gewissen folgen und wohlüberlegt abstimmen werden. Aber ohne Rücksicht darauf, wie das Ergebnis ausfällt, muß ich Ihnen mitteilen, daß in unserem Land immer noch Kriegsrecht herrscht und ich Präsident bleiben werde, bis diese neue Krise bewältigt ist. Aber ich bitte Sie, eine Konfrontation aufzuschieben, bis die Krise vorüber ist.«

Senator Lambertino war der erste, der sich nach Kennedy zu Wort meldete. Er schlug vor, den Beschluß aufzuheben, und forderte beide Häuser auf, Francis Xavier Kennedy, dem Präsidenten der Vereinigten Staaten, rückhaltlose Unterstützung zuzusichern.

Denn erhob sich Congressman Jintz, um den Antrag zu unterstützen. Wie er erklärte, hätten die Ereignisse bewiesen, daß Kennedy recht habe, es sei eine ehrliche Meinungsverschiedenheit gewesen. Er deutete an, daß Präsident und Kongreß von nun an Hand in Hand arbeiten würden, um Amerika vor seinen Feinden zu schützen. Darauf verpfändete er sein Wort und besiegelte es mit seinem berühmten Händedruck, dem Francis Kennedy nicht ausweichen konnte.

Es wurde abgestimmt. Der vorhergehende Beschluß, den Präsidenten zu suspendieren, wurde aufgehoben. Einstimmig. Und ein neuer Beschluß kam zur Abstimmung: daß der Kongreß vollstes Vertrauen in Francis Xavier Kennedy setze und unerschütterlich jede Maßnahme unterstützen werde, die er treffe, um diese Krise zu bewältigen.

Am Donnerstag um zwölf Uhr mittags, weniger als zwölf Stunden später, hielt Präsident Francis Xavier Kennedy über alle Fernseh- und Kabelkanäle eine Ansprache an die Nation.

Während der frühen Morgenstunden hatte Christian Klee Lawrence Salentine zu sich ins Büro bestellt und, in seiner Eigenschaft als Justizminister der Vereinigten Staaten unter Kriegsrecht, mit ihm gesprochen.

»Ich wünsche jetzt keinen Nonsens von Ihnen zu hören«, begann Klee. »Ich werde Ihnen nun genau erklären, was Sie und die anderen TV-Magnaten während der kommenden vierundzwanzig Stunden zu tun haben. Ich rate Ihnen, hören Sie aufmerksam zu.«

»In dieser Krisensituation stehen wir alle hinter dem Präsidenten«, fiel Salentine ihm ins Wort.

»Keinen Nonsens, hatte ich mir ausgebeten«, fuhr Christian ihn an. »Hier also unser Programm. Dazzy hat es aufgestellt, aber ich hielt es für besser, wenn ich als Justizminister es Ihnen präsentiere. Für den Fall, daß Sie ein juristisches Problem sehen sollten.«

Lawrence Salentine antwortete leise: »Nein, Mr. Attorney General, ich glaube kaum, daß es diesmal ein juristisches Problem geben wird.«

Christian Klee kannte Männer wie Salentine nur allzu genau. Zu oft hatte er mit Hilfe seines Computerüberwachungssystems den Telefongesprächen des Socrates Club gelauscht. Salentine wollte eine Drohung anbringen, ohne sie offen auszusprechen. Nun gut, du Scheißkerl, dachte Klee, wenn du später Ärger machen willst – ich warte ja nur darauf.

So hatten, als Präsident Kennedy um zwölf Uhr mittags Eastern Standard Time auf dem Bildschirm erschien, sämtliche TV-Medien für eine möglichst große Zuhörerschaft gesorgt, indem sie alle dreißig Minuten die Ankündigung seiner Ansprache brachten.

Die Bevölkerung der Vereinigten Staaten sollte diese Ansprache niemals vergessen, ebensowenig Kennedys zwingende Ausstrahlung und seine körperliche Schönheit, sein bleiches Gesicht, die leuchtendblauen Augen, die entschlossene Stimme. Er wirkte überwältigend auf dem Bildschirm und vermittelte den dreihundert Millionen Zuschauern, die durch die Ereignisse der letzten vier Tage verängstigt und verunsichert waren, das Gefühl absoluter Sicherheit.

Francis Kennedy erklärte ihnen, daß die Krise vorüber sei. Er gab ihnen eine kurze Zusammenfassung der Ereignisse in der Osterwoche: das Attentat auf den Papst; die Flugzeugentführung durch Yabril; der Mord an Theresa Kennedy; Yabrils Forderungen. Und schließlich die Atombombenexplosion in New York.

Er erläuterte ihnen die Beweggründe der Terroristen und die Tatsache, daß all diese Verbrechen begangen worden waren, um die Autorität und das Prestige der Vereinigten Staaten zu untergraben. Er berichtete den Zuhörern von dem Ultimatum, das er dem Sultan von Sherhaben gestellt hatte, und von seiner Drohung, das Sultanat Sherhaben zu vernichten, wenn dieses Ultimatum nicht eingehalten würde. Und davon, daß die Stadt Dak in Trümmern lag.

Plötzlich schalteten die Kameras von Kennedy im Oval Office auf einen Flughafen um, auf dem mehrere Maschinen zur Landung ansetzten. Ein Flugzeug war mit schwarzen Traueremblemen gekennzeichnet, und als es landete, sahen die Zuschauer, daß es von einer Ehrengarde der Marines umringt wurde. Aus einer Öffnung unter der Maschine wurde ein Sarg auf den Boden gerollt. Die Stimme eines Fernsehreporters kommentierte leise: »Der Leichnam Theresa Kennedys ist zur Beisetzung in die Vereinigten Staaten heimgekehrt.«

Nun zeigten die Kameras die Landung der beiden anderen Maschinen. Aus der einen kamen die freigelassenen Geiseln. Der Fernsehkommentator erklärte, daß sämtliche Geiseln außer Theresa Kennedy nunmehr heil und gesund in die Vereinigten Staaten zurückgekehrt seien. Zum Erstaunen der Zuschauer jedoch schwenkten die Kameras unvermittelt auf das dritte Flugzeug um.

Aus dieser Maschine kam zunächst Arthur Wix und hinter ihm Bert Audick. Dann richtete sich die Kamera auf einen Mann, dessen Arme auf dem Rücken gefesselt waren, und der sich nur langsam und unbeholfen bewegen konnte, weil sein Körper und die Beine in Ketten geschlagen waren. Dieser Mann war von einem Kordon Wachtposten umgeben, durch den hindurch sich die Kamera auf das Gesicht des Gefangenen richtete: Yabril.

Der Fernsehkommentator erklärte den Zuschauern, daß es sich um den Anführer der Hijacker handele, Theresa Kennedys Mörder, und daß dieser Mann nun in den Vereinigten Staaten vor Gericht gestellt werden würde.

Gleich darauf erschien ein riesiges Foto von Romeo auf dem Bildschirm, während die Stimme des Kommentators die Zuschauer informierte, daß dies der Mann sei, der das Attentat auf den Papst verübt habe. Auch dieser Mann befinde sich im Gewahrsam der Vereinigten Staaten.

Nun kamen die Fotos von Gresse und Tibbot, und der Kommentator schilderte den Zuschauern ihren Werdegang. Er erklärte ihnen, daß die beiden unter dem Verdacht, die Atombombe von New York gelegt zu haben, verhaftet worden seien, und daß vermutlich eine Verbindung zwischen diesen beiden jungen Männern und Yabril bestehe.

Anschließend wurde der Bildschirm dunkel, und Präsident Francis

Kennedy erschien wieder vor der Bevölkerung der Vereinigten Staaten.
Langsam begann er: »Noch einmal möchte ich Ihnen versichern, daß die Krise vorüber ist. Alle Männer, die dieser Verbrechen schuldig sind, befinden sich in Gewahrsam. Unsere Aufgabe ist es nunmehr, über diese Verbrecher zu richten und sie zu bestrafen. Es ist inzwischen beschlossen worden, daß der Terrorist Romeo an Italien ausgeliefert wird, wo er sich für das Attentat auf den Papst zu verantworten haben wird. Das ist eine rein juristische Angelegenheit. Den anderen aber wird in den Vereinigten Staaten der Prozeß gemacht. Die von unseren Geheimdiensten durchgeführten Ermittlungen und Vernehmungen haben ergeben, daß von dieser Verschwörerbande keine weitere Gefahr mehr droht. Aus diesem Grund hebe ich hiermit das Kriegsrecht auf.«
Alles war genauso verlaufen, wie Dazzy, Klee und Matthew Gladyce es geplant hatten. Die Bösewichter waren dem Volk als besiegt und entmachtet, Francis Kennedy als triumphierender, mitfühlender Sieger vorgeführt worden. Eine letzte Einstellung zeigte Theresa Kennedys Sarg, wie er, von seiner Ehrengarde geleitet, langsam in der Ferne verschwand. Anschließend symbolisierte ein letztes Bild der über dem Weißen Haus flatternden Stars and Stripes, daß Amerika in Sicherheit war.
Damit hätte die Sendung beendet sein müssen. Und so waren alle überrascht, als Kennedy abermals auf dem Bildschirm erschien und sagte: »Abschließend muß ich Ihnen jedoch mitteilen, daß die Gefahren von außen zwar abgewendet wurden, daß aber immer noch innere Gefahren bestehen. In der vergangenen Nacht hat der Kongreß gegen die Verfassung verstoßen und wegen des Ultimatums an Sherhaben gegen mich als Präsident der Vereinigten Staaten das Impeachment beschlossen. Als die Atombombe in New York explodierte, mußte der Kongreß seinen Beschluß widerrufen. In meiner Macht liegt es nicht, den Kongreß dafür zu bestrafen; das liegt allein in der Macht der Wähler...«
Hier unterbrach sich Kennedy und verfiel in ein längeres Schwei-

gen. Seine Lider schlossen sich so fest, daß er so blicklos wirkte wie eine Statue. Als er die Augen dann wieder öffnete, funkelten Tränen in der himmelblauen Iris. Mit von Mitgefühl und Mitleid kündender Stimme brachte er seine Ansprache zu Ende und bat seine Zuhörer, zu Bett zu gehen, wie man einem müden Kind rät, schlafen zu gehen. »Vertrauen Sie mir«, sagte er. »Die Gefahr ist gebannt. Morgen werden wir Pläne entwerfen, damit dieses Land nie wieder unter einem solchen Trauma zu leiden haben muß. Gott segne Sie alle. Schlafen Sie wohl.«

Für den Kongreß und die Mitglieder des Socrates Country Club war diese Ansprache mehr als deutlich: Der Präsident der Vereinigten Staaten hatte ihnen den Krieg erklärt.

15. Kapitel

Nachdem Präsident Francis Kennedy sich somit Macht und Amt gesichert und seine Feinde besiegt hatte, begann er, sich Gedanken über seine Zukunft zu machen. Einen einzigen Schritt mußte er noch tun, eine einzige Entscheidung treffen. Frau und Kind hatte er verloren, sein Privatleben besaß keine Bedeutung mehr. Was ihm blieb, war ein Leben, das nur noch mit dem amerikanischen Volk verbunden war. Wie weit wollte er mit dieser Verpflichtung wirklich gehen?

Er erklärte sich bereit, sich im November zur Wiederwahl zu stellen, und begann seine Wahlkampagne zu organisieren. Oddblood Gray erhielt den Auftrag, Reverend Foxworth kaltzustellen. Christian Klee wurde angewiesen, auf alle Großunternehmen, vor allem die Medienkonzerne, Druck auszuüben und sie daran zu hindern, in den Wahlprozeß einzugreifen. Vizepräsidentin Helen DuPray mobilisierte die amerikanischen Frauen. Arthur Wix, der in den Liberalen-Kreisen des Ostens Einfluß besaß, und Eugene

Dazzy, der gute Kontakte zu den aufgeklärten Industriekapitänen des Landes hatte, machten Geld flüssig. Aber das alles war, wie Francis Kennedy genau wußte, letzten Endes peripher, denn ein Gelingen hing einzig und allein von ihm selber ab, von der Frage, wie weit die Bevölkerung von Amerika bereit war, ihm persönlich zu folgen.

Einen ganz entscheidenden Punkt gab es: Diesmal mußten die Amerikaner einen Kongreß wählen, der fest entschlossen hinter dem Präsidenten der Vereinigten Staaten stand. Lächelnd dachte Kennedy, daß er die eigenen Gedanken nun wirklich keiner Zensur zu unterwerfen brauche. Denn was er wirklich wollte, war ein Kongreß, der das tat, was er von ihm verlangte.

Also mußte Francis Kennedy die innersten Gefühle Amerikas erforschen. Das Land befand sich im Schockzustand. Die Atombombenexplosion von New York war ein psychologisches Trauma, wie es das Land noch niemals zuvor erlebt hatte. Und daß dieses Verbrechen von zwei der begabtesten und privilegiertesten Amerikaner begangen worden war, machte die Nation fassungslos. Diese Tat war die bisher gewagteste Weiterführung jener Philosophie persönlicher Freiheit, auf die die Vereinigten Staaten so stolz waren. Die Rechte des einzelnen waren der amerikanischen Demokratie schon immer am heiligsten gewesen. Doch Francis Kennedy spürte, daß die Stimmung der amerikanischen Bevölkerung umschlug.

In den Kleinstädten und den ländlichen Gebieten herrschte, nachdem Schock und Entsetzen abgeklungen waren, eine Stimmung grimmiger Genugtuung. New York hatte endlich gekriegt, was es verdiente. Nur schade, daß die Bombe nicht größer gewesen war und die ganze City mitsamt ihren hedonistischen Superreichen, den hinterhältigen Semiten und den kriminellen Schwarzen in die Luft gejagt hatte. Anscheinend gab es doch einen gerechten Gott im Himmel. Er hatte sich den richtigen Ort für sein großes Strafgericht ausgesucht. Aber es herrschte auch Angst bei den Menschen im ganzen Land. Angst, daß ihr Schicksal, ihr Leben, ihre ganze eigene Welt und ihre Nachkommen Geiseln von Mitmenschen wurden, die sich nicht an die Regeln hielten. All das und noch mehr spürte Kennedy.

An jedem Freitagabend erstattete Kennedy im Fernsehen seinen Zuschauern Bericht. Im Grunde waren das nur unzulänglich kaschierte Wahlkampfreden, doch nun wurde ihm ohne Probleme Sendezeit zugestanden.

In seiner zweiten Amtsperiode, verkündete er, werde er sogar noch härter gegen das Verbrechen vorgehen. Wieder würde er darum kämpfen, daß es jedem Amerikaner ermöglicht werde, ein eigenes Haus zu kaufen, seine medizinische Versorgung zu bezahlen und sicherzustellen, daß jeder die Chance für eine höhere Schulbildung bekomme. Nachdrücklich erklärte er, daß es sich dabei nicht um Sozialismus handele. Nein, er gedenke seine Programme zu finanzieren, indem er ein winziges Stück vom großen Kuchen der reichen Konzerne in Amerika abschneide. Und er betonte, daß er nicht etwa dem Sozialismus das Wort rede, er wollte nichts weiter, als die amerikanische Bevölkerung vor ihren allzu mächtigen Reichen schützen. Das betonte er immer wieder.

Die Mitglieder des Socrates Club beobachteten diese Auftritte mit großem Zorn und tiefer Verachtung. Sie hatten Demagogen wie diesen schon oft erlebt. Die zerlumpten politischen Propheten des Südens, die puritanischen Kommunisten aus dem Herzen des Westens – sie alle predigten dasselbe Evangelium: Nimm von den Reichen, gib den Armen. Und immer wieder waren diese Bemühungen am gesunden Menschenverstand der Amerikaner gescheitert. Doch diesmal waren es zwei Dinge, die dem Socrates Club Sorgen machten. Gut und schön, wenn ein Politiker, sogar ein Präsident, den Wählern das Blaue vom Himmel versprach; aber wenn dieser Politiker ein Mann wie Francis Kennedy war, dann war das etwas ganz anderes. Francis Kennedy war der charismatischste Redner, der jemals im Fernsehen aufgetreten war. Das lag nicht so sehr daran, daß seine äußere Erscheinung so umwerfend wirkte; es waren sein perfekter Stil und seine Kunst, patrizierhafte Würde mit gewöhnlicher Menschlichkeit zu kombinieren. Seine Freundlichkeit war niemals herablassend. Er zeigte die muntere Offenheit eines besten Freundes, die Vertrautheit eines älteren Lieblingsbruders; er brachte seine Argumente mit blendendem Esprit. Mit alldem bezauberte er das Fernsehpublikum, vor allem aber trug er seine Regierungstheorien so klar und präzise vor, daß alle Menschen ihn und seine Ziele verstanden.

Er verfügte über gewisse Schlagworte und Formulierungen, die direkt ans Herz gingen.

»Wir werden den alltäglichen Tragödien der menschlichen Existenz den Krieg erklären«, postulierte er, »nicht anderen Völkern.«

Und er wiederholte die berühmte Frage aus seinem ersten Wahlkampf: »Wie kommt es, daß es nach jedem Krieg, bei dem Billionen Dollar zur Verbreitung von Tod und Zerstörung ausgegeben und verschleudert werden, eine Periode ökonomischen Wachstums gibt? Was wäre, wenn diese Billionen Dollar für die Verbesserung der Lebensumstände der Bürger verwendet würden?«

Eindringlich erklärte er, daß die Regierung mit den Kosten eines einzigen Atom-U-Bootes eintausend Wohnungen für die Armen finanzieren könnte. Und mit den Kosten einer ganzen Flotte von Stealth-Bombern sogar eine Million Wohnungen. »Wir könnten uns einfach vorstellen, daß sie bei einem Manöver verlorengegangen sind«, schlug er vor. »Verflixt, das ist schon öfter passiert, und überdies unter Verlust wertvoller Menschenleben. Wir könnten uns einfach vorstellen, daß es so war.« Und wenn seine Kritiker darauf hinwiesen, daß die Verteidigung der Vereinigten Staaten darunter leiden würde, entgegnete er, daß die Statistiken des Verteidigungsministeriums geheim seien und daher niemand davon zu erfahren brauche. Diese leichtfertigen Antworten empörten die Medien mehr als den Kongreß und den Socrates Club.

Mit weit größerer Sorge verfolgte der Socrates Club allerdings Kennedys Politik, die leitenden Posten der Aufsichtsbehörden zu besetzen, denn Linksgerichtete würden natürlich Kennedys Absicht, die Macht der Großkonzerne weitgehend zu beschneiden, vorbehaltlos unterstützen. Unter anderem hatte er zum Beispiel vor, den Besitz von Fernsehsendern, Zeitungs- und Buchverlagen auf jeweils ein einziges Medium zu beschränken. Damit niemand mehr alle drei Medien unter einem Dach versammeln konnte. Wenn man Fernsehsender besaß, durfte man nur Fernsehsender besitzen; wenn man Zeitungen besaß, durfte man nur Zeitungen besitzen; wenn man Filmgesellschaften besaß, durfte man nur Filmgesellschaften besitzen. Zu diesem Thema hielt Francis Kennedy eine mitreißende Rede an die amerikanische Nation. Als bestes Beispiel nannte er Lawrence Salentine. Denn Salentine besaß nicht nur eine der größten Fernsehanstalten sowie mehrere große Kabelgesellschaften, sondern außerdem eine Filmgesellschaft in Kalifornien, einen der größten Buchverlage und eine ganze Zeitungskette. Kennedy erklärte seinen Zuhörern, es verstoße so gut wie gegen jedes Prinzip der Demokratie, daß so viele Kommunikationsmedien in einer einzigen Hand vereint seien. Das sei etwa so, als gäbe man einer einzigen Person ein mehrfaches Stimmrecht.

Der Kongreß, der Socrates Club sowie fast alle anderen großen Interessenvertreter der Industrie schlossen sich zusammen, um dem Präsidenten Paroli zu bieten. Die Reihen formierten sich zu einer der größten politischen Schlachten in der Geschichte der Vereinigten Staaten.

Der Socrates Club beschloß, in Kalifornien ein Seminar über das Problem abzuhalten, wie man Kennedy bei der Novemberwahl abschmettern könne. Lawrence Salentine war stark beunruhigt. Ihm war bekannt, daß der Justizminister schwerwiegende Anklagen gegen Bert Audick vorbereitete und Untersuchungen von Martin Mutfords Finanzgeschäften einleitete. Greenwell war zu sauber, um Probleme zu befürchten; um den machte sich Salentine keine Sorgen. Sein eigenes Medienimperium jedoch war sehr verletzlich, das war ihm klar. Sie hatten sich in so vielen Jahren so viele Freiheiten herausnehmen können, daß sie allzu sorglos geworden waren. Seine Verlage – Bücher und Zeitschriften – waren okay. Druckmedien waren sakrosankt, weil der Schutz der Verfassung, den sie genossen, zu mächtig war. Es sei denn natürlich, ein Scheißkerl wie Klee ließ die Postgebühren erhöhen.

Wirkliche Sorgen machte sich Salentine jedoch um sein TV-Imperium. Denn die Ätherwellen gehörten letztendlich der Regierung und wurden einzig von ihr verteilt. Die Fernsehsender brauchten nichts weiter als eine Lizenz. Und Salentine hatte sich schon seit langem darüber gewundert, daß die Regierung es den Privatunternehmen gestattete, soviel Geld mit diesen Ätherwellen zu scheffeln, ohne sie mit einer entsprechenden Steuer zu belegen. Jetzt schauderte es ihn bei der Vorstellung eines starken Bundesmedienbeauftragten unter Kennedys Ägide. Das konnte durchaus das Ende der Fernseh- und Kabelgesellschaften in ihrer jetzigen Form bedeuten.

Doch auch um Louis Inch machte sich Salentine Sorgen. Immer wieder ärgerte er sich über Inchs Mangel an Sensibilität und seine Dummheit. Wie konnte ein Mann, der so dumm war, so reich werden? Er glich einem von diesen geistig Behinderten, die auf wunderbare Weise mathematische Gleichungen ausrechnen können. Der Mann war ein Genie, was Immobilien betraf, und hatte dabei einen ganz simplen Idiotentraum, der nur aus einer einzigen Idee bestand: immer nur vertikal bauen, nie horizontal.

Außerdem hatte der Mann keine Ahnung, wie abgrundtief er gehaßt wurde, selbst von den Menschen seiner nächsten Umgebung, vor allem aber von den Menschen im Zentrum der City, den schwarzen und hispanischen Slumbewohnern sowie den weißen Arbeitern auf dem Land und in den Kleinstädten. Anscheinend vermochten all diese Menschen seine Habgier, seine Herzlosigkeit allem Menschlichen gegenüber zu wittern. Falls die Dinge wirklich schief liefen, konnte der Mann zu einer ernsthaften Belastung werden. Aber sie brauchten ihn für den bevorstehenden Kampf gegen Kennedy. Louis Inch fürchtete sich nicht, den Kopf hinzuhalten. Courage hatte der Mann, das mußte man ihm lassen. Er scheute nicht davor zurück, alle und jeden zu bestechen. Und das war in einer Demokratie genau wie in einer Diktatur ein unbezahlbares Plus.

Louis Inch, mit Sicherheit der meistgehaßte Mann von ganz New York City, erbot sich freiwillig, den von der Atombombe zerstörten Bereich der Stadt wiederaufzubauen. Die acht Blocks sollten zu einer grün bewaldeten Fläche mit Marmordenkmälern gestaltet werden. Er wollte es zum Selbstkostenpreis tun, ohne dabei zu verdienen, und das Ganze in sechs Monaten fertig haben. Zum Glück war die Strahlung minimal gewesen.

Jeder wußte, daß Louis Inch es besser als jede Regierungsstelle verstand, Dinge anzupacken und zu Ende zu führen. Natürlich wußte er, daß er trotz allem durch seine Tochtergesellschaften im Baugewerbe, durch Planungsausschüsse und Beratungsgremien noch immer einen recht guten Schnitt machen würde. Und die Publicity war nicht zu bezahlen!

Louis Inch war einer der reichsten Männer Amerikas. Sein Vater war der übliche hartherzige Großstadtvermieter gewesen, der es versäumte, in den Mietshäusern die Heizung in Gang zu halten, der den Service vernachlässigte und die Mieter mit allen Mitteln zum Aufgeben zwang, um mit Luxussanierungen mehr Geld zu verdienen. Bestechung von Bauinspektoren war eine Kunst, die Louis Inch von seinem Vater förmlich in die Wiege gelegt worden war. Später, mit einem Universitätsabschluß in Betriebswirtschaft und Jura versehen, bestach er Stadtverordnete, Bezirkspräsidenten samt ihren Stäben und sogar Bürgermeister.

Es war Louis Inch, der die Mietkontrollgesetze in New York bekämpfte, es war Louis Inch, der die Immobiliengeschäfte arrangierte, die zum Bau von Wolkenkratzern am Central Park führten; einem Park, der nun von monströsen Stahlkonstruktionen gesäumt war, in denen Wall-Street-Broker, Professoren von Power-

house Universities, berühmte Schriftsteller, gefragte Künstler und Küchenchefs extravaganter Restaurants hausten.
Reverend Foxworth hatte einmal behauptet, daß Louis Inch für die unsäglichen Slums auf der Upper West Side, in der Bronx, in Harlem und auf Coney Island verantwortlich sei, und zwar durch die Unmenge erschwinglicher Wohnungen, die er zerstörte hatte, um ein neues New York aufzubauen. Darüber hinaus warf er ihm vor, er blockiere den Wiederaufbau des Times-Square-Bezirks, während er insgeheim Gebäude und Häuserblocks hochziehe. Daraufhin gab Inch zurück, Reverend Foxworth vertrete Menschen, die selbst dann die Hälfte verlangen würden, wenn man nur einen Sack voll Scheiße habe.
Eine andere Inch-Strategie war es, all jene Stadtverordnungen zu unterstützen, die vorschrieben, daß Eigentümer Wohnungen an jeden Bewerber ohne Ansehen von Rasse, Farbe oder Religion zu vermieten hätten. Er hatte diese Verordnungen mit lautstarken Reden unterstützt, weil sie dazu beitrugen, die kleinen Vermieter vom Markt zu vertreiben. Ein Eigentümer, der nur den oberen Stock und/oder das Souterrain seines Hauses zu vermieten hatte, mußte Säufer, Schizos, Drogendealer, Gewalttäter und andere Verbrecher aufnehmen. Und schließlich würden diese kleinen Vermieter resignieren, ihre Häuser verkaufen und in die Vororte hinausziehen.
Doch über all das war Louis Inch inzwischen hinaus und stieg jetzt in der Gesellschaft auf. Millionäre gab es im Dutzend billiger, doch Louis Inch gehörte zu den ungefähr einhundert Milliardären Amerikas. Er besaß Omnibusunternehmen, Hotels und eine Fluggesellschaft. Er besaß eines der großen Hotelkasinos von Atlantic City, und er besaß Apartmenthäuser in Santa Monica, Kalifornien. Und diese Santa-Monica-Immobilien waren es, die ihm den größten Ärger verursachten.
Dem Socrates Club war Louis Inch beigetreten, weil er der Meinung war, die allmächtigen Mitglieder könnten ihm bei der Lösung seiner Santa-Monica-Immobilienprobleme helfen. Golf war

ein perfekter Sport zum Aushecken von Verschwörungen. Ein paar Scherze, ein gesunder Spaziergang, und die Vereinbarungen waren getroffen. Was konnte harmloser sein als das? Weder der blindwütigste Rechercheur im Auftrag der Kongreßausschüsse noch die Scharfrichter der Presse konnten Golfern verbrecherische Absichten unterstellen.

Der Socrates Country Club erwies sich sogar als noch hilfreicher, als Inch es sich erträumt hatte. Er bekam Kontakt mit den etwa einhundert Männern, die den Wirtschaftsapparat und die politische Maschinerie des Landes beherrschten. Im Socrates Country Club wurde Louis Inch sodann auch Mitglied jener Finanzmafia, die die gesamte Kongreßvertretung eines Staates auf einmal zu kaufen vermochte. Natürlich konnte man sie nicht mit Leib und Seele kaufen, hier ging es nicht um Abstraktionen wie Gott und Teufel, Gut und Böse, Tugend und Sünde. Hier ging es um Politik. Hier ging es um das, was machbar war. Es gab Zeiten, da mußte sich ein Congressman gegen ihn stellen, um die Wiederwahl zu gewinnen. Zugegeben, 98% der Congressman wurden stets wiedergewählt, aber da waren immer noch die 2%, die auf ihre Wähler Rücksicht nehmen mußten.

Louis Inch hatte einen unerreichbaren Traum. Nein, nein, nicht Präsident der Vereinigten Staaten zu werden; er wußte nur allzu gut, daß sein Vermieter-Image nie ausgelöscht werden konnte. Seine Verschandelung der City von New York war architektonischer Mord. Es gab in New York, Chicago und vor allen Dingen in Santa Monica eine Million Slumbewohner, die nichts lieber getan hätten, als ihm die Kehle durchzuschneiden und seinen Kopf auf eine Stange zu stecken. Nein, sein Traum war es, der erste Billionär der modernen, zivilisierten Welt zu werden. Ein plebejischer Billionär, der sein Vermögen mit schwieligen Arbeiterhänden verdient hatte.

Inch lebte für den Tag, an dem er zu Bert Audick sagen konnte: »Ich habe tausend Einheiten.« Es hatte ihn immer furchtbar geärgert, daß die Texas-Ölmänner nur von Einheiten sprachen, wobei eine »Einheit« in Texas hundert Millionen Dollar war. Als die Stadt Dak zerstört wurde, hatte Audick gesagt: »Großer Gott, ich hab' da fünfhundert Einheiten verloren.« Inch hatte sich geschworen, eines Tages zu Audick zu sagen: »Verdammt, ich hab' so etwa tausend Einheiten in Immobilien angelegt.« Dann würde Audick bewundernd pfeifen und sagen: »Einhundert Milliarden Dollar!« Und Inch würde entgegnen: »Aber nein, eine Billion Dollar. Bei uns oben in New York ist eine Einheit eine Milliarde Dollar.« Das würde diesem Texas-Scheißer ein für allemal das Maul stopfen.

Um diesen Traum zu verwirklichen, hatte Louis sich den Begriff »Luftraum« ausgedacht. Das heißt, er würde den Luftraum oberhalb existierender Gebäude kaufen und ein Gebäude obendrauf setzen. Luftraum war billig, es war ein ebenso neuer Begriff wie »Sumpfgebiete« damals, als sein Großvater sie aufgekauft hatte, weil er wußte, daß die Technik das Problem der Trockenlegung von Sümpfen bald lösen und sie in profitträchtiges Bauland verwandeln würde. Genauso wußte Louis Inch, daß er auf den bestehenden Gebäuden der großen Städte bauen konnte. Das Problem war, die Leute und ihre Gesetzgeber daran zu hindern, seine Pläne zu durchkreuzen. Das kostete Zeit und riesige Investitionen, doch er war sicher, daß es machbar war. Gewiß, Großstädte wie Chicago, New York, Dallas, Miami würden in gigantische Gefängnisse aus Stahl und Beton verwandelt werden, aber die Menschen brauchten ja dort nicht zu leben, höchstens die Elite noch, die Museen liebte, Kinos, Theater, Musik. Und für die Künstler würden selbstverständlich kleine Bohemeviertel entstehen.

Der Clou war natürlich, daß in New York, wenn Louis Inch seinen Traum verwirklicht hatte, keine Slums mehr existieren würden. Es würde einfach keine erschwinglichen Mieten mehr für die Verbrecher und die Arbeiter geben. Die würden aus den Vororten hereinkommen, mit Sonderzügen, mit Sonderbussen, und am Abend wieder dorthin verschwinden. Die Mieter und Käufer der Eigentumswohnungen und -apartments der Inch Corporation konnten die Theater, die Discos, die teuren Restaurants besuchen, ohne Angst vor den dunklen Straßen draußen haben zu müssen. In relativer Sicherheit konnten sie durch die Avenues bummeln, sich sogar in die Nebenstraßen wagen und Spaziergänge in den Parks machen. Und was würden sie für ein solches Paradies zahlen? Ganze Vermögen!

Louis Inch hatte eine Schwäche: Er liebte seine Frau Theodora, eine füllige Blondine mit sozialem Gewissen und weichem Herzen. Inch hatte sie kennengelernt, als sie an der NYU studierte und er eine Vorlesung über den Einfluß der Eigentümer von Immobilien auf das Kulturleben der Großstädte hielt. Wie so viele geldorientierte Männer bewunderte Louis Frauen, die das Geld an sich für wertlos hielten. Ihm gefiel Theodoras soziales Gewissen, ihre Liebe zu den Menschen und ihr Wunsch, ihnen zu helfen. Ihm gefiel ihre gute Laune und Unbekümmertheit. Und er war entzückt über ihre gesunde, unkomplizierte Sexualität, denn vor dem Abendessen eine oder zwei Stunden im Bett waren ein wichtiger und konstruktiver Teil ihres Tagesablaufs. Spät am Abend, vor dem Schlafengehen, studierte sie, las, hörte sich über den Kopfhörer Tonbandkassetten mit Lektionen an und machte sich Notizen über alles, was sie am folgenden Tag erledigen mußte.

Sie ergänzten einander einfach perfekt. Louis Inch war eine Seltenheit in der amerikanischen Gesellschaft: ein reicher Mann, der glücklich verheiratet war, zufrieden mit seiner Arbeit und begeistert von den Ambitionen seiner Frau, die es ihm gestatteten, sich ganz seinem Traum zu widmen und Billionär zu werden. Zur Befriedigung seiner Abenteuerlust und Freude am Risiko hatte er den grenzenlosen Luftraum über den großen Städten, den er zu erwerben trachtete.

Das Glück seiner Ehe dauerte zehn Jahre. Der erste feine Haarriß wurde durch Reverend Baxter Foxworth verursacht, den Theodora Inch als einen der großen schwarzen Führer des Landes in der Tradition Martin Luther Kings verehrte.

Theodora Inch wurde zur Wegweiserin einer Clique reicher Frauen, die fest entschlossen waren, das Geld ihrer Ehemänner den Armen zurückzugeben, und beschloß, einen großen Gesellschaftsball für die Obdachlosen zu organisieren. Die Eintrittskarten kosteten zehntausend Dollar pro Paar, und der Erlös sollte für den Bau eines riesigen Heims für diese Obdachlosen verwendet werden. Der Ball, im Plaza Hotel geplant, sollte eines der größten gesellschaftlichen Ereignisse in der Geschichte New Yorks werden. Darüber hinaus sollte er zeigen, daß der Familie Inch das Wohl der City am Herzen lag.

Um sicherzustellen, daß die Vertreter der Black-Power-Elite zu ihrem Ball kamen, bat Theodora Inch Reverend Baxter Foxworth um Hilfe. Der Reverend antwortete ihr verwundert, aber freundlich, daß nur sehr wenige Schwarze reich genug seien, um sich eine solche Eintrittskarte leisten zu können. Theodora Inch erbot sich, ihm einen Block von fünfzig kostenlosen Tickets bereitzustellen. Der Reverend akzeptierte ihr Anerbieten.

Die Zeitungen waren voll von faszinierenden Berichten über den Ball, dessen Teilnehmer alle in Kostümen erscheinen sollten, die die verschiedenen Zeitalter der Stadt New York repräsentierten. Sie sollten sich als ehemalige Bürgermeister, berühmte Politiker oder Raubritter maskieren. Eintausend Personen würden an dem Ball teilnehmen, und es waren sogar noch mehr Karten verkauft worden. Alle großen Superkonzerne begriffen, daß sie nur einen Block Tickets zu erwerben brauchten, um sich den guten Willen der städtischen Beamten und des Immobilien-Imperiums Inch zu sichern. Besonders großzügig zeigten sich die Wall-Street-Firmen, denn die Börsenmakler hatten es satt, beim Weg ins Büro ständig über betrunkene Penner hinwegsteigen zu müssen, die auf den vornehmen Vorplätzen der von Louis Inch für sie errichteten schönen Wolkenkratzer schliefen.

Am Abend des Balles war alles an Ort und Stelle. Die Ü-Wagen des Fernsehens umringten das Plaza Hotel, die endlosen Reihen der Limousinen, die darauf warteten, am Plaza-Eingang in der 59th Street vorfahren zu können, erstreckten sich bis zur 72nd Street.

Aber sowie die Limousinen die Höhe der 60th Street erreichten, stürzten sich ganze Schwärme obdachloser Männer und Frauen mit schmutzigen Lumpen in der Hand auf sie, die ihnen die Wagenfenster putzten und dann die schmutzige Hand nach einem Trinkgeld ausstreckten. Und nichts bekamen.
Die Fernsehzuschauer begriffen nicht, daß die ganz Reichen nur selten Bargeld bei sich tragen; so ziemlich jeder hat wohl schon einmal erlebt, daß sich ein Prominenter einen Dollar für die Klofrau leihen mußte. Doch auf dem Bildschirm sahen die Amerikaner nur, daß arme Menschen von den Superreichen brüskiert wurden.
Diesen kleinen Scherz hatte sich Reverend Foxworth ausgedacht. Der gute Reverend hatte Alkoholiker und Drogenabhängige zusammengetrommelt und mit Lastwagen zum Plaza Hotel geschafft, damit sie dort bettelten. Seine Botschaft an das Inch-Imperium lautete, daß sich die Opposition so leicht nicht kaufen ließ.
Am nächsten Tag schon konterte Louis Inch. Er bestellte eine Million Buttons mit dem Aufdruck I LOVE NEW YORK, dicke, rotweiße Ovale, und ließ sie gratis in seinen Hotels und Konzernen verteilen.
Seine Frau jedoch war begeistert von den demütigenden Scherzen des Reverends, und als sie am folgenden Tag Baxter Foxworth aufsuchte, um ihm Vorwürfe zu machen, wurde sie seine heimliche Geliebte.

Zur Konferenz des Socrates Club in Kalifornien geladen, machte sich Louis Inch auf die Reise quer durch die Vereinigten Staaten, um mit den großen Immobiliengesellschaften der Großstädte zu verhandeln. Er nahm ihnen das Versprechen ab, Geld für den Kampf gegen Kennedy zu spenden. Als er wenige Tage später in Los Angeles eintraf, beschloß er, einen Abstecher nach Santa Monica zu machen, bevor er sich zu dem Seminar begab.
Santa Monica ist eine der schönsten Städte Amerikas; vor allem,

weil seine Einwohner sich erfolgreich gegen die Bemühungen der Immobilienhaie gewehrt haben, Wolkenkratzer zu errichten, und weil sie für Gesetze stimmten, mit deren Hilfe die Mieten stabil und die Bautätigkeit unter Kontrolle gehalten werden sollen. Ein schönes Apartment an der Ocean Avenue mit Blick auf den Pazifik kostete die Einwohner nur ein Sechstel ihres Einkommens. Und das trieb Louis Inch seit zwanzig Jahren zum Wahnsinn.

Louis Inch hielt Santa Monica für eine Schande, eine Beleidigung des amerikanischen Prinzips des freien Unternehmertums; unter den heutigen Bedingungen konnten diese Wohneinheiten für das Zehnfache des gegenwärtigen Preises vermietet werden. Louis Inch hatte eine ganze Anzahl dieser Apartmenthäuser gekauft. Es handelte sich um malerische Wohnkomplexe im spanischen Stil, die mit ihren Innenhöfen und Gärten, ihrer skandalös geringen Höhe von zwei Stockwerken verschwenderisch viel wertvollen Grund und Boden einnahmen. Der Luftraum über Santa Monica war Milliarden Dollar wert, der Blick auf den Pazifik weitere Milliarden. Manchmal hing Louis Inch sogar der verrückten Idee nach, über dem Meer senkrecht in die Höhe zu bauen. Richtig schwindelig machte ihn das.

Natürlich unternahm er keinen direkten Versuch, die drei Stadträte zu bestechen, die er zu »Michael's« einlud (das Essen war köstlich, aber auch hier wieder verschwendete das Restaurant wertvollen Boden), aber er erklärte ihnen seine Pläne und bewies ihnen, daß jedermann Multimillionär werden konnte, wenn nur ein paar Gesetze geändert wurden. Enttäuscht mußte er feststellen, daß sie nicht interessiert waren. Aber das war noch nicht das schlimmste. Als Louis Inch in seine Limousine stieg, gab es eine ohrenbetäubende Explosion. Im Innern des Wagens flogen Glassplitter umher, das Heckfenster war verschwunden, in der Frontscheibe erschien plötzlich ein großes Loch, das seine Sprünge bis in alle vier Ecken schickte.

Als die Polizei eintraf, erklärten die Beamten Inch, daß dieses Loch von einem Gewehrschuß stamme. Und als sie ihn fragten, ob er

Feinde habe, versicherte ihnen Louis Inch ernst und aufrichtig, er habe keine.

Das Seminar des Socrates Club mit dem Thema »Demagogie in der Demokratie« begann am folgenden Tag.

Anwesend waren Bert Audick, inzwischen unter Anklage; George Greenwell, der aussah wie der alte Weizen, den er in seinen riesigen Silos des Mittelwestens speicherte; Louis Inch, das hübsche Puttengesicht bleich von der Todesgefahr des vergangenen Abends; Martin ›Private‹ Mutford in einem Armani-Anzug, der aber seinen Bauchansatz auch nicht verbergen konnte; und Lawrence Salentine.

Bert Audick ergriff als erster das Wort. »Würde mir mal jemand erklären, wieso Kennedy kein Kommunist sein soll?« fragte er. »Kennedy will die ärztliche Versorgung und den Wohnungsbau sozialisieren. Er hat mich nach den RICO-Gesetzen unter Anklage gestellt, dabei bin ich nicht mal Italiener.« Als keiner über seinen kleinen Scherz lachte, fuhr er fort: »Wir können es drehen und wenden, wie wir wollen, aber einer Tatsache müssen wir uns bewußt sein: Er stellt eine ungeheure Gefahr für alles dar, wofür wir hier in diesem Raum eintreten. Wir müssen zu drastischen Maßnahmen greifen.«

George Greenwell antwortete gelassen: »Er kann Sie unter Anklage stellen, aber er kann Sie nicht verurteilen lassen; in diesem Land gibt es noch immer faire Gerichtsverfahren. Ich weiß, Sie haben unter schweren Provokationen zu leiden gehabt. Aber wenn ich hier in diesem Raum gefährliche Reden mitanhören muß, verlasse ich auf der Stelle den Raum. Ich werde mir auf gar keinen Fall etwas anhören, was als Verrat oder Aufwiegelung ausgelegt werden könnte.«

Bert Audick gab sich gekränkt. »Ich liebe mein Land mehr als jeder andere hier von uns«, behauptete er. »Das macht mich ja gerade so krank. In der Anklage steht, ich hätte verräterische Handlungen begangen. Ich! Meine Vorfahren waren schon in diesem Land, als die verdammten Kennedys noch in Irland Kartoffeln fraßen. Ich war schon reich, als die noch Schnapsschmuggler in Boston waren. Die Kanoniere haben amerikanische Maschinen über Dak beschossen, aber nicht auf meinen Befehl. Gewiß, ich habe dem Sultan von Sherhaben ein Geschäft angetragen, aber im ureigensten Interesse der Vereinigten Staaten.«

»Wir wissen, daß Kennedy das Problem ist«, warf Lawrence Salentine ironisch ein. »Und wir sind hier, um eine Lösung für dieses Problem zu finden. Was unser gutes Recht, aber auch unsere Pflicht ist.«

»Was Kennedy der Bevölkerung erzählt, sind Märchen«, schimpfte Martin Mutford. »Woher soll das ganze Kapital kommen, das nötig ist, um diese Programme zu subventionieren? Er spricht von einer modifizierten Form des Kommunismus. Wenn wir dem Volk das mit Hilfe der Medien einhämmern können, werden die Menschen sich von ihm abwenden. Jeder Mann und jede Frau in diesem Land ist überzeugt, daß er oder sie eines Tages Millionär sein wird und macht sich jetzt schon Sorgen wegen der Steuer.«

»Wieso ergeben dann aber alle Umfragen, daß Francis Kennedy im November gewinnen wird?« erkundigte sich Lawrence Salentine gereizt. Wie schon so oft, wunderte er sich ein wenig über die Borniertheit dieser mächtigen Männer. Sie schienen sich nicht über Kennedys enormen persönlichen Charme im klaren zu sein, seine Anziehungskraft auf die Massen – einfach, weil sie selbst immun gegen diesen Charme waren.

Einen Augenblick herrschte Schweigen; dann sagte Martin Mutford: »Ich habe mir einige der Gesetzesvorschläge angesehen, die zur Reglementierung der Börsen und Banken in Vorbereitung sind. Falls Kennedy gewählt werden sollte, wird es ziemlich magere Profite geben. Und wenn er seine Leute in die Aufsichtsbehörden setzt, werden sich die Gefängnisse mit sehr reichen Leuten füllen.«

»Auf die ich dort dann bereits warte«, ergänzte Audick grinsend. Aus irgendeinem Grund schien er trotz seiner Anklage recht guter Laune zu sein. »Bis dahin bin ich bestimmt schon Kalfaktor und

werde dafür sorgen, daß ihr alle Blumen in euren Zellen habt.«
Louis Inch gab irritiert zurück: »Sie werden sicher in einem von diesen Country-Club-Gefängnissen sitzen und mit den Computern rumspielen, um Ihren Öltankern auf der Spur zu bleiben.«
Bert Audick hatte Louis Inch noch nie ausstehen können. Einen Mann, der die Menschen vom Boden bis in den Himmel übereinanderpackte und dann für einen Spucknapf von Wohnung Millionen kassierte, konnte er einfach nicht ausstehen. »In meiner Zelle werde ich ganz zweifellos mehr Platz haben als in einem von Ihren teuren Apartments«, entgegnete er giftig. »Und sobald ich drin bin, seien Sie bloß nicht zu sicher, daß Sie genug Öl kriegen, um diese Wolkenkratzer zu heizen. Und noch etwas: Im Gefängnis werde ich beim Glücksspiel mehr Chancen haben als in Ihren Kasinos von Atlantic City.«
George Greenwell als der älteste und erfahrenste im Umgang mit der Regierung hatte das Gefühl, die Diskussion selbst in die Hand nehmen zu müssen. »Ich denke, wir sollten durch unsere Firmen und sonstige Vertretungen möglichst viel Geld in den Wahlkampf von Kennedys Gegner pumpen. Martin, Sie sollten sich freiwillig als Wahlkampfmanager melden.«
»Zunächst müssen wir mal entscheiden, von wieviel Geld hier überhaupt die Rede ist«, wandte Martin Mutford ein. »Und in welcher Form es beigesteuert werden soll.«
»Wie wär's mit einer runden Summe von fünfhundert Millionen Dollar?« schlug George Greenwell vor.
»Augenblick mal«, fiel ihm Bert Audick ins Wort, »ich habe gerade erst fünfzig Milliarden verloren, und Sie wollen mir schon wieder eine weitere Einheit abluchsen?«
»Das ist nur eine einzige Einheit, Bert«, sagte Louis Inch boshaft. »Will die Ölindustrie etwa kneifen? Könnt Ihr Texaner nicht mal lausige einhundert Millionen verschmerzen?«
»Fernsehzeit kostet viel Geld«, entgegnete Salentine. »Wenn wir den Äther von jetzt bis November überschwemmen wollen, sind das fünf ganze Monate. Und das wird teuer.«

»Und Ihre Fernsehanstalten kriegen einen mächtigen Brocken davon«, warf Louis Inch ihm aggressiv vor. Er war stolz auf seinen Ruf, ein zäher Verhandlungsführer zu sein. »Ihr Fernsehfritzen bezahlt euren Anteil aus der einen Tasche, und dann verschwindet er auf wunderbare Weise in der anderen. Ich finde, das sollte in Betracht gezogen werden, wenn wir zahlen.«
»Also hört mal, wir reden hier doch nur von Bagatellbeträgen«, behauptete Martin Mutford und brachte die anderen damit auf die Palme. »Private« Mutford war berühmt für seinen lässigen Umgang mit Geld. Für ihn war Geld nur wie ein Telex, durch das eine Art spirituelle Substanz von einem ätherischen Körper zum anderen transportiert wurde. Es besaß keinerlei Realität für ihn. Er schenkte zufälligen Freundinnen nagelneue Mercedeskarossen – ein exzentrisches Verhalten, das er den reichen Texanern abgeschaut hatte. War er ein ganzes Jahr lang mit einer Geliebten liiert, kaufte er ihr ein Apartmenthaus zur Sicherung ihres Alters. Eine andere Geliebte bekam ein Haus in Malibu, eine dritte ein Schloß in Italien und eine Wohnung in Rom. Einem unehelichen Sohn hatte er einen Anteil an einem Kasino in England gekauft. Das alles hatte ihn nicht mehr gekostet als ein paar Unterschriften auf Papieren. Und wenn er reiste, hatte er überall einen Platz, wo er wohnen konnte. Auf diese Art war auch die Albanese an ihr berühmtes Restaurant mitsamt dem Apartmenthaus gelangt. Aber es gab noch zahlreiche andere Frauen. Geld hatte für »Private« Mutford keine Bedeutung.
»Ich habe meinen Anteil mit Dak abgegolten«, erklärte Audick kampflustig.
»Aber Bert«, widersprach Mutford, »Sie stehen hier nicht vor einem Kongreßausschuß, um über Ölabschreibungsquoten zu verhandeln.«
»Sie haben keine Wahl«, hielt Louis Inch Bert Audick vor. »Wenn Kennedy gewählt wird und seinen eigenen Kongreß bekommt, wandern Sie ins Kittchen.«
Wieder fragte sich George Greenwell, ob er sich offiziell von diesen

Männern distanzieren sollte. Er war zu alt für diese Abenteuer. Sein Getreide-Imperium war weniger gefährdet als die Bereiche dieser Männer. Auch die Ölindustrie erpreßte nur allzu offensichtlich die Regierung, um skandalös hohe Profite herauszuschlagen. Seine Getreidegeschäfte wurden dagegen eher unauffällig getätigt; die Menschen wußten zum größten Teil gar nicht, daß nur fünf oder sechs Privatfirmen das Brot der ganzen Welt kontrollierten. Greenwell fürchtete, daß ein unbesonnener, angriffslustiger Mann wie Bert Audick sie alle in wirklich schwerwiegende Probleme stürzen könnte. Und dennoch genoß er das Leben im Socrates Club, die einwöchigen Seminare mit ihren interessanten Diskussionen über Gott und die Welt, die Backgammonspiele, die Bridgeturniere. Aber das dringende Bedürfnis, besser zu sein als die anderen, hatte er schon längst verloren.

»Kommen Sie, Bert«, sagte Inch, »was zum Teufel ist für die Ölindustrie schon eine lausige Einheit? Mit euren Ölabschreibungsquoten saugt ihr doch seit hundert Jahren die Titten der öffentlichen Kassen leer.«

Salentine erwiderte ironisch: »Und was ist mit unserem Freund ›Private‹ Mutford? Der hat mehr Geld als wir anderen alle zusammen. Wir können das Finanzministerium anzapfen, der aber zapft das GNP an. Die Banken und Wall Street werden die ersten sein, die einen Tritt in den Arsch kriegen. Die waren so unverschämt, daß Kennedy sie an den Laternenpfählen der Wall Street aufhängen könnte, und die Wähler würden ihn mit einer Konfettiparade feiern.«

Inch grinste. »Ihr Geldsäcke seid doch wirklich unmöglich, Private«, beschwerte er sich. »Der letzte Kursrückgang, den ihr gefingert habt, hat die normalen Aktionäre mindestens zweihundert Milliarden Dollar gekostet.«

Martin Mutford lachte. »Reden Sie keinen Unsinn«, sagte er. »Wir stecken doch alle zusammen da drin. Und werden alle zusammen gehängt, wenn Kennedy gewinnt. Vergessen wir jetzt mal lieber das Geld, und kommen wir zum Geschäft. Überlegen wir mal, wie man Kennedy in diesem Wahlkampf angreifen kann. Wie wär's mit der Frage, warum er nicht rechtzeitig auf die Atombombendrohung reagiert hat, um die Explosion zu verhindern? Wie wär's mit der Tatsache, daß es in seinem Leben nach dem Tod seiner Frau nie mehr eine andere Frau gegeben hat? Wie wär's mit der Frage, ob er nicht vielleicht insgeheim die Weiber im Weißen Haus bumst, wie es sein Onkel Jack getan hat? Wie wär's mit hundert anderen Fragen? Wie wär's mit seinem persönlichen Stab? Wir haben eine Menge Arbeit vor uns.«

Das lenkte sie ab. Audick meinte nachdenklich: »Er hat keine Frau. Das hab ich längst überprüft. Vielleicht ist er schwul.«

»Na und?« gab Salentine gekränkt zurück. Ein paar Topstars seiner Fernsehsender waren schwul, deswegen reagierte er auf dieses Thema empfindlich. Audicks Ausdrucksweise verletzte ihn. Überraschenderweise ergriff Louis Inch jedoch Audicks Partei. »Hören Sie«, beschwichtigte er Salentine, »der Öffentlichkeit ist es zwar schnuppe, wenn einer von Ihren idiotischen Spaßmachern schwul ist – aber der Präsident der Vereinigten Staaten?«

»Die Zeit wird kommen«, orakelte Lawrence Salentine.

»Wir können's kaum erwarten«, erwiderte Mutford spöttisch. »Und außerdem ist Präsident Kennedy nicht schwul. Er hatte sich nur in eine Art sexuellen Winterschlaf begeben. Und außerdem hab' ich gehört, daß er sich für eine gewisse junge Dame zu interessieren beginnt.«

»Wie jung?« erkundigte sich Louis Inch neugierig.

»Nicht jung genug für unsere Zwecke«, antwortete Mutford ironisch. »Nach meiner Ansicht besteht unsere beste Chance darin, ihn über seinen Stab anzugreifen.« Einen Augenblick überlegte er; dann sagte er: »Christian Klee, der Justizminister. Ich habe ihn von ein paar Leuten durchleuchten lassen. Wie Sie wissen, ist er für einen Mann, der im Licht der Öffentlichkeit steht, eine ziemlich geheimnisvolle Figur. Sehr reich, viel reicher, als manche Leute glauben, ich habe mal ganz inoffiziell einen Blick in seine Bankunterlagen geworfen. Ausgeben tut er nicht viel; er hält keine Frauen aus und hat nichts mit Drogen zu tun, das hätte sich aus dem Kapitalfluß ergeben. Ein absolut brillanter Jurist, der mit dem Gesetz nicht mehr sehr viel im Sinn hat. Auch keine Wohltätigkeit. Wie wir wissen, ist er Kennedy treu ergeben, und der Schutz, den er dem Präsidenten angedeihen läßt, ist ein Wunderwerk von Effizienz. Doch eben diese Effizienz behindert Kennedy beim Wahlkampf, weil Klee ihn kein Bad in der Menge nehmen läßt. Alles in allem würde ich mich auf Klee konzentrieren.«

»Klee war in der CIA«, bemerkte Audick. »Ganz hoch oben im aktiven Dienst. Ich hab ein paar sonderbare Geschichten über ihn gehört.«

»Vielleicht könnten diese Geschichten Munition für uns hergeben«, sagte Mutford.

»Nur Geschichten«, gab Audick zurück. »Und aus den CIA-Akten werden Sie nie was erfahren – nicht solange dieser Tappey da was zu sagen hat.«

»Ich habe zufällig eine Information, daß der Stabschef des Präsidenten, dieser Dazzy, ein ziemlich ungeordnetes Privatleben führt«, warf George Greenwell beiläufig ein. »Seine Frau und er liegen ständig im Streit, und er hat was mit einem jungen Mädchen.«

Ach du Scheiße, dachte Mutford, von dieser Spur muß ich sie unbedingt abbringen. Jeralyn Albanese hatte ihm haarklein von Christian Klees Drohungen berichtet.

»Das ist zu wenig«, behauptete er. »Was können wir damit gewinnen, selbst wenn wir Dazzy zur Aufgabe zwingen? Die Öffentlichkeit wird sich niemals gegen den Präsidenten wenden, nur weil ein Stabsmitglied mit einem jungen Mädchen schläft – es sei denn, es ginge um Vergewaltigung oder Bedrohung.«

»Dann treten wir an das Mädchen heran, bieten ihr eine Million und lassen sie Vergewaltigung behaupten«, schlug Audick vor.

»Ja«, entgegnete Mutford, »aber soll sie ihn etwa der Vergewaltigung bezichtigen, nachdem sie sich drei Jahre von ihm hat bumsen und die Rechnungen bezahlen lassen? Das funktioniert nicht.«

Es war George Greenwell, der den wertvollsten Beitrag leistete.

»Wir sollten uns auf die Atombombenexplosion in New York City konzentrieren. Congressman Jintz und Senator Lambertino sollten im Abgeordnetenhaus und im Senat Untersuchungsausschüsse bilden und sämtliche Regierungsbeamten vorladen. Selbst wenn dabei nichts Konkretes rauskommt, werden genügend Koinzidenzen zutage gefördert, um den Nachrichtenmedien ausreichend Stoff zu verschaffen. Da müssen Sie all Ihren Einfluß geltend machen«, wandte er sich an Salentine. »Darin liegt unsere beste Chance. Und nun schlage ich vor, daß wir uns alle an die Arbeit machen.« Anschließend sagte er noch zu Mutford: »Sie stellen Ihre Wahlkampfausschüsse zusammen. Daß Sie meine hundert Millionen kriegen, kann ich Ihnen garantieren. Es ist eine sehr kluge Investition.«
Während die Herren sich verabschiedeten, war es einzig Bert Audick, der an radikalere Maßnahmen dachte.

Unmittelbar nach dieser Sitzung wurde Lawrence Salentine zu Präsident Francis Kennedy befohlen. Auf diese Zusammenkunft bereitete sich Salentine vor, indem er eine Konferenz mit den anderen Betreibern von Fernsehanstalten arrangierte. »Gentlemen«, wandte sich Salentine an die Kollegen, »nachdem ich ihm vor einiger Zeit schlechte Nachrichten von uns überbrachte, wird er heute für mich schlechte Nachrichten haben. Wir stecken alle ziemlich tief in der Tinte.«
Er hatte recht. Francis Kennedy erklärte Salentine, daß man gegen die Fernsehanstalten vorgehen werde – wegen gesetzeswidriger Verweigerung von Sendezeit und Verhinderung von Kontakten des Präsidenten der Vereinigten Staaten mit dem Fernsehpublikum am selben Tag, als der Kongreß für sein Impeachment stimmte. Die Anklage war schon vom Justizminister ausgefertigt worden. Außerdem erklärte der Präsident Lawrence Salentine, die Zeiten der laxen Handhabung gesetzlicher Vorschriften seien vorüber. Sämtliche Fernsehanstalten und Kabelkanäle sendeten viel zu viele Minuten Werbung. Diese Zeit werde jetzt halbiert.

Als Salentine dem Präsidenten erwiderte, der Kongreß werde ihm das nicht gestatten, grinste Kennedy ihn an und sagte: »Dieser Kongreß nicht, aber im November wird gewählt. Und ich werde mich zur Wiederwahl stellen – und für Leute im Kongreß kämpfen, die meine Ansichten teilen.«
Lawrence Salentine kehrte zu seinen Kollegen zurück und überbrachte ihnen die schlechte Nachricht. »Wir können zweierlei tun«, fuhr er dann fort. »Wir können anfangen, dem Präsidenten durch die Art, wie und wann wir über seine Aktionen und seine Politik berichten, zu helfen. Oder wir bleiben frei und unabhängig und opponieren gegen ihn, wenn wir es für notwendig halten.« Er hielt einen Augenblick inne; dann fuhr er fort: »Dies könnten ziemlich gefährliche Zeiten für uns werden. Nicht nur wegen des Profitverlustes, nicht nur wegen der regulativen Restriktionen, sondern wenn Kennedy weit genug geht, kann uns das sogar unsere Lizenzen kosten.«
Das war zuviel. Daß die Anstalten ihre Lizenzen verloren, war unvorstellbar. Genauso unvorstellbar, wie wenn die Siedler der allerersten Zeit ihr Land wieder an die Regierung verloren. Sie hatten Anspruch auf Gewährung von Fernsehlizenzen, auf freien Zugang zu Sendefrequenzen; so sehr, daß es ihnen inzwischen wie ein Geburtsrecht vorkam. Darum beschlossen die Besitzer, nicht vor dem Präsidenten der Vereinigten Staaten zu kuschen, sondern frei und unabhängig zu bleiben. Und Präsident Kennedy als genau die gefährliche Bedrohung des demokratischen Kapitalismus in Amerika zu entlarven, die er mit Sicherheit war. Lawrence Salentine sollte diesen Beschluß den wichtigsten Mitgliedern des Socrates Club übermitteln.
Tagelang brütete Salentine über der Frage, wie man in seinen Fernsehanstalten eine TV-Kampagne gegen den Präsidenten starten konnte, ohne daß es allzu auffällig wirkte. Schließlich schätzte die amerikanische Öffentlichkeit das Fair play und würde eine überfallartige Exekution empört zurückweisen. Obwohl sie die kriminellste Bevölkerung der Welt war, schätzte die amerikanische Öffentlichkeit den vorgeschriebenen Rechtsweg.

Also ging er sehr behutsam vor. Zunächst einmal mußte er sich die Mitarbeit von Cassandra Chutt sichern, deren Nachrichtenprogramm die höchsten Einschaltquoten verzeichnete. Dabei durfte er natürlich nicht allzu direkt sein; Studiomoderatoren schützten sich ängstlich vor offener Einmischung. Aber sie alle hatten ihre hohe Stellung nicht erreicht, ohne sich dem Top-Management anzupassen. Und Cassandra Chutt verstand es, sich anzupassen.

Salentine hatte ihre Karriere während der letzten zwanzig Jahre gefördert. Er hatte sie gekannt, als sie noch in den frühen Morgenprogrammen auftrat, und auch später, als sie zu den Abendnachrichten wechselte. Wenn es um ihre Karriere ging, hatte sie noch nie Hemmungen gekannt. Wie es hieß, hatte sie sich einmal einen Außenminister geangelt, war in Tränen ausgebrochen und hatte geschluchzt, wenn er ihr nicht ein Interview von wenigstens zwei Minuten gäbe, würde sie ihren Job verlieren. Sie hatte geredet und geredet, geschmeichelt und erpreßt, bis die Prominenten in ihrem Interview-Programm zur besten Sendezeit erschienen, und sie dann mit persönlichen und ziemlich vulgären Fragen fertiggemacht. Lawrence Salentine hielt Cassandra Chutt für die taktloseste Person, die er im Fernsehgeschäft jemals erlebt hatte.

Lawrence Salentine lud sie zum Dinner in seine Wohnung ein. Er liebte die Gesellschaft taktloser Menschen.

Als Cassandra am nächsten Abend kam, war Salentine damit beschäftigt, ein Videoband zu schneiden. Er nahm sie mit in seine Werkstatt, die mit dem Modernsten ausgestattet war, was es an Video-, Fernseh-, Monitor- und Schneidegeräten gab, alle durch kleine Computer ergänzt.

Cassandra nahm auf einem Hocker Platz und stöhnte: »Scheiße, Lawrence, muß ich dir jetzt wieder zusehen, wie du *Vom Winde verweht* neu schneidest?« Statt einer Antwort holte er ihr einen Drink aus der kleinen Bar in der Zimmerecke.

Lawrence Salentine hatte ein Hobby: Er nahm sich die Videoaufnahmen eines Kinofilms vor (seine Sammlung bestand aus den nach seiner Ansicht hundert besten jemals gedrehten Filmen) und schnitt diese Bänder dann zu, wie er meinte, besseren Filmen zusammen. Selbst in seinen Lieblingsfilmen fand er immer noch eine Szene oder einen Dialog, die er für wenig gelungen oder gar überflüssig hielt, und schnitt sie mit seinen Maschinen heraus. Inzwischen standen im Bücherregal seines Wohnzimmers einhundert Videobänder der besten Kinofilme – alle zwar ein bißchen gekürzt, aber perfekt. Bei einigen Filmen hatte er sogar den für ihn unbefriedigenden Schluß weggeschnitten.

Während er und Cassandra Chutt, von einem Butler bedient, das Dinner einnahmen, plauderten sie über ihre zukünftigen Sendungen. Das versetzte Cassandra Chutt unfehlbar in gute Laune. Sie erzählte Salentine von ihren Plänen, die arabischen Staaten zu besuchen und ihre Vertreter in einer Sendung mit Israelis zusammenzubringen. Außerdem plante sie eine Sendung mit drei westeuropäischen Ministerpräsidenten. Und ganz begeistert war sie von ihrer Absicht, nach Japan zu reisen und dort den Tenno zu interviewen. Salentine lauschte geduldig. Cassandra Chutt litt zwar an Größenwahn, gelegentlich aber kam sie mit einem umwerfenden Coup.

Schließlich unterbrach er sie und fragte scherzhaft: »Warum holst du dir nicht mal Präsident Kennedy in die Sendung?«

Sofort verlor Cassandra Chutt ihre gute Laune. »Nach allem, was wir dem angetan haben, wird er mir nie eine Chance geben.«

»Na schön, es hat nicht ganz geklappt«, erwiderte Lawrence Salentine. »Aber wenn du Kennedy nicht kriegen kannst, warum gehst du nicht auf die andere Seite des Zauns? Warum holst du dir nicht Congressman Jintz und Senator Lambertino, damit sie ihre Version der Geschichte erzählen?«

Cassandra Chutt schenkte ihm ein Lächeln. »Du hinterfotziges Schwein«, sagte sie. »Die beiden haben verloren. Die beiden sind Verlierer, und Kennedy wird sie bei den Wahlen in der Luft zerreißen. Warum sollte ich Verlierer in meine Sendung holen? Wer zum Teufel will im Fernsehen Verlierer sehen?«

»Jintz sagte mir, sie haben äußerst wichtige Informationen über die Atombombenexplosion«, berichtete Lawrence Salentine. »Daß möglicherweise die Administration geschlampt hat. Daß die Atomwaffensuchtrupps nicht richtig eingesetzt worden sind, die eine solche Bombe bestimmt entdeckt hätten, bevor sie explodierte. Und das werden sie in deiner Sendung offen aussprechen. Du wirst in der ganzen Welt Schlagzeilen machen.«

Cassandra Chutt war überwältigt. Dann begann sie zu lachen. »O Gott«, sagte sie, »es ist furchtbar, aber gleich nachdem du das gesagt hast, wußte ich, welche Frage ich diesen beiden Verlierern stellen würde: ›Glauben Sie wirklich, daß der Präsident der Vereinigten Staaten für die zehntausend Toten der Atombombenexplosion von New York verantwortlich ist?‹«

»Das ist eine sehr gute Frage«, gab Lawrence Salentine zurück.

Im Juni flog Audick mit seiner Privatmaschine nach Sherhaben, um mit dem Sultan den Wiederaufbau von Dak zu besprechen. Der Sultan bewirtete ihn fürstlich. Es gab Tänzerinnen, köstliche Speisen und ein Konsortium internationaler Finanziers, die der Sultan geladen hatte und die bereit waren, ihr Geld in ein neues Dak zu investieren. Bert Audick verbrachte eine wunderbare Woche mit harter Arbeit: Er zog ihnen hier eine Hundert-Millionen-Dollar-Einheit aus der Tasche und dort eine, aber das eigentliche Geld mußte von seiner eigenen Ölfirma und dem Sultan von Sherhaben kommen.

Am letzten Tag seines Aufenthaltes saß er mit dem Sultan allein im Palast. Nach Beendigung der Mahlzeit schickte der Sultan Diener und Leibwächter hinaus.

Dann sagte er lächelnd zu Bert Audick: »Ich denke, wir sollten endlich zum Geschäft kommen.« Er machte eine kleine Pause. »Haben Sie mitgebracht, um was ich Sie gebeten hatte?«

»Zunächst möchte ich eines betonen«, entgegnete Bert Audick. »Ich stelle mich nicht gegen mein Land; ich muß nur endlich dieses Schwein Kennedy loswerden, sonst lande ich tatsächlich noch im Kittchen. Und er wird all unsere Geschäfte aus den letzten zehn

Jahren gründlich überprüfen lassen. Das, was ich hier tue, ist also vor allem auch in Ihrem Interesse.«
»Ich verstehe«, sagte der Sultan leise. »Und wir sind räumlich weit entfernt von den Dingen, die geschehen werden. Haben Sie dafür gesorgt, daß die Papiere auf keinen Fall mit Ihnen in Verbindung gebracht werden können?«
»Selbstverständlich«, versicherte Bert Audick. Dann überreichte er dem Sultan den ledernen Aktenkoffer, der neben ihm stand. Der Sultan öffnete ihn und nahm einen Ordner heraus, der Fotos und Zeichnungen enthielt.
Er betrachtete sie gründlich. Die Fotos zeigten die Innenräume des Weißen Hauses, die Zeichnungen markierten die Kontrollposten in den verschiedenen Teilen des Hauses. »Sind sie auf dem neuesten Stand?« erkundigte sich der Sultan.
»Nein«, mußte Bert Audick zugeben. »Als Kennedy vor drei Jahren das Amt übernahm, hat Christian Klee, der Chef von FBI und Secret Service, eine Menge verändern lassen. Zum Beispiel hat er dem Weißen Haus ein ganz neues Stockwerk als Wohnung für den Präsidenten aufgesetzt. Und wie ich weiß, gleicht dieser dritte Stock einer Stahlkammer. Niemand kennt die Anordnung der Räume. Es wurde nie etwas darüber veröffentlicht, und sie sorgen verdammt gut dafür, daß niemand etwas davon erfährt. Alles wird geheimgehalten, nur die engsten Berater und Freunde des Präsidenten wissen Bescheid.«
»Dann ist das hier keine große Hilfe«, stellte der Sultan fest.
Audick zuckte die Achseln. »Ich kann mit Geld aushelfen; wir müssen vor allem schnell zuschlagen. Am besten, bevor Kennedy wiedergewählt wird.«
»Die Hundert können immer Geld gebrauchen«, erklärte der Sultan. »Ich werde dafür sorgen, daß sie es bekommen. Aber Sie dürfen nicht vergessen, daß diese Leute auf Grund ihrer eigenen Überzeugung handeln. Es sind keine gedungenen Mörder. Deswegen müssen wir sie in dem Glauben lassen, daß das Geld von mir als Vertreter eines kleinen, unterdrückten Landes kommt.« Er

lächelte. »Und nach der Zerstörung von Dak trifft das ja, glaube ich, auf Sherhaben durchaus zu.«

»Es gibt noch einen anderen Punkt, den ich mit Ihnen gern besprechen möchte«, sagte Bert Audick. »Als Dak zerstört wurde, hat meine Firma fünfzig Milliarden Dollar verloren. Ich denke, wir sollten den Vertrag abändern, den wir hinsichtlich Ihrer Öllieferungen geschlossen haben. Beim letztenmal waren Sie ziemlich eisern.«

Der Sultan lachte, aber es war ein freundschaftliches Lachen. »Mr. Audick«, entgegnete er, »seit über fünfzig Jahren rauben die amerikanischen und britischen Ölgesellschaften den arabischen Ländern ihr Öl. Sie haben unerfahrenen Nomadenscheichs Pennys bezahlt, während Sie selbst Milliarden scheffelten. Wirklich eine Schande! Und nun geben sich Ihre Landsleute empört, wenn wir ihnen den für das Öl angemessenen Preis abverlangen. Als hätten wir auch nur ein einziges Wort mitzureden, was den Preis Ihres schweren Geräts und Ihrer Technologie betrifft, die Sie uns so teuer berechnen. Nun aber sind Sie an der Reihe, hohe Preise zu bezahlen, sind Sie an der Reihe, ausgebeutet zu werden, wenn Sie es lieber so ausdrücken wollen. Bitte nehmen Sie's mir nicht übel, aber ich dachte eben sogar daran, Sie zu bitten, unseren Vertrag ein bißchen zu ›versüßen‹.«

Freundschaftlich lächelten sie einander zu. Sie erkannten einander als verwandte Seelen, als geborene Schacherer, die sich niemals eine Chance zum Verhandeln entgehen ließen.

»Ich fürchte, die amerikanischen Verbraucher werden die Zeche für den verrückten Präsidenten bezahlen müssen, den sie ins Amt gewählt haben«, sagte Audick. »Ich bedaure aufrichtig, ihnen das antun zu müssen.«

»Aber Sie werden es tun«, gab der Sultan zurück. »Schließlich sind Sie ja Geschäftsmann und nicht Politiker.«

»Und nächstens sogar Knastbruder.« Audick lachte verärgert auf. »Es sei denn, ich habe Glück und Kennedy verschwindet in der Versenkung. Bitte, mißverstehen Sie mich nicht. Ich würde alles für mein Land tun, aber von den Politikern lasse ich mich auf keinen Fall herumstoßen.«

Der Sultan lächelte zustimmend. »Genausowenig wie ich mich von meinem Parlament.« Er klatschte in die Hände, um die Diener zurückzurufen; dann sagte er zu Audick: »Und nun wird es Zeit, daß wir uns amüsieren. Schluß mit diesem dreckigen Geschäft von Macht und Politik. Lassen Sie uns das Leben genießen, solange wir es noch haben.«

Kurz darauf ließen sie sich zu einem reichhaltigen Dinner nieder. Audick fand Geschmack an den arabischen Speisen; er war nicht zimperlich wie andere Amerikaner und aß die Köpfe und Augäpfel von Schafen, als sei er mit solcher Nahrung aufgewachsen.

Während des Essens sagte Audick zum Sultan: »Wenn Sie jemand in Amerika haben, oder sonst irgendwo, der einen Job braucht oder irgendeine andere Unterstützung, lassen Sie es mich wissen. Und wenn Sie Geld für eine gute Sache brauchen, kann ich von meiner Seite aus dafür sorgen, daß es aus einer unaufspürbaren Quelle transferiert wird. Es ist für mich von größter Bedeutung, daß wir etwas gegen Kennedy unternehmen.«

»Ich verstehe Sie sehr gut«, versicherte der Sultan. »Aber nun bitte kein Wort mehr von Geschäften. Ich muß meine Pflicht als Ihr Gastgeber erfüllen.«

Annee, die sich bei ihrer Familie auf Sizilien versteckt hatte, war überrascht, als sie zu einem Treffen mit einigen anderen Mitgliedern der Hundert aufgefordert wurde.

Sie traf sich in Palermo mit ihnen. Es handelte sich um zwei junge Männer, die sie aus der Zeit kannte, da sie alle an der Universität von Rom studierten. Der älteste, jetzt ungefähr dreißig Jahre alt, hatte ihr schon immer sehr gut gefallen. Er war hochgewachsen, hielt sich aber ein wenig krumm und trug eine Goldrandbrille. Er war ein ausgezeichneter Gelehrter gewesen, verhaßt wegen seiner herausragenden Karriere als Professor für Etruskische Studien. Im persönlichen Umgang mit Menschen war er freundlich und

liebenswürdig. Seine politische Gewalttätigkeit entsprang einem Verstand, der die grausame Unlogik der kapitalistischen Gesellschaft verabscheute. Sein Name war Giancarlo.
Das andere Mitglied der Hundert kannte sie als Scharfmacher der linken Parteien an der Universität; ein Großmaul und brillanter Redner, dem es Spaß machte, Menschenmassen zu Gewalttätigkeiten aufzuhetzen, der bei Aktionen aber im Grunde nicht zu gebrauchen war. Das allerdings hatte sich geändert, nachdem er von den Anti-Terror-Spezialeinheiten der Polizei verhaftet und streng verhört worden war. Mit anderen Worten, dachte Annee, sie haben ihm die Scheiße aus dem Leib getreten und ihn für einen Monat ins Krankenhaus geschickt. Von da an redete Sallu – so hieß er – weniger und handelte mehr. Schließlich wurde er als einer der Christen der Gewalt akzeptiert, einer der Geheiligten Hundert.
Beide Männer, Giancarlo und Sallu, waren inzwischen untergetaucht, um den Fängen der italienischen Anti-Terror-Polizei zu entgehen, und hatten dieses Treffen daher sorgfältig geplant. Annee war nach Palermo beordert worden, wo sie umherschlendern und die Sehenswürdigkeiten besichtigen sollte, bis jemand Kontakt mit ihr aufnahm. Dort hatte sie in einer Boutique eine Frau namens Livia kennengelernt und wurde von ihr in ein kleines Restaurant mitgenommen, in dem sie die einzigen Gäste waren. Gleich darauf hatte das Restaurant seine Pforten geschlossen; die Besitzer und der einzige Kellner waren offensichtlich Kader. Dann waren Giancarlo und Sallu aus der Küche gekommen. Giancarlo, im Aufzug eines Küchenchefs, zwinkerte belustigt, als er eine riesige Schüssel Spaghetti hereintrug, die von der Tinte kleingeschnittener Sepien schwarz gefärbt waren. Sallu kam hinter ihm mit einem Holzkorb voll goldgelbem Sesambrot und einer Flasche Wein.
Zu viert – Annee, Livia, Giancarlo und Sallu – setzten sie sich zum Lunch an einen Tisch. Auf die Straße konnten sie nicht hinaussehen, weil schützende Vorhänge vor die Fenster gezogen waren.
Giancarlo servierte ihnen die Spaghetti aus der Schüssel. Der

Kellner brachte Salat sowie einen Gang aus rosigem Schinken und einem schwarzweißen, körnigen Käse.

»Nur weil wir für eine bessere Welt kämpfen, sollten wir nicht hungern müssen«, erklärte Giancarlo. Er lächelte und schien absolut gelassen zu sein.

»Oder verdursten«, ergänzte Sallu, der Wein einschenkte. Aber er war nervös.

Die Mädchen ließen sich bedienen; die stereotype Frauenrolle verweigerten sie aus revolutionären Prinzipien. Daß sie andererseits gekommen waren, um von den Männern Befehle entgegenzunehmen, belustigte sie nur.

Beim Essen eröffnete Giancarlo dann die Konferenz. »Ihr wart beide recht geschickt«, erklärte er. »Es scheint, daß niemand euch wegen der Oster-Aktion verdächtigt. Deswegen wurde entschieden, daß ihr für unsere neue Aufgabe in Betracht kommt. Ihr seid beide hervorragend qualifiziert. Ihr habt die Erfahrung, und, wichtiger noch, ihr habt die Entschlossenheit. Deswegen werdet ihr gefordert. Aber ich muß euch warnen. Diesmal wird es gefährlicher als Ostern.«

»Müssen wir uns freiwillig melden, bevor wir die Details erfahren?« erkundigte sich Livia.

Sallu antwortete kurz und knapp: »Ja.«

Annee beschwerte sich voll Ungeduld: »Immer wieder müßt ihr uns mit dieser albernen Routine kommen und uns fragen: Meldet ihr euch freiwillig? Glaubt ihr denn, wir sind wegen der beschissenen Spaghetti hergekommen? Wenn wir kommen, kommen wir freiwillig. Also raus damit!«

Giancarlo nickte; Annee amüsierte ihn. »Selbstverständlich. Selbstverständlich«, antwortete er.

Giancarlo ließ sich Zeit. Er kaute genußvoll; dann meinte er nachdenklich: »Die Spaghetti sind gar nicht so schlecht.« Alle lachten, aber dann sagte er plötzlich: »Die Aktion richtet sich gegen den Präsidenten der Vereinigten Staaten. Mr. Kennedy bringt unsere Organisation mit der Atombombenexplosion in sei-

nem Land in Verbindung. Seine Regierung plant den Einsatz von Spezialtruppen, die uns auf der ganzen Welt jagen sollen. Ich komme gerade von einer Sitzung, auf der unsere Freunde aus aller Welt beschlossen haben, bei dieser Aktion zusammenzuarbeiten.«
»In Amerika wird uns das absolut unmöglich sein«, warf Livia ein. »Woher sollen wir das Geld nehmen, das Informationsnetz, woher sichere Häuser und Personal? Und vor allem die notwendigen Informationen? Wir haben keine Basis in Amerika.«
»Geld ist kein Problem«, widersprach Sallu. »Wir werden unterstützt. Das Personal wird infiltriert und nur begrenzt informiert werden.«
»Livia«, bestimmte Giancarlo, »du gehst zuerst. Wir haben geheime Unterstützung in Amerika. Mächtige Leute. Die werden uns helfen, sichere Häuser und Informationsnetze zu organisieren. Gelder werden bei bestimmten Banken bereitliegen. Und du, Annee, folgst Livia später als Chef der Aktion. Also fällt dir die riskantere Rolle zu.«
Annee durchlief ein Schauder der Erregung. Endlich wurde sie Chef einer Aktion! Endlich war sie Romeo und Yabril gleichgestellt!
Ihre Gedanken wurden von Livias Stimme unterbrochen. »Wie groß sind unsere Chancen?« wollte sie wissen.
»Deine ausgezeichnet, Livia«, antwortete Sallu beruhigend. »Wenn sie uns auf die Spur kommen, werden sie dich frei laufen lassen, damit sie die ganze Gruppe auf einmal ausheben können. Bis Annee einsatzbereit ist, wirst du schon wieder in Italien sein.«
Giancarlo wandte sich an Annee. »Das stimmt, Annee. Du trägst das größere Risiko.«
»Kapiert«, sagte Annee.
»Ich ebenfalls«, bestätigte Livia. »Ich meinte ja auch, wie groß die Chance ist, daß wir Erfolg haben.«
»Sehr klein«, mußte Giancarlo zugeben. »Aber selbst wenn wir es nicht schaffen, gewinnen wir. Wir beweisen unsere Unschuld.«
Sie verbrachten den Rest des Nachmittags damit, die Operations-

pläne durchzusprechen, die Codes, die Pläne für den Aufbau spezieller Netze.
Es dämmerte schon, als sie endlich fertig waren und Annee die Frage stellte, die den ganzen Nachmittag lang unausgesprochen geblieben war. »Sagt mir ehrlich – könnte dies schlimmstenfalls zu einer Kamikaze-Aktion werden?«
Sallu senkte den Kopf. Giancarlos freundlicher Blick ruhte auf Annee; dann nickte er. »Das könnte es«, bestätigte er. »Aber das wird eure Entscheidung sein, nicht unsere. Romeo und Yabril sind noch am Leben, und wir hoffen sie zu befreien. Ich verspreche euch, daß wir dasselbe für euch tun werden, falls ihr verhaftet werden solltet.«

Präsident Francis Kennedy wies Oddblood Gray an, Kontakt mit Reverend Baxter Foxworth aufzunehmen, dem einflußreichsten und charismatischsten Führer der Schwarzen in Amerika. So wie die Dinge lagen, mochten die Stimmen der Schwarzen sich als ausschlaggebend erweisen.
Reverend Foxworth war fünfundvierzig Jahre alt und wirkte wie ein Filmstar. Er war schlank, seine Haut sprach von dem Anteil weißen Blutes, das – im übertragenen Sinn – zu vergießen er seinen schwarzen Brüdern so inbrünstig ans Herz legte. Sein krauses Haar war zu einer riesigen Afromähne gewachsen, die seine helle Haut Lügen strafte.
Als er zu Oddblood Gray ins Büro geführt wurde, sagte er: »Endlich im Weißen Haus! Eines Tages, Bruder, werden wir beide, du und ich, in diesem Oval Office sitzen und das Sagen haben.« Er hatte eine sehr angenehme, wohltönende Stimme.
Oddblood Gray, der sich erhoben hatte, um den Prediger zu begrüßen, schüttelte ihm die Hand. Der Reverend reizte ihn immer wieder, aber sie standen auf derselben Seite, waren Verbündete im selben Kampf. Und Oddblood Gray war zu intelligent, um nicht einzusehen, daß die Methoden des Reverend, obwohl den seinen entgegengesetzt, in diesem gemeinsamen Kampf unverzichtbar waren.

»Sideass, heute habe ich keine Zeit zum Sprücheklopfen«, entgegnete Gray. »Dies hier ist inoffiziell, ausschließlich zwischen dir und mir.«

Reverend Foxworth verlor Weißen gegenüber niemals die Haltung, und für ihn war Oddblood Gray so weiß wie Simon Legree. Den Gebrauch seines Spitznamens nahm er ihm nicht übel. Nur wenn Oddblood Gray ihn Reverend Sideass genannt hätte, wäre er aus der Haut gefahren, ob hier im Weißen Haus oder in einer Elendshütte.

Der Name Sideass kam von der besonderen Art, sich zu bewegen, damals, als der Reverend einer der berühmtesten Tänzer von New Orleans war; er bewegte sich wie eine Katze und setzte die Füße seitlich kreuzweise übereinander. Eigentlich war es sein Vater gewesen, der ihm diesen Spitznamen verliehen hatte, und Oddblood Gray erinnerte ihn an seinen Vater: Beide waren kräftig gebaut, sahen geringschätzig auf die Religion herab, waren außerordentlich diszipliniert und verachteten Baxter Foxworths rebellisches Aufbegehren.

Wegen seiner Heftigkeit war Foxworth ein Reizthema zwischen schwarzen und weißen politischen Führern. Seine extreme Unbeherrschtheit verbot es ihm, für ein politisches Amt zu kandidieren, aber er wollte gar kein politisches Amt. Das behauptete er jedenfalls.

Zu Beginn von Francis Kennedys Amtsperiode glaubte Reverend Foxworth daran, daß nun vielleicht etwas für die armen Schwarzen Amerikas getan wurde. Aber es war eine vergebliche Hoffnung. Er hatte Kennedy unterstützt und empfand Hochachtung vor ihm. Und Kennedy hatte alles versucht, doch der Kongreß und der Socrates Club waren allzu starke Gegner für ihn gewesen. Also war Foxworth nun auf den langen Weg angewiesen und mußte Kohlen sammeln, um das nächste Mal wirklich Feuer machen zu können.

Er kämpfte für jeden einzelnen Schwarzen, ob er im Recht war oder nicht. Es war Reverend Foxworth, der allen vorweg für verurteilte, auf frischer Tat ertappte Mörder eintrat. Es war Reverend Foxworth, der verlangte, daß Polizeibeamte, die schwarze Verbrecher erschossen hatten, angeklagt und vor Gericht gestellt wurden. In aller Öffentlichkeit, im Fernsehen, pflegte er mit seinem ganz besonderen Grinsen zu sagen: »Für mich ist alles Schwarz und Weiß.«

All das konnte man akzeptieren, all das entsprach auch der schönen, liberalen Tradition und besaß sogar eine gewisse Logik, da die Polizei in der amerikanischen Gesellschaft immer mit Argwohn betrachtet wurde; hier und da traf ein Pfeil zufällig eine schwache Stelle. Was Reverend Foxworth zum Gegenstand mißbilligender Leitartikel und in den Augen beider großer Parteien unmöglich machte, war sein hinterhältiger Antisemitismus. Er deutete an, die Juden preßten Geld aus den Ghettos; die Juden kontrollierten die politische Macht in den Großstädten; die Juden rissen schwarze Dienstmädchen aus ihrem kulturellen Umfeld, um sie ihr Haus putzen und das Geschirr spülen zu lassen. Es sei schlimmer als im alten Süden, behauptete der Reverend. Im Süden hätten sie den Niggern wenigstens ihre weißen Kinder anvertraut. Der Reverend liebte es überhaupt, den alten Süden vorteilhaft mit dem modernen Norden zu vergleichen.

Daher war es keine Überraschung, nicht einmal für den Reverend selbst, daß er von vielen Weißen in Amerika gehaßt wurde. Aber er machte den Menschen, die ihn haßten, keinen Vorwurf. Schließlich gebrauchte er starke Worte, und sie versuchten sich gegen ihn zu wehren.

Reverend Baxter Foxworth wollte so lange am Krebsgeschwür der amerikanischen Gesellschaft scheuern, bis der Schmerz die Heilung auslöste. Zu Beginn von Francis Xavier Kennedys Regierungszeit hielt er sich zurück. Doch als er sah, daß alle Sozialmaßnahmen Kennedys vom Kongreß abgeschmettert wurden, hämmerte er den Menschen ein, dieser Kennedy sei auch nicht besser als die anderen Kennedys, nämlich den dicken Geldsäcken im Kongreß gegenüber machtlos. Und er redete sich so richtig in Wut, um so mehr, weil er Kennedy auf Oddblood Grays Drängen hin unterstützt hatte. Daher war er in diesem speziellen Moment nicht sehr zufrieden mit Oddblood Gray.

»Wie schön, einen der Brüder in diesem hübschen Büro des Weißen Hauses sitzen zu sehen«, sagte Foxworth zu Gray. »Die Brüder hatten erwartet, daß du eine Menge für uns tun würdest, aber einen Dreck hast du getan. Und dann bin ich so nett und springe, wenn du mir winkst, und du sprichst mich mit meinem Schimpfnamen an. Was kann ich diesmal für dich tun, Bruder?«

Da Oddblood Gray wieder Platz genommen hatte, setzte sich auch der Reverend. Gray musterte den Reverend mit grimmiger Miene. »Ich hatte dich gebeten, keine Sprüche zu klopfen. Und nenn mich bitte nicht Bruder. In der englischen Sprache bedeutet Bruder, daß wir dieselben Eltern haben. Sprich Englisch! Du bist wie diese alten Linken, diese jüdischen Kommunisten, die du so sehr haßt; die haben immer jeden Genosse genannt. Heute geht es um ernsthafte Dinge.«

Der Reverend nahm es gelassen hin. »Ist das Wort ›Freund‹ nicht ein bißchen kalt?« fragte er. »Dieser weiße Arsch von Kennedy, ist der nicht wie ein Bruder? Oder warum solltest du sonst all diese verrückten Sachen unterstützen, die er bringt? Wir kennen uns jetzt schon sehr lange, Otto, deswegen darfst du mich Sideass nennen. Aber wenn du nicht so groß und so gemein wärst, würdest du Tightass genannt werden.« Der Reverend ließ sein dröhnendes Lachen ertönen. Er war ungeheuer belustigt. Dann fuhr er im Plauderton fort: »Wie kommt ein Mann, der so schwarz ist wie du, zu dem Namen Gray? Du bist der einzige Schwarze, den ich kenne, der Gray heißt. Wir heißen White, wir heißen Blue, wir heißen Green, wir heißen sogar Black. Wie kommst du nur zu dem Namen Gray?«

Oddblood Gray lächelte. Aus irgendeinem Grund munterte ihn der Reverend auf. Das machte seine fröhliche Laune, die Energie, mit der er jetzt durchs Büro schlenderte und kichernd die Ehrenplaketten und die Aschenbecher des Weißen Hauses musterte, ja sogar um den Schreibtisch herumging, um sich zum Scherz ein paar Blatt vom Briefpapier des Weißen Hauses zu nehmen, aber Oddblood Gray nahm sie ihm aus der Hand. Er traute dem Reverend nicht über den Weg.

Vor langer Zeit waren sie sehr gute Freunde gewesen, hatten sich später aber auf Grund ihrer politischen Differenzen auseinandergelebt. Der Reverend war zu unbesonnen für Oddblood Gray, zu revolutionär; Gray wollte vielmehr den Schwarzen einen Platz innerhalb der existierenden Strukturen erobern. Immer wieder hatten sie darüber gestritten, waren aber Freunde und manchmal Verbündete geblieben. Der Reverend selbst hatte den Unterschied zwischen ihnen so ausgedrückt: »Das Problem mit dir ist, Otto«, sagte er, »daß du den Glauben hast, ich aber nicht.«

Und so war es. Der Reverend hatte sich in das fromme Tuch gekleidet wie ein Ritter vor dem Turnier in seine Rüstung. Niemand wagte es, einen Mann der Kirche als Lügner, Dieb und Hurenbock zu bezeichnen, weder im Fernsehen noch im schmutzigsten Revolverblatt. Amerika und seine Medien brachten der etablierten Autorität von Gottes Kirche allerhöchste Verehrung entgegen. Aus einer Art Voodoo-Instinkt, aber auch, weil die Kirchen jeglichen Bekenntnisses über eine ungeheure finanzielle Macht und teure Lobbyisten verfügten. Außerdem waren die Einkünfte der Kirche gesetzlich von der Besteuerung ausgenommen. Das alles wußte Oddblood Gray, behandelte Reverend Foxworth in der Öffentlichkeit aber mit größtem Respekt. Nur privat, weil sie so alte Freunde waren und er wußte, daß Foxworth aber auch nicht einen Funken Religiosität besaß, wurde er familiär. Außerdem hatten sie einander im Laufe der Jahre zahlreiche Gefälligkeiten erwiesen, und so bestand eine Grundlage gegenseitigen Verstehens. Immer herrschte, wenn die Sparring-Runde vorüber war, Frieden und Freundschaft zwischen ihnen.

»Reverend«, begann Oddblood Gray, »ich werde dir jetzt einen Gefallen tun und erbitte einen von dir. Du bist klug genug, um zu erkennen, daß wir in einer sehr gefährlichen Zeit leben.«

Der Reverend lächelte. »Allerdings«, bestätigte er.
Oddblood Gray fuhr fort: »Wenn du weiter soviel Mist baust, könntest du ernsthaft in Schwierigkeiten geraten. Die nationale Sicherheit ist der Regierung momentan wichtiger als alles andere, und wenn du wieder zu Aufruhr und Demonstrationen aufrufst, kann dir nicht mal der Oberste Gerichtshof noch helfen. Jetzt nicht mehr. Tatsächlich stellen das FBI, der Nationale Sicherheitsdienst und sogar die CIA bereits Fragen, nehmen dich gründlich unter die Lupe. Also, das ist der Gefallen, den ich dir erweise. Halt dich zurück!«
Auch der Reverend war ernst geworden. »Ich weiß es zu schätzen, Otto«, versicherte er. »Ist es wirklich so schlimm?«
»Es ist«, bestätigte Oddblood Gray. »Die Leute in diesem Land sind nach der Atombombenexplosion zutiefst verängstigt; sie werden alle repressiven Maßnahmen der Regierung voll unterstützen. Sie werden nichts mehr dulden, das auch nur andeutungsweise nach Auflehnung gegen die Regierung aussieht. Die Verfassung solltest du vorerst vergessen. Und denk ja nicht, daß dieser weiße Anwalt, den du beschäftigst, einen von seinen Tricks aus dem Hut ziehen kann.«
Foxworth lachte. »Der alte Whitney Cheever Nr. III. Wie ich diesen Kerl liebe! Hast du ihn jemals im Fernsehen beobachtet? Ich schwöre zu Gott, der wirkt amerikanischer als die Stars and Stripes. Druck seinen Namen und sein Gesicht auf Geldscheine, und auch ein Shylock würde sie akzeptieren. Und smart! Und aufrichtig! Einer der besten Anwälte im ganzen Land. Er liebt es, wenn jemand die Gesetze übertritt, vor allem, wenn er es für den sozialen Fortschritt tut, vor allem, wenn jemand einen Panzerwagen ausraubt und drei Wachtposten erschießt. Er bringt es fertig, die Angeklagten wie Martin Luther King dastehen zu lassen und dabei eine ernste Miene zu wahren. Deswegen liebe ich diesen Mann.«
»Du solltest ihm nicht trauen«, warnte ihn Oddblood Gray. »Wenn die Lage kritisch wird, ist er einer der ersten, die dran sind.«

»Whitney Cheever III. einsperren?« fragte Foxworth ungläubig. »Das wäre, als würde man Abraham Lincoln verhaften.«

»Du solltest ihm nicht trauen«, wiederholte Gray.

»Oh, ich habe ihm nie getraut«, behauptete Foxworth. »Er repräsentiert die schlimmste Kombination, die mir bekannt ist. Er ist weiß, er ist rot. Jetzt ist er schwarz, dann ist er weiß. Doch wie ich hörte, ist er rot, bevor er schwarz ist.«

»Ich möchte, daß du dich absolut ruhig verhältst«, entgegnete Oddblood Gray. »Ich möchte, daß du mit dieser Administration zusammenarbeitest. Weil neue Dinge geschehen werden, die dir bestimmt gefallen. Aber auch, um deinen Arsch zu retten.«

»Um meinen Arsch brauchst du dir keine Sorgen zu machen«, sagte Foxworth. »Ich weiß genug, um mich jetzt still zu verhalten. Welchen Gefallen soll ich dir tun?«

»Ich werde ins Kabinett berufen werden«, antwortete Gray. »Und rate mal, als was! Als neuer Minister für Gesundheit, Bildung und Soziales. Und ich werde ein Programm haben. Jedermann in diesem Land, ob schwarz oder weiß, wird nie mehr hungern, bekommt kostenlose ärztliche Hilfe, wird nie mehr obdachlos sein.«

Foxworth stieß einen Pfiff aus und musterte Gray lächelnd. Immer derselbe alte Mist. »Hunderttausende von neuen Jobs. Du und ich, wir werden gemeinsam Großes erreichen. Wir müssen in Verbindung bleiben.«

»Worauf du dich verlassen kannst«, versprach Oddblood Gray. »Aber verhalt dich ruhig.«

»*So* ruhig kann ich mich gar nicht verhalten«, behauptete Foxworth. »Und, Otto, ich weiß, daß du im Grunde auf unserer Seite stehst, aber warum bist du so ein Feigling, wo du doch so schwarz bist? Warum bist du so vorsichtig, obwohl du genau weißt, daß Dinge geschehen, die nicht in Ordnung sind? Warum bist du nicht draußen, bei uns auf der Straße, und hilfst uns bei unserem gerechten Kampf?« Er meinte es jetzt völlig ernst.

Oddblood Gray zuckte die Achseln. »Weil ich eines Tages deinen Arsch retten muß. Hör zu, Reverend, ich muß mir immer wieder anhören, wie Arthur Wix über Israel redet, und daß wir es unterstützen müssen. Daß es nie wieder einen Holocaust geben darf. Und dann möchte ich ihm am liebsten entgegnen, wenn es in diesem Land einmal Konzentrationslager und Verbrennungsöfen geben sollte, dann nicht für die Juden, sondern für uns Schwarze. Begreifst du denn nicht? Wenn es jemals zu einer großen Katastrophe kommt, wenn wir einen Krieg verlieren sollten oder etwas anderes, werden die Schwarzen die Sündenböcke in diesem Land sein. Das sieht man in den Filmen. Das liest man in der Literatur. O nein, nicht offen; so deutlich rücken sie nicht damit heraus. Die sind nicht so aufrichtig wie du, wenn du mit deinem Anti-Weißen-Gerede kommst. Aber davor fürchte ich mich die ganze Zeit.«

Der Reverend hörte ihm aufmerksam zu. Jetzt beugte er sich über den großen Schreibtisch und sah Oddblood Gray eindringlich in die Augen. »Ich will dir was sagen«, begann er zornig, »unsere Brüder werden nicht wie die Juden lammfromm in diese Lager marschieren. Wir werden die Städte niederbrennen, wir werden sie alle mitnehmen!«

»Ihr werdet gar nicht wissen, wie euch geschieht«, warnte Oddblood Gray leise. »Du hast ja keine Ahnung, was eine Regierung an Macht, an Hinterlist, an Uneinigkeit, an purer gefühlloser Grausamkeit aufbringen kann. Nicht die geringste Ahnung hast du!«

»Natürlich weiß ich das«, widersprach der Reverend. »Und Kerle wie du werden die Verräter sein. Du übst ja jetzt schon für deine Rolle.«

»Ach, verpiß dich, Sideass!« antwortete Gray. »Ich habe von einer Chance eins zu eintausend gesprochen. Und du kannst mir folgenden Gefallen tun: Kennedy stellt sich zur Wiederwahl. Wir brauchen euch, damit er von der größten Mehrheit in der Geschichte der Vereinigten Staaten wiedergewählt wird. Und damit er seine Leute in den Kongreß bringen kann.«

Whitney Cheever III. war ein brillanter Ultra-WASP-Anwalt und des festen Glaubens, die Regierungsform der Vereinigten Staaten sei falsch. Er glaubte an den Kommunismus, hielt den Kapitalismus für ein großes Übel, war überzeugt, die Jagd nach Geld sei zum Krebsgeschwür der menschlichen Psyche geworden. Aber er war ein kultivierter Mensch, das heißt, er genoß durchaus die Freuden des Lebens, klassische Musik, französische Gourmet-Küche, Literatur, ein exquisit eingerichtetes Heim, Bildhauerei, Malerei und junge Mädchen. Er war in Reichtum erzogen worden und genoß ihn, hatte aber schon als kleiner Junge weder die Demütigungen übersehen, denen die Dienstboten seiner Familie durch ihre erzwungene Unterwürfigkeit ausgesetzt waren, noch die Tatsache, daß ihr Schicksal in den Händen seiner Eltern lag. Und das verlieh allem, was in seinem Leben Vergnügen war, einen Beigeschmack von Blut und Scheiße.

Whitney Cheever war sich klar darüber, daß es viele verschiedene Arten von Anwälten gab. Zum Beispiel die Kämpfer, deren größte Freude es war, vor Gericht aufzutreten; aber das waren nur wenige. Zum Beispiel jene, die an die Unantastbarkeit des Gesetzes glaubten, die alles auf Erden verzeihen konnten, nur nicht einen Bruch der Gesetzesformen; aber das waren nur wenige. Zum Beispiel die Arbeitstiere, die im Unterholz der Zivilisation schufteten, Nachlässe verwalteten, Häuser verkauften, als Schiedsrichter bei Trennungen von Mann und Frau oder von Geschäftspartnern fungierten, und vieles mehr. Zum Beispiel Strafverteidiger und Staatsanwälte, alle mit ein wenig verquollenen Augen und geistig überanstrengt, die niemals jener schleimigen Schlangengrube entkamen, in der sie sich abrackerten. Zum Beispiel Verfassungsrechtler, die einen hohen Richterposten anstrebten, und dann die grimmigen Hüter der großen Konzerngefüge Amerikas, die so eifern konnten wie Heilige. Und natürlich Anwälte, die daran glaubten, bleibende und positive Veränderungen herbeiführen zu können, indem sie das Gesetz bekämpften. Whitney Cheever III. zählte sich voll Stolz zu letzteren.

Er war ein gutaussehender Mann mit zerfurchtem Gesicht und einem Haupt voll widerspenstigem Grauhaar, der seine riesige schwarze Brille, wenn er nicht gerade las, oben auf dem Kopf zu tragen pflegte. Im Fernsehen ließ ihn das irgendwie forsch und intellektuell wirken. Man warf ihm ständig vor, Kommunist zu sein und unter seinem bürgerlich-liberalen Schafspelz einzig die Interessen der Sowjetunion zu vertreten. Auf diese Attacken reagierte er gar nicht erst, weil er das für weit unter seiner Würde hielt. Insgesamt machte er auf sogar die konservativsten Fernsehzuschauer einen durchaus positiven Eindruck. Wenn man ihm vorwarf, schwarze Verbrecher zu verteidigen, oder Verbrecher, bei denen auch nur die Andeutung politischer Verbindungen geargwöhnt wurde, antwortete er, das sei seine Pflicht als Anwalt und Amerikaner, der an die Verfassung glaube.

Cheever saß in einem New Yorker Restaurant, wo er mit Reverend Baxter Foxworth das Dinner einnahm und dessen Bericht von den Ereignissen in Oddblood Grays Büro lauschte. Als der Reverend geendet hatte, fragte Whitney Cheever: »Haben Sie ihn nicht auf die brutale Unterdrückung der Demonstrationen in New York nach der Atombombenexplosion angesprochen?«

Reverend Foxworth musterte dieses so amerikanische Gesicht mit der Brille hoch oben im grauen Haar. Ist dieser Mann echt, dachte er, hat Otto dieselben Scherereien mit den Leuten, für die er in Washington arbeitet? »Nein«, antwortete Foxworth, »er hat mir geraten, mich still zu verhalten.«

»Nun, Sie und ich, wir haben in derlei Dingen immer zusammengearbeitet«, fuhr Whitney Cheever fort. »Ich denke, wir sollten die Initiative ergreifen. Ich denke, wir sollten Anklage wegen polizeilicher Brutalität erheben.«

»Mr. Cheever«, gab Foxworth zurück. Sein Verhalten diesem weißen Mann gegenüber war zumeist sehr formell, weil er den gegenseitigen Respekt nicht beeinträchtigen wollte. »Es war ja nicht die Polizei, die da geschossen hat, sondern die Nationalgarde.«

»Aber die Polizei war anwesend«, entgegnete Whitney Cheever.

»Und deren Pflicht ist es, nicht nur die Menschen vor den Verbrechern, sondern ebenso die Bürgerrechte zu schützen.«
Ein wenig gereizt erkannte Foxworth, daß der Mann meinte, was er sagte. Dann wurde ihm klar, daß er in eine unhaltbare Position gedrängt wurde. »Sie werden überhaupt nichts tun«, befahl er kurz. »Erster Grund: Das war weder eine Demonstration noch eine freie Versammlung; das waren Plünderer, die sich eine nationale Katastrophe zunutze machten. Wenn wir diese Situation auszuschlachten versuchen, schaden wir uns damit mehr, als wir uns nützen. Gewiß, ein paar von denen haben Schußwunden davongetragen, und einige Hundert sitzen im Gefängnis. Na und? Die haben das doch verdient. Wenn wir sie verteidigen, schwächen wir nur unsere Position.«
»Aber es wurden keine Weißen verletzt oder verhaftet«, warf Cheever ein. »Das muß doch was zu bedeuten haben.«
»Das bedeutet, daß Weiße es nicht nötig haben, zu plündern«, antwortete Reverend Foxworth. »Nein, nein, aber wenn Sie etwas unternehmen wollen – wir machen da auf gar keinen Fall mit.«
»Na schön«, lenkte Cheever ein. »Es ist wohl nicht der richtige Zeitpunkt, da muß ich Ihnen recht geben. Und außerdem habe ich einen Entschluß gefaßt, der mich vollauf beschäftigen wird, und mit dem Sie mit Sicherheit nichts zu tun haben wollen.«
»Was für einen Entschluß?« erkundigte sich Foxworth.
Cheever holte seine Brille auf die Nase herunter und stieß sich ein wenig vom Tisch ab. »Ich habe beschlossen, die beiden unreifen Burschen zu verteidigen, die die Atombombe gelegt haben. Pro bono.«
»JESUS CHRISTUS«, stöhnte Reverend Foxworth.

16. Kapitel

Christian Klees Spezialabteilung im FBI ließ den Socrates Club, die Kongreßmitglieder, Reverend Foxworth und Whitney Cheever per Computer überwachen. Jeden Morgen begann Klee damit, diese Berichte durchzusehen. Er rief sie unter seinem persönlichen Geheimcode auf seinem Desktop-Computer ab.
An diesem Morgen beschäftigte er sich mit der Akte David Jatney. Klee hielt sehr viel von seinen Ahnungen, und diesmal sagte ihm eine Ahnung, daß Jatney Ärger mache könnte. Er betrachtete das Videobild des jungen Mannes, das auf seinem Monitor erschien, das sensible Gesicht, die tiefliegenden, dunklen Augen. Er sah, wie sich dieses in der Ruhe so schöne Gesicht zu einer erschreckenden Maske verzerrte, wenn es von Emotionen bewegt wurde. Waren die Emotionen so häßlich, oder nur die Struktur seines Gesichts? Jatney wurde nicht sehr intensiv überwacht, es war eben nur eine Ahnung. Aber als Klee die schriftlichen Berichte im Computer las, empfand er Genugtuung. Das schreckliche Insekt, das in dem Ei David Jatney verborgen lag, begann schon seine Schalen zu sprengen.

Zwei Tage, nachdem David Jatney die Pappfigur von Kennedy »ermordet« hatte, flog er von der Brigham University. Aber er kehrte nicht nach Utah zurück, nach Hause zu seinen strengen Mormoneneltern, denen eine Kette von Reinigungen gehörte. Wie sein Leben dort aussehen würde, wußte er; das hatte er zur Genüge kennengelernt. Sein Vater war der Ansicht, daß sein Sohn ganz unten anfangen müsse, und das hieß, Bündel von verschwitzten Kleidungsstücken, Männerhosen, Damenkleidern, Männerjacken umherzuwuchten, die eine Tonne zu wiegen schienen. All diesen mit der Wärme menschlichen Fleisches durchtränkten Tuch- und Baumwollstoff auch nur zu berühren, war für Jatney eine Qual. Und überdies hatte er, wie viele Jugendliche, die Nase voll von seinen Eltern. Es waren gute, fleißige Menschen, die Freude an ihrem Freundeskreis hatten, an dem Geschäft, das sie aufgebaut hatten, an der Kameradschaft innerhalb der Mormonenkirche. Für ihn waren sie die langweiligsten Menschen der Welt.

Und sie führten ein so glückliches Leben, daß David Jatney sich darüber ärgerte. Als er klein war, hatten ihn die Eltern geliebt, als er heranwuchs, wurde er jedoch so schwierig, daß sie scherzhaft meinten, man hätte ihnen im Krankenhaus das falsche Kind ausgehändigt. Sie besaßen Videofilme von David Jatney in allen Altersstufen, vom Krabbelkind, das auf dem Fußboden herumkroch, vom Kleinkind, das an Feiertagen im Zimmer herumtapste, vom ersten Schultag, von der Abschlußfeier der Grammar-School, von dem Tag, an dem er einen Preis für den besten englischen Aufsatz in der High-School erhielt, vom Angeln mit dem Vater, von der Jagd mit seinem Onkel.

Von seinem fünfzehnten Geburtstag an weigerte er sich jedoch, sich fotografieren zu lassen; so sensibel war er, daß die Banalitäten seines Lebens auf Videoband ihn schockierten und er sich wie ein Insekt vorkam, das zu einer kurzen Existenz in der Endlosigkeit des Ewiggleichen programmiert war. Und er war entschlossen, niemals zu werden wie seine Eltern, ohne zu erkennen, daß auch das nur eine Banalität war.

Körperlich war er ihr krasses Gegenteil. Während sie groß und blond waren und im mittleren Alter dann eher füllig wurden, war David Jatney dunkelhäutig, mager und drahtig. Seine Eltern scherzten darüber, prophezeiten ihm aber, daß er ihnen im Alter ähnlicher werden würde, und das erfüllte ihn mit Entsetzen. Mit fünfzehn Jahren begegnete er ihnen mit einer Kälte, die sie unmöglich ignorieren konnten. Ihre eigene Zuneigung nahm niemals ab, und dennoch waren sie erleichtert, als er zum Brigham Young College ging.

Er wurde sehr hübsch, mit dunklem Haar, das tiefschwarz glänzte. Seine Züge waren sehr amerikanisch, das heißt, die Nase ohne Höcker, der Mund kraftvoll, aber nicht zu üppig, das Kinn vorspringend, aber nicht so sehr, daß es einschüchternd wirkte. Was seine Fotos nicht zeigten, war die ständige Unruhe seiner Züge und seines Körpers. Anfangs, wenn man ihn erst kurze Zeit kannte, hielt man ihn ganz einfach für lebhaft. Ein winziger Motor bewegte seine Lippen, seine Nase, seine Lider. Wenn er sprach, hielt er niemals die Hände still. Seine Stimme modulierte dramatisch auch bei unwichtigen Dingen. Dann wieder versank er in einer Lethargie, in der er fast zu Schwermut erstarrte.

Im College wirkte er durch seine Lebhaftigkeit und Intelligenz auf die anderen Studenten anziehend. Aber er war ein wenig zu exzentrisch in seinen Reaktionen und seiner Ernsthaftigkeit, manchmal sogar brutal beleidigend, und fast immer überheblich.

In Wirklichkeit sehnte sich David Jatney mit fast schmerzhafter Ungeduld danach, berühmt zu werden, ein Held zu sein, der Welt zu zeigen, daß er etwas Besonderes war.

Frauen gegenüber legte er eine schüchterne Zuversicht an den Tag, durch die er sie sofort für sich gewann. Und da sie ihn interessant fanden, hatte er immer wieder kleine Liebschaften, die aber nie sehr lange dauerten. Er war abweisend, er war distanziert; nach den ersten paar Wochen voll Lebhaftigkeit und Fröhlichkeit versank er völlig in sich selbst. Sogar beim Sex wirkte er geistesabwesend, als wolle er die Kontrolle über seinen Körper nicht verlieren. Sein größter Fehler bei der Liebe war, daß er sich weigerte, die Geliebte zu bewundern, sogar während er ihr den Hof machte, und wenn er sich dann die größte Mühe gab, sich zu verlieben, verbreitete er dabei die Atmosphäre eines Kammerdieners, der sich nur anstrengte, um ein möglichst großes Trinkgeld zu kassieren.

Für Politik hatte er sich schon immer interessiert; und für die soziale Ordnung. Wie die meisten jungen Männer haßte er Autorität in jeder Form, denn seine historischen Studien ergaben, daß die Geschichte der Menschheit ein endloser Krieg der mächtigen Elite gegen die machtlosen Massen war. Und er wollte zu den Mächtigen gehören.

So war es eigentlich ganz natürlich, daß er zum Chefjäger in dem Mörderspiel gewählt worden war, das jedes Jahr im Brigham Young College inszeniert wurde. Und seine clevere Planung war es, die seiner Partei den Sieg eintrug. Außerdem hatte er die Herstellung der Pappfigur beaufsichtigt, die Präsident Kennedy so ähnlich sah.

Bei der Erschießung dieser Puppe und dem anschließenden Siegesmahl empfand David Jatney auf einmal Abscheu gegen das Studentenleben. Es wurde Zeit, daß er mit seiner Karriere begann. Er hatte schon immer Gedichte geschrieben und Tagebuch geführt, in dem er seinen Esprit und seine Intelligenz zu beweisen trachtete. Da er so absolut sicher war, daß er berühmt werden würde, fiel sein Tagebuch mit einem verstohlenen Blick auf eine zukünftige Leserschaft nicht gerade bescheiden aus. Zum Beispiel notierte er: »Ich verlasse das College, weil ich alles gelernt habe, was man mich hier lehren kann. Morgen fahre ich nach Kalifornien, um zu sehen, ob ich in der Filmwelt mein Glück machen kann.«

Als David Jatney in Los Angeles eintraf, kannte er keine Menschenseele. Das war ihm nur recht; er liebte dieses Gefühl. Von jeder Verantwortung befreit, konnte er sich ganz seinen Gedanken widmen, konnte versuchen, die Welt zu enträtseln. Die erste Nacht verbrachte er in einem kleinen Motelzimmer, dann fand er ein Einzimmerapartment in Santa Monica, das billiger war, als er es sich vorgestellt hatte. Er fand es durch eine freundliche, ältere Frau, Kellnerin in dem Coffee Shop, in dem er sein erstes Frühstück in Kalifornien einnahm.

Während David Jatney mit seinem bescheidenen Frühstück beschäftigt war, nur ein Glas Orangensaft, Toast und Kaffee, hatte die Kellnerin bemerkt, daß er die Wohnungsanzeigen der Los Angeles Times studierte. Und als sie sich erkundigte, ob er vielleicht eine Wohnung suchte, bejahte er. Sie schrieb ihm eine Telefonnummer auf und erklärte ihm, es handle sich nur um ein Einzimmerapartment, aber die Miete halte sich in Grenzen, weil die Einwohner von Santa Barbara einen langen Kampf gegen die

Interessen der Grundbesitzer ausgefochten und für eine strenge Mietenkontrolle gesorgt hätten. Außerdem sei Santa Monica wunderschön, und er werde nur wenige Minuten vom Venice Beach mit seiner Strandpromenade entfernt wohnen, wo er sich bestimmt amüsieren werde.

Anfangs war Jatney mißtrauisch. Warum sollte sich diese Fremde Sorgen um sein Wohlergehen machen? Sie wirkte mütterlich, aber irgendwie auch sexy. Selbstverständlich war sie uralt, mindestens vierzig, aber sie schien sich auch nicht an ihn ranmachen zu wollen. Und sie winkte ihm fröhlich nach, als er ging. Später lernte er, daß alle Menschen in Kalifornien derartige Dinge taten. Der ständige Sonnenschein schien sie sanftmütig zu machen. Sanftmütig, ja, das war's. Es kostete die Frau ja nichts, ihm diesen Liebesdienst zu erweisen.

Mit dem Auto, das die Eltern ihm zum Studienanfang geschenkt hatten, war Jatney die ganze Strecke von Utah hergefahren. Bis auf eine Gitarre, auf der er zu spielen versucht, sie dann aber in Utah gelassen hatte, befanden sich all seine irdischen Besitztümer im Wagen. Vor allem seine Reiseschreibmaschine, auf der er sein Tagebuch, seine Gedichte, Kurzgeschichten und Romane zu tippen pflegte. Nun, da er in Kalifornien war, wollte er sich an seinem ersten Drehbuch versuchen.

Es verlief alles glatt und problemlos. Er bekam sein Apartment, eine winzige Wohnung mit Dusche statt Bad. Sie wirkte wie eine Puppenstube, mit Rüschenvorhängen vor dem einzigen Fenster und Drucken von berühmten Gemälden an der Wand. Sie lag in einer Reihe von zweistöckigen Häusern hinter der Montana Avenue, und er konnte sogar sein Auto in der Seitengasse parken. Er hatte wirklich Glück gehabt.

Die folgenden vierzehn Tage verbrachte er damit, sich am Venice Beach und auf der Promenade herumzutreiben und gelegentlich nach Malibu hinaufzufahren, um zu sehen, wie die Reichen und Berühmten lebten. Er lehnte sich an den Stahlgitterzaun, der die Malibu Colony vom öffentlichen Strand trennte, und spähte hindurch. Er sah eine lange Reihe von Strandhäusern, die sich bis weit nach Norden erstreckte: jedes einzelne drei Millionen Dollar und noch mehr wert, und dennoch wirkten sie wie ganz gewöhnliche ländliche Schuppen. In Utah würden sie höchstens zwanzigtausend kosten. Aber hier hatten sie den Strand, den im Abendrot purpurfarbenen Ozean, den strahlenden Himmel und die Berge hinter dem Pacific Coast Highway. Eines Tages würde auch er auf der Terrasse eines solchen Hauses sitzen und aufs Meer hinausblicken.

Bei Nacht in seiner Puppenstube träumte er immer wieder davon, was er tun würde, wenn auch er reich und berühmt geworden war. Bis in die frühen Morgenstunden lag er wach und bastelte an seinen Phantasien. Es war eine sehr einsame, seltsamerweise aber auch sehr glückliche Zeit.

Als er seine Eltern anrief, um ihnen seine neue Adresse mitzuteilen, gab ihm der Vater die Telefonnummer eines Produzenten, den er in einem der Filmstudios anrufen sollte, ein Jugendfreund namens Dean Hocken. Jatney wartete eine Woche. Schließlich rief er doch noch an und wurde zu Hockens Sekretärin durchgestellt. Sie bat ihn, am Apparat zu bleiben. Kurz darauf war sie zurück und teilte ihm mit, daß Mr. Hocken nicht zu erreichen sei. Er wußte, daß das eine Lüge war, daß er abgewimmelt wurde, und heißer Zorn stieg in ihm auf, weil sein Vater so einfältig gewesen war. Trotzdem gab er der Sekretärin, als diese ihn danach fragte, seine Telefonnummer. Eine Stunde später lag er noch immer finster brütend auf seiner Couch, als das Telefon klingelte. Es war Dean Hockens Sekretärin, die ihn fragte, ob er am folgenden Vormittag um elf Uhr bei Mr. Hocken im Büro sein könne. Er sagte, das könne er, und sie teilte ihm mit, daß sie für ihn einen Passierschein an der Pforte hinterlegen werde, damit er mit dem Auto auf das Gelände des Studios fahren könne.

Als er auflegte, merkte David Jatney überrascht, daß Freude in ihm aufwallte. Ein Mann, der ihm völlig unbekannt war, hatte einer Jugendfreundschaft Rechnung getragen. Aber sofort schämte er sich dieser erniedrigenden Dankbarkeit. Na schön, der Kerl war ein VIP, seine Zeit war kostbar, aber elf Uhr vormittags? Das hieß, daß er nicht zum Lunch gebeten würde. Also handelte es sich um eines dieser kurzen Gefälligkeitsgespräche, mit denen die Burschen ihr Gewissen beruhigten. Damit seine Verwandten in Utah darauf hinweisen konnten, daß ihm seine Position nicht zu Kopf gestiegen war. Eine miese, kleine Höflichkeit ohne jeden moralischen Wert.

Der nächste Tag verlief jedoch anders, als er es sich vorgestellt hatte. Dean Hockens Büro, in einem langgestreckten Gebäude auf dem Filmgelände, war wirklich eindrucksvoll. Der Raum, in dem die Empfangsdame saß, war fast ein Saal, dessen Wände mit Plakaten uralter Filme bedeckt waren. In dem Raum hinter dem Empfang saßen zwei weitere Sekretärinnen, und dann kam ein weiteres, noch großartigeres Büro. Dieses Büro war wunderschön mit tiefen Sesseln und Sofas und Teppichen eingerichtet, und an den Wänden hingen Originalgemälde. Es gab eine Bar mit riesigem Kühlschrank; in einer Ecke stand ein Schreibtisch mit lederbezogener Platte. An der Wand über dem Schreibtisch hing ein großes Foto von Dean Hocken, wie er Präsident Francis Xavier Kennedy die Hand schüttelte. Ein Rauchtisch war mit Zeitschriften und gebundenen Drehbüchern bedeckt. Das Büro war leer.

Die Sekretärin, die ihn hereingeführt hatte, sagte zu ihm: »Mr. Hocken wird in zehn Minuten zurück sein. Darf ich Ihnen einen Drink oder einen Kaffee anbieten?«

Jatney lehnte höflich ab. Wie er sah, musterte ihn die junge Sekretärin mit anerkennenden Blicken, deswegen brachte er seine servilste Schmeichelstimme zum Einsatz. Er wußte, daß er einen guten Eindruck machte. Frauen mochten ihn anfangs immer; erst wenn sie ihn besser kennenlernten, mochten sie ihn nicht mehr. Aber möglicherweise lag das daran, daß er sie auch nicht mehr mochte, wenn er sie besser kennenlernte.

Er mußte fünfzehn Minuten warten, bis Dean Hocken durch eine fast unsichtbare Seitentür ins Büro kam. Und zum erstenmal in seinem Leben war David Jatney aufrichtig beeindruckt. Das war endlich mal ein Mann, der wahrhaft erfolgreich und mächtig aussah, der Selbstsicherheit und Freundlichkeit ausstrahlte, als er David Jatneys Hand ergriff.

Dean Hocken war hochgewachsen, und diesmal verfluchte Jatney seinen eigenen kleinen Wuchs. Hocken maß mindestens eins fünfundachtzig und wirkte erstaunlich jugendlich, obwohl er genauso alt sein mußte wie Jatneys Vater, der fünfundfünfzig war. Er trug zwanglose Kleidung, aber sein Hemd war weißer als alles, was Jatney bis dahin gesehen hatte. Sein Jackett war aus einer Art Leinen und saß wie angegossen. Auch die Hose war aus Leinen, die Farbe eine Art Elfenbeinweiß. Hockens Gesicht schien keine Falten zu haben, und die Bronzefarbe seiner Haut sah nach frischer Luft und viel Sonne aus.

Dean Hocken war nicht nur jugendlich, er war auch höflich. Diplomatisch gestand er sein Heimweh nach den Bergen von Utah, dem Leben der Mormonen, der Ruhe und dem Frieden des Landlebens, den stillen Städten mit ihren Gebetstempeln. Und er verriet, daß er einst um die Hand von David Jatneys Mutter angehalten hatte.

»Ihre Mutter war meine Jugendfreundin«, erzählte Dean Hocken. »Ihr Vater hat sie mir weggeschnappt. Aber das war gut so; die beiden haben einander wirklich geliebt, einander wirklich glücklich gemacht.« Und Jatney dachte, jawohl, das stimmt, meine Eltern lieben sich wirklich, aber mich haben sie von dieser Liebe ausgeschlossen. An langen Winterabenden haben sie sich in ihrem Ehebett gegenseitig gewärmt, während ich allein vor dem Fernseher hockte. Aber das war schon lange her.

Während er beobachtete, wie Dean Hocken erzählte und seinen Charme versprühte, entdeckte er das Alter unter der sorgfältig gepflegten äußeren Rüstung sonnenbrauner Haut, die zu straff gespannt war, um natürlich zu sein. Der Mann hatte überhaupt kein Fleisch unterm Kinn, nicht mal einen Ansatz jener Hängebacken, die sein Vater mit der Zeit bekommen hatte. Er fragte sich, warum der Mann so nett zu ihm war.

»Ich war viermal verheiratet, seit ich Utah verlassen habe«, sagte Dean Hocken, »und weiß, daß ich mit Ihrer Mutter wesentlich glücklicher gewesen wäre.« Jatney forschte nach den üblichen Zeichen der Genugtuung, wartete auf die Andeutung, daß auch seine Mutter glücklicher gewesen wäre, wenn sie bei dem erfolgreichen Dean Hocken geblieben wäre. Aber er entdeckte keine. Unter all dem Kalifornien-Lack war dieser Mann noch immer ein Junge vom Land.

Jatney hörte ihm höflich zu und lachte über seine Scherze. Er nannte Dean Hocken »Sir«, bis der ihn bat, ihn doch einfach »Hock« zu nennen; von da an gebrauchte er überhaupt keine Anrede mehr. Hocken redete eine Stunde, dann sah er auf die Uhr und erklärte abrupt: »Es war mir eine Freude, mit jemandem von zu Hause zu sprechen, aber ich nehme an, daß Sie nicht gekommen sind, um mich über Utah plaudern zu hören. Was kann ich also für Sie tun?«

»Ich bin Schriftsteller«, antwortete David Jatney. »Alles, was so üblich ist: ein Roman, den ich weggeworfen habe, und ein paar Drehbücher. Ich lerne noch.« Er hatte niemals einen Roman geschrieben.

Dean Hocken registrierte seine Bescheidenheit mit anerkennendem Nicken. »Sie müssen sich Ihre Lorbeeren erst noch verdienen. Folgendes kann ich im Augenblick für Sie tun. Ich werde Ihnen einen Platz in der Lektoratsabteilung des Studios verschaffen. Dort werden Sie Drehbücher lesen, eine Inhaltsangabe abfassen und Ihre Meinung darüber niederschreiben. Höchstens eine halbe Seite für jedes Script, das Sie lesen. So habe ich auch angefangen. Sie werden viele Leute treffen und allmählich die Grundlagen erlernen. Ehrlich gesagt, kein Mensch schenkt diesen Kritiken viel Beachtung, aber geben Sie sich Mühe. Es ist ein Anfang. Ich werde also alles veranlassen, und eine meiner Sekretärinnen wird Sie in den nächsten Tagen anrufen. Außerdem werden wir bald einmal zusammen zu Abend essen. Richten Sie Ihren Eltern bitte einen Gruß von mir aus.« Dann begleitete Hock David Jatney zur

Tür. Wir werden also nicht zum Lunch gehen, dachte Jatney, und das Versprechen eines Dinners wird vermutlich nie eingelöst. Aber wenigstens hatte er einen Job, einen Fuß in der Tür, und wenn er erst mal Drehbücher schrieb, würde sich alles, alles ändern.

Einen ganzen Monat lang verbrachte Jatney mit dem Lesen von Drehbüchern, die er für absolut wertlos hielt. Er verfaßte das kurze, eine knappe halbe Seite lange Resümee und setzte seine eigene Meinung darunter. Die eigene Meinung sollte im Grunde nur aus ein paar kurzen Sätzen bestehen, nahm bei ihm aber gewöhnlich den gesamten Rest der Seite ein.

Nach einem Monat kam der Büroleiter zu ihm an den Schreibtisch und sagte: »David, wir wollen nicht erfahren, wie geistreich Sie sind. Zwei Zeilen Kritik genügen uns durchaus. Und verachten Sie diese Autoren nicht zu sehr; sie pissen Ihnen nicht auf den Schreibtisch, sie versuchen lediglich Filme zu schreiben.«

»Aber sie sind furchtbar schlecht«, wandte Jatney ein.

»Gewiß sind sie das«, entgegnete der Büroleiter. »Glauben Sie vielleicht, wir würden Sie die Guten beurteilen lassen? Dafür haben wir erfahrene Leute. Und außerdem sind diese Bücher, die Sie als so fürchterlich schlecht abtun, und zwar jedes einzelne von ihnen, von einem Agenten eingeschickt worden. Einem Agenten, der Geld damit verdienen will. Also haben sie einem strengen Test standgehalten. Wir akzeptieren keine Scripts durch die Hintertür, nur weil jemand prozessiert, wir sind nicht so wie die Buchverlage. So mies diese Scripts auch sein mögen – wenn die Agenten sie uns vorlegen, müssen wir sie lesen. Denn wenn wir die schlechten Scripts der Agenten nicht lesen, schicken sie uns auch nicht die guten.«

»Aber ich könnte viel bessere Drehbücher schreiben«, empörte sich Jatney.

Der Büroleiter lachte. »Wer von uns könnte das nicht.« Er hielt einen Moment inne; dann sagte er: »Wenn Sie eins geschrieben haben, geben Sie's mir zu lesen.«

Einen Monat später tat David Jatney ganz genau das. Der Büroleiter las es in seinem Büro. Er war sehr freundlich. Mitfühlend sagte er: »Es geht nicht, David. Das heißt nicht, daß Sie nicht schreiben können. Aber Sie haben keine Ahnung, wie ein Film funktioniert. Das hat man schon an Ihren Zusammenfassungen und Kritiken gesehen, aber Ihr Drehbuch beweist es endgültig. Hören Sie, ich möchte Ihnen wirklich helfen. Ehrlich. Deshalb werden Sie von der nächsten Woche an die Romane lesen, die bereits veröffentlicht sind und zum Verfilmen in Betracht kommen.«

David Jatney bedankte sich höflich bei ihm, spürte aber die altvertraute Wut in sich aufsteigen. Denn dies war wieder einmal die Stimme eines Vorgesetzten gewesen, eines angeblich Klügeren, eines der Männer, die Macht besaßen.

Nur wenige Tage später rief Dean Hockens Sekretärin an und erkundigte sich, ob er am selben Abend Zeit für ein Dinner mit Mr. Hocken habe. David Jatney war so überrascht, daß er einen Augenblick brauchte, bevor er ja sagen konnte. Wie sie ihm erklärte, sollte das Dinner um acht Uhr abends in »Michael's Restaurant« in Santa Monica stattfinden. Und als sie ihm den Weg zu diesem Restaurant erklären wollte, informierte er sie, daß er in Santa Monica lebe und natürlich wisse, wo es liege. Was nicht ganz zutraf.

Aber er hatte von »Michael's Restaurant« gehört. David Jatney las sämtliche Zeitungen und Magazine und lauschte aufmerksam dem Klatsch im Büro. »Michael's« war *das* In-Restaurant für alle Film- und Musikleute, die in der Malibu Colony lebten. Als er den Hörer auflegte, erkundigte er sich beim Büroleiter, ob er wisse, wo genau »Michael's« liege, und erwähnte nebenbei, daß er am Abend dort das Dinner einnehmen werde. Der Büroleiter war beeindruckt. Und Jatney wurde klar, daß es besser gewesen wäre, wenn er bis nach dem Dinner gewartet hätte, bevor er sein Drehbuch einreichte. Denn dann wäre es unter ganz anderen Voraussetzungen beurteilt worden.

Als David Jatney an jenem Abend »Michael's Restaurant« betrat, sah er erstaunt, daß nur der vordere Teil überdacht war, der Rest jedoch in einem Garten voll Blumen und riesigen weißen Sonnenschirmen lag, die ein schützendes Dach gegen den Regen bildeten. Das ganze Gelände war hell erleuchtet. Alles war wundervoll, die milde Aprilluft, die Blumen, die ihren Duft verströmten, und am Himmel stand ein goldener Mond. Welch ein Unterschied zu den Wintern in Utah! In diesem Moment beschloß David Jatney, nie wieder nach Hause zurückzukehren.

An der Rezeption nannte er seinen Namen und staunte, als er sofort zu einem der Tische im Garten geführt wurde. Er hatte früher als Hocken da sein wollen; er kannte seine Rolle und beabsichtigte, sie perfekt zu spielen. Er wollte absolut respektvoll sein, im Restaurant auf den guten, alten Hock warten und damit dessen Macht Tribut zollen. Er wurde noch immer nicht recht schlau aus Hocken. War der Mann aufrichtig liebenswürdig oder auch nur einer dieser Hollywood-Heuchler, der sich dem Sohn einer Frau gegenüber herablassend gab, die ihn früher einmal zurückgewiesen hatte und das nun natürlich bereuen mußte?

Wie David sah, saß Dean Hocken an dem Tisch, zu dem er geführt wurde, mit einem Mann und einer Frau zusammen. Und augenblicklich wurde ihm klar, daß Hocken ihm bewußt einen späteren Zeitpunkt genannt hatte, damit er nicht warten mußte – eine außergewöhnliche Rücksichtnahme, die ihn fast zu Tränen rührte. Denn David Jatney war paranoid und schrieb dem Verhalten anderer Menschen nicht immer geheimnisvolle, böse, sondern zuweilen auch völlig irrational gute Gründe zu.

Hocken erhob sich, um ihn väterlich-herzlich zu umarmen, und stellte ihn den beiden anderen vor. Den Mann erkannte Jatney sofort. Er hieß Gibson Grange und war einer der berühmtesten Schauspieler von Hollywood. Die Dame hieß Rosemary Belair, ein Name, der Jatney zu seiner Verwunderung unbekannt war, denn sie war schön genug, um ebenfalls Filmstar zu sein. Ihr glänzend schwarzes Haar war ziemlich lang, ihre Züge wirkten perfekt symmetrisch. Sie trug ein professionell wirkendes Make-up und ein kleines Abendkleid mit einer Art Jäckchen darüber.

Alle drei tranken Wein aus einer Flasche, die in einem silbernen Kühler ruhte. Hocken schenkte Jatney auch ein Glas ein.
Das Essen war köstlich, die Luft wie Balsam, der Garten friedlich; hierher vermochten keine Alltagssorgen einzudringen, fand Jatney. Die Herren und Damen an den Tischen ringsum strahlten Selbstsicherheit aus; sie waren Menschen, die das Leben unter Kontrolle hatten. Eines Tages würde er zu ihnen gehören.
Während des ganzen Dinners hörte er aufmerksam zu und sprach nur wenig. Statt dessen beobachtete er die Menschen an seinem Tisch. Dean Hocken, entschied er, war aufrichtig und genauso nett, wie er sich gab. Was nicht unbedingt heißt, daß er ein guter Mensch ist, schränkte Jatney in Gedanken ein. Ihm fiel auf, daß Rosemary und Hock, obwohl dies angeblich ein privates Essen war, Gibson Grange zu überreden suchten, einen Film mit ihnen zu machen.
Wie es schien, war Rosemary Belair ebenfalls Produzent, ja sogar der wichtigste weibliche Produzent von Hollywood.
David Jatney lauschte und beobachtete, beteiligte sich aber nicht am Gespräch, und solange er sich passiv verhielt, war sein Gesicht genauso schön wie auf den Fotos. Die anderen Leute am Tisch registrierten das, interessierten sich aber nicht für ihn, und Jatney war sich dessen bewußt.
Und es war ihm vorläufig auch ganz recht so. Solange er unsichtbar blieb, vermochte er diese Welt der Macht, die er zu erobern hoffte, eingehend zu studieren. Daß Hocken dieses Dinner arrangiert hatte, um seiner Freundin Rosemary Gelegenheit zu geben, Gibson Grange zu einem Film zu überreden, war ihm klar. Aber warum? Zwischen Hocken und Rosemary bestand eine gewisse Ungezwungenheit, die darauf schließen ließ, daß sie einmal etwas miteinander gehabt hatten. Darauf ließ auch die Art und Weise schließen, wie Hocken Rosemary beruhigte, wenn sie sich bei der Jagd auf Gibson Grange zu sehr echauffierte. Und einmal sagte sie zu Gibson: »Mit dir einen Film zu machen ist viel lustiger als mit Hock.«

Da lachte Hocken und entgegnete: »Wir hatten eine schöne Zeit, nicht wahr, Gib?«
Und der Schauspieler entgegnete: »Aber nein, war alles nur Geschäft.« Ohne eine Miene zu verziehen.
Gibson Grange war ein »bankfähiger« Star im Filmgeschäft, das heißt, wenn er sich bereit erklärte, einen Film zu machen, wurde dieser Film umgehend von einem Studio finanziert. Das war der Grund, warum Rosemary ihn unbedingt haben wollte. Außerdem sah er aus, als ob er genau der Richtige wäre: im altamerikanischen Gary-Cooper-Stil schlaksig, mit angenehmen, offenen Zügen. Er sah aus, wie Lincoln ausgesehen hätte, wäre er schön gewesen. Sein Lächeln war freundlich, er hörte jedem, der sprach, aufmerksam zu. Gelegentlich erzählte er eine humorvolle Anekdote über sich selbst, und das war besonders liebenswürdig an ihm. Außerdem kleidete er sich in einem Stil, der eher nach Homespun aussah als nach Hollywood, trug ausgebeulte Hosen sowie einen schäbigen, wenn auch unverkennbar teuren, Pullover über einem schlichten Wollhemd und über allem ein uraltes Jackett. Dennoch faszinierte er jeden einzelnen Gast im Garten. Kam das daher, daß sein Gesicht so vielen Millionen Menschen bekannt war, denen die Kamera es aus intimster Nähe zeigte? Gab es geheimnisvolle Ozonschichten, die sein Gesicht konservierten? Lag es an einer physischen, noch nicht von der Wissenschaft ergründeten Manifestation? Der Mann war intelligent, das konnte Jatney erkennen. Während er Rosemary zuhörte, war sein Blick zwar belustigt, aber nicht überheblich, und obwohl er allem zuzustimmen schien, was sie sagte, legte er sich niemals fest. Er war der Mann, der David Jatney gern sein wollte.
Sie blieben noch beim Wein sitzen. Hocken bestellte das Dessert, exquisites französisches Gebäck; noch nie hatte Jatney etwas so Gutes gegessen. Sowohl Gibson Grange als auch Rosemary Belair verweigerten das Dessert, Rosemary mit einem entsetzten Schauder, Gibson Grange mit einem kleinen Lächeln. Aber es wird Rosemary sein, die sich später mit Sicherheit verführen läßt,

während Grange davor sicher ist, dachte Jatney. Grange war einer, der hart bleiben konnte, Rosemarys Absturz aber war vorprogrammiert.
Auf Hockens Drängen aß David Jatney auch die übrigen Desserts, und anschließend blieben sie weiter sitzen und plauderten. Hocken bestellte noch eine Flasche Wein, von dem aber nur er und Rosemary tranken, und dann spürte Jatney, wie die Unterhaltung langsam in eine andere Richtung abdriftete. Rosemary begann mit Gibson Grange zu flirten.
Mit Jatney hatte Rosemary während des ganzen Abends kaum ein Wort gewechselt, jetzt aber ignorierte sie ihn so gründlich, daß er gezwungen war, sich mit Hocken über die alten Zeiten in Utah zu unterhalten. Aber beide waren sie schließlich von den Vorgängen zwischen Rosemary und Gibson so fasziniert, daß sie verstummten. Während es immer später wurde und immer mehr Wein getrunken wurde, blies Rosemary zum Großangriff – zu einer sexuellen Überrumpelungsaktion von einer Intensität, die wahrhaft beklemmend wirkte: eine furchteinflößende Zurschaustellung schieren Willens. Ohne Hemmungen präsentierte sie ihre Vorzüge. Zuerst durch winzige Bewegungen von Körper und Gesicht, bis irgendwie ihr Ausschnitt rutschte und mehr von ihrem Busen enthüllte. Dann durch Bewegungen der Beine, die sie mal so und mal so übereinanderschlug, während sie ihren Rocksaum hochrutschen ließ, um einen weiß aufblitzenden Schenkel zu zeigen. Auch ihre Hände waren ständig in Bewegung, berührten sogar Gibsons Gesicht, wenn sie sich von den eigenen Worten hinreißen ließ. Sie zeigte Esprit, erzählte lustige Geschichten und bewies ihre Empfindsamkeit. Ihr schönes Gesicht spiegelte jede Emotion: Zuneigung zu den Menschen, mit denen sie arbeitete, Sorgen um Mitglieder ihrer Familien, Interesse für den Erfolg ihrer Freunde. Sie gestand ihre tiefe Zuneigung zu Dean Hocken selbst, dem guten alten Hock, der ihr bei ihrer Karriere geholfen, mit Rat und Einfluß zur Seite gestanden hatte. Hier wurde sie jedoch vom guten, alten Hock unterbrochen, der betonte, wie sehr sie diese Hilfe verdient habe,

für ihre fleißige Arbeit an seinen Filmen und ihre Loyalität ihm gegenüber, und als er das sagte, warf Rosemary ihm einen langen, dankbaren Blick zu. An diesem Punkt wollte Jatney, völlig verzaubert, einwerfen, das müsse für sie beide eine großartige Erfahrung gewesen sein. Doch Rosemary, die ihre Jagd auf Gibson wiederaufzunehmen trachtete, schnitt ihm mitten im Satz rüde das Wort ab. Jatney verspürte einen winzigen Stich angesichts dieser Unhöflichkeit, seltsamerweise aber keinen Groll. Rosemary war so schön, so intensiv damit beschäftigt, sich zu holen, was sie begehrte! Und was sie begehrte, wurde allmählich immer deutlicher: Sie *mußte* Gibson Grange heute abend in ihrem Bett haben. In ihrem Begehren bewies sie die Ausschließlichkeit und das Zielbewußtsein eines Kindes, und das machte ihre Unhöflichkeit fast liebenswert.

Was Jatney aber vor allem bewunderte, war Gibson Granges Haltung in dieser Situation. Der Schauspieler war sich völlig klar über das, was sich abspielte. Er bemerkte ihre Unhöflichkeit Jatney gegenüber und versuchte sie gutzumachen, indem er sagte: »David, eines Tages werden auch Sie noch Gelegenheit haben, zu Wort zu kommen« – als entschuldige er sich damit für die Egozentrik der Berühmten, die sich für jene, die noch nicht zu Ruhm gelangt sind, nicht interessieren. Aber auch ihm schnitt Rosemary das Wort ab. Und Gibson hörte ihr höflich zu. Aber das war offenbar mehr als Höflichkeit, denn er besaß einen angeborenen Charme, der einen Teil seines Wesens ausmachte. Er betrachtete Rosemary mit aufrichtigem Interesse. Seine funkelnden Augen ließen keinen Moment von ihr ab. Wenn sie ihn mit den Händen berührte, tätschelte er sie ebenfalls. Er machte kein Geheimnis daraus, daß er sie mochte. Sein Mund war ständig zu einem leichten Lächeln geöffnet, das eine angeborene Liebenswürdigkeit verriet und sein zerfurchtes Gesicht in eine humorvolle Maske verwandelte.

Aber ganz eindeutig reagierte er nicht so, wie Rosemary es erwartete. Sie hämmerte auf einen Amboß ein, der keine Funken sprühte. Also trank sie noch mehr Wein und spielte dann ihren letzten Trumpf aus: Sie legte ihre innersten Gefühle bloß.

Mittlerweile redete sie direkt auf Gibson ein, während sie die beiden anderen Herren am Tisch ignorierte, und manövrierte sich sogar so nah an Gibson heran, daß sie ihn von David Jatney und Hocken isolierte.

Niemand vermochte an der leidenschaftlichen Aufrichtigkeit in ihrem Ton zu zweifeln. Sogar Tränen standen ihr in den Augen. Sie entblößte ihre Seele vor Gibson Grange. »Ich möchte so gern ein richtiger Mensch sein«, sagte sie. »Am liebsten würde ich all diesen heuchlerischen Mist, dieses ganze Filmgeschäft aufgeben. Es befriedigt mich nicht. Ich möchte losziehen und die Welt verbessern. Wie Mutter Teresa oder Martin Luther King. Ich trage kein bißchen dazu bei, die Welt weiterzuentwickeln. Ich hasse dieses Leben, diese Partys, dieses ständige Umherjetten zu Besprechungen mit wichtigen Leuten, diesen Zwang, Entscheidungen über irgendeinen verdammten Film treffen zu müssen, der der Menschheit kein bißchen nützt. Ich möchte etwas Richtiges tun.« Sie streckte den Arm aus und umklammerte Gibsons Hand.

Voll Bewunderung erkannte David Jatney, warum Grange ein so mächtiger Star im Filmgeschäft geworden war, warum er alle Filme, in denen er spielte, beherrschte. Denn irgendwie hielt Gibson Grange zwar noch Rosemarys Hand, aber er hatte gleichzeitig auch seinen Stuhl von ihr abgerückt und seine zentrale Position am Tisch zurückgewonnen. Rosemary starrte ihn immer noch mit erwartungsvoller Miene an, harrte noch immer seiner Antwort. Er lächelte ihr herzlich zu; dann neigte er den Kopf und drehte ihn zugleich so weit seitwärts, daß er Jatney und Hocken ins Gesicht sehen konnte.

»Raffiniert ist sie, nicht wahr?« sagte er mit liebevoller Bewunderung.

Dean Hocken lachte laut heraus, David Jatney vermochte ein Lächeln nicht zu unterdrücken. Rosemary war verdutzt; dann entgegnete sie scherzhaft-vorwurfsvoll: »Du nimmst aber auch gar nichts ernst, Gib, außer deinen lausigen Filmen!« Und um zu zeigen, daß sie nicht gekränkt war, streckte sie die Hand aus, die Gibson Grange höflich küßte.

David Jatney machte sich seine Gedanken über alle drei. Sie waren so weltgewandt, so gebildet! Am meisten bewunderte er Gibson Grange. Daß er eine so schöne Frau wie Rosemary Belair zurückwies, war ehrfurchtgebietend, daß er sie so leicht zu überlisten vermochte, göttergleich.

Jatney war den ganzen Abend von Rosemary ignoriert worden, gestand ihr jedoch neidlos zu, daß sie durchaus das Recht dazu hatte. Schließlich war sie die mächtigste Frau in der eindrucksvollsten Branche des ganzen Landes. Sie kannte Männer, die weit verdienstvoller waren als er. Sie hatte das Recht, unhöflich zu sein. Es war Jatney klar, daß sie das nicht aus Bösartigkeit tat. Für sie existierte er einfach nicht.

Alle vier staunten, als sie feststellten, daß es fast Mitternacht war; sie waren die letzten Gäste im Restaurant. Hocken erhob sich, und Gibson Grange half Rosemary in ihre Jacke, die sie mitten in ihren gefühlvollen Auslassungen abgelegt hatte. Als Rosemary aufstand, verlor sie ein wenig das Gleichgewicht; anscheinend war sie ein wenig angetrunken.

»O Gott!« sagte sie. »Ich kann nicht mehr fahren, die Polizei hier in der Stadt ist furchtbar. Gib, würdest du mich zum Hotel zurückbringen?«

Gibson lächelte ihr freundlich zu. »Aber das ist in Beverly Hills. Hock und ich, wir fahren zu meinem Haus in Malibu. David wird dich sicher gern mitnehmen, nicht wahr, David?«

»Bestimmt«, sagte Dean Hocken. »Es macht Ihnen doch nichts aus, David?«

»Aber nein«, versicherte David Jatney. Doch seine Gedanken waren in Aufruhr. Wie zum Teufel hatte sich das ergeben? Der gute alte Hock zog ein verlegenes Gesicht. Gibson Grange hatte anscheinend gelogen: Er wollte Rosemary nicht nach Hause bringen, weil er sich nicht ständig ihrer Avancen erwehren wollte. Und

Hock war verlegen, weil er die Lüge bestätigen mußte, denn sonst hätte er einen großen Star beleidigt, was jeder Filmproduzent unter allen Umständen vermeiden mußte. Dann sah er, daß Gibson ihm ein kleines Lächeln schenkte, und vermochte die Gedanken des Mannes zu lesen. Aber natürlich, das war's, deswegen war er ein so fabelhafter Schauspieler! Er schaffte es, die Zuschauer seine Gedanken lesen zu lassen, indem er nichts weiter tat, als eine Augenbraue hochzuziehen, den Kopf schiefzulegen und strahlend zu lächeln. Einzig mit diesem Blick, ohne Bösartigkeit, sondern mit himmlischem Humor, schien Gibson ihm sagen zu wollen: »Das Biest hat dich den ganzen Abend ignoriert, sie war furchtbar unhöflich zu dir, aber nun habe ich dafür gesorgt, daß sie in deiner Schuld stehen wird.« Als Jatney daraufhin Hocken anblickte, sah er, daß dieser jetzt lächelte und überhaupt nicht mehr verlegen war. Im Gegenteil, er wirkte so zufrieden, als hätte auch er den Blick des Schauspielers richtig interpretiert.
Unvermittelt verkündete Rosemary: »Ich werde selber fahren!« Dabei wich sie Jatneys Blick aus.
Dean Hocken widersprach galant: »Das kann ich nicht zulassen, Rosemary, du bist mein Gast, und ich habe dir zuviel zu trinken gegeben. Wenn du dich nicht von David fahren lassen willst, werde ich dich natürlich in dein Hotel zurückbringen. Und mich anschließend von einer Hotel-Limousine nach Malibu rausfahren lassen.« Das war, wie Jatney sofort merkte, ein Meisterstück! Zum erstenmal entdeckte er Unaufrichtigkeit in Hockens Ton. Deswegen konnte Rosemary Hockens Anerbieten natürlich nicht annehmen. Denn täte sie das, würde sie den jungen Freund ihres Mentors aufs tiefste beleidigen und sowohl Hocken als auch Gibson Grange eine Menge Umstände verursachen. Außerdem hätte sie damit ihr Ziel, sich von Gibson nach Hause bringen zu lassen, noch immer nicht erreicht. Sie saß in der Zwickmühle.
Dann versetzte ihr Gibson Grange den Todesstoß. »Ach was, Hock, ich fahre mit dir«, sagte er. »Ich lege mich auf dem Rücksitz schlafen, damit du auf der Fahrt nach Malibu nicht so allein bist.«

Rosemary schenkte David ein strahlendes Lächeln. »Ich hoffe, es macht Ihnen nicht zu viele Umstände«, sagte sie.
»Aber im Gegenteil«, versicherte David Jatney. Hocken schlug ihm auf die Schulter, Gibson Grange schenkte ihm ein strahlendes Lächeln und zwinkerte ihm zu. Und dieses Lächeln mitsamt dem Zwinkern vermittelte Jatney eine weitere Botschaft: Die beiden Herren standen als Männer auf seiner Seite. Eine einzelne, mächtige Frau hatte einen ihrer Geschlechtsgenossen beleidigt, dafür hatte sie Strafe verdient. Außerdem war sie Gibson zu dicht auf die Pelle gerückt; es gehörte sich nicht für eine Frau, so etwas mit einem nicht weniger mächtigen Mann zu tun. Sie hatten Rosemarys Ego einen patriarchalischen Klaps versetzt, um sie auf ihren Platz zu verweisen. Und das alles mit einem so wundervollen Humor und einer so ausgesuchten Höflichkeit! Aber da war noch ein anderer Faktor: Diese Männer erinnerten sich noch an die Zeit, als sie jung und hilflos waren wie Jatney, und hatten ihn zum Dinner geladen, um ihm zu beweisen, daß ihr eigener Erfolg sie nicht zur Treulosigkeit ihren Geschlechtsgenossen gegenüber verführte – eine durch die Zeiten geübte und im Laufe der Jahrhunderte perfektionierte Praxis, die Neid und Rachegefühlen vorbeugen sollte. Rosemary hatte diese Praxis nicht honoriert, ihre Zeit der Hilflosigkeit offenbar vergessen, darum war sie heute abend daran erinnert worden. Und dennoch war Jatney auf Rosemarys Seite: Sie war zu schön, um ihr weh zu tun.
Gemeinsam gingen sie zum Parkplatz hinaus, und während die beiden Männer in Hockens Porsche davonröhrten, führte David Jatney Rosemary zu seinem alten Toyota.
»Verdammt, aus so einer alten Karre kann ich unmöglich vor dem Beverly Hills Hotel aussteigen«, mäkelte Rosemary. Sie blickte sich um; dann fuhr sie fort: »Ich muß unbedingt meinen Wagen suchen. Hören Sie, David, macht es Ihnen was aus, meinen Mercedes zu fahren? Der muß hier irgendwo in der Gegend stehen; ich werde Sie mit einer Hotel-Limousine zurückzuschicken. Dann brauche ich meinen Wagen morgen wenigstens nicht abholen zu

lassen. Wäre das möglich?« Sie lächelte ihn bezaubernd an; dann griff sie in ihre Handtasche und setzte eine Brille auf. Sie zeigte auf einen der wenigen Wagen, die noch auf dem Parkplatz standen, und erklärte: »Da drüben steht er.« Jatney, der ihren Wagen entdeckt hatte, sobald sie aus dem Restaurant kamen, war verwirrt. Dann wurde ihm klar, daß sie extrem kurzsichtig sein mußte. Vielleicht war ihre Kurzsichtigkeit der Grund, warum sie ihn beim Dinner ignoriert hatte.

Sie reichte ihm die Schlüssel zu dem Mercedes, er schloß die Beifahrertür auf und half ihr hinein. Er roch den Wein und das Parfüm, die sich mit ihrem Körperdunst vermischten, und spürte ihre Hitze wie glühende Kohle. Dann ging er um den Wagen herum zur Fahrertür, doch ehe er den Schlüssel ins Schloß schieben konnte, ging die Tür auf. Rosemary hatte sie ihm von innen geöffnet. Das überraschte ihn, er hätte es ihr nicht zugetraut.

Es dauerte ein paar Minuten, bis er sich mit dem Mercedes zurechtfand, aber er liebte die Weichheit der Sitze, den Geruch des rötlichen Leders: War das ein natürlicher Geruch, oder sprühte sie den Wagen mit irgendeinem Lederparfüm ein? Außerdem ließ der Mercedes sich wunderbar fahren; zum erstenmal verstand er das sinnliche Vergnügen, das manche Menschen beim Autofahren empfanden.

Der Mercedes schien förmlich durch die dunklen Straßen zu gleiten. Das Chauffieren machte ihm so viel Freude, daß ihm die halbe Stunde bis zum Beverly Hills Hotel wie eine Sekunde vorkam. Während der ganzen Zeit äußerte Rosemary kein einziges Wort. Sie nahm die Brille ab, steckte sie in ihre Tasche zurück und schwieg. Einmal musterte sie sein Profil, als versuche sie ihn einzuschätzen. Dann blickte sie wieder stur geradeaus. Auch Jatney wandte sich ihr weder zu, noch versuchte er sie anzusprechen. Er genoß in vollen Zügen den Traum, mit einer wunderschönen Frau in einem wunderschönen Wagen durch das Herz der glanzvollsten Stadt der Welt zu fahren.

Als er unter der Markise des Beverly Hills Hotels hielt, zog er die

Zündschlüssel ab und überreichte sie Rosemary. Dann stieg er aus und ging um den Wagen, um ihr den Schlag zu öffnen. Im selben Moment kam einer der Parkboys die mit einem roten Teppich bedeckten Stufen zum Eingang herab, und Rosemary übergab ihm die Wagenschlüssel. Er hätte sie steckenlassen sollen, das sah Jatney jetzt ein.
Als Rosemary über den roten Teppich auf den Hoteleingang zuschritt, merkte Jatney, daß sie ihn vollkommen vergessen hatte. Aber er war zu stolz, sie an die Hotel-Limousine zu erinnern, die sie ihm für die Rückfahrt versprochen hatte. Statt dessen beobachtete er sie genau. Im Schatten der grünen Markise, in der weichen Luft und den goldenen Lichtern wirkte sie wie eine verirrte Prinzessin. Endlich hielt sie inne und wandte sich um; als David Jatney ihr Gesicht sah, war sie so schön, daß es ihm fast den Atem verschlug. Er dachte, sie hätte sich an seine Existenz erinnert und erwarte nun, daß er ihr folge. Aber sie wandte sich wieder dem Hotel zu und begann die drei Stufen zum Eingang emporzusteigen. Auf einmal stolperte sie, ließ ihre Handtasche fallen, und der gesamte Inhalt ergoß sich über den Boden. Jatney war bereits hinzugeeilt und bemühte sich zuvorkommend, ihr zu helfen.
Die Handtasche schien unergründlich zu sein. Es war phantastisch, wie viele Dinge sie enthielt: Lippenstifte, ein Make-up-Täschchen, das aufplatzte und alle ihre Geheimnisse preisgab, ein Schlüsselbund, das sich natürlich öffnete und mindestens zwanzig Schlüssel auf dem Teppich verteilte, eine Flasche Aspirin sowie verschiedene Medikamentenfläschchen und eine riesige rosa Zahnbürste; ein Feuerzeug, aber keine Zigaretten, eine Tube Binaca und einen kleinen Plastikbeutel mit einem blauen Höschen und einem Apparat, der irgendwie unheimlich wirkte; zahllose Münzen, ein paar Geldscheine und ein verschmutztes weißes Leinentaschentuch; eine Goldrandbrille, die ohne den Rahmen von Rosemarys klassisch schönen Zügen altjüngferlich wirkte.
Rosemary, die entsetzt auf das Durcheinander hinabstarrte, brach in Tränen aus. Jatney kniete auf dem roten Teppich und versuchte

alles in die Tasche zurückzustopfen. Rosemary machte keine Anstalten, ihm zu helfen. Als einer der Pagen aus dem Hotel kam, ließ Jatney ihn die offene Tasche halten, während er den ganzen Kram einfach hineinschaufelte.

Schließlich hatte er es geschafft, nahm dem Pagen die prall gefüllte Tasche ab und überreichte sie Rosemary. Er merkte, wie gedemütigt sie sich fühlte, und wunderte sich darüber. Sie trocknete ihre Tränen und sagte zu ihm: »Kommen Sie mit in meine Suite, und trinken Sie was, bis Ihre Limousine kommt. Ich habe den ganzen Abend keine Gelegenheit gehabt, mit Ihnen zu sprechen.«

Jatney lächelte. Er dachte daran, daß Gibson Grange gesagt hatte: »Wie raffiniert sie ist!« Aber er war neugierig, wollte nur allzugern das berühmte Beverly Hills Hotel kennenlernen und in Rosemarys Nähe bleiben.

Er fand die grüngestrichenen Wände unpassend für ein erstklassiges Hotel, fast billig. Doch als er die riesige Suite betrat, war er zutiefst beeindruckt. Sie war luxuriös eingerichtet und verfügte über einen großen Balkon, nein, eine richtige Terrasse. In einer Ecke gab es eine Bar. Rosemary ging hinüber und mixte sich einen Drink; dann fragte sie ihn, was er trinken wolle, und mixte ihm auch einen. Obwohl er fast niemals Alkohol trank, hatte er um einen Scotch pur gebeten, weil er auf einmal nervös wurde. Sie öffnete die Glasschiebetüren zur Terrasse und ging mit ihm hinaus. Draußen stand ein weißer Tisch mit Glasplatte und vier weißen Sesseln.

»Nehmen Sie hier Platz; ich gehe nur schnell ins Bad«, sagte Rosemary. »Später können wir uns dann ein bißchen unterhalten.« Mit diesen Worten verschwand sie im Hintergrund der Suite.

David Jatney setzte sich in einen Sessel und trank seinen Scotch. Tief unter ihm lagen die Gärten des Beverly Hills Hotel. Er sah den Swimmingpool, die Tennisplätze, die Fußwege, die zu den Bungalows führten. Es gab Bäume und einzelne Rasenflächen, deren Gras im Mondlicht grüner wirkte, und das von den rosa getünchten Hotelwänden zurückgeworfene Licht verlieh dem Ganzen einen surrealistischen Anstrich.

Nach knapp zehn Minuten kam Rosemary zurück, setzte sich in einen Sessel und trank aus ihrem Glas. Sie trug jetzt eine weite weiße Hose und einen weißen Kaschmirpullover, dessen Ärmel sie bis über die Ellbogen hochgeschoben hatte. Sie lächelte; es war ein absolut blendendes Lächeln. Sie hatte sich ganz abgeschminkt, gefiel ihm so aber sehr viel besser. Ihre Lippen waren nicht mehr so voll, ihre Augen nicht mehr so hart. Sie wirkte jünger und menschlicher. Und als sie sprach, klang ihre Stimme entspannter, weicher, weniger befehlend.

»Hock sagte mir, daß Sie Drehbuchautor sind«, begann sie. »Haben Sie etwas, das Sie mir zeigen möchten? Sie könnten es an mein Büro schicken.«

»Nicht direkt«, antwortete Jatney und erwiderte ihr Lächeln. Von ihr würde er sich bestimmt nicht zurückweisen lassen.

»Aber Hock sagte, Sie hätten ein Drehbuch fertig«, entgegnete Rosemary. »Ich bin immer auf der Suche nach neuen Autoren. Man findet so schwer etwas Anständiges.«

»Nein«, sagte Jatney. »Ich habe zwar vier oder fünf geschrieben, aber die waren alle so grauenvoll, daß ich sie zerrissen habe.«

Eine Zeitlang schwiegen beide. David Jatney fiel dieses Schweigen leicht; es war bequemer für ihn, als irgend etwas zu sagen. Schließlich frage ihn Rosemary: »Wie alt sind Sie?«

»Sechsundzwanzig«, log David Jatney.

Rosemary lächelte. »O Gott, ich wünschte, ich wäre wieder so jung! Als ich hierherkam, war ich achtzehn. Ich wollte unbedingt Schauspielerin werden und wurde dann auch so was ähnliches. Sie wissen schon, Fernsehrollen mit einem einzigen Satz, die Verkäuferin, die der Heldin irgend etwas verkauft. Dann lernte ich Hock kennen, er machte mich zu seiner Management-Assistentin und brachte mir alles bei, was ich heute kann. Er hat mir geholfen, meinen ersten Film zusammenzukriegen, und mir auch all die Jahre lang weiterhin zur Seite gestanden. Ich liebe Hock, werde ihn immer lieben. Aber er ist oft so hart, wie heute abend zum Beispiel. Er hat zu Gibson gehalten anstatt zu mir.« Sie schüttelte den Kopf. »Ich wollte immer so hart sein wie Hock«, gestand sie. »Ich habe mir so große Mühe gegeben, so zu werden wie er.«

»Ich halte ihn für einen sehr netten Menschen«, warf David Jatney ein.

»O ja, aber er mag Sie«, entgegnete Rosemary. »Das hat er mir selbst gesagt. Er hat gesagt, Sie erinnern ihn an Ihre Mutter, Sie seien genauso wie sie. Er sagt, daß Sie ein wirklich ernsthafter Mensch sind und kein Glücksritter.« Einen Augenblick hielt sie inne; dann fuhr sie fort: »Ich glaube das auch zu spüren. Sie können sich gar nicht vorstellen, wie gedemütigt ich mich fühlte, als all das Zeug aus meiner Handtasche flog. Und dann waren Sie da, haben alles aufgesammelt und mich dabei kein einziges Mal angesehen. Das war wirklich furchtbar lieb von Ihnen.« Sie beugte sich vor und drückte ihm einen Kuß auf die Wange. Jetzt nahm er einen anderen, viel angenehmeren Duft an ihr wahr.

Unvermittelt stand sie auf und ging hinein. Er folgte ihr. Sie schloß die Glasschiebetür der Terrasse, verriegelte sie und sagte zu ihm: »Ich werde Ihnen die Limousine bestellen.« Sie griff zum Telefonhörer. Statt jedoch die Tasten zu drücken, hielt sie ihn in der Hand und musterte David Jatney nachdenklich. Er stand ganz still – weit genug entfernt, um ihre persönliche Sphäre nicht zu verletzen. Sie sagte zu ihm: »Ich werde Ihnen jetzt eine Frage stellen, die Sie vielleicht merkwürdig finden, David. Würden Sie die Nacht mit mir verbringen? Ich fühle mich scheußlich und brauche Gesellschaft, aber Sie müssen mir versprechen, nicht zudringlich zu werden. Könnten wir einfach zusammen im Bett liegen und schlafen wie gute Freunde?«

Jatney war wie vom Donner gerührt. Nie hätte er sich träumen lassen, daß diese wunderschöne Frau einen wie ihn im Bett haben wollte! Er vermochte sein Glück kaum zu fassen. Dann fuhr Rosemary jedoch scharfen Tones fort: »Ich meine es ernst! Ich brauche nur einen Mann, der so nett ist wie Sie und mit mir die Nacht verbringt. Sie müssen mir Ihr Wort geben, daß Sie nichts versuchen. Wenn doch, werde ich wirklich sehr böse werden!«

Ihre Worte verwirrten Jatney so sehr, daß er nur stumm lächeln konnte. Dann sagte er, als hätte er sie nicht verstanden: »Ich werde mich auf die Terrasse setzen oder hier im Wohnzimmer auf der Couch schlafen.«

»Nein«, entgegnete Rosemary energisch. »Ich brauche jemanden, der mich in die Arme nimmt und neben mir in meinem Bett schläft. Ich will ganz einfach nicht allein sein. Können Sie mir das versprechen?«

»Aber ich habe nichts anzuziehen«, hörte David Jatney sich sagen. »Im Bett, meine ich.«

»Gehen Sie duschen, und schlafen Sie von mir aus nackt. Es stört mich nicht«, erklärte Rosemary energisch.

Vom Wohnzimmer der Suite aus erreichte man einen kleinen Flur, der zum Schlafzimmer führte. An diesem Flur lag ein Gästebad, in dem sich David Jatney duschen konnte, wie Rosemary es von ihm verlangte. Sie wollte nicht, daß er ihr persönliches Badezimmer benutzte. Jatney duschte und reinigte sich mit Seife und Papiertüchern die Zähne. Am Haken hinter der Tür hing ein blauer Bademantel, in den mit eleganter Schrift »Beverly Hills Hotel« eingestickt war. Als er ins Schlafzimmer zurückkehrte, stellte er fest, daß Rosemary sich noch immer in ihrem eigenen Bad aufhielt. Voll Unbehagen stand er herum, denn er wollte nicht allein in das Bett steigen, das schon vom Zimmermädchen aufgedeckt worden war. Als Rosemary endlich aus dem Bad kam, trug sie ein so elegant geschnittenes und gemustertes Nachthemd, daß sie aussah wie eine Puppe im Spielwarenladen. »Komm her, steig ins Bett«, forderte sie ihn auf. »Brauchst du vielleicht ein Valium oder Schlaftabletten?« Er merkte, daß sie schon eine genommen hatte. Sie setzte sich auf die Bettkante und streckte sich dann aus, und schließlich legte sich auch Jatney ins Bett, behielt den Bademantel aber an. So blieben sie nebeneinander liegen, bis sie die Lampe auf ihrem Nachttisch löschte und es im Zimmer dunkel wurde. »Nimm mich in deine Arme«, verlangte sie, und sie umarmten einander lange. Dann löste sie sich, rollte sich auf ihre Hälfte des Bettes zurück und sagte kurz angebunden: »Schlaf gut.«

David Jatney lag auf dem Rücken und starrte zur Decke. Er wagte es nicht, den Bademantel auszuziehen, denn er wollte nicht, daß sie dachte, er wolle nackt neben ihr im Bett liegen. Er überlegte, ob er Hock beim nächsten Wiedersehen davon erzählen sollte, sagte sich aber, daß er sich nur zum Gespött machen würde, weil er mit einer so schönen Frau im selben Bett geschlafen hatte, ohne daß etwas passierte. Aber vielleicht würde Hock ihn auch für einen Lügner halten. Er wünschte, die Schlaftablette nicht abgelehnt zu haben, die Rosemary ihm angeboten hatte. Sie selber schlief schon tief und fest, schnarchte dabei sogar ein wenig.

Jatney beschloß, ins Wohnzimmer zu gehen, und stieg aus dem Bett. Sofort wurde Rosemary wach. »Würdest du mir ein Glas Evian holen?« fragte sie verschlafen. Jatney ging ins Wohnzimmer und holte zwei Gläser mit dem Wasser und Eis dazu. Er trank einen Schluck aus seinem Glas und füllte es wieder auf. Dann kehrte er ins Schlafzimmer zurück. Im Licht, das vom Flur hereinfiel, erkannte er, daß Rosemary aufrecht im Bett saß und sich die Laken um den Oberkörper gewickelt hatte. Als er ihr ein Glas reichte, streckte sie einen nackten Arm danach aus. In der Dunkelheit berührte er zufällig ihren Körper, bevor er ihre Hand fand, um ihr das Glas zu geben, und merkte, daß sie nackt war. Während sie trank, schlüpfte er zu ihr ins Bett und ließ dabei seinen Bademantel zu Boden fallen.

Er hörte, wie sie das Glas auf den Nachttisch zurückstellte, und streckte die Hand aus, um ihren Körper zu berühren. Er spürte ihren nackten Rücken und darunter die weiche Rundung ihrer Hinterbacken. Sie drehte sich um, bis sie in seinen Armen lag und ihre Brüste sich an seinen Körper preßten. Als sie die Arme um ihn schlang, stießen sie beide mit den Füßen die Decken fort, weil ihnen bei ihren Küssen so heiß wurde. Sie küßten sich endlos, ihre Zunge in seinem Mund war heiß wie Feuer, und dann konnte er nicht mehr warten, war über ihr, und ihre seidenweiche Hand führte ihn in sie

hinein. Sie liebten sich so lautlos, als fürchteten sie, beobachtet zu werden, bis ihre Körper sich gemeinsam dem Höhepunkt entgegenbogen und sie danach entspannt auseinandersanken.
»Schlaf gut«, flüsterte sie und küßte ihn sanft auf den Mundwinkel.
»Ich möchte dich sehen«, protestierte er.
»Nein«, wehrte sie ab.
David Jatney streckte die Hand aus und knipste die Nachttischlampe an. Rosemary schloß die Augen. Sie war immer noch wunderschön, auch jetzt, nachdem ihrer beider Verlangen befriedigt war und obwohl er sie ohne ihre künstlichen Schönheitsutensilien, ohne ihre Koketterie, ohne schmeichelnde Beleuchtung sah. Aber es war eine andere Schönheit.
Er hatte mit ihr aus animalischer Lust geschlafen und weil sie da war: eine natürliche, physische Reaktion seines Körpers. Sie hatte mit ihm aus einem Bedürfnis des Herzens heraus geschlafen oder auf Grund eines seltsamen Vorgangs in ihrem Gehirn. Und nun, im Schein der einzigen kleinen Lampe, wirkte ihr nackter Körper nicht mehr einschüchternd, waren ihre Brüste zierlicher, mit winzigen Spitzen, ihr Körper kleiner, ihre Beine nicht mehr so lang, ihre Hüften nicht mehr so schwellend, ihre Schenkel ein wenig schlanker. Als sie die Augen aufschlug und ihn ansah, sagte er: »Du bist so schön!« Er küßte ihre Brüste, und während er das tat, streckte sie die Hand aus und löschte das Licht. Sie liebten sich abermals, dann schliefen sie ein.
Als Jatney erwachte und die Hand nach ihr ausstreckte, war sie fort. Er schlüpfte in seine Kleider und legte die Armbanduhr an. Es war sieben Uhr morgens. Er fand sie draußen auf der Terrasse, in einem roten Jogginganzug, auf dem ihr schwarzes Haar wie Kohle wirkte. Der Zimmerservice hatte einen Tisch hereingerollt, auf dem silberne Kaffeekannen, silberne Milchkrüge und verschiedene Platten mit Metalldeckeln zum Warmhalten der Speisen arrangiert waren. Rosemary lächelte ihm zu und sagte: »Ich habe schon für dich bestellt. Ich wollte dich gerade wecken. Ich muß mein Laufpensum erledigen, bevor ich mit der Arbeit beginne.«

Er setzte sich an den Tisch; sie schenkte ihm Kaffee ein und nahm den Deckel von einer Platte mit Eiern und Obstscheiben. Dann trank sie ihren Orangensaft und stand auf. »Laß dir nur Zeit«, sagte sie. »Vielen Dank, daß du gestern abend geblieben bist.«

David Jatney wünschte, sie hätte mit ihm zusammen gefrühstückt; er wünschte, sie hätte ihm gezeigt, ob sie ihn wirklich mochte; er wünschte sich eine Gelegenheit, mit ihr zu plaudern, ihr von seinem Leben zu erzählen, irgend etwas zu sagen, das ihn für sie interessant machte. Inzwischen aber schlang sie sich ein weißes Stirnband um das kohlschwarze Haar und schnürte ihre Joggingschuhe. Dann stand sie auf. Ohne zu merken, daß sein Gesicht vor Erregung zuckte, erkundigte sich David Jatney: »Wann darf ich dich wiedersehen?« Und wußte sofort, daß er einen furchtbaren Fehler begangen hatte.

Rosemary, bereits auf dem Weg zur Tür, hielt inne. »Ich habe in den nächsten Wochen schrecklich viel zu tun. Ich muß nach New York. Wenn ich zurück bin, rufe ich dich an.« Aber sie fragte ihn nicht nach seiner Telefonnummer.

Dann schien ihr noch etwas einzufallen. Sie griff zum Telefonhörer und bestellte eine Limousine, die Jatney nach Santa Monica zurückbringen sollte. »Der Wagen geht auf meine Rechnung. Brauchst du vielleicht noch Bares als Trinkgeld für den Fahrer?«

Jatney starrte sie lange an. Sie nahm ihre Handtasche, öffnete sie und fragte: »Wieviel wirst du für das Trinkgeld brauchen?«

Jatney vermochte sich nicht mehr zu beherrschen. Er wußte nicht, daß sein Gesicht wild zuckte, ergriffen von einer Bosheit und einem Haß, die erschreckend wirkten. Absichtlich beleidigend sagte er: »Das weißt du doch bestimmt besser als ich.« Rosemary schloß ihre Handtasche und verließ die Suite.

Er hörte nie wieder etwas von ihr. Nachdem er zwei Monate gewartet hatte, sah er sie eines Tages auf dem Studiogelände mit Gibson Grange und Dean aus Hockens Büro kommen. Er blieb in der Nähe von Hockens Parkplatz stehen, damit sie ihn begrüßen mußten. Hocken umarmte ihn herzlich, erklärte, sie müßten mal wieder zu Abend essen, und erkundigte sich nach seinem Job. Gibson Grange ergriff seine Hand und bedachte ihn mit einem verschmitzten, aber freundlichen Lächeln, bei dem sein hübsches Gesicht gute Laune ausstrahlte. Rosemary starrte ihn an, ohne zu lächeln. Und wirklich schmerzlich empfand er daran, daß er einen Moment das Gefühl hatte, sie habe ihn tatsächlich vergessen.

Auf Louis Inch hatte David Jatney wegen einer jungen Frau namens Irene Fletcher geschossen. Irene war begeistert, daß jemand versucht hatte, Inch mit einem Gewehr umzubringen, ahnte aber nicht, daß ihr Liebhaber den Schuß abgegeben hatte. Und das, obwohl sie ihn täglich drängte, ihr seine verborgensten Gedanken mitzuteilen.

Kennengelernt hatten die beiden sich in der Montana Avenue, wo sie Verkäuferin in dem berühmten Fioma Bake Shop war, wo es das beste Brot von ganz Amerika gab. David Jatney pflegte dort Gebäck und Brötchen zu kaufen und ein wenig mit Irene zu plaudern, während sie ihn bediente. Eines Tages fragte sie ihn: »Haben Sie Lust, heute abend mit mir auszugehen? Wir könnten jeder für sich bezahlen.«

Jatney sah sie lächelnd an. Sie gehörte zwar nicht zu den typisch blonden California Girls, hatte aber ein hübsches, rundes Gesicht mit energischem Ausdruck, ihre Figur war nur ein kleines bißchen mollig, und sie sah aus, als sei sie eine Spur zu alt für ihn. Sie mußte etwa fünf- oder sechsundzwanzig sein. Aber in ihren grauen Augen funkelte es lebhaft, und da sie auch im Gespräch intelligent wirkte, sagte er zu. Ehrlich gesagt, er fühlte sich ziemlich einsam. So begannen sie eine zwanglose, freundliche Liebesbeziehung, denn für Ernsteres hatte Irene Fletcher weder Zeit noch Lust. Sie hatte einen fünfjährigen Sohn, wohnte bei ihrer Mutter und betätigte sich überaus aktiv in Lokalpolitik und östlichen Religionen – eine Kombination, die keineswegs unüblich war für junge Menschen in Kalifornien. Für Jatney war Irene eine erfrischende Erfahrung. Gelegentlich brachte sie ihren Sohn Jason Campbell zu

diesen Zusammenkünften mit, die oft bis spät in die Nacht hinein dauerten. Dann wickelte sie den Kleinen in eine indianische Wolldecke und legte ihn auf dem Fußboden schlafen, während sie eifrig ihre Ansichten über Kandidaten für den Stadtrat von Santa Monica oder den neuesten Guru aus dem Fernen Osten zum besten gab. Manchmal legte sich Jatney neben den Jungen auf den Fußboden, um ebenfalls einzuschlafen.
Für Jatney war sie die perfekte Partnerin, denn sie hatten nichts gemeinsam. Jatney haßte Religion und verabscheute Politik. Irene verabscheute das Kino und interessierte sich ausschließlich für Bücher über exotische Religionen und Sozialstudien der Linken. Aber sie leisteten einander Gesellschaft, füllten gegenseitig die Lücken in ihrem Leben. Wenn sie miteinander schliefen, gaben sie sich beide ein wenig lässig, blieben aber immer freundschaftlich. Manchmal gestattete sich Irene beim Sex eine Zärtlichkeit, für die sie sich hinterher jedoch sofort entschuldigte.
Es paßte auch großartig, daß Irene gern erzählte und David Jatney lieber schwieg. Wenn sie im Bett lagen, konnte Irene stundenlang reden, während David ihr einfach zuhörte. Manchmal war das, was sie redete, interessant, manchmal nicht. Interessant war, daß in Santa Monica ein ständiger Guerillakrieg zwischen den Interessen der Grundbesitzer und den kleinen Hausbesitzern und Mietern zu herrschen schien. Das konnte Jatney gut verstehen. Er liebte Santa Monica, er liebte die sanfte Skyline der zweistöckigen Häuser und einstöckigen Geschäfte, die Villen im spanischen Stil, die friedliche Atmosphäre, den absoluten Mangel an einschüchternden religiösen Gebäuden wie die Mormonentempel in seinem Heimatstaat Utah. Er mochte die vielen schmalen Durchblicke aufs Meer und liebte es, daß der riesige Pazifik nicht hinter hochaufragenden Wolkenkratzern aus Glas und Beton verborgen lag. Er fand Irene heldenhaft, weil sie dafür kämpfte, all das vor den Immobilienhaien zu schützen.
Sie erzählte von ihren gerade besonders beliebten indischen Gurus und hörte sich deren Mantras und Vorträge auf Tonband an. Diese

Gurus waren weit angenehmer und humorvoller als die strengen Ältesten der Mormonenkirche, denen David zugehört hatte, während er heranwuchs, und ihr Glaube schien weitaus poetischer zu sein, ihre Wunder reiner, spiritueller, ätherischer als die berühmte Mormonenbibel aus Gold und der Engel Moroni. Aber letztlich waren sie doch genauso langweilig mit ihrer Ablehnung aller irdischen Freuden, des weltlichen Ruhms, den Jatney doch so verzweifelt anstrebte.

Und Irene hörte nie auf zu reden, geriet sogar in eine Art Ekstase, selbst wenn sie von ganz normalen Dingen sprach. Im Gegensatz zu Jatney fand sie in ihrem Leben, so banal es auch sein mochte, zu viel Bedeutung anstatt zu wenig.

Manchmal, wenn sie sich hinreißen ließ und eine ganze Stunde lang ununterbrochen ihre Gefühle analysierte, hatte er das Gefühl, daß sie ein Stern am Himmel sei, der immer größer und heller wurde, während er selbst in einem bodenlosen schwarzen Loch versank, dem Universum, und immer tiefer in diese Dunkelheit abstürzte, während sie davon nichts merkte.

Er fand es auch gut, daß sie in materiellen Dingen großzügig war, mit ihren persönlichen Gefühlen jedoch sehr sparsam umging. Sie würde sich nie ganz dem Kummer überlassen, würde nie in die Finsternis des Universums abstürzen. Und er war dankbar dafür, daß das so war. Er wollte sie nicht dabei haben, in der Dunkelheit.

Eines Abends machten sie einen Spaziergang am Strand gleich außerhalb von Malibu. Es kam David Jatney unheimlich vor, daß da auf der einen Seite der endlose Ozean war, dann eine Häuserzeile kam, und gleich dahinter die Berge lagen. Er fand es unnatürlich, daß die Berge fast bis ans Wasser reichten. Irene hatte Decken mitgebracht, ein Kissen, und ihren Sohn. Und während sie am Strand lagen, schlief der Kleine, in warme Decken gewickelt, friedlich ein.

Irene und David saßen auf ihrer Decke und waren überwältigt von der Schönheit der Nacht. In diesem winzigen Augenblick liebten sie einander aufrichtig. Sie beobachteten den blauschwarzen

Ozean im Mondlicht, die kleinen, mageren Vögel, die vor den heranrollenden Wellen einherliefen. »David«, sagte Irene auf einmal, »du hast mir nie wirklich etwas von dir erzählt. Ich möchte dich lieben. Aber du läßt nicht mal zu, daß ich dich richtig kennenlerne.«

David Jatney war erst einundzwanzig, daher war er gerührt von ihren Worten. Er lachte ein wenig nervös; dann sagte er: »Vor allem solltest du wohl wissen, daß ich ein Zehn-Meilen-Mormone bin.«

»Ich weiß ja nicht mal, daß du Mormone bist«, entgegnete Irene.

»Wenn du als Mormone erzogen wirst, wird dir eingetrichtert, daß du nicht trinken, nicht rauchen und nicht ehebrechen sollst«, erklärte David. »Wenn du das alles aber doch tun willst, mußt du unbedingt dafür sorgen, daß du mindestens zehn Meilen von allen entfernt bist, die dich kennen.« Dann erzählte er ihr von seiner Kindheit. Und seinem Haß auf die Mormonenkirche.

»Die bringen dir bei, daß man sogar lügen darf, wenn es der Kirche nützt«, erklärte David Jatney. »Und dann erzählen dir diese scheinheiligen Schweine all diesen Scheiß über den Engel Moroni und irgendeine Goldbibel. Und dann tragen sie auch noch Engelshosen, was meine Eltern, wie ich zugeben muß, niemals getan haben, aber man konnte diese Engelshosen ständig auf ihrer Wäscheleine hängen sehen. Das Idiotischste, was ich jemals erlebt habe.«

»Was sind Engelshosen?« erkundigte sich Irene. Sie hielt seine Hand, damit er weiterredete.

»So eine Art Gewand, das sie tragen, damit man keinen Spaß am Sex hat«, antwortete David Jatney. »Und die sind tatsächlich so dämlich, daß sie nicht wissen, daß die Katholiken im sechzehnten Jahrhundert genauso ein Kleidungsstück hatten, ein Gewand, das den ganzen Körper bedeckt und nur ein einziges Loch hat, damit man bumsen kann, angeblich ohne Spaß dran zu finden. Als ich klein war, sah ich überall die Engelshosen auf der Wäscheleine hängen. Zugunsten meiner Eltern muß ich sagen, daß die diesen Quatsch nicht mitgemacht haben, aber weil mein Vater Kirchenältester war, mußten sie die Engelshosen auf die Leine hängen.« Jatney lachte kurz auf; dann stöhnte er: »O Gott, was für eine Religion!«

»Sie ist faszinierend, aber sie klingt so primitiv«, stellte Irene fest. Und was zum Teufel ist so zivilisiert an all diesen Scheiß-Gurus, an die du glaubst, dachte David Jatney, die dir erzählen, daß Kühe heilig sind, die von Reinkarnation faseln und behaupten, das Leben bedeute nichts, und all diesen Voodoo-Karma-Unsinn? Aber sie spürte, wie sich sein Körper verkrampfte, und wollte, daß er weitererzählte. Sie schob ihre Hand unter sein Hemd und spürte, daß sein Herz raste.

»Hast du sie gehaßt?« wollte sie wissen.

»Meine Eltern habe ich nie gehaßt«, antwortete er. »Die waren immer gut zu mir.«

»Ich meinte, die Mormonenkirche?« sagte Irene.

»Ich habe diese Kirche gehaßt, solange ich denken kann«, gestand David Jatney. »Ich habe sie als kleines Kind gehaßt. Ich habe die Gesichter der Ältesten gehaßt, ich habe es gehaßt, wie meine Eltern denen in den Arsch gekrochen sind. Ich habe ihre Scheinheiligkeit gehaßt. Wenn man mit den Vorschriften der Kirche nicht einverstanden war, konnte es sogar sein, daß die einen ermorden ließen. Es ist eine Kommerz-Religion; die halten alle fest zusammen. So ist mein Vater reich geworden. Aber eines muß ich dir erzählen, was mich am meisten abgestoßen hat: Die haben spezielle Salbungen, bei denen die obersten Ältesten heimlich gesalbt werden, damit sie vor den anderen Menschen in den Himmel kommen. Das ist doch, als würde sich jemand vordrängen, während alle für ein Taxi oder einen Tisch in einem berühmten Restaurant Schlange stehen!«

»So sind die meisten Religionen«, belehrte ihn Irene, »nur die indischen zum Glück nicht. Du mußt ganz einfach nur auf dein Karma aufpassen.« Sie hielt einen Augenblick inne. »Deswegen bemühe ich mich ja, mich von schnöder Geldgier zu befreien, deswegen kann ich mich nicht mit meinen Mitmenschen um irdi-

sche Güter streiten. Ich muß meinen Geist rein halten. Wir haben spezielle Zusammenkünfte, und in Santa Monica herrscht im Augenblick eine furchtbare Krise. Wenn wir nicht aufpassen, werden die Immobilieninteressen alles vernichten, wofür wir gekämpft haben, und diese Stadt wird nur noch aus Wolkenkratzern bestehen. Und dann erhöhen sie die Mieten, und du und ich werden aus unseren Wohnungen geschmissen.«
So redete sie immer weiter, während ihr David Jatney mit einem Gefühl inneren Friedens zuhörte. Er hätte ewig hier am Strand liegen können, in der Zeit verloren, in Schönheit verloren, in der Unschuld dieses Mädchens verloren, das so wenig Angst verspürte vor dem, was ihr in dieser Welt zustoßen konnte. Jetzt redete sie von einem Mann namens Louis Inch, der den Stadtrat zu bestechen versuchte, damit die Bau- und Mietgesetze geändert wurden. Sie schien eine ganze Menge über diesen Inch zu wissen; sie hatte ihn ausgeforscht. Der Mann hätte ein Ältester der Mormonenkirche sein können. Schließlich sagte Irene sogar: »Wenn es meinem Karma nicht so sehr schadete, würde ich dieses Schwein umbringen!«
David Jatney lachte. »Ich hab sogar mal den Präsidenten erschossen.« Und dann erzählte er ihr von dem Mörderspiel, der Jagd, und wie er einmal einen Tag lang der große Held der Brigham Young University gewesen war. »Aber die Mormonen-Ältesten, die dort das Sagen hatten, haben mich einfach gefeuert«, sagte er.
Irene war jedoch inzwischen mit ihrem Sohn beschäftigt, der schlecht geträumt hatte und laut schreiend aufgewacht war. Sie tröstete ihn; dann sagte sie zu Jatney: »Morgen abend wird dieser Inch mit einigen Stadträten essen gehen. Er hat sie zu ›Michael's‹ eingeladen, und du weißt doch, was das bedeutet. Er wird versuchen, sie zu bestechen. Ich würde mich wirklich freuen, wenn jemand dieses Schwein erschießt!«
»Mein Karma ist nicht ganz so empfindlich«, scherzte David, »deswegen werde ich ihn für dich erschießen.« Beide lachten.
Am nächsten Abend reinigte David Jatney sein Jagdgewehr, das

er aus Utah mitgebracht hatte, und gab den Schuß ab, der die Scheibe von Louis Inchs Limousine zerschmetterte. Eigentlich hatte er überhaupt nicht treffen wollen, der Schuß war vielmehr näher ins Ziel gegangen, als er beabsichtigte. Er hatte nur einmal sehen wollen, ob er sich überwinden konnte, wirklich zu schießen.

17. Kapitel

Es war Patsy Troyca, der Peter Cloot austrickste und Christian Klee durchschaute. Bei der Durchsicht aller Aussagen vor den Kongreß-Untersuchungsausschüssen in Sachen Atombombenexplosion entdeckte er Klees Erklärung, die große internationale Entführungskrise habe damals Vorrang gehabt. Und dann stellte Troyca plötzlich fest, daß es eine Zeitlücke gab, während der Christian Klee aus dem Blickfeld verschwunden war. Wohin?
Von Klee würden sie nichts erfahren, soviel stand fest. Aber wenn Christian Klee tatsächlich während dieser Krise verschwunden war, mußte der Grund dafür über alle Maßen wichtig gewesen sein. Was wäre, wenn Klee in diesem Zeitraum Gresse und Tibbot vernommen hätte?
Mit dieser Frage ging Troyca nicht etwa zu Congressman Jintz, seinem Chef, sondern rief Elizabeth Stone an, die Verwaltungsassistentin Senator Lambertinos, und verabredete sich mit ihr zum Dinner in einem verschwiegenen Restaurant. In den Monaten seit der Atombombenkrise hatten sich die beiden zu einer sowohl beruflichen als auch privaten Partnerschaft zusammengefunden. Schon bei ihrem ersten, von Troyca vorgeschlagenen Treffen waren sie zu einer Übereinkunft gelangt. Unter Elizabeth Stones kühler, unpersönlicher Schönheit loderte zwar eine heftige sexuelle Begierde, ihr Verstand jedoch war kalt wie Stahl. Gleich zu Beginn hatte sie gesagt: »Ab November werden unsere Chefs beide

arbeitslos sein. Deswegen finde ich, wir sollten gemeinsam Pläne für die Zukunft schmieden.«

Patsy Troyca war verblüfft. Elizabeth Stone gehörte bekanntermaßen zu jenen Assistenten, die im Kongreß als getreue rechte Hand ihres Chefs galten.

»Der Kampf ist noch nicht entschieden«, protestierte er.

»Aber natürlich ist er das«, widersprach Elizabeth Stone. »Unsere Chefs haben versucht, den Präsidenten aus dem Amt zu entfernen. Und nun, da Kennedy der größte Held ist, den dieses Land seit George Washington kennt, wird er sie mit einem Tritt auf die Straße befördern.«

Troyca empfand seinem Chef gegenüber eine größere Loyalität als Elizabeth, und zwar aus purem Instinkt: nicht aufgrund von Ehrgefühl, sondern weil er ein sehr ehrgeiziger Mensch war. Er landete nämlich nicht gern auf der Seite des Verlierers.

»Oh, wir können uns ruhig noch Zeit lassen damit«, erklärte Elizabeth Stone. »Es soll doch nicht so aussehen, als wären wir die Ratten, die das sinkende Schiff verlassen. Wir werden dafür sorgen, daß wir eine reine Weste behalten. Aber ich kann uns beiden einen besseren Job besorgen.« Dabei lächelte sie ihm spitzbübisch zu, und als er dieses Lächeln sah, verliebte sich Troyca bis über beide Ohren in sie. Es war ein Lächeln voll fröhlicher Verlockung, ein listiges Lächeln und zugleich das Eingeständnis dieser List, ein Lächeln, das bedeutete, wenn er von ihr nicht begeistert sei, müsse er ein Dummkopf sein. Hingerissen erwiderte er das Lächeln.

Patsy Troyca verfügte – nicht ohne sich dessen bewußt zu sein – über einen öligen, zweideutigen Charme, der auf gewisse Frauen anziehend wirkte, was nicht nur andere Männer, sondern auch ihn selbst immer wieder überraschte. Die Männer respektierten Troyca wegen seiner Gerissenheit, Energie und Dynamik. Die Tatsache aber, daß er die Frauen auf so geheimnisvolle Weise in seinen Bann zog, weckte ihre Bewunderung.

Jetzt fragte er Elizabeth Stone: »Wenn wir also Partner werden – bedeutet das, daß ich Sie ins Bett kriege?«

»Nur wenn Sie eine Verpflichtung eingehen«, antwortete Elizabeth Stone.

Es gab zwei Wörter, die Patsy Troyca mehr als alle anderen Wörter der englischen Sprache haßte: Das eine hieß Verpflichtung, das andere Beziehung.

»Sie meinen, wir sollten eine echte Beziehung eingehen, mit gegenseitigen Verpflichtungen, wie etwa Liebe?« erkundigte er sich argwöhnisch. »Wie die Hausnigger gegenüber ihren Herren, unten in Ihrem schönen, alten Süden?«

Sie seufzte. »Ihr Macho-Blödsinn könnte ein Problem werden«, sinnierte sie. Dann fuhr sie fort: »Ich kann etwas für uns beide arrangieren. Ich war der Vizepräsidentin bei ihrer politischen Karriere stets eine große Hilfe. Sie steht in meiner Schuld. Sie müssen realistisch denken. Jintz und Lambertino werden bei der Novemberwahl zu Hackfleisch verarbeitet. Helen DuPray reorganisiert ihren Stab, und ich werde zu einem ihrer Top-Berater. Und für Sie reserviere ich einen Platz als mein Assistent.«

Lächelnd gab Patsy Troyca zurück: »Das wird zwar ein Abstieg für mich sein, doch wenn Sie im Bett wirklich so gut sind, wie ich vermute, werde ich's in Erwägung ziehen.«

»Es wird kein Abstieg, weil Sie ohne Job dastehen werden«, widersprach Elizabeth Stone ungeduldig. »Aber wenn ich die Leiter emporsteige, werden Sie mitsteigen. Und schließlich eine eigene Stabsabteilung der Vizepräsidentin leiten.«

Einen Augenblick hielt sie inne. »Hören Sie«, sagte sie dann, »wir haben uns im Büro des Senators zueinander hingezogen gefühlt – vielleicht nicht Liebe, mit Sicherheit aber Lust auf den ersten Blick. Außerdem habe ich gehört, daß Sie mit Ihren Assistentinnen schlafen. Nun gut, dafür habe ich Verständnis. Da wir beide sehr schwer arbeiten, bleibt uns keine Zeit für ein richtiges Gesellschafts- oder ein richtiges Liebesleben. Und ich habe es satt, ein- bis zweimal pro Monat nur deswegen mit Männern zu schlafen, weil ich mich einsam fühle. Ich möchte eine richtige Beziehung.«

»Sie sind mir zu schnell«, protestierte Patsy Troyca. »Also, wenn's

um den Stab des Präsidenten ginge...« Zum Zeichen, daß das ein Scherz sein sollte, zuckte er die Achseln und grinste.
Elizabeth Stone schenkte ihm wieder ihr spezielles Lächeln. Im Grunde war es eine Art abgebrühtes Grinsen, Patsy Troyca fand es jedoch bezaubernd. »Die Kennedys haben nie Glück gehabt«, erklärte sie. »Aus der Vizepräsidentin könnte die Präsidentin werden. Aber bleiben Sie bitte ernst. Warum sollen wir nicht eine Partnerschaft eingehen, wenn Sie es lieber so bezeichnen? Keiner von uns will heiraten. Keiner von uns will Kinder. Warum können wir nicht wenigstens halbwegs zusammenleben, wobei wir unsere Wohnungen natürlich behalten, aber eben trotzdem in gewisser Weise zusammenleben? Wir hätten Gesellschaft und Sex und könnten als Team zusammenarbeiten. Wir könnten unsere menschlichen Bedürfnisse befriedigen und mit höchster Effizienz operieren. Wenn es klappt, könnte das ein fabelhaftes Arrangement werden. Wenn nicht, können wir einfach damit aufhören. Wir haben bis zum November Zeit.«
In dieser Nacht gingen sie miteinander ins Bett, und Elizabeth Stone war eine Offenbarung für Patsy Troyca. Wie so viele scheue, zurückhaltende Menschen, Mann oder Frau, war sie im Bett auf natürliche Art leidenschaftlich und zärtlich. Und daß diese Vereinigung in Elizabeth Stones Stadtvilla stattfand, trug auch einiges zum Gelingen bei. Patsy Troyca hatte nicht gewußt, daß sie, unabhängig von ihrer Tätigkeit, wohlhabend war. Wie eine echte Privilegierte, dachte er, hatte sie diese Tatsache verheimlicht, während andere damit geprahlt hätten. Troyca sah auf den ersten Blick, daß die Stadtvilla perfekt für ein Zusammenleben geeignet war, weitaus besser als seine nur eben adäquate Wohnung. Hier konnte er mit Elizabeth Stone ein gemeinsames Büro einrichten. Da die Stadtvilla über Dienstboten verfügte, würden ihm darüber hinaus so manche zeitraubenden und lästigen Alltagspflichten, wie Wäsche zur Reinigung bringen und Lebensmittel einkaufen, erspart bleiben.
Und Elizabeth Stone, in Politik und Gesellschaftsleben leiden-

schaftliche Feministin, verhielt sich im Bett wie eine Kurtisane aus alter Zeit, erwies sich als Sklavin all seiner Wünsche. Nun gut, beim erstenmal sind sie alle so, dachte sich Patsy Troyca; genau wie sie nach der ersten Bewerbung um einen Job nie wieder so hübsch aussehen wie anfangs. Die darauffolgenden Wochen belehrten ihn jedoch eines Besseren.

Sie bauten sich eine nahezu perfekte Beziehung auf. Es war für beide wundervoll, nach langen Arbeitsstunden mit Jintz und Lambertino nach Hause zu kommen, zu einem späten Dinner auszugehen, anschließend miteinander zu schlafen und am Morgen darauf gemeinsam zur Arbeit zu gehen. Zum erstenmal im Leben dachte er an Heirat, wußte aber instinktiv, daß Elizabeth Stone diesen Gedanken strikt ablehnen würde.

So lebten sie zurückgezogen, in einem angenehmen Kokon aus Arbeit, Gemeinschaftlichkeit und Liebe, denn sie hatten einander tatsächlich lieben gelernt. Der schönste und zufriedenstellendste Teil ihrer gemeinsam verbrachten Zeit war es jedoch, wenn sie zusammensaßen und Pläne schmiedeten, durch die sie die Strukturen ihrer Welt zu verändern trachteten. Sie waren sich beide einig darin, daß Kennedy im November wiedergewählt werden würde. Elizabeth Stone war überzeugt, daß die Kampagne, die von Kongreß und Socrates Club gegen den Präsidenten geführt wurde, fehlschlagen mußte; Patsy Troyca war sich da nicht so sicher. Es gab noch viele Trümpfe, die man ausspielen konnte.

Elizabeth Stone haßte Francis Kennedy. Aber es war kein persönlicher Haß, sondern die stahlharte Opposition gegen einen Menschen, den sie für einen Tyrannen hielt. »Das wichtigste«, erklärte sie, »ist doch, daß es Kennedy auf gar keinen Fall gelingen darf, bei der nächsten Wahl eine deutliche Mehrheit im Kongreß auf seine Seite zu bringen. Auf diesem Feld sollte die Schlacht geschlagen werden. Aus Kennedys Aussagen während der Kampagne geht eindeutig hervor, daß er die Struktur der amerikanischen Demokratie verändern will. Dadurch würde eine äußerst gefährliche Situation entstehen.«

»Wenn du schon jetzt so gegen ihn bist, wie kannst du dann nach der Wahl eine Position im Stab der Vizepräsidentin annehmen?« erkundigte sich Patsy.
»Wir sind keine Politiker«, belehrte ihn Elizabeth. »Wir sind Verwaltungsbeamte. Wir können für jeden arbeiten.«

Nun aber war Elizabeth Stone sehr überrascht, als Patsy Troyca sie nach einem Monat intimer Zweisamkeit bat, sich mit ihm in einem Restaurant zu treffen statt in der Behaglichkeit der Stadtvilla, die sie mittlerweile gemeinsam bewohnten. Aber er bestand darauf.
Im Restaurant erkundigte sich Elizabeth beim ersten Drink: »Warum konnten wir uns nicht zu Hause unterhalten?«
»Weißt du, ich habe eine Menge Papiere durchgesehen, die ziemlich lange zurückreichen«, antwortete Patsy Troyca nachdenklich. »Christian Klee, unser Justizminister, ist ein äußerst gefährlicher Mann.«
»Ach ja?« gab Elizabeth Stone zurück.
»Es könnte sein, daß dein Haus abgehört wird«, sagte Patsy.
Elizabeth Stone lachte. »Du bist ja paranoid«, stellte sie fest.
»Ja, ja«, entgegnete Patsy Troyca. »Aber was hältst du von folgendem: Christian Klee hatte Gresse und Tibbot, die beiden jungen Männer, eine ganze Weile in Gewahrsam, ohne sie zu vernehmen, das heißt, es gibt eine Zeitlücke zwischen Verhaftung und Vernehmung. Die beiden wurden gewarnt, und es wurde ihnen geraten, den Mund zu halten, bis die Familien ihnen Anwälte geschickt hätten. Und was ist mit Yabril? Klee hält ihn versteckt, niemand darf ihn sehen, niemand mit ihm sprechen. Klee mauert, und Kennedy unterstützt ihn dabei. Ich glaube, dieser Klee ist zu allem fähig.«
»Du könntest Jintz bitten, Klee vor einen Kongreßausschuß zu laden«, meinte Elizabeth Stone nachdenklich. »Und ich könnte Senator Lambertino bitten, dasselbe zu tun. Wir könnten Klee ausräuchern.«

»Dann wird Kennedy auf sein Executive Privilege zurückgreifen und ihm die Aussage verbieten«, sagte Patsy Troyca. »Und wir können uns mit unseren Vorladungen den Arsch abwischen.«
Normalerweise fand Elizabeth Stone seine vulgäre Ausdrucksweise anregend, vor allem im Bett, diesmal aber stand ihr nicht der Sinn danach. »Dadurch würde er sich nur schaden«, behauptete sie. »Presse und Fernsehen werden ihn kreuzigen.«
»Okay, das könnten wir also tun«, entschied Patsy Troyca. »Aber wie wär's, wenn nur wir beide, du und ich, zu Peter Cloot gehen und ihn festzunageln versuchen? Wir können ihn nicht zum Reden zwingen, aber vielleicht tut er es freiwillig. Er ist ganz wild auf Recht und Ordnung und psychologisch vielleicht außer sich über die Art, wie Klee den Zwischenfall mit der Atombombe gehandhabt hat. Möglicherweise weiß er sogar Konkreteres.«

Zwei Tage später gingen sie zu Peter Cloot. Er empfing sie in seinem Büro und erklärte ihnen, er könne ihnen keine Informationen erteilen, gab unter Druck dann aber zu, über Christian Klees Anweisung, Tibbot und Gresse nicht sofort zu vernehmen, erstaunt gewesen zu sein. Des weiteren gab er zu, da der Warnanruf nicht zurückverfolgt werden könne, sei er möglicherweise von einem Apparat aus erfolgt, der elektronisch vor dem Aufspüren geschützt war. Und Cloot gestand auch ein, daß ausschließlich hohe Regierungsbeamte über einen derartigen Apparat verfügten. Als sie ihn jedoch nach dem Zeitraum fragten, in dem Christian Klee nicht im Weißen Haus gewesen war, zuckte er nur die Achseln.
Es war Elizabeth Stone, die ihm die Frage direkt stellte: »Hat er die beiden jungen Männer während dieses Zeitraums verhört?«
Cloot sah ihr offen in die Augen. »Das ist eine Frage, die mich ebenfalls beschäftigt«, antwortete er. »Ich kann mir eigentlich nicht vorstellen, daß Klee eine solche Situation bewußt heraufbeschworen hat. Also, ich sage Ihnen das ganz unter uns und werde es bei einer Befragung abstreiten, es sei denn, ich müßte unter Eid

aussagen. Klee ist tatsächlich zurückgekommen, um Gresse und Tibbot zu verhören. Fünf Minuten war er allein mit den beiden, während sämtliche Abhöranlagen abgestellt waren. Es gibt keine Aufzeichnungen von diesem Verhör. Was dabei gesagt wurde, weiß ich nicht.«

Elizabeth Stone und Patsy Troyca bemühten sich, ihre Erregung zu verbergen. Wieder in ihren eigenen Büros, benachrichtigten sie ihre Chefs, die sofort Vorladungen für Peter Cloot ausfertigten und ihn aufforderten, sowohl vor dem Ausschuß des Repräsentantenhauses als auch vor dem des Senats zu erscheinen.

18. Kapitel

Präsident Francis Kennedy dachte über seine Probleme nach und überlegte, welche Gegenmaßnahmen zu ergreifen seien. Er machte sich Sorgen wegen der Anklagen gegen Christian Klee. Dabei handelte es sich natürlich um reine Erfindung, und er würde die Story entwirren müssen, aber nicht jetzt.

Jetzt mußte er zunächst entscheiden, was mit Yabril und den beiden jungen Professoren Adam Gresse und Henry Tibbot geschehen sollte. Die amerikanische Bevölkerung würde jubeln, wenn er sie kurzerhand am Balkongitter des Weißen Hauses aufhängen ließ, über eine so große Macht verfügte in einer Demokratie jedoch niemand. Als Präsident konnte er zwar ihre Begnadigung, auf gar keinen Fall aber ihre Hinrichtung anordnen. Mittlerweile waren die besten Anwälte von Amerika zur Verteidigung der beiden Wissenschaftler bestellt worden. Whitney Cheever, der sich den Verteidigern von Gresse und Tibbot pro bono angeschlossen hatte, konnte gefährlich werden. Doch Francis Kennedy wußte, daß er mit seinen Überlegungen an einem weiteren Scheideweg angelangt war: Er hatte überzeugende Trümpfe in der Hand, doch wollte er sie auch wirklich ausspielen? Würde er es fertigbringen, all seine demokratischen und ethischen Grundsätze zu ignorieren, die in diesem speziellen Machtkampf so nutzlos waren? Würde er es schaffen, so skrupellos wie seine Gegner zu werden, wie der Kongreß, der Socrates Club oder die Verbrecher, die gegenwärtig von Christian Klee im Gefängnislazarett in Einzelhaft festgehalten wurden? O ja, er konnte sie alle vernichten – wenn er den Willen dazu besaß. Sekundenlang überkam ihn Verzweiflung, dann rief er sich die Hilflosigkeit ins Gedächtnis zurück, die er empfunden hatte, als seine Frau und seine Tochter starben. Wieder hatte er das Gefühl, als lege sich der Haß wie ein eisernes Band um sein Gehirn, und er sagte sich, wenn ich noch einmal zulasse, daß ich hilflos dastehe, verliert wirklich alles seine Bedeutung.

Anfang Juni startete der Kongreß den ersten Angriff und markierte damit das Ende des kurzen Waffenstillstands nach der Ausschaltung von Yabril. Repräsentantenhaus und Senat bildeten gemeinsam einen Ausschuß zur Untersuchung der Vorgänge um die Atombombenexplosion in New York. Sowohl in der Presse als auch im Fernsehen hatte es bereits Andeutungen gegeben, daß sich die Kennedy-Administration einer Nachlässigkeit schuldig gemacht habe. Gresse und Tibbot, die vermutlichen Bombenleger, seien vierundzwanzig Stunden vor der Explosion verhaftet worden. Warum habe man sie nicht verhört und gezwungen, das Versteck der Bombe preiszugeben? Außerdem wurde verlautbart, daß die beiden jungen Physiker kurz vor der Verhaftung gewarnt worden waren. Wer hatte sie gewarnt? Hatte es eine Art Verschwörung in den höheren Rängen der Regierung gegeben? Kennedys besorgter Stab hatte diese Frage bereits als *wrecker*, also als potentiellen Stolperstein, bei der bevorstehenden Wiederwahl-Kampagne eingestuft.

Ein anderer Kongreßausschuß untersuchte, wie viele Angehörige des Secret Service zum Schutz des Präsidenten abkommandiert worden waren. Wie der Kongreß behauptete, waren es über zehn-

tausend. Brauchte Kennedy in einer Demokratie wie Amerika wirklich eine so große Schutztruppe?
Zu einer Sondersitzung mit seinem Stab bat Kennedy auch Vizepräsidentin Helen DuPray, den Leiter des National Institute of Medical Science, Dr. Zed Annaccone, den CIA-Chef Theodore Tappey und seinen Pressesekretär Matthew Gladyce.

Helen DuPray hatte sich schon vor langem ihre Gedanken zum männlichen Ehrbegriff gemacht. Es war ganz einfach: Wenn ein Mann einem anderen Mann oder einer Frau etwas schuldete, war er der Überzeugung, daß die Begleichung dieser Schuld eine höhere Verpflichtung darstelle als jene, die er dem Gesellschaftsvertrag schuldete.
Frauen dagegen nahmen den Gesellschaftsvertrag zu wörtlich, das heißt, die Auffassung, der Mensch habe seine persönlichen Belange den allgemeinen Bedürfnissen seiner Mitmenschen unterzuordnen. In diesem Sinne besaßen die Frauen, wie die Männer immer wieder behaupteten, tatsächlich kein »Ehrgefühl«. Innerhalb der Grenzen politischer Besonnenheit verabscheute Helen DuPray diese Art heuchlerischer Erpressung. Daß sie sie als typisch männliche Auffassung einstufte, machte sie keineswegs blind für die Macht, die ihr innewohnte, und für die Einschränkungen, die sie ihrer eigenen politischen Bewegungsfreiheit auferlegte.
An diesem frühen Maimorgen vor der Sitzung beim Präsidenten entschloß sie sich zu ihrem üblichen Fünf-Meilen-Lauf, um einen klaren Kopf zu bekommen. Seit sie sich geweigert hatte, den Antrag auf Entfernung Kennedys aus dem Amt zu unterschreiben, war sie für den Stab eine Heldin, das wußte sie. Aber sie wußte auch, daß die Herren das für einen Akt »männlicher« Ehre hielten. Deswegen würde sie sich bei der anstehenden Sitzung äußerst vorsichtig verhalten müssen.
Insgeheim war sie fest davon überzeugt, die einzige Kur für die Leiden der Welt sei es, den Patriarchen die Macht zu entreißen. Aber nicht einmal in ihren kühnsten Träumen glaubte sie, daß das

noch zu ihren Lebzeiten geschehen könne. Sie selbst vermochte die Dinge nur um ein paar Zentimeter weiterzubewegen, dann mußte sie warten, bis ein neuer Abschnitt der Geschichte begann. Eine neue *history*, oder eine neue *herstory*, wie eifernde Feministinnen und Männerhasserinnen es bezeichnen würden. Sie lächelte. Ihr war es gleichgültig. Ihre Aufgabe war es, dafür zu sorgen, daß die Welt funktionierte. In Gedanken bereitete sie sich auf die Sitzung mit Francis Kennedy vor. Es würde, das wußte sie, eine wichtige und gefährliche Konferenz werden.

Dr. Zed Annaccone fürchtete sich vor dieser Sitzung mit Präsident Kennedy und seinem Stab. Ihm wurde ein wenig übel bei dem Gedanken, über seine Wissenschaft sprechen und sie mit politischen und soziologischen Zielen verbunden sehen zu müssen. Er hätte sich niemals bereit erklärt, medizinischer Berater des Präsidenten zu werden, wäre das nicht die einzige Möglichkeit gewesen, ausreichende Mittel für sein heißgeliebtes National Brain Institute lockerzumachen.

Wenn er mit Francis Kennedy direkt zu tun hatte, war es nicht ganz so schlimm. Der Mann war brillant und besaß eine natürliche Begabung für Naturwissenschaften, obwohl jene Pressemeldungen, in denen behauptet wurde, am Präsidenten sei ein großartiger Naturwissenschaftler verlorengegangen, schlichtweg absurd waren. Aber der Mann begriff die subtilen Werte der Forschung, und er sah ein, daß sie sämtliche Aspekte des Lebens beeinflußte. Außerdem verfügte er über ausreichend Vorstellungskraft, um die an Wunder grenzenden Ergebnisse selbst der am weitesten hergeholten wissenschaftlichen Theorien zu erkennen. Nein, Kennedy war nicht das Problem. Das Problem war sein Stab, der Kongreß und all die anderen bürokratischen Drachen. Plus CIA und FBI, die ihm ständig über die Schulter blickten.

Vor seiner Arbeit in Washington hatte Dr. Zed Annaccone die erschreckende Kluft zwischen der Wissenschaft und der Gesellschaft im allgemeinen nicht wahrhaft begriffen. Es war ein Skandal, daß die menschliche Erkenntnis in den Naturwissenschaften einen so großen Sprung vorwärts getan hatte, während die politischen und soziologischen Fächer praktisch auf der Stelle traten. Die Wissenschaft hatte so viele Rätsel des Körpers und des Gehirns gelöst, und dennoch befand sich die Gesellschaft im allgemeinen noch immer auf der Stufe des finstersten Mittelalters.

Annaccone fand es unglaublich, daß die Menschheit immer noch Kriege führte – unter immensen Kosten und ohne jeden Nutzen; daß einzelne Männer und Frauen einander immer noch töteten, obwohl es Behandlungsmethoden gab, die alle mörderischen Neigungen im Menschen beseitigten. Er fand es niederträchtig, daß die Wissenschaft der Gen-Spaltung von Politikern und Medien angegriffen wurde, als seien Versuche mit dem Geist der Menschheit eine Beleidigung irgendeines heiligen Geistes. Vor allem, da jetzt eindeutig erkannt worden war, daß die menschliche Rasse in ihrer jetzigen genetischen Beschaffenheit zum Untergang verurteilt war.

Dr. Zed Annaccone war über das Thema der Sitzung informiert worden. Es bestanden immer noch Zweifel daran, ob die Explosion der Atombombe ein Teil der terroristischen Verschwörung zur Destabilisierung des amerikanischen Einflusses auf die Welt darstellte, ob es eine Verbindung zwischen den beiden jungen Physikern Gresse und Tibbot und dem Terroristenanführer Yabril gab. Man würde ihn fragen, ob man den PVT Brain Scan einsetzen solle, um die Häftlinge zu verhören und die Wahrheit zutage zu fördern. Und das machte Dr. Zed Annaccone zornig. Warum hatten sie ihn nicht gebeten, den PVT-Test einzusetzen, bevor die Bombe in die Luft ging? Christian Klee behauptete, er sei völlig von der Entführungskrise beansprucht gewesen, und außerdem habe er die Bombendrohung nur für eine weitere von vielen leeren Drohungen gehalten. Die typische Logik eines Arschlochs. Und Präsident Kennedy hatte Klees Forderung nach dem PVT Brain Scan aus humanitären Gründen abgelehnt. Gewiß, wenn die beiden jungen Männer unschuldig waren und ihr Gehirn während des Scanning

Schaden nahm, wäre das eine unmenschliche Tat. Aber Annaccone wußte, daß sich hier ein Politiker rückversichern wollte. Er hatte Kennedy eingehend über das Verfahren unterrichtet, und Kennedy hatte genau verstanden. Der PVT Scan war fast hundertprozentig sicher und würde bewirken, daß der Befragte wahrheitsgemäß antwortete. Sie hätten die Bombe finden und entschärfen können. Die Zeit hätte gereicht.

Gewiß, es war bedauerlich, daß so viele Menschen getötet und verletzt worden waren. Insgeheim aber empfand Dr. Annaccone eine klammheimliche Bewunderung für die beiden jungen Wissenschaftler. Er wünschte, er hätte ihre Courage, denn sie hatten tatsächlich einen Beweis erbracht – einen irrwitzigen Beweis, aber einen Beweis: daß es nämlich, während der Mensch im allgemeinen immer mehr Kenntnisse erwarb, immer wahrscheinlicher wurde, daß ein einzelner eine Atomkatastrophe auszulösen vermochte. Und daß die Habgier eines einzelnen Unternehmers oder der Größenwahn eines Politikers zu demselben Ergebnis führen konnten. Diese beiden jungen Männer aber hatten als Ziel eindeutig eine gesellschaftliche Kontrolle im Sinn, nicht eine wissenschaftliche. Sie wollten die Wissenschaft abwürgen, in ihrem Vorwärtsdrang aufhalten. Die richtige Lösung war natürlich, die genetische Struktur des Menschen so zu verändern, daß ihm Gewalttätigkeiten unmöglich wurden. Die Gene und das Gehirn zu bremsen, wie man eine Lokomotive bremst. So einfach war das.

Während sie im Cabinet Room des Weißen Hauses auf das Eintreffen des Präsidenten warteten, hielt Dr. Zed Annaccone Abstand von den anderen Anwesenden, indem er sich in seine mitgebrachten Memoranden und Artikeln vertiefte. Er hatte schon immer eine Aversion gegen den Stab des Präsidenten gehabt. Christian Klee verfolgte die Arbeit des National Brain Institute aufmerksam und erließ gelegentlich einen Geheimhaltungsbefehl für dessen Forschungen. Das paßte Dr. Annaccone nicht, weswegen er sich, wann immer möglich, gewisser Ausweichtaktiken bediente. Und er war häufig überrascht, wenn Klee ihn dabei doch noch austrickste. Die übrigen Stabsmitglieder, Eugene Dazzy, Oddblood Gray und Arthur Wix, waren Primitivlinge ohne jedes Verständnis für die Wissenschaft und gingen völlig in vergleichsweise unwichtigen Fragen der Soziologie und Staatskunst auf.

Wie er feststellte, war Vizepräsidentin Helen DuPray ebenso anwesend wie Theodore Tappey, der CIA-Chef. Die Tatsache, daß eine Frau Vizepräsidentin der Vereinigten Staaten war, erstaunte Annaccone immer wieder. Er hatte das Gefühl, daß die Wissenschaft so etwas eigentlich nicht zulasse. In seinen Hirnforschungen würde er, wie er meinte, eines Tages auf einen fundamentalen Unterschied zwischen dem männlichen und dem weiblichen Gehirn stoßen, und war belustigt darüber, daß das bisher nicht der Fall gewesen war. Belustigt, weil es ein amüsantes Durcheinander geben würde, falls er diesen Unterschied doch noch finden sollte.

Theodore Tappey betrachtete er als eine Art Neandertaler. Diese sinnlosen Manipulationen in der Außenpolitik, nur um einen winzigen Vorteil vor den anderen Mitgliedern der menschlichen Rasse zu erringen – ein solch eitles Bemühen, auf lange Sicht!

Dr. Zed Annaccone entnahm seinem Aktenkoffer einen Stoß Papiere. Es gab da einen interessanten Artikel über ein hypothetisches Elementarteilchen namens Tachyon. Nicht einer der Anwesenden in diesem Raum hat jemals von dieser Arbeit gehört, dachte er. Aber er, Dr. Annaccone, hatte sich, obwohl er Gehirnspezialist war, ein umfangreiches Wissen auf sämtlichen Gebieten der Naturwissenschaft angeeignet.

Und so studierte er nun diese Abhandlung über Tachyonen. Gab es wirklich Tachyonen? Darüber stritten sich die Physiker seit zwanzig Jahren. Falls es wirklich Tachyonen gab, widerlegten sie Einsteins Theorie, denn Tachyonen besaßen Überlichtgeschwindigkeit, was Einstein für unmöglich erklärt hatte. Gewiß, es gab die Apologie, daß Tachyonen von Anfang an schneller waren als das Licht, aber was zum Teufel sollte das heißen? Außerdem war die Masse eines Tachyons eine negative Zahl, was angeblich ebenfalls unmöglich sein sollte. Doch was im Leben unmöglich war,

konnte in der geheimnisvollen Welt der Mathematik möglich sein. Und was kam dann? Wer konnte das wissen? Wen kümmerte es? Bestimmt keinen in diesem Raum, in dem die mächtigsten Männer des ganzen Planeten versammelt waren. Eine Ironie. Tachyonen konnten das menschliche Leben vermutlich stärker verändern, als diese Männer es sich vorzustellen vermochten.
Schließlich erschien der Präsident, und die Anwesenden erhoben sich. Dr. Annaccone legte seine Papiere beiseite. Wenn er aufpaßte und zählte, wie oft wer mit den Augen zwinkerte, konnte er dieser Sitzung vielleicht etwas abgewinnen. Zahlreiche Untersuchungen hatten ergeben, daß ein Augenzwinkern verriet, ob eine Person log oder die Wahrheit sprach. Heute würde enorm viel gezwinkert werden.

Francis Kennedy betrat den Raum in bequemen Slacks und weißem Hemd unter dem blauen, ärmellosen Kaschmirpullover. Er war so gut gelaunt, daß es bei einem Mann mit so vielen Problemen erstaunlich wirkte.
Vizepräsidentin Helen DuPray fragte sich, warum die Liebe die Männer fröhlich, die Frauen dagegen traurig stimmte.
Nach der Begrüßung sagte er: »Wir haben heute Dr. Annaccone bei uns, damit wir die Frage klären können, ob der Terrorist Yabril auf irgendeine Art mit der Atombombenexplosion zu tun gehabt hat. Aber es geht auch um den von der Presse und Fernsehen veröffentlichten Vorwurf, wir von der Administration hätten die Bombe finden können, bevor sie explodierte. Also, Christian, um das endgültig klarzustellen: Gibt es Beweise für Yabrils Beteiligung?«
Das haben wir schon so oft besprochen, dachte Christian Klee. Also will Francis es jetzt wohl absichtlich noch einmal fürs Protokoll hören, vor allem in Dr. Annaccones Anwesenheit.
»Konkrete Beweise nicht«, antwortete Christian.
Dr. Annaccone hatte inzwischen mathematische Gleichungen auf seinen Notizblock gekritzelt.
Kennedy schenkte ihm ein freundliches Grinsen. »Nun, Dr. An-

naccone«, erkundigte er sich, »wie denken Sie über dieses Thema? Möglicherweise können Sie uns helfen. Und wenn Sie mir einen Gefallen tun wollen – hören Sie bitte auf, die Geheimnisse des Universums auf Ihrem Memoblock enträtseln zu wollen. Sie haben schon weitaus genug entdeckt, um uns in Probleme stürzen zu können.«

Wie Dr. Annaccone richtig erkannte, war dies ein als Kompliment getarnter Verweis. Daher gab er jetzt zurück: »Ich begreife immer noch nicht, warum Sie den Befehl für den PVT-Test nicht unterzeichnet haben, bevor die Atombombe hochging. Sie hatten die beiden jungen Männer doch schon in Gewahrsam. Und gemäß Atomsicherheitsgesetz waren Sie eindeutig dazu befugt.«

»Vergessen Sie bitte nicht, daß wir uns damals mitten in einer Krise befanden, die wir für weitaus wichtiger hielten«, warf Christian Klee hastig ein. »Ich dachte, es hätte noch einen weiteren Tag Zeit. Gresse und Tibbot beteuerten ihre Unschuld, und wir hatten höchstens genug Beweise, um sie zu verhaften, nicht aber, um sie auch anzuklagen. Dann erhielt Tibbots Vater einen Tip, und wir hatten es mit einem Rudel hochbezahlter Anwälte zu tun, die uns alle möglichen Schwierigkeiten androhten. Deswegen beschlossen wir, zu warten, bis die andere Krise beigelegt war und wir vielleicht ein paar Beweise mehr in der Hand hatten.«

Vizepräsidentin Helen DuPray fragte: »Haben Sie eine Ahnung, wer Tibbot senior den Tip gegeben hat, Christian?«

»Wir durchforsten sämtliche Unterlagen der Telefongesellschaft von Boston, um dem Ursprung des Anrufs bei Tibbot senior auf die Spur zu kommen. Bisher hatten wir leider noch kein Glück«, erklärte Christian.

Theodore Tappey, der CIA-Chef, sagte: »Mit all Ihrem teuren High-Tech-Kram hätten Sie ihn aber aufspüren müssen.«

»Helen, Sie haben die Herren vom Thema abgelenkt«, beschwerte sich Kennedy. »Bleiben wir beim Hauptproblem. Ich werde Ihre Frage beantworten, Dr. Annaccone. Christian versucht, mich ein wenig von dem Druck zu befreien, der auf mir lastet; das ist letztlich die Aufgabe des Präsidentenstabes. Aber ich hatte mich entschlossen, den Gehirn-Scan nicht zu bewilligen. Allen Protokollen zufolge besteht doch einige Gefahr, daß das Gehirn geschädigt wird, und das wollte ich nicht riskieren. Die beiden jungen Männer haben alles abgestritten, außerdem gab es bis auf den Warnbrief keinen Anhaltspunkt dafür, daß die Bombe tatsächlich existierte. Wir haben es hier im Grunde mit nichts weiter als einer ordinären Attacke der Medien zu tun, die von den Kongreßmitgliedern gestützt wird. Ich möchte Ihnen aber eine Frage stellen: Könnten wir durch den PVT-Test bei Yabril sowie den Professoren Tibbot und Gresse jede Verbindung zwischen den Personen ausschließen? Würde das die Lösung für unser Problem sein?«

»Ja«, antwortete Dr. Annaccone knapp. »Aber jetzt haben sich die Bedingungen verändert. Jetzt wollen Sie den Test benutzen, um Beweise in einem Strafprozeß in die Hand zu bekommen, nicht um das Versteck einer Atombombe zu finden. Unter diesen Bedingungen schließt das Atomsicherheitsgesetz eine Anwendung des PVT-Tests aus.«

Präsident Kennedy musterte ihn mit kaltem Lächeln. »Doctor«, sagte er, »Sie wissen, wie sehr ich Ihre wissenschaftliche Arbeit bewundere, für Jurisprudenz aber sind Sie wahrhaftig nicht zuständig.« Kennedy schien sich zu straffen, sich höher aufzurichten, als er hinzufügte: »Hören Sie gut zu. Ich wünsche, daß der Test nunmehr bei Gresse und Tibbot angewendet wird. Und wichtiger noch, ich wünsche, daß der Test bei Yabril angewendet wird. Die Frage, die ihnen allen gestellt werden wird, ist folgende: Bestand eine Verschwörung? Gehörte die Atombombenexplosion zu Yabrils Plan? Wenn nun die Antworten ja lauten, sind die Folgen ungeheuer. Denn dann könnte noch immer eine Verschwörung bestehen, bei der es um weit mehr geht als um New York City. Andere Mitglieder der Terrorgruppen der Hundert könnten weitere Atombomben legen. Begreifen Sie nun?«

»Halten Sie das wirklich für möglich, Mr. President?« erkundigte sich Dr. Annaccone.

»Wir müssen jeden Zweifel ausschließen«, antwortete Kennedy. »Ich werde verfügen, daß dieses medizinische Abtasten des Gehirns unter dem Atomsicherheitsgesetz zulässig ist.«

»Dann wird die Hölle losbrechen«, warnte Arthur Wix. »Man wird behaupten, daß wir eine Lobotomie vornehmen.«

»Tun wir das nicht?« warf Eugene Dazzy trocken ein.

Auf einmal wurde Dr. Annaccone so zornig, wie es in Gegenwart des Präsidenten der Vereinigten Staaten gerade noch gestattet war. »Es *ist* keine Lobotomie«, betonte er. »Es handelt sich um einen Gehirn-Scan mit chemischer Intervention. Der Patient ist nach Beendigung des Verhörs noch immer derselbe wie vorher.«

»Es sei denn, es kommt zu einem Ausrutscher«, konterte Eugene Dazzy.

Matthew Gladyce, der Pressesekretär, wandte ein: »Mr. President, die Erklärung, die wir abgeben, wird vom Ergebnis der Tests abhängen. Wir müssen äußerst vorsichtig sein. Wenn der Test beweist, daß eine Verschwörung zwischen Yabril, Gresse und Tibbot bestand, sind wir aus dem Schneider. Ergibt der Scan, daß keine Verbindung bestand, geben wir eine entsprechende Erklärung ab, ohne dabei den Test zu erwähnen.«

»Das können wir nicht, Matthew«, widersprach Francis Kennedy freundlich. »Die schriftlichen Unterlagen werden beweisen, daß ich die Anordnung unterzeichnet habe. Und die werden von unseren Gegnern mit Sicherheit bald zutage gefördert werden und uns vor ein unangenehmes Problem stellen.«

»Wir brauchen in diesem Punkt nicht zu lügen«, widersprach Matthew Gladyce. »Wir brauchen den Test nur einfach nicht zu erwähnen.«

»Befassen wir uns mit anderen Fragen«, befahl Kennedy kurz angebunden.

Eugene Dazzy las aus dem Memo vor, das vor ihm lag. »Der Kongreß will Christian vor einen seiner Untersuchungsausschüsse zerren. Senator Lambertino und Congressman Jintz wollen sich ihn vorknöpfen. Sie behaupten – und das haben sie in allen Medien verkündet –, daß Justizminister Christian Klee die Schlüsselfigur zu allen faulen Tricks sein muß, die hier gespielt wurden.«

»Melden Sie Executive Privilege an«, entschied Kennedy. »In meiner Eigenschaft als Präsident erteile ich ihm den Befehl, vor keinem Ausschuß des Kongresses zu erscheinen.«

Dr. Annaccone, der sich bei diesen politischen Diskussionen langweilte, witzelte: »Warum melden Sie sich nicht freiwillig für unseren PVT-Test, Christian? Damit könnten Sie unwiderleglich Ihre Unschuld beweisen. Und die moralische Unantastbarkeit der Methode bezeugen.«

»Doctor Annaccone«, erwiderte Christian schroff, »ich bin nicht daran interessiert, meine Unschuld zu beweisen, wie Sie es nennen. Unschuld ist das einzige, was Ihre Scheiß-Wissenschaft niemals beweisen können wird. Und ich bin nicht an der moralischen Unantastbarkeit eines Gehirntests interessiert, der die Glaubwürdigkeit eines anderen Menschen bezeugt. Unschuld und Moral stehen hier nicht zur Debatte. Bei unserer Diskussion geht es um den Einsatz der Macht, um die Funktionsfähigkeit der Gesellschaft zu gewährleisten. Auch ein Gebiet, auf dem Ihre Wissenschaft nutzlos ist. Also, wie Sie so oft zu mir gesagt haben, spielen Sie nicht mit Dingen herum, von denen Sie nichts verstehen. Verdammte Scheiße, gehn Sie zum Teufel!«

Es kam bei diesen Stabskonferenzen nur selten vor, daß jemand bei seinen Gefühlen die Zügel schießen ließ, und noch seltener, daß Vulgärausdrücke benutzt wurden, wenn Vizepräsidentin Helen DuPray an der Sitzung teilnahm. Nicht, daß die Vizepräsidentin prüde gewesen wäre, aber die Herren im Cabinet Room wunderten sich doch über Christian Klees Ausbruch.

Dr. Annaccone war entsetzt. Er hatte doch nur einen Scherz gemacht! Und wie den meisten Menschen war Christian Klee auch ihm sympathisch. Der Mann war weltgewandt, kultiviert und höchstwahrscheinlich weit intelligenter als die meisten Juristen. Und Dr. Annaccone war nicht nur ein großer Wissenschaftler, er rühmte sich sogar eines klaren Begreifens aller Dinge des Universums. Daher litt er jetzt auch unter einem Anfall der höchst bedauerlichen menschlichen Schwäche gekränkter Eitelkeit und sagte ohne nachzudenken: »Sie waren doch bei der CIA, Mr. Klee. In der CIA-Zentrale hängt eine Marmortafel mit der Aufschrift: ›Erkenne die Wahrheit, und die Wahrheit wird dich frei machen.‹«

Doch Christian Klee hatte seine gute Laune wiedergefunden. »Ich habe das nicht geschrieben«, erklärte er. »Und ich bezweifle die Behauptung.«

Dr. Annaccone hatte ebenfalls die Fassung zurückgewonnen und begann zu analysieren. Wieso diese wütende Erregung auf eine harmlos-scherzhafte Bemerkung? Hatte der Justizminister, der höchste Justizbeamte der Vereinigten Staaten, tatsächlich etwas zu verbergen? Nur allzu gern hätte er diesen Mann für einen Gehirntest auf dem Tisch gehabt!

Francis Kennedy hatte dieses Zwischenspiel nachdenklich, aber auch ein wenig belustigt beobachtet. Nun sagte er freundlich: »Wenn Sie den Gehirn-Scan so weit vervollkommnet haben, daß Nebenwirkungen ausgeschlossen sind, Zed, werden wir ihn möglicherweise ganz tief begraben müssen. In diesem Land gibt es bestimmt keinen Politiker, der damit leben könnte.«

»All diese Fragen sind irrelevant«, behauptete Dr. Annaccone. »Das Verfahren ist nun einmal entwickelt worden, und die Wissenschaft hat mit der Erforschung des menschlichen Gehirns begonnen. Die Entwicklung kann nicht mehr aufgehalten werden; das haben die Ludditen bewiesen, die mit ihrer Zerstörung von Textilmaschinen die Industrierevolution aufhalten wollten. Die Verwendung von Schießpulver konnte ebenfalls nicht unterbunden werden, wie die Japaner erfahren mußten, als sie Hunderte von Jahren lang alle Feuerwaffen verboten und von der westlichen Welt überwältigt wurden. Sobald das Atom entdeckt worden war, konnte die Bombe nicht mehr gestoppt werden. Der Gehirn-Lügendetektor ist da und bleibt da, das kann ich Ihnen allen versichern.«

»Er verstößt gegen die Verfassung«, warnte Christian Klee.

»Möglicherweise müssen wir die Verfassung ändern«, entgegnete Präsident Kennedy energisch.
Matthew Gladyce bemerkte mit entgeisterter Miene: »Wenn die Medien von diesem Gespräch Wind bekommen, könnten sie uns aus dem Land jagen.«
»Es ist unsere Aufgabe«, stellte Präsident Kennedy fest, »der Öffentlichkeit das, was wir gesagt haben, in der richtigen Form und zum richtigen Zeitpunkt mitzuteilen. Vergessen Sie das nicht. Die amerikanische Bevölkerung wird entscheiden. Im Rahmen der Verfassung. Und nun meine ich, die beste Lösung für unsere Probleme ist vermutlich ein Gegenangriff. Christian, du kümmerst dich um die Anklage gegen Bert Audick nach den RICO-Gesetzen. Seine Firma wird angeklagt der verbrecherischen Verschwörung mit dem Sultanat Sherhaben zur illegalen Herbeiführung einer Ölknappheit, um zum Schaden der amerikanischen Bevölkerung die Ölpreise zu steigern. Nummer eins.«
Nun wandte er sich an Oddblood Gray. »Sie stoßen den Kongreß mit der Nase auf die Meldung, daß die neuen Bundeskommunikations-Ausschüsse den großen Fernsehgesellschaften die Lizenz verweigern werden, wenn sie um Verlängerung bitten. Außerdem werden die neuen Gesetze diese abgekarteten Geschäfte von Wall Street und den Großbanken bremsen. Wir werden ihnen schon die Hölle heiß machen, Otto.«
Wie Helen DuPray genau wußte, besaß sie das Recht, bei privaten Sitzungen anderer Meinung zu sein, während sie als Vizepräsidentin in der Öffentlichkeit stets dem Präsidenten beistimmen mußte. Dennoch zögerte sie, bevor sie sehr behutsam fragte: »Meinen Sie nicht, daß wir uns zu viele Feinde auf einmal machen? Wäre es nicht sogar besser, wenn wir warten, bis wir für eine zweite Amtszeit wiedergewählt worden sind? Wenn wir dann einen Kongreß haben, der unserer Politik verständnisvoller gegenübersteht – warum den gegenwärtigen Kongreß bekämpfen? Warum all diese Wirtschaftsinteressen unnötigerweise gegen uns aufbringen,

solange wir uns noch nicht in einer absolut überlegenen Machtposition befinden?«

»Wir können nicht warten«, entschied Kennedy. »Sie werden uns so oder so attackieren. Wir können uns noch so versöhnlich geben, sie werden weiterhin versuchen, meine Wiederwahl und meinen Rückhalt im Kongreß zu verhindern. Wir dürfen sie nicht weitermachen lassen, als hätten sie nichts zu befürchten.«

Alle schwiegen. Kennedy erhob sich und sagte, an seinen Stab gewandt: »Sie werden die Einzelheiten ausarbeiten und die entsprechenden Memos entwerfen.«

An diesem Punkt brachte Matthew Gladyce noch die vom Kongreß gesteuerte Medienkampagne zur Sprache, mit der Präsident Kennedy attackiert werden sollte, indem man hervorhob, wieviel Personal und wieviel Geld zum Schutz des Präsidenten eingesetzt wurden.

»Zweck dieser Kampagne ist, Sie als eine Art Caesar und Ihren Secret Service als eine Art kaiserliche Palastgarde hinzustellen. In den Augen der Öffentlichkeit wirken zehntausend Mann und hundert Millionen Dollar zum Schutz eines einzigen Menschen, selbst wenn es sich um den Präsidenten der Vereinigten Staaten handelt, weit übertrieben. Dadurch entsteht ein negatives Image in der Öffentlichkeit.«

Alle schwiegen. Die Erinnerung an die Ermordung der beiden Onkel von Francis Kennedy machte diese Frage zu einem sehr heiklen Thema. Außerdem spürten sie alle, die sie dem Präsidenten nahestanden, daß Kennedy unter einer gewissen Angst litt. Deswegen waren sie überrascht, als Francis Kennedy sich an den Justizminister wandte und sagte: »In diesem Fall haben unsere Kritiker recht. Ich weiß, daß ich dir das Veto-Recht für jede Änderung der Schutzmaßnahmen erteilt habe, Christian, aber wie wär's, wenn wir bekanntmachen, daß wir die Secret-Service-Abteilung des Weißen Hauses um die Hälfte reduzieren? Und das Budget ebenfalls? Ich wäre dir dankbar, wenn du dagegen keinen Einspruch erheben würdest.«

Christian Klee gab lächelnd zurück: »Möglicherweise habe ich des Guten ein bißchen zuviel getan, Mr. President. Ich werde also kein Veto einlegen, das du übrigens jederzeit überstimmen könntest.«
Alle lachten. Nur Matthew Gladyce war ein wenig beunruhigt über diesen scheinbar allzu leichten Sieg.
»Mr. Attorney General, Sie können nicht einfach nur sagen, daß Sie es tun, und es dann doch nicht tun. Der Kongreß wird sich begierig über unser Budget und die entsprechenden Zahlen hermachen«, gab Gladyce zu bedenken.
»Okay«, entgegnete Christian. »Aber wenn Sie die Presseverlautbarungen herausgeben, betonen Sie, daß dies gegen meinen ausdrücklichen Protest geschieht, und stellen Sie es so hin, als beuge sich der Präsident dem Druck durch den Kongreß.«
»Ich danke Ihnen allen«, sagte Kennedy jetzt. »Dr. Annaccone, gewähren Sie mir bitte dreißig Minuten im Yellow Room, unter vier Augen. Und, Dazzy: Weder der Secret Service noch sonst jemand wird in diesem Raum anwesend sein.«
Nahezu zwei Stunden später erst rief Kennedy seinen Stabschef an und sagte: »Bitte begleiten Sie Dr. Annaccone hinaus, Dazzy.«
Dazzy gehorchte. Ihm fiel auf, daß Dr. Annaccone zum erstenmal verängstigt zu sein schien. Der Präsident mußte ihm ziemlich zugesetzt haben.

Colonel a. D. Henry Canoo, Leiter des Military Office im Weißen Haus, war der heiterste und ausgeglichenste Mann der Administration. Heiter, weil er den in seinen Augen besten Job des Landes hatte: Er war einzig dem Präsidenten der Vereinigten Staaten verantwortlich und kontrollierte einen dem Pentagon zugeschriebenen Geheimfonds des Präsidenten, der nur durch ihn selbst und den Präsidenten geprüft werden durfte. Also war er ausschließlich Verwalter, entschied keinerlei Verfahrensfragen und brauchte nicht einmal Ratschläge zu geben. Er war der Mann, der sich um sämtliche Flugzeuge, Hubschrauber und Limousinen für den Präsidenten und seinen Stab kümmerte. Er war der Mann, der die

Mittel für den Bau und die Instandhaltung von geheimen, zur Benutzung durch das Weiße Haus bestimmten Gebäuden bereitstellte. Er verwaltete den »Football«, den diensthabenden Offizier und seinen Aktenkoffer mit den Atombomben-Codes für den Präsidenten. Wann immer der Präsident etwas zu tun beabsichtigte, das zwar Geld kostete, das er aber vor Kongreß und Medien geheimhalten wollte, entnahm Henry Canoo dem Geheimfonds das nötige Geld und setzte den Stempel für höchste Geheimhaltungsstufe auf die Steuerunterlagen.

Als Justizminister Christian Klee an einem späten Nachmittag im Mai in seinem Büro erschien, begrüßte ihn Henry Canoo daher voll Herzlichkeit. Die beiden hatten schon oft miteinander zu tun gehabt, und gleich zu Beginn seiner Administration hatte der Präsident Henry Canoo angewiesen, dem Justizminister alles aus dem Geheimfonds zu geben, was er verlangte. Anfangs hatte Canoo noch beim Präsidenten rückgefragt, tat das inzwischen aber schon lange nicht mehr. »Was ist, Christian«, erkundigte Canoo sich gutmütig, »wollen Sie Informationen oder Cash?«

»Beides«, antwortete Christian. »Zuerst das Geld. Wir werden öffentlich versprechen, die Secret-Service-Abteilung um fünfzig Prozent zu reduzieren und das Sicherheitsbudget ebenfalls zu kürzen. Also muß ich wenigstens so tun. Die Reduzierung wird nur auf dem Papier stehen, nichts wird sich verändern. Aber ich möchte nicht, daß der Kongreß Wind von unseren finanziellen Transaktionen bekommt. Darum wird Ihr Office das Pentagon-Budget anzapfen. Und es mit Ihrer höchsten Geheimhaltungsstufe belegen.«

»Himmel«, staunte Henry Canoo, »das ist eine Menge Geld. Ich werd's zwar schaffen, aber nicht sehr lange.«

»Nur bis zur Novemberwahl«, versicherte ihm Christian. »Dann sitzen wir entweder mit dem Arsch auf der Straße oder sind so stark, daß der Kongreß keine Rolle mehr spielt. Im Moment aber müssen wir noch gut dastehen.«

»Okay«, willigte Canoo ein.

»Und nun die Information«, fuhr Christian fort. »Haben in letzter Zeit irgendwelche Kongreßausschüsse hier rumgeschnüffelt?«

»Oh, aber ja!« antwortete Canoo. »Mehr als gewöhnlich. Die versuchen immer wieder zu erfahren, über wie viele Hubschrauber der Präsident verfügt, über wie viele Limousinen, über wie viele Großflugzeuge und so weiter. Die wollen rausfinden, was die Exekutive tut. Wenn die wüßten, wie viele wir wirklich haben, würden die sich in die Hosen machen.«

»Welcher Congressman speziell?« wollte Christian Klee wissen.

»Jintz«, antwortete Canoo. »Der hat da diesen Verwaltungsassistenten, Patsy Troyca, einen gerissenen kleinen Scheißer. Er will nur wissen, wie viele Chopper wir haben, sagt er, und ich sage drei. Er sagt, fünfzehn hätte er gehört, und ich sage, was zum Teufel soll das Weiße Haus mit fünfzehn? Aber er war ziemlich dicht dran. Wir haben sechzehn.«

Christian Klee war überrascht. »Was zum Teufel tun wir mit sechzehn Helikoptern?«

»Die haben immer wieder Pannen«, erklärte Canoo. »Und wenn der Präsident einen Hubschrauber verlangt, soll ich ihm dann vielleicht sagen, nein, die sind alle in der Werkstatt? Und außerdem kommt ständig irgendeiner von seinem Stab und will einen Chopper. Sie, Christian, sind ja nicht so schlimm, aber Tappey von der CIA und Wix verbrauchen wirklich 'ne Menge Chopper-Zeit. Dazzy übrigens auch – warum, weiß ich nicht.«

»Ist auch besser, wenn Sie das nicht wissen«, warnte Christian. »Ich möchte einen Bericht von Ihnen über jeden Kongreß-Schnüffler, der nach Informationen über die Logistik des Präsidentenamtes forscht. Das ist eine Frage der Sicherheit. Die Berichte geben Sie mir – unter allerhöchster Geheimhaltungsstufe.«

»Okay«, antwortete Henry Canoo fröhlich. »Und wenn Sie mal was an Ihrer persönlichen Residenz zu tun haben, können wir den Fonds auch dafür anzapfen.«

»Vielen Dank«, gab Christian zurück, »aber ich habe mein eigenes Geld.«

Am späten Abend desselben Tages saß Präsident Francis Xavier Kennedy im Oval Office, rauchte seine dünne Havanna und rekapitulierte die Ereignisse des Tages. Alles war genauso verlaufen, wie er es geplant hatte. Er hatte seine Karten gerade weit genug aufgedeckt, um sich die Unterstützung seines Stabes zu sichern.

Klee hatte charakteristisch reagiert, fast so, als hätte er die Gedanken seines Präsidenten gelesen; Canoo hatte nämlich bei Kennedy nachgefragt. Annaccone war schwieriger, würde aber mitmachen. Helen DuPray konnte ein Problem werden, wenn er nicht sehr vorsichtig war, aber er brauchte ihre Intelligenz und ihre politische Basis, die Frauenorganisationen.

Francis Kennedy wunderte sich, wie wohl er sich fühlte. Keine Depressionen mehr, und seine Energie war größer denn je, seit dem Tod seiner Frau. Kam das daher, daß er endlich eine Frau gefunden hatte, die ihn interessierte, oder daher, daß er endlich die riesige und komplexe politische Maschinerie der Vereinigten Staaten im Griff hatte?

19. Kapitel

Im Mai hatte sich Francis Kennedy zu seiner eigenen Überraschung und sogar Bestürzung tatsächlich verliebt. Es war nicht der richtige Zeitpunkt, und die Frau war eigentlich nicht passend für ihn. Sie gehörte zum juristischen Stab der Vizepräsidentin.

Kennedy liebte ihren Charme, der völlig natürlich war, ihr aufrichtiges Lächeln, ihre lebhaften braunen Augen, die von Esprit nur so funkelten. In Diskussionen war sie schneidend, kehrte auch manchmal allzusehr die Juristin heraus. Sie war schön, mit einer bezaubernden Stimme und der Figur einer Westentaschen-Venus:

volle Brüste, Wespentaille und lange Beine, obwohl sie nicht besonders groß war. In festlicher Aufmachung konnte sie überwältigend wirken, kleidete sich aber so zwanglos, daß die meisten Männer ihre Schönheit übersahen.

Lanetta Carr besaß jene Art von Naivität und Offenheit, die zuweilen an Vulgarität grenzte. Unter dem romantischen Äußeren einer Südstaatenschönheit verborgen lag jene scharfe Intelligenz, die sie zu ihrem Jurastudium veranlaßt hatte. Als Anwältin war sie auch nach Washington gekommen und schließlich, nach einem Zwischenspiel bei den mit Sozialprogrammen und Frauenrechten befaßten Regierungsbehörden, ein sehr junges Mitglied im Stab der Vizepräsidentin geworden.

Es war ein Privileg des Vizepräsidenten-Stabes, mindestens einmal während der vierjährigen Amtszeit des Präsidenten eine Einladung zu einem großen Empfang ins Weiße Haus zu erhalten. Und Lanetta Carr gehörte zu den vierhundert Gästen, die zu dem Empfang Ende Juli gebeten wurden.

Lanetta Carr freute sich sehr, Francis Kennedy endlich persönlich kennenzulernen. Sie stand am Ende der langen Empfangsreihe im Weißen Haus und beobachtete, wie Präsident Francis Kennedy die Gäste begrüßte. Für sie war er der schönste Mann, den sie jemals gesehen hatte. Seine Züge waren von jener herrlichen Symmetrie, die offenbar nur die Iren hervorzubringen vermochten. Da er hochgewachsen und sehr schlank war, mußte er sich ein wenig niederbeugen, um mit jedem Gast ein paar Worte zu wechseln. Wie sie bemerkte, behandelte er sie alle mit ausgesuchter Höflichkeit. Als er ihr kurze Zeit später, während sie noch wartete, plötzlich den Kopf zuwandte – ohne sie allerdings wahrzunehmen –, entdeckte sie den traurigen Ausdruck der himmelblauen Augen, entdeckte, daß seine Miene in Kummer erstarrt zu sein schien. Unmittelbar darauf war er jedoch wieder der Politiker, der sie zuvorkommend willkommen hieß.

Vizepräsidentin Helen DuPray stand an Kennedys Seite und erklärte ihm leise, Lanetta Carr sei eine ihrer Assistentinnen. Weil sie somit zu seiner unmittelbaren offiziellen »Familie« gehörte, wurde Kennedys Verhalten sofort um einige Grade herzlicher und liebenswürdiger. Mit beiden Händen drückte er ihre Hand, und sie fühlte sich so stark zu ihm hingezogen, daß sie, obwohl man sie gewarnt hatte, das Thema niemals zu erwähnen, impulsiv erklärte: »Mr. President, es tut mir so furchtbar leid um Ihre Tochter.«

Sie sah den mißbilligenden Ausdruck Helen DuPrays. Kennedy jedoch antwortete ruhig: »Ich danke Ihnen.« Er gab ihre Hand frei, und sie ging weiter. Lanetta schloß sich den anderen Mitgliedern des Vizepräsidenten-Stabes an. Als sie gerade ihr Glas Weißwein geleert hatte, bemerkte sie überrascht, daß der Präsident mit der Vizepräsidentin zusammen langsam durch die Menge der Besucher schlenderte, hier und da kurz mit den Gästen plauderte, eindeutig aber auf ihre Gruppe zuhielt.

Ihre Begleiter verstummten sofort. Vizepräsidentin Helen DuPray stellte dem Präsidenten die fünf Mitglieder ihres Stabes mit freundlichen Bemerkungen über ihre gute Arbeit vor. In diesem Moment fiel Lanetta zum erstenmal auf, wie attraktiv die Vizepräsidentin als Frau wirkte, wie feminin sie aussehen konnte und wie sie instinktiv dem Bedürfnis ihres Stabes entgegenkam, vor dem Präsidenten der Vereinigten Staaten gut dazustehen. Dabei strahlte sie eine sexuelle Aura aus, die Lanetta noch nie zuvor an Helen DuPray bemerkt hatte. Und obwohl Lanetta sofort begriff, daß diese Aura nicht von Kennedy als Mann ausgelöst wurde, sondern als Mann mit allerhöchster Macht, gab es ihr einen merkwürdigen Stich, wie von Eifersucht.

Der Rest der Gruppe versank in ehrfürchtigem Schweigen und reagierte auf ihre Lobesworte mit dankbarem Lächeln. Kennedy äußerte ein paar allgemein gehaltene, höfliche Worte, sah aber ausschließlich Lanetta an. Deswegen sprach sie den ersten Gedanken aus, der ihr in den Sinn kam. »Mr. President, in all den Jahren, seit ich in Washington bin, war ich noch nie im Weißen Haus. Dürfte ich einen von Ihren Assistenten bitten, mich ein wenig

herumzuführen? Natürlich nur durch die für die Öffentlichkeit freigegebenen Räume.«
Sie wußte nicht, welch hübschen Anblick sie bot, mit den großen Augen in dem für ihre Jahre sehr jungen Gesicht, mit ihrem außergewöhnlich schönen Teint, einer Mischung aus sahnigem Weiß und einem bezaubernden rosigen Ton auf Wangen und Ohren. Präsident Kennedy lächelte; es war ein aufrichtiges Lächeln, kein politisches. Ihr Anblick allein war für ihn schon ein Genuß. Doch ihre Stimme schlug ihn wirklich in Bann. Eine sehr weiche Stimme, mit einer hauchzarten Andeutung von Südstaaten-Akzent. Auf einmal merkte er, wie sehr ihm eine solche Stimme in den letzten Jahren gefehlt hatte. Darum ergriff er ihre Hand und antwortete: »Ich werde Sie persönlich herumführen.«
Im Erdgeschoß zeigte er ihr den Green Room mit dem weißen Kamin und den weiß bezogenen Sesseln und Sofas, dann den Blue Room – mit blau-goldener Seide verkleidete Wände und rot-beigefarbener Teppich – und schließlich den Yellow Oval Room, der, wie er ihr erklärte, sein Lieblingszimmer war, weil die sonnengelben Wände sowie die farblich dazu passenden Teppiche und Couches entspannend auf ihn wirkten. Und immer wieder stellte er ihr, während er sie aufmerksam beobachtete, Fragen nach ihrer eigenen Person.
Er stellte fest, daß sie sich weit mehr für die Konversation als für die eindrucksvolle Schönheit der Räume interessierte, daß sie intelligente Fragen über die historischen Gemälde und die verschiedenen Antiquitäten stellte. Die beeindruckende Umgebung schien ihr nicht übermäßig viel Ehrfurcht einzuflößen. Zuletzt zeigte er ihr das berühmte Oval Office des Präsidenten. »Ich hasse dieses Zimmer«, erklärte Kennedy. Und sie schien ihn zu verstehen. Das Oval Office wurde stets für offizielle Fotos benutzt, die in der gesamten Presse erschienen, für Plaudereien mit zu Besuch weilenden ausländischen Würdenträgern, für die Unterzeichnung wichtiger Gesetze und Verträge. Daher herrschte hier eine Atmosphäre der Unaufrichtigkeit.

Obwohl sie es sich nicht anmerken ließ, löste sowohl der Rundgang als auch die Begleitung durch den Präsidenten freudige Erregung in Lanetta aus. Ihr war klar, daß diese Gefälligkeit mehr als nur ein normaler Ausdruck der Höflichkeit war.
Auf dem Rückweg in den riesigen Empfangssaal fragte er sie, ob sie Lust hätte, in der folgenden Woche an einem kleinen Dinner im Weißen Haus teilzunehmen. Sie sagte ja.
In den Tagen vor dem Dinner erwartete Lanetta, daß Vizepräsidentin Helen DuPray sie zu einem Gespräch in ihr Büro würde kommen lassen, um ihr zu erklären, wie sie sich zu verhalten habe, und sich zu erkundigen, wie sie zu dieser Einladung des Präsidenten gekommen sei. Aber sie wartete vergebens. Sie hatte den Eindruck, daß tatsächlich niemand etwas von dieser Einladung wußte, obwohl sie das eigentlich für unmöglich hielt.
Lanetta Carr war sich im klaren darüber – und welche Frau wäre das nicht gewesen –, daß Francis Kennedys Interesse an ihr sexueller Natur war. Nun ja, zum Secretary of State wollte er sie bestimmt nicht machen.
Das kleine, zwanglose Dinner, das er für sie im Weißen Haus ausrichtete, war kein Erfolg. An Francis Kennedys Verhalten ihr gegenüber hätte keine Frau etwas auszusetzen gehabt. Er war untadelig in seiner zuvorkommenden Freundlichkeit, zog sie ins Gespräch, hielt Diskussionen in Gang und ergriff praktisch immer ihre Partei, wenn sie anderer Meinung war als die Mitglieder seines Stabes. Die Tatsache, daß es sich bei diesen Männern um die mächtigsten im Lande handelte, vermochte sie nicht einzuschüchtern. Eugene Dazzy gefiel ihr trotz des Skandals um ihn, der durch alle Medien gegangen war. Sie fragte sich, wie seine Frau es seitdem ertragen konnte, sich mit ihm in der Öffentlichkeit zu zeigen, doch von den anderen schien niemand peinlich berührt zu sein. Arthur Wix war reserviert, aber sie stritten sich auf zivilisierte Art, als Lanetta erklärte, ihrer Ansicht nach müsse der Verteidigungsetat halbiert werden. Otto Gray fand sie bezaubernd. Die Ehefrauen der Herren verhielten sich still.

Christian Klee war ihr unsympathisch. Warum, wußte sie nicht so recht. Vielleicht wegen des schlechten Rufs, den er in Washington inzwischen genoß. Aber sie sagte sich, daß gerade sie mit ihrer juristischen Ausbildung sich keine Vorurteile leisten könne. Vorwürfe waren keine Beweise, Beschuldigungen nur Gerüchte ohne begründete Belege, und bisher mußte er noch als unschuldig gelten. Was sie an ihm jedoch abstieß, war das Fehlen jeglichen Interesses für sie, jeglicher Reaktion auf sie als Frau. Als einer der Diener sich beim Servieren einen Augenblick länger als nötig hinter seinem Stuhl aufhielt, wandte Klee sofort den Kopf, und sein Körper begann sich, den rechten Fuß in der Vorwärtsbewegung, vom Platz zu erheben. Der Diener, der lediglich eine Serviette entfaltet hatte, war eindeutig erschrocken über Klees Miene.

Was das Dinner aber besonders unangenehm für Lanetta machte, war das allgegenwärtige Zurschaustellen der Macht. Vor jeder Tür standen Secret-Service-Beamte, sogar innen am Eingang zum Speisesaal.

Sie war im Süden aufgewachsen, aber nicht im Red-Neck-Süden, sondern in einer kultivierten, zivilisierten, fortschrittlichen Kleinstadt, die auf ihr gutes Verhältnis zu den Schwarzen stolz war. Doch schon als kleines Mädchen hatte sie die Nuancen einer Gesellschaft gespürt, die daran glaubte, daß sich die beiden Rassen nicht vermischen sollten, hatte die winzigen Gemeinheiten beobachtet, durch die sogar die kultiviertesten unter den Privilegierten ihre Überlegenheit über jene Mitmenschen zu erkennen geben, die weniger gut für den Überlebenskampf gerüstet waren; das alles hatte Lanetta als Kind schon zutiefst gehaßt.

Hier entdeckte sie keine Gemeinheit, hatte aber das Gefühl, daß diese mit Sicherheit überall dort existieren mußte, wo ein einzelner Mann über eine so viel größere Macht verfügte als die anderen Anwesenden, und war entschlossen, sich dieser Art Macht nicht zu beugen. Aus diesem Grund leistete sie Kennedys Charme automatisch Widerstand, ohne sich deswegen weniger strahlend und liebenswürdig zu geben.

Aber Kennedy merkte es trotzdem. Und sie war überrascht, als er zu ihr sagte: »Sie haben sich nicht sehr wohl gefühlt. Es tut mir leid.«
»O doch, das habe ich!« beteuerte sie. Um ihm gleich darauf in ihrer besten und hinterlistigsten Südstaatenmanier einen Dämpfer aufzusetzen: »Noch wenn ich alt und grau bin, werde ich meinen Kindern von diesem Abend erzählen.«
Die übrigen Gäste der Dinnerparty hatten sich bereits verabschiedet, und zwei Assistenten warteten darauf, Lanetta zum Wagen begleiten zu dürfen. Geradezu demütig sagte Kennedy: »Ich weiß, hier muß alles sehr ernüchternd auf Sie wirken. Aber geben Sie mir noch eine Chance. Wie wär's, wenn ich mal abends in Ihrer Wohnung für Sie koche?«
Anfangs begriff Lanetta gar nicht, daß der Präsident der Vereinigten Staaten sie um ein Rendezvous bat, daß er wie jeder x-beliebige Freund zu ihr in die Wohnung kommen und in ihrer Küche kochen wollte. Diese Vorstellung belustigte sie so sehr, daß sie laut auflachte, und Francis Kennedy stimmte in ihr Lachen ein.
»Okay«, gab sie nach. »Die armen Nachbarn!«
Francis Kennedy wurde ernst. »Ja«, sagte er, »ich danke Ihnen. Sobald ich weiß, daß ich einen Abend frei bin, werde ich Sie anrufen.«

Von jenem Abend an wurde die Umgebung ihres Apartments flächenweit vom Secret Service überwacht. Auf ihrer Etage sowie in einem gegenüberliegenden Gebäude wurden zwei Wohnungen gemietet. Christian Klee ließ ihr Telefon abhören. Ihre Vergangenheit wurde durchleuchtet – mittels Unterlagen und persönlichen Interviews mit jedem ihrer früheren und jetzigen Kollegen und mit den Einwohnern ihrer Heimatstadt.
All diese Maßnahmen wurden von Christian Klee persönlich überwacht, der auch dafür sorgte, daß keine Wanze angebracht wurde, die Geräusche aus Lanettas Apartment übertrug. Er wollte vermeiden, daß seine Secret-Service-Agenten zuhörten, wenn der Präsident der Vereinigten Staaten die Hosen runterließ.

Was er fand, beruhigte ihn. Lanetta Carr war bis zum College die Inkarnation gutbürgerlichen Verhaltens gewesen. Im College hatte sie sich aus irgendeinem Grund für das Jurastudium entschlossen und nach dem Staatsexamen einen Posten als Pflichtverteidigerin in New Orleans angenommen. Vor allem hatte sie Frauen verteidigt. Sie hatte sich mit der Frauenbewegung eingelassen, doch wie er zu seiner Genugtuung feststellte, drei ernsthafte Liebesaffären gehabt. Die Partner wurden befragt und erklärten einmütig, daß Lanetta Carr eine solide und seriöse Dame sei.
Beim Dinner im Weißen Haus hatte sie zornig und verächtlich gesagt: »Wissen Sie, daß in unserem System Vertragsbruch nicht gegen das Gesetz verstößt?« Wobei ihr nicht klar war, daß sie das an einem Tisch sagte, an dem zwei Herren, Kennedy und Klee, zu den besten Juristen des Landes zählten.
Einen Moment lang war Klee ein wenig verärgert und entgegnete: »Na und?«
Lanetta wandte sich ihm zu und erklärte: »Dann muß derjenige, der unter dem Vertragsbruch zu leiden hat, vor Gericht gehen. Das kostet ihn eine Menge Geld, und schließlich muß er sich mit weniger zufriedengeben, als ihm nach dem ursprünglichen Vertrag zustünde. Und wenn der Kläger weniger Macht und weniger Geld besitzt, wenn er es mit einem großen Konzern zu tun hat, der in der Lage ist, den Fall über Jahre hinzuziehen, hat er viel dabei zu verlieren. Das sind eindeutige Gangstermethoden.« Sie machte eine kurze Pause; dann fuhr sie fort: »Das ganze Konzept ist unmoralisch.«
»Das Recht ist keine moralische Anstalt. Das Recht ist eine Maschinerie, die die Gesellschaft in Gang hält.«
Wie Klee sich erinnerte, hatte sie seine Erklärung mit einer Handbewegung abgetan und das Gespräch damit beendet.
Sobald es um die Sicherheit seines Präsidenten ging, hielt Christian Klee besondere Vorsicht für angebracht. Am Abend von Francis Kennedys Verabredung mit Lanetta Carr saßen seine Männer bereits in den beiden Wohnungen gegenüber, während

einhundert Mann Straßen, Hausdächer und die Korridore des Mietshauses selbst überwachten. Doch ihm war klar, daß es so nicht weitergehen konnte, daß diese »Verabredungen« aufhören mußten. Und wenn die Bekanntschaft länger dauerte, mußten die beiden sich in der Sicherheit des Weißen Hauses treffen. Aber er war froh, daß Francis endlich wenigstens eine Andeutung von persönlichem Glück gefunden hatte. Klee hoffte nur, daß alles gutging. Über die Frage, wie diese Affäre den Ausgang der Wahlen beeinflussen würde, machte er sich keine Gedanken. Die ganze Welt liebte die Liebenden, vor allem einen, der so schön und so schwer vom Schicksal geschlagen war wie Francis Kennedy.

An dem Abend, als der Präsident der Vereinigten Staaten für sie kochen wollte, verwandte Lanetta besondere Aufmerksamkeit auf ihre Kleidung. Sie wählte einen lässigen Pullover, weite Slacks und flache Schuhe. Selbstverständlich versuchte sie möglichst gut auszusehen, der Pullover stammte aus Italien, die Slacks von Bloomingdale's in New York. Sie schminkte sich sorgfältig die Augen und legte ihr Lieblingsarmband an. Und sie putzte ihre Wohnung.

Francis Kennedy erschien im Sportjackett über einem weiten weißen Hemd. Er trug ebenfalls Slacks und Schuhe, wie sie sie noch nie zuvor gesehen hatte, sehr elegante Schuhe mit Gummisohlen und -absätzen und besonders weichem, fast bläulichem Oberleder.

Nachdem sie einige Minuten geplaudert hatten, begann Francis Kennedy eine sehr einfache Mahlzeit zu kochen: Brathähnchen, im Ofen gebackene Kartoffeln und einen Salat aus grünen Bohnen und Tomaten mit einer Vinaigrette aus Himbeeressig. Als Lanetta ihm eine Schürze anbot, lachte er, hielt aber still wie ein braver kleiner Junge, als sie ihm das Ding über den Kopf streifte und ihn dann umdrehte, damit sie die Bänder im Rücken verknoten konnte.

Schweigend sah Lanetta zu, wie er mit äußerster Konzentration hantierte, und lächelte insgeheim, als sie feststellte, daß es ihm tatsächlich nicht gleichgültig war, ob das Dinner gelang. Während im Hintergrund klassische Musik ertönte, dachte Lanetta unwillkürlich, wie anders dieser Mann sei als die übrigen Männer, mit denen sie ausgegangen war. Gewiß, er besaß weitaus mehr Macht, aber was sie mehr als das berührte, war eine tief verborgene Verletzlichkeit, die sie in seinen Augen entdeckte, wenn er sich unbeobachtet fühlte.

Wie Lanetta unschwer erkannte, hatte Francis Kennedy trotz seiner Kochkünste im Grunde kein besonderes Interesse am Essen als solchem. Sie selbst hatte eine recht gute Flasche Wein besorgt. Sie wußte, daß er etwas von ihr erwartete, war aber sicher, daß sie nicht reagieren konnte. Und doch – wie verweigerte man sich einem Präsidenten? Sie haßte dieses Gefühl der Ehrfurcht, das in ihr aufstieg, und hatte Angst, sie würde ihm nur deswegen doch nachgeben. Aber sie war auch neugierig und gespannt auf das, was geschehen würde, und besaß genug Selbstvertrauen, um sicher zu sein, daß alles gut ausgehen würde.

Wie sich herausstellte, wurde es ein erstaunlich harmonischer Abend. Er half ihr den Tisch in der Küche abräumen, und dann tranken sie im Wohnzimmer Kaffee.

Lanetta war stolz auf ihre Wohnung und hatte sie sorgfältig und mit erlesenem Geschmack eingerichtet. An den Wänden hingen Reproduktionen berühmter Gemälde, und überall im Wohnzimmer waren Bücherregale angebracht.

Francis Kennedy unternahm an diesem ganzen Abend keinen einzigen der üblichen Annäherungsversuche, und Lanetta gab sich nicht verführerisch: Kennedy hatte die Signale verstanden, die sie mit Kleidung und Verhalten gesetzt hatte.

Statt dessen freundeten sie sich im Laufe des Abends immer mehr an. Geschickt ermunterte er sie, von sich selbst, ihrer Familie im Süden, ihren Erfahrungen in Washington zu erzählen. Und von ihrer Arbeit als juristische Beraterin der Vizepräsidentin. Was sie jedoch am stärksten beeindruckte, stärker noch als sein gutes Aussehen, war die Tatsache, daß er immer wieder auf feinfühlige

Art Takt bewies, daß seine Fragen nicht neugierig waren, sondern nur Stichworte, um sie erzählen zu lassen, was sie ihm erzählen wollte.

Es gibt nichts Schöneres, als mit einem Menschen zu Abend zu essen, der sich nur allzu gern die Lebensgeschichte des Partners anhörte, seine Überzeugungen, Hoffnungen, Kümmernisse. Also fühlte Lanetta sich absolut wohl, bis ihr auf einmal klar wurde, daß Kennedy kein Wort über sich selbst geäußert hatte. Sie hatte ihre guten Manieren vergessen.

»Die ganze Zeit habe ich jetzt von mir erzählt«, unterbrach sie sich, »während ich hier doch eine Chance habe, wie nur sehr wenige Menschen sie bekommen. Wie ist es, Präsident der Vereinigten Staaten zu sein? Ich wette, es ist fürchterlich.« Das letzte sagte sie so überzeugt, daß Kennedy laut auflachte.

»Es war furchtbar«, gestand Kennedy. »Aber allmählich wird es besser.«

»Sie haben sehr viel Schlimmes durchmachen müssen«, warf Lanetta ein.

»Aber das Blatt wendet sich«, entgegnete Kennedy. »Politisch und privat.« Das brachte sie beide in Verlegenheit, daher versuchte Kennedy sofort, den Schaden gutzumachen, leider jedoch auf die wohl schlimmstmögliche Art.

»Mir fehlt meine Frau, mir fehlt meine Tochter, vielleicht erinnern Sie mich an meine Tochter. Ich weiß es nicht.«

Als sie sich verabschiedeten, beugte er sich, weil er nicht anders konnte, ein wenig vor und streifte ihren Mund mit seinen Lippen. Und da sie nicht reagierte, fragte er: »Werden wir wieder mal zusammen essen?« Woraufhin sie, die ihn zwar mochte, sich aber noch nicht ganz sicher war, schweigend nickte.

Vom Fenster aus sah sie ihm nach und entdeckte erstaunt, daß auf ihrer sonst so stillen Straße auf einmal sehr viel Betrieb herrschte. Als Kennedy das Haus verließ, gingen zwei Mann vor ihm her, während ihm vier weitere auf dem Fuß folgten. Zwei Wagen warteten auf ihn, jeder von vier Leibwächtern umgeben. Kennedy bestieg einen der beiden Wagen, der sofort mit ihm davonjagte. Hinten in der Straße starteten weitere Wagen und folgten ihm, gleich darauf machten die Männer, die zu Fuß waren, kehrt und verschwanden um die Hausecken. Für Lanetta war es eine ärgerliche Machtdemonstration, daß ein einzelner Mensch so eifersüchtig bewacht wurde. Sie stand am Fenster und kämpfte mit ihren Gefühlen; dann aber erinnerte sie sich daran, wie liebevoll und fürsorglich er sich an diesem Abend verhalten hatte.

20. Kapitel

In Washington schaltete Christian Klee seinen Computer ein. Zunächst rief er die Datei über David Jatney auf. Dort gab es nichts Neues. Dann holte er die Datei über den Socrates Club auf den Bildschirm. Er hatte sie alle unter Computerüberwachung gestellt. Aber auch dort gab es nur einen interessanten Punkt: Bert Audick war nach Sherhaben geflogen – angeblich, um die Planung zum Wiederaufbau der Stadt Dak zu überwachen. Gleich darauf erreichte ihn ein Anruf von Eugene Dazzy.

Präsident Kennedy wünschte, daß Christian Klee ihm in seiner Schlafzimmersuite im Weißen Haus beim Frühstück Gesellschaft leistete. Es kam selten vor, daß Besprechungen in Kennedys Privaträumen stattfanden.
Jefferson, Butler des Präsidenten und Secret-Service-Agent, servierte das reichhaltige Frühstück und zog sich sodann diskret in die Pantry zurück, um erst auf Klingelzeichen wiederzukommen.
»Hast du gewußt, daß Jefferson ein großartiger Student und ein großartiger Sportler war?« erkundigte sich Kennedy beiläufig. »Der hat sich von niemandem was vormachen lassen.« Kennedy hielt inne; dann fragte er: »Wieso ist er Butler geworden, Christian?«

Christian wußte, daß er die Wahrheit sagen mußte. »Weil er außerdem der beste Agent des Secret Service ist. Ich habe ihn persönlich angeworben und speziell für diesen Job ausgewählt.«
»Dieselbe Frage«, fuhr Kennedy fort. »Warum zum Teufel sollte er diesen Secret-Service-Job annehmen? Noch dazu als Butler?«
»Er bekleidet einen sehr hohen Rang im Secret Service«, antwortete Christian.
»Ja«, sagte Kennedy, »aber trotzdem.«
»Ich habe eine ausgeklügelte Auswahlmethode für diese Jobs organisiert. Jefferson war der beste; er ist sogar Leiter des Teams im Weißen Haus.«
»Trotzdem«, beharrte Kennedy.
»Ich habe ihm versprochen, daß ich ihm, bevor du das Weiße Haus verläßt, einen Posten im Gesundheitsministerium verschaffe, einen einflußreichen Posten.«
»Ah, das ist clever!« entgegnete Kennedy. »Aber wie sieht das in seinem Lebenslauf aus – vom Butler zum Mann mit Einfluß? Wie zum Teufel können wir das arrangieren?«
»In seinem Lebenslauf wird er mein Executive Assistant sein«, sagte Christian.
Kennedy hob den Kaffeebecher, dessen weiße Glasur mit Adlern geschmückt war. »Nimm es mir bitte nicht übel, aber ich habe festgestellt, daß all meine persönlichen Diener im Weißen Haus erstaunlich gut in ihrem Job sind. Sind die alle vom Secret Service? Das wäre unglaublich!«
»Eine spezielle Schulung und eine spezielle Indoktrinierung, die an ihren beruflichen Stolz appelliert«, erklärte Christian. »Nicht alle.«
Kennedy lachte laut auf. »Sogar die Küchenchefs?«
»Vor allem die Küchenchefs.« Christian lächelte. »Alle Küchenchefs sind verrückt.« Wie so viele Menschen benutzte Christian Klee stets eine scherzhafte Bemerkung, um sich Zeit zum Nachdenken zu verschaffen. Er kannte Kennedys Methode, sich vor Betreten gefährlichen Terrains abzusichern, indem er in humor-

voller Verpackung eine Information ins Gespräch brachte, die er eigentlich nicht besitzen sollte.

Beim Frühstück spielte Kennedy die »Mutterrolle«, wie er es nannte, füllte die Teller und schenkte ein. Bis auf Kennedys persönlichen Kaffeebecher war das Porzellan erstklassig, hauchdünn und mit dem blauen Präsidentensiegel geschmückt. Schließlich bemerkte Kennedy beiläufig: »Ich würde mich gern eine Stunde mit Yabril unterhalten und möchte, daß du das persönlich arrangierst.« Christians besorgte Miene entging ihm nicht. »Nur eine Stunde, und nur dies eine Mal.«

»Wozu soll das gut sein, Francis?« fragte Christian. »Es könnte für dich so schmerzlich werden, daß du es nicht ertragen kannst. Ich mache mir Sorgen um deine Gesundheit.« Tatsächlich sah Francis Kennedy ein wenig elend aus. Er war in letzter Zeit sehr blaß und schien auch abgenommen zu haben. Außerdem gab es Falten in seinem Gesicht, die Christian bisher nicht aufgefallen waren.

»O doch, ich werde es ertragen«, versicherte Kennedy.

»Wenn etwas von dem Treffen durchsickert, wird es eine Menge Fragen geben«, warnte Christian.

»Dann sieh zu, daß nichts durchsickert«, entgegnete Kennedy.

»Es wird keine schriftlichen Aufzeichnungen von dem Gespräch geben, und keinerlei Eintragung ins Logbuch des Weißen Hauses. Also wann?«

»Es wird einige Tage dauern, bis ich die nötigen Maßnahmen getroffen habe«, sagte Christian. »Außerdem muß Jefferson eingeweiht werden.«

»Sonst noch jemand?« fragte Kennedy.

»Vielleicht noch sechs Mann von meiner Sonderabteilung«, meinte Christian. »Sie werden erfahren müssen, daß Yabril im Weißen Haus ist, aber nicht unbedingt, daß du mit ihm sprichst. Sie werden's ahnen, aber nicht mit Sicherheit wissen.«

»Wenn nötig, kann ich ihn auch dort aufsuchen, wo du ihn festhältst«, erbot sich Kennedy.

»Auf gar keinen Fall«, wehrte Christian spontan ab. »Am sicher-

sten ist es im Weißen Haus. Und zwar nach Mitternacht, in den frühen Morgenstunden. Um ein Uhr morgens, würde ich sagen.«
»Übermorgen nacht«, entschied Kennedy. »Okay.«
»Gut«, stimmte ihm Christian zu. »Du wirst einige Papiere unterzeichnen müssen, die zwar vage gehalten sein, mich aber decken werden, falls irgend etwas schiefgeht.«
Kennedy seufzte, als sei er erleichtert; dann erklärte er energisch: »Yabril ist kein Superman. Also keine Angst. Ich möchte offen mit ihm sprechen können und will, daß er bei klarem Bewußtsein und freiwillig antwortet. Er darf weder unter Drogen noch unter irgendeinem Zwang stehen. Ich möchte wissen, wie sein Verstand arbeitet, möglicherweise hasse ich ihn dann nicht mehr so sehr. Ich möchte erfahren, was Menschen wie er wirklich empfinden.«
»Ich muß bei euren Gesprächen anwesend sein«, wandte Christian verlegen ein. »Ich trage die Verantwortung.«
»Und wenn du draußen vor der Tür wartest, mit Jefferson?« erkundigte sich Kennedy.
Entsetzt über die Bedeutung, die in dieser Bitte lag, stellte Christian die hauchdünne Kaffeetasse klirrend ab und erwiderte tiefernst: »Bitte, Francis, das kann ich nicht. Natürlich wird er hundertprozentig gesichert und körperlich absolut hilflos sein, aber ich muß mich trotzdem zwischen euch beiden halten. In diesem Fall muß ich wirklich das Veto aussprechen, das du mir zugestanden hast.« Er versuchte seine Angst vor dem, was Francis tun könnte, zu verbergen.
Beide lächelten. Daß Christian als Chef des Secret Service gegen jeden Auftritt des Präsidenten in der Öffentlichkeit sein Veto einlegen durfte, war Teil der Abmachung gewesen, durch die Christian für die Sicherheit des Präsidenten garantierte. »Ich habe dieses Recht niemals mißbraucht«, ergänzte er.
Kennedy schnitt eine Grimasse. »Aber ausgiebig Gebrauch davon gemacht. Okay, du kannst im Zimmer bleiben, aber halte dich bitte im Hintergrund. Und Jefferson bleibt draußen vor der Tür.«

»Ich werde alles arrangieren«, versprach Christian. »Aber Francis, helfen wird es dir bestimmt nicht.«

Christian Klee bereitete Yabril für das Treffen mit Präsident Kennedy vor. Der Mann war natürlich immer wieder vernommen worden, hatte aber auf alle Fragen lächelnd die Antwort verweigert. Er war sehr kühl gewesen, sehr selbstsicher und durchaus bereit zu allgemeiner Konversation, zu Diskussionen über Politik, Marx und das Palästinenserproblem, das er als Israeliproblem bezeichnete. Er weigerte sich jedoch, über seine Herkunft oder seine terroristischen Aktivitäten zu sprechen, weigerte sich, über seinen Partner Romeo zu sprechen, über Theresa Kennedy und ihre Ermordung oder seine Verbindung mit dem Sultan von Sherhaben.

Yabrils Gefängnis war ein kleines Zehn-Betten-Lazarett des FBI, eingerichtet für die Verwahrung gefährlicher Häftlinge und wertvoller Informanten. Es war mit Secret-Service-Personal besetzt und wurde durch Agenten aus Christian Klees Spezialabteilung des Secret Service bewacht. Von diesen Gefängnislazaretten gab es fünf in den Vereinigten Staaten, eins im Gebiet Washington D. C., ein weiteres in Chicago, eines in Los Angeles, eines in Nevada und ein fünftes auf Long Island.

Diese Lazarette wurden oft auch für geheime medizinische Experimente an Freiwilligen aus Haftanstalten benutzt, das Lazarett in Washington D. C. jedoch hatte Christian Klee vollständig räumen lassen, um Yabril in Isolierhaft zu halten. Das Lazarett auf Long Island hatte er darüber hinaus für die beiden jungen Wissenschaftler evakuieren lassen, die die Atombombe gelegt hatten.

Im Lazarett von Washington bewohnte Yabril eine Krankensuite, die zur Verhinderung von Selbstmordversuchen jeglicher Art, ob durch Gewaltanwendung oder Hungerstreik, ausgerüstet war. Es gab Vorrichtungen zur Einschränkung der Bewegungsfreiheit und Geräte für intravenöse Ernährung.

Jeder Zoll von Yabrils Körper, auch seine Zähne, war geröntgt worden, und seine Bewegungen wurden ständig durch eine lose, extra angefertigte Zwangsjacke behindert, die ihm nur den teilweisen Gebrauch von Armen und Beinen gestattete. Er konnte lesen und schreiben und mit kleinen Schritten gehen, aber keine heftigen Bewegungen machen. Außerdem wurde er von Agenten-Teams aus Christian Klees Spezialeinheit des Secret Service rund um die Uhr durch einen Zweiwegspiegel beobachtet.

Nach seinem Gespräch mit Präsident Kennedy begab sich Christian Klee in dem Bewußtsein zu Yabril, daß er ein Problem hatte. Von zwei seiner Secret-Service-Agenten begleitet, betrat er Yabrils Suite. Er setzte sich auf eins der bequemen Sofas und ließ Yabril aus dem Schlafraum herüberbringen. Sanft drückte er den Häftling in einen Sessel und ließ von seinen Agenten die Fesseln überprüfen.

»Sie sind bei all Ihrer Macht ein überaus gründlicher Mann«, bemerkte Yabril verächtlich.

»Ich verhalte mich lieber vorsichtig«, erwiderte Christian ernsthaft. »Ich bin wie diese Ingenieure, die Brücken und Häuser bauen, die mehr als das Hundertfache einer eventuell möglichen Belastung aushalten. Das ist meine Arbeitsweise.«

»Das ist aber nicht zu vergleichen«, widersprach Yabril. »Die Belastung des Schicksals können Sie nicht vorberechnen.«

»Ich weiß«, gab Christian zu, »aber es beruhigt mich und erfüllt seinen Zweck. Nun aber der Grund für meinen Besuch: Ich komme, weil ich Sie um einen Gefallen bitten möchte.« Bei diesen Worten lachte Yabril laut auf: ein höhnisches Lachen, ein Lachen aus echter Belustigung.

Christian sah ihn lächelnd an. »Im Ernst, es geht um eine Gefälligkeit, die Sie gewähren oder ablehnen können. Hören Sie gut zu. Sie sind hier gut behandelt worden; das haben Sie mir und den Gesetzen dieses Landes zu verdanken. Ich weiß, daß Drohungen sinnlos sind. Ich weiß, daß Sie Ihren Stolz haben, aber es ist eine Kleinigkeit, um die ich Sie bitte, eine Gefälligkeit, die Sie in keiner Weise kompromittiert. Im Gegenzug verspreche ich Ihnen, alles zu tun, damit nichts Verhängnisvolles geschieht. Ich weiß, daß Sie noch immer Hoffnung haben. Sie glauben, Ihre Kameraden von den berühmten Hundert werden auf irgendeine brillante Idee kommen, damit wir Sie freilassen müssen.«

Yabrils dunkles, mageres Gesicht verlor den Ausdruck selbstzufriedenen Amüsements. »Wir haben mehrmals versucht, eine Operation gegen Ihren Präsidenten Kennedy durchzuführen, äußerst komplizierte und clevere Pläne. Sie wurden alle plötzlich und auf geheimnisvolle Weise zunichte gemacht, bevor wir auch nur in dieses Land einreisen konnten. Ich persönlich habe diese Fehlschläge und die Vernichtung unserer Aktivisten untersucht. Und jedesmal führte die Spur zu Ihnen. Daher weiß ich, daß wir alle auf derselben Ebene arbeiten. Daß Sie nicht zu diesen übervorsichtigen Politikern gehören, ist mir bekannt. Also sagen Sie mir, was Sie von mir wollen. Nehmen Sie einfach an, daß ich intelligent genug bin, Ihre Bitte sorgfältig zu erwägen.«

Christian lehnte sich auf dem Sofa zurück. Mit einem Teil seines Verstandes erkannte er, daß Yabril, nachdem Klee ihm diese Information entlockt hatte, viel zu gefährlich war, um jemals freigelassen zu werden. Wie töricht von Yabril, etwas Derartiges preiszugeben! Dann konzentrierte sich Christian auf das anstehende Problem. »Präsident Kennedy ist ein sehr komplizierter Mann«, begann er, »der Geschehnisse und Menschen zu verstehen sucht. Deswegen möchte er sich mit Ihnen persönlich treffen und Ihnen Fragen stellen, ein Gespräch mit Ihnen führen. Von Mensch zu Mensch. Er möchte begreifen, was Sie veranlaßt hat, seine Tochter umzubringen; er möchte sich möglicherweise selbst von Schuldgefühlen befreien. Und ich bitte Sie nun, mit ihm zu sprechen, seine Fragen zu beantworten. Ich bitte Sie, ihn nicht ganz und gar zurückzuweisen. Würden Sie das tun?«

Yabril, lose in seiner Stahljacke gefangen, versuchte abwehrend die Hände zu heben. Angst im eigentlichen Sinne kannte er nicht, die Vorstellung jedoch, dem Vater des Mädchens gegenübertreten zu müssen, das er ermordet hatte, ließ eine Erregung in ihm aufsteigen, die ihn überraschte. Schließlich hatte es sich um eine politische Tat gehandelt, das sollte ein Präsident der Vereinigten

Staaten besser verstehen als jeder andere. Trotzdem würde es interessant sein, dem mächtigsten Mann der Welt in die Augen zu sehen und zu sagen: »Ich habe Ihre Tochter getötet. Ich habe Sie tiefer verletzt, als Sie mich jemals verletzen könnten, trotz Ihrer tausend Kriegsschiffe, trotz Ihrer vielen Tausend Thunderbolt-Maschinen.«

»Ja«, sagte Yabril, »ich werde Ihnen diesen kleinen Gefallen tun. Aber es könnte sein, daß Sie mir letztlich nicht dafür danken werden.«

Christian Klee erhob sich vom Sofa und legte Yabril die Hand auf die Schulter, die dieser verächtlich abschüttelte. »Das ist unwichtig«, antwortete Christian. »Ich werde mit Sicherheit dankbar sein.«

Zwei Tage später betrat Präsident Francis Kennedy genau eine Stunde nach Mitternacht den Yellow Oval Room des Weißen Hauses, wo Yabril bereits in einem Sessel vor dem Kamin wartete. Hinter ihm stand Christian Klee.

Auf einem ovalen, mit einer Abbildung der Stars and Stripes eingelegten Tischchen stand ein Silbertablett mit winzigen Sandwiches, einer silbernen Kaffeekanne und silbernen, goldgerandeten Tassen und Untertassen. Jefferson füllte Kaffee in die drei Tassen, dann zog er sich zur Zimmertür zurück und lehnte sich mit dem breiten Rücken daran. Kennedy erkannte, daß Yabril, der ihn mit einem Kopfnicken begrüßte, im Sessel bewegungsunfähig gemacht worden war. »Ihr habt ihn doch wohl nicht ruhiggestellt?« erkundigte sich Kennedy scharfen Tones.

»Nein, Mr. President«, beschwichtigte ihn Christian. »Das sind Jacken- und Hosenfesseln.«

»Können Sie's ihm denn nicht etwas bequemer machen?« erkundigte sich Kennedy.

»Nein, Sir«, antwortete Christian kurz.

Nun wandte sich Kennedy direkt an Yabril. »Es tut mir leid, aber in diesen Dingen habe ich nichts zu sagen. Ich werde Sie nicht allzu lange aufhalten. Ich möchte Ihnen nur ein paar Fragen stellen.«

Yabril nickte. Mit den Zeitlupenbewegungen, die ihm die Fesseln aufzwangen, nahm er sich ein Sandwich vom Tablett. Sie waren köstlich, und seinem Feind beweisen zu können, daß er nicht ganz und gar hilflos war, stärkte irgendwie seinen Stolz. Außerdem vermochte er während dieser Bewegungen Kennedys Miene zu beobachten. Zu seiner eigenen Verwunderung mußte er feststellen, daß dies ein Mann war, dem er unter anderen Umständen instinktiv Respekt und ein gewisses Vertrauen entgegengebracht hätte. Aus seinen Zügen sprach Leid, aber auch eine kraftvolle Beherrschung dieses Leids. Außerdem zeigte er aufrichtiges Interesse für Yabrils unangenehme Lage – weder Herablassung noch falsches Mitleid, sondern das Interesse eines Menschen für den anderen. Und dennoch wohnte allem eine ernste, strenge Kraft inne.

Leise und höflicher, vielleicht sogar demütiger als beabsichtigt, sagte Yabril: »Mr. Kennedy, bevor Sie anfangen, müssen Sie mir eine Frage beantworten. Glauben Sie wirklich, daß ich für die Atombombenexplosion in Ihrem Land verantwortlich bin?«

»Nein«, antwortete Kennedy. Und Christian war erleichtert, als er keine weiteren Informationen gab.

»Danke«, sagte Yabril. »Wie kann mich nur irgend jemand für so dumm halten? Und ich würde es Ihnen übelnehmen, wenn Sie diesen Vorwurf als Waffe gegen mich verwenden würden. Sie dürfen alles fragen, was Sie wollen.«

Kennedy schickte Jefferson hinaus und wartete, bis er die Tür hinter sich geschlossen hatte. Dann begann er leise mit Yabril zu sprechen. Christian senkte den Kopf, als hätte er am liebsten seine Ohren verschlossen. Und er wollte wirklich nichts hören.

»Wir wissen, daß Sie diese ganze Serie von Anschlägen organisiert haben«, sagte Kennedy. »Das Attentat auf den Papst, den Schwindel mit der Gefangennahme Ihres Komplizen, damit Sie seine Freilassung erpressen konnten. Die Flugzeugentführung. Und den Mord an meiner Tochter, der von Anfang an geplant war. All diese

Erkenntnisse sind gesichert, aber ich möchte, daß Sie mir sagen, ob es stimmt. Übrigens erkenne ich durchaus die Logik, die darin liegt.«

Yabril blickte Kennedy offen an. »Ja, es stimmt. Aber ich staune, daß Sie alles so schnell herausgefunden haben. Ich hatte es für clever gehalten.«

»Leider ist das nichts, worauf ich stolz sein könnte«, entgegnete Kennedy. »Im Grunde bedeutet das nämlich, daß mein Verstand genauso arbeitet wie der Ihre. Oder daß sich der menschliche Verstand des einzelnen, wenn es um Hinterlist geht, nicht sehr von dem der anderen unterscheidet.«

»Trotzdem war es vielleicht zu clever«, meinte Yabril. »Sie haben die Spielregeln nicht eingehalten. Aber natürlich ging es nicht um Schach; die Spielregeln waren nicht so streng. Sie sollten eigentlich eine Bauernfigur sein, der nur die Züge eines Bauern zustanden.«

Kennedy, der bislang gestanden hatte, setzte sich und trank einen Schluck Kaffee – eine reine Höflichkeitsgeste. Christian sah, daß er aufs äußerste angespannt war, und auch Yabril durchschaute natürlich die zwanglose Haltung des Präsidenten. Er fragte sich, was der Mann wirklich von ihm wollte. Bösartig waren seine Absichten eindeutig nicht; es gab keinerlei Anzeichen dafür, daß er seine Macht einzusetzen beabsichtigte, um ihn einzuschüchtern oder ihm Schaden zuzufügen.

»Ich wußte es von Anfang an«, erklärte Kennedy. »Sobald das Flugzeug entführt worden war, wußte ich, daß Sie meine Tochter umbringen würden. Als Ihr Komplize verhaftet wurde, wußte ich, daß auch das zu Ihrem Plan gehörte. Nichts konnte mich überraschen. Meine Berater glaubten mir nicht, bis Ihr Szenario weiter gediehen war. Was mich daher also beunruhigt, ist die Folgerung, daß mein Verstand so ähnlich wie der Ihre arbeiten muß. Und dennoch komme ich zu folgendem Schluß: Ich kann mir nicht vorstellen, jemals eine derartige Operation durchzuführen. Und da ich unbedingt den nächsten Schritt vermeiden möchte, wollte ich mit Ihnen sprechen. Um zu lernen und vorauszusehen, um mich vor mir selber zu schützen.«

Yabril war beeindruckt von Kennedys Höflichkeit, dem Gleichmut seiner Worte, seinem scheinbaren Wunsch nach einer Art Wahrheit.

»Was haben Sie durch all das erreicht?« fuhr Kennedy fort. »Der Papst wird ersetzt werden, der Tod meiner Tochter wird die internationale Machtstruktur nicht verändern. Was haben Sie gewonnen?«

Die alte Frage des Kapitalismus, dachte Yabril, darauf läuft es immer hinaus. Sekundenlang spürte Yabril, daß Christians Hände ganz leicht auf seinen Schultern ruhten. Deswegen zögerte er, bevor er antwortete: »Amerika ist der Koloß, dem der Staat Israel seine Existenz verdankt. Dadurch werden meine Landsleute per definitionem unterdrückt. Und Ihr kapitalistisches System unterdrückt die Armen dieser Welt und sogar in Ihrem eigenen Land. Man muß also die Furcht vor Ihrer Macht zerbrechen. Der Papst ist Teil dieser Macht, die katholische Kirche hat zahllose Jahrhunderte lang die Armen dieser Welt mit der Hölle und sogar mit dem Himmel terrorisiert – einfach ungeheuerlich! Und so ist es zweitausend Jahre lang gegangen. Den Papst zu töten war mehr als eine politische Satisfaktion.«

Christian hatte sich von Yabrils Sessel entfernt, war aber ständig auf der Hut und bereit dazwischenzugehen. Er öffnete die Tür des Yellow Oval Room, um einen Augenblick mit Jefferson zu flüstern. Yabril beobachtete es schweigend; dann fuhr er fort.

»Aber all meine Aktionen gegen Sie schlugen fehl. Ich habe zwei sehr ausgeklügelte Attentate auf Sie geplant, und sie schlugen fehl. Eines Tages können Sie Mr. Klee nach den Einzelheiten fragen, Sie werden überrascht sein. Justizminister, was für ein wohlklingender Titel, ich muß gestehen, er hat mich anfangs irregeführt. Er durchkreuzte meine Operationen mit einer Skrupellosigkeit, die meine Bewunderung erzwang. Aber schließlich stehen ihm so viele Agenten, so enorm viel Technologie zur Verfügung. Ich war hilflos. Durch Ihre eigene Unverletzlichkeit jedoch bereiteten Sie dem Tod Ihrer Tochter den Weg, und ich kann mir vorstellen, wie sehr Sie das quält. Da Sie es so gewünscht haben, spreche ich offen.«

Christian kam wieder näher, stellte sich hinter den Sessel und versuchte Kennedys Blick zu meiden. Yabril empfand einen seltsamen Stich Angst, sprach aber weiter. »Überlegen Sie doch mal«, sagte er und versuchte die Hände zu einer dramatischen Geste zu heben. »Wenn ich ein Flugzeug entführe, bin ich ein Monster. Wenn die Israelis ein wehrloses arabisches Dorf bombardieren und Hunderte von Zivilisten umbringen, führen sie einen Schlag für ihre Freiheit; nein, mehr noch, sie rächen sich für den berühmten Holocaust, mit dem die Araber nichts zu tun hatten. Aber was bleibt uns übrig? Wir besitzen keine militärische Macht, wir besitzen nicht die nötige Technologie. Wer also ist heldenhafter? Nun, in beiden Fällen müssen Unschuldige sterben. Und was ist mit der Gerechtigkeit? Israel wurde von fremden Mächten etabliert, mein Volk aber wurde in die Wüste geschickt. Wir sind die neuen Heimatlosen, die neuen Juden – welch eine Ironie! Erwartet die Welt von uns, daß wir uns kampflos fügen? Was haben die Juden denn getan, als sie für die Errichtung ihres Staates gegen die Engländer kämpften? Von den Juden jener Zeit haben wir alles über Terror gelernt. Und die Terroristen von damals sind jetzt Helden, diese Abschlachter von Unschuldigen. Einer ist sogar Premierminister von Israel geworden und wurde von Staatsoberhäuptern anderer Länder empfangen, als könnten sie nicht das Blut an seinen Händen riechen. Bin ich schlimmer?«

Yabril hielt einen Moment inne und machte Miene, sich zu erheben, doch Christian drückte ihn in den Sessel zurück. Kennedy bat ihn mit einer Geste, weiterzusprechen.

»Sie fragen, was ich erreicht habe«, fuhr er fort. »In gewissem Sinne habe ich versagt, und der Beweis dafür ist die Tatsache, daß ich hier als Gefangener vor Ihnen sitze. Aber welch einen Schlag habe ich Ihrer Autorität in der Welt zugefügt! Auf einmal ist Amerika doch nicht so groß. Gewiß, für mich hätte es besser ausgehen können, aber es ist kein Totalverlust. Ich habe der Welt vorgeführt, wie skrupellos Ihre angeblich doch so humane Demokratie wirklich ist. Sie haben eine Großstadt eliminiert, Sie haben einer fremden Nation unbarmherzig Ihren Willen aufgezwungen. Ich habe erreicht, daß Sie ihre Thunderbolts losschickten, um die ganze Welt in Angst zu versetzen, und Sie haben sich einen Teil der Welt entfremdet. Sie sind gar nicht so sehr beliebt, Sie und ihr Amerika. Ihr persönliches Image hat sich verändert, und Sie sind der böse Mr. Hyde zu Ihrem guten Dr. Jekyll geworden.«

Yabril hielt inne, um der heftigen Emotionen Herr zu werden, die sich in seiner Miene ausdrückten. Jetzt wurde er respektvoller, ernsthafter.

»Ich komme nun zu dem, was Sie hören wollen, und es ist schmerzlich für mich, es auszusprechen. Der Tod Ihrer Tochter war notwendig. Sie war ein Symbol Amerikas, weil sie die Tochter des mächtigsten Mannes auf Erden war. Haben Sie eine Ahnung, wie sich das auf Menschen auswirkt, die vor der Autorität kuschen? Es gibt ihnen Hoffnung, auch wenn einige von ihnen Sie lieben, auch wenn einige in Ihnen einen Wohltäter oder Freund sehen. Auf lange Sicht beginnen die Menschen ihre Wohltäter zu hassen. Sie sehen, daß Sie nicht mächtiger sind als sie, und brauchen keine Angst mehr vor Ihnen zu haben. Natürlich wäre es weit wirkungsvoller gewesen, wenn ich ungestraft davongekommen wäre. Was wäre dann wohl geworden? Der Papst tot, Ihre Tochter ermordet, und dann sehen Sie sich gezwungen, mich freizulassen. Wie hilflos hätten Sie und Ihr Amerika dann vor der Welt dagestanden!«

Yabril lehnte sich zurück, um den Druck der Fesseln zu reduzieren, und sah Kennedy lächelnd an. »Nur einen Fehler habe ich gemacht. Ich habe Sie falsch eingeschätzt. In Ihrer ganzen Lebensgeschichte gab es keinen Hinweis, auf Grund dessen man Ihre Handlungsweise hätte voraussagen können. Sie, der große Liberale, der ethisch orientierte moderne Mensch. Ich dachte, Sie würden meinen Freund freilassen. Ich dachte, Sie würden es nicht schaffen, die Teile des Puzzles schnell genug zusammenzusetzen, und

ich hätte es mir nie träumen lassen, daß Sie ein so schweres Verbrechen begehen würden.«
»Es gab nur sehr geringe Verluste, als Dak bombardiert wurde«, wandte Kennedy ein. »Wir hatten Stunden zuvor Flugblätter abgeworfen.«
»Das verstehe ich durchaus«, gab Yabril zurück. »Es war eine perfekte Terror-Reaktion. Ich selbst hätte genau dasselbe getan. Aber ich hätte niemals das getan, was Sie taten, um Ihre Haut zu retten. Eine Atombombe in einer Ihrer eigenen Städte hochgehen zu lassen.«
»Sie irren sich«, widersprach Kennedy. Und Christian war abermals erleichtert, als er keine weiteren Informationen gab. Ebenso erleichtert war er, als er merkte, daß Kennedy die Anschuldigung nicht ernst nahm, sondern sofort zu einem anderen Thema überging. Er schenkte sich noch einmal Kaffee ein und sagte dann: »Beantworten Sie mir diese Frage so ehrlich wie möglich. Hat die Tatsache, daß ich den Namen Kennedy trage, irgendeinen Einfluß auf Ihre Pläne gehabt?«
Sowohl Christian als auch Yabril waren überrascht von dieser Frage. Christian starrte Kennedy zum erstenmal ins Gesicht. Kennedy wirkte völlig gelassen. Yabril schien die Frage zu erwägen, als habe er sie nicht ganz verstanden. Schließlich beantwortete er sie aber doch.
»Ehrlich gesagt, über diesen Aspekt habe ich nicht nachgedacht, über den Märtyrertod Ihrer beiden Onkel, die Liebe, die der größte Teil der Welt und speziell Ihres Landes dieser tragischen Legende entgegenbringt. Das hat die Wucht des von mir geplanten Schlages noch verstärkt. Jawohl, Ihr Name war ein kleiner Teil meines Planes, das muß ich zugeben.«
Eine lange Pause entstand; Christian wandte den Kopf ab. Ich werde diesen Mann auf gar keinen Fall am Leben lassen, dachte er.
»Aber«, fuhr Kennedy fort, »wie können Sie die Dinge, die Sie getan haben, diesen Verrat an menschlichem Vertrauen, vor Ihrem eigenen Herzen rechtfertigen? Ich habe Ihr Dossier gelesen.

Wie kann ein Mensch sich sagen, ich werde die Welt verbessern, indem ich unschuldige Männer, Frauen und Kinder umbringe, indem ich meinen besten Freund verrate, und das alles ohne jede von Gott oder Ihren Mitmenschen verliehene Autorität? Mitgefühl mal ausgeklammert: Wie können Sie es auch nur wagen, sich eine derartige Macht anzumaßen?«

Yabril wartete höflich, als erwarte er eine weitere Frage. Dann antwortete er: »Die Dinge, die ich getan habe, sind nicht so exzentrisch, wie die Presse und die Moralisten behaupten. Was ist denn mit Ihren Bomberpiloten, die Tod und Vernichtung herabregnen lassen, als seien die Menschen da unten nichts weiter als Ameisen? Diese gutmütigen Jungen, ausgestattet mit allen männlichen Tugenden? Aber sie wurden dazu gedrillt, ihre Pflicht zu tun. Ich selbst bin da, glaube ich, nicht anders. Aber ich habe nicht dic Mittel, den Tod aus Tausenden Fuß Höhe herabregnen zu lassen. Ich habe keine Schiffsgeschütze, die aus einer Entfernung von zwanzig Meilen Zerstörung bringen. Ich muß meine eigenen Hände mit Blut besudeln. Ich muß die moralische Kraft aufbringen, die mentale Reinheit, um für die Sache, an die ich glaube, direkt Blut zu vergießen. Nun gut, das ist alles offensichtlich, ein uraltes Argument, und ich komme mir feige vor, es hier vorzubringen. Aber Sie wollen wissen, woher ich den Mut nehme, mir diese Autorität anzumaßen, ohne von irgend jemandem dazu ermächtigt zu sein. Das ist komplizierter. Gestatten Sie mir zu glauben, daß all das Leid, das ich in meiner Welt gesehen habe, mir diese Autorität verliehen hat. Gestatten Sie mir zu sagen, daß die Bücher, die ich gelesen, die Musik, die ich gehört habe, das Beispiel weitaus größerer Männer als ich mir die Kraft verliehen haben, meinen eigenen Grundsätzen gemäß zu handeln. Das ist schwieriger für mich als für Sie, der Sie die Unterstützung von Hunderten Millionen Menschen haben und Ihren Terror infolgedessen als Pflicht diesen Millionen gegenüber betrachten, als Ihr Instrument.«

Hier legte Yabril eine Pause ein, um mühsam einen Schluck Kaffee zu trinken. Dann fuhr er mit ruhiger Würde fort:

»Ich habe mein Leben der Revolution gegen die etablierte Ordnung gewidmet, gegen die Autorität, die ich verabscheue. Ich werde noch im Tod daran glauben, daß ich das Richtige getan habe. Und wie Sie wissen, gibt es kein einziges Moralgesetz, das ewig bleibt.«
Nun war Yabril erschöpft und lehnte sich mit Armen, die aussahen, als hätten die Fesseln sie gebrochen, im Sessel zurück. Kennedy hatte ohne das geringste Zeichen von Mißbilligung zugehört. Er brachte keine Gegenargumente vor. Das Schweigen dauerte ziemlich lange, bis Kennedy endlich antwortete: »Über Moral will ich nicht streiten; im Grunde habe ich das gleiche getan wie Sie. Und wie Sie sagten, es ist leichter, wenn man sich die Hände nicht selbst mit Blut besudeln muß. Aber wie Sie ebenfalls sagten, handle ich vom Boden gesellschaftlicher Autorität aus, nicht auf Grund meiner persönlichen Feindseligkeiten.«
Yabril unterbrach ihn. »Das stimmt so nicht. Der Kongreß hat Ihre Handlungsweise nicht gebilligt, ebensowenig Ihre Kabinettsmitglieder. Im Grunde haben Sie, genau wie ich, aus Ihrer persönlichen Autorität heraus gehandelt. Sie sind mein Terroristen-Bruder.«
»Aber die Menschen meines Landes, die Wähler, billigen meine Handlungsweise«, wandte Kennedy ein.
»Der Mob«, berichtigte Yabril. »Der billigt alles. Diese Menschen weigern sich, die Risiken derartiger Aktionen zu erkennen. Was Sie getan haben, war falsch – politisch und moralisch falsch. Sie haben aus persönlichen Rachegefühlen gehandelt.« Yabril lächelte. »Und ich dachte, Sie seien über eine derartige Handlungsweise erhaben. Soviel also zur Moral.«
Kennedy schwieg eine Weile, als müsse er seine Antwort sorgfältig erwägen. Dann sagte er: »Ich hoffe, Sie irren sich. Die Zeit wird es an den Tag bringen. Ich danke Ihnen dafür, daß Sie so offen mit mir gesprochen haben, vor allem, nachdem Sie, wie ich hörte, Ihre Mitarbeit bei früheren Gesprächen verweigert haben. Sie wissen natürlich, daß der Sultan von Sherhaben die beste Anwaltskanzlei für Sie engagiert hat, deren Mitgliedern es bald schon gestattet

wird, sich wegen der Verteidigung mit Ihnen in Verbindung zu setzen.«

Lächelnd erhob sich Kennedy, um den Raum zu verlassen. Als er die Tür schon fast erreicht hatte, wurde sie von außen geöffnet. Und als er hindurchschritt, hörte er Yabrils Stimme. Yabril hatte sich trotz seiner Fesseln auf die Füße gestemmt und versuchte das Gleichgewicht zu halten. So stand er aufrecht, als er rief: »Mr. President!« Kennedy wandte sich zu ihm um.

Ganz langsam hob Yabril beide Arme, die durch das Nylon- und Stahlkorsett verkrümmt wirkten. »Mr. President«, wiederholte er, »Sie können mich nicht irreführen. Ich weiß genau, daß ich meine Anwälte weder sehen noch mit ihnen sprechen werde.«

Christian hatte sich zwischen die beiden Männer geschoben, und Jefferson stand an Kennedys Seite.

Kennedy schenkte Yabril ein kaltes Lächeln. »Sie haben meine persönliche Garantie, daß Sie Ihre Anwälte nicht nur sehen, sondern auch mit ihnen sprechen werden«, versicherte er und ging hinaus.

In diesem Augenblick empfand Christian Klee einen so tiefen Schmerz, daß ihm fast übel wurde. Er hatte immer geglaubt, Francis Kennedy zu kennen; jetzt auf einmal wurde ihm klar, daß er ihn ganz und gar nicht kannte. Denn in einem einzigen, klaren Moment hatte er einen Ausdruck abgrundtiefen Hasses auf Kennedys Gesicht entdeckt – eines Hasses, der seinem Charakter sonst völlig fremd war.

Fünftes Buch

[illegible]

[illegible]

[illegible]

[illegible] Peter [illegible] und [illegible]
[illegible] und wieder [illegible]
[illegible] Executive Privilege, [illegible] Bench [illegible]

21. Kapitel

Kurz vor der Parteiversammlung der Demokraten im August bliesen der Socrates Club und der Kongreß zum Angriff gegen den Präsidenten.

Der erste Schlag war die Bekanntmachung, daß Eugene Dazzy ein Verhältnis mit einer Tänzerin habe. Das junge Mädchen wurde überredet, an die Öffentlichkeit zu gehen und den angeseheneren Blättern Exklusivinterviews zu gewähren. Salentine gab dem Herausgeber eines anspruchsvolleren halbpornographischen Magazins einen Tip, der die Exklusivrechte kaufte und eindeutige Fotos brachte, darauf waren die opulenten Körperformen des Mädchens zu sehen, und Eugene Dazzy, der sich daran erfreute. Begeistert über das viele Geld und angespornt von einer neu erworbenen Moral, absolvierte die Tänzerin zahllose Auftritte in Salentines Fernsehsendern und in Cassandra Chutts Five Star Interview, bei denen sie behauptete, von dem älteren, mächtigeren Mann verführt worden zu sein. Als Kennedy sich weigerte, Dazzy zu feuern, war Salentine glücklich.

Dann wurde Peter Cloot von Jintz' und Lambertinos Ausschüssen vorgeladen und wiederholte die Information, die er Patsy Troyca und Elizabeth Stone anläßlich ihres Privatgesprächs gegeben hatte. Da die Ausschüsse seine Aussage an die Medien durchsickern ließen, wurde sie bald überall in Presse und Fernsehen verbreitet. Christian Klee veröffentlichte ein Dementi, und wieder stellte sich Kennedy hinter seinen Stab und weigerte sich auf Grund des Executive Privilege, Christian Klee die Genehmigung zur Aussage vor einem Kongreßausschuß zu erteilen. Wieder freute sich der Socrates Club: Kennedy schaufelte sich sein eigenes Grab.

Dann gelang es den Kongreßausschüssen, Informationen über Klees Abmachung mit Canoo und den Geheimfonds zu erhalten, aus dem Tausende von Secret-Service-Agenten zum Schutze Kennedys bezahlt wurden. Das war für die Öffentlichkeit der Beweis, daß die Kennedy-Administration den amerikanischen Kongreß und das amerikanische Volk belogen hatte. In diesem Punkt gab Kennedy nach und erteilte persönlich den Befehl, die Entnahme von Geldern aus dem Fonds des Military Office einzustellen und den Secret-Service-Schutz zu reduzieren. Canoo weigerte sich, irgendwelche Fragen zu beantworten, und versteckte sich hinter dem schützenden Schild des Präsidenten. Wieder weigerte sich Kennedy, etwas zu unternehmen, und betonte, er werde auf keinen Fall einer eindeutigen Vendetta von Medien und Kongreß nachgeben. Falls die Fakten es rechtfertigen, werde er nach der Wahl eingreifen, erklärte er.

Als nächstes wurde als große Meldung verbreitet, Kennedy werde eine Verfassunggebende Versammlung einberufen und verlangen, die Limitierung der Präsidentschaft auf nur zwei Amtsperioden aufzuheben. Dadurch wolle er erreichen, zum dritten-, vierten- und fünftenmal wiedergewählt zu werden. Dieser völlig aus der Luft gegriffenen Meldung widmeten die Medien besonders viel Raum. Kennedy ignorierte sie. Dahingehend befragt, antwortete er mit entwaffnendem Lächeln: »Ich weiß ja noch nicht mal, ob ich zum zweiten Mal gewählt werde.«

Lawrence Salentines größter Stolz war jedoch die Sondermeldung, die von den meistgelesenen Zeitschriften des ganzen Landes verbreitet wurde. Es handelte sich um einen Artikel über die Frau, die angeblich Kennedys Geliebte war, die Frau, die er nach der Wahl vermutlich heiraten würde. Der Artikel war eine einzige Lobeshymne: Sie sei über ihre Jahre hinaus weise, wenn auch ziemlich jung; sie sei geistreich; sie sei schön; sie kleide sich elegant, ohne mehr auszugeben als die normale berufstätige Frau; sie sei be-

scheiden, sie sei zurückhaltend, aber eine gute Gesprächspartnerin, und kenne sich in der Weltlage aus; sie sei belesen und habe ein soziales Gewissen; sie habe keine Laster, sie trinke nicht übermäßig und nehme keine Drogen; ihr Liebesleben sei überschaubar für eine Frau von achtundzwanzig Jahren; sie sei nicht verheiratet. Nur in einem kurzen Absatz mitten in der Story fand sich ganz beiläufig die Mitteilung, sei sie eine Achtel-»Negerin«.
Lawrence Salentine betrachtete diesen kurzen Abschnitt als den Tropfen Gift, der mindestens fünfzehn Prozent von Kennedys Popularität wegätzen werde. Dabei war diese Information falsch. Sie war nur eines jener kurzlebigen Gerüchte, die in Kleinstädten im Süden ständig kursieren; das stellte auch Klee fest, als er eine kleine Armee von Ermittlern in ihren Geburtsort schickte.
All das wirkte sich natürlich auf die letzte Meinungsumfrage vor der Parteiversammlung der Demokraten aus: Kennedys Stimmenanteil fiel um zwanzig auf nur noch sechzig Punkte.

Cassandra Chutt, die TV-Talkmasterin, hatte Peter Cloot in ihre Show geholt; es war das meistgesehene Interviewprogramm im Fernsehen. Und sie stellte ihm prompt die ultimative Frage: »Glauben Sie, daß Justizminister Christian Klee für die Atombombenexplosion und den Tod sowie die Verletzungen von über zehntausend Personen verantwortlich ist?«
Und Peter Cloot antwortete: »Ja.«
Cassandra Chutt fragte weiter: »Glauben Sie, daß Präsident Kennedy und Justizminister Klee bis zu einem gewissen Grad für die vermutlich größte Tragödie der amerikanischen Geschichte verantwortlich sind?«
Hier wurde Peter Cloot vorsichtiger. »Präsident Kennedy hat aus einem humanitären Impuls heraus falsch gehandelt. Ich bin zufällig ein strikter Anhänger des Law Enforcement, daher bin ich voreingenommen. Aber dennoch, ich finde, er hat falsch gehandelt; eindeutig eine Frage der Überzeugung und des Urteilsvermögens.«

»An der Schuld des Justizministers zweifeln Sie jedoch nicht – oder?« erkundigte sich Cassandra Chutt.
Peter Cloot blickte offen in die Kamera. Sein Ton verriet selbstgerechten Zorn und Schmerz. »Justizminister Christian Klee hat sich einer kriminellen Handlung schuldig gemacht. Er hat eine wichtige Vernehmung verzögert. In meinen Augen ist er der Mann, der die Angeklagten telefonisch gewarnt hat. In meinen Augen wollte Christian Klee, daß die Bombe explodierte und somit eine Krise heraufbeschwor, die Präsident Kennedys Impeachment durch den Kongreß verhinderte. In meinen Augen hat er das furchtbarste Verbrechen der amerikanischen Geschichte begangen, und ich finde, er müßte zur Rechenschaft gezogen werden. Indem sich Präsident Kennedy schützend vor den Justizminister stellt, macht er sich zu seinem Komplizen.«
Nun wandte sich Cassandra Chutt an ihr Fernsehpublikum von sechzig Millionen Menschen und sagte schlicht: »Peter Cloot, unser Gast, war ehemals Assistant und Executive Director des FBI unter Justizminister Christian Klee. Nachdem er in dieser Angelegenheit, die er hier heute abend mit uns diskutiert, vor einem Senatsausschuß ausgesagt hat, wurde er gezwungen, von seinem Posten zurückzutreten. Die Kennedy-Administration hat all seine Vorwürfe dementiert, und Christian Klee ist noch immer Justizminister der Vereinigten Staaten und Direktor des FBI.«
Die Sendung zeitigte eine ungeheure Wirkung; sie wurde von allen Fernseh- und Kabelgesellschaften übernommen und in der gesamten Presse ausführlich zitiert.
Zur selben Zeit hatte Whitney Cheever III. im Fernsehen eine Pressekonferenz gegeben, auf der er behauptete, Gresse und Tibbot, seine Mandanten, seien unschuldig, seien Opfer einer gigantischen Verschwörung der Regierung, und er werde beweisen, daß dieses katastrophale Verbrechen durch eine faschistische Kabale inszeniert worden sei, um Francis Kennedy den Präsidentenstuhl zu retten.

Christian Klee machte sich in vielerlei Hinsicht Sorgen. Da war der Vorwurf von Tibbots Vater, der Warnanruf sei von Klee gekommen; da war Peter Cloots Aussage; da war das Leck hinsichtlich seines Arrangements mit Canoo, Gelder für den Secret Service abzuzweigen; da war der Rückgang von Kennedys Popularität nach all diesen massiven Angriffen. Vor allem aber machte sich Klee Sorgen über Bert Audicks Besuch beim Sultan von Sherhaben. Daß Audick Einzelheiten des Wiederaufbaus von Dak mit dem Sultan besprechen wolle, war für Klee nichts weiter als ein Vorwand.

Klee beschloß, Urlaub zu machen, das Vergnügen aber mit dem Geschäftlichen zu verbinden. Er wollte eine Weltreise machen. Zunächst nach London, dann nach Rom, um bei Romeo im Gefängnis nach dem Rechten zu sehen, und dann nach Sherhaben, um sich über Bert Audicks Vorhaben dort zu informieren.

Er holte die David-Jatney-Datei noch einmal auf den Computerbildschirm und überprüfte sie. Noch immer nichts.

In London konferierte Christian Klee mit seinen Amtskollegen im britischen Sicherheits-Establishment. Beim Dinner im Hotel Ritz verhielten sich alle zwar ausgesucht höflich, dennoch spürte er eine gewisse Kälte. Cloots Behauptungen hatten ihre Wirkung getan, und die Engländer hatten die Kennedys noch nie gemocht. Auf jeden Fall hatten sie keinerlei Informationen für ihn.

Klee hatte eine Freundin in England, die außerhalb Londons in einem kleinen Landhaus lebte. Es war ein extrem ländliches Heim, mit Kletterrosen und sogar Schafen auf einer nahen Weide. Klee verbrachte ein langes Weekend dort, um sich zu entspannen. Bei der Frau handelte es sich um die Witwe eines wohlhabenden Zeitungsverlegers, die hier ein ruhiges Leben führte. Sie hatte zwei Hausangestellte, fuhr ihren Wagen aber selbst. Klee genoß die Zeit, die er mit ihr verbrachte. Es gab so gar nichts Aufregendes in ihrem Leben, sie las, pflegte ihren Garten, verwaltete ihr Vermögen und schien sich jedesmal sehr zu freuen, wenn er sie bei

einem Aufenthalt in England besuchte. Sie erwartete nie etwas von ihm, stellte nie Fragen nach seiner Arbeit. Sie war eine perfekte Gastgeberin und verhielt sich auch bei der Liebe wie eine Dame – so nämlich, als handle es sich um eine notwendige Geste der Höflichkeit.
Er erholte sich drei Tage lang, dann wurde die Idylle durch einen Sonderkurier gestört, der ihm die Nachricht überbrachte, der Terrorist Romeo, der an Italien ausgeliefert worden war, habe soeben in einem römischen Gefängnis Selbstmord begangen. Christian telefonierte sofort mit Franco Sebbediccio und nahm die nächste Maschine nach Rom. Vom Flughafen aus telefonierte er mit seinem Büro in Washington und ordnete wegen Selbstmordgefahr eine verstärkte Bewachung von Gresse und Tibbot an. Und von Yabril.

Schon als kleiner Junge auf Sizilien hatte Franco Sebbediccio beschlossen, sich auf die Seite von Recht und Ordnung zu stellen, und zwar nicht nur, weil sie ihm die stärkere Seite zu sein schien, sondern weil er die süße Genugtuung genoß, nach den strengen Regeln der Autorität zu leben. Die Mafia war ihm zu konturlos gewesen, die Welt der Wirtschaft zu riskant, also war er Polizist geworden und amtierte dreißig Jahre später als Leiter der italienischen Anti-Terror-Abteilung von ganz Italien.
Gegenwärtig hatte er auch den Papstattentäter in seinem Gewahrsam, einen jungen Italiener aus guter Familie mit Namen Armando Giangi, Deckname Romeo, und dieser Deckname ärgerte Franco Sebbediccio ungeheuer. Sebbediccio hatte Romeo in den tiefsten Kerker seiner römischen Haftanstalt geworfen.
Unter Beobachtung stand gleichzeitig Rita Fallicia, deren Deckname Annee lautete. Sie war einfach aufzuspüren gewesen, weil sie seit ihrer Teenagerzeit als Unruhestifterin bekannt war, als Aufwieglerin an der Universität, als kampflustige Anführerin von Demonstrationen, und von den Sicherheitsbehörden mit der Entführung eines führenden Bankiers von Mailand in Verbindung gebracht wurde.

Die Beweise strömten nur so herein. Die »sicheren« Häuser waren zwar von den Terroristen-Kadern geräumt worden, aber die armen Schweine hatten nicht die geringste Ahnung von den wissenschaftlichen Möglichkeiten einer nationalen Polizeiorganisation. Man fand ein Handtuch mit Spermaspuren, die als von Romeo stammend identifiziert wurden. Einer der Verhafteten hatte unter intensiver Befragung ausgesagt. Annee jedoch hatte Sebbediccio nicht verhaftet. Sie sollte auf freiem Fuß bleiben.

Franco Sebbediccio befürchtete, der Papstmörder könnte durch die Verhandlung gegen die anderen Angeklagten glorifiziert und sie alle zu Helden hochstilisiert werden. Da es in Italien keine Todesstrafe gab, würden sie zudem nur mit lebenslänglicher Haft davonkommen, und das war ein Witz. Bei all den Strafnachlässen für gutes Betragen und den verschiedenen Bedingungen für einc Begnadigung kämen sie noch in relativ jugendlichem Alter wieder frei.

Anders wäre es gewesen, wenn Sebbediccio Romeo so richtig in die Mangel nehmen könnte. Doch da dieser Schuft einen Papst ermordet hatte, waren seine Rechte zum Anliegen der ganzen westlichen Welt geworden. Aus Skandinavien und England meldeten sich Protestierer und Menschenrechtsgruppen, und aus Amerika kam sogar ein kritisches Schreiben von einem Anwalt namens Whitney Cheever. Sie alle erklärten, die Mörder müßten wie Menschen behandelt werden, dürften auf gar keinen Fall gefoltert noch auf irgendeine Art mißhandelt werden. Und von ganz oben war der Befehl gekommen, die italienische Justiz nicht durch irgend etwas, das die linken Parteien in Italien kränken könnte, in Mißkredit zu bringen; also Glacéhandschuhe.

Franco Sebbediccio hatte etwas Derartiges schon früher erlebt und hielt es für eine Schande. Aber der Mord an einem Papst war etwas anderes, und das Wiederauftauchen der Terroristengruppen wiederum etwas anderes. Der Tropfen jedoch, der das Faß zum Überlaufen brachte, war die Tatsache, daß erst vor einer Woche Franco Sebbediccios Verwaltungsrichter ermordet worden und eine Nach-

richt gefunden worden war, in der gedroht wurde, so werde es weitergehen, bis die Papstmörder freigelassen würden. Eine lächerliche Forderung, doch eine Public-Relations-Ausrede für den Mord an einem Richter.
Er aber, Franco Sebbediccio, würde Schluß machen mit diesem Unsinn, und der RAF eine Botschaft übermitteln. Franco Sebbediccio hatte entschieden, daß Armando Giangi, alias Romeo, Selbstmord begehen würde.

Romeo hatte die Monate im Gefängnis damit verbracht, einen romantischen Traum zu spinnen. Ganz allein in seiner Zelle, hatte er sich vorgenommen, sich in die junge Amerikanerin Dorothea zu verlieben. Er erinnerte sich genau, wie sie auf dem Flughafen auf ihn gewartet hatte, an die feine Narbe an ihrem Kinn. In seinen Träumen wirkte sie wunderschön und sehr freundlich. Er versuchte sich die Gespräche jener letzten Nacht ins Gedächtnis zu rufen, die er mit ihr in den Hamptons verbracht hatte. Jetzt, in seiner Erinnerung, hatte er das Gefühl, daß sie ihn geliebt hatte. Daß sie ihn mit jeder Geste herausgefordert hatte, ihr zu zeigen, daß er sie begehrte, damit sie ihm ihre Liebe beweisen konnte. Er stellte sich vor, wie sie dasaß, so graziös, so einladend. Wie sie ihn anstarrte, mit Augen, die großen, dunkelblauen Teichen glichen, und der mit leichter Röte übergossenen weißen Haut. Heute verfluchte er seine Schüchternheit. Nicht einmal diese Haut hatte er berührt. Er dachte an die langen, schlanken Beine und schlang sie sich in Gedanken um den Hals. Er stellte sich die Küsse vor, mit denen er ihr Haar, ihre Augen, ihren ganzen geschmeidigen Körper bedeckte.
Dann dachte Romeo daran zurück, wie sie, in Ketten geschlagen, im Sonnenschein dagestanden und ihn verzweifelt und vorwurfsvoll angesehen hatte. Er spann Zukunftsphantasien. Sie würde nur eine kurze Gefängnishaft absitzen müssen. Sie würde auf ihn warten. Und er würde befreit werden. Durch eine Amnestie oder durch Geiselaustausch, vielleicht auch auf Grund rein christlicher Nächstenliebe. Und dann würde er sie suchen.

Es gab Nächte, da verzweifelte er, weil er an Yabrils Verrat dachte. Der Mord an Theresa Kennedy war nie in ihren Plänen aufgetaucht, und tief im Herzen war er überzeugt, daß er sich nie damit einverstanden erklärt hätte. Er empfand Abscheu vor Yabril, vor seinen eigenen Überzeugungen, vor seinem eigenen Leben. Manchmal begann er im Dunkeln leise zu weinen. Dann tröstete er sich wieder und verlor sich in den Phantasien um Dorothea. Das war nicht gut, das wußte er. Es war eine Schwäche, auch das wußte er, aber er konnte einfach nicht anders.

In seiner kahlen, engen Zelle empfing Romeo Franco Sebbediccio mit ironischem Grinsen. Er sah den Haß in den Bauernaugen des Alten, spürte seine Verständnislosigkeit darüber, daß auch ein Mensch aus einer guten Familie, der ein angenehmes Leben im Luxus hätte führen können, zum Revolutionär werden konnte. Außerdem war ihm klar, wie wütend Sebbediccio sein mußte, weil die internationale Öffentlichkeit darüber wachte, daß er seinen Gefangenen nicht so brutal behandelte, wie er es sich vielleicht gewünscht hätte.

Sebbediccio hatte sich mit dem Gefangenen eingeschlossen; die beiden Männer waren allein mit zwei Wärtern und einem Beobachter aus dem Büro des Gefängnisdirektors, die sie von draußen vor der Tür zwar sehen, aber nicht mithören konnten. Es war fast, als fordere der stämmige ältere Mann irgendwie einen Angriff heraus. Aber Romeo wußte genau, daß der Ältere lediglich Vertrauen zur Autorität seiner Position besaß. Romeo hegte Verachtung für diesen Mann, der mit Recht und Ordnung verwurzelt und von seinen Überzeugungen wie seinen bürgerlichen Moralmaßstäben gefesselt war. Daher war er zutiefst bestürzt, als Sebbediccio beiläufig und sehr leise zu ihm sagte: »Du wirst uns allen das Leben erleichtern, Giangi. Du wirst dich umbringen.«

Romeo lachte. »Ich denke gar nicht daran! Ich werde frei sein, noch ehe Sie an Bluthochdruck und Magengeschwüren eingehen. Wenn Sie längst in Ihrem Familiengrab liegen, werde ich fröhlich durch die Straßen von Rom wandern. An Ihrem Grabstein werde ich für die Engel singen. Und wenn ich Ihr Grab verlasse, werde ich ein munteres Liedchen pfeifen.«

»Ich wollte dir nur mitteilen, daß ihr beiden, du und dein Kader, Selbstmord begehen werdet«, entgegnete Franco Sebbediccio geduldig. »Zwei meiner Männer wurden von euren Freunden umgebracht, um mich und meine Mitarbeiter einzuschüchtern. Und meine Antwort darauf wird euer Selbstmord sein.«

»Den Gefallen kann ich Ihnen leider nicht tun«, sagte Romeo. »Dafür lebe ich viel zu gern. Und da Sie von der ganzen Welt beobachtet werden, können Sie es nicht wagen, mir auch nur einen Tritt in den Hintern zu geben.«

Franco Sebbediccio schenkte ihm ein gütiges Lächeln. Er hatte noch einen Trumpf im Ärmel.

Romeos Vater, der sein Leben lang nichts für die Menschheit getan hatte, hatte etwas für seinen Sohn getan und sich erschossen. Ein Malteserritter, Vater des Papstmörders, ein Mann, der immer nur nach seinem eigenen, egoistischen Vergnügen lebte, hatte sich unerfindlicherweise entschlossen, die Schuld auf seine Schultern zu nehmen.

Als Romeos frisch verwitwete Mutter verlangte, ihren Sohn im Gefängnis besuchen zu dürfen, und ihre Bitte negativ beschieden wurde, nahm sich die Presse ihres Falles an. Den Ausschlag gab schließlich Romeos Verteidiger bei einem Interview im Fernsehen. »Um Gottes willen, er will doch nur seine Mutter sehen!«

Was nicht ganz zutraf, denn Romeos Mutter wollte zwar ihren Sohn sehen, er aber nicht sie.

Unter diesem starken Druck sah sich die Regierung gezwungen, Mutter Giangi den Besuch bei ihrem Sohn zu gestatten. Franco Sebbediccio war dagegen gewesen; er wollte Romeo isoliert halten, abgeschnitten von der Außenwelt. Der Gefängnisdirektor jedoch hörte nicht auf ihn.

Der Direktor verfügte über ein großartiges, palastartiges Büro, in das er Sebbediccio kommen ließ. »Mein Lieber«, sagte er, »ich habe

Anweisung, diesen Besuch zu gestatten. Und zwar nicht in seiner Zelle, wo das Gespräch abgehört werden kann, sondern hier in diesem Büro. Ohne daß jemand mithören kann, während der letzten fünf Minuten der Stunde jedoch von Kameras aufgenommen, denn die Medien müssen davon profitieren dürfen.«

»Und aus welchem Grund muß der Besuch gestattet werden?« wollte Sebbediccio wissen.

Der Direktor schenkte ihm jenes Lächeln, das er gewöhnlich für die Häftlinge und jene Mitglieder des Personals reservierte, welche selbst auch schon fast zu Häftlingen geworden waren. »Damit ein Sohn seine verwitwete Mutter wiedersieht. Welcher Grund könnte wohl stichhaltiger sein?«

Sebbediccio haßte den Direktor, der während der Verhöre ständig Beobachter vor den Türen postierte. Unwirsch gab er zurück: »Ein Mann, der den Papst ermordet hat? Der muß unbedingt seine Mutter sehen? Warum hat er nicht mit seiner Mutter gesprochen, bevor er auf den Papst anlegte?«

Der Direktor zuckte die Achseln. »Trösten Sie sich. Diese Entscheidung wurde von ganz oben getroffen. Außerdem besteht der Verteidiger darauf, daß dieses Büro nach Wanzen abgesucht wird; also glauben Sie nicht, Sie könnten hier irgendwelche Elektronik anbringen.«

»Aha«, gab Sebbediccio zurück. »Und wie will der Verteidiger die Entwanzung vornehmen?«

»Er wird eigens Elektronikspezialisten engagieren«, erklärte der Direktor, »die ihre Aufgaben unmittelbar vor dem Besuch in Gegenwart des Verteidigers ausführen werden.«

»Es ist aber wichtig, ja, lebenswichtig, daß wir das Gespräch der beiden belauschen«, wandte Sebbediccio ein.

»Unsinn«, entschied der Direktor. »Seine Mutter ist eine typische reiche römische Matrone. Sie weiß nichts, und er würde ihr niemals etwas Wichtiges anvertrauen. Es ist nichts weiter als eine weitere banale Episode in dem wahrhaftig lächerlichen Drama unserer Zeit. Nehmen Sie's nicht weiter tragisch.«

Aber Franco Sebbediccio nahm es tragisch. Er hielt es für eine weitere Verhöhnung der Justiz, eine weitere Mißachtung der Autorität. Und er hoffte, Romeo werde bei dem Gespräch mit seiner Mutter vielleicht doch etwas verraten.

Als Leiter der Anti-Terror-Abteilung für ganz Italien verfügte Sebbediccio über ziemlich viel Macht. Der Verteidiger stand bereits auf der geheimen Liste der Linksradikalen, die überwacht werden durften. Also wurde als erste Maßnahme sein Telefon angezapft. Seine Post abgefangen und gelesen, bevor sie ausgetragen wurde. Daher fiel es nicht weiter schwer, die Elektronikfirma ausfindig zu machen, die der Verteidiger mit der Überprüfung des Direktionsbüros beauftragt hatte. Durch einen Freund arrangierte Sebbediccio in einem Restaurant eine »zufällige« Begegnung mit dem Besitzer der Elektronikfirma.

Auch ohne Einsatz seiner Macht konnte Franco Sebbediccio überzeugend wirken. Es handelte sich um eine kleine Elektronikfirma, die zwar genug zum Leben einbrachte, keineswegs aber einen überwältigenden Erfolg vorzuweisen hatte. Sebbediccio wies den Besitzer darauf hin, daß die Anti-Terror-Abteilung eine Menge elektronische Suchgeräte und Personal benötige und daß sie ein Sicherheitsveto gegen die bereits ausgewählten Firmen einzulegen vermöge. Kurz gesagt, daß er, Sebbediccio, die Firma reich machen könne.

Es müsse auf beiden Seiten Vertrauen und Profit geben. Warum sollte sich die Elektronikfirma in diesem speziellen Fall um die Mörder des Papstes scheren, warum ihre zukünftige Prosperität in Gefahr bringen – nur wegen einer solchen Geringfügigkeit, wie es das Abhören eines Gesprächs zwischen Mutter und Sohn darstellte? Warum sollte die Elektronikfirma nicht eine Wanze anbringen, während sie das Direktionsbüro angeblich entwanzte? Wer sollte das denn schon merken? Außerdem würde Sebbediccio persönlich dafür sorgen, daß die Wanze später entfernt wurde.

Das alles wurde zunächst in einem überaus freundlichen Ton beredet, doch irgendwann während des Essens ließ Sebbediccio

durchblicken, daß die Elektronikfirma in den kommenden Jahren immense Schwierigkeiten bekommen werde, wenn sie ihm diese Gefälligkeit verweigere. Nichts für ungut, aber wie könne seine Behörde Menschen vertrauen, die einen Papstmörder schützten?
So wurde alles verabredet, und Sebbediccio ließ den anderen die Rechnung bezahlen. Er selbst dachte nicht daran, sie aus seiner Privatkasse zu begleichen, und wenn er sich die Spesen erstatten ließ, mochte das die Behörden noch Jahre später auf seine Spur bringen. Außerdem wollte er den Mann ja reich machen.
So wurde das Treffen zwischen Armando »Romeo« Giangi und seiner Mutter in voller Länge aufgezeichnet und das Band einzig von Franco Sebbediccio abgehört, der von dem Ergebnis hellauf begeistert war. Aber er ließ sich auch reichlich Zeit, bis er die Wanze wieder entfernte, weil er wissen wollte, wie dieser hochnäsige Gefängnisdirektor wirklich war; in dieser Hinsicht sollte er jedoch enttäuscht werden.
Aus Vorsicht spielte Sebbediccio das Tonband bei sich zu Hause ab, während seine Frau schon schlief. Keiner seiner Kollegen durfte davon erfahren. Er war kein schlechter Mensch, daher hätte er auch fast geweint, als Mutter Giangi Tränen über ihren Sohn vergoß und ihn anflehte, die Wahrheit zu sagen, ihr zu bestätigen, daß er den Papst nicht getötet habe, sondern nur einen bösen Kameraden schütze. Sebbediccio hörte die Küsse, mit denen die Frau das Gesicht ihres Mördersohnes bedeckte, und fragte sich flüchtig, ob es überhaupt eine Rolle spiele, was ein Mensch wirklich getan hatte. Dann aber hörte das Küssen und Jammern auf, und nun wurde das Gespräch interessant für Franco Sebbediccio. Er hörte, wie Romeo die Mutter zu beruhigen suchte. Und dann sagte Romeo: »Ich begreife nicht, warum dein Mann sich umgebracht hat. Er hat sich einen Dreck um sein Land und die Welt gekümmert und – bitte entschuldige – nicht einmal seine Familie geliebt. Er hat ein absolut selbstsüchtiges und egozentrisches Leben geführt. Warum glaubte er also, sich erschießen zu müssen?«

Die Stimme der Mutter klang auf Band wie ein Zischeln. »Aus Eitelkeit«, antwortete sie. »Dein Vater war sein Leben lang eitel. Jeden Tag zum Friseur, mindestens einmal die Woche zum Schneider. Mit vierzig hat er noch Gesangstunden genommen. Wo der bloß singen wollte? Und ein Vermögen hat er ausgegeben, um Malteserritter zu werden, wo es doch keinen Menschen gab, der so wenig vom Heiligen Geist in sich hatte. Jedes Jahr Ostern ließ er sich einen weißen Anzug mit eingewebten Palmwedelkreuzen machen. O Gott, was für eine großartige Figur in der römischen Gesellschaft! Die Partys, die Bälle, seine Berufung in Kulturausschüsse, an deren Sitzungen er niemals teilnahm! Und dann Vater eines Sohnes zu sein, der einen Universitätsabschluß hatte: Er war so stolz auf seine Intelligenz! Oh, wie er durch die Straßen von Rom stolzierte! Nie habe ich einen so glücklichen und so leeren Menschen erlebt.« Es folgte eine kurze Pause auf dem Band. »Nach deiner Tat konnte dein Vater sich nie wieder in der römischen Gesellschaft blicken lassen. Das leere Leben war beendet, und wegen dieses Verlustes hat er sich umgebracht. Aber er kann in Frieden ruhen: Er sah großartig aus, im Sarg, mit seinem neuen Osteranzug.«

Nun kam wieder Romeos Stimme, und die sagte etwas, das Sebbediccio von Herzen glücklich machte. »Mein Vater hat mir nie im Leben irgend etwas gegeben, und nun hat er mich durch seinen Selbstmord auch noch der freien Wahl beraubt. Dabei war der Tod mein einziger Ausweg.«

Sebbediccio hörte sich noch den Rest des Tonbands an, auf dem sich Romeo von der Mutter überreden ließ, einen Priester kommen zu lassen, doch als dann die Fernsehkameras und -reporter hereingelassen wurden, schaltete er ab. Alles andere hatte er im Fernsehen gesehen. Aber er hatte bekommen, was er wollte.

Als Sebbediccio das nächste Mal zu Romeo ging, war er so siegesbewußt, daß er einen kleinen Tanz aufführte, während der Schließer die Zellentür aufsperrte, und Giangi mit herablassendem Wohlwollen begrüßte.

»Giangi«, verkündete er dann, »du wirst sogar noch berühmter werden. Wenn wir einen neuen Papst haben, könnte es sein, daß er für dich um Begnadigung bittet. Heißt es jedenfalls. Also zeig mir deine Dankbarkeit und gib mir die Informationen, die ich brauche.«
»Was sind Sie doch für ein blöder Affe«, lautete Romeos einzige Antwort.
Sebbediccio beugte sich vor. »Ist das wirklich dein letztes Wort?«
Es war perfekt. Er hatte eine Tonbandaufnahme, auf der Romeo erklärte, daß er an Selbstmord dachte.
Eine Woche darauf wurde auf der ganzen Welt die Nachricht verbreitet, daß Armando »Romeo« Giangi, der Mörder des Papstes, sich in seiner Zelle erhängt hatte.

Christian Klee traf rechtzeitig aus London in Rom ein, um mit Sebbediccio zu Abend zu essen. Wie er feststellte, hatte Sebbediccio fast zwanzig Leibwächter, die seinen Appetit aber nicht zu beeinträchtigen schienen.
Sebbediccio war glänzender Laune. »War das nicht großartig, daß sich unser Papstmörder umgebracht hat?« fragte er Christian Klee. »Ein verdammter Zirkus wäre diese Verhandlung geworden, und all unsere Linken wären zu seiner Unterstützung in den Gerichtssaal marschiert. Zu schade, daß dieser Yabril Ihnen nicht auch diesen Gefallen tut.«
Christian Klee lachte; dann sagte er ironisch: »Unterschiedliche Regierungssysteme. Wie ich sehe, sind Sie gut bewacht.«
Sebbediccio zuckte die Achseln. »Ich glaube, die sind hinter größerem Wild her. Ich habe Informationen für Sie. Die Frau, diese Annee, die wir haben laufen lassen: Irgendwie haben wir sie aus den Augen verloren. Aber es gibt Informationen, die besagen, daß sie sich jetzt in Amerika aufhält.«
Christian Klee verspürte ein erregtes Prickeln. »Kennen Sie den Einschiffungshafen? Welchen Namen benutzt sie jetzt?«
»Nein«, antwortete Sebbediccio bedauernd. »Aber wir glauben, daß sie sich auf einem neuen Einsatz befindet.«

»Warum haben Sie sie nicht festgenommen?« erkundigte sich Christian.
»Ich setze große Hoffnungen in sie«, erklärte Sebbediccio. »Sie ist eine sehr energische junge Dame und wird hoch aufsteigen in der Terroristenszene. Ich möchte ein möglichst großes Netz benutzen, wenn ich sie einfange. Aber Sie haben jetzt mit ihr ein Problem, mein Freund. Wir hörten gerüchteweise, daß in den Vereinigten Staaten eine Operation gestartet wird. Und die kann sich nur gegen Kennedy richten. Unsere Annee mag noch so energisch sein, aber das wird sie nicht allein schaffen können. Deswegen müssen andere beteiligt sein. In Kenntnis Ihrer Sicherheitsmaßnahmen für den Präsidenten werden die Terroristen einen Plan ausarbeiten müssen, der eine Menge Material und sichere Häuser erfordert. Darüber habe ich leider keine Informationen. Sie sollten sich also schnell an die Arbeit machen.«
Die Frage, warum der italienische Sicherheitschef diese Informationen nicht über die üblichen Kanäle nach Washington geleitet hatte, stellte Christian Klee nicht. Wie er wußte, wollte Sebbediccio nicht, daß seine Überwachung der Terroristin in den offiziellen Unterlagen der Vereinigten Staaten erwähnt wurde; er traute dem amerikanischen Gesetzesparagraphen über die Informationsfreiheit nicht. Außerdem war es ihm lieb, wenn Christian Klee in seiner Schuld stand.

In Sherhaben empfing Sultan Maurobi Christian Klee mit betonter Freundlichkeit, als hätte es nicht erst wenige Monate zuvor eine Krise gegeben. Der Sultan war liebenswürdig, doch vorsichtig, und er schien ein wenig verwirrt zu sein.
»Hoffentlich bringen Sie gute Nachrichten«, sagte er zu Christian Klee. »Nach all den bedauerlichen Unstimmigkeiten ist mir sehr daran gelegen, mein gutes Verhältnis zu den Vereinigten Staaten und natürlich Ihrem Präsidenten Kennedy wiederherzustellen. Ich hoffe sogar, daß Ihr Besuch mit diesem Thema zu tun hat.«
Christian Klee lächelte. »Genau aus diesem Grund bin ich hier«,

versicherte er. »Sie sind nämlich, glaube ich, in der Lage, uns einen Gefallen zu erweisen, der den unangenehmen Bruch heilen könnte.«

»Freut mich zu hören«, antwortete der Sultan. »Wie Sie natürlich wissen werden, war ich in Yabrils Pläne nicht eingeweiht. Ich konnte nicht ahnen, was Yabril der Präsidententochter antun würde. Das habe ich natürlich auch ganz offiziell erklärt, aber würden Sie dem Präsidenten persönlich ausrichten, daß ich in den vergangenen Monaten sehr bedrückt darüber war? Es lag nicht in meiner Macht, die Tragödie zu verhindern.«

Christian Klee glaubte ihm. Der Mord war ursprünglich nicht vorgesehen gewesen. Und er dachte darüber nach, daß selbst so mächtige Männer wie Sultan Maurobi und Francis Kennedy angesichts unkontrollierbarer Ereignisse, des Willens anderer Menschen, ebenso hilflos waren wie Normalbürger.

Nun aber entgegnete er dem Sultan: »Daß Sie uns Yabril ausgeliefert haben, hat den Präsidenten in diesem Punkt überzeugt.« Wie beide wußten, war das eine reine Höflichkeitsfloskel. Klee hielt einen Moment inne; dann fuhr er fort: »Aber ich bin hier, Sie um einen persönlichen Gefallen zu bitten. Wie Sie wissen, bin ich für die Sicherheit meines Präsidenten verantwortlich. Nun besitze ich aber Informationen, daß man ihn ermorden will, daß Terroristen bereits in die Vereinigten Staaten eingeschleust wurden. Es wäre hilfreich, wenn ich Informationen über ihre Pläne, ihre Identität und ihren Aufenthaltsort bekäme. Und so dachte ich mir, daß Sie, mit Ihren Verbindungen, möglicherweise etwas durch Ihre Nachrichtendienste erfahren hätten. Daß Sie mir irgendwelche Hinweise geben könnten. Ich darf Ihnen noch einmal versichern, daß das unter uns beiden bleibt. Ausschließlich zwischen Ihnen und mir. Eine offizielle Verbindung gibt es nicht.«

Der Sultan schien verwundert. Sein intelligentes Gesicht verzog sich zu einem Ausdruck belustigten Unglaubens. »Wie kommen Sie darauf?« erkundigte er sich. »Nach all diesen Tragödien soll ich mich auf so gefährliche Aktivitäten einlassen? Ich bin der Herrscher eines kleinen, reichen Landes, das ohne die Freundschaft der Großmächte seine Unabhängigkeit nicht wahren kann. Ich kann weder für noch gegen Sie etwas tun.«

Christian Klee nickte zustimmend. »Selbstverständlich, da haben Sie recht. Aber Bert Audick hat Sie aufgesucht, und ich weiß, daß es bei seinem Besuch um die Ölindustrie ging. Ich möchte Sie nun darauf hinweisen, daß Mr. Audick in den Vereinigten Staaten sehr große Schwierigkeiten hat. Daher würde er in den nächsten Jahren ein äußerst problematischer Partner für Sie sein.«

»Und Sie dagegen ein guter?« erkundigte sich der Sultan lächelnd.

»Aber ja«, bestätigte Christian Klee. »Ich bin der Verbündete, der Sie retten kann. Wenn Sie jetzt mit mir zusammenarbeiten.«

»Erklären Sie mir das bitte näher«, sagte der Sultan, der sich eindeutig über die versteckte Drohung ärgerte.

Christian Klee wählte seine Worte sorgfältig. »Bert Audick steht unter Anklage wegen Verschwörung gegen die Regierung der Vereinigten Staaten, weil seine Söldner oder die seines Konzerns unsere Flugzeuge beschossen haben, als diese Ihre Stadt Dak zerstörten. Aber es gibt noch andere Anklagepunkte. Gemäß einigen Gesetzen in unserem Land könnte sein Ölimperium vernichtet werden. Nein, im Moment ist er wirklich kein sehr starker Verbündeter.«

»Angeklagt, aber noch nicht verurteilt«, wandte der Sultan listig ein. »Wie ich hörte, wird das ziemlich schwierig werden.«

»Das stimmt«, mußte Christian Klee zugeben, »aber in wenigen Monaten wird Francis Kennedy wiedergewählt werden. Auf Grund seiner Popularität wird er einen Kongreß bekommen, der seine Programme ratifiziert. Er wird der mächtigste Präsident in der Geschichte der Vereinigten Staaten sein. Dann ist Audicks Schicksal besiegelt, das kann ich Ihnen garantieren. Und das Machtgefüge, dessen Teil er ist, wird zusammenbrechen.«

»Ich begreife immer noch nicht, wie ich Ihnen helfen könnte«, entgegnete der Sultan. Und dann, überheblicher: »Oder Sie mir. Wie ich hörte, ist Ihre Position in Ihrem eigenen Land ebenfalls recht heikel.«

»Das mag stimmen, oder auch nicht«, gab Christian Klee gleichmütig zurück. »Was meine, wie Sie es ausdrücken, heikle Position betrifft – das wird sich herausstellen, wenn Kennedy wiedergewählt worden ist. Ich bin sein engster Freund und engster Berater, und Kennedy ist für seine Loyalität berühmt. Und was unsere gegenseitige Hilfe betrifft, gestatten Sie, daß ich direkt bin, ohne respektlos zu sein. Darf ich?«

Der Sultan wirkte beeindruckt, ja sogar belustigt von dieser höflichen Ausdrucksweise. »Aber bitte«, antwortete er.

»Zuallererst«, begann Klee, »möchte ich Ihnen erklären, wie ich Ihnen helfen kann. Ich kann Ihr Verbündeter sein. Ich kann mir jederzeit beim Präsidenten der Vereinigten Staaten Gehör verschaffen, und ich besitze sein Vertrauen. Wir leben in recht schwierigen Zeiten.«

»Ich habe schon immer in schwierigen Zeiten gelebt«, unterbrach ihn der Sultan lächelnd.

»Dann werden Sie das, was ich zu sagen habe, besser als die meisten anderen zu schätzen wissen«, gab Klee scharfen Tones zurück.

»Und wenn Ihr Kennedy nun sein hohes Ziel nicht erreicht?« fragte der Sultan. »Es gibt Unfälle, der Himmel ist nicht immer freundlich gesonnen.«

Diesmal fiel Christian Klees Antwort eiskalt aus. »Spielen Sie damit auf die Möglichkeit an, daß der Mordplan Erfolg hat? Ich bin gekommen, um Ihnen mitzuteilen, daß das nicht der Fall sein wird; ganz gleich, wie clever und wagemutig die Attentäter sein mögen. Und wenn sie es versuchen und dabei versagen und auch nur die geringste Spur zu Ihnen führt, werden Sie vernichtet werden. Aber so weit muß es nicht kommen. Ich bin ein vernünftiger Mensch und habe Verständnis für Ihre Lage. Was ich Ihnen vorschlagen möchte, ist ein Informationsaustausch zwischen uns beiden auf persönlicher Ebene. Was Audick Ihnen vorgeschlagen hat, weiß ich nicht, aber mit mir fahren Sie eindeutig besser. Wenn Audick und seine Bande gewinnen, gewinnen Sie trotzdem. Er weiß nichts von uns.

Wenn Kennedy Sieger bleibt, haben Sie mich als Verbündeten. Ich bin Ihre Versicherung.«

Der Sultan nickte. Beim anschließenden Bankett, das er Klee servieren ließ, stellte er ihm zahllose Fragen über Kennedy. Und schließlich erkundigte er sich ein wenig zögernd nach Yabril.

Klee blickte ihm offen in die Augen. »Es besteht nicht die geringste Möglichkeit, daß Yabril seinem Schicksal entgeht. Wenn seine Terroristenfreunde glauben, sie könnten ihn freipressen, indem sie Geiseln nehmen, und seien sie noch so wichtige Personen, sagen Sie ihnen, sie sollen es lassen. Kennedy wird ihn niemals freigeben.«

Der Sultan seufzte. »Ihr Kennedy hat sich verändert«, stellte er fest. »Er klingt wie ein Mann, der Amok läuft.« Und als Klee nicht antwortete, setzte der Sultan sehr langsam hinzu: »Ich glaube, Sie haben mich überzeugt. Wir beide sollten uns verbünden.«

Als Christian Klee in die Vereinigten Staaten zurückkehrte, suchte er als ersten das Orakel auf. Der Alte empfing ihn in der Schlafzimmersuite, wo er in seinem Motorrollstuhl an einem Tisch saß, auf dem ein englischer Tee angerichtet war. Auf Christian wartete am Platz gegenüber ein bequemer Sessel.

Das Orakel begrüßte ihn mit einer Handbewegung, die bedeutete, er möge sich setzen. Christian servierte ihm Tee, ein winziges Stück Kuchen und ein hauchdünnes Sandwich. Dann bediente er sich selbst. Das Orakel trank einen Schluck Tee und krümelte sich einen Bissen Kuchen in den Mund. Dann blieben beide schweigend sitzen.

Schließlich versuchte das Orakel zu lächeln, eine kaum wahrnehmbare Lippenbewegung, denn seine alte Haut war so tot, daß sie sich nicht mehr zu dehnen vermochte. »Du hast dich ja in einen schönen Schlamassel hineinmanövriert für deinen beschissenen Freund Kennedy«, stellte er fest.

Dieser Vulgarismus, gesprochen wie aus dem Mund eines unschuldigen Kindes, entlockte Christian ein Lächeln. Wieder einmal fragte er sich, ob es ein Zeichen von Senilität, einer Degeneration des alten Gehirns sei, daß das Orakel, der früher niemals derartige Ausdrücke benutzt hatte, jetzt damit so freigebig umging. Er wartete, bis er ein Sandwich gegessen und eine Tasse heißen Tee getrunken hatte, dann fragte er: »Welchen Schlamassel? Ich stecke in einer ganzen Menge verschiedener Schwierigkeiten.«

»Ich spreche von der Sache mit der Atombombe«, antwortete das Orakel. »Der übrige Scheiß interessiert mich nicht. Aber sie beschuldigen dich, verantwortlich für den Mord an Tausenden von Bürgern dieses Landes zu sein. Wie es scheint, haben sie Beweise dafür, aber ich kann mir einfach nicht vorstellen, daß du so dumm bist. Unmenschlich, ja; schließlich bist du in der Politik. Hast du das tatsächlich getan?« Der Ausdruck des Alten war nicht verurteilend, sondern nur neugierig.

Wem sonst auf der Welt konnte er davon erzählen? Wer sonst auf der Welt würde ihn verstehen? »Gewundert hat mich nur«, sagte Christian Klee, »daß sie mir so schnell auf die Schliche gekommen sind.«

»Der menschliche Verstand ist geradezu *begierig* darauf, das Böse zu verstehen«, erklärte das Orakel. »Du bist überrascht, weil jeder Übeltäter eine gewisse Naivität besitzt. Er hält seine Tat für so furchtbar, daß sie für andere Menschen unvorstellbar ist. Aber das ist das erste, auf das sie anspringen. Das Böse ist überhaupt kein Mysterium; das Mysterium ist die Liebe.« Er hielt einen Augenblick inne, wollte weitersprechen, entspannte sich aber in seinem Rollstuhl und schien mit halbgeschlossenen Augen zu schlummern.

»Weißt du«, sagte Christian Klee, »etwas geschehen zu lassen ist so viel leichter, als tatsächlich etwas zu tun. Wir hatten diese Krise, der Kongreß wollte Francis Kennedy des Amtes entheben. Und ich dachte eine kurze Sekunde lang, wenn nur die Atombombe explodieren würde, könnte sich das Blatt wenden. In dieser Sekunde befahl ich Peter Cloot, Gresse und Tibbot nicht zu verhören; ich hätte selber Zeit, sie mir vorzunehmen. In dieser einen Sekunde lief alles ab und war geschehen.«

»Gib mir noch etwas heißen Tee und ein Stückchen Kuchen«, verlangte das Orakel. Er stopfte sich den Kuchen so gierig in den Mund, daß auf seinen narbengleichen Lippen winzige Krümel zurückblieben. »Was ist mit Peter Cloots Aussage, daß du zurückgekommen bist und sie doch noch vernommen hast? Daß du die Information aus ihnen herausgeholt, aber nicht entsprechend gehandelt hast?«

Christian seufzte. »Sie waren wie Kinder. In fünf Minuten hatte ich sie ausgequetscht wie eine Zitrone. Deswegen konnte ich Cloot sie nicht vernehmen lassen. Aber daß die Bombe hochging, wollte ich nicht. Es ging alles so furchtbar schnell.«

Das Orakel begann zu lachen. Es war ein merkwürdiges Lachen, selbst für einen so alten Mann: eine Art hämisches Gegrunze. »Du hast das Ganze verdreht«, erklärte er. »Du hattest dich längst entschlossen, die Bombe explodieren zu lassen. Noch ehe du Cloot verboten hast, sie zu vernehmen. Es war nicht in einer Sekunde vorüber, du hattest alles sorgfältig geplant.«

Christian Klee erschrak ein wenig. Was das Orakel da behauptete, traf zu. Aber wie hatte er es dann in seiner eigenen Erinnerung nur so sehr verdrehen können? »Du weißt ja nicht, in welcher Situation ich mich befand«, versuchte er sich zu rechtfertigen. »Ich war gar nicht sicher, ob überhaupt etwas geschehen würde. Wäre ich sicher gewesen, hätte ich es verhindert. Ich klammerte mich einfach an die Hoffnung, daß irgend etwas geschieht, um Kennedys Impeachment zu verhindern.«

»Und alles nur, um Francis Kennedy, deinen großen Helden, zu retten«, sagte das Orakel. »Den Mann, der nichts falsch machen kann, es sei denn, er steckt die ganze Welt in Brand.« Das Orakel hatte eine Kiste mit dünnen Havannas auf den Tisch gestellt; Christian nahm sich eine heraus und zündete sie an. »Du hast Glück gehabt«, fuhr das Orakel fort. »Die Menschen, die dabei umkamen, waren zum größten Teil nichts wert. Säufer, Obdachlose, Kriminelle. Und so ein großes Verbrechen ist es nun auch wieder nicht. Nicht in der Geschichte unserer menschlichen Rasse.«

»Francis hat mir grünes Licht gegeben«, behauptete Christian Klee. Auf diese Bemerkung hin drückte das Orakel einen Knopf an seinem Rollstuhl, der die Rückenlehne und damit ihn selbst aufrichtete.

»Dein ach so unfehlbarer Präsident?« erkundigte der Alte sich ungläubig. »Der ist doch viel zu sehr Opfer seiner eigenen Scheinheiligkeit, genau wie alle Kennedys. Der könnte sich niemals an einer solchen Tat beteiligen.«

»Nun ja, vielleicht suche ich nur nach einer Rechtfertigung«, gab Christian zu. »Er hat es nicht ausdrücklich gesagt. Aber vergiß nicht, ich kenne Francis in- und auswendig, wir sind fast wie Brüder. Ich habe ihn damals um die Genehmigung für die Durchführung des chemischen Gehirn-Scans gebeten. Damit wäre das ganze Atombombenproblem sofort gelöst gewesen. Aber Francis hat die Genehmigung verweigert. Gewiß, er nannte seine Gründe, gute Gründe: Bürgerrechte und Menschenrechte. Das entsprach seinem Charakter. Aber seinem Charakter, wie er vor dem Mord an seiner Tochter war, nicht, wie er von da an war. Vergiß nicht, er hatte inzwischen die Zerstörung von Dak befohlen und gedroht, das ganze Sultanat Sherhaben zu vernichten, wenn die Geiseln nicht freigelassen würden. Also hatte sich sein Charakter verändert. Dieser neue Charakter hätte die Genehmigung zum chemischen Verhör unterzeichnet. Und als er dann die Unterschrift verweigerte, warf er mir einen Blick zu... Ich kann ihn nicht beschreiben, aber es war fast so, als wolle er mir sagen, ich soll es geschehen lassen.«

Jetzt war das Orakel wirklich hellwach. »Das alles spielt keine Rolle«, erklärte er scharf. »Wichtig ist nur, daß du deinen Kopf rettest. Wenn Kennedy nicht wiedergewählt wird, könnte es sein, daß du viele Jahre im Knast verbringst. Und selbst wenn Kennedy wiedergewählt wird, könnte noch eine gewisse Gefahr bestehen.«

»Kennedy wird die Wahl gewinnen«, erklärte Christian. »Und dann bin ich in Sicherheit.« Er zögerte einen Moment. »Ich kenne ihn.«

»Du kennst den alten Kennedy«, widersprach das Orakel. Und dann, als hätte er das Interesse an diesem Thema verloren: »Was ist denn nun mit meiner Geburtstagsfeier? Ich bin hundert, und niemand kümmert sich einen Dreck darum!«
Christian lachte. »Ich schon. Keine Sorge. Nach der Wahl bekommst du eine Geburtstagsfeier im Rosengarten des Weißen Hauses. Eine Geburtstagsfeier für einen König.«
Das Orakel lächelte erfreut; dann sagte er listig: »Und der König ist dein Francis Kennedy. Wenn er wiedergewählt wird und seine Kongreßkandidaten mitbringt, wird er im Grunde ein Diktator sein, das ist dir doch klar – oder?«
»Das ist absolut unwahrscheinlich«, entgegnete Christian Klee. »In diesem Land hat es noch nie einen Diktator gegeben. Dagegen haben wir Sicherungen eingebaut, zu viele Sicherungen, finde ich manchmal.«
»Oh«, gab das Orakel zurück, »es ist noch ein junges Land. Wir haben Zeit. Und der Teufel nimmt viele verführerische Gestalten an.«
Eine ganze Weile schwiegen sie; dann erhob sich Christian Klee. Als sie sich verabschiedeten, berührten sich ihre Finger kaum, denn für einen richtigen Händedruck war das Orakel viel zu gebrechlich.
»Hüte dich«, warnte das Orakel. »Wenn ein Mann zur absoluten Macht aufsteigt, entledigt er sich gewöhnlich all jener, die ihm am nächsten stehen, all jener, die seine intimsten Geheimnisse kennen.«

22. Kapitel

Zwei Monate vor den Präsidentschaftswahlen ergaben die Umfragen, daß Francis Kennedys Stimmenvorsprung nicht ausreichte, um seine Kandidaten in den Kongreß zu bringen.

Es gab zu viele Stolpersteine: den Skandal im Zusammenhang mit Eugene Dazzys Geliebter; die Anschuldigung, Justizminister Christian Klee habe die Atombombe bewußt explodieren lassen, das skandalöse Verhalten von Canoo und Christian Klee, die Gelder aus dem Fonds des Military Office benutzt hatten, um den Secret Service zu bezahlen.

Das Gerücht, der Präsident der Vereinigten Staaten habe ein Verhältnis mit einer zwanzig Jahre jüngeren Frau, die noch dazu Negerblut in den Adern habe, schadete ihm ebenso: Die Vorstellung, daß die beiden heiraten und sie zur First Lady des Landes werden könne, kostete Kennedy viele Wählerstimmen.

Und möglicherweise ging Francis Kennedy auch mit seinen politischen Programmen zu weit. Amerika war noch nicht reif für seine Art von Sozialismus; es war nicht bereit, seine wirtschaftliche Struktur aufzugeben. Die Amerikaner wollten nicht gleich sein, sie wollten reich sein. Fast alle Staaten hatten zum Beispiel ihre eigene Lotterie mit Gewinnen, die in die Millionen gingen, und es kauften mehr Menschen Lotterielose, als zu den nationalen Wahlen gingen.

Auch die Macht der amtierenden Congressmen und Senatoren war überwältigend. Sie alle verfügten über einen eigenen, von der Regierung bezahlten Stab, verfügten über riesige, von der Wirtschaft gespendete Geldsummen, die sie benutzten, um im Fernsehen durch brillant konzipierte Werbung auf sich aufmerksam zu machen. Da sie ein Regierungsamt innehatten, konnten sie im Fernsehen bei speziellen politischen Sendungen sowie in den Zeitungen auftreten und den Wiedererkennungswert ihres Namens steigern.

Lawrence Salentine hatte die umfassende Kampagne gegen Kennedy so gekonnt organisiert, daß er zum Leiter der Kerngruppe im Socrates Club aufgestiegen war. Mit der feinen Präzision eines Renaissance-Giftmischers hatte er in Fernsehen und Presse winzige Bemerkungen über Lanetta Carrs Negerblut fallen lassen, jedoch immer nur lobende Worte. Salentine verließ sich auf die Tatsache, daß ein Teil der Vereinigten Staaten von Amerika, die so stolz auf ihre rassische Toleranz waren, insgeheim doch noch Rassenvorurteile hegte.

Am dritten September suchte Christian Klee heimlich die Vizepräsidentin in ihren Amtsräumen auf. Als zusätzliche Vorsichtsmaßnahme hatte er dem Chef von Helen DuPrays Secret-Service-Team spezielle Anweisungen gegeben, bevor er sich bei ihrer Sekretärin meldete und erklärte, sein Anliegen sei dringend.

Die Vizepräsidentin wunderte sich über seinen Besuch; es verstieß gegen das Protokoll, daß er sie aufsuchte, ohne sich vorher anzumelden oder sogar ihre Erlaubnis einzuholen. Sekundenlang befürchtete er, sie werde gekränkt sein, dafür war sie aber zu intelligent. Sie wußte sofort, daß Christian Klee nur gegen das Protokoll verstieß, wenn es einen äußerst wichtigen Grund dafür gab. Ja, sie empfand sogar ein wenig Besorgnis. Was mochte nach den vergangenen Monaten nun wieder Furchtbares geschehen sein?

Christian Klee spürte ihre Besorgnis sofort. »Sie brauchen keine Angst zu haben«, beruhigte er sie. »Es geht nur darum, daß wir im Hinblick auf den Präsidenten Sicherheitsprobleme haben. Im Zuge unserer Maßnahmen haben wir Ihr Büro abgeriegelt. Sie werden keinen Anruf entgegennehmen, können aber Verbindung mit Ihrem engsten Stab halten. Ich werde persönlich den ganzen Tag bei Ihnen bleiben.«

Helen DuPray begriff sofort, daß sie, ganz gleich, was geschehen werde, unter keinen Umständen die Entscheidungsgewalt über

das Land übernehmen sollte, und daß Klee einzig aus diesem Grund hier war. »Wenn der Präsident Sicherheitsprobleme hat, warum sind Sie dann hier bei mir?« wollte sie wissen. Und fuhr dann, ohne Klees Antwort abzuwarten, energisch fort: »Ich werde mich beim Präsidenten persönlich vergewissern.«
»Der Präsident nimmt heute an einem politischen Luncheon in New York teil«, erklärte Christian Klee.
»Das weiß ich«, gab Helen DuPray zurück.
Christian Klee sah auf seine Armbanduhr. »In etwa einer halben Stunde wird der Präsident Sie anrufen.«
Als der Anruf kam, beobachtete Klee die Miene der Vizepräsidentin. Helen DuPray schien keineswegs erstaunt über das zu sein, was der Präsident ihr sagte, und stellte nur zwei kurze Fragen. Gut, dachte Klee, das geht in Ordnung, um sie brauche ich mir keine Sorgen zu machen. Dann jedoch sagte Helen etwas, das Christians Bewunderung erregte; er hatte nicht gedacht, daß sie dazu fähig sei, denn Vizepräsidenten waren im allgemeinen auf Zurückhaltung bedacht. Sie fragte Kennedy, ob sie mit Eugene Dazzy sprechen könne, dem Stabschef des Präsidenten. Als Dazzy an den Apparat kam, stellte sie ihm eine einfache Frage nach dem gemeinsamen Terminplan für die folgende Woche. Dann legte sie auf. Obwohl sie seine Stimme erkannte, hatte sie sich vergewissert, ob der Mann am Telefon tatsächlich Francis Kennedy war, denn auf die Frage, die sie gestellt hatte, konnte nur Dazzy die Antwort wissen. Sie wollte sich davon überzeugen, daß es sich nicht um einen Stimmenimitator handelte.
Als sie sich Klee zuwandte, war ihr Ton eisig. Sie weiß, daß etwas faul ist, dachte Klee. »Der Präsident hat mich informiert, daß Sie mein Büro als Kommandostelle benutzen werden«, sagte sie. »Und daß ich Ihren Anweisungen Folge zu leisten habe. Ich halte das für außergewöhnlich. Vielleicht darf ich Sie jetzt um eine Erklärung bitten.«
»Ich muß mich für das alles entschuldigen«, erwiderte Christian Klee. »Könnte ich einen Kaffee haben? Ich werde Sie aus-

führlich informieren. Dann wissen Sie über diese Angelegenheit genausoviel wie der Präsident selbst.« Das traf zwar zu, war aber dennoch hinterlistig; denn soviel wie Klee würde sie nicht wissen.
Helen DuPray musterte ihn durchdringend. Sie traut mir nicht, dachte Christian Klee. Aber Frauen verstanden nichts von der Macht, verstanden nichts von der krassen Effizienz der Gewalt. Er nahm all seine Überzeugungskraft zusammen, um sie seiner Aufrichtigkeit zu versichern. Als er eine knappe Stunde später fertig war, schien er sie gewonnen zu haben. Sie ist eine wunderschöne Frau, dachte Christian. Und intelligent. Zu schade, daß sie niemals Präsidentin der Vereinigten Staaten wird.

An diesem herrlichen Sommertag sollte Präsident Francis Kennedy bei einem politischen Luncheon im Convention Center des Sheraton Hotels in New York sprechen. Anschließend ging es in einer Art Triumphzug mit einer Autokolonne über die Fifth Avenue zu einer Ansprache in der Nähe des von der Atombombe verwüsteten Viertels. Das Ganze war vor drei Monaten geplant und landesweit propagiert worden. Genau die Situation, die Christian Klee so haßte: der Präsident beim Bad in der Menge. Überall gab es Geistesgestörte, in Christians Augen waren sogar die Cops eine Gefahr, weil sie Waffen trugen und zudem als Schutzmacht vom unkontrollierten Verbrechen in der Stadt vollkommen demoralisiert waren.
Aus all diesen Gründen hatte Christian Klee zur Polizei keiner einzigen Großstadt Vertrauen, und erst recht nicht zu der von New York. Er traf umfassende Vorsichtsmaßnahmen. Nur sein engster Mitarbeiterstab beim Secret Service war über die überwältigende Anzahl der Einsatztruppen informiert, die den Präsidenten bei seinen seltenen Öffentlichkeitsauftritten schützten.
Zunächst waren spezielle Vorauskommandos ausgeschickt worden. Diese Teams patrouillierten und durchsuchten die Umgebung der betreffenden Orte vierundzwanzig Stunden am Tag. Zwei Tage

vor dem Besuch wurden weitere tausend Mann eingesetzt, um sich unter die den Präsidenten begrüßenden Menschen zu mischen. Diese Männer formten zu beiden Seiten der Autokolonne und auch ein Stück voraus einen Kordon, das heißt, sie bildeten einen Teil der Menge, schlossen sich in Wirklichkeit aber zu einer Art Maginotlinie zusammen. Weitere fünfhundert Mann besetzten die Hausdächer und beobachteten von da aus ständig sämtliche Fenster, die auf die Straße hinausgingen; diese Teams waren schwer bewaffnet. Hinzu kam das persönliche Sicherheitsteam des Präsidenten, das aus hundert Beamten bestand. Und letztlich gab es natürlich die Under-Cover-Agents des Secret Service, die zu Zeitungen und Fernsehstationen abgestellt waren, Pressekameras auf den Schultern trugen und Ü-Wagen des Fernsehens bemannten.

Doch Christian Klee hatte noch weitere Tricks im Ärmel. In den nahezu vier Jahren der Kennedy-Administration hatte es insgesamt fünf Attentatsversuche gegeben, die auf das abzielten, was von den blutrünstigeren Blättern gemeinhin als »Hattrick« bezeichnet wurde – ein Ausdruck, der beim Hockey benutzt wird, wenn ein Spieler drei Tore geschossen hat, und der sich hier auf die Ermordung von drei Kennedys bezog. Keiner der Attentäter war dabei auch nur in die Nähe des Präsidenten gelangt. Es waren natürlich Verrückte gewesen, die inzwischen in den härtesten Bundesgefängnissen hinter Gittern saßen. Und Klee würde mit Sicherheit, sobald sie entlassen wurden, sofort einen Grund finden, sie abermals einzusperren. Es war unmöglich, sämtliche Irren der Vereinigten Staaten einzulochen, die den Präsidenten der Vereinigten Staaten umzubringen drohten: per Post, per Telefon, per Verschwörung, per Verkündung auf den Straßen. Aber Christian Klee hatte dafür gesorgt, daß ihnen das Leben zur Hölle gemacht wurde und sie viel zu sehr um ihre eigene Sicherheit besorgt sein mußten, um je wieder auf größenwahnsinnige Ideen zu kommen. Er ließ ihre Post überwachen, ihr Telefon, ihr Kommen und Gehen, er speicherte alles über sie

im Computer und ließ sogar ihre Steuererklärungen kontrollieren. Wenn sie auch nur auf den Bürgersteig spuckten, hatten sie die Polizei am Hals.
All diese Vorsichtsmaßnahmen, all diese Arrangements wurden an diesem dritten September eingesetzt, an dem Präsident Francis Xavier Kennedy bei dem politischen Luncheon im Convention Center des New Yorker Sheraton seine Ansprache hielt. Hunderte von Secret-Service-Beamten saßen unter den Zuhörern, und das Gebäude wurde, nachdem er es betreten hatte, hermetisch abgeriegelt.

An dem Morgen, an dem Christian Klee ins Büro der Vizepräsidentin kam, wußte er, daß er die Situation im Griff hatte. Der Sultan von Sherhaben hatte ihm wertvolle Informationen übermittelt, und Sebbediccios Mitteilungen über Annee hatte ihm die Arbeit auch sehr erleichtert. Er verfügte über ungeheure Ressourcen: zahlenmäßig unbegrenztes Personal, technische Einrichtungen, Informationen, von denen die Terroristen nicht ahnten, daß er sie besaß. Annee wurde lückenlos überwacht – persönlich, per Computer, per Telefon. Auch die beiden Attentäterteams hatte er erfaßt. Aber er wollte nicht, daß irgend jemand davon erfuhr, nicht einmal der Präsident oder Helen DuPray. Ihnen teilte er nur mit, er sei im Besitz bestimmter Informationen, die darauf hinwiesen, daß am dritten September in New York City ein Anschlag auf das Leben des Präsidenten verübt werden würde. Aber, hatte er ihnen erklärt, diese Erkenntnis sei keineswegs gesichert, es bestehe nur eine Chance von hundert, daß der Tip echt sei, er wolle nur für alle Fälle Vorsichtsmaßnahmen ergreifen.
Dabei traf das Gegenteil zu. Er wußte genau, daß der Attentatsversuch auf den Präsidenten an jenem Tag erfolgen würde. Er wußte, daß er die ganze Aktion zerschlagen konnte, bevor sie überhaupt anlief, war aber daran interessiert, daß der Versuch tatsächlich stattfand. Denn dann mußte die ganze Nation

einsehen, daß der Präsident der Vereinigten Staaten ständig und immer wieder in Lebensgefahr schwebte, und das Verbrechen würde eine überwältigende Woge der Liebe zu Kennedy auslösen. Außerdem konnten die Medien ein solches Ereignis unmöglich herunterspielen, sondern würden sich, im Gegenteil, sogar genötigt sehen, es in den Mittelpunkt ihrer Veröffentlichungen zu stellen. Von dieser Woge der Liebe getragen, würde Präsident Kennedy selbst bei den noch zwei Monate entfernten Präsidentschaftswahlen alle Konkurrenten hinwegfegen und nicht nur von einer großen Mehrheit im Volk wiedergewählt werden, sondern auch seine Kongreßkandidaten mitziehen.
Congressman Jintz würde auf seine Farm zurückkehren, Senator Lambertino in seine Anwaltskanzlei in New York, und Bert Audick würde in einer Gefängniszelle landen.

Drei Wochen zuvor hatte Annee ihre Befehle erhalten. Sie war unter dem Namen Isabella Cesaro gereist und am Flughafen von einem Ehepaar abgeholt worden, das sie in eine luxuriöse Wohnung auf der Lower East Side brachte. Dort überreichte ihr das Ehepaar Unterlagen, die ihr über die nahe Zweigstelle der Chemical Bank Zugang zu den erforderlichen Geldmitteln verschafften. Erstaunt sah sie, daß sie über fünfhunderttausend Dollar verfügen konnte. Außerdem mußte sie eine Reihe kodierter Telefonnummern anrufen.
Das Ehepaar begleitete sie zu einer Art Intensivtraining eine Woche lang durch New York, wobei es durchaus von Vorteil war, daß Annee einigermaßen gut Englisch sprach und eine rasche Auffassungsgabe besaß. In dieser Woche wurden zwei möblierte Wohnungen angemietet und mit Lebensmitteln sowie Medikamenten ausgestattet. Als alles vorbereitet war, verabschiedete sich das Ehepaar und verschwand.
Während der folgenden drei Wochen blieb Annee an Ort und Stelle und benutzte ausschließlich öffentliche Telefone, um die kodierten Nummern anzurufen. Sie bewegte sich völlig frei in

der Stadt und besichtigte, wie es sich für eine echte Radikale gehörte, die schwarzen Slums, um sich mit einer gewissen Genugtuung über die Armut und das Elend dort zu empören. Im Grunde machte es ihr großen Spaß, sich in der Höhle des Löwen aufzuhalten. Sie konnte nicht wissen, daß Christian Klees FBI ihre Anrufe mithörte, daß jeder Schritt, den sie tat, beobachtet wurde, daß die beiden Attentäterteams aus Europa von dem Moment an beschattet wurden, da sie als Besatzungsmitglieder auf einem von Bert Audicks Öltankern an Land gingen, und daß deren Anrufe für Annee in öffentlichen Telefonzellen ebenfalls mitgehört und die Abschriften von Christian Klee gelesen wurden.

Als Lanetta Carr am dritten September auf Aufforderung im Büro der Vizepräsidentin Helen DuPray erschien, wunderte sie sich über zweierlei. Erstens darüber, daß der riesige Fernsehapparat auf einen Sender eingestellt, der Ton aber so heruntergedreht war, daß man ihn kaum hören konnte; und zweitens darüber, daß Justizminister Christian Klee der Vizepräsidentin an ihrem Schreibtisch gegenübersaß.

Christian Klee lächelte ihr liebenswürdig zu, begrüßte sie mit: »Hallo, Lanetta!« und beobachtete sie genau, als sie ihre Papiere auf den Schreibtisch der Vizepräsidentin legte.

»Mr. Attorney General«, sagte Helen DuPray in kaltem Ton, »ich denke, Sie sollten Miss Carr alles mitteilen, was Sie mir soeben auch mitgeteilt haben.«

»Es ist nicht notwendig, daß sie es erfährt«, wandte Christian Klee ein.

»Wenn Sie es nicht tun, werde ich es ihr sagen«, drohte Helen DuPray.

»Das wäre eine Verletzung der Geheimhaltungspflicht«, erklärte der Justizminister. »Gemäß der mir vom Präsidenten verliehenen Vollmacht verbiete ich Ihnen, irgendwelche Informationen weiterzugeben.«

»Und wie wollen Sie mich daran hindern?« fragte Helen DuPray verächtlich.
Eine ganze Weile herrschte Schweigen.
Dann sagte Christian Klee behutsam: »Ist doch möglich, daß gar nichts passiert.«
»Das kümmert mich einen Dreck«, gab Helen DuPray zurück. »Also was ist – ich oder Sie?«
»Ist doch möglich, daß gar nichts passiert«, wiederholte Christian Klee.
Helen DuPray wandte sich an Lanetta. »Setzen Sie sich«, befahl sie energisch. »Wenn ich Ihnen erzählt habe, was hier vorgeht, werden Sie dieses Büro nicht mehr verlassen dürfen.«
Christian Klee seufzte. »Die Chancen, daß etwas passiert, stehen eins zu hundert«, erklärte er. Und dann informierte er Lanetta genauso ausführlich wie zuvor die Vizepräsidentin.

An jenem dritten Septembertag ging die Terroristin Annee auf der Fifth Avenue einkaufen. Während ihres dreiwöchigen Aufenthalts in den Vereinigten Staaten hatte sie mitgeholfen, alles an seinen vorherbestimmten Platz zu schaffen. Sie hatte ihre Anrufe erledigt und sich mit den beiden Attentäterteams getroffen, als diese schließlich in New York ankamen und die beiden für sie vorbereiteten Apartments bezogen. Diese Wohnungen waren mit Waffen bestückt, die ein spezielles Logistikteam im Untergrund, das nicht am Hauptplan beteiligt war, besorgt hatte.
Wie seltsam, dachte Annee, daß ich jetzt einkaufen gehe – nur vier Stunden vor dem Ereignis, das mich das Leben kosten kann.

Patsy Troyca und Elizabeth Stone arbeiteten mit vereinten Kräften an den Gesprächen mit Peter Cloot über dessen Aussage, daß Christian Klee die Explosion der Atombombe hätte verhindern können. Sie planten, die Story in allen Einzelheiten an die Öffentlichkeit durchsickern zu lassen, um seinen ursprünglichen Anklagen vor dem Kongreßausschuß noch mehr Gewicht zu verleihen. Und waren so begeistert von Peter Cloots eindeutigem Haß auf Christian Klee, seiner aufrichtigen Empörung über Klees monströses Verbrechen und den vertraulichen Informationen über die Arbeitsweise des FBI, die sie von ihm erhielten, daß sie beschlossen, ihren Erfolg zu feiern. Elizabeths Stadtvilla lag nur zehn Autominuten entfernt, und so verbrachten sie über Mittag zwei angenehme Stunden im Bett.

Im Bett vergaßen sie den gesamten Streß dieses Tages. Nach einer Stunde begab sich Elizabeth unter die Dusche, während Patsy Troyca, immer noch splitternackt, ins Wohnzimmer hinüberschlenderte, um den Fernseher einzuschalten. Wie vom Donner gerührt, blieb er vor dem Apparat stehen und starrte fassungslos den Bildschirm an. Er sah noch eine kurze Weile zu, dann stürzte er ins Badezimmer und zog Elizabeth Stone unter der Dusche hervor. Die Brutalität, mit der er sie nackt und tropfnaß ins Wohnzimmer zerrte, erschreckte und verängstigte sie.

Doch als sie erst dort die Fernsehbilder sah, brach sie in Tränen aus. Patsy Troyca nahm sie tröstend in die Arme. »Sieh's doch mal so«, sagte er. »Von nun an sind wir all unsere Sorgen los.«

Die Wahlrede vom dritten September in New York sollte zu einem der wichtigsten Auftritte von Präsident Francis Kennedys Kampf um die Wiederwahl werden. Und war außerdem so organisiert, daß sie eine möglichst große psychologische Wirkung auf die Bevölkerung garantierte.

Zunächst sollte im Convention Center des Sheraton in der 58th Street ein Luncheon stattfinden, bei dem der Präsident zu den wichtigsten und einflußreichsten Männern der City sprach. Dieses Luncheon wurde seltsamerweise von Louis Inch gesponsert, einem Sympathisanten der Demokraten.

Das Essen sollte Spenden für die Wiederherrichtung des Areals von New York einbringen, das während der Osterkrise durch die Atombombe zerstört worden war. Ein Architekt hatte – ohne Bezahlung – eine großartige Gedenkstätte für die Opfer entworfen, das übrige Gebiet sollte zu einem kleinen Park mit einem winzigen Teich gestaltet werden. Die Stadt New York sollte das Gelände kaufen und stiften.

Nach dem Luncheon sollte Kennedy mit seiner Entourage eine Autokolonne anführen, die von der 125th Street durch die Seventh und Fifth Avenue zu dem Platz fuhr, wo er den ersten symbolischen Marmorkranz auf dem Schutthaufen niederlegen wollte, der vom Times Square übriggeblieben war.

Als einer der Sponsoren des Luncheons saß Louis Inch auf dem Podium neben Präsident Kennedy und sollte ihn anschließend zu seiner wartenden Limousine begleiten, wo er die Aufmerksamkeit von Presse und Fernsehen auf sich ziehen würde. Zu seiner Überraschung wurde er jedoch von Secret-Service-Beamten abgefangen, die Kennedy mit einem dichten Kordon umgaben. Sie führten den Präsidenten durch eine Tür hinter dem Podium hinaus. Während der Präsident verschwand, entdeckte Louis Inch, daß der gesamte Saal so dicht abgeriegelt worden war, daß all jene, die pro Person zehntausend Dollar für die Teilnahme an diesem Essen gezahlt hatten, in der Falle saßen und nicht hinaus konnten.

Auf der Straße draußen hatte sich eine riesige Menschenmenge eingefunden. Der Secret Service hatte die Umgebung des Hotels geräumt und einen freien Platz von etwa einhundert Fuß Durchmesser um den Präsidentenwagen geschaffen. Die Zahl der Secret-Service-Beamten reichte aus, um diesen inneren Kreis durch eine undurchdringliche Phalanx zu schützen. Außerhalb dieses Kreises wurde die Menge von der Polizei in Schach gehalten. An der Peripherie drängten sich Fotografen und Fernseh-Crews, die sofort vorwärtsstürmten, als sie die Vorhut von Secret-Service-Beamten aus dem Hotel kommen sahen. Unerklärlicherweise gab es dann eine Pause von fünfzehn Minuten.

Als der Präsident schließlich ins Freie trat, eilte er, vor allen Fernsehkameras abgeschirmt, sofort zu seinem wartenden Wagen. Im selben Moment explodierte die Szenerie der Avenue zu einem wunderschön choreographierten, blutigen Ballett.
Sechs Männer durchbrachen den Polizeikordon, indem sie die Beamten kurzerhand niedermähten, und rannten auf die gepanzerte Limousine des Präsidenten zu. Eine Sekunde später, genau im Takt, durchbrach eine weitere Gruppe von sechs Mann den gegenüberliegenden Teil des Sperrkreises und durchsiebte die fünfzig Secret-Service-Agenten rings um die gepanzerte Limousine mit Geschossen aus automatischen Waffen.
In der nächsten Sekunde kamen acht Wagen in den nun ungeschützten Kreis gejagt. Secret-Service-Beamte in Kampfausrüstung, mit kugelsicheren Westen, in denen sie wie riesige, aufgeblasene Ballons wirkten, mit Gewehren und Maschinenpistolen, sprangen heraus und griffen die Attentäter von hinten an. Sie schossen in kurzen, doch äußerst präzisen Intervallen. Alle zwölf Attentäter lagen tot auf dem Pflaster; ihre Waffen waren verstummt. Die Präsidentenlimousine löste sich mit aufheulendem Motor vom Bordstein, weitere Secret-Service-Wagen folgten.
In diesem Moment trat Annee unter Aufbietung ihrer letzten Willenskraft der Präsidentenlimousine in den Weg, zwei Bloomingdale-Tragtaschen in der Hand. Die Tragtaschen, bis obenhin mit Plastiksprengstoff gefüllt, waren wie zwei schwere Bomben, die sie in der Sekunde zur Explosion brachte, als sie von dem Wagen überrollt wurde. Die Limousine flog mindestens zehn Fuß hoch in die Luft und sackte in einem Feuerball auf den Boden zurück. Die Wucht der Explosion hatte alles im Innern des Wagens in Stücke zerrissen, und von Annee war nichts übriggeblieben als ein paar winzige, fröhlich-bunte Papierfetzen von ihren Einkaufstaschen.
Der TV-Kameramann besaß die Geistesgegenwart, seine Kamera in einem weiten Schwenk auf alles zu richten, was es zu sehen gab. Die Zuschauer, Tausende von Menschen, hatten sich zu Boden

geworfen, als die Schießerei begann, lagen immer noch ausgestreckt da, als wollten sie einen gnadenlosen Gott anflehen, sie aus diesem grausigen Entsetzen zu retten. Und überall aus dieser dichten, darniederliegenden Masse, aus den Wunden der Zuschauer, die vom Feuer der Attentäterteams getroffen oder durch die Bombenexplosion getötet worden waren, sickerten Rinnsale von Blut.

Viele unter den Neugierigen, die nur eine Gehirnerschütterung erlitten hatten, erhoben sich, als es still geworden war, und wankten im Kreis umher. Das alles fing die Kamera für das Fernsehen ein, und die Nation sah voller Entsetzen zu.

Im Büro der Vizepräsidentin Helen DuPray sprang Christian Klee aus dem Sessel hoch und schrie laut: »Das war nicht geplant!« Lanetta Carr starrte mit weit aufgerissenen Augen auf den Bildschirm.

Helen DuPray beobachtete die Szene im Fernsehen ebenfalls; dann wandte sie sich scharf an Christian Klee: »Wer war das arme Schwein, das den Platz des Präsidenten eingenommen hat?«

»Einer meiner Secret-Service-Beamten«, antwortete Christian Klee. »So dicht hätte man sie niemals an ihn herankommen lassen dürfen.«

»Sie haben mir erklärt, die Chancen, daß etwas passiert, stünden eins zu hundert.« Helen DuPray musterte den Justizminister mit kaltem Blick. Dann jedoch wurde sie zorniger, als Lanetta Carr es jemals erlebt hatte. »Warum zum Teufel haben Sie das Ganze nicht abgeblasen?« schrie sie ihn an. »Warum haben Sie diese Tragödie nicht verhindert? Da draußen auf der Straße liegen Bürger, die starben, weil sie ihren Präsidenten sehen wollten. Sie haben das Leben Ihrer eigenen Beamten geopfert. Ich schwöre Ihnen, ich werde dafür sorgen, daß Sie für Ihre Handlungsweise vom Präsidenten und dem zuständigen Kongreßausschuß zur Rechenschaft gezogen werden!«

»Sie wissen ja nicht, wovon Sie sprechen«, antwortete Christian Klee. »Wissen Sie, wie viele Tips ich kriege, wie viele Drohungen gegen den Präsidenten mit der Post kommen? Wenn wir auf alle reagieren würden, wäre der Präsident im Weißen Haus ein Gefangener.«
Helen DuPray musterte ihn genau, während er sprach. »Warum haben Sie diesmal ein Double benutzt?« wollte sie wissen. »Eine sehr extreme Maßnahme. Und wenn die Drohung doch so ernst zu nehmen war – warum haben Sie den Präsidenten überhaupt hingehen lassen?«
»Diese Frage dürfen Sie mir stellen, wenn Sie Präsidentin geworden sind«, beschied Christian Klee sie kurz und bündig.
»Wo ist Francis jetzt?« erkundigte sich Lanetta leise.
Es war eine unangemessene Frage in diesem speziellen Moment, und eine unangemessene Form der Anrede. Beide sahen die junge Frau an. Helen DuPray zuckte die Achseln und wartete auf Christian Klees Antwort.
Christian Klee starrte sie an, als wolle er ihr die Antwort verweigern. Dann aber erkannte er die Angst in ihren Augen und sagte ruhig: »Unterwegs nach Washington. Da wir nicht wissen, wie weit diese Verschwörung geht, wollen wir ihn lieber hier haben. Er ist in Sicherheit.«
»Okay«, warf Helen DuPray ironischen Tones ein, »sie weiß jetzt, daß er in Sicherheit ist. Die anderen Mitglieder seines Stabes haben Sie vermutlich schon informiert, also wissen die auch, daß er in Sicherheit ist, Sie und ich wissen, daß er in Sicherheit ist, aber was ist mit der amerikanischen Bevölkerung? Wann werden diese Menschen erfahren, daß er in Sicherheit ist?«
»Dazzy hat alle Maßnahmen getroffen«, erklärte Klee. »Der Präsident wird im Fernsehen erscheinen und zur amerikanischen Bevölkerung sprechen, sobald er das Weiße Haus betreten hat.«
»Das ist eine ziemlich lange Wartezeit«, gab die Vizepräsidentin zu bedenken. »Warum können Sie die Medien nicht jetzt sofort informieren und die Menschen beruhigen?«

»Weil wir nicht wissen, was sich da draußen abspielt«, antwortete Christian Klee ihr zugewandt. »Und außerdem kann es der amerikanischen Öffentlichkeit möglicherweise nicht schaden, sich ein bißchen um ihn zu sorgen.«

In diesem Moment hatte Helen DuPray das Gefühl, ihn zu durchschauen. Sie begann zu begreifen, daß Klee das Ganze hätte verhindern können, bevor das Attentat verübt wurde. Auf einmal empfand sie eine ungeheure Verachtung für diesen Mann. Sie erinnerte sich an die Vorwürfe, er hätte die Atombombenexplosion verhindern können, habe es aber nicht getan. Jetzt war sie überzeugt davon, daß diese Vorwürfe ebenfalls zutrafen.

Sechstes Buch

Herbst: November – Dezember

23. Kapitel

Im November wurde Francis Xavier Kennedy als Präsident der Vereinigten Staaten wiedergewählt. Es war ein so überwältigender Sieg, daß es ihm gelang, fast alle seine handverlesenen Kandidaten für Repräsentantenhaus und Senat durchzusetzen. Somit hatte der Präsident schließlich beide Häuser des Kongresses unter seiner Kontrolle.

In dieser Zeit vor der Amtseinsetzung, von November bis Januar, beauftragte Francis Kennedy seine Administration mit dem Entwurf neuer Gesetze für den von ihm eroberten Kongreß.

Die Freilassung von Gresse und Tibbot entfesselte einen derart vehementen Sturm öffentlicher Empörung, daß Francis Kennedy erkannte, nun sei der richtige Zeitpunkt gekommen, ausreichend Unterstützung für seine neuen Gesetze zu finden. Bei seinem Vorhaben halfen ihm Presse und TV, indem sie phantasievolle Berichte veröffentlichten, nach denen Gresse und Tibbot Verbündete von Yabril seien und der Attentatsversuch auf den Präsidenten eine einzige gigantische Verschwörung. Der National Enquirer brachte eine Schlagzeile, die die gesamte Titelseite einnahm.

Auf Oddblood Grays Aufforderung hin suchte Reverend Baxter Foxworth ihn in seinem Büro im Weißen Haus auf.

»Otto«, erklärte er, »du gehörst zum Präsidentenstab, du bist einer der Männer, die ihm am nächsten stehen. Was ist das für ein Gerücht über neue Strafgesetze, die entworfen werden? Und was ist das für ein Gerücht über geplante Konzentrationslager in Alaska?«

»Das sind keine Konzentrationslager«, widersprach Oddblood Gray. »Das sind Arbeitslager für Gewohnheitsverbrecher.«
Reverend Foxworth lachte. »Bruder«, sagte er, »ihr hättet sie wenigstens in wärmere Zonen verlegen können. Denn die meisten dieser Verbrecher werden Schwarze sein und sich da oben den Arsch abfrieren. Und mit der Zeit, wer weiß, könnten auch wir unter ihnen sein.«
Oddblood Gray seufzte. »Da muß ich dir leider recht geben«, antwortete er leise.
Sofort wurde der Reverend ernst, und sein Ton wurde sachlich. Mit kaum vernehmbarer Stimme sagte er: »Du siehst es auch kommen, nicht wahr, Otto? Dein beschissener Kennedy wird der erste amerikanische Diktator werden. So dumm bist du nicht. Er ist dabei, die Fundamente zu legen.«

Diesmal gab es für Reverend Foxworth kein symbolisches Treffen im Oval Office, wo man sich nur zu repräsentativen Zwecken zusammenfand, sondern einen Lunch mit dem Präsidenten, mit Eugene Dazzy und Oddblood Gray.
Der Lunch verlief harmonisch. Kennedy dankte Reverend Foxworth für seine Hilfe bei der Wahl und nahm von Foxworth eine Liste mit dessen Kandidaten für Ämter im Wohnungs-, Sozial- und Wohlfahrtsministerium entgegen. Schließlich bemerkte der Reverend, der sich betont höflich verhalten und stets die dem Amt des Präsidenten der Vereinigten Staaten zustehende Ehrerbietung an den Tag gelegt hatte, unvermittelt: »Ich muß Ihnen gestehen, Mr. President, daß ich ein Gegner der neuen Gesetze bin, die Sie zur Verbrechensbekämpfung in unserem Land einführen wollen.«
»Diese Gesetze sind unerläßlich«, beschied ihn Francis Kennedy.
»Und die Arbeitslager in Alaska?« erkundigte sich der Reverend.
Kennedy lächelte. »Die von meinen Gegnern als Konzentrationslager bezeichnet werden?«
»Ganz recht.«
»Die einzigen Menschen, die in diese Lager gesteckt werden, sind

Gewohnheitsverbrecher«, erklärte Kennedy in ruhigem belehrendem Ton. »Es handelt sich um Arbeitslager, denn in Alaska ist viel zu tun, und dort fehlt es an Arbeitskräften. Aber es handelt sich zugleich um ein umfassendes Erziehungssystem. Die Insassen werden nicht ihr Leben lang in den Lagern bleiben, sondern neben der Arbeit eine Ausbildung genießen. Bei Wohlverhalten werden sie die zukünftige Bevölkerung Alaskas bilden.«
Wenigstens können sie uns in Alaska nicht als Baumwollpflücker einsetzen, dachte Reverend Baxter Foxworth bitter und konterte: »Meine Leute werden das mit allen ihnen zur Verfügung stehenden Mitteln bekämpfen, Mr. President.«
In Kennedys Miene drückte sich unverhohlener Zorn aus, was selten vorkam. Eine lange Gesprächspause trat ein. Schließlich schien Kennedy seine Gefühle wieder unter Kontrolle gebracht zu haben. »Eines möchte ich Ihnen unmißverständlich klarmachen«, antwortete er Reverend Foxworth. »Hier handelt es sich nicht um eine Rassenfrage, sondern um ein Problem der Verbrechensbekämpfung.«
Der Reverend ließ sich jedoch nicht einschüchtern. »Die Mehrheit derer, die Sie in die Arbeitslager von Alaska schicken, wird schwarz sein.«
Noch nie hatten Oddblood Gray und Eugene Dazzy Kennedy so eisig erlebt. »Dann sollen sie aufhören, Verbrechen zu begehen«, gab er zurück.
Der Reverend stand ihm an Kälte nicht nach. »Dann sollen Ihre Banker, Ihre Immobilienhaie und Ihre großen Konzerne aufhören, die Schwarzen als billige Arbeitskräfte auszunutzen.«
»Ich werde Ihnen sagen, worauf es hinausläuft«, erklärte Francis Kennedy. »Entweder Sie vertrauen mir, oder Sie vertrauen dem Socrates Club.«
»Wir trauen überhaupt keinem«, sagte der Reverend.
Kennedy schien ihn nicht gehört zu haben. »Es ist ganz einfach«, fuhr er fort. »Die schwarze Bevölkerung wird von den Verbrechern in ihren Reihen gesäubert. Dafür sollten Sie mir danken. Haupt-

opfer dieser Verbrecher sind doch die Schwarzen selbst, obwohl das natürlich kein großes Aufsehen erregt. Vor allem aber ist wichtig, daß man die Kriminalität der schwarzen Bevölkerung nicht als unabänderlich betrachtet.«

»Und was ist mit den weißen Kriminellen?« erkundigte sich der Reverend. »Werden die auch nach Alaska verbannt?« Er vermochte kaum zu glauben, was er hörte, und noch dazu vom Präsidenten der Vereinigten Staaten.

»Allerdings werden sie das«, antwortete der Präsident ruhig. »Ich werde es Ihnen noch einfacher erklären, Reverend. Die Weißen in diesem Land fürchteten sich vor den schwarzen Kriminellen. Wenn wir aber unsere Pläne ausgeführt haben, wird die große Mehrheit der schwarzen Mittelklasse in die weiße Mittelschicht integriert sein.«

Wie Oddblood Gray feststellte, war sein Freund Foxworth zum erstenmal so verblüfft, daß selbst seine rhetorischen Fähigkeiten versagten: Er war sprachlos. Oddblood sagte schnell: »Ich glaube, Mr. President, Sie sollten dem Reverend die andere Seite der Geschichte erzählen.«

»Dieses Land wird nicht mehr vom Verbrechen regiert werden«, erklärte Francis Kennedy. »Genauer gesagt, es wird nicht mehr vom Geld regiert werden. Sie sind beunruhigt, weil schwarze Verbrecher nach Alaska in Arbeitslager geschickt werden? Warum? Den schwarzen Gemeinden wird es dadurch nur besser gehen. Sollen sie doch nach dort verschwinden!«

»Aber die Arbeitslager«, wandte Reverend Foxworth ein, »werden auch für aufrichtige Revolutionäre da sein. Sie werden für jeden da sein, der kein Mittelklasseleben führen will. Sie sind eine Bedrohung der Freiheit des einzelnen.«

»Das ist ein Argument«, gab Kennedy zu, »aber es ist nicht mehr stichhaltig. Wir können uns kein Übermaß an Freiheit mehr leisten. Nehmen wir doch mal diese beiden jungen Professoren, Tibbot und Gresse. Die haben Tausende von Menschen umgebracht und kommen ungestraft davon. Auf Grund technischer Ver-

fahrensfehler hätten sie für das Verbrechen, das sie wirklich begangen haben, nicht einmal verurteilt werden können, und die meisten Toten waren Schwarze. Diese beiden jungen Männer kommen ungeschoren davon, bloß weil bei uns ein ordnungsgemäßes Verfahren Vorrang vor allem anderen hat.« Er hielt einen Augenblick inne. »Das werden wir alles ändern«, erklärte er dann.
Der Reverend wandte sich an Oddblood Gray. »Willst du da wirklich mitmachen, Otto?« fragte er ihn.
Oddblood Gray lächelte. »Wenn nicht, werde ich zurücktreten.«
»In meinem Privatleben wie auch in meiner politischen Laufbahn habe ich immer Ihre Sache unterstützt, Reverend«, sagte Kennedy. »Ist das nicht so?«
»Ja, Mr. President, aber das muß nicht heißen, daß Sie immer recht haben«, hielt der Reverend dagegen. »Und Sie können nicht ständig Ihre Administration bis auf die unterste Ebene hinab kontrollieren. Die Arbeitslager in Alaska werden sich letztlich zu Konzentrationslagern für Schwarze entwickeln.«
»Diese Möglichkeit besteht«, antwortete Kennedy. Sein Zugeständnis erstaunte den Reverend; Oddblood Gray dagegen nicht. Er kannte Kennedy nun schon sehr lange und wußte, daß der Präsident derartige Gefahren vorauszusehen vermochte. Und in diesem Moment entdeckte Gray einen neuen Ausdruck in Kennedys Blick, einen Ausdruck uneingeschränkter Entschlossenheit, eine überwältigende Willenskraft, die normalerweise alle, die sich in seiner Nähe aufhielten, zum Schweigen brachte.
»Ich habe Ihre Karriere mitverfolgt«, erklärte Kennedy mit einer Andeutung von Lächeln. »Was Sie getan haben, war ein notwendiges Aufstacheln unserer Gesellschaft. Und es ist immer ein Genuß, einen Mann wie Sie mit einem gewissen Esprit handeln zu sehen. Dabei habe ich, soviel Scheiße Sie auch gebaut haben, niemals an Ihrer Aufrichtigkeit gezweifelt.« Oddblood Gray wunderte sich über die vulgäre Ausdrucksweise. »Aber wir leben in gefährlichen Zeiten«, fuhr Kennedy fort, »und da ist Esprit nicht mehr so wichtig. Deswegen möchte ich, daß Sie mir aufmerksam zuhören.«

»Ich höre«, antwortete Reverend Foxworth mit ausdrucksloser Miene.
Kennedy neigte den Kopf; dann hob er ihn wieder. »Vergessen Sie nicht«, begann er, »daß viele Bürger der Vereinigten Staaten die Schwarzen hassen. Aus Angst. Sie lieben die Sportler unter ihnen, sie lieben die Künstler, sie lieben die Schwarzen, die sich auf den verschiedensten Gebieten ausgezeichnet haben.«
»Sie setzen mich in Erstaunen«, warf Reverend Foxworth ein. Er lachte.
Francis Kennedy musterte ihn abwägend. Dann fuhr er fort: »Wen aber hassen sie dann eigentlich? Mit Sicherheit nicht die echten Mittelklasse-Schwarzen. Hassen ist vielleicht ein zu starker Ausdruck, nicht mögen wäre vermutlich besser.«
»Das eine oder das andere«, verbesserte der Reverend.
»Bis hierher sind wir einer Meinung«, stellte Kennedy fest. »Dann wird also diese Verachtung, dieses Nicht-Mögen, dieser Haß von den armen und den kriminellen Schwarzen ausgelöst.«
»So einfach ist es aber nun wirklich nicht«, fiel ihm der Reverend ins Wort.
»Ich weiß«, gab Kennedy zu. »Aber lassen wir's für den Anfang mal so stehen. Ich sage Ihnen folgendes: Ich werde mich mit meinen Maßnahmen sowieso durchsetzen, und Sie sollten rechtzeitig auf den Zug aufspringen. Schwarz oder Weiß – wenn Sie den Weg des Verbrechens einschlagen, führt dieser Weg Sie nach Alaska.«
»Ich werde dagegen angehen«, erklärte Foxworth.
»Dann werde ich Ihnen die andere Möglichkeit schildern«, fuhr Kennedy ausgesucht höflichen Tones fort. »Wir machen weiter wie bisher. Sie kämpfen um Maßnahmen der Regierungsbehörden gegen Diskriminierung, Sie kämpfen gegen Rassismus und Ungerechtigkeit. Wie Sie zuvor angedeutet haben, sind gute Gesetze eines, sie durchzusetzen aber etwas ganz anderes. Glauben Sie wirklich, die Menschen, die dieses Land regieren, würden freiwillig auf eine Quelle billiger Arbeitskräfte verzichten? Glauben Sie wirklich, sie würden zulassen, daß Ihre Leute sich zu einem mäch-

tigen Wählerpotential entwickeln? Glauben Sie wirklich, daß Ihnen der Socrates Club mehr Möglichkeiten bietet als ich?«

Der Reverend musterte Kennedy durchdringend. Er ließ sich viel Zeit mit seiner Antwort. »Mr. President«, sagte er dann, »was Sie da verlangen, bedeutet, daß wir für das, was Sie als politische Strategie bezeichnen, die ganze nächste schwarze Generation opfern müssen. Ich glaube nicht an derartige Strategien. Das heißt aber nicht, daß wir auf anderen Gebieten nicht zusammenarbeiten können.«

»Entweder Sie sind *für* uns, oder Sie sind *gegen* uns«, erklärte Präsident Kennedy hart. »Denken Sie sorgfältig darüber nach.«

Reverend Foxworth erwiderte lächelnd: »Werden Sie mit dem Socrates Club genauso reden?«

Zum erstenmal erwiderte Kennedy sein Lächeln. »Aber nein«, antwortete er, »denen lasse ich keine Wahl.«

»Wenn ich mitmache«, stellte Reverend Foxworth klar, »will ich sichergehen, daß sich Weiße dort oben ebenso den Arsch abfrieren wie Schwarze.«

Ein Bundesrichter ordnete die Entlassung von Henry Tibbot und Adam Gresse an. An dem Tag, den er kurze Zeit für den schönsten seines Lebens hielt, plädierte Whitney Cheever jun. vor Gericht für seine Mandanten. Ob sie ins Gefängnis kamen oder nicht, spielte keine Rolle – gewinnen würde er in jedem Fall. Das Medieninteresse war enorm, und die Kennedy-Administration spielte ihm in die Hände.

Die Regierung bestritt nicht, daß die Verhaftung gesetzwidrig gewesen war. Die Regierung bestritt nicht, daß es keine Haftbefehle gegeben hatte. Cheever nutzte jedes legale Schlupfloch.

Das Schicksal seiner Mandanten war zweitrangig; sie hatten ihm sogar, wie fast alle klugen Mandanten, ihre Schuld eingestanden. Aber Cheever empörte sich über das Atomgeheimhaltungsgesetz selbst, dessen Bestimmungen so umfassend waren, daß sie einer Abschaffung des gesamten Bill of Rights gleichkamen.

Für zwei Tage wurde Whitney Cheever mit seiner Eloquenz zum Helden des Fernsehpublikums. Und als der Richter Gresse und Tibbot zu drei Jahren Sozialdienst verurteilte und in Freiheit setzte, war Cheever einen Tag lang der berühmteste Mann von Amerika.

Doch bald schon dämmerte ihm die Erkenntnis, daß man ihn reingelegt hatte. Zu Hunderttausenden trafen Briefe voller Haß bei ihm ein. Allein auf Grund der juristischen Kniffe eines linken Anwalts, der für die Verteidigung von Revolutionären bekannt war, die gegen die legale Autorität der Vereinigten Staaten kämpften, hatte man die beiden Mörder von Tausenden von Menschen straffrei ausgehen lassen. Die amerikanische Bevölkerung war empört.

Cheever war ein intelligenter Mann, und als Reverend Foxworth ihm in einem Schreiben mitteilte, die Schwarzenbewegung wolle nichts mehr mit ihm zu tun haben, wußte er, daß er erledigt war. Er selbst hielt sich für eine Art kleinen Helden und war überzeugt, daß er in den Geschichtsbüchern der Zukunft mit einem Sternchen als Kämpfer für die wahre Freiheit geehrt werden würde. Der Haß jedoch, der ihm jetzt per Post, per Telefon und sogar bei seinen öffentlichen politischen Auftritten entgegenschlug, war beängstigend.

Da Gresse und Tibbot von ihren Familien vorerst einmal außer Landes gebracht worden waren und sich irgendwo in Europa versteckten, konzentrierte sich der gesamte Zorn der Öffentlichkeit auf Cheever. Was ihn jedoch am meisten schockierte war die Erkenntnis, daß sein Sieg von der Kennedy-Regierung manipuliert worden war, die damit einen einzigen Zweck verfolgte: in der Öffentlichkeit einen wütenden Protest gegen ordnungsgemäße Verfahren wie dieses auszulösen. Als er von den neuen Reformen hörte, die Kennedy für das amerikanische Rechtssystem plante, von den Arbeitslagern in Alaska, den Restriktionen für ordnungsgemäße Verfahren, wußte er, daß er mit diesem einen Sieg, dem Freispruch von Gresse und Tibbot, den ganzen Kampf verloren hatte. Und dann kam ihm ein erschreckender Gedanke. War es möglich, daß einmal der Zeitpunkt kommen würde, da er wirklich in Gefahr geriet? War es möglich, daß Francis Kennedy so weit ging, der erste Diktator der Vereinigten Staaten von Amerika zu werden? Vielleicht war jetzt ein persönliches Gespräch mit Justizminister Christian Klee angebracht.

Präsident Francis Kennedy hatte seinen Stab in den Yellow Room bestellt. Auf Sondereinladung anwesend waren außerdem Vizepräsident Helen DuPray und Dr. Zed Annaccone. Kennedy wußte, daß er sehr vorsichtig sein mußte; dies waren die Menschen, die ihn am besten kannten, er durfte sie also nicht merken lassen, was er in Wahrheit erreichen wollte. Er sagte zu ihnen: »Dr. Annaccone hat uns etwas mitzuteilen, das Sie alle in Staunen versetzen wird.«
Francis Kennedy lauschte zerstreut, während Dr. Annaccone verkündete, der Gehirntest sei nun so weit entwickelt worden, daß das zehnprozentige Risiko des Herzstillstands und des vollständigen Gedächtnisverlustes auf ein Zehntelprozent reduziert worden sei. Als Helen DuPray ihrer Empörung darüber Ausdruck verlieh, daß freie Staatsbürger durch das Gesetz gezwungen werden sollten, sich einem derartigen Test zu unterziehen, lächelte er fein. Er hatte das von ihr erwartet. Und er lächelte ebenfalls, als Dr. Annaccone sich von der Äußerung der Vizepräsidentin gekränkt zeigte, obwohl man bei ihm als Wissenschaftler ein etwas dickeres Fell erwartet hätte.
Weniger belustigt lauschte er, als Oddblood Gray, Arthur Wix und Eugene Dazzy der Vizepräsidentin zustimmten. Daß Christian Klee nichts sagen würde, hatte er gewußt.
Sie alle beobachteten ihn, warteten ab, um zu sehen, was er sagen würde. Er würde sie überzeugen müssen, daß er recht hatte. Also begann er sorgfältig abzuwägen: »Die Probleme sind mir alle bekannt, aber ich bin entschlossen, diesen Test in unser Rechtssystem aufzunehmen. Nicht rückhaltlos, denn es besteht noch immer ein gewisses Risiko, auch wenn es winzig ist. Dr. Annaccone hat

mir jedenfalls zugesichert, daß dieses Risiko durch weitere Forschungsarbeiten auf Null reduziert werden kann. Immerhin aber ist dies ein wissenschaftlicher Test, der unsere Gesellschaft revolutionieren wird. Die Probleme können wir vergessen; wir werden sie ausbügeln.«

»Aber selbst ein Kongreß, der auf unserer Seite ist, wird einem derartigen Gesetz nicht zustimmen«, wandte Oddblood Gray leise ein.

»Wir werden ihn dazu zwingen«, versicherte Kennedy grimmigen Tones. »Andere Länder werden ihn ebenfalls anwenden. Unsere Geheimdienste werden ihn anwenden. Wir können also gar nicht anders.« Er lachte; dann sagte er zu Dr. Annaccone: »Ich werde Ihr Budget beschneiden. Ihre Entdeckungen verursachen zuviel Wirbel und werden all unsere Anwälte arbeitslos machen. Aber mit diesem Test wird wenigstens kein Unschuldiger mehr verurteilt werden.«

Der Präsident erhob sich betont gelassen und trat an die Terrassentüren, die auf den Rosengarten hinausgingen. Dann sagte er: »Ich werde Ihnen beweisen, wie fest ich an diesen Test glaube. Unsere Feinde beschuldigen mich ständig, für die Explosion der Atombombe verantwortlich zu sein. Ich hätte sie verhindern können, behaupten sie. Eugene, ich möchte, daß Sie Dr. Annaccone helfen, alles zu organisieren. Ich möchte der erste sein, der sich dem Test unterzieht. Sofort. Sie sorgen für Zeugen und die juristischen Formalitäten.«

Lächelnd richtete er den Blick auf Christian Klee. »Sie werden mir die Frage stellen: ›Sind Sie in irgendeiner Form für die Explosion der Atombombe verantwortlich?‹ Und ich werde sie beantworten.« Er hielt einen Augenblick inne; dann fuhr er fort: »Ich werde mich diesem Test unterziehen. Und mein Justizminister ebenfalls. Nicht wahr, Christian?«

»Selbstverständlich«, antwortete Christian Klee. »Aber du zuerst.« Beide wußten, daß es nur dieser Punkt war, auf den Kennedy die ganze Zeit zugesteuert hatte.

Die im Walter Reed Hospital für Präsident Kennedy reservierte Suite verfügte über ein Konferenzzimmer. Hier waren der Präsident, sein Stab und drei qualifizierte Mediziner versammelt, die das Ergebnis des Gehirntests beobachten und bestätigen sollten. Im Moment hörten sie Dr. Annaccone zu, der ihnen das Verfahren erklärte.

Dr. Annaccone ordnete seine Dias und schaltete den Projektor ein. Dann begann er mit seinem Vortrag. »Dieser Test ist, wie einige von Ihnen bereits wissen, ein unfehlbarer Lügendetektortest, bei dem die Wahrheit durch Messung der Aktivität bestimmter Chemikalien im Gehirn festgestellt wird. Das geschieht durch eine Verfeinerung des Positronen-Emissions-Tomographie-Scan – PET-Scan. Das Verfahren erwies sich zum erstenmal in begrenzter Form erfolgreich in der School of Medicine der Washington University von St. Louis. Dort wurden Dias der menschlichen Gehirnfunktionen angefertigt.«

Eine Großaufnahme erschien auf der weißen Leinwand vor ihnen. Dann die nächste, und wieder die nächste. Leuchtende Farben hoben die verschiedenen Teile des Gehirns hervor, während die Patienten lasen, zuhörten, sprachen oder ganz einfach über die Bedeutung eines Ausdrucks nachdachten. Als Leuchtträger hatte ihnen Dr. Annaccone mittels Blut- und Glukoseinjektionen radioaktive Substanzen in den Körper geschleust.

»Im Grunde«, erklärte Dr. Annaccone, »spricht das Gehirn unter dem PET-Scan durch Farbveränderung. Ein Fleck im Hintergrund des Gehirns leuchtet beim Lesen auf. In der Mitte des Gehirns, vor diesem dunkelblauen Hintergrund, sehen Sie einen unregelmäßigen weißen Fleck mit einem winzigen Tupfer Pink und einem Rinnsal von Blau erscheinen. Das geschieht beim Sprechen. Im Vordergrund des Gehirns leuchtet ein ähnlicher Fleck während des Denkvorgangs auf. Über diese Bilder haben wir ein magnetisches Resonanz-Raster der Gehirn-Anatomie gelegt. Das ganze Gehirn ist nun eine Laterna magica.«

Dr. Annaccone ließ den Blick durchs Zimmer wandern, um zu

sehen, ob alle seinen Erklärungen folgen konnten. Dann fuhr er fort: »Sehen Sie, wie sich dieser Fleck in der Mitte des Gehirns verändert? Wenn ein Proband lügt, verstärkt sich die Blutmenge, die das Gehirn durchfließt. Dadurch entsteht ein anderes Bild.«
Tatsächlich prangte in der Mitte des weißen Flecks nunmehr ein roter Kreis inmitten eines größeren, unregelmäßigen gelblichen Feldes. »Der Proband lügt...«, erklärte Dr. Annaccone. »Wenn wir den Präsidenten testen, müssen wir auf diesen roten Fleck innerhalb des gelben Kreises achten.« Dr. Annaccone nickte dem Präsidenten zu. »Und nun begeben wir uns ins Untersuchungszimmer«, erklärte er.
In dem mit Blei ausgekleideten Raum legte sich Francis Kennedy auf den kalten, harten Tisch. Hinter ihm wölbte sich ein dicker, langer Metallzylinder. Als Dr. Annaccone die Gesichtsmaske aus Plastik an Francis Kennedys Stirn und Kinn befestigte, überlief den Präsidenten ein Schauer der Angst. Er haßte es, wenn sein Gesicht bedeckt war. Seine Arme wurden neben dem Körper angeschnallt. Dann spürte Francis Kennedy, wie Dr. Annaccone den Tisch in den Zylinder schob. Das Innere des Zylinders war enger, als der Präsident gedacht hatte. Und dunkler. Lautlos. Francis Kennedy war nun von einem Ring radioaktiver Detektorkristalle umgeben.
Dann hörte Kennedy das Echo von Dr. Annaccones Stimme, der ihn anwies, auf das weiße Kreuz unmittelbar vor seinen Augen zu blicken. Die Stimme klang hohl. »Sie dürfen den Blick nicht von diesem Kreuz wenden«, wiederholte der Doktor.
In einem Raum fünf Stockwerke tiefer, im Souterrain des Krankenhauses, steckte in einem Rohrpost-Zylinder eine Spritze mit radioaktivem Sauerstoff, ein Zyklotron.
Als der Befehl vom Scanning Room herunterkam, schoß dieser Zylinder wie eine Bleirakete durch verborgene Tunnels in den Wänden des Krankenhauses bis ans Ziel.
Dr. Annaccone öffnete den Zylinder und entnahm ihm die Spritze. Dann trat er ans Fußende des PET-Scanners und rief Francis

Kennedys Namen. Wieder klang seine Stimme hohl wie ein Echo, als Kennedy hörte: »Die Injektion!« Dann spürte er, wie der Doktor ins Dunkel langte und die Spritze in seinen Arm stach.

Von dem verglasten Raum am Ende des Scanners aus vermochten die Angehörigen des Stabes nur Francis Kennedys Fußsohlen zu sehen. Als Dr. Annaccone sich wieder zu ihnen gesellte, schaltete er den Computer über ihnen an der Wand ein, damit alle sehen konnten, wie Präsident Kennedys Gehirn funktionierte. Aufmerksam sahen sie zu, wie der Tracer durch Kennedys Blut zirkulierte und dabei Positronen verstreute, Anti-Materie-Partikel, die mit Elektronen kollidierten und Explosionen von Gammastrahlungsenergie auslösten.

Sie sahen zu, wie das radioaktive Blut in Kennedys Sehkortex schoß und Ströme von Gammastrahlen auslöste, die sofort vom Ring der radioaktiven Detektoren erfaßt wurden. Und die ganze Zeit über starrte Kennedy, wie verlangt, auf das weiße Kreuz.

Dann hörte Kennedy über das direkt im Scanner placierte Mikrophon Dr. Annaccone fragen: »Haben Sie in irgendeiner Form die Atombombenexplosion in New York zu verantworten? Verfügten Sie über Kenntnisse, die diese Explosion hätten verhindern können?«

»Nein«, sagte Kennedy. Und die Wände des finsteren Zylinders schienen seine Antwort auf ihn zurückfallen zu lassen wie ein Echo.

Dr. Annaccone beobachtete den Computerbildschirm an der Wand. Der Computer zeigte, wie sich in der blauen Masse des Gehirns, das so elegant in Kennedys Hirnschale lag, Muster bildeten.

Der Präsidentenstab sah ängstlich zu.

Aber kein gelber Fleck, kein roter Kreis erschien auf dem Bildschirm.

»Er sagt die Wahrheit«, verkündete Dr. Annaccone, und seine Stimme klang eindeutig begeistert.

Christian Klee hatte das Gefühl, daß ihm die Knie weich wurden. Diesem Test würde er sich auf keinen Fall unterziehen können, das war ihm klar.

24. Kapitel

Einen Tag, nachdem Präsident Francis Kennedy seinen Lügendetektortest bestanden hatte, besuchte Christian Klee das Orakel. Nach dem Dinner begaben sie sich in die Bibliothek, wo es dunkler und intimer war. Christian wurde mit Brandy und Zigarren versorgt, während das Orakel sich in seinem gepolsterten Rollstuhl zurücklehnte.

»Christian«, sagte das Orakel, »ich glaube, du solltest deinen Arsch hochkriegen. Heute ist überall im Fernsehen bekanntgemacht worden, daß Kennedy diesen Test bestanden hat und unschuldig an dem Atombombenskandal ist. Nun ist er wirklich fein heraus. Wann zum Teufel werdet ihr mir also meine Geburtstagsparty ausrichten?«

Er ist hartnäckig, dachte Christian. Daß er die Geburtstagsfeier völlig vergessen hatte, vermochte er dem Orakel nicht einzugestehen.

»Es ist alles bereits geplant«, erklärte er dem Orakel. »Gleich nach der Amtseinführung des Präsidenten im nächsten Monat werden wir eine Riesenparty im Rosengarten des Weißen Hauses feiern. Sogar der englische Premier wird kommen; sein Vater war einer deiner besten Freunde. Du wirst begeistert sein. Ist das okay? Zum Leitmotiv der Feier wollen wir die Tatsache machen, daß du das Symbol der Vergangenheit Amerikas bist, der große alte Mann unseres Landes, die Inkarnation der amerikanischen Tugenden Sparsamkeit und Fleiß, Inbegriff des Aufstiegs vom Tellerwäscher zum Millionär, kurz gesagt, etwas, das es nur in Amerika geben kann. Wir haben dir einen von diesen Uncle-Sam-Zylindern mit Stars-and-Stripes-Muster besorgt.«

Das Orakel quittierte diesen »geistreichen« Einfall mit seinem trockenen, gackernden Lachen. Christian lächelte ihm zu und leerte mit einem Zug sein Brandyglas, um auch die eigene gute Laune aufrechtzuerhalten.

»Und was hat dein guter Freund Kennedy davon?« wollte das Orakel wissen.
»Francis Kennedy wird zur Inkarnation der amerikanischen Zukunft erklärt«, verkündete Christian. »Alle Amerikaner werden in einen strafferen Gesellschaftsvertrag eingebunden, enger miteinander verflochten sein. Was du gesät hast, wird Kennedy zu wahrer Größe heranreifen lassen.«
Im Dämmerlicht sprühten die Augen des Orakels Funken. »Wie kannst du es wagen, mir nach so vielen Jahren eine derartige Scheiße aufzutischen, Christian? Deinen Symbolismus kannst du dir in den Arsch schieben. Und was für ein Gesellschaftsvertrag? Was für ein Bockmist soll das sein? Hör mir zu. Es gibt Menschen, die regieren, und Menschen, die regiert werden. Das ist dein Gesellschaftsvertrag. Alles andere ist Verhandlungssache.«
Christian lachte. »Ich werde mit Dazzy und der Vizepräsidentin sprechen«, versicherte er. »Kennedy wird mitmachen; er weiß, daß er dir etwas schuldig ist.«
»Alte Menschen haben keine Schuldner«, behauptete das Orakel. »Jetzt aber zu dir. Du sitzt ganz schön tief in der Scheiße, mein Junge.«
»Stimmt«, sagte Christian. »Aber das kümmert mich einen Dreck«, behauptete Christian.
Nachdenklich gab das Orakel zurück: »Du bist noch nicht mal fünfzig, und es kümmert dich einen Dreck? Das ist wahrlich ein schlechtes Zeichen. Sich einen Dreck zu kümmern ist sonst typisch für die unwissende Jugend. Ich bin hundert, und wenn *ich* sage, es kümmert mich einen Dreck, dann ist das weise. Wenn man jung ist, und wenn man alt ist, darf man sich einen Dreck kümmern. Aber in deinem Alter, Christian, ist es äußerst gefährlich, sich einen Dreck zu kümmern.« Er war tatsächlich zornig geworden und beugte sich vor, um Christian die Zigarre aus der Hand zu reißen.
In diesem Moment empfand Christian eine so tiefe Zuneigung zu dem Alten, daß ihm die Tränen kamen. »Es ist Francis«, gestand er ein. »Ich glaube, er hat mich sein Leben lang hintergangen.«

»Aha!« sagte das Orakel. »Dieser Lügendetektortest, den er bestanden hat. Dieser Gehirn-Scan. Wie nennen sie das doch? PET-Test?«

»Ich begreife nicht, wie er ihn bestehen konnte«, klagte Christian Klee.

Mit einer Verachtung, die wegen seines hohen Alters kaum in seinem Ton, aber durchaus, wenn auch schwächer, in seiner Körpersprache zum Ausdruck kam, sagte er: »Dann besitzt unsere zivilisierte Gesellschaft nun also einen unfehlbaren Test, einen wissenschaftlichen noch dazu, um festzustellen, ob jemand die Wahrheit sagt. Und damit glauben sie die unergründlichsten Rätsel von Schuld und Unschuld lösen zu können. Lächerlich! Männer und Frauen betrügen einander ständig. Ich bin hundert und weiß bis heute noch nicht, ob mein Leben Wahrheit oder Lüge war. Ehrlich und aufrichtig, ich weiß es nicht.«

Christian hatte dem Orakel die Zigarre wieder abgenommen; jetzt setzte er sie in Brand, und dieser kleine Feuerschein verwandelte das Gesicht des alten Mannes in eine Maske wie aus einem Museum.

»Ich habe diese Atombombe hochgehen lassen«, sagte Christian. »Dafür bin ich verantwortlich. Und wenn ich mich dem PET-Test unterziehe, wird mir diese Wahrheit bekannt sein, und der Scanner wird sie entdecken. Aber ich hatte geglaubt, Kennedy besser als jeder andere zu verstehen. All seine Gedanken lesen zu können. Er *wollte*, daß ich Gresse und Tibbot nicht verhörte. Er *wollte*, daß die Explosion stattfand. Wie zum Teufel hat er dann aber den Test bestehen können?«

»Wenn das Gehirn etwas so Simples wäre, wären wir zu simpel, es zu begreifen«, antwortete das Orakel. »Das war ein Bonmot von eurem Dr. Annaccone, und ich vermute, das ist die Antwort auf deine Frage. Kennedys Gehirn weigert sich, die Wahrheit seiner Schuld zu akzeptieren. Deswegen erklärt ihn der Computer im Scanner für unschuldig. Du und ich, wir wissen es besser, denn ich glaube dir, was du sagst. Er aber wird sogar in seinem tiefsten

Innern ewig unschuldig bleiben. Und nun beantworte mir eine Frage: Du bist für nächste Woche zu diesem Test angemeldet; glaubst du, daß du den Test überlisten kannst? Schließlich handelt es sich um eine Unterlassungssünde.«

»Nein«, gestand Christian. »Im Gegensatz zu Kennedy bin ich ewig schuld.«

»Kopf hoch!« versuchte das Orakel ihn aufzumuntern. »Du hast nur zehntausend Menschen umgebracht – oder waren es zwanzigtausend? Deine einzige Hoffnung ist es, den Test zu verweigern.«

»Ich habe es Francis fest versprochen«, wandte Christian ein. »Und wenn ich mich weigere, werden mich die Medien ans Kreuz schlagen.«

»Warum hast du dich dann überhaupt einverstanden erklärt?«

»Ich dachte, Francis blufft nur«, antwortete Christian. »Ich dachte, er könne es sich nicht leisten, den Test zu wagen, und würde einen Rückzieher machen. Deswegen hab ich darauf bestanden, daß er sich dem Test zuerst unterzieht.«

Das Orakel zeigte seine Ungeduld, indem er den Motor des Rollstuhls surren ließ. »Schwing dich auf die Freiheitsstatue«, schlug er vor. »Poche auf deine Bürgerrechte und deine Menschenwürde. Damit wirst du durchkommen. Kein Mensch will, daß eine so infernalische Wissenschaft zum Rechtsdokument wird.«

»Natürlich«, sagte Christian. »Das werde ich tun müssen. Aber Francis wird wissen, daß ich schuldig bin.«

»Christian«, erkundigte sich das Orakel, »wenn dieser Test dich fragen würde, ob du ein Bösewicht bist – was würdest du ganz aufrichtig antworten?«

Christian lachte, ehrlich belustigt. »Ich würde antworten, daß ich kein Bösewicht bin. Und bestehen. Wirklich, das ist ehrlich komisch.« Dankbar drückte er die Schulter des Orakels. »Ich werde deine Geburtstagsfeier bestimmt nicht vergessen«, versicherte er.

Als Christian Klee dem Präsidenten und seinem Stab mitteilte, er werde sich dem PET-Test nicht unterziehen, schien niemand überrascht zu sein. Klee erläuterte seine Überzeugung, daß ein solcher Test eine grobe Verletzung der Menschenrechte darstelle. Und versicherte, wenn ein Gesetz verabschiedet werde, das den Test zwar legalisiere, aber nicht obligatorisch mache, werde er sich freiwillig dazu melden.

Man versicherte Christian Klee, seine Weigerung, den Test zu machen, werde positiv beurteilt. So sehr sogar, daß er sich ein Herz faßte und Eugene Dazzy auf die verschobene Geburtstagsfeier für das Orakel ansprach.

»Scheiße«, antwortete ihm Dazzy. »Francis kann den alten Knakker nicht leiden. Vielleicht sollten wir sie einfach vergessen.«

»Unsinn«, widersprach Christian. »Sie und Kennedy mögen ihn nur nicht, weil er zum Socrates Club gehört. Himmel, Eugene, wie kann man einem Mann böse sein, der über hundert Jahre alt ist?«

Dazzy schenkte ihm ein Lächeln. »Also hat sogar ein so harter Mann wie Sie eine schwache Stelle. Und wann wünschen Sie diese Party?«

»Die Zeit wird knapp«, gab Christian ironisch zurück. »Er ist schon hundert.«

»Okay«, entschied Dazzy, »nach der Amtseinführung.«

Nur zwei Tage vor der Inauguration verblüffte Präsident Kennedy das Land bei seinem allwöchentlichen Fernsehauftritt mit drei Mitteilungen.

Erstens verkündete er, daß er Yabril bedingt begnadigt habe. Wie er erläuterte, sei es wichtig für die Nation, zu erfahren, ob Yabril tatsächlich etwas mit der Atombombenexplosion und dem Attentatsversuch auf ihn selbst zu tun habe. Weiter erklärte er, daß weder Yabril noch Gresse und Tibbot legal zu einem PET-Test gezwungen werden könnten, daß Yabril sich jedoch ohne Drängen des Präsidenten bereit erklärt habe, sich dem Test zu unterziehen, unter der Bedingung, daß er, falls das Ergebnis keine Verbindung

mit diesen Aktionen bewies, nach fünf Jahren Haft entlassen werde.
Yabril hatte den Test bestanden. Es bestand keine Verbindung mit Gresse und Tibbot oder dem Attentatsversuch.
Zweitens erklärte Francis Kennedy, daß er nach seiner Amtseinführung alles tun werde, was in seiner Macht stehe, um eine verfassunggebende Versammlung zur Änderung der Verfassung einzuberufen, vor allem, um dieses heilige Dokument zu korrigieren. Als Beweis führte er die Tatsache an, daß Gresse und Tibbot nach ihrem schweren Verbrechen aufgrund der Fehler in der Bill of Rights hätten entlassen werden müssen. Er wolle die Verfassung so abändern, daß wichtige Fragen der Öffentlichkeit nicht vom Kongreß oder dem Präsidenten entschieden würden, sondern durch den unmittelbaren Willen des Volkes, und das heiße, durch ein Referendum, einen Volksentscheid.
Drittens erklärte er, ein wenig bedrückt, daß Justizminister Christian Klee, um den Aufruhr über die Frage, wer für die Atombombenexplosion verantwortlich sei, endlich zu beenden, einen Monat nach der Inauguration den Dienst quittieren werde. Kennedy erinnerte die Zuhörer daran, daß er selbst sich im Zusammenhang mit dieser Frage bereits dem PET-Test gestellt habe; und daß er persönlich für Christian Klees Unschuld bürge, doch leider liege Klees Rücktritt im Interesse des Landes. Wenn all dies geschehen sei, werde die ganze Kontroverse beendet sein. Kennedy versicherte, daß Gresse und Tibbot zur Rechenschaft gezogen würden, und daß diese Verbrecher, sobald die verfassunggebende Versammlung die Bill of Rights revidiert habe, gezwungen würden, sich dem Gehirntest zu unterziehen.
Nur die vom Socrates Club kontrollierten Medien attackierten diese Ansprache. Der Präsident habe schwache Argumente angeführt, wurde behauptet. Wenn nämlich Gresse und Tibbot gezwungen werden mußten, den Test zu machen, warum dann nicht auch Christian Klee? Und eine noch schwerwiegendere Frage wurde angeschnitten: Seit Bestehen der Verfassung sei noch niemals eine

verfassunggebende Versammlung einberufen worden. Damit werde die Büchse der Pandora geöffnet, denn, so erklärten die Medien, eine der vorgeschlagenen Änderungen werde mit Sicherheit beinhalten, daß ein Präsident länger als acht Jahre im Amt bleiben dürfe.

Wenn Präsident Kennedy daran zurückdachte, wie diese drei gewichtigen Entscheidungen zustande gekommen waren, erinnerte er sich, daß die Geschichte mit Yabril die schwierigste gewesen war. Kennedy hatte Theodore Tappey, den CIA-Chef, zu einem Privatgespräch in den Yellow Oval Room bestellt. Alle anderen blieben ausgeschlossen, er wollte keine Zeugen, keine Mitschrift.
Theodore Tappey gegenüber mußte er sich sehr vorsichtig verhalten. Der Mann war von ganz unten aufgestiegen, war als Ex-Einsatzleiter vertraut mit allen möglichen Tricks und Finten. In seiner Geheimdiensttätigkeit hatte er sich lange und gründlich darin geübt, seine Mitmenschen zu hintergehen, natürlich zum Besten der Nation, denn an seinem Patriotismus bestand kein Zweifel. Vermutlich aber gab es doch eine Grenze, die er nicht überschreiten würde.
Kennedy verschwendete keine Zeit mit Höflichkeitsfloskeln. Es sollte gar nicht erst aussehen wie ein gemütliches Teestündchen. Als er sich an Tappey wandte, drückte er sich kurz und knapp aus.
»Theo, wir haben da ein großes Problem, das nur Sie und ich begreifen. Und nur Sie und ich lösen können.«
»Ich werde mein Bestes tun, Mr. President«, versicherte Tappey. Der raubgierige Ausdruck in seinen Augen entging Kennedy nicht. Der Mann hatte Blut geleckt.
»Alles, was hier gesprochen wird, unterliegt der höchsten Geheimhaltungsstufe und dem Executive Privilege«, erklärte Kennedy. »Sie dürfen mit niemandem darüber sprechen, nicht mal mit Angehörigen meines Stabes.« Daran erkannte Tappey, daß es sich um eine extrem heikle Frage handeln mußte, denn sonst ließ Kennedy seinen Stab an allen Besprechungen teilnehmen.

»Es geht um Yabril«, fuhr Kennedy fort. »Ich bin sicher« – er lächelte – »ich bin *überzeugt*, daß Sie schon längst darüber nachgedacht haben. Yabril kommt vor Gericht. Das wühlt sämtliche Ressentiments gegen Amerika wieder auf. Man wird ihn schuldig sprechen und zu einer lebenslänglichen Strafe verurteilen, aber es wird auch wieder Terroranschläge und Geiselnahmen geben, um ihn freizupressen. Zu dem Zeitpunkt werde ich kein Präsident mehr sein, also kommt Yabril irgendwann wirklich frei und stellt noch immer eine große Gefahr dar.«

Kennedy entdeckte einen Anflug von Skepsis in Tappeys Miene. Nicht sehr deutlich, dafür war Tappey in der Kunst des Täuschens zu erfahren. Nein, seine Miene wurde vollkommen ausdruckslos, die Augen stumpf, die Lippen konturlos. Er wirkte so leer wie ein unbeschriebenes Blatt.

Jetzt aber lächelte Theodore Tappey. »Sie müssen die internen Memos gelesen haben, die mein Gegenspionage-Chef mir gegeben hat. Darin steht genau dasselbe.«

»Und wie können wir das verhindern?« erkundigte sich Kennedy. Da es jedoch eine rhetorische Frage war, gab Tappey keine Antwort darauf. »Wir stehen immer noch vor einer großen Frage, die wie eine schwarze Wolke über dieser Administration hängt: Hat Yabril etwas mit Gresse und Tibbot zu tun? Und bedeutete diese Verbindung noch immer eine atomare Gefahr? Ich will offen mit Ihnen sein. Wir wissen, daß da keine Verbindung besteht, aber wir müssen genau das allen Menschen glaubhaft machen.«

»Jetzt komme ich nicht mehr mit, Mr. President«, gestand Tappey.

Kennedy entschied, daß der Zeitpunkt gekommen sei. »Ich werde Yabril überreden, den Test zu machen. Wenn er vor Gericht gestellt wird, wird er mit Sicherheit verurteilt werden, das ist ihm klar. ›Unterziehen Sie sich dem PET-Test‹, werde ich zu ihm sagen. ›Wenn der Test ergibt, daß zwischen Ihnen einerseits und Gresse und Tibbot andererseits sowie dem Attentatsversuch keine Verbindung besteht, werden Sie nur zu fünf Jahren Gefängnis verurteilt werden und sind anschließend ein freier Mann.‹ Seine

Anwälte werden außer sich vor Freude sein über dieses günstige Angebot. Und Yabril wird sich folgendes ausrechnen: Ich weiß genau, daß ich den Test bestehe, also warum nicht? Nur fünf Jahre Gefängnis, und während dieser fünf Jahre werden mich meine Terroristenfreunde freipressen. Er wird darauf eingehen.«

Zum erstenmal, seit sie sich kannten, stellte Kennedy fest, daß Tappey ihn mit dem argwöhnisch-eindringlichen Blick eines Gegners musterte. Er wußte, daß Tappey die Dinge ebenfalls bis weit in die Zukunft hinein erwog, aber nicht unbedingt in dieselbe Richtung; wie sollte er auch? Er ließ es zu, daß Tappey ihn unterbrach.

Mit Worten, die nicht so sehr eine Frage waren wie ein Ausloten der Möglichkeiten, erkundigte sich Tappey: »Dann kommt Yabril also nach fünf Jahren raus? Das ist doch ein Ding der Unmöglichkeit! Ist Christian eingeweiht? Er war immer sehr gut, wenn wir gemeinsam im Einsatz waren. Was tut er denn in dieser Sache?«

Francis Kennedy seufzte; er war ein wenig enttäuscht. Er hatte gehofft, Tappey werde ihm helfen, werde ein bißchen weiter voraussehen. Es war eine schwierige Aufgabe für ihn. Und dies war nicht einmal der schwierigste Teil. Betont langsam antwortete er: »Christian tut überhaupt nichts. Christian wird zurücktreten. Dies müssen allein wir beide tun, Sie und ich, weil wir die einzigen sind, die dieses Problem klar erkennen. Und nun hören Sie aufmerksam zu. Es muß bewiesen werden, daß keine Verbindung zwischen den beiden jungen Männern und Yabril besteht. Das muß die ganze Nation erfahren. Weil sie ein wenig aufatmen muß. Außerdem wird dadurch seltsamerweise auch der Druck von Christian genommen. Okay. Das geht aber nur, wenn Yabril sich dem Test unterzieht und beweist, daß er nichts damit zu tun hat. Also werden wir es so machen. Aber ein Problem bleibt trotzdem noch: Wenn Yabril entlassen wird, ist er immer noch gefährlich, und das dürfen wir nicht zulassen.«

Nun war Theodore Tappey im Bilde. Er hatte ihn verstanden. Tappey starrte Kennedy an wie ein Diener seinen Herrn, wenn

dieser ihn um einen Dienst bitten will, der sie beide auf ewig verbindet.
»Schriftlich werde ich das vermutlich nicht kriegen«, meinte Tappey.
»Nein«, bestätigte Kennedy. »Die genauen Instruktionen erhalten Sie hier und jetzt von mir.«
»Aber bitte sehr genau«, bat Theodore Tappey. »Wenn Sie so liebenswürdig wären, Mr. President.«
Kennedy mußte lächeln angesichts dieser gelassenen Reaktion. »Dr. Annaccone würde es niemals tun«, erklärte er. »Vor einem Jahr noch hätte auch ich nicht mal im Traum an so was gedacht.«
»Ich verstehe, Mr. President«, sagte Tappey.
Kennedy wußte, daß er nicht länger zögern durfte. »Wenn Yabril dem Test zustimmt, werde ich ihn der medizinischen Abteilung der CIA überstellen. Und Ihre Mediziner werden den Test durchführen.« Er sah den Ausdruck leichten Zweifels in Tappeys Augen; nicht etwa auf Grund moralischer Entrüstung: Tappey hatte Zweifel an der Ausführbarkeit.
»Wir reden hier nicht von Mord«, betonte Kennedy ungeduldig. »So dumm oder so unmoralisch bin ich nicht. Und wenn ich das im Sinn hätte, würde ich jetzt mit Christian sprechen.«
Tappey wartete schweigend.
Nun mußte er die entscheidenden Worte sprechen, das wußte Kennedy. »Ich schwöre Ihnen, daß ich dies ausschließlich zum Schutz unseres Landes von Ihnen verlange. Wenn Yabril nach fünf Jahren entlassen wird, darf er keine Gefahr mehr darstellen. Ich wünsche, daß Ihr Medizinerteam bis zur äußersten Grenze dieses Tests geht. Laut Dr. Annaccone ist es bei Versuchen immer einmal wieder zu Nebenwirkungen gekommen, wurde das gesamte Gedächtnis gelöscht. Ein Mann ohne Gedächtnis, ohne Überzeugungen, ist harmlos. Er wird ein friedliches Leben führen.«
Kennedy erkannte den Ausdruck in Tappeys Augen, den Blick eines Raubtiers, das eine fremde Spezies von gleicher Wildheit entdeckt.

»Können Sie ein Team zusammenstellen, das dabei mitmacht?« wollte Kennedy wissen.
»Wenn ich ihnen die Situation erkläre, ja«, antwortete Tappey. »Wenn meine Leute ihrem Land nicht hundertprozentig ergeben wären, wären sie niemals rekrutiert worden.« Er hielt einen Augenblick inne; dann fuhr er nachdenklich fort: »Und nach fünf Jahren Gefängnis werden wir einfach behaupten, daß Yabrils Geist schwächer geworden ist. Vielleicht werden sie ihn sogar vorzeitig entlassen.«
»Selbstverständlich«, bestätigte Kennedy.

In den dunkelsten Stunden der Nacht wurde Yabril von Christian Klee in Francis Kennedys Räume geführt. Wieder verlief das Treffen kurz, verhielt sich Kennedy unpersönlich. Es gab keinen Tee, es gab keine Höflichkeitsfloskeln. Kennedy kam sofort zum Thema und unterbreitete seinen Vorschlag.
Yabril blieb still. Er wirkte mißtrauisch.
»Wie ich sehe, haben Sie gewisse Zweifel«, sagte Kennedy.
Yabril zuckte die Achseln. »Ich finde Ihr Angebot ein wenig zu großzügig«, antwortete er.
Kennedy mußte all seine Kraft zusammennehmen, um das zu tun, was er tun mußte. Er dachte daran, wie Yabril seine Tochter mit seinem Charme beeindruckt hatte, bevor er ihr den Revolver in den Nacken drückte. Bei Yabril würde das nicht wirken. Diesen Mann konnte er nur überreden, wenn er ihn von seiner eigenen, streng moralischen Einstellung zu überzeugen vermochte.
»Ich tue dies, um mein Land von der Angst zu befreien«, erklärte Kennedy. »Das ist mein wichtigstes Anliegen. Wenn es nach mir ginge, würden Sie auf ewig im Gefängnis verrotten. Mein Angebot erfolgt also auf Grund meines Pflichtbewußtseins.«
»Warum geben Sie sich dann aber so große Mühe, mich zu überzeugen?« wollte Yabril wissen.
»Weil es nicht meinem Wesen entspricht, mich einer Pflicht nur der Form halber zu entledigen«, antwortete Kennedy und sah, daß

Yabril ihm das abnahm, ihm glaubte, daß er ein moralisch denkender Mensch war und man ihm im Rahmen dieser Moral vertrauen konnte. Wieder rief er sich das Gesicht von Theresa ins Gedächtnis, in dem sich ihr Vertrauen auf Yabrils anständigen Charakter spiegelte. Dann sagte er zu Yabril: »Sie waren empört über die Behauptung, Ihre Leute hätten die Atombombenexplosion ausgelöst. Ich biete Ihnen die Chance, Ihren eigenen und den Namen Ihrer Genossen reinzuwaschen. Warum ergreifen Sie sie nicht? Haben Sie Angst, den Test nicht zu bestehen? Das ist immerhin eine Möglichkeit, denke ich, obwohl ich im Grunde nicht daran glaube.«

Yabril sah Kennedy offen in die Augen. »Ich glaube nicht, daß ein Mensch mir das vergeben kann, was ich Ihnen angetan habe«, sagte er.

Kennedy seufzte. »Ich vergebe Ihnen nicht. Aber ich begreife Ihre Handlungsweise. Ich begreife, daß Sie das Gefühl hatten, Sie täten das, was Sie getan haben, um der ganzen Welt zu helfen. Genau wie ich jetzt ebenfalls. Und es liegt in meiner Macht. Wir sind verschieden, ich kann nicht tun, was Sie tun, und Sie – das soll nicht respektlos klingen – können nicht tun, was ich jetzt tue. Nämlich Sie davonkommen lassen.«

Fast mit Bedauern erkannte er, daß er Yabril bereits überzeugt hatte. Aber er setzte seine Bemühungen fort, benutzte seinen ganzen Esprit, seinen ganzen Charme, seinen Anschein von Integrität. Und als er sah, daß Yabrils Lächeln von Mitleid und Verachtung sprach, wußte er, daß er gewonnen hatte. Er wußte, daß Yabril ihm nun vertraute.

Vier Tage später, nach Yabrils PET-Verhör und nach seiner Rückkehr unter die Aufsicht des FBI, bekam der Häftling zwei Besucher: Francis Kennedy und Christian Klee.

Yabril konnte sich völlig frei bewegen, keinerlei Fesseln behinderten ihn.

Die drei Männer verbrachten eine ruhige Stunde bei Tee und

winzigen Sandwiches. Kennedy beobachtete Yabril aufmerksam. Das Gesicht des Mannes schien sich verändert zu haben. Es war ein sensibles Gesicht, mit Augen, die ein wenig melancholisch, aber gutmütig dreinblickten. Er sprach wenig, musterte Kennedy und Klee jedoch, als versuche er ein Rätsel zu lösen.
Er wirkte zufrieden. Er schien zu wissen, wo er sich befand. Und er strahlte eine solche Reinheit der Seele aus, daß Kennedy es nicht ertragen konnte, ihn anzusehen, und sich bald verabschiedete.

Die Entscheidung über Christian Klee war noch viel schmerzlicher für Francis Kennedy gewesen.
Es hatte Christian Klee überrascht, als Kennedy ihn zu einem Privatgespräch in den Yellow Room bat; nicht einmal Eugene Dazzy war zugegen. Doch Francis Kennedy eröffnete das Gespräch mit den betont ruhigen Worten: »Du, Christian, stehst mir seit langem näher als irgend jemand sonst außerhalb meiner Familie. Ich glaube, wir kennen einander besser, als irgend jemand sonst uns kennt. Deswegen wirst du auch verstehen, daß ich dich um deinen Rücktritt bitten muß, der nach der Wahl zu einem Zeitpunkt wirksam werden wird, an dem ich mich entschließe, ihn zu akzeptieren.«
Klee betrachtete das sanft lächelnde, schöne Gesicht Kennedys und vermochte nicht zu glauben, daß Kennedy ihn ohne jede Erklärung entließ. Betont ruhig entgegnete er: »Ich weiß, daß ich hier und da ein paar Haken geschlagen habe, aber mein erklärtes Ziel war ausschließlich und immer, Schaden von dir abzuwenden.«
»Und du hast deine Sache gut gemacht«, lobte ihn Francis Kennedy. »Wenn du nicht versprochen hättest, mich zu beschützen, hätte ich mich niemals um die Präsidentschaft beworben. Nun aber habe ich keine Angst mehr. Warum, weiß ich nicht. Ich erinnere mich genau, wie verängstigt ich früher war, aber das bin ich jetzt überhaupt nicht mehr.«
»Warum werde ich aber dann gefeuert?« wollte Christian Klee wissen. Ihn hatte eine leichte Übelkeit befallen, denn diesen

Schlag hatte er nicht erwartet, nicht von seinem Freund, nicht von dem Mann, den er mehr als jeden anderen Menschen auf der Welt bewunderte.
Kennedy lächelte bedrückt. »Diese Geschichte mit der Atombombe. Ich verstehe, daß du das für mich getan hast, aber ich kann nicht mit dem Gedanken leben, daß du überhaupt so etwas getan hast.«
»Aber du wolltest, daß ich es tue«, wandte Christian Klee ein.
Nun war es an Kennedy, verwundert zu sein. »Du kennst mich jetzt seit fast dreißig Jahren, Chris«, sagte er. »Wann bin ich je so unmoralisch gewesen? Du hast mir immer erklärt, daß du mich wegen meiner Integrität bewunderst und schätzt. Wie kannst du nur denken, ich wollte, daß du etwas so Furchtbares tust?«
»Werden wir weiter Freunde bleiben?« erkundigte sich Christian Klee scherzend.
»Selbstverständlich«, antwortete Francis Kennedy. Doch Christian Klee wußte genau, daß er nie wieder Kennedys Freund sein würde.

Das Orakel hatte den Socrates Club einberufen, und die Mitglieder, so reich und mächtig sie auch sein mochten, wagten sich dieser Aufforderung nicht zu entziehen. Außerdem ließ die Form der Einladung darauf schließen, daß das Orakel ihr Problem mit Francis Kennedy persönlich lösen werde.
Als das Orakel sie in seinem riesigen Wohnraum empfing, wirkte er trotz seines Alters erstaunlich lebendig. Seine Bewegungen schienen schneller zu sein, mit seinem Motorrollstuhl schoß er regelrecht zwischen ihnen umher, gab jedem von ihnen einen festen Händedruck, und seine Augen schienen zu funkeln. Er war beeindruckend in seiner Lebhaftigkeit.
George Greenwell beneidete den Alten, weil er auch mit hundert noch immer so lebhaft war. Greenwell selbst, der mit achtzig noch relativ gesund war, fragte sich, ob er jemals ein so hohes Alter erreichen würde. Es gibt noch so vieles im Leben, das man genießen kann, dachte sich Greenwell, aber man muß eben vorsichtig sein.

Für die Konferenz hatte das Orakel den langen Speisetisch im Eßzimmer herrichten lassen. Dienstboten waren aus dem Raum verbannt, aber es gab eine gut bestückte Bar und große Platten mit englischen Teesandwiches.

Das Orakel saß am Kopf des langen Tisches und begrüßte zunächst jeden Teilnehmer mit Namen. Was er zu George Greenwell sagte, war wohl als humorvolle Bemerkung von einem Oldtimer zum anderen gedacht: »Nun ja, wir sind noch immer beide hier.«

Zu Bert Audick sagte er: »Ach was – schon wieder raus aus dem Knast? Keine Sorge, auf dem Höhepunkt meiner Karriere haben sie mich fünfmal angeklagt, aber ich habe keinen einzigen Tag im Gefängnis verbracht.«

Louis Inch, Martin Mutford und Lawrence Salentine begrüßte das Orakel nur mit Namen. Dann wandte er sich an alle zusammen. Er sprach zögernd, seine Absicht aber war kristallklar. »Gentlemen«, sagte er, »hiermit verkünde ich meinen Austritt aus dem Socrates Club. Und ich erachte es als meine Pflicht, Sie davon in Kenntnis zu setzen, daß ich meine sämtlichen Beteiligungen an Ihren Konzernen verkaufen werde. Das kann mir einen hübschen Groschen einbringen.« Er stieß sein berühmtes meckerndes Lachen aus. »Vor allem aber möchte ich Sie warnen, denn aus meinen langen Erfahrungen ziehe ich das Fazit, daß Sie sich sehr hüten müssen: Francis Kennedy wird uns alle vernichten.«

Zwei Tage später hatte Lawrence Salentine einen Termin bei Präsident Francis Kennedy. Das Gespräch war kurz und eindeutig. Kennedy informierte ihn, daß mit den anderen keine Absprachen getroffen werden könnten, daß die gesamte Gesellschaftsstruktur der Vereinigten Staaten verändert werde, daß aber mit Salentine und seinen Leuten, denen die Mehrheit aller Medien – Zeitungen, Zeitschriften, Rundfunk und Fernsehen – Amerikas gehörten, eine Übereinkunft möglich sei. Er brauche ihre Hilfe, um seine Programme werbewirksam präsentieren zu können.

Salentine wies darauf hin, daß die Medien nur bis zu einem gewissen Grad kontrolliert werden könnten. Es gebe Autoren, die ihren eigenen Vorstellungen folgten, es gebe Anchor Men im Fernsehen, die stolz auf ihre Unabhängigkeit bei der Präsentation von Nachrichten seien. Viele von ihnen würden Kritik üben an den Rechtsreformen und Ergänzungen zur Bill of Rights, die der Präsident entworfen hatte und die kein Geheimnis waren. Und daß diese unabhängigen Medienmitarbeiter niemals unter Kontrolle gebracht werden könnten, und zwar trotz aller Macht der Leute, denen die Medien gehörten.
Kennedy versicherte ihm, daß er diese Lage durchaus verstehe. Was er wünsche, sei eine hundertprozentige Unterstützung durch die Medien-Eigner.
Schließlich erklärte sich Salentine mit der Übereinkunft einverstanden. Im Geiste des freien Unternehmertums in Amerika mußten die anderen dann eben sehen, wo sie blieben.

25. Kapitel

Christian Klee begann mit den Vorbereitungen für sein Ausscheiden aus dem Regierungsamt. Eine der wichtigsten Aufgaben dabei war es, sämtliche Spuren zu verwischen, die auf seine Gesetzesbrüche zum Schutze des Präsidenten hinwiesen. Er mußte unbedingt alle illegalen Computerüberwachungen der Mitglieder des Socrates Club löschen.
Klee saß an seinem schweren Schreibtisch im Büro des Justizministers und benutzte seinen PC, um alle inkriminierenden Dateien zu löschen. Schließlich aktivierte er nochmals die Datei über David Jatney. Ich habe recht gehabt mit diesem Kerl, dachte Christian, der Mann ist der Joker im Kartenspiel. Auf den Fotos besaß das hübsche, dunkle Gesicht stets den etwas schiefen Ausdruck eines

Menschen mit unausgeglichenem Gemüt; in Jatneys Augen glänzte die zu Kurzschlüssen neigende Überspanntheit eines Nervensystems, das mit sich selber auf Kriegsfuß steht. Und nach letzten Informationen befand sich Jatney gerade auf dem Weg nach Washington. Klee empfand das erregende Prickeln eines Jägers, der sich an sein Wild heranpirscht. Dieser Mann konnte Ärger bringen. Dann erinnerte er sich an den Rat des Orakels und dachte lange darüber nach. Soll doch von mir aus das Schicksal entscheiden, sagte er sich schließlich.

Also drückte er die Delete-Taste auf seinem Computer, und David Jatney verschwand spurlos aus den Regierungsdateien. Was immer von nun an geschehen mochte – Christian Klee konnte nicht mehr dafür verantwortlich gemacht werden.

Knapp zwei Wochen vor Präsident Francis Kennedys Amtseinsetzung war David Jatney von der Unruhe gepackt worden. Er konnte den ewigen Sonnenschein in Kalifornien nicht mehr ertragen, die überfreundlichen Stimmen überall, den mondbeschienenen, auch bei Nacht noch lauwarmen Strand. Er hatte das Gefühl, in der braunen, sirupsüßen Luft dieser Gesellschaft zu crtrinken, aber nach Utah, wo er täglich das Glück seiner Eltern miterleben mußte, wollte er auch nicht zurückkehren.

Irene war bei ihm eingezogen. Sie wollte ihre Miete sparen, um nach Indien und dort bei einem Guru in die Lehre zu gehen. Eine Gruppe ihrer Freunde warfen ihre Ressourcen zusammen, um damit eine Maschine zu chartern, und ihnen wollte sie sich mit ihrem Sohn, dem kleinen Joseph Campbell, anschließen.

David Jatney staunte, als sie ihm von diesen Plänen erzählte. Sie fragte ihn nicht, ob sie bei ihm einziehen könne, sie nahm sich einfach das Recht dazu. Und zwar auf Grund der Tatsache, daß sie sich inzwischen dreimal die Woche zu einem Kinobesuch mit anschließendem Sex trafen. Sie erklärte es ihm wie ein Kumpel dem anderen, als sei er einer von ihren kalifornischen Freunden, die routinemäßig für eine Woche oder länger zu einem anderen

zogen. Es war keineswegs die geschickte Vorbereitung zu einer Heirat, sondern ein absolut zwangloser Freundschaftsdienst, den sie von ihm verlangte. Und sie hatte dabei durchaus nicht das Gefühl, daß sie sich ihm aufdrängte, daß sich sein Leben völlig verändern mußte, wenn eine fremde Frau und ein fremdes Kind sich zum Bestandteil seines gewohnten Tagesablaufs machten.
Er hielt Irene für außerordentlich zielbewußt, und zwar auf jedem Sektor ihres Lebens. Politisch stand sie links, in ihrer Arbeit für die Santa Monica Tenant League, den Mieterbund, war sie unermüdlich, sie versenkte sich tief in die östlichen Religionen und verfolgte leidenschaftlich ihren Wunsch, nach Indien zu reisen und bei einem Guru zu studieren. Auch beim Sex verhielt sie sich direkt und bestimmend, es gab kein Vorspiel: Sie mußte es hinter sich bringen, um gleich danach zu einem Buch über indische Philosophie zu greifen und zu lesen.
Was David Jatney aber am tiefsten erschreckte, war ihre Absicht, den kleinen Campbell nach Indien mitzunehmen. Irene war hundertprozentig davon überzeugt, daß sie in jeder Welt ihren Weg machen würde; sie war überzeugt, daß es das Schicksal gut mit ihr meine, daß ihr kein Unheil geschehen werde. David Jatney sah den Kleinen schon mit den Tausenden von Kranken und Armen auf den Straßen von Kalkutta schlafen. Einmal erklärte er ihr in einem Anfall von Zorn, er begreife nicht, daß irgend jemand an eine Religion glauben könne, die Hunderte von Millionen Menschen erzeuge, die zu den Ärmsten der Armen in aller Welt zählten. Und sie hatte geantwortet, daß alles, was in dieser Welt geschehe, unwichtig sei, denn alles, was im nächsten Leben komme, sei ja so viel interessanter und so viel befriedigender. Darin vermochte David Jatney keine Logik zu erkennen. Was sollte daran logisch sein? Wenn man wiedergeboren wurde – wieso dann nicht möglicherweise in genau das gleiche elende Leben, das man gerade verlassen hatte?
Jatney war fasziniert – von Irene und der Art, wie sie ihren Sohn behandelte. Weil ihre Mutter nicht immer Zeit hatte, den Baby-

sitter zu spielen, und sie zu stolz war, sie allzu oft darum zu bitten, nahm sie den kleinen Joseph Campbell häufig zu ihren politischen Zusammenkünften mit. Bei diesen politischen und religiösen Zusammenkünften lag Campbell in einem kleinen Schlafsack auf dem Boden zu ihren Füßen. Manchmal, wenn der Kindergarten, den er besuchte, aus irgendeinem Grund geschlossen hatte, nahm sie ihn sogar zur Arbeit mit.

Daß sie eine liebevolle Mutter war, stand außer Zweifel, doch war es ihre Einstellung zur Mutterschaft, die David verwirrte. Sie bewies nicht die sonst übliche Besorgnis einer Mutter, die ihr Kind schützen will oder sich Gedanken über die psychologischen Einflüsse macht, die ihm vielleicht schaden könnten. Nein, sie behandelte es wie ein geliebtes Schmusetier, einen Hund etwa oder eine Katze. Was das Kind fühlte oder dachte, schien sie überhaupt nicht zu kümmern. Sie war entschlossen, ihr Leben nicht von der Tatsache einschränken zu lassen, daß sie die Mutter eines Kindes war; sie wollte die Mutterschaft nicht zur Sklaverei werden lassen, sondern sich ihre Freiheit bewahren. David hielt sie für leicht verrückt.

Aber sie war ein hübsches Mädchen, und wenn sie sich auf Sex konzentrierte, konnte sie unwiderstehlich leidenschaftlich sein. David war gern mit ihr zusammen. Was die Dinge des Alltagslebens betraf, war sie auf allen Gebieten bewandert und überhaupt keine Belastung. Also ließ er sie bei sich einziehen.

Zwei Dinge hatte er jedoch nicht vorausgesehen: Er wurde impotent, und er begann den kleinen Campbell zu lieben.

Auf das Zusammenleben bereitete er sich vor, indem er eine riesige Truhe kaufte, um darin seine Waffen, das Putzzeug und die Munition einzuschließen. Er wollte nicht, daß ein Vierjähriger zufällig eine Schußwaffe in die Hand bekam. Und David Jatney besaß inzwischen genügend Waffen, um einen Superhelden oder -banditen auszurüsten: zwei Gewehre, eine Maschinenpistole und eine ganze Sammlung von Faustfeuerwaffen. Eine davon, eine sehr kleine .22er Pistole, trug er in einem Lederetui, das eher wie ein schmiegsames Futteral wirkte, ständig in der Jackentasche. Bei Nacht legte er sie gewöhnlich unters Bett. Als Irene mit Campbell einzog, verschloß er die Pistole zusammen mit den anderen Waffen in der Truhe, die er überdies noch mit einem kräftigen Vorhängeschloß sicherte. Und selbst wenn der Junge die Truhe offen fand, würde er nicht wissen, wie man die Waffen lud. Irene, das war etwas anderes. Nicht etwa, daß er ihr nicht vertraute, aber sie war ein bißchen verrückt, und Verrücktheit und Waffen, die beiden vertrugen sich nicht miteinander.

Am Tag des Einzugs kaufte Jatney ein paar Spielsachen für Campbell, damit sich der Kleine gleich ein wenig zu Hause fühlte. Als Irene an jenem Abend zu Bett ging, machte sie für ihren Sohn auf dem Sofa aus Kissen und einer Decke ein Bett, zog ihn im Badezimmer aus und steckte ihn in einen Pyjama. Jatney merkte, wie der Kleine ihn ansah. Es lag ein gewisses Mißtrauen in diesem Blick, ein Aufblitzen von Angst und die leichte Andeutung einer offenbar gewohnten Verwirrung. Blitzartig identifizierte Jatney diesen Blick: Als kleiner Junge hatte er auch immer gewußt, daß Vater und Mutter ihn allein ließen, um sich in ihrem Schlafzimmer zu lieben.

Also sagte er zu Irene: »Hör zu, ich werde auf dem Sofa schlafen, und der Kleine bei dir.«

»Das ist doch albern!« gab Irene zurück. »Das macht ihm nichts aus – nicht wahr, Campbell?«

Der Kleine schüttelte den Kopf. Er sprach nur selten.

»Er ist ein braver Junge – nicht wahr, Campbell?« sagte seine Mutter stolz.

In diesem Augenblick empfand David Jatney vorübergehend einen wütenden Haß auf sie. Mühsam unterdrückte er ihn und sagte zu ihr: »Ich muß noch schreiben und werde vermutlich lange aufbleiben. Außerdem finde ich, daß er in der ersten Zeit nachts bei dir schlafen sollte.«

»Wenn du noch arbeiten mußt, okay«, antwortete Irene gleichmütig.

Als sie die Hand nach Campbell ausstreckte, sprang der Junge sofort vom Sofa, warf sich in ihre Arme und barg den Kopf an ihrer Brust. »Willst du deinem Onkel Jat nicht gute Nacht sagen?« fragte sie. Dabei schenkte sie David Jatney ein strahlendes Lächeln, und dieses Lächeln machte sie in seinen Augen wieder schön. David begriff, daß dies ihr ganz privater Scherz war, ein aufrichtiger Scherz, mit dem sie ihm sagte, daß dies die Worte gewesen waren, mit denen sie ihrem Sohn die Situation erklärte, wenn sie mit anderen Liebhabern zusammen war, kritische, angstvolle Momente in ihrem Leben, und daß sie David für seine Rücksicht und dafür, daß er ihr den Glauben ans Universum nicht nahm, dankbar war.

Da der Junge den Kopf nicht vom Busen der Mutter hob, tätschelte David Jatney ihn liebevoll und sagte: »Gute Nacht, Campbell.« Nun blickte der Kleine doch noch auf und sah Jatney offen in die Augen. Es war der seltsam fragende Blick kleiner Kinder, das Mustern eines Gegenstands, der in ihrer Welt noch vollkommen unbekannt ist.

David war erschüttert von diesem Blick. Als könne er eine Gefahr darstellen. Wie er sah, besaß der Junge ein ungewöhnlich feingeschnittenes Gesicht für ein so kleines Kind, eine hohe Stirn, glänzende graue Augen und einen festen, fast strengen Mund.

Dann lächelte Campbell Jatney an, und die Wirkung war unglaublich. Sein ganzes Gesichtchen strahlte vor Vertrauen. Er streckte die Hand aus und berührte Jatneys Wange. Dann nahm Irene ihn mit ins Schlafzimmer.

Wenige Minuten darauf kam sie wieder heraus und gab ihm einen Kuß. »Danke, daß du so rücksichtsvoll bist«, sagte sie. »Wir könnten schnell ein Quickie durchziehen, bevor ich wieder reingehe.« Sie machte dabei jedoch überhaupt keine verführerische Geste; es war nichts als ein freundschaftliches Angebot.

David Jatney dachte an den kleinen Jungen, der hinter der Schlafzimmertür auf seine Mutter wartete. »Nein«, antwortete er energisch.

»Okay«, sagte sie gutgelaunt und kehrte ins Schlafzimmer zurück.

Während der darauffolgenden Wochen hatte Irene furchtbar viel zu tun. Sie hatte einen zusätzlichen Job angenommen und half freiwillig – für wenig Lohn und mit langen Überstunden bis tief in die Nacht – bei der Wiederwahlkampagne, denn sie war eine eifrige Parteigängerin Francis Kennedys. Sie erzählte von den Sozialprogrammen, die er plante, von seinem Kampf gegen die Reichen in Amerika und seinen Bemühungen, das Rechtssystem zu verändern. David war überzeugt, daß sie sich in Kennedys äußere Erscheinung und den Zauber seiner Stimme verliebt hatte. Nach seiner Meinung arbeitete sie weit eher im Wahlkampfhauptquartier, weil sie verschossen war, als aus politischer Überzeugung.

Drei Tage, nachdem sie bei ihm eingezogen war, besuchte er das Wahlkampfbüro in Santa Monica, wo sie mit dem kleinen Campbell zu ihren Füßen an einem Computer arbeitete. Der Junge lag in seinem Schlafsack, war aber hellwach. Jatney sah seine weit offenen Augen.

»Ich nehme ihn lieber mit nach Hause und bringe ihn ins Bett«, erbot sich David Jatney.

»Ach was, das ist nicht nötig«, wehrte Irene ab. »Ich möchte dich nicht ausnutzen.«

Jatney zog Campbell aus dem Schlafsack; bis auf die Schuhe war der Junge voll angekleidet. Jatney nahm ihn bei der Hand, und als er die warme, weiche Haut spürte, war er für einen Augenblick glücklich.

»Ich glaube, wir werden zunächst mal eine Pizza und ein Eis essen gehen. Ist das okay?« wandte er sich an Irene.

Seine Freundin war mit ihrem Computer beschäftigt. »Du solltest ihn nicht verwöhnen«, warnte sie ihn. »Wenn du weg bist, kriegt er gesunden Joghurt aus dem Kühlschrank.« Sie schenkte ihm ein flüchtiges Lächeln, dann gab sie Campbell einen Kuß.

»Soll ich wachbleiben und auf dich warten?« erkundigte er sich.

»Wozu?« gab sie hastig zurück. Und setzte hinzu: »Es wird spät werden.« Mit dem Kleinen an der Hand ging David Jatney hinaus. Er fuhr zur Montana Avenue und hielt vor einem kleinen italienischen Restaurant, in dem auch Pizza verkauft wurde. Neugierig beobachtete er, wie Campbell aß. Gerade ein Stück Pizza, und das zermatschte er mehr, als daß er es aß. Aber er interessierte sich für das Essen, und das machte David Jatney glücklich. Das Eis putzte der Kleine gierig weg, und als sie gingen, nahm Jatney den Pizzarest in einer kleinen Schachtel mit nach Hause.

Als er die Pizza in den Kühlschrank legte, fiel ihm auf, daß der Joghurtbecher eisüberkrustet war. Er brachte Campbell zu Bett und erlaubte ihm, sich ganz allein zu waschen und den Pyjama anzuziehen. Dann machte er sein Bett auf dem Sofa, stellte den Fernseher leise und sah sich eine Sendung an.

In den Nachrichten gab es eine Menge politisches Gefasel und zahlreiche Interviews. Auf allen Kabelkanälen schien Francis Kennedy gegenwärtig zu sein. Und er hatte eine überwältigende Ausstrahlung im Fernsehen, das mußte Jatney zugeben. David träumte davon, ein siegreicher Held wie Kennedy zu sein. Wie sehr wurde dieser Mann von den Amerikanern geliebt! Und wieviel Macht besaß er! Man sah, wie im Hintergrund die Secret-Service-Agenten mit ihren steinernen Mienen lauerten. Wie gut wurde er bewacht, wie reich war er, wie sehr wurde er geliebt! Immer wieder träumte David Jatney davon, Francis Kennedy zu sein. Wie sehr würde Rosemary ihn dann lieben! Auch an Hock und Gibson Grange dachte er. Sie alle würden im Weißen Haus zusammen essen, sie alle würden sich mit ihm unterhalten, und Rosemary würde in ihrer intensiven Art auf ihn einreden, sein Knie berühren, ihm ihre innersten Gefühle mitteilen.

Dann dachte er an Irene und seine Gefühle für sie. Und erkannte, daß er eher verwirrt als hingerissen war. Er hatte den Eindruck, daß sie sich trotz all ihrer Offenheit völlig vor ihm verschloß. Sie würde er nie wirklich lieben können. Er dachte an Campbell, der nach dem für seine Bücher über Mythen berühmten Schriftsteller Joseph Campbell genannt worden war, an diesen so offenen und arglosen Jungen, dessen Verhalten von einer so vornehmen Unschuld sprach.

David Jatney sehnte sich nicht, wie andere Erwachsene, danach, kleine Kinder zu bezaubern. Aber er spürte, daß es für den Kleinen tröstlich war, wenn er mit ihm durch die Malibu-Canyons fuhr, während beide schweigend im Wagen saßen, wenn Campbell zuweilen einen dahinstreunenden Kojoten entdeckte und auf seine kindliche Art alles beobachtete und in sich aufnahm. Das war viel schöner, als wenn er mit Irene zusammen war, die so viel redete, daß er ihr am liebsten die Kehle zugedrückt hätte. Er liebte es, mit dem Jungen in kleinen Cafés etwas zu essen. Es war so einfach. Man stellte ihm einen Hamburger mit Fritten und ein Glas Malzmilch hin, er aß, was er mochte, und zermatschte das übrige.

Manchmal nahm David Campbell auch bei der Hand und spazierte mit ihm an den öffentlichen Stränden von Malibu entlang bis zu dem Maschendrahtzaun, der die Malibu-Kolonie der Reichen und Mächtigen vom Rest der Bevölkerung trennte. Dort beobachteten sie durch die Maschen jene Menschen, die von den Göttern geliebt wurden. Wo Rosemary Belair lebte. Jedesmal hielt er am Strand nach ihr Ausschau, und einmal glaubte er sie tatsächlich in der Ferne zu sehen.

Nach ein paar Tagen begann Campbell ihn Onkel Jat zu nennen und seine kleine Hand in Jatneys große zu schieben. David liebte diese unschuldig-liebevollen Berührungen des Jungen, die er von Irene niemals bekam. Nur dieser Ausdruck von Gefühlen eines anderen Menschen war es, was ihn in diesen vierzehn Tagen aufrechthielt.

Irene gegenüber wurde David Jatney impotent, und die Regelung, daß er auf dem Sofa schlief, während Campbell und Irene das Schlafzimmer benutzten, wurde zur festen Gewohnheit. Wie sie über jedes Thema unter der Sonne, also auch über seine Impotenz, eine Meinung hatte, machte sie ihm klar, daß dies eine bourgeoise Blockierung sei, weil der Kleine bei ihnen lebe, und daß sie selbst auf gar keinen Fall dafür verantwortlich gemacht werden könne.

Er hielt das für möglich, glaubte aber auch, daß ihr Mangel an Zärtlichkeit ihm gegenüber etwas damit zu tun haben könnte. Er hätte sie verlassen, machte sich aber Sorgen um Campbell; Campbell würde ihm sehr fehlen.

Dann verlor er seinen Job im Studio. Und ohne Hock, seinen »Onkel« Hock, hätte er ganz schön tief in der Patsche gesessen. Nachdem er gefeuert worden war, kam eines Tages eine Nachricht für ihn, er möge zu Hock ins Büro kommen, und da er sich dachte, daß Campbell sich über einen Besuch in einem Filmstudio freuen würde, nahm er den Jungen einfach mit. Der Kleine war verwirrt und begeistert von den Dreharbeiten auf dem Gelände, von den Kameras, den lauten Befehlen, den Schauspielern in Aktion, doch Jatney erkannte, daß Campbells Realitätssinn nicht funktionierte, daß er die Realität der Menschen, die ihre Rollen spielten, die alltäglichen Begegnungen mit den Menschen auf dem Gelände und die Beziehungen zwischen den Menschen, die er vom Fernsehen kannte, nicht auseinanderhalten konnte. Schließlich nahm ihn Jatney bei der Hand und ging mit ihm zu Hock ins Büro.

Als Hock ihn begrüßte, spürte David Jatney wieder seine überwältigende Liebe zu diesem Mann; Hock war so herzlich. Er schickte sofort eine von seinen Sekretärinnen zur Kantine, um für den Kleinen Eis zu holen, dann zeigte er Campbell einige Requisiten auf seinem Schreibtisch, die in dem Film, den er gerade produzierte, verwendet wurden.

Campbell war hingerissen von all diesen Dingen, und Jatney empfand einen Stich Eifersucht, weil Hock so begeistert von dem Jungen war. Dann aber erkannte er, daß es sich nur um Hocks Methode handelte, ein Hindernis für ihr Gespräch aus dem Weg zu räumen. Während Campbell eifrig mit den Requisiten spielte, schüttelte Hock Jatney die Hand und sagte: »Tut mir leid, daß sie dich gefeuert haben, aber die Lektoratsabteilung muß verkleinert werden, und die anderen waren länger da als du. Aber laß uns in Verbindung bleiben, ich werde etwas für dich besorgen.«

»Ich komm schon zurecht«, behauptete David Jatney.

Hock musterte ihn aufmerksam. »Du bist furchtbar dünn geworden, David. Vielleicht solltest du nach Hause zurückkehren und eine Zeitlang dort bleiben. Die gute Luft von Utah, das entspannende Mormonenleben... Ist das der Kleine von deiner Freundin?«
»Ja«, antwortete Jatney. »Aber sie ist nicht direkt meine Freundin, sie ist mein Kumpel. Wir leben zusammen, aber nur, weil sie das Geld für die Miete sparen will, damit sie nach Indien reisen kann.«
Hock zog einen Moment die Stirn in Falten und wollte offenbar etwas sagen. Das war das erste Mal, daß David Hock die Stirn runzeln sah.
»Wenn du jedes kalifornische Mädchen unterstützen wolltest, das nach Indien reisen möchte, wärst du pleite«, erklärte Hock munter. »Außerdem scheinen sie alle Kinder zu haben.«
Er setzte sich an den Schreibtisch, nahm ein dickes Scheckbuch aus der Schublade und schrieb etwas hinein. Dann riß er ein Blatt heraus und reichte es Jatney. »Das ist für sämtliche Geburtstags- und Examensgeschenke, die ich dir nie geschickt habe.« Er lächelte freundlich. Jatney warf einen Blick auf den Scheck. Erstaunt sah er, daß er auf fünftausend Dollar ausgestellt war.
»Ach, hör doch auf, Hock! Das kann ich nicht annehmen«, protestierte er und spürte dabei, wie ihm Tränen in die Augen stiegen, Tränen der Dankbarkeit, der Demütigung und des Hasses.
»Aber sicher kannst du das«, widersprach Hock. »Hör zu, ich möchte, daß du dich ein bißchen ausruhst und dich amüsierst, diesem Mädchen vielleicht sogar den Flug nach Indien bezahlst, damit sie kriegt, was sie will, und du ebenfalls tun kannst, was du willst. Wenn man mit einem Mädchen nur einfach befreundet ist, besteht das Problem darin, daß man alle Sorgen eines Geliebten, aber keinen der Vorteile eines Freundes hat. Aber das ist wirklich ein netter Bengel, den sie da hat. Wenn ich jemals den Mut habe, einen Kinderfilm zu produzieren, könnte ich was für ihn haben.«
Jatney steckte den Scheck in die Tasche. Er verstand alles, was Hock gesagt hatte. »Ja, er ist ein hübsches Kerlchen.«

»Es ist mehr«, sagte Hock. »Sieh dir dieses zarte Gesichtchen an – wie geschaffen für Tragödien. Man sieht ihn an und hat das Gefühl, weinen zu müssen.«

Jatney dachte, wie klug sein Freund Hock doch sei, denn das war genau das, was er ebenfalls empfand. Zart war genau richtig und dennoch eine so seltsame Bezeichnung für Campbells Gesicht. Irene dagegen war eine Elementargewalt, als hätte Gott sie für zukünftige Tragödien geschaffen.

Hock umarmte ihn und wiederholte: »Laß uns in Verbindung bleiben, David. Ehrlich. Paß auf dich auf; wenn man jung ist, werden die Zeiten immer besser.« Er schenkte Campbell eines der Requisiten, ein wunderschönes, futuristisches Miniaturflugzeug, und Campbell drückte es an sich und fragte: »Darf ich das behalten, Onkel Jat?« Jatney bemerkte das Lächeln, mit dem Hock diese Szene betrachtete.

»Und grüß Rosemary von mir«, bat Jatney. Während des ganzen Besuches hatte er versucht, diese Worte anzubringen.

Hock sah ihn betroffen an. »Mach ich«, versprach er. »Wir sind im Januar zu Kennedys Amtseinsetzung eingeladen, ich, Gibson und Rosemary. Dann werd ich's ihr ausrichten.«

Auf einmal hatte David Jatney das Gefühl, von einer sich rasend drehenden Welt einfach weggeschleudert zu werden. Hier waren Menschen, die er kannte, er hatte mit ihnen zu Abend gegessen, er hatte mit Rosemary geschlafen, nein, er hatte sie gebumst, und nun begaben sie sich ohne ihn zu den höchsten Thronen der Macht. Er nahm Campbell bei der Hand, und die Berührung der seidenweichen Haut beruhigte ihn ein wenig.

»Danke für alles, Hock«, sagte er. »Ich werde mich wieder melden. Und vielleicht wirklich für ein paar Wochen nach Utah gehen. Zu Weihnachten.«

»Na, großartig!« antwortete Hock herzlich. »Du solltest sie öfter anrufen. Kinder haben ja keine Ahnung, wie sehr sie ihren Eltern fehlen.«

Aber als Hock sie, Jatney immer wieder die Schulter tätschelnd, zum Büro hinausbegleitete, dachte Jatney mit plötzlich aufwallender Wut: Was bildet der sich eigentlich ein? Der hat doch niemals Kinder gehabt!

Als er jetzt, während das dunstige Morgenlicht durchs Wohnzimmerfenster hereinfiel, auf dem Sofa lag und darauf wartete, daß Irene nach Hause kam, dachte Jatney an Rosemary Belair, daran, wie sie sich ihm im Bett zugewandt und völlig in seinen Körper verloren hatte. Er dachte an den Duft ihres Parfüms, die seltsame Schwere, möglicherweise von den Schlaftabletten verursacht, die ihre Muskeln erschlaffen ließ. Er dachte an sie am frühen Morgen im Jogginganzug, an ihr Selbstbewußtsein und ihre Überlegenheit, als sie ihn von sich wies. Er rekapitulierte den Moment, da sie ihm als Trinkgeld für den Chauffeur der Limousine Geld anbot, und er sich weigerte, das Geld anzunehmen. Aber warum hatte er sie beleidigt, warum hatte er gesagt, sie müsse besser wissen als er, wieviel Geld nötig war, und damit angedeutet, daß auch sie auf diese Art und unter ähnlichen Umständen nach Hause geschickt worden sein müsse?

Immer wieder einmal nickte er ein, lauschte auf Campbell, lauschte auf Irene. Er dachte an seine Eltern zu Hause in Utah und wußte, daß sie ihn vergaßen, so versunken waren sie in ihrem Glück und hurten unablässig splitternackt herum, während draußen auf der Leine lustig ihre heuchlerischen Engelhosen flatterten. Wenn er sie anrief, würden sie einander loslassen müssen.

David Jatney träumte davon, daß er Rosemary Belair wiedersah, daß er ihr sagte, wie sehr er sie liebte. Hör zu, würde er sagen, stell dir vor, du hättest Krebs. Ich würde diesen Krebs von dir und in meinen eigenen Körper aufnehmen. Hör zu, würde er sagen, wenn ein riesiger Stern vom Himmel fiele, würde ich dich mit meinem Körper decken. Hör zu, würde er sagen, wenn irgend jemand dich töten wollte, würde ich die Klinge mit meinem eigenen Herzen, die Kugel mit meinem eigenen Körper auffangen. Hör zu, würde er sagen, wenn ich einen einzigen Tropfen vom Wasser des Jungbrunnens besäße, der mich auf ewig jung bleiben lassen würde, und du würdest alt, würde ich dir diesen Tropfen geben, damit du niemals alt würdest.

Möglicherweise war ihm klar, daß seine Erinnerung an Rosemary Belair durch ihre Macht glorifiziert wurde, daß er zu einem Gott betete, er möge mehr aus ihm machen als nur einen gemeinen Klumpen Lehm. Daß er um Macht betete, um unbegrenzten Reichtum, um Schönheit, um all die Eigenschaften, die bewirken konnten, daß seine Gegenwart auf dieser Erde nicht unbemerkt blieb, damit er nicht lautlos in diesem endlosen Meer versank, das Mensch genannt wurde.

Als er Irene den Scheck von Hock zeigte, tat er das, um ihr zu imponieren, um ihr zu beweisen, daß es jemand gab, dem er soviel wert war, daß er ihm eine so große Geldsumme wie ein ganz normales Geschenk präsentierte. Sie war nicht beeindruckt; ihrer Erfahrung nach war es normal, daß Freunde alles miteinander teilten, ja, sie sagte sogar, ein Mann, der so reich sei wie Hock, hätte ihm auch einen größeren Betrag geben können. Als David Jatney sich aber erbot, ihr die Hälfte des Scheckbetrags zu schenken, damit sie sofort nach Indien reisen konnte, lehnte sie ab. »Ich gebe nur mein eigenes Geld aus, schließlich arbeite ich dafür«, erklärte sie. »Wenn ich von dir Geld annähme, hättest du das Gefühl, gewisse Rechte an mir zu haben. Außerdem willst du das im Grunde ja nur für Campbell tun und nicht für mich.«

Er war verblüfft über ihre Weigerung und ihre Äußerung über sein Interesse an Campbell. Er hatte sie lediglich beide loswerden wollen. Er wollte endlich wieder ungestört mit seinen Zukunftsträumen allein sein.

Dann fragte sie ihn, was er denn tun würde, wenn sie die Hälfte des Geldes nähme und nach Indien ginge, was er mit seiner Hälfte anfangen würde. Wie er bemerkte, schlug sie nicht vor, daß er sie nach Indien begleiten solle. Außerdem fiel ihm auf, daß sie »deine Hälfte des Geldes« gesagt hatte, in Gedanken sein Angebot also akzeptierte.

Er machte den Fehler, ihr zu sagen, was er mit seinen zweitausendfünfhundert zu tun beabsichtigte.
»Ich möchte mir das Land ansehen, und ich möchte mir Kennedys Amtseinführung ansehen«, antwortete er. »Ich dachte, das könnte Spaß machen, mal ganz was anderes. Du weißt schon, einfach meinen Wagen nehmen und im ganzen Land rumfahren. Die ganzen Vereinigten Staaten kennenlernen. Sogar Schnee und Eis möchte ich sehen, und mal wieder so richtig frieren.«
Irene schien eine Weile in Gedanken vertieft zu sein. Dann marschierte sie energisch durch die Wohnung, als zähle sie alles, was ihr gehörte. »Eine großartige Idee«, erklärte sie. »Ich möchte Kennedy auch sehen. Ich möchte ihn persönlich sehen, sonst werde ich nie sein Karma verstehen können. Ich werde Urlaub beantragen, ich hab 'ne Menge Tage gut. Und für Campbell ist es auch schön, wenn er das Land kennenlernt, all die vielen verschiedenen Staaten. Wenn wir meinen Bus nehmen, können wir die Motelrechnungen sparen.«
Irene besaß einen Kleinbus, den sie mit Bücherregalen und einer schmalen Koje für Campbell ausgestattet hatte. Dieser Bus war überaus wertvoll für sie, denn selbst als Campbell noch ein Baby war, hatte sie ständig an Treffen und Seminaren über östliche Religionen teilgenommen und war im ganzen Staat Kalifornien herumkutschiert.
David Jatney fühlte sich wie in einer Falle gefangen, als sie sich auf die Reise machten. Irene fuhr den Bus; sie fuhr sehr gern. Campbell saß zwischen ihnen, die kleine Hand in Davids großer. Jatney hatte die Hälfte des Schecks für ihre Indienreise auf Irenes Bankkonto eingezahlt, so daß seine zweitausendfünfhundert nun für alle drei ausreichen mußten statt nur für ihn allein. Der einzige Trost war für ihn die Pistole in ihrem Lederfutteral, das in seiner Tasche steckte. Im Osten Amerikas gab es zu viele Diebe und Räuber, und irgendwie mußte er Irene und Campbell doch beschützen.
Zu Jatneys Erstaunen waren die ersten vier Tage, in denen sie

gemütlich dahinfuhren, wunderschön. Campbell und Irene schliefen im Wagen, er selbst unter freiem Himmel, bis sie in Arkansas auf schlechtes Wetter stießen; sie hatten sich zunächst südlich gehalten, um der Kälte so lange wie möglich aus dem Weg zu gehen. Ein paarmal mieteten sie sich zum Übernachten ein Zimmer in irgendeinem Motel an der Straße. In Kentucky gab es dann den ersten Ärger, und zwar von einer Art, die Jatney überraschte.

Es war inzwischen kalt geworden, deswegen beschlossen sie, in einem Motel zu übernachten. Am folgenden Morgen fuhren sie zum Frühstück in ein Café in der Stadt.

Der Mann hinter der Theke war ungefähr in Jatneys Alter und sehr tüchtig. Auf ihre gleichmacherische kalifornische Art begann Irene ein Gespräch mit ihm; offensichtlich war sie von seiner Gewandtheit und Tüchtigkeit beeindruckt. Sie sagte oft, daß es ein Vergnügen sei, einen Menschen zu beobachten, der wirklich ein Experte auf seinem Arbeitsgebiet war, und sei es auch noch so gering geachtet. Das sei ein Zeichen für gutes Karma, behauptete sie. Jatney hatte nie begriffen, was der Ausdruck Karma eigentlich bedeutete.

Aber der Mann hinter der Theke wußte es, denn er war ebenfalls Anhänger der östlichen Religionen und verwickelte Irene in eine lange, angeregte Diskussion. Da Campbell allmählich zappelig wurde, bezahlte Jatney die Rechnung und ging mit ihm hinaus, um draußen zu warten. Es dauerte eine gute Viertelstunde, bis Irene endlich nachkam.

»Das war wirklich ein netter Kerl«, berichtete Irene. »Er heißt Christopher, nennt sich aber Krish.«

Jatney war verärgert über das Warten, hielt aber den Mund. Auf der Rückfahrt ins Motel sagte Irene: »Ich finde, wir sollten einen Tag hierbleiben. Campbell braucht ein bißchen Ruhe. Und es sieht aus, als sei das hier eine hübsche Stadt zum Einkaufen von Weihnachtsgeschenken. In Washington haben wir vielleicht keine Zeit zum Einkaufen.«

»Okay«, stimmte Jatney zu. Das war das Seltsame an ihrer bisherigen Fahrt gewesen, daß alle Dörfer weihnachtlich geschmückt waren und überall Lichterketten über der Hauptstraße hingen. Eine einzige, lange Kette quer durch Amerika.

Den Rest des Vormittags und den Nachmittag verbrachten sie damit, nach Geschenken zu suchen, aber Irene kaufte nur wenig. In einem China-Restaurant nahmen sie ein frühes Abendessen ein. Sie wollten zeitig zu Bett gehen, damit sie vor Einbruch der Dunkelheit im Osten ankommen würden.

Aber sie waren erst wenige Stunden in ihrem Motelzimmer, als Irene, die zu rastlos gewesen war, um mit Campbell Dame zu spielen, auf einmal erklärte, sie wolle noch schnell in die Stadt fahren und etwas zu essen besorgen. Sie fuhr los, während David Jatney mit dem Kleinen Dame spielte, der ihn bei jedem Spiel besiegte. Der Junge war ein erstaunlich guter Spieler, denn Irene hatte es ihm schon beigebracht, als er erst zwei Jahre alt war. Einmal hob Campbell den fein geformten Kopf mit der hohen Stirn und erkundigte sich: »Spielst du nicht gern Dame, Onkel Jat?«

Als Irene zurückkehrte, war es fast Mitternacht. Das Motel lag auf einer kleinen Anhöhe, und als Jatney und der kleine Campbell zum Fenster hinaussahen, bog der vertraute Kleinbus, gefolgt von einem anderen Wagen, auf den Parkplatz ein.

Zu seinem Erstaunen entdeckte Jatney, daß Irene auf der Beifahrerseite ausstieg, obwohl sie sonst immer darauf bestand, selber zu fahren. Von der Fahrerseite kam der junge Mann namens Krishna herüber und überreichte ihr die Schlüssel. Sie bedankte sich mit einem schwesterlichen Kuß. Aus dem anderen Wagen stiegen zwei junge Männer, an die sie ebenfalls schwesterliche Küsse verteilte. Als Irene auf den Moteleingang zuschritt, legten die drei jungen Männer einander die Arme um die Schultern und brachten ihr ein Ständchen. »Good night, Irene«, sangen sie, »good night, Irene.«

Als Irene das Motelzimmer betrat und sie noch immer singen hörte, schenkte sie David Jatney ein strahlendes Lächeln.

»Wir haben ein so interessantes Gespräch geführt, daß ich völlig die Zeit vergessen habe«, entschuldigte sich Irene und trat ans Fenster, um ihnen zu winken.

»Ich glaube, ich muß mal da rausgehen und ihnen sagen, daß sie aufhören sollen«, meinte David. Ganz kurz gab er sich der Vorstellung hin, wie er die Pistole in seiner Tasche benutzte, sah, wie die Kugeln durch die Nacht bis in ihre Gehirne flogen. »Wenn sie singen, sind diese Burschen weit weniger interessant.«

»Oh, aber du könntest sie nicht zum Schweigen bringen«, behauptete Irene. Sie griff nach Campbell. Mit ihm auf dem Arm verneigte sie sich ganz leicht, um sich für das Ständchen zu bedanken, und deutete dabei auf das Kind. Sofort verstummten die drei Sänger. Dann hörte David Jatney, wie der Wagen den Parkplatz verließ.

Irene trank niemals Alkohol. Aber sie nahm zuweilen entspannende Drogen. Jatney bemerkte es jedesmal. Wenn sie unter Drogen stand, hatte sie ein bezauberndes, strahlendes Lächeln. So hatte sie eines Nachts in Santa Monica gelächelt, als er aufgeblieben war, um auf sie zu warten. Im Licht des anbrechenden Tages hatte er ihr vorgeworfen, mit einem anderen geschlafen zu haben. Sie hatte völlig gelassen erwidert: »Irgendeiner muß mich schließlich bumsen. Du tust es ja nicht.« Und er hatte eingesehen, daß diese Antwort gerechtfertigt war.

Am Heiligen Abend waren sie immer noch unterwegs und schliefen in einem Motel. Es war kalt. Sie wollten die Weihnachtszeit nicht feiern; Irene behauptete, das Weihnachtsfest widerspreche dem wahren Geist der Religion, und David Jatney wollte nicht die Erinnerung an ein früheres, unschuldigeres Leben wachrufen. Aber er kaufte für Campbell trotz Irenes Protest eine kleine Glaskugel mit Schneeflocken. Am Weihnachtsmorgen stand er früh auf und betrachtete die beiden, die noch schliefen. Die Pistole trug er jetzt ständig in der Jacke und berührte immer wieder das weiche Leder des Futterals. Wie einfach und barmherzig wäre es, sie jetzt beide zu erschießen, dachte er.

Drei Tage später trafen sie in der Hauptstadt ein. Bis zur Amtseinführung brauchten sie nur noch einen Tag zu warten. David Jatney machte eine Liste von allen Sehenswürdigkeiten, die sie besichtigen wollten. Dann zeichnete er die Route des Fahrzeug-Konvois zur Amtseinführung auf. Sie wollten alle zusehen, wie Francis Kennedy den Amtseid als Präsident der Vereinigten Staaten ablegte.

26. Kapitel

Am Tag seines Amtsantritts wurde der Präsident der Vereinigten Staaten, Francis Xavier Kennedy, in aller Herrgottsfrühe von Jefferson geweckt, der ihm beim Ankleiden helfen sollte. Das graue Licht des Tagesanbruchs wirkte geradezu heiter, weil es angefangen hatte zu schneien. Dicke weiße Flocken deckten die Stadt Washington zu, und in den kugelsicheren, getönten Scheiben seines Ankleidezimmers sah sich Francis Kennedy inmitten dieser Schneeflocken eingeschlossen wie in einer Glaskugel. »Werden Sie auch im Festzug mitfahren?« erkundigte er sich bei Jefferson.
»Nein, Mr. President«, antwortete Jefferson. »Ich muß hier im Weißen Haus die Stellung halten.« Er rückte Kennedys Krawatte zurecht. »Sie werden unten im Red Room erwartet.«
Als Kennedy fertig war, schüttelte er Jefferson die Hand. »Wünschen Sie mir Glück!« bat er.
Im Red Room warteten sie alle auf ihn. Helen DuPray, die Vizepräsidentin, wirkte in ihrem weißen Seidenkleid überwältigend und majestätisch, Lanetta Carr in Pink sehr weiblich und wunderschön. Die Mitglieder des Stabes glichen in ihren schwarzweißen Fracks Spiegelbildern des Präsidenten und bildeten einen krassen Gegensatz zu den farbigen Wänden und Sofas des Red Room. Arthur Wix, Oddblood Gray, Eugene Dazzy und Christian Klee standen, feierlich und nervös gespannt wegen der großen Bedeutung des Tages, in einem eigenen kleinen Kreis zusammen. Fran-

cis Kennedy lächelte ihnen zu. Die beiden Damen und diese vier Männer waren seine Familie. Es kam ihm fast unglaublich vor, daß er verliebt war, und daß er eine Ehefrau im Weißen Haus haben würde. Und doch stimmte es: Lanetta Carr hatte ihm ihr Jawort gegeben.

Nach seinem ersten Dinner mit Lanetta Carr, jenem, das er eigenhändig und so erfolgreich für sie gekocht hatte, war Francis Kennedy sehr deprimiert gewesen. Das junge Mädchen hatte ihn ganz eindeutig nicht zu gewinnen versucht, hatte offensichtlich jeden Annäherungsversuch gefürchtet. Kennedy hatte sie daraufhin zwar zu weiteren Essen ins Weiße Haus gebeten, jedoch nur zu rein gesellschaftlichen Einladungen, bei denen sie keine Angst zu haben brauchte, er würde eine persönliche Verbindung mit ihr einzufädeln versuchen.

Er begriff sehr gut, was sie empfand, daß sie vor seiner großen Macht zurückschreckte. Diese Angst hatte er ihr bei ihrem ersten Treffen zu nehmen versucht, indem er völlig zwanglos gekleidet zu ihr in die Wohnung kam und, mit einer Schürze angetan, für sie kochte. Er hatte sie entwaffnen wollen und zum Teil auch damit Erfolg gehabt. Schwach geworden aber war sie erst, nachdem sie gesehen hatte, wie die Limousine des Präsidenten in die Luft flog. Am selben Abend noch hatte sie Eugene Dazzy angerufen und ihn gefragt, wann sie den Präsidenten sehen dürfe; genau diese Worte hatte sie benutzt. Dazzy hatte bis zum anderen Morgen gewartet und ihm erst dann von ihrem Anruf berichtet. Noch heute erinnerte sich Francis Kennedy an das Lächeln auf Dazzys Gesicht. Es war das Lächeln eines älteren Bruders, der liebevoll-amüsiert darüber ist, daß sein kleiner Bruder endlich für seine mühselige Werbung belohnt wird. Francis Kennedy hatte Lanetta Carr umgehend angerufen.

Es war ein verlegenes, steifes Gespräch gewesen. Kennedy lud sie zum Dinner ins Weiße Haus, zu einem Essen zu zweit. Wie er ihr erklärte, dürfe er nicht einfach ausgehen und sich exponieren, das sei ihm von nun an nicht mehr gestattet. Und sie erklärte, sie werde ins Weiße Haus kommen, wann immer er sie sehen wolle. Also bat er sie, ihn am selben Abend noch zu besuchen.

Sie hatten in seiner Wohnung im neugebauten dritten Stock gespeist; Jefferson bediente sie. Während des Essens schwiegen beide, doch dann kam ein Moment, als sie das Eßzimmer verließen und Lanetta seine Hand ergriff. Er war verblüfft über die Wärme, die ihre Haut ausstrahlte. Fast blind durch die lange Entbehrung, durch die selbst auferlegte Entsagung, spürte er jeden einzelnen Umriß ihrer Finger, die erregende Glätte ihrer Nägel. Dann berührte er ihre Schultern und ihren Hals, strich über einen pochenden Puls, er fühlte blind ihr seidig weiches Haar. Seine Lippen liebkosten ihre Wange, die Augenwinkel, spürten das warme Fleisch unter der schützenden Haut, und wie erlöst, verwandelt öffneten sich die Schleusen in seinem Denken und seinem Körper, und er küßte sie auf die dargebotenen Lippen.

Erst als sie seinen Kuß erwiderte, wagte er ihr ins Gesicht zu sehen. Der Anblick traf ihn bis ins Herz, voll Staunen, voll Freude, voll Kummer. Sie war so schön, und in ihren Augen stand Liebe und der Wunsch, ihn glücklich zu machen. Es war ein Blick voller Vertrauen, voll des Glaubens an seine Menschlichkeit, trotz seiner Macht. Wieder küßte er ihre Lippen und spürte, wie er dabei war, sich ihr rückhaltlos preiszugeben. Dann berührte er, in fast naivem Staunen, fast so, als hätte er nie ein so fremdes Land entdeckt, ihre Brüste, diese elektrisierende, geheimnisvolle Zone ihres Körpers unter dem Kleid. Mit Leib und Seele lieferte er sich ihr aus, und die langen Jahre der Angst und des Schreckens versanken.

Sie wurden ein Liebespaar, und so war Francis Kennedy nun nicht mehr allein, wenn er in den frühen Morgenstunden nicht schlafen konnte und durch die Räume des Weißen Hauses streifte. Allmählich vermochte er auch wieder die Nacht durchzuschlafen, in sanfte Träume gewiegt von erfüllter Liebe. In den Nächten, in denen er nicht schlafen konnte, döste er glücklich vor sich hin, betrachtete Lanetta Carrs schlafendes Gesicht und schmiegte sich an ihren

Körper. Und wie alle wahrhaft Verliebten spielte er insgeheim alle erdenklichen Möglichkeiten durch, wie er seine Geliebte glücklich machen könne. So wie er das Volk der Amerikaner glücklich machen wollte. Und er dachte sich, wie glücklich er selber sei, daß er zu den wenigen Menschen der Welt zählte, die sich derartige Träume leisten konnten.

Zwei Tage vor der Amtseinführung beschlossen Francis Kennedy und Lanetta zu heiraten. Die Hochzeit sollte im kommenden April stattfinden, wenn die Stadt Washington den Frühling feierte.

Nun, da der Tag des Amtsantritts endlich gekommen war, trat Francis Kennedy mit seiner »Familie« aus dem Weißen Haus in ein Washington hinaus, das durch die dicken, von der kalten Wintersonne golden gefärbten Schneeflocken verschönt wurde.

Christian Klee beobachtete Lanetta Carr und Francis Kennedy, deren Gesichter von Liebe erfüllt waren. Es liegt keine Würde in der Liebe, dachte Christian, wie in der Politik keine Ehre liegt, wie in den Kämpfen um die Herrschaft der Welt keine Barmherzigkeit liegt. Und was ist Barmherzigkeit eigentlich, wenn nicht eine Art psychologische Versicherung gegen die absolute Niederlage? Ein subtiles Quidproquo? Er betrachtete die anderen Männer, die er seit so vielen Jahren so gut kannte, Eugene Dazzy, den Stabschef des Präsidenten, Oddblood Gray und Arthur Wix. Sie alle hatten für Francis Kennedy gekämpft, weil es ihre Pflicht und der Präsident ihr Freund war.

Dann war da noch Theodore Tappey, der das Böse mit seinen eigenen Waffen bekämpfte. Trick um Trick, Verrat um Verrat. Auch eine Art von Loyalität, eine simplere.

Dr. Zed Annaccone unterschied sich von ihnen allen. Der Stern, dem er folgte, strahlte hell und klar am Himmel: die unwiderrufliche, unerschütterliche Wahrheit der Wissenschaft, einzige Hoffnung für die Menschheit. Annaccone verachtete das Böse, wollte nichts damit zu tun haben. Er würde niemals andere nötigen, war in seiner Vorstellung einer makellos reinen Wissenschaft gefan-

gen. Viel Glück! Was seine Auffassung von der Menschheit betraf, war er jedenfalls ganz schön auf dem Holzweg.
All dies dachte Christian Klee, als sich die Gruppe um den Präsidenten bereit machte, das Weiße Haus zu verlassen. Man würde Präsident Kennedy den Amtseid ablegen sehen und anschließend in der Wagenkolonne mitfahren.

Als Präsident Francis Xavier Kennedy das Weiße Haus verließ, sah er voll Staunen das ungeheure Menschenmeer, das jede Straße bis zum Bersten füllte, das all die majestätischen Gebäude zu überschwemmen schien, sämtliche Ü-Wagen des Fernsehens und die Medienvertreter hinter den Absperrseilen und auf den markierten Plätzen überflutete.
»Verdammt viel mehr, als wir vermutet hatten«, gestand Dazzy. »Vielleicht brauchen wir doch noch ein Bataillon Marines von der Naval Base zur Unterstützung bei der Verkehrsregelung.«
»Nein«, entschied der Präsident. Er war überrascht, daß Dazzy so reagierte, als bedeuteten die Menschenmassen eine Gefahr. Er selbst hielt sie für einen Triumph, eine Rechtfertigung für alles, was er seit den Tragödien des vergangenen Ostersonntags getan hatte.
Noch nie hatte sich Francis Kennedy sicherer gefühlt. Alles, was geschehen war, hatte er vorausgesehen, die Tragödien und die Triumphe. Er hatte die richtigen Entscheidungen getroffen und so manchen Sieg errungen. Er hatte seine Feinde geschlagen. Er blickte über das Menschenmeer hinweg und empfand eine überwältigende Liebe für die Amerikaner. Er würde sie von ihren Leiden erlösen, die ganze Erde sogar befreien.
Noch nie hatte Francis Kennedy seinen Verstand als so klar empfunden, seine Instinkte als so richtig. Er hatte das Leid um den Tod seiner Frau, den Mord an seiner Tochter überwunden. Der Kummer, der sein Denken vernebelte, hatte sich aufgelöst. Er war jetzt beinahe glücklich.
Francis Kennedy trat in die von Schnee erfüllte Luft hinaus, um

den Eid abzulegen und anschließend die Inaugurationsparade durch Washington anzuführen. Am Ende dieses Weges leuchtete die Zukunft.

David Jatney hatte sich, Irene und Campbell in einem etwas mehr als zwanzig Meilen von Washington entfernten Motel eingemietet, denn die Hauptstadt selbst war überfüllt. Am Tag vor der Amtseinsetzung fuhren sie nach Washington, um die Denkmäler, das Weiße Haus, das Lincoln Memorial und all die anderen Sehenswürdigkeiten der Hauptstadt zu besichtigen. David Jatney erkundete darüber hinaus noch die Route der Amtseinsetzungsparade, um festzustellen, an welchem Platz sie den besten Blick hatten.
Am großen Tag selbst standen sie bei Morgengrauen auf und frühstückten in einem Restaurant am Straßenrand. Anschließend kehrten sie ins Motel zurück, um sich feinzumachen. Irene verwandte außergewöhnlich viel Sorgfalt darauf, sich die Haare sorgfältig zu bürsten und zu frisieren. Sie trug ihre besten, wenn auch ausgewaschenen Jeans, eine rote Bluse und einen weiten grünen Pullover darüber, den David Jatney noch nie an ihr gesehen hatte. Hat sie ihn versteckt gehalten oder hier in Washington gekauft, fragte er sich. Sie war vor wenigen Stunden ausgegangen und hatte Campbell bei Jatney zurückgelassen.
Da es die ganze Nacht geschneit hatte, war der Boden draußen weiß. Träge trieben dicke Flocken durch die Luft. In Kalifornien hatten sie keine Winterkleidung gebraucht, doch auf der Fahrt in den Osten hatten sie sich alle drei Windjacken gekauft, eine knallrote für Campbell, weil Irene behauptete, so könne sie ihn besser finden, wenn er sich verlaufe, für Jatney eine praktische hellblaue und für Irene eine cremefarbene, in der sie wirklich sehr hübsch aussah. Dazu trug sie eine weiße und Campbell eine knallrote Strickmütze mit Pompon. Jatney ging barhäuptig; er haßte jede Art Kopfbedeckung.
Da sie an diesem Morgen der Inauguration noch genügend Zeit hatten, gingen sie auf die Wiese hinter dem Motel, um für Camp-

bell einen Schneemann zu bauen. In einem Anfall von Übermut bewarf Irene Campbell und Jatney mit Schneebällen. Beide nahmen ihre Geschosse gelassen hin, warfen aber keine Bälle zurück. Jatney wunderte sich über Irenes Ausgelassenheit. Konnte es sein, daß allein die Aussicht darauf, Kennedy persönlich zu sehen, so etwas bewirkt hatte? Oder war es der Schnee, so fremd und magisch faszinierend für sie als Kalifornierin?

Campbell war begeistert vom Schnee. Er ließ ihn durch die Finger rieseln und beobachtete, wie er in der Sonne allmählich schmolz. Dann begann er den Schneemann vorsichtig mit den Fäusten zu bearbeiten, kleine Löcher hineinzuboxen und ihm den Kopf vom Körper zu schlagen. Jatney und Irene standen ein Stück weit entfernt und sahen ihm zu. Irene ergriff Jatneys Hand, für sie eine ungewohnt intime Geste.

»Ich muß dir was sagen«, erklärte sie. »Ich habe hier in Washington ein paar Leute besucht; meine Freunde in Kalifornien haben mir geraten, sie aufzusuchen. Diese Leute gehen nach Indien, und wir werden mitgehen, ich und Campbell. Ich habe dafür gesorgt, daß der Bus verkauft wird, aber ich werde dir das Geld geben, damit du nach Los Angeles zurückfliegen kannst.«

David Jatney ließ ihre Hand los und schob die Fäuste in die Taschen seiner Windjacke. Als seine Rechte das Lederfutteral der .22er Pistole berührte, sah er Irene einen Sekundenbruchteil lang auf dem Boden liegen, während ihr Blut in den Schnee sickerte.

Zu seiner Verwunderung stieg Zorn in ihm auf. Schließlich hatte er doch beschlossen, nach Washington zu fahren, weil er insgeheim hoffte, Rosemary dort zu sehen oder sie, Hock und Gibson Grange zu treffen. In den vergangenen Tagen hatte er sogar davon geträumt, noch einmal zu einem Dinner mit ihnen geladen zu werden, ja, er hatte gehofft, daß sich sein Leben verändern, daß er einen Fuß in die Tür setzen würde, die ihm den Weg zu Macht und Ruhm öffnete. War es denn da nicht ganz natürlich, daß Irene nach Indien reisen wollte, um sich die Tür zu einer Welt zu öffnen, nach der sie sich sehnte, um mehr aus sich zu machen als eine gewöhnliche Frau mit einem kleinen Kind, die Jobs annahm, von denen sie wußte, daß sie zu nichts führten? Soll sie doch gehen, dachte er.

»Sei mir nicht böse«, bat Irene. »Du magst mich doch gar nicht mehr. Wenn Campbell nicht wäre, hättest du mich längst rausgeschmissen.« Sie lächelte – ein wenig spöttisch, und doch mit einem Anflug von Traurigkeit.

»Das stimmt«, gab David Jatney zurück. »Du solltest den Kleinen nicht überall mitnehmen, wo du gerade hin willst. Du kannst ja schon hier kaum für ihn sorgen.«

Das machte sie wütend. »Campbell ist mein Kind«, erklärte sie. »Und ich erziehe ihn, wie ich es will. Und wenn ich ihn zum Nordpol mitnehmen will, dann tu ich's eben.« Einen Moment hielt sie inne; dann fügte sie hinzu: »Du hast ja überhaupt keine Ahnung. Außerdem finde ich, daß du dich ein bißchen merkwürdig benimmst, Campbell gegenüber.«

Wieder sah er den von ihrem Blut leuchtend rot gefärbten Schnee, kleine, glitzernde Rinnsale, ein Gesprenkel von roten Punkten. Aber er sagte mit beherrschter Stimme: »Was genau meinst du damit?«

»Du bist ein bißchen unheimlich, weißt du«, entgegnete Irene. »Aus diesem Grund hast du mir am Anfang gefallen. Aber ich weiß eben nicht genau, *wie* unheimlich du bist. Manchmal mache ich mir Sorgen, wenn ich Campbell bei dir zurücklasse.«

»Das denkst du und hast ihn trotzdem bei mir gelassen?« fragte Jatney sie verwundert.

»Oh, ich wußte doch genau, daß du ihm nichts tun würdest«, behauptete Irene. »Ich dachte nur, Campbell und ich könnten jetzt doch nach Indien reisen.«

»Ist schon okay«, antwortete Jatney.

Sie ließen Campbell den Schneemann restlos kaputtmachen, dann stiegen sie alle in den Bus und machten sich auf die zwanzig Meilen lange Fahrt nach Washington. Als sie auf den Interstate Highway einbogen, sahen sie zu ihrem Erstaunen, daß er mit Autos und Bussen vollgestopft war, so weit das Auge reichte. Zwar schafften sie es, sich meterweise vorwärts zu kämpfen, aber sie brauchten vier ganze Stunden, bis sie von dieser endlosen, monströsen Raupe aus Stahl in die Hauptstadt hineingetragen wurden.

Vom Präsidentenkonvoi geführt, wand sich die Inaugurationsparade durch die breiten Prachtstraßen von Washington. Sie kam nur langsam voran, denn die überwältigende Menschenmenge überflutete stellenweise die Polizeibarrikaden und behinderte das Fortkommen. Unter dem Ansturm von Millionen Menschen begann die Mauer aus uniformierten Polizisten allmählich zu bröckeln.

Drei mit Secret-Service-Beamten besetzte Wagen fuhren vor Kennedys Limousine mit der kugelsicheren Glaskuppel einher. In dieser Glaskuppel stand Kennedy aufrecht, um den Menschenmassen bei seiner Fahrt durch Washington zuzuwinken. Kleinere Menschenwellen, die auf die Limousine selbst zuwogten, wurden vom inneren Kreis der Secret-Service-Beamten unmittelbar um den Wagen herum abgewehrt. Doch jede winzige Bewundererwelle schien näher an die Kolonne heranzukommen als die letzte. Der innere Leibwächterkreis wurde unmittelbar gegen die Präsidentenlimousine gedrängt.

Der Wagen direkt hinter Francis Kennedy war mit weiteren Secret-Service-Beamten mit schweren automatischen Waffen besetzt, und nebenher liefen noch mehr Beamte zu Fuß. In der darauffolgenden Limousine saßen Christian Klee, Oddblood Gray, Arthur Wix und Eugene Dazzy, außerdem noch Reverend Baxter Foxworth, dem dieser Ehrenplatz auf Drängen von Oddblood Gray zugeteilt worden war. Diese Maßnahme hatte man damit begründet, daß Foxworth dem Präsidenten die Stimmen der Schwarzen gesichert habe, daß über die Hälfte der Einwohner von Washington schwarz sei, und daß man vermute, die Schwarzen würden einen beträchtlichen Prozentsatz der bewundernden Zuschauermenge stellen. Foxworths Gegenwart signalisiere, daß die neue Kennedy-Administration die Schwarzenbewegung respektiere. Außerdem befürchtete Oddblood Gray, daß Reverend Baxter Foxworth die Einrichtung der Arbeitslager in Alaska bekämpfen werde, und hoffte, die Geste, ihn auf einem Ehrenplatz mitfahren zu lassen, werde ihn ein wenig nachdenklich stimmen.

Reverend Foxworth war sich all dieser Gründe sehr wohl bewußt und dachte voller Vorfreude daran, daß er bereits am folgenden Tag eine Rundum-Attacke gegen die Arbeitslager in Alaska zu starten beabsichtigte. Wie er feststellte, befanden sich unter den Zuschauern sehr viele Schwarze; überwältigt aber waren sie vom Zustrom der Menschen aus allen Teilen der Vereinigten Staaten, die gekommen waren, um Präsident Francis Kennedy an seinem großen Tag die Ehre zu erweisen. Foxworth beobachtete alles sehr genau, doch da die Wagenkolonne nur sehr langsam weiterkam, nutzte er die Zeit, um Arthur Wix, den Nationalen Sicherheitsberater, ein bißchen zu provozieren.

»Ich hab' mal in den Geschichtsbüchern nachgeschlagen«, sagte Forthworth. »Sie sind der erste Jude, der jemals die Streitkräfte von Amerika befehligt hat. Und wissen Sie, was uns das sagt? Daß die Juden endlich nicht mehr das Gefühl haben, eine Minderheit zu sein oder außerhalb der politischen Machtstruktur zu stehen. Das gibt uns Schwarzen ein wenig Hoffnung.«

Arthur Wix fand Reverend Foxworths Bemerkung alles andere als belustigend. In kaltem Ton korrigierte er: »Der Nationale Sicherheitsberater befehligt nicht die amerikanischen Streitkräfte.«

Und Reverend Foxworth entgegnete freundschaftlich: »Aber Sie wissen, daß Ihre Ernennung eher symbolisch war. Vielleicht wird Präsident Kennedy einen Schwarzen zum Chef des FBI ernennen, wenn Justizminister Klee seine beiden Hüte abgibt.« Dabei grinste er Christian Klee spöttisch an.

Christian Klee hatte Reverend Foxworth immer heimlich bewundert, außerdem wußte er, daß er hier nicht die Zielscheibe war. Also sagte er: »Das hoffe ich, Reverend. Und wie Sie sagten, es wäre eine großartige symbolische Geste. Ich werde es dem Präsidenten vorschlagen.«

Eugene Dazzy hatte einen Aktenkoffer mit Papieren bei sich, der mit einem Stahlarmband an seinem Handgelenk befestigt war. Jetzt blickte er kurz auf und sagte: »Wenn Christian zurücktritt, wird Peter Cloot wieder eingesetzt werden. Also wird der FBI-Posten vermutlich an ihn fallen.«

Alle schwiegen. Christian Klee dachte über Francis Kennedys gerissenen Schachzug nach. Diese Ernennung würde Peter Cloot veranlassen, keine Informationen über die Atombombenfrage preiszugeben, und Kennedy würde das alles dann persönlich unter den Teppich kehren.

Die Limousine kam kaum vorwärts; auf der Avenue drängten sich die Menschenmassen, so daß sie der Kolonne den Weg versperrten. Reverend Foxworth sagte zu Wix: »Wissen Sie, Israel könnte Ihre Talente gut gebrauchen. Aber ich nehme an, daß Sie schon jetzt recht gut mit denen zusammenarbeiten.« Und freute sich, als Arthur Wix puterrot wurde.

Wix schluckte den Köder nicht ganz so gierig, wie Foxworth gehofft hatte. »Meine Unterlagen beweisen, daß ich Israel weniger Einfluß auf unsere Außenpolitik gewährt habe als jeder andere Nationale Sicherheitsberater«, erklärte er. »Aber ich weiß, was Sie im Grunde sagen wollen: Warum gehen Sie nicht dahin zurück, woher Sie gekommen sind? Eine Frage, die den Minderheiten immer wieder gestellt wird. Die Antwort lautet, daß ich aus Amerika komme. Wie würde Ihre Antwort lauten, wenn Ihnen diese Frage gestellt würde?«

Reverend Foxworth lachte laut auf. »Ich würde ganz einfach sagen, ihr habt mich aus Afrika hierhergeholt, also müßt ihr euch überlegen, wohin ich zurückkehren soll. Aber ich wollte mich nicht mit Ihnen streiten. Schließlich vertreten wir die beiden wichtigsten Minderheitsgruppen von Amerika.« Er hielt einen Moment inne; dann fuhr er fort: »Natürlich werden Ihre Leute in diesem Land nicht mehr benachteiligt. Aber wir hoffen, eines Tages auch so weit zu sein.« Es dauerte nur einen Sekundenbruchteil, aber Foxworth erkannte es überdeutlich: Arthur Wix empfand abgrundtiefe Ver-

achtung für ihn. Und schlimmer noch, nicht die Verachtung des Weißen für einen Schwarzen, sondern die Verachtung des zivilisierten Menschen für einen Primitiven.
In diesem Moment kam der Wagen vollständig zum Stehen, und Oddblood Gray steckte den Kopf zum Fenster hinaus. »Scheiße! Der Präsident steigt aus und will zu Fuß weitergehen«, stöhnte er.
Eugene Dazzy stopfte seine Papiere in den Aktenkoffer zurück und ließ die Schlösser zuschnappen. Dann löste er den Koffer vom Handgelenk und reichte ihn dem Secret-Service-Beamten, der vorn auf dem Platz neben dem Fahrer saß. »Wenn *er* zu Fuß geht, müssen wir mit ihm gehen«, erklärte er.
Oddblood Gray warf Christian Klee einen Blick zu. »Sie müssen ihn aufhalten, Chris«, verlangte er. »Machen Sie Gebrauch von Ihrem Veto-Recht.«
»Das habe ich nicht mehr«, gab Christian Klee zurück.
»Ich glaube, ich lasse noch möglichst viele weitere Secret-Service-Agenten herschicken.«
Sie stiegen alle zusammen aus und schritten nebeneinander wie eine Mauer hinter dem Präsidenten einher.

Präsident Francis Kennedy beschloß, die letzten fünfhundert Meter zur Tribüne zu Fuß zurückzulegen. Zum erstenmal wollte er die Menschen, die ihn liebten, die seit vielen Stunden im Schnee standen, nur um ihn in der kugelsicheren Glaskuppel zu sehen, persönlich berühren. Zum erstenmal war er überzeugt, daß er von ihnen nichts zu befürchten hatte. Und er wollte ihnen an diesem großen Tag beweisen, daß er ihnen vertraute.
Die großen Flocken tanzten noch immer in der Luft, aber sie fühlten sich auf Francis Kennedys Körper genauso immateriell an wie damals, als Kind, die Kommunionsoblaten auf seiner Zunge. Er schritt die Avenue entlang und schüttelte die Hände der Menschen, die die Polizeibarrikaden und anschließend den Ring der Secret-Service-Beamten um ihn herum durchbrochen hatten. Hin und wieder gelang es einer kleinen Woge von Zuschauern, sich,

geschoben von einer Million Neugierigen dahinter, zu ihm durchzudrängen. Sie brandeten über die Secret-Service-Beamten hinweg, die einen größeren Kreis um ihren Präsidenten zu bilden suchten. Francis Kennedy schüttelte diesen Männern und Frauen die Hand, ohne seine Schritte zu verlangsamen. Weit hinten auf der Avenue sah er die speziell errichtete Tribüne, wo Lanetta ihn erwartete. Er spürte, wie der Schnee seine Haare näßte, aber die kalte Luft beflügelte ihn ebensosehr wie die Begeisterung der Menge. Er merkte nichts von Müdigkeit oder Unbehagen, obwohl sich eine beunruhigende Taubheit in seinem rechten Arm ausbreitete und die rechte Hand geschwollen war, weil sie so oft und so heftig ergriffen wurde, obwohl die Secret-Service-Beamten die glücklichen Zuschauer buchstäblich von ihrem Präsidenten weggerissen. Eine junge, hübsche Frau in cremefarbener Windjacke hatte so energisch versucht, seine Hand festzuhalten, daß er sie ihr mit aller Kraft entziehen mußte.

Durch Drängen und Schieben machte David Jatney für sich und Irene mit Campbell auf dem Arm einen Platz in der Menge frei, an dem sie sicher waren, denn da die Menschenmasse wie ein Ozean in mächtigen Wogen vorwärtsflutete, wäre Campbell sonst vermutlich niedergetrampelt worden.

Sie waren noch über vierhundert Meter von der Tribüne entfernt, als die Präsidentenlimousine in Sicht kam, gefolgt von anderen Wagen mit hohen Würdenträgern. Dahinter erstreckte sich die endlose Menge derer, die an der Tribüne vorbeiziehen würden. Nach David Jatneys Schätzung war die Präsidentenlimousine von seinem Platz noch etwas weiter entfernt als die Länge eines Footballplatzes. Dann entdeckte er, daß Teile der Zuschauermassen entlang der Avenue auf die Straße hinausgeströmt waren und die Kolonne zum Halten zwangen.

»Er steigt aus!« kreischte Irene. »Er geht zu Fuß! O mein Gott, ich muß ihn anfassen!« Damit drückte sie Jatney Campbell in die Arme und versuchte sich unter der Barrikade hindurchzuducken, wurde jedoch von einem in der langen Kette der Polizisten aufgehalten. Sie hastete am Bordstein entlang und überwand den eigentlichen Polizeikordon, nur um vom inneren Kreis der Secret-Service-Beamten gestoppt zu werden. David Jatney, der ihr nachsah, dachte bei sich, wenn Irene klug wäre, hätte sie Campbell auf dem Arm behalten. Dann hätten die Secret-Service-Beamten erkannt, daß sie keine Bedrohung darstellte, und sie hätte vermutlich durchschlüpfen können, während die anderen abgedrängt wurden. Er sah, daß sie an den Bordstein geschoben, dann jedoch von einer weiteren Menschenwoge wieder mit nach vorn geschwemmt wurde und zu den wenigen Personen gehörte, denen es gelang, sich durchzuschlängeln, dem Präsidenten die Hand zu schütteln. Schließlich küßte sie ihn sogar noch auf die Wange, bevor sie brutal zurückgerissen wurde.

David Jatney erkannte, daß Irene es nie schaffen würde, zu ihm und Campbell zurückzukehren. Sie war nur noch ein winziger Punkt in der Menschenmenge, die nun die gesamte Breite der Avenue zu überfluten drohte. Immer mehr Menschen brandeten gegen den äußeren Sicherheitskordon aus uniformierten Polizisten an, immer mehr warfen sich gegen den inneren Ring der Secret-Service-Beamten. Beide Ringe zeigten allmählich Bruchstellen. Da Campbell auf einmal zu weinen begann, griff Jatney in die Tasche seiner Windjacke, um einen der Schokoladenriegel herauszuholen, die er gewöhnlich für den Jungen mitnahm. Dabei stießen seine Finger auf das Lederfutteral und darin den kalten Stahl der .22er.

Auf einmal fühlte David Jatney eine heiße Woge in seinem Körper aufsteigen. Er dachte an die vergangenen paar Tage in Washington, den Anblick der vielen hoch aufragenden Gebäude, Sinnbildern der Autorität des Staates. Er erinnerte sich an die Marmorsäulen der Gerichte, an die Memorials, an die Pracht der Fassaden, unvergänglich, unverrückbar. Er dachte an Hocks Büro mit seinem von den Sekretärinnen wohlbehüteten Luxus; er dachte an die Mormonenkirche in Utah und die Tempel mit ihren eigens dafür geschaffenen Schutzengeln. Und all das nur, um bestimmte Menschen über ihre Mitmenschen hinauszuheben. Um gewöhnliche Menschen wie ihn auf ihre Plätze zu verweisen und alle Liebe auf sich zu lenken. Präsidenten, Gurus, Mormonen-Älteste errichteten ihre einschüchternden Bauten, um sich vor dem Rest der Welt und, weil sie den Neid der Menschen kannten, vor deren Haß zu schützen. Jatney erinnerte sich an seinen glorreichen Sieg bei den »Jagden« der Universität; damals, jenes einzige Mal in seinem Leben war er ein Held gewesen. Jetzt tätschelte er Campbell tröstend, damit der Junge aufhörte zu weinen. In der Tasche unter der Pistole fand er den Schokoladenriegel und gab ihn Campbell. Dann trat er, den Jungen auf den Armen haltend, vom Gehsteig herab und duckte sich unter der Absperrung hindurch.

Die Idee, zu Fuß hinter Präsident Kennedy die Avenue entlangzuwandern, behagte Reverend Baxter Foxworth ganz und gar nicht. Er fand es trotz der jubelnden Menge langweilig. Außerdem mochte er die feuchten Schneeflocken nicht, die seinen schönen Anzug naßmachten und zerknitterten. Als jedoch Teile dieser Menschenmenge die beiden Schutzkordons durchbrachen, beschleunigte er seinen Schritt, bis er neben dem Präsidenten angelangt war. Um sie von Kennedy abzulenken, schüttelte er die Hände von Leuten, die die Absperrung durchbrochen hatten, und zwar aus zwei verschiedenen Gründen: Erstens wollte er im Fernsehen deutlich zu erkennen sein, und zweitens machte er sich Sorgen um Kennedy. Er war stolz darauf, mit großen Ansammlungen von Menschen umgehen zu können, und dies war eine gefährliche Situation. Aber, zum Teufel, es war ihm auch bewußt, daß er in Kennedys Nähe marschierte, daß er Hände schüttelte und von den schwarzen Brüdern, die ihn erkannten, freudig begrüßt wurde. Seine Laune besserte sich; es war ein verdammt schöner Tag. Dann sah er einen Mann mit einem kleinen Jungen auf dem Arm auf sich zulaufen und streckte den Arm aus, um auch ihm die Hand zu schütteln.

David Jatney war von Staunen und gleich darauf von einer wilden Freude erfüllt. Es würde ganz leicht sein. Immer mehr Menschen drangen durch den äußeren Kordon der uniformierten Polizisten herein, und immer mehr von ihnen stießen durch den inneren Ring der Secret-Service-Agenten vor und schafften es, dem Präsidenten die Hand zu schütteln. Die beiden Absperrungen zerbrachen, die Eindringlinge marschierten neben Kennedy einher und schwenkten die Arme, um ihm ihre Ergebenheit zu beweisen. Die Fahrbahn der Avenue wirkte wie ein mit wimmelnden schwarzen Insekten bedeckter Marmorfußboden. Mitgetragen von einer Woge von Zuschauern, die die Holzbarrikaden durchbrachen, lief Jatney dem näherkommenden Präsidenten entgegen. Jetzt befand er sich unmittelbar vor dem Ring aus Secret-Service-Beamten, die den Präsidenten vor den Herandrängenden zu schützen suchten. Aber sie waren nicht mehr zahlreich genug. Und mit einer gewissen Schadenfreude stellte Jatney fest, daß sie ihn nicht mehr beachteten. Mit Campbell auf dem linken Arm schob er die rechte Hand in die Windjacke, spürte das Lederfutteral, und seine Finger strichen über den Abzug.

In diesem Moment brach der Kordon der Secret-Service-Beamten völlig zusammen, und er befand sich innerhalb des magischen Kreises. Nicht mehr als drei Meter von sich entfernt sah er Francis Kennedy einem hektisch-begeisterten Teenager die Hand schütteln. Kennedy war sehr schlank, sehr hochgewachsen und älter, als er im Fernsehen wirkte. Noch immer Campbell auf dem Arm, trat Jatney einen Schritt auf Kennedy zu.

Im selben Moment versperrte ihm ein sehr gutaussehender Schwarzer mit ausgestreckter Hand den Weg. Eine entsetzte Sekunde lang glaubte Jatney, er habe die Pistole in seiner Tasche gesehen und wolle sie ihm abnehmen. Dann wurde ihm klar, daß der Mann ihm irgendwie bekannt vorkam und daß er ihm nur die Hand reichen wollte. Sie starrten einander lange an; Jatney blickte abwechselnd auf die ausgestreckte schwarze Hand hinab

und in das lächelnde schwarze Gesicht empor. Dann sah er Argwohn in den Augen des Schwarzen aufblitzen, und die Hand wurde unvermittelt zurückgezogen.
Mit einer einzigen, konvulsiven Bewegung warf Jatney dem Schwarzen Campbell zu und zog die Pistole aus der Windjacke.
Im selben Moment, als Jatney ihm ins Gesicht starrte, wußte Reverend Baxter Foxworth, daß etwas Furchtbares geschehen werde. Er ließ den Jungen zu Boden fallen und schob sich mit einem schnellen, seitlichen Schritt vor den langsam näherkommenden Kennedy. Zugleich sah er die Pistole in Jatneys Hand aufblitzen.
Christian Klee, der ein wenig rechts hinter Francis Kennedy ging, forderte gerade über ein Funksprechgerät weitere Secret-Service-Beamte an, um den Weg des Präsidenten von Menschen freizuräumen. Er sah, wie der Mann mit dem Kind sich der Phalanx näherte, von der Kennedy geschützt wurde. Und dann, nur eine Sekunde lang, vermochte er das Gesicht des Mannes deutlich zu sehen.
Es war, als durchlebe er einen verschwommenen Alptraum, die Realität drang nicht zu ihm durch. Jenes Gesicht, das er in den vergangenen neun Monaten immer wieder auf seinen Computerbildschirm gerufen hatte, jenes Leben, das er durch Computer und Überwachungsteams hatte beobachten lassen, war urplötzlich aus dem schattenhaften Dschungel der Mythologie in die reale Welt getreten.
Er sah dieses Gesicht – doch nicht in der Ruhestellung der Überwachungsfotos, sondern von übermächtigen Emotionen bewegt. Und es erstaunte ihn, daß ein so hübsches Gesicht so häßlich werden konnte, als sähe man es in einem Zerrspiegel.
Immer noch nicht an diese Erscheinung glaubend, immer noch bemüht, sich zu vergewissern, daß das Ganze ein Alptraum war, ging Christian Klee bereits mit eiligen Schritten auf Jatney zu, als er sah, daß Reverend Foxworth die Hand ausstreckte. Klee empfand eine ungeheure Erleichterung. Dieser Mann konnte

nicht Jatney sein, er war einfach ein Mann mit seinem Kind auf dem Arm, der ein Stückchen Geschichte berühren wollte.
Dann jedoch sah er, daß das Kind in der roten Windjacke und der kleinen Wollmütze durch die Luft flog. Er sah die Pistole in Jatneys Hand. Und er sah Reverend Foxworth fallen.
Voller Entsetzen mußte er einsehen, daß er persönlich, Christian Klee, das Schicksal auf den falschen Weg gelenkt hatte, indem er David Jatney vom Computerbildschirm verschwinden ließ und die Überwachung aufhob. Und erkannte im selben Moment, daß er, nicht Francis, geopfert werden mußte. Also lief Christian Klee, überwältigt von entsetzlicher Qual über sein Verbrechen, auf Jatney zu und bekam die zweite Kugel ins Gesicht. Die Kugel durchschlug seinen Gaumen, so daß er fast am Blut erstickte, und dann spürte er einen blendenden Schmerz im linken Auge. Als er zu Boden stürzte, war er noch bei Bewußtsein. Er wollte schreien, aber sein Mund war angefüllt mit zerschmetterten Zähnen und zerrissenem Fleisch. Ein Gefühl des Verlustes und der Hilflosigkeit überkam ihn. Seine letzten Gedanken in dem zerstörten Gehirn galten Francis Kennedy, er wollte ihn noch vor dem Tod warnen, seine Verzeihung erflehen. Dann erlosch Christians Gehirntätigkeit, und sein Kopf mit der durchschlagenen Augenhöhle kam auf einem leichten, pulvrigen Schneekissen zur Ruhe.
Im selben Moment wandte sich Francis Kennedy ganz zu David Jatney herum und hörte den Knall eines Schusses. Er sah Foxworth fallen, dann Klee. In diesem Augenblick kristallisierten sich all seine Alpträume, all seine Erinnerungen an verschiedene Tode, all seine Ängste vor einem schrecklichen Schicksal zu lähmender Verwunderung und übermächtiger Resignation. Er vernahm ein gewaltiges Vibrieren der Welt, spürte für den winzigen Bruchteil einer Sekunde nichts als die Explosion von Stahl in seinem Gehirn. Und fiel.
David Jatney vermochte kaum zu glauben, daß dies alles geschah. Der Schwarze lag, wo er gefallen war, der Weiße neben

ihm. Der Präsident der Vereinigten Staaten brach vor seinen Augen zusammen, die Beine nach außen abgeknickt, die Arme hoch in die Luft geworfen, bis seine Knie schließlich auf den Boden schlugen. David Jatney hörte nicht auf zu schießen. Hände zerrten an seiner Pistole, an seinem Körper. Er wollte weglaufen, doch während er lief, sah er die Menschenmasse sich wie eine riesige Woge erheben und auf ihn zurollen, und zahllose Hände streckten sich nach ihm aus. Sein Gesicht war voller Blut, er spürte, wie ihm das Ohr vom Kopf gerissen wurde, sah es in einer der vielen Hände. Plötzlich geschah auch etwas mit seinen Augen, und er vermochte nichts mehr zu sehen. Einen kurzen Moment lang wurde sein Körper von Schmerzen zerfetzt, dann fühlte er nichts mehr.

Der Kameramann des Fernsehens, mit dem alles erfassenden Auge seiner Kamera auf der Schulter, hatte die Szene für die Menschen in aller Welt aufgezeichnet. Als die Pistole in Sicht kam, war er ein paar Schritte zurückgewichen, damit er alles gut ins Bild bekam. Er filmte David Jatney, wie er die Pistole hob, er filmte Reverend Baxter Foxworth, wie er sich mit seinem erstaunlichen, kleinen Tanzschritt vor den Präsidenten schob und zu Boden stürzte, und dann Christian Klee, dem eine Kugel das Gesicht zerschmetterte und der ebenfalls fiel. Er filmte Francis Kennedy, wie er sich zu dem Killer umwandte, und den Killer, wie dieser schoß, und die Kugel, wie sie Kennedys Kopf herumschleuderte wie ein Vorschlaghammer. Er filmte Jatneys finster entschlossene Miene, als Francis Kennedy fiel, und die Secret-Service-Beamten, die in dieser entsetzlichen Sekunde erstarrten, weil ihre ganze Ausbildung für konkrete Gefahrensituationen ihnen in diesem Moment des Schocks nichts mehr nützte. Und dann sah er, wie Jatney weglaufen wollte und von der Menschenmenge überwältigt wurde. Die allerletzte Szene jedoch vermochte seine Kamera nicht einzufangen, und das sollte er für den Rest seines Lebens bereuen: die Szene, wie die Menge David Jatney in Stücke riß.

Zwischen den Marmorbauten und den Monumenten der Macht stieg weit über die Stadt hinaus das laute Klagen von Millionen Bewunderern des Präsidenten, denen man ihren Traum genommen hatte.

27. Kapitel

Drei Monate nach Francis Kennedys Tod lud Präsidentin Helen DuPray am Palmsonntag ins Weiße Haus, um den hundertsten Geburtstag des Orakels zu feiern.
In einem Stil gekleidet, der ihre Schönheit kaschieren sollte, stand sie im Rosengarten und beobachtete ihre Gäste, zu denen auch die ehemaligen Mitglieder des Stabes der Kennedy-Administration gehörten. Eugene Dazzy plauderte mit Elizabeth Stone und Patsy Troyca.
Eugene Dazzy war bereits informiert worden, daß er mit Wirkung vom folgenden Monat an gefeuert war. Helen DuPray hatte diesen Mann noch nie so richtig gemocht. Und das hatte nichts mit der Tatsache zu tun, daß Eugene Dazzy eine junge Geliebte hatte und auch jetzt schon wieder Elizabeth Stone gegenüber einen allzu aufdringlichen Charme an den Tag legte.
Präsidentin Helen DuPray hatte Elizabeth Stone in ihren Stab geholt. Zwar war auch Patsy Troycas Übernahme an die Bestallung gekoppelt gewesen, aber es war Elizabeth, die sie wirklich brauchte. Eine Frau von außerordentlicher Tatkraft, eine brillante Verwaltungsbeamtin und eine Feministin, die sich auf politische Realitäten verstand. Doch letzten Endes war Patsy Troyca gar nicht so schlecht, war vielleicht sogar ein Gewinn mit seinen Einblicken in die Trickkiste des Kongresses und seiner hinterlistigen Art, die ihn zuweilen für die vornehmeren Gemüter wie Elizabeth Stone und, jawohl, dachte Helen DuPray, auch sie selber so wertvoll machte.

Nachdem Helen DuPray die Präsidentschaft angetreten hatte, war sie von Kennedys Stab und anderen Insidern der Administration in ihre Pflichten eingeführt worden. Sie hatte sämtliche Gesetzesvorschläge studiert, über die der neue Kongreß beraten mußte, und angeordnet, alle geheimen Memos sowie sämtliche detaillierten Pläne für sie zusammenzustellen, darunter den inzwischen berüchtigten für die Einrichtung von Arbeitslagern in Alaska.

Nach einem Monat intensiver Studien erkannte sie zu ihrem eigenen Schrecken, daß Francis Kennedy aus den lautersten Gründen – um der amerikanischen Bevölkerung zu einem besseren Leben zu verhelfen – wahrscheinlich der erste Diktator in der Geschichte der Vereinigten Staaten geworden wäre.

Da die Bäume noch nicht in vollem Grün standen, vermochte Präsidentin DuPray von ihrem Standort im Rosengarten aus das weit entfernte Lincoln Memorial und den weißschimmernden Bogen des Washington Monuments zu erkennen, Erinnerungen an die Tatsache, daß diese Stadt aus massivem Stein und Marmor die Hauptstadt Amerikas war. Und hier im Garten waren auf ihre persönliche Einladung hin alle wichtigen Repräsentanten Amerikas versammelt; denn sie hatte mit den Feinden der Kennedy-Administration Frieden geschlossen.

Anwesend waren Louis Inch, ein Mann, den sie verabscheute, dessen Hilfe sie aber brauchen würde, sowie George Greenwell, Martin Mutford, Bert Audick und Lawrence Salentine; der ganze berüchtigte Socrates Club. Mit ihnen allen würde sie sich irgendwie einigen müssen. Das war der Grund, warum sie sie zur Geburtstagsfeier für das Orakel ins Weiße Haus gebeten hatte. Sie wollte ihnen, anders als Kennedy, wenigstens eine Chance bieten, am Aufbau eines neuen Amerika teilzunehmen.

Wie Helen DuPray jedoch sehr genau wußte, konnte Amerika nicht ohne den guten Willen aller Beteiligten wiederaufgebaut werden. Und daß in ein paar Jahren ein weitaus konservativerer Kongreß gewählt werden würde, war ihr ebenfalls klar, denn sie konnte keinesfalls darauf hoffen, das Land so sehr in ihren Bann zu ziehen wie Kennedy mit seinem Charisma und seiner romantischen Lebensgeschichte.

Neben dem Rollstuhl des Orakels sah sie Dr. Zed Annaccone stehen. Der gute Doktor versuchte den Alten vermutlich zu überreden, sein Gehirn der Wissenschaft zu vermachen. Dr. Annaccone war ein weiteres Problem. Sein PET-Test wurde bereits in verschiedenen naturwissenschaftlichen Zeitschriften veröffentlicht. Helen DuPray hatte von Anfang an die Vorteile wie auch die Gefahren dieses Tests erkannt und war der Meinung, dies sei ein Problem, das man sehr lange und sehr sorgfältig diskutieren müsse. Eine Regierung, die in der Lage war, die unverrückbare Wahrheit in Erfahrung zu bringen, konnte äußerst gefährlich werden. Gewiß, ein solcher Test bot die Möglichkeit, das Verbrechen und die politische Korruption auszurotten und die gesamte Rechtsstruktur der Gesellschaft zu reformieren. Aber es gab vielfältig verzahnte Wahrheiten, es gab Status-quo-Wahrheiten, und traf es nicht sogar auch zu, daß die Wahrheit in bestimmten Augenblicken der Geschichte gewisse Entwicklungen zum Stillstand bringen konnte? Und was geschah wohl mit der Psyche eines Volkes, dem klar war, daß all die vielen verschiedenen Wahrheiten, die mit seiner Existenz verknüpft waren, ans Tageslicht gezerrt werden konnten?

Ihr Blick wanderte in die Ecke des Rosengartens hinüber, wo Oddblood Gray und Reverend Foxworth in Korbsesseln saßen und sich angeregt unterhielten. Reverend Foxworth trug ein Halstuch in leuchtenden Farben, um die Menschen immer aufs neue daran zu erinnern, daß er wie durch ein Wunder genesen war, obwohl eine Kugel seine Kehle durchschlagen hatte.

Reverend Baxter Foxworth sprach jetzt mit einer veränderten, heiseren Stimme, war aber immer noch tatendurstig, immer noch begeistert vom Leben im allgemeinen sowie seinen persönlichen Problemen und Ambitionen. Helen DuPray konnte hören, was er sagte.

»Warum zum Teufel habe ich das getan?« fragte er. »Die Kugel aufgefangen, die für einen Weißen bestimmt war? Nicht mal nachgedacht hab' ich darüber. Ich hab' meinen berühmten Sideass-Schritt gemacht und mich vor Kennedy gestellt. Der nicht mal ein Bruder war. Warum nur – kannst du mir das sagen? Warum?«

Oddblood Gray, der wegen seiner Depressionen jetzt täglich einen Psychiater aufsuchte, antwortete ihm: »Weil du ein beschissener Held bist, Sideass, der geborene Held.« Der Psychiater hatte Gray erklärt, daß es nach den Ereignissen des vergangenen Jahres völlig normal für ihn sei, unter Depressionen zu leiden. Na schön, warum zum Teufel konsultierte er dann überhaupt einen Psychiater?

Foxworth erwog die Vorstellung, ein Held zu sein. »Aber nein, ich bin ganz einfach zu ehrgeizig, das ist alles«, behauptete er. »Und jetzt, wo ich mich als Senator bewerbe, nennen mich diese weißen Wischiwaschi-Nigger den letzten Onkel Tom. Nur ein Schwarzer, der ein Onkel Tom ist, würde die Kugel auffangen, die für einen Weißen bestimmt war, behaupten sie. Wie findest du diese Scheiße, mein guter Freund?«

»Was kümmert's dich?« antwortete Oddblood Gray. »Du wirst der erste schwarze Senator des Staates New York werden. Du kannst sie auf dem Arsch zur Stadt rausjagen.«

»Der letzte Onkel Tom – ich!« klagte Reverend Foxworth. »Zwanzig Jahre lang hab' ich dem weißen Mann die Eier zerquetscht, während die anderen ihre Afros auszukämmen versuchten.« Aber er lächelte. »Was ist denn eigentlich mit dir, Otto? Hat die Präsidentin auch deinen Rücktritt verlangt?«

»Nein«, antwortete Otto Gray, »ich werde Minister. Gesundheit, Erziehung und Wohlfahrt. Du und ich, wir sind noch immer im Geschäft.«

»Das ist gut«, sagte Reverend Foxworth. »Weißt du, Otto, nachdem jetzt eine Frau Präsidentin ist, haben wir einen Präzedenzfall. Und für die Schwarzen ist das eine Chance, auch irgendwann mal die Nummer eins zu sein. An deiner Stelle würde ich nicht mehr zu diesem Psychiater laufen. Du willst doch wohl nicht, daß das in deinen Akten steht, falls du dich eines Tages für das höchste Amt in diesem Land bewirbst – oder? Du kannst nicht schwarz und überdies verrückt sein und dann noch erwarten, zum Präsidenten der Vereinigten Staaten gewählt zu werden.«

Im Rosengarten richtete sich mittlerweile die ganze Aufmerksamkeit auf das Orakel, denn nun wurde ihm die Geburtstagstorte präsentiert, ein riesiger Kuchen, der den ganzen Gartentisch einnahm. Verziert war er mit den Stars and Stripes in rotem, weißem und blauem Zucker. Die Fernsehkameras rückten näher und nahmen für das ganze Land die Szene auf, wie das Orakel einhundert Geburtstagskerzen auspustete. Präsidentin Helen DuPray, Oddblood Gray, Eugene Dazzy, Arthur Wix und die Mitglieder des Socrates Club halfen beim Auspusten.
Das Orakel nahm ein Stück Kuchen entgegen und ließ sich dann von Cassandra Chutt interviewen, die mit Hilfe von Lawrence Salentine zu dieser Ehre gekommen war. Cassandra Chutt hatte ihre einführenden Worte gesprochen, während die Kerzen ausgeblasen wurden. Nun fragte sie: »Was ist das für ein Gefühl, hundert Jahre alt zu sein?«
Das Orakel funkelte sie feindselig an und wirkte in diesem Moment so bösartig, daß Cassandra Chutt froh war, daß dieses Interview aufgezeichnet und erst am Abend gesendet wurde. Mein Gott, war dieser alte Mann häßlich! Sein Kopf war übersät mit Altersflecken, die schuppige Haut so glänzend wie Narbengewebe, der Mund fast gar nicht mehr vorhanden. Sekundenlang fürchtete sie, er sei taub oder verrückt und deshalb wiederholte sie: »Was ist das für ein Gefühl, hundert Jahre alt zu sein?«
Das Orakel lächelte, und seine Gesichtshaut legte sich in zahllose Fältchen. »Sind Sie bescheuert?« fragte er. Auf einmal sah er sein Gesicht in einem der TV-Monitore, und dieser Anblick

brach ihm das Herz. Auf einmal haßte er die ganze Geburtstagsparty. Er blickte direkt in die Kamera und fragte hilflos: »Wo ist Christian?«

Präsidentin Helen DuPray saß am Rollstuhl des Orakels und hielt seine Hand. Das Orakel war eingeschlafen, in den hauchdünnen Schlaf alter Leute versunken, die den Tod erwarten. Die Party im Rosengarten ging ohne ihn weiter.

Helen DuPray dachte an die Zeit zurück, da sie noch eine junge Frau und einer der Schützlinge des Orakels gewesen war. Wie sie ihn damals bewundert hatte! Er besaß damals einen intellektuellen Charme, einen Esprit, eine angeborene Lebenslust, die ganz genau die Eigenschaften waren, die sie sich für sich selber wünschte. Und natürlich, ehrlich gesagt, seine außerordentlichen Erfolge im Leben, die sogar in Amerika nicht alltäglich waren.

Spielte es eine Rolle, daß er immer wieder versucht hatte, eine sexuelle Beziehung zu ihr herzustellen? Sie erinnerte sich an die Jahre zuvor und wie verletzt sie gewesen war, als ihre Freundschaft zu primitiver Geilheit verkam. Jetzt strich sie sanft über die schuppige Haut seiner runzligen Greisenhand. Sie hatte den Weg der Macht eingeschlagen, während die meisten Frauen den Weg der Liebe einschlugen – wie die arme Lanetta Carr, die in ihren Heimatstaat Louisiana zurückgekehrt war. Waren die Siege der Liebe süßer?

Helen DuPray dachte an ihr eigenes und an das Schicksal Amerikas. Sie staunte noch immer, daß sich das Land nach all den furchtbaren Ereignissen des vergangenen Jahres so friedlich entwickelt und wieder beruhigt hatte. Gewiß, sie hatte ihren Teil dazu beigetragen, mit ihrer Sachkenntnis und ihrer Intelligenz das Feuer im Land gedämpft. Und dennoch.

Über Kennedys Tod hatte sie aufrichtig geweint; irgendwie hatte sie ihn geliebt. Sie hatte das tragische Schicksal geliebt, das in der wunderschönen Struktur seines Antlitzes geschrieben stand. Sie hatte seinen Idealismus geliebt, seine Vorstellung von dem, was Amerika werden könnte. Sie hatte seine persönliche Integrität geliebt, seine Reinheit und Selbstlosigkeit, sein mangelndes Interesse an materiellen Dingen. Und trotz allem war sie zu der Erkenntnis gekommen, daß er ein sehr gefährlicher Mann war.

In diesem Moment erkannte Helen DuPray, daß sie sich vor ihrer eigenen Selbstgerechtigkeit hüten mußte. Sie war überzeugt, daß die Menschheit in einer von so vielen Gefahren erfüllten Welt ihre Probleme nicht durch Kampf, sondern ausschließlich durch endlose Geduld lösen konnte. Dafür würde sie alles tun, was in ihren Kräften lag, und aufrichtig versuchen, ihre Feinde nicht zu hassen.

Auf einmal öffnete das Orakel die Augen und lächelte. Kraftlos drückte er ihre Hand und begann zu sprechen. Da seine Stimme sehr leise war, beugte sie sich dicht zu seinen faltendurchzogenen Lippen hinab. »Keine Angst«, sagte das Orakel, »du wirst eine prachtvolle Präsidentin sein.«

Sekundenlang verspürte Helen DuPray das Bedürfnis, zu weinen wie ein Kind, wenn es gelobt wird – aus Angst vor dem Versagen. Sie blickte sich im Rosengarten um, in dem die mächtigsten Männer und Frauen von ganz Amerika versammelt waren. Die meisten von ihnen würden ihr helfen, vor einigen würde sie sich hüten müssen. Vor allem aber würde sie sich vor sich selbst hüten müssen.

Wieder dachte sie an Francis Kennedy, der nun, nicht weniger geliebt als sie in ihrer Zeit, bei seinen beiden berühmten Onkeln ruhte. Nun gut, dachte Helen DuPray, ich werde das Beste von allem sein, was er war, ich werde das Beste von allem tun, was er tun wollte. Und dann, die Hand des Orakels fest in ihrer eigenen haltend, dachte sie nach über die Geradlinigkeit des Bösen und die gefährlich verschlungenen Wege des Guten.